中国现当代小说理论编年史 1949—2019

ZHONGGUO XIANDANGDAI
XIAOSHUO LILUN BIANNIANSHI

总主编／周新民
第六卷（1995—2002）
本卷主编／周明洁

武汉出版社
WUHAN PUBLISHING HOUSE

(鄂)新登字08号

图书在版编目(CIP)数据

中国现当代小说理论编年史.1949—2019.第六卷,1995—2002 / 周新民总主编. -- 武汉：武汉出版社,2024.12. -- ISBN 978-7-5582-7214-1

Ⅰ.I207.409

中国国家版本馆CIP数据核字第2024N2E048号

中国现当代小说理论编年史（1949—2019）第六卷（1995—2002）

总　主　编：	周新民
本卷主编：	周明洁
责任编辑：	宋诗琴
封面设计：	黄子修
出　　版：	武汉出版社
社　　址：	武汉市江岸区兴业路136号　邮　编：430014
电　　话：	(027)85606403　85600625
	http://www.whcbs.com　E-mail:whcbszbs@163.com
印　　刷：	湖北新华印务有限公司　经　销：新华书店
开　　本：	787 mm×1092 mm　1/16
印　　张：	31.5　字　数：520千字
版　　次：	2024年12月第1版
印　　次：	2025年2月第1次印刷
定　　价：	1280.00元（全8卷）

版权所有·翻印必究
如有质量问题,由本社负责调换。

第六卷（1995—2002）

目　录

1995 年	1
1996 年	78
1997 年	143
1998 年	214
1999 年	250
2000 年	309
2001 年	366
2002 年	434

1995年

一月

1日 杜学文的《意义的消解——九十年代初长篇小说的一个侧面》发表于《山西文学》第1期。杜学文认为，九十年代初的长篇小说"作品文本所表达的价值形态上流露出一种对存在意义的消解。这种否定性倾向决定了新时期文学在进入九十年代之后掀开了新的一页。它不再是对'意义'的肯定、寻找，而是对'无意义'的证明。在这种肯定与否定之间，新时期文学发生了质的蜕变，划开了两个具有本质意义的不同的时代"。

同日，陈思和、李振声、郜元宝、张新颖的《朱苏进：欲望的升华与世俗的羁绊之间——世纪末中国小说的多种可能性对话之五》（山河整理——编者注）发表于《作家》第1期。陈思和认为："至少在当代最有个性的一批小说家当中，朱苏进是一个例外。……朱苏进有别于张承志、张炜、刘震云、王安忆等人之处，正是他缺乏一个民间的背景，甚至连贾平凹、王朔等人所倚仗的世俗功利的民间背景也缺乏。"在陈思和看来，朱苏进"始终在黄钟大吕的庙堂旋律中咏唱，但他并没有丧失自己独特的欲望和情怀，以及对周围世界的独特感受，这些精彩的个人欲望和个人感受跟它们所依寓的主旋律背景形成的反差和融汇，相成相反地构筑起他独特的小说世界"。陈思和谈道："这里仿佛有两个朱苏进，一个是军人和政治谋略家的朱苏进，把生命的欲望放到世俗的绝壁上锤打；一个是哲学家朱苏进，把对生命的意义放到了形而上的境界给以参破。这两个朱苏进是尖锐对立的、互相矛盾的。"

郜元宝谈道："朱苏进不一样，他是目前中国少数几个不回避限制不回避压抑的作家。他的才华甚至从根本上需要这些限制和压抑之物来激发。""朱苏进实际上提出了别的作家无法提出的某种写作动力学的问题……在这方面，朱苏进的状态有点像王蒙。"

张新颖表示："两个朱苏进，或者说两套价值理念的运行，当然可能会造成分裂的痛苦，但另一方面，也许正是因为有了这两种看似不相容的东西，一个人才得以平衡，才得以进退有据，能够在世俗的世界和超越的精神领域之间上下纵横，从容自若。"

3日　《人民文学》第1期刊有"编者的话"《新年寄语》，编者提到："面对这样的伟大时代，我们的作家肩负着伟大的历史使命：那就是用健康昂扬的精神产品，来丰富人民群众的精神生活，净化人们的道德情操，鼓舞人们建设新生活的勇气；用足以与这个时代相媲美的文学，推进人类崇高理想的实现。"

5日　红拂的《深度生存与游戏空间——论孙甘露的小说（1986—1993）》发表于《当代文坛》第1期。红拂认为："孙甘露的写作方式不仅完成了当代中国小说最尖锐的革命，拆除了小说叙事最后一道界线，为小说的自身完善提供了无穷的可能性，而且它在社会、文化方面的启示也是深刻的。他创造了一种兼收并蓄的文体，表现出对冥想和话语欲望的无限钟情，把历史、文学传统、现实和主体的素材转变成了幻想、启示录式的寓言，以及夸夸其谈的个人抒怀。这是面对集体想象破裂的现实的一种补偿行为，一种无声的抗议；同时也是解构既定的历史和文化秩序后的主体放松行为。叙述角度成为人物与生活的自由组合过程，成为幻想界自由飘流的符号，提供了生存与主体肌质的各种可能性。"

张洪德的《阿成的情绪及其小说的情绪氛围营造》发表于同期《当代文坛》。张洪德谈道："就创作的本质而言，作家的作品都是作家思想情感的载体。任何作品，既然要表现人和与人有关的事，就势必要表现出这个人与事所反映出的情绪和氛围。作家的主观情绪正是在这种表现中，与作品相契合，并得以充分的发挥。这样，就形成一定的情绪氛围。"张洪德还根据表现形式和功能的不同，将情绪氛围划分为以下几个重要类型：第一，弥散型，即"作家在输入个人情绪的同时（有时不直接输入），通过对人物情绪和生活氛围的扩散、弥漫，形成情绪氛围，笼罩在作品中，涵盖生活画面"；第二，回旋型，即"借助乐曲、歌唱或人物情绪的曲调式回环来表现"；第三，烘衬型，即"借助景物道具等，从侧面对人物或环境作烘托反衬,以渲染一种气氛,表现一定的情绪"。

同日,陈晓明的《晚生代与九十年代的文学流向》发表于《山花》第1期。陈晓明指出:"用'晚生代'来指称这个后起的群体——他们主要包括张旻、毕飞宇、何顿、鲁羊、述平、韩东、朱文、刁斗等人——也算是各得其所。"他强调:"在某种意义上,八十年代末期的那种文学自成一体的格局已经破裂,不管'先锋派'和'新写实'多么的个人化,他们的写作终究与文学史(现实主义规范)构成对话,而九十年代才过去数年,那种反抗和挑战的姿态已经荡然无存,取而代之的是彻底'零度'的写作——没有任何形而上乌托邦冲动的写作,它被历史之手推到纯粹的阅读面前。……如果我们稍加保持历史敏感性的话,我们将不难感受到在大文化转型的背景上,一种新的叙事法则正趋于形成,在某种意义上,它表征着'晚生代'的最根本的文学内涵。"

陈晓明指出:"当真实的历史感被取消之后,当进化论的意义遭致普遍怀疑的时候,当文化的方向感不再明确的时候,一切都变成'当代'——没有进行时的超平面的现在——这也许就是'后当代性'的最基本含义。……文学共同体解散之后,个人化的叙事置身于没有文化目标的漂移状态——正是这种漂移状态构成'晚生代'作家的存在方式,构成他们的叙事法则,他们采用的叙事视角和处理人物的方式。……进入九十年代,对表象的书写和表象式的书写构成了又一批作者的写作法则。那些'伟大的意义'、那些历史记忆和民族寓言式的'巨型语言'与他们无关,只有那些表象是他们存在的世界。与这个'表象化'的时代相适应,一种表征着这个时代的文化面目的'表象化叙事'应运而生。又一轮的——或者说一次更彻底的后现代浪潮正汹涌而至。表象泛滥以及对这个表象进行'泛滥式的'书写,真正构成这个时期的后人文景观。"而"对表象的迷恋,一种自在飘流的表象,使'晚生代'的小说如释重负,毫无顾忌,真正回到了现实生活的直接存在"。"就其美学母本而言,它('晚生代'——编者注)是八十年代后期的'先锋小说'的叛臣贰子,在某种意义上,它还是'先锋派'和'新写实'相调和的产物。"

此外,关于情爱的主题,陈晓明指出:"进入九十年代,性爱主题几乎变成小说叙事的根本动力,那些自称为'严肃文学'或'精品'的东西力不从心承担起准成人读物的重任。"而"他们（'晚生代'——编者注）热衷于去表现那些赤裸裸的欲望，这些解放的欲望四处泛滥，很显然，这些场面构成九十年代小说叙事的阅读焦点。纯粹观赏式的阅读期待，也促进了小说叙事对观赏场面的强调。他们算是参透了这个时代新的写作法则，只要制作一些具有观赏价值的欲望化的表象，就足以支撑起小说叙事，而且作为一个意外的收获，这些欲望化的表象又恰好准确概括了这个时代的生活面貌"。

最后，陈晓明认为，从总体来看，"经历过八九十年代沉重的历史折叠，九十年代的中国文学突然间处在一个无比空旷的场所。这里没有方位，没有中心，没有冲撞，甚至没有真实的压力"，"九十年代的中国文学处在某种状态中——它也只能是一种状态，人们只能看到它的外形状态，而无法触摸它的内心，或许它根本就没有内在性，传统的和经典的话语无法给定它的确切含义。它总是处在某种状态中，或者说从一种状态过渡到另一种状态。这样一个过渡时期，这样一个印象主义时期，文学实际处在多元化的和多方位的过渡性状态：文学在这个时期确实发生了某些实质性的变化"。陈晓明强调："对情欲的表现已经成为这个过渡时期的必要难题，欲望化的叙事已经无法拒绝成为这个多元化过渡时期的唯一有贯穿能力的文学法则；对成人读物不自量力的替代，使当代小说写作殚精竭虑，或黔驴技穷，或才情焕发。当代小说以欲望化的叙事法则当然有可能抓住这个过渡时期的生活特质。"而"所有这些（当今中国所处的文化境遇——编者注）都表征着一个极为壮观的过渡性的后东方空间，'晚生代'的叙事法则超渡于这个空间，肯定会大有作为，一种独特的，真正扎根于直接现实之中的文本，一种毫不犹豫的直接而彻底回到个人生活的纯粹性中去的叙事，将无可争议预示着九十年代的文学向度"。

王干的"主持人语"发表于同期《山花》《新向度》栏目。王干指出，储福金"将小说触角伸到了一个对他来说完全陌生的领域——推理。《第12号》是对一个疑案的侦破与解析，可储福金运用的是纯文学的笔法，他有意将悬念淡化，有意将情节简化，有意将故事抽象，'第12号'看似玄奥，其实平常无比，它经过了'看山不是山，看水不是水'到'看山仍是山，看水仍是水'的转变，因而颇耐人寻味"。"推理之中显出禅，这是储福金以往小说没有的思维向度。"

同日，王安忆的《小说的情节》发表于《文学报》。王安忆认为："小说世界是一个独立于现实世界而存在的世界，那么我们应怎样看待小说世界的建筑材料，这材料的特殊性在哪里，这些材料又是怎样组合起来的呢？""小说和它们都不同，它的表达方式和材料都很现实，不能借助音符与动作，那把现实生活中的逻辑和语言制作成一个独立于现实生活的小说我们所依靠的东西是什么呢？是情节。""每个人在生活中都会亲历许多故事情节，这是经验性情节，它往往很丰富，很生动，有感情，似乎也包含着某种道理，但它有一个缺陷就是，没有把这些情节推进下去的动力，也就是理由，我们常有些很好的感受或故事便因此而被遗失或放弃了。经验性情节还有一个缺陷是它往往缺乏发展的可能性，也就是没有发展的条件。""所以，情节必须具有两个特征——发展的理由与发展的条件，才能进入小说。"

7日 李哲良的《"如是我闻"——"新体验小说"与禅宗体验论的奥秘》发表于《天津文学》第1期。李哲良认为，"当今出现的'新体验小说'，不论它'新'到何种程度，但就创造体验的心态而言，它和传统的体验之道，应该说基本上是一脉相承的。只不过，它有两点显得特别突出"，"首先是'亲历性'。它不同于传统小说以作家的主观想象和虚构为基础，而强调的是作家全身心的投入，必须通过自己亲身的经历和深切的体验，不能只凭虚构、神侃和道听途说。……其次是'开放性'。……'新体验小说'，针对瞬息万变的客观对象，及时调整自己的思维结构和视觉焦点，以开放性的心灵情感来体验现实人生，揭示宇宙人生的真谛"。

李哲良谈道："我以为，倘能沾上佛光禅影，'新体验小说'也许更能显示出它的魅力。""'新体验小说'，乃至包括'移情美学'和'体验派演员'，尽管同禅宗的体验论有相似之处，但也仅仅是相似而已。……至于体验派小说家，恐怕大抵也只能停留在第二层次，很难步入'万象皆空'的境界。"李哲良认为，"就其原因而论，大约有两点不好超越"，"其一，主观意识太强，有时还带有一定的功利色彩和为体验而体验的心理。……其二，囿于'非此即彼'的绝对化的思维误区"。"禅者却是灵感思维。他们已'跳出三界外，不在五行中'。他们已超越了三维世界，而进入了四维、乃至多维世界。""不满足于固有的思维模式和叙事方法，追求'亲历性'的'新体验小说'的作家们，则更有条件进入'四维世界'，从而创造出空灵、实在和更能揭示人生真谛的作品。""'新体验小说'的脱颖而出，或许正是'又一次小说革命'。"

10日 陈晓明的《超越情感：欲望化的叙事法则——九十年代文学流向之一》发表于《花城》第1期。陈晓明指出："一种后情感式的态度贯穿了新一代写作者的叙事，他们偏离了传统的轨道，超越了现有的道德准则，他们的叙事不过是去追逐表达的快乐，强化观赏效果，他们逃脱了文学旧有的'巨型语言'，而乐于给这个时代提供一幅感性满足的全景图。""从'爱情'主题向'性'的改变这一历史行程，有力地折射出当代文化的某些根本的变动，那种以古典人道主义和启蒙主义为核心的现代性企图，让位于一种后个人主义式的写作，并且也由此表明文学写作的意识形态冲动，它在社会现实中的精神轴心功能都已下降到最低限度。……文学写作真正失去了它的历史依托，这使它处在一种没有精神负荷的轻松（而虚脱）的状态。在这样的历史情境也不再有'集体无意识'，完全个人化的写作只能去拼贴现实表象，即使试图冲进一些精神深处，其结果也必然是被那个苍白的历史布景反弹出来。"陈晓明还指出："九十年代中国文学，将无法遏止女性主义潮流。……女性话语无视男性的道德准则，在急切返回到女性的内心生活中去的时候，在对女性自身经验的无所顾忌的发掘中，女性写作以她偏执的后道德立场表现了最为鲜明的过渡性状态。"

同日，王岳川的《走出后现代思潮》发表于《中国社会科学》第1期。王岳川谈道："后现代主义有其不同于其他文化思潮的文化逻辑：体现在哲学上，是'元话语'的失效和中心性、同一性的消失；体现在美学上，是传统美学趣味和深度的消失，走上没有深度、没有历史感的平面，从而导致'表征紊乱'；体现在文艺上，则表现为精神维度的消失，本能成为一切，'人的消亡'（福科）使冷漠的纯客观写作成为后现代的标志；体现在宗教上，则是对焦虑、绝望、自杀的关注，以走向'新宗教'（丹尼尔·贝尔）来挽救信仰危机。可以认为，后现代主义文化逻辑的复杂性，直接显示出这个时代的复杂性。""后现代主义不是人类的最后归宿，它仅仅是世纪之交人类精神价值遁入历史盲点的'文化逆转'现象。后现代主义无需人为神化。后现代主义作为一种文化思潮将成为历史,但'后现代性'作为一种批判、否定的精神质素将植于当代人的肌体。'后'之后仍将是解构与建构的不断交替。同一性和差异性相继而生,相反相成。一味张扬虚无、游戏、调侃、顽主、反历史、无思想,其实正预设了其对立面的'出场':理性、信念、情怀、正义、历史、思想。对中国而言,现代性尚未完成,我们仍得加强我们的思想地基。这不仅是我们历史中的'别无选择'的选择,而且我们也由这选择构成我们价值重建的历史。走出后现代思潮,而不是沉醉其间,是当代中国学者应有的学术态度。"

王治河的《作为一种思维方式的后现代哲学》发表于同期《中国社会科学》。王治河谈道:"现代主义是一种有限的思维方式,它总是从某种给定(或假定)的东西出发,而后现代主义则是一种无限的思维方式,它反对任何假定的'前提'、'基础'、'中心'、'视角'。这便是后现代主义的'彻底的否定性'。这种'彻底的否定性'不同于哲学史上皮浪的怀疑主义,更不等同于佛教的'一切皆空',它是有具体的理论内容的,具体表现在对'唯一中心'、'绝对基础'、'纯粹理性'、大写的'人'、'等级结构'、'单一视角'、'唯一正确解释'、'一元方法论'和'连续性历史'的彻底否定。"

徐友渔的《后现代主义及其对当代中国文化的挑战》发表于同期《中国社会科学》。徐友渔指出:"至少有两点理由,使得我们应当重视后现代思潮,大力加强对它的研究。其一,中国社会正在快速地向现代化转型,过去没有的东西,现在正在大量涌现。世界一体化的趋势,使得后现代主义不会与中国绝缘。其二,和其他思潮的产生和发展一样,后现代主义并非只是西方发达社会现状的产物,它的出现和蔓延当然有其学理上的根据,因此,它的某种主张就具有普遍的意义,而这正是我们需要了解、研究和借鉴的。后现代主义的反表象主义、反本质主义、反基础主义,不是哗众取宠地故作惊人之论,而是既有学理依据,又具深刻洞见的主张,这些主张对我们思维的深度和广度形成了挑战和考验,不论我们对后现代主义持什么态度,我们不能回避或绕开它的问题和主张。比如,我们现在大谈道德危机,如果我们不正视后现代主义对于语言意义的消解和其相对主义的结论,不和后现代主义者在语言层面打交手仗,我们就不能真正克服危机,甚至不能理解问题之所在。"

14日 本报特约记者阎延文的《长篇热引起的沉思》发表于《文艺报》。阎延文认为，当前的长篇出版景观大致呈现出以下五种趋向：首先，长篇新作丰富化。其次，作品系列化倾向明显。其三，作家趋向集团化。其四，作品包装趋向精致化。其五，作品运作过程渗入商业化因素。

15日 丁亚平的《应答与对话》发表于《文艺争鸣》第1期。丁亚平认为："一切艺术文化现象都产生于对话之中，而对艺术和对世界的这种对话性理解，在我看来恰恰也可以作为'新状态'文学由以确立的基础。"

傅修延的《中国叙述学开篇：四部古典小说新论》发表于同期《文艺争鸣》。傅修延谈道："四部小说（《红楼梦》《水浒传》《三国演义》《西游记》——编者注）中存在着相同的表层叙述结构，它们都是以大小契约的先后'立约'为开始，经过一系列相互排斥的'履约'（'履大违小'或'履小违大'）、'违约'（'违大履小'或'违小履大'）、'监督'、'警示'等，最后达到对大小契约的'赏罚'。"而"深层结构"则是"在四部小说，非正统与正统的矛盾，相当于自由与不自由的矛盾；两者在很大程度上同义相通，后者中隐藏着对前者的解释"，"从非正统转化为正统相当于从自由状态进入不自由状态，而自由状态的变化当然也意味着正统地位的变化"。傅修延还指出："当描述这个深层叙述结构时，本文实际上接触到了我们民族的某种心理'基因'。《红楼梦》等之所以伟大，是因为它们都携带有源于这'基因'的遗传密码；或者反过来说，读者由于感受到了这些小说的遗传密码，才认为它们是伟大的著作。"

李心峰的《开放的艺术》发表于同期《文艺争鸣》。李心峰认为，"不只是文学，整个艺术领域都已经出现或正在呈现一种'新状态'"，"这种新状态应该如何描述？在我们看来，这种新状态大体上可以用这样一个命题来概括，这就是开放的艺术"，"概括地说，开放的艺术可视之为一种通而不隔的艺术"。

邵建的《世纪末的文化偏航——一个关于现代性、中华性的讨论》发表于同期《文艺争鸣》。邵建认为，在文化民族派看来，"从鸦片战争和五四运动迄今"，"我们一直是走在他者化的路上，用他者即西方的规范来划定我们自己"，从而"丧失了所谓的'我性'"。文化民族派的这种主张"宣布了'现代性'与'我性'的对立"，它"在理论上是无稽的，在实践上则是有害的，它是对现代性的自觉拒斥",文化民族派"在批评现代性为他者化时,却不慎落入自己所挖的陷阱,因为它把新时期的终结解释为后新时期亦即后现代性的到来,而检视他们有关原现代的知识话语,又无一不是舶自西方,其结果是用自己的他者化去起劲地反对别人之他者化"。"本文所以不赞成'中华性'的民族文化主张,还因为它不仅对内表现为文化冒进主义(以后现代性取代现代性),而且对外又潜在地表现为文化扩张主义。从'中华性'的张扬到'中华圈'的构想充分表明了民族文化复兴的偏颇。如果说东方主义乃是西方霸权的产物,这里的'新东方主义'(姑且谓之)却成为东方霸权的舆论先导……无论传统派的文化重建主张,还是民族派的文化发展方向,在本文看来,俱表现为'世纪末的文化偏航',这是令人担忧的两种文化倾向,它们从不同的方面与五四形成了距离上的偏差。"

王宁的《传统与先锋 现代与后现代——20世纪的艺术精神》发表于同期《文艺争鸣》。王宁谈道:"先锋派与传统的关系具有这样一种两重性,它既以反叛传统、标新立异而起家,同时又无时无刻不受到传统的'阴影'的制约,因而最终或者屈服于传统进而成为传统的一部分,或者成为昙花一现的匆匆过客,仅在历史的长河中泛起点点涟漪。""应该承认,后现代主义艺术本身是十分复杂的,就其实验性、激进性、解构性而言,它确实在反叛传统方面比现代主义走得更远;但就它的另一极致而言,也即其通俗性、商业性、平民性、(滑稽)模仿性特征而言,它又在许多方面与传统相通甚或被视为某种形式的'返回传统'。""总之,后现代与现代的关系呈现了这样一个悖论:它是现代的一个部分,但同时又是这一内部机制中的反叛力量;它与现代有着部分的相似性和连续性,但同时又有着更多的差异性和断裂性。"

宗仁发的《述平小说:迷惑与叩问》发表于同期《文艺争鸣》。关于"故事·迷惑·小说质",宗仁发认为:"一个作家在写作小说过程中没有任何对读者的考虑,那么这个作家的作品是不是小说便很值得怀疑,尽管它也可能以小说的面貌出现。小说家尊重读者的最古老也是最基本的方式还是讲述故事。"

同日,汪政、晓华的《开放的概念——我们对"新状态"的理解》发表于《钟山》第1期。汪政、晓华指出,"'新状态'的提法与新时期文学的其他提法的差异就是在于它以一种命名的方式表明了它的不可命名"。与此同时,"它只是对一种正在兴起的文学现实的提醒","从客观上讲，它显露出一种文学策略的智慧意义和积极姿态"。"新状态"的特征"是它的包容性，是它的开放性，是它的未定性","'新状态'又是一次由刊物和编辑家自觉地发起的文学运动"。

谢有顺的《痛苦与呼告：世纪末文学的新状态》发表于同期《钟山》。谢有顺认为，先锋作家"停滞的原因让人意识到，语言与故事本身所能达到的，有一个大限。只有存在是无限的"。"先锋小说多年来都在历史与语言两个迷宫里写作，除北村与余华外，基本上没有突围迹象"，而"写作与生存分离了，这也是我们时代精神衰退的一个重要标志"。

20日 党圣元的《说"新变"》发表于《小说评论》第1期。党圣元指出："新时期以来小说发展的轨迹，是一个不断地追求'新变'的过程。如今，这一'新变'已经逐渐呈现出了衰颓之相。近年来，小说创作和批评方面联手出演的几出'新变'折子戏，已经使得这一起自于七十年代末期源之于小说发展自身所需的具有严肃的文学进步意义的'新变'完全喜剧化了，而任何事物一旦将自身漫画化，在历史的严肃面前表现为荒诞，必将势难为继，一步步地走向末途。"

李知的《〈在那一年的秋天〉的提示：心理时序的结构效应》发表于同期《小说评论》《李知专栏：外国小说艺术漫评之六》。李知谈道："心理时序是小说结构的方式之一。作家在采用这种结构方式时，其表现手法大都习惯用意识流的方法，或意识流与传统手法兼用。但有意识流特点的作品并非在结构上就是心理时序的模式。"

孙绍振的《小说与结构》发表于同期《小说评论》《孙绍振专栏：小说内外之五》。孙绍振表示，"我要提到的是马原。他第一次使读者知道，小说是应该有一个结构形式的"，"真正的小说结构是包含解构与建构两个方面的。不要以为后现代主义是解构一切的，只要你建构了一个真正有力的精神真相，那么，你这个精神真相就是对后现代主义的解构——这是当下中国作家所要追求的"。

张德祥的"主持人语"发表于同期《小说评论》《世纪之交的文学：反思与重建》专栏。张德祥指出："十多年来，中国当代文学是在实现一种'解构'目标，从整体上来看，走过了一条'解构'之路，从冲破'禁区'到冲破'传统'，表现了极大的破除勇气。没有破除就不能前进，破除也就成为前进的一种方式，破除是艰难的。……解构并不是终极目的。重建比解构更为艰难、更为麻烦、更为琐碎。"

25日 胡彦、张闳的《面对……的写作——关于当代汉语文学写作的对话》发表于《大家》第1期。胡彦指出，"创作现象的丰富，并不能说明文学的实质"，"对文学的厌倦、对批评的厌倦、对阅读的厌倦，已成为这个时代普遍的文化病症"。张闳指出，"速朽的根源在于意义本身的空乏，写作密度的增大、写作量的膨胀，不但不能增加意义的强度，相反，它在原有的意义量上稀释了自己，使作品更加苍白、空洞"。胡彦还指出，"在中国当下的现实文化境域中，'先锋'并不是指一种纯正的诗学立场，诗性写作活动。在关注诗性、而且只面对诗性而写作的作家意识中，是没有什么先锋性的意识追求的"，"在中国，'先锋'和某种激进的反意识形态写作行为有关"，"对传统的颠覆性、逆反性书写并不是对传统的真正超越，而是恰恰相反。面对传统起而叛逆的先锋作家，命中注定了他们的写作行为仍是在传统的限度内。传统的逻辑结构有其反向的一面，先锋文学即是对传统的反向性维度的凸现，与其说先锋文学是对传统的叛逆，不如说先锋写作是对传统的最后完成"。

张颐武的《1994：重临起点》发表于同期《大家》。张颐武谈道："'新状态'在1994年的表征不仅仅是理论的概括与归纳，而是文学写作的相当自觉的追求。""它业已完全形成了一个不可忽视的文学写作的新趋向。它不仅仅是刊物和理论的倡导与描述，而且是文学写作的自觉。它是跨出'新时期'的'现代性'思路和'寓言化'的表意模式的'后寓言'写作的主要潮流，也为第三世界文化创造了打破西方式的话语禁锁性的压抑的可能性和发挥汉语文学潜能的可能。""'新状态'意味着由外在的视点转向内在的视点，由观察思考转向对个人和语境的'状态'的呈现。昔日的神话般的主体已让位给一个无尽的符号之流中的'个体'。""'新状态'文化表现出一种照像式的写实主义与抽象的表现主义的混合。在这些本文中，时间的秩序并不明晰，但当下的'状态'却异常逼真"，"'新状态'的崛起提供了90年代汉语文学的新的可能性。正是这种可能性使这批更为年轻的作家展示了自身的创造力，也为许多资深作家寻求新的发展提供了契机。它是属于90年代中国大陆的新的文学潮流"。

同日,董之林的《向故事蜕变的"历史"——刘震云的〈故乡天下黄花〉及其他》发表于《当代作家评论》第1期。关于"故事",董之林认为,"现代小说叙事向故事的回归,是90年代文学发展的一种趋向。《故乡天下黄花》可以作为其中比较明显的一例。这部长篇小说基本上继承了传统长篇小说的表现手法,叙述多于描写,不侧重描写人物的心理和情绪变化","注重讲述人物的行为举止,交代事件发展的过程。这种具有古代平话特点的表现技法,使这部小说突出地展示了作者讲故事的叙述才能"。此外,董之林指出:"如果说,这也是对现实主义创作的一种深化,那么,它主要不是表现为意识形态与政治的层面,而主要表现在叙述自身的层面,表现在小说家对故事的创造性、题材的新颖性,以及雅俗共赏的语言艺术性等方面的开拓。从主体的倾诉到讲述他人的故事,文学的位移将现实主义创作注重的大众欣赏趣味,从写作的幕后推到了前台。"

方铃的《陈染小说:女性文本实验》发表于同期《当代作家评论》。方铃认为:"在以往的小说中,叙述者和女主人公总是携带着来自时代、社会或历史的价值观念去看世界和人生,在陈染这里,女主人公'我'从一片虚无出发,写作并留下写作的印记,就是一切。因此,陈染小说所具有的是女性文本意义,而不是一般小说相比成熟与否、成功与否的意义。"此外,陈染的创作可分为三个阶段:第一阶段的创作特征为"女性定位、叙事的极其个性化",第二阶段的创作是"小镇神话载体",第三阶段的创作"以《嘴唇里的阳光》集子为代表"。

郜元宝的《信仰是面不倒的旗》发表于同期《当代作家评论》。郜元宝认为,"张承志是生活在我们时代又超出我们时代的一个写作者,是处于世纪末而又最少世纪末流行病的强者。张承志是跨世纪跨时间跨历史阶段的那种作家,他的笔指向人类精神生活的永恒之境,信仰之境。张承志正是以永恒信仰的精神力量压倒了苦难,压倒了世纪末人类自身种种沉渣泛起的旧病","张承志是在后理想主义时代高举理想主义大旗的作家,是在'立场'几乎不存在的多元也是多疑的时代更加沉稳地守住'立场'的信徒,是在生存的无名状态和等待命名的状态中毫不犹豫毫不含糊地要给一切暧昧之境加以命名的语言艺术家"。郜元宝还指出:"《心灵史》谈不上小说形式的完整性。它甚至也算不上什么标准的美文或历史学著作。《心灵史》不过就是一阵语言的狂风疾雨。它的形式是语言本身的形式,是在这种语言中跃然纸上的一种信仰的形式。"

李树声的《几度哀歌向天问——评〈曾国藩〉》发表于同期《当代作家评论》。李树声认为:"一部好的文学作品既能够把人们引入历史的本真境界,使人体会到彼时彼地来自生命本源的撞击;又能够通过自己开创性的写作对生活进行再创造,为历史提供或揭示崭新的意义,并在这种创造中,确立了自己的历史地位。我想《曾国藩》这部作品在某种程度上就具有这样的意义。"

龙长吟的《形丰神活 干振枝披——评长篇历史小说〈曾国藩〉》发表于同期《当代作家评论》。龙长吟认为:"历史小说是由人的生活、命运、人生体验和文化风俗、社会风情多方面构成的多色调的、抓住人的心灵实质的历史画卷。这样的历史小说审美空间广阔无垠。"

吴炫的《宗教否定:英雄性与存在性——论张承志》发表于同期《当代作家评论》。吴炫认为:"与其说《心灵史》是一部辉煌的小说,不如说是一部辉煌的'报告'、壮丽的'历史'更合适。它的壮丽辉煌来自哲合忍耶本身的悲壮与牺牲,而不是来自哲合忍耶的历史作为一种形式让你体验到更为壮丽辉煌的内容。也许,这可能是张承志作为永远的文学家必须经历的一个阶段,也是宗教与文学,特别是充满生机的宗教和文学,在中国当代土地上融汇的初始形态……在文学总是在从属于'什么'的意义上,你还是会为张承志将文学皈依宗教,与传统的'文以载道'藕断丝连,发自一声内心深处的轻微叹息。这声叹息,也将使你更深刻地体会到中国文学的宿命。"

张承志的《你选择什么》发表于同期《当代作家评论》。张承志表示:"在如此时代,我只是倍加珍惜——使我的笔得心应手的中华文明。我没有胜利的乐观,但我打算抵抗。""文明战场上知识分子们把投降当专业,这使我厌恶至极。""在文化的危机中应该相信,在未来的年轻人手上,前途的可能性是可塑的。"

朱向前的《生命的沉入与升腾——重读〈金牧场〉及其评价》发表于同期《当

代作家评论》。朱向前认为:"读它(《金牧场》——编者注)之所以费劲、费心,并不在于它的形式,而在于它的内容……因为张承志从事只看重生命的体验和心灵的历程,并以此不断地去逼近艺术的真境界和大境界。"

本月

《上海文学》第 1 期刊有《应变与创造——编者的话》。编者提到:"作家王蒙在给本刊的专稿中充满信心地说:'还有许多小说可写,还有许多悲喜剧可看。'""对于人间的悲喜剧,由于作家自身经历与经验的不同,因此往往会有不同角度与不同层次的观察。例如韩少功在本期发表的短篇小说《余烬》中,艺术地表现出'旧'对于'新'的纠缠与重叠。对于一个从动荡年代走过来的作家,他经常会从种种新的生活场景中发现'旧'的余烬,这不仅是自然的,而且是深刻的。"

李洁非、许明、钱竞、张德祥的《九〇年代的文学价值和策略》发表于同期《上海文学》。张德祥认为:"之所以失去了'明天'的关怀,还在于'当下'的失落,其核心是'道德'的失落。""没有哪个概念能比'世纪末'更准确地概括出'当下'的社会特征,亦即一种放逐了道德良知和人欲疯狂,'过把瘾就死'!"

许明认为:"人文知识分子应当在任何历史条件下,前导和创造精神发展的历史,而不是仅仅顺适社会潮流。"

李洁非认为:"当前文坛上许许多多最有才华的作家,都丧失了表现当代生活的兴趣,也丧失了这种能力,而把他们的聪明才智纷纷投入到历史题材创作之中,远及唐宋,最近的年代也是在民国。他们特别热衷于家世小说,对旧式簪缨之家的兴衰枯荣、妻妾争宠这类故事爱不释手,或者,是对发生在后宫的权力倾轧、秽闻丑行、恩恩怨怨玩味再三,以至于发生了几个作家为着同一个题材撞车的事情。……文学创作在历史与现实之间的失衡,显然是跟这些年文学的价值观念上对文学的社会功能加以排斥分不开的。"

王蒙的《沪上思絮录》发表于同期《上海文学》。王蒙认为:"(人文精神——编者注)失落的时候不说失落,回归一点了反而大喊失落。这是中国特色的现象,甚至于是某些悲剧产生的原因。""有一点确定无疑的含义我并没有异议:

知识分子的追求不能完全地物质化。"

本刊编辑部的"编后记"《叙事的魅力》发表于《小说家》第1期。编者指出:"在叙事面前,时间和空间已经不再成为障碍,故事情境和事件内容也不再不可或缺,叙述与描写,真实与虚构,理性和感觉,也都或多或少地丧失了先前的意义,因为叙事能使所有的叙述对象和叙述内容发生意义。""字、词语之间没有区别,区别的是话语,亦就是叙述话语的方式和所有的人不一样,由陈述行为中的叙述话语与所叙故事构成的叙事方式的独特,使'这一个'充分地展示了自己的魅力。"

唐跃、谭学纯著《小说语言美学》由安徽教育出版社出版。该著指出:"在我们看来,文学被称为语言艺术,不应当是一句徒有虚名的门面话,它意味着,文学作为一种艺术样式,既是通过语言形态来呈现的,又是通过语言方式来实现的……过去的文学理论,注意到语言形态呈现文学的一面,忽视了语言方式实现文学的一面,因而留下跛足的遗憾。固然,单从语言形态呈现文学的意义上说,语言的作用不过是复制性地外化思维过程,有如工具一般。而当视角拓展到语言方式实现文学的意义上,我们就会发现语言外化作用的复杂情状:科学语言旨在再现抽象思维,通常是比较机械地发挥外化作用;文学语言旨在表现形象思维,通常凭藉丰富的语言表现方式的灵活运用,做到能动地发挥外化作用。文学语言的独特外化价值,可在下列图示中得到反映:

$$
\text{生活内容} \begin{array}{l} \underline{\text{思维改造活动}} \longrightarrow \text{艺术内容}(1) \\ \underline{\text{语言外化活动}} \longrightarrow \text{艺术内容}(2) \end{array}
$$

在文学创作过程中,作家先是通过思维活动对生活内容进行改造,使之转化成为艺术内容,继而,通过语言活动把艺术内容外化出来,使之形成含有再创造因素的新的艺术内容。这就是说,所谓艺术内容(1),是指的心理形成水平上的艺术内容,它通过作家的构思而产生,也就是通过作家对生活内容的选择、提炼、夸张和变形等一系列在思维中进行的改造活动而产生。所谓艺术内容(2),是指的物质实现水平上的艺术内容,它通过作家的语言外化活动而产生,在把艺术内容（1）以语言的形态固定下来的同时，又使艺术内容（1）在表现方式上得到丰富和升华。艺术内容（1）虽然作为思维形态得以存在，但较之运用概念、判断、推理而进行的抽象思维有所不同，它与语言单位的固定对应趋于模糊甚至解体。与形象思维的主要构成——形象和情感相对应的，则是无比多样的语言表现方式，这就为语言自身结构的变化处理提供了开阔空间，也潜伏了经由语言外化之后的思维内容势必有所丰富和有所升华的前景。在这里，语言与语言对象之间的直接性固定指代关系虽然没有完全被排斥，却更多地让位于间接性灵活暗示关系，所以，通过语言外化而产生的艺术内容（2）已经不是艺术内容（1）的再现，而属艺术的再创造。

"根据上述对于'文学是语言的艺术'的命题的重新阐释，我们来看待小说语言问题，尤其是看待那些以语言方式实现文学内容为美学追求的小说家们的语言实践，立刻感到眼界宽阔许多，感到研究上的空白点尚存众多。"

全书除导语、后记外共分为十章，第一章讨论小说语言的观念问题；第二章讨论小说语言的实现途径问题；第三章和第四章分别讨论小说语言的形象显现与情绪投射问题；第五章和第六章分别讨论小说语言审美描述之格调与节奏的问题；第七章和第八章讨论小说语言变异之文体概观与理论意义的问题；第九章和第十章分别讨论小说作者的语言能力与小说读者的语言体验问题。

二月

1日 罗望子的《关于小说的自我问答（创作谈）》发表于《作家》第2期。对于"在小说中你想表达什么？"的问题，罗望子回答道："崇高。不要把写小说看得崇高。然而小说本身应该表达的却又是崇高。崇高的就是珍贵的，而世界上只有一种东西最崇高最珍贵，那就是我们的生命。可以表达生命的开端与降落，也可以表达生命的幻灭与辉煌。小说应该让阅读者清醒地珍惜生命，或者从这类审美观照中感悟到某种活法。这倒并不是要给小说加重砝码，它一方面是由于小说表达出了叙述者的价值观，另一方面是为了让读者同叙述者一样，在小说里头经受到某种愉快的体验。"

对于"你如何表达？"的问题，罗望子回答道："面对现实,展开幻想者的心灵。

小说是对生活的陌生化过程。小说是一种神秘的幻觉或幻象。《小说美学》的作者（美国）阿米斯说：神秘的幻象就是审美经验的最高形式，就是对最高价值进行的沉思，这些都是对宇宙本身的问题所做的回答……它往往逃避了尘世而与理想相交流（第16页）。就我而言，小说的诞生往往来自于对现实的关注，所以我的小说背景都十分明确。然而幻觉又使我的小说与现实有了一定的距离，成为对现实和个体经验的格式化（format）产品。"

对于"你想使有意义的表达获得什么样的效果？"的问题，罗望子回答道："小说的价值是由于它包括了快感和一定程度的情感。对于你的陌生化或格式化表达，读者可能有着类似的经验，可能在梦境中偶遇过，可能存在于他想象的天地，也可能闻所未闻的新鲜，但不管是哪一类情况，小说都应该让读者产生共鸣或受到震惊体验。没有这种'震惊'，小说就会失去魅力。"

3日　《人民文学》第2期刊有"编者的话"《〈太极地〉与〈小姐〉》。编者提到，"当关仁山写《太极地》时，复杂的焦虑缠绕着他"，"这是理解的焦虑，面对吾土之上、吾民之间急剧变化着的生活图景，写作成为一种理解的方式，历史与现实、伦理与功利、艺术感觉与社会视野，由此建立起了思索着的、游移不定的关系"，"这又是个人化的焦虑，'绕树三匝，何枝可依？'作家踌躇着，不知怎样才能把他的主人公安放停当。在这个断裂着又接续着的大时代，人的社会存在成为一个突出的难题"。

5日　谢有顺的《先锋小说再崛起的可能性》发表于《山花》第2期。谢有顺指出："先锋小说在审美意义层面上所作出的贡献，他们从理性式的与浪漫式的两种角度中推进了小说美学的本位化，从而真正完成了中国小说的形式功课。先锋小说的意义更在于此。"不过，"先锋小说家的美学观是一种迷惘美学，美只存在于虚构之中，没有真实性"。

张英的《王蒙访谈录》发表于同期《山花》。王蒙谈道："陆文夫的短篇小说是很有趣味的，也很有蕴含，有意味。他的大多数作品风格不温不火，不急于表达自己的思想。而张贤亮的作品要比前者厚重得多。特别是他那些经历的描写，心灵的挖掘、人性力量的展示，已经到了一种很高的境界。至于张承志，他是个严肃的，用心灵写作的作家，我比较喜欢他的作品。""王朔的作品其实不光是调侃，他也有他较深的内在意义，也有深刻性。只不过这种深刻性往往隐藏在嬉笑调侃的背后。这也说明我对他的肯定。至于苏童，我觉得他文笔优雅，感情细腻，感觉相当细致，情节描写非常老到。"

10日 孙郁的《"新体验小说"之体验》发表于《北京文学》第2期。孙郁认为："'新体验小说'是对变化着的北京乃至中国生存现状的一种认知的企图，抑或是对自我能否与新的生存状态相勾通的一种探试。"在孙郁看来，"'新体验小说'以某种非文学性的自述语态，唤起了人们对一种亲历的认知过程的新奇感"。

孙郁评价许谋清的写作，"可以说，'新体验小说'最初的尝试，许谋清的自我撕破过程，为这一小说形态在文坛的确立，立下了较鲜明的标记"。孙郁认为，"新体验小说""这一口号下松散的队伍，已开始把这一小说推向了多样化的路径，以至于无法用一个确切性的尺度，去规范它的形态"。其中，"《预约死亡》是一部颇有形而上力度的作品，作者残酷地直面人类至今无法理喻的死亡世界的勇气，把'新体验小说'在哲思的深度上，引向了令人刮目相看的领域"，"《枯坐街头》与《缅甸玉》体现了作家与陌生世界建立情感通路的一种可能，'新体验小说'因这样的作品的存在，使这一新的小说样式的倡导者的意图，变成了实实在在的现实"。

孙郁强调，"阅读'新体验小说'的时候，我发现作者们的思想走向，其实并不像后现代主义那样消解意义"，"'新体验小说'其实不是后××主义的滋生之果，因为当下文人的心理结构，还是前工业社会文化的某种延续。在无意识的层面上，许多作家还系着古老的幽灵"。此外，孙郁还"发现另一个引人注意的因素"，"'新体验小说'过多地强调了叙述者'我'的因素。这个叙述者与传统小说的'我'是不尽相同的，它更多地带有作者自身的东西"，"这种'新'并不是价值观念与情感方式的'新'，而是叙述角度与方法的更替"。

最后，孙郁认为，"新体验小说""在两个方面给目前的文坛带来了启示：一是艺术虚构与生活真实，的确有重新排列组合的可能，在小说王国中，似乎存在着一种新的、而如今尚未被人发现的叙述语态；其二，'新体验小说'的出现，也是一部分作家消解'诺贝尔情结'，把一味模仿洋人小说的写作，还原到中国式的写实中的一种调整"。

18日 牛玉秋的《"文化关怀"小说》发表于《文艺报》第3版"热点聚焦"专题。牛玉秋谈道:"由《上海文学》推出的'文化关怀'小说其创作背景,是中国大陆经济起飞加速现代化进程这一历史阶段的文化反思。倡导者认为,从精神环境来说,九十年代不同于以往的特征是人的各种欲望的释放,以及人与自然界的关系日益紧张。'人们既然在市场竞争与生态法则中感受到"无情",就需要"回家"去寻找温暖,文学正是人类的精神家园'。因而他们提出了'对弱者,关怀他的生存;对强者,关怀他的灵魂'的口号。"

牛玉秋的《新体验小说》发表于同期《文艺报》"热点聚焦"专题。牛玉秋谈道:"新体验小说酝酿于93年年底。《北京文学》邀请在京的十位作家举行组稿会,探讨即将推出的'新体验小说'的创作形式与内容,强调了'新体验小说'创作的现实性和作家在创作中的主观体验,此后陆续发表了十七篇中短篇小说和十篇小小说,内容范围极其广泛……新体验小说以作家真实、亲历的感受,描写当代社会变化中的各个生活层面,揭示错综复杂的人情世态和矛盾困惑。同时,这些作品还提供了作家那充满现代情绪的人生体验。有的论者认为,'所谓"新体验小说"根本没有任何"新"内涵,就其目前所提供的文本来说,是地道的现实主义手法。充其量就是融入了一些纪实的成分而已。'实际上,客观的纪实与主观的体验相结合,正是'新体验小说'的新意之所在。"

牛玉秋的《新闻小说》发表于同期《文艺报》"热点聚焦"专题。牛玉秋谈道:"由《春风》提出的新闻小说在九四小说新潮中理论阐述最少,创作数量最大。一年中发表了近三十篇作品。它的目标是'把新闻特征引入小说,以此增强小说对于社会事件的反映能力'。它和旧有小说的区别十分明显,那就是它撇开了虚构手法,但问题在于它与新闻的界线却并不十分清楚。有的论者认为,'新闻从来都只报道事件,而不表现它的情节'。然而,新闻中的有些品种不仅报道事件,也报道情节。因此,对于新闻小说来说,最重要的乃在于,作者能否在不依赖虚构和想象的情况下,将真实的素材组织成生动、完整、引人入胜的情节。""新闻小说所存在的问题也很明显。首先是新闻性突出而情节性薄弱,显得不象小说,而仅仅是新闻。……其次是情节性尚可但缺少新闻价值。"

25日 吴秉杰的《九十年代小说现象和文学课题》发表于《文艺报》。吴秉杰认为："九十年代小说中一个较普遍的现象还有，人物语言多数转化成了叙述语言，直接引语通常改换成了间接引语，它突出了作者主体性的介入，付出的代价则是削弱了人物的个性化表现和性格塑造。"

三月

5日 葛红兵的《文化乌托邦与拟历史——毕飞宇小说论》发表于《当代文坛》第2期。葛红兵谈道："毕飞宇是一个充满形而上意味的小说家。在他的眼界中，现实是'充满不确定'状态的，而历史则布满'深刻的精神'，然而不管是'不确定的状态'还是'深刻的精神'都被毕飞宇统一到了先验的空间和游移不定的时间之流中，不过毕飞宇并不因此而将历史看作一个目的论的过程，在他那里是时间蕴含着历史，而不是历史蕴含着时间。""传统意义上的历史小说总是为横亘在历史情思之外的历史真实所左右，多半充斥着不必要的琐碎的历史细节。在毕飞宇那里则恰恰相反：浩淼的历史情思引出了无边的如烟往事，也因此历史在毕飞宇的小说中呈现为一种'补叙'状态，被历史哲思整合在共时性之中，过去被看成是历史的本质属性的历时性受到了消解，这种消解的方式在《叙事》中变得格外明显。在这部小说中，毕飞宇第一次把历史与现实毫无保留地统一在一个共时性的体系之中。"

唐云的《对两部女性文本的阐释》发表于同期《当代文坛》。唐云认为："女作家们确实以挣扎来确立自我，她们以自己的一套话语来述说世界，并向权力话语挑战。如果允许我稍稍把'我'和作者比附起来，我认为，作为女性，作家池莉只认为爱情以一种幻想的形式存在，任何有可能现实化的爱情只能破坏那个神圣概念化的爱情的完美性,也许女性最明智的作法是真的'不谈爱情'。"

张英的《安顿自己的灵魂——访著名女作家戴厚英》发表于《山花》第3期。戴厚英谈道："回到文学，我甚至觉得文学即是一种宗教。用整个心灵去写，真诚地写，这便是目前我所皈依的。"此外，"人性、人道主义、人文精神是我至为关注的东西，也是我创作中努力把握的坐标"。最后，张英强调："追求形式只是文学的一个动机，对形式美的追求显示着一种值得称道的能力。但文学绝不只等于形式。……至善至美，至恶至丑，都在人的心灵深处，应该挖掘最有价值的东西。"

9日 本报记者徐春萍的《文学是应多元的——与作家冯骥才一席谈》发表于《文学报》。冯骥才指出："'王朔现象'比王朔作品更有意思。王朔式的语言、人际关系及观念等构成了一种有趣的文化现象，它所提供的对当代青年的认识价值超过其作品的文学价值。我认为由社会学家来研究王朔似乎更合适。王蒙很赞赏王朔，因为王朔的幽默比王蒙的更痛快。"

11日 兴安的《新体验小说：作家卷入当代生活的一种尝试》发表于《文艺报》。兴安认为："所谓'新体验小说'是作家经过对现实社会的某一个层面的亲身体验和主观介入，所创作的事实与虚构相结合的小说作品。一般认为，'新体验小说'应具备三个主要特征，这也是发起者基本认同的规则，即现实性，亲历性和主观性。"现实性即"所写应该为现在时态所发生的事物或问题"；亲历性"强调了作品中叙事者的亲历线索，但并非一味要求作品叙述聚焦的单一化"；主观性"则更多地体现了作家内在的主观感受和介入"。

关于"新体验小说"的现实性，兴安进一步指出，第一，"新体验作家对现实的自觉而富有成效的考察和体验，超出了一般小说家的创作定式"；第二，"新体验作家消解了传统现实主义小说中'典型人物'的塑造和对单个主角命运线索的关注，而侧重于层面化人物群体的现存状态的整体的把握"。"'新体验小说'正是汲取了前人的经验与不足，重新提出和强调了作家与文学对社会和历史的价值承诺和创造精神。作家作为叙述主体以自主的积极能动的创作意识和情感，对社会现阶段的发展状态进行深刻的观察和反思，为人类的生活表述出历史时刻的真理，并提供某种世界进程的预知性的感受。这或许才是'新体验小说'发起者和'新体验小说'本身所追求的终极标志。""自从'新体验小说'出世以后，国内许多文学杂志也纷纷树起了各自的旗号，比如：新状态小说、新都市小说、新市民小说以及新闻小说等等，形成了南北呼应、门派林立的热闹的创作格局。由此也引发了许多专家的忧虑。笔者认为，'新体验小说'发起和倡导的真正意义绝不是在于建立或提出某种标新立异的主义或口号，而在于唤起作家对社会的良知，对人类生存处境的关注以及对历史的积极的创造精神。"

15日 王培元的《以新的方式"和自己的过去诀别"——王蒙〈失恋的季节〉的喜剧类型和语言》发表于《文艺争鸣》第2期。王培元认为,"王蒙在这部长篇作品中创造了不同于一般传统喜剧的新的喜剧风格,作者的讽刺的和幽默的激情具有现代喜剧的性质","这部小说采用的是第三人称,这种叙事角度的客观性间离性和超脱性的特征,有利于作者在一定的历史距离中,以理性的观察和冷静的剖析,对历史及人物进行喜剧性的洞照和审视"。

同日,戴锦华的《救赎与消费——九十年代文化描述之二》发表于《钟山》第2期。戴锦华指出:"'知青文学'无疑继'伤痕文学'、'反思小说'之后,直接负载着沉重的、令人难于负载的文革/现实政治记忆。""典型的或不甚典型的知青小说始终以青春有悔、但无悔青春的、痛楚的、但昂扬或低回的基调与彻底否定'文化大革命'的主流话语相错位。……知青文学所追求的,则是从历史的灾难、劫掠与罪恶中救赎自己———一代人的青春记忆。"除此之外,"一个新的功利主义、消费主义的文化与现实甚至超越了八十年代由'北大荒精神'到'大碗茶奇迹'的转换"。最后,戴锦华强调:"人们在消费与娱乐的形式中,消解着禁忌与神圣、消费着记忆与意识形态。"

17日 雪洁的《真实而复杂的人性世界》发表于《作品与争鸣》第3期。雪洁认为:"完全以做实验的态度来写小说,不顾及小说在现实生活中的影响,包括在道德建设方面的影响,未必是适当的。"

20日 李知的《关于小说的总括式叙述体式》发表于《小说评论》第2期《李知专栏:外国小说艺术漫评之七》。李知指出,英国作家默文·琼斯的《幸福是……》是一种"总括式叙述文体","我这里所说的总括式叙述形式,是指作家专注于故事情节的总体性,只观照小说内容的全貌及轮廓的清晰性,随之以极概括的而不失之为干枯与非具象的笔力去勾勒他要表述的故事情节之脉络。作家几乎不设计也不展开人物活动的场面描写。其艺术细节与其说是适度的,不如说是稀少的。真可以说,这是少见的为作家所不应有的艺术吝啬"。

孙绍振的《小说与故事》发表于同期《小说评论》《孙绍振专栏:小说内外之六》。孙绍振认为,"有些作家有一个误解,以为在故事里无法建立起形式感,他们把形式理解成了外面的东西。真正的形式应该是内在的形式","中国作家缺乏的是完成故事精神的能力。必须具备一种良心的判断力,才能够统摄故事,在故事中出示以良心为本质的精神向度"。

25日 林为进的《历史的限制与现实的选择——重评第二届茅盾文学奖获奖作品》发表于《当代作家评论》第2期。林为进指出:"当代中国的文学创作,于90年代以前,从来就没有好看与不好看的考虑。作家们坚持不懈的是如何引导读者去认识我们现在能够允许人们去了解的历史和社会。""正是这种以教谕为目的,以认识为手段的创作,使得文学与社会政治学经常地混为一谈。为此,文学创作追求的往往不是美学本身的意义和价值,而是社会意识的敏感……《黄河东流去》、《钟鼓楼》、《沉重的翅膀》就是这样的创作。"

潘凯雄、王必胜的《话题纷纭:'94文坛新气象》发表于同期《当代作家评论》。潘凯雄、王必胜认为:"''93长篇热'改变了十几年来我国长篇小说每年数量不少,反响却平平的失衡状。这样的结果给一些出版社和书商们以信心;出长篇小说也可以赚钱,甚至可以挣大钱。""正是在这种商业利益的驱动中,于是在'94文坛上,'长篇小说热'持续升温,而且更多地表现为一种市场的'热'……但市场的'热'毕竟不能等同于长篇小说创作的成功与成熟,相反,倒是在这股热中透出了种种畸态。"所谓"畸态"表现为"重包装(包括封面装帧的花哨,内文编排的醒目,标题制作的刺激诱人)轻内容;重制作轻创作,性、暴力和粗鄙成为这些长篇小说中常见的要素"。

於可训的《历史转折期的艺术见证——重读首届茅盾文学奖获奖小说》发表于同期《当代作家评论》。於可训指出,《李自成》的"艺术秘密"是"'古为今用'的创作原则"和"现实主义的创作态度和民族化的艺术风格"。於可训还指出,"一个文学接受史上的事实,即中国的读者历来习惯于看小说作'信史'和以小说作观察和了解社会的'百科全书',看历史小说的眼光,尤其如此"。关于"六部获奖作品的经验和成就",於可训认为:"其一是它们的强烈的现实意识和深切的历史感。""其二是它们的深固的现实主义文学本体观和兼容并包的艺术创造性。"

本月

《上海文学》第3期刊有《喜亦故事 忧亦故事——编者的话》。编者提到："我们中国人读小说，喜欢读其中的故事。故事的好处是让你知道许多人生的悲欢离合，从中引出一点做人的经验与教训……故事模子说到底是一种思维模子，是人们对生活的一种概括……但是，故事模子具有显而易见的局限性：它试图用某种公式去整除复杂的、有时甚至是难以言说、难以捉摸的生活波流，使生活变得简单明了……于是，在80年代，我国的新时期小说终于发生了'文体革命'……文体革命的内在动力是作家主体在生命体验上的充盈性。如果主体的充盈性在发挥后得不到及时的补养，只在'文体'上雕琢，纯文学就容易滑向艰涩，读者就会感到难读、难懂，这便是纯文学的'作茧自缚'……所以，到了90年代中期，文坛上又发出了'给读者一个故事'的呼吁，我们积极回应这一呼吁。不过我们希望：一，尽量多一些能够概括90年代生活的新故事，少一些老故事；二，如果写老故事，希望对'老'有新的阐释与演绎，不要落入旧的套子中去；即便是写新故事，也希望警惕老的故事模子借'新'复活。本期发表的两个中篇小说讲的都是90年代的新故事。荒水的故事比较流畅周到，但容易使人感到有一种模子在作用。孙春平的故事有些疏离感，却突破了一种思维模式，留下一点思索与启悟，请读者诸君自由选择吧。"

王鸿生、耿占春、何向阳、曾凡、曲春景的《现代人文精神的生成》发表于同期《上海文学》。"主持人的话"提到："在我看来，所谓人文危机，包括两个相关层面，一是人（精神、人格）的危机，二是文（语言、表征）的危机，而每一个人文知识分子实际上早已处在这双重危机的袭扰之中。因而，谈人文关怀，就不能不先谈一下关怀者自身的精神存在状况，这当然需要下一番去蔽的功夫，尽力剥除那些自欺的或他欺的认识成份，从而，使问题真正地显露出来。一切似乎还得从'我'说起。"

四月

1日 纪众的《此在巡游的探索——论述平的五部中篇小说》发表于《作家》

第 4 期。纪众表示："有人说，'小说被贬为次要艺术，只因它固守过时的技巧'，总觉得没有言到根本。小说艺术发展至今，早已不是反映、表现什么与怎样反映、表现的问题了。参与社会生活，改造世界，科学家有科学家的方式，政治家有政治家的方式。小说家也有小说家的方式。人造卫星、原子弹，这种或那种社会制度，本都是生活中所没有，如今却是事实和真实。小说也如是，重要的是它发现了什么、创造了什么。略萨在《小说艺术的特性》中曾谈道：用来描写某种现实的符号多得不计其数，'通过选择这一些而抛弃另一些，小说家对他描写的对象就表现出喜爱一种可能性和说法，而扼杀了其它无限的可能性和说法。因此，小说家就改变了自然，用来描写的东西就变成了被描写的东西。'小说中的生活图景，如《晚报新闻》中陈云辉的犯罪原本只是作为一种可能存在着，但被作家描绘出来，它们就从存在的可能中现身转而变为我们生活中的一部分，用来描写的东西——陈云辉伤人，就变成了被描写的东西——陈云辉的存在状态。这个对可能性的选择过程，也就是从存在者身上逼问出它的存在来。"

纪众还谈道："生活中的事实，由于受时间和空间的限制，只能是存在的无数种可能中的一种显现。我要去北京，就不可能同时去上海。生活中的事实是去北京的事，小说中的事实就可以是去上海或南京的事。反映或表现我去北京，不管用什么样的方式方法，都改变不了模仿的性质，都没超越生活已有的选择，逼问出我的更广阔的存在境域。寻找另一种时空因素的组合方式，让没有被既成事实生活所肯定，然而对于我的存在来说却是更真实、更有趣的东西，使它回到自然之中，更深刻地显现我的存在状态，这才能谈到创造，才能谈到小说对生活的发现及对生活的丰富和补充。才能谈到通过小说使非现实形态的生活转变为现实形态的生活。才能使小说成为人们为超越有限人生所必须阅读的东西，从而使小说由此成为重要的艺术。"

王蒙的《小说面面观》发表于同期《作家》。王蒙谈道：

"一、不管是古代的通俗小说，还是近、现代的通俗小说都有如下的一些特点：

"故事的戏剧性——尖锐的冲突、明确的主线、急速的发展。它不能停下来做静态的或铺张的描写。金庸的武侠小说是写得很好的，他小说中的人物出场以后打斗几乎是不停顿的。这与戏剧一样要求很强的行动性，很忌讳大段的内心描写和静态描写。写一个人的肖像也是简单的几句话——丹凤眼、卧蚕眉、面如重枣、面如锅底、闭月羞花之貌、沉鱼落雁之容、鹰鼻鹞眼、尖嘴猴腮等等。

"情节的模式化。如果我们对中外的通俗小说做一个细心的分析归纳（这也是现代的结构主义者最喜欢做的事情），我们会发现它是有一些模式的，它几乎离不开这些模式。比如好人受冤枉、受迫害，最后得到昭雪的模式。大仲马的一些小说就是这样。审案、断案的模式。三角或多角恋爱的模式，这是言情小说所离不开的。才子佳人的模式，公子落难，小姐慧眼相救，引为知己。今人的一些作品依然能看到此种模式的痕迹。张贤亮、刘绍棠的一些作品就常给我们这种感觉。这也是很吸引人的，因为男人更政治化一些，他们常被冲击到政治斗争的漩涡里，很容易发生这样那样的事故，而这时候能得到一个女子精神上物质上的帮助，无疑是男人度过难关的巨大动力。因果报应的模式，基本上是两种：一种是好人好报，恶人恶报，这是全世界人们的共同愿望。好莱坞的电影几乎都是好人好报，另一种是相反的，好人没有好报，写苦戏常用这种办法。看这种小说或这种小说改编的电影、戏剧，我们得带上手帕。……

"主题鲜明，符合公众的价值标准。比如忠孝节义，一般说来这是老百姓所认可的，而奸诈、忤逆、出卖朋友是老百姓所唾弃的，于是通俗小说就可以按这个标准确立它的主题。这样它的主题总是包含着道德和劝善的成分。越剧《五女拜寿》的细节我已记不清了，大概的意思是一个大官在政治斗争中触了霉头，地位一落千丈。女儿也都是势利之徒，对亲生的父亲也是躲得远远的，只有家里最穷的小女儿对父亲很好。戏的倾向性非常明显，赞扬贫贱不移、富贵不淫的人际关系；不赞成趋炎附势、落井下石的小人行为。我们不妨把这个故事与莎士比亚的名剧《李尔王》做个比较。当然李尔王的故事有许多神秘和恐怖的东西，这是《五女拜寿》所没有的。但主题是相近的，可见在这样的事上古今中外情同一理。

"人物的类型化。通俗文学的人物是分类的。为官为臣，有忠有奸；为君，有明有昏；儿子有孝子有逆子等等；类型非常清楚。《三国演义》并不是历史，是在长期口头文学的基础上加以整理的。它本身琳琅满目，非常丰富，但它口头文学的痕迹还是很重的，许多人物是类型化的。看书的时候你感觉不明显，看电视剧《三国演义》感觉就明显多了。其实电视剧对人物还是做了一些校正的，如对曹操的描写就没有写成像戏剧舞台上所表现的那样奸诈。实际上《三国演义》人物的类型化是很严重的，如关羽体现着忠和义，张飞则又忠又猛，诸葛亮智慧，刘备仁义，曹操奸诈，周瑜狭隘，鲁肃忠厚等等。

"通俗小说的语言浅显、明确。"

关于雅小说与俗小说的联系和区别，王蒙说道：

"雅小说和俗小说的关系也很有意思，一方面雅小说不断利用俗小说的经验来丰富自己，另一方面又反其道而行之，用俗小说所不用的手段来表达自己独特的艺术追求。这两者有些东西是不能截然分开的，因为小说本来就起源于世俗，你想把小说写得没有人间烟火气是很困难的。保持一个故事的线索，有一定的悬念，也有一些巧合、误会等等，这些都非俗小说所独有。……

"另一方面，文学性较强的小说又追求与通俗小说反其道而行之。最突出的是非故事化，你愈倚重故事我愈要淡化乃至取消故事，取消了故事才显出了雅小说的过硬本领，靠人物、描写、语言、新意取胜。通俗小说很忌讳写内心世界，而有一些文学的大家偏偏不吝惜笔墨写人的内心世界，写人物的情绪、心理活动。外国有所谓心理写实主义，甚至形成了意识流这样的派别。他们的重点不是写人物的外部关系，不是写事件的变迁，而就是要写人物的内心感受。当然外国有外国的情况，中国有中国的情况，我们不能简单地说它好或不好。对它的是非长短做出判断是另外一个问题。"

谈及小说在体例和体裁上的区别，王蒙表示：

"最普通的说法就是长篇和短篇小说，在中国又加上了中篇小说和微型小说。中国构词的特点映出我们喜欢演绎，先要抓住最大最根本的东西。比如说'牛'，这是各种牛的本质，是牛的普遍性，然后就产生出大牛、小牛、母牛、公牛、种公牛、菜牛等等。小说也是这样，从'小说'就产生出长篇、中篇、短篇、微型小说。这样划分的好处是强调了它们一致的方面，坏处是忽视了它们之间许多本质的差别，而只看成是篇幅长短的不同。外语对小说都不是这样表达的，长篇小说英语叫 NOVEL，法语叫 ROMA-NCE，似乎与爱情故事、传奇故事的意思相近；中篇小说在外语中找不到对应的词；短篇在英语中叫 SHORTSTORY 完全是另外的词，没有一个统一的'小说'的概念。所以它们除了量的不同以外，还有本质上的区别。

"长篇小说应有更大的生活的容量，有对人生、对社会更完整、更透彻的审视。我常常用比较浅俗的一个词'干货'来表达我对长篇小说的认识，长篇小说要有干货。干货包括经验、体验、知识、材料等等，很多是文学以外的东西。即使你写的是幻想、荒诞、神怪、魔幻型的长篇小说，你内心所把握的仍然是真实的人生、真实的社会。前几年魔幻现实主义在我国红极一时，加西亚·马尔克斯的《百年孤独》大受欢迎。《百年孤独》的情节不管多么奇特，多么不可思议，但它要表述的仍然是南美洲百年来的变化。南美地区原来是落后封闭而又十分淳朴美丽的一块土地，殖民主义者剑与火的入侵，人民的革命、起义，跨国公司的兴建等等给这块土地带来了翻天覆地的变化。这些变化都在《百年孤独》魔幻的外衣下得到了真实生动的体现。

"我国众多大型文学刊物的出现推动了中篇小说的发展。相对长篇的巨大容量而言，中篇则相对集中地表述着某种人生的经验。在我国多数中篇给人以压缩了的长篇的感觉，只有少数像拉长了的短篇。这跟作者写得急有关系，急于完成作品，不想放开了写。许多中篇到外国以后变成了长篇，七、八万字的小说翻译成英文、日文，差不多能占到十一、二万字的篇幅，纸张又厚，单行本印出来完全给人以长篇小说的观感。

"我非常欣赏一位英国女作家对短篇小说的看法，她认为短篇小说不应该和长篇小说划归一类，如果非要划的话，应该把短篇小说与诗、散文划归一类。这也算一家之言吧。她的说法很奇特，但有一定的道理。短篇小说我觉得是非常文学、非常情绪、非常机智地对生活的一点把捉与表现。这种文学、情绪、机智的特征确实与诗和散文十分接近。有灵气的一个短篇小说很像一首诗，读完以后使你依依不舍又怅然若失，感到它是那么灵巧，那么好，却又不过瘾。这种感觉只有诗和散文的时候才会有。当然也有以故事见长的，三言二拍讲的不都是故事吗？欧·亨利的短篇也是精彩的故事，有趣，但也很机智。

"微型小说在中国这些年有很大发展，上海的《小说界》每期都有一些微型小说，有些报纸也登一分钟小说。写得好的并不多，好的微型小说常有些隽语。我觉得微型小说的发达和受欢迎，与魏晋南北朝以来的笔记小说有关。笔记小说常记下一些名人轶事，都是非常好的微型小说。新加坡的华文作家也喜欢写微型小说，这与那里的作家和读者都很忙碌也有关系，新加坡的职业作家很少。他们的稿费标准和我们差不多，而生活消费比我们高得多，工资也高。"

6日 董丽敏的《小说："玄虚"加"现实"？》发表于《文学报》。董丽敏谈道："一方面远离现实的先锋小说、新历史小说如火如荼，另一方面这些小说的世俗商品气味却越来越浓郁，正因为它们之间的互相对抗仅仅是体现了客观现实世界的两种不同的维度，而流贯于其间的小说家对两者的理解缺陷是共同的，某种层次上，正是小说家无法完成自己对现实的独特理解，他才需要以历史、语言、上帝这些非现实的材料来掩饰自己的无能，制造一种假象；也正因为他只是逃避、延宕对现实作出自己的判断，所以历史、上帝也就缺乏了现实意识的穿透显得如此苍白无力，只是一个臆想中的乌托邦，因而无力阻止他堕入世俗的泥潭。"

10日 《新体验小说研讨会发言纪要》发表于《北京文学》第4期。兴安认为："'新体验小说'是一种事实与虚构相结合的小说。"

王必胜认为："'新体验小说'其实是作家对我们现实生活的一种较为自觉的干预，并找到了一个新的切入点。""在作品的表述方式上，我们作家对生活的视角下沉了，现在是一种平视的视角，不是俯视或全方位的关照，而是从一个视点上来看我们当下的生活，这是'新体验小说'的特点。""另外，它的另一个特点是我们的作家和编辑的自觉性很强，它不是通过评论家而是通过自己自觉地把这些作品定位在'新体验'这样一个概念下。"

季红真指出："'新体验小说'在实际上我理解就是作家的现时感，即在生活飞速变化中，表现个人在其中的体验。这实际上还是一种现实主义的传统。"季红真认为，"'新体验小说'缺乏一种较雄厚、较完整、较宽广、富有人文精神的历史场景和文化背景，因为当前实际上是人文精神消解的时期"，"作家的体验便缺乏一种新的人文精神的能量或说价值感"。在文体方面，"'新体验'强调个人感觉、纪实性的同时，所有隐喻、象征等修辞手法全都消解了，语言力求直白，这不仅消解了一种深层的价值，而且也消解了文学的一种深层模式"。

熊元义认为："'新体验小说'不是'深入生活'的变异，也不是社会纪实，而是要求作家彻底地改变以往的艺术地把握世界的方式。""'新体验小说'应该在不失去沉重感的基础上，善于在沉重的生活中挖掘出真善美，肯定那些有价值、有生命的东西，'新体验小说'对沉重生活的开掘，绝不是建立在个人主观的基础上的，而是依赖于对现实生活的整体把握。"

李陀指出："'新体验小说'的提出有一个意义就是：怎样才能保证我们的文学有一部分不被当作商品来生产，不被当作商品来消费。""另一点，我发现'新体验小说'是有某种现实主义的因素或者说是向现实主义的回归。"

陈晓明指出："'新体验小说'的定义是：'在多元化的价值变动时代。以非常个人化的方式来表现生活的极端形态。'"谈到"新体验小说"的特征，陈晓明认为第一点是：在多元化的价值时代；第二点是："个人化的"或者说"非常个人化的"；第三点是：这种非常个人化的东西，应该和作者的亲身体验非常紧密地结合起来；第四点是：生活的多元拼接；第五点是：关于高情感的体验；第六点是：一种超级的欲望化的体验；第七点是："新体验小说"应有击穿力。

李洁非提到："有一个疑问就是：只有亲身经历的事情才能做为'新体验小说'吗？国外的非虚构小说也非都是作家亲身经历的。"

15日 吴岩的《我们需要健康的科幻文学》发表于《文艺报》。吴岩认为，"首先，在一个技术飞速进步的时代里，一种反映科学影响人类现实、显示未来命运的文学，其繁荣是历史的必然"，"其次，在一个物欲横流的现代社会里，科幻文学可以帮助人们拾回纯真、正直、善良和理解"，"最后，科幻文学提供了无限多样性的可能性"。

25日 罗康宁的《新潮作家的语言实验》发表于《学术研究》第2期。罗康宁谈道："'新潮作家'是个难以界定其范围的概念，姑且随俗地用以指称80年代以来运用异于传统手法来进行创作的一大批作家。尽管其文学主张千差万别，却有着一个明显的共同点，这就是'以语言为文学之本'（王蒙语）。他们所进行的'文学实验'，从某种意义上说，就是一场'语言实验'。……'美文'作家和先锋作家都主张对日常语言的偏离，以王朔为代表的一批'新市井作家'则不然，他们非但不排斥而且大量运用都市平民的口语；与此同时，又把近半个世纪以来充满政治色彩的'正统话语'跟种种俗语巧妙地拼贴到一起，通过变换语境使其形式与实际表达相矛盾，从而颠覆这种貌似'崇高'的话语体系。"

27日 郜元宝的《回到长篇小说的情感本体》发表于《文汇报》。郜元宝谈道："当代作家们的实践再一次证明，好的长篇小说，总是紧紧依附于情感本体，以传达情感为第一要务。之所以要有长篇，无非因为长篇最能容纳充塞天地怀抱苍生的博大情感。创作长篇小说所需要的吞吐万象的愿力，独往孤诣的胆气，锲而不舍的恒心，追踪蹑迹的笔致，洞烛幽微的灵视，穷形尽象的刻画，以及绵绵不绝的妙语，巧夺天工的佳构，都只能从这种博大情感中生发出来。""长篇小说最忌讳的，莫过于情感的枯竭、虚伪与闭于小我。情感枯竭，是说作家和现实的关系过于疏离。对现实存在漠不关心。情感上闭于小我，是说作家目光所及，只在一己的悲喜得失，没有广大的人类情怀。对于作家来说，闭于小我，实际上就已经是感情枯竭了。情感虚伪，是情感枯竭的必然结果。枯竭心灵，却想唱出穿云裂石的长歌，无论知或不知，都将流于虚假做作。"

李洁非的《长篇一瞥》发表于同期《文汇报》。李洁非指出："据说当代小说的潮流早已不复追求刻画人物，刻画人物的小说已经失去了对作家的吸引力。但是我猜测人们的观念没准还会变回来，还会从人物塑造求得小说创作上的成功。为什么这样说？小说本来就是一门写事儿的艺术（不论那事儿是虚构的，还是非虚构的），而事儿又必然是要由人去做，由人去发动和结束，人写不好，事儿自然就写不好看。长篇小说与中短篇相比，尤其必须写人，因为中短篇长度不限，里面的故事，密度稍小一点，玩玩其他的小花招，空灵、留白、淡入淡出、象外之象……等等，一篇作品也许还能对付过去，但长篇少则10几万字，多则几十万、上百万字，恐怕就没有什么回旋余地，只能老老实实、一笔一划地写事儿、写人，牵着读者的喜忧惊悲往前走。"

同日，本报记者李连泰的《守望心灵的〈柏慧〉——访著名作家张炜》发表于《文学报》。张炜谈道:"我写《柏慧》,是用《二泉映月》的结构、韵味来写的,以小说的笔法来表现《二泉映月》,正如目录所示——柏慧、老胡师、柏慧——三个大块。乍听,颇有几分神秘;细悟,仍属艺术相通之法则。"

本月

黄蕴洲的《人文精神何处生根》发表于《上海文学》第4期。黄蕴洲谈道:"中国知识分子丧失人文精神,从而失去了文化创生能力的根本原因在于我们的人文精神是无根的。此人文精神之根就在于知识分子对存在的面对和承担。而中国学人向来缺乏对存在面对和承担的人文传统,这是中国文化传统中最深蔽不明的问题。"

李洁非的《小说学引论》由广西教育出版社出版。本书是艺术学丛书之一卷,作者致力于发现一种"全面的小说学"。李洁非在《自序》中提到:"19世纪以前,小说没有自己的理论……随着小说在19世纪的突飞猛进,艺术特性愈益明显和独立……这样才渐渐有了把小说作为单独的对象的理论研究,人们开始提出小说的方式、小说的技巧、小说的构成等等富于想象力的文学命题……"本书吸收了过去小说学的研究成果,打通其中的隔阂,追溯最初的小说原始意识,探索小说思想的萌芽,将不同的小说研究角度加以互相转化并形成统一的逻辑,区分了小说学整个框架之下各个分明的理论层次。本书从小说的"本体论"、"形态论"、"创作论"、"价值论"、"实践论"五大部分来展开论述。

五月

1日 刘继明的《时间与虚构》发表于《作家》第5期。刘继明谈道:"写作在当代,越来越成为一种空间运动。电脑的日益普及,使符号、操作、编码、程序等一系列技术话语逐渐转换成许多小说家的基本言说方式。这无疑是当代小说的一次意义重大的革命。它的革命性不仅使传统的小说经验遭到颠覆,更重要的还是我们认识和把握世界的立场产生了前所未有的变化。这使我们有充足的理由相信,当代小说将人们带入了一个全新的时代。""然而,这只是事物的一个方面。另一个方面,若说它一直被人所忽略的话,那么现在它开始迫近了,以至使我们无法回避:那就是纯粹空间性的写作或写作的空间性,究竟为我们带来了什么、又使我们失去了什么?""所谓空间性写作是语词的位移,从一个空间位移到另一个空间,她的物质性触手可及,使我们能感到她冰冷肌体的光泽。空间性写作在一个封闭停滞的系统内运转,如同陀螺,它拒绝一切外来势力的介入,包括时间。或者说它的时间被空间所搁置。空间性写作消解了历史的概念。它无所谓历史和当代,也无所谓过去和未来。历史在空间性写作中往往被拆解和组装成一种虚拟的个人经验。将任何事物空间化和经验化,是空间性写作的首要秘诀。在空间性写作中,精神被智力化、想象被游戏化、经验被感官化,这种状况在当代的'先锋派'和'新写实'的许多作品中俯拾皆是。它们像一些打磨得异常光滑、造型各异的木器,堆砌在拥挤的日常空间,在最初的新奇和把玩之后,它使你很难再产生任何本质的冲动。这就是空间性写作的理论家为什么总是急于为自己命名或测定自身方位的原因。因为空间写作者唯一看重的是他在空间所处的位置(唯恐迷路)以及他写作的姿势。除此之外的一切均与他无涉。所以,空间写作者是一群丧失了时间的个人。后现代所说的'平面感'和'无深度模式'均由此而来。'小说家拆掉他生命的房子,用石头建筑他小说的房子'(米兰·昆德拉:《小说的艺术》),这种宿命般的处境,使空间写作者被置身在时间和'历史的外面'(同上),空间性写作因而成为一种暧昧的写作,失去了它的终极语义,'如同一粒子弹射出去后,并不指向明确的目标'(朱苏进语)。"

5日 欧阳江河、陈超、唐晓渡的《对话:中国式的"后现代"理论及其它(上)》发表于《山花》第5期。就"后现代主义"的定义问题,欧阳江河指出:"后现代主义本身是多元的,但国内有些理论家却在对其进行一元定义,并以一种'权威'面目出现。"欧阳江河还谈道:"现在的问题是:东方文化接受了西方文化提出的命题,我们话语的可公度场所,也是西方提出的。这表明我们面临着双重权力的压迫和制约:主流意识形态和西方话语。所以,假如我们现在谈对抗,实际上是双重对抗。"

唐晓渡认为:"后现代主义很大程度上是反定义的。""后现代主义究竟是怎么回事,应和它作为目下中国一种话语的可能性结合起来考虑,或者干脆说它对当代写作首先意味着一种可能性。"

陈超表示："无论对现代性还是后现代性，我们都应该自觉地持一种深刻的学术批判态度，或者说一种客观的省察态度，而不是简单的认同或否弃。"

欧阳江河指出："后现代怎么样，总还有一个可取之处：激活人的想象力。它重视的是活力，但在中国被简单化了。……他们（'后现代'掌门人们——编者注）连现代主义也还谈不上。他们是用前现代主义的方式，加上后现代主义的词汇。"欧阳江河强调："他们最主要的策略之一就是把西方的'后现代'置换成中国的'后新时期'，使之隐隐对位，然后祭为法宝。""这些人一方面在清算'代言人'这一历史角色，另一方面却又堂而皇之地扮演起了'主持人'的角色。这是一个更厉害的角色。"关于"个人写作和有效的批评"，欧阳江河认为："集体写作、群众写作的时代结束了。在个人写作中，群众是不存在的。""什么流行写什么。'后现代'有多少特征，我就要在多大程度上符合这些特征。这就是一种集体写作，更大的、更抽象的、权力的、有主持人鼓动的集体，纯粹的消费行为！"另外，"个人写作有一个特点，就是远离流行的批评概念"。最后，谈及"知识分子写作"，欧阳江河强调："'知识分子写作'强调客观立场和专业精神，强调对价值问题保持关注，强调写作的难度、深度，以及连续性的风格演进等。"

在此基础上，陈超表示："文学在他们（中国式的'后现代主义'者们——编者注）那儿就是新闻主义和市民通俗故事媾合的文本欣快症。消费取代了一切。他们的思路和做法，大抵将文学降格为文化市场的抽样调查和个人致富数据。""另外他们对王朔也很感兴趣，视为理论支撑。""从根本上说，这些人对王朔也采取了有意误读的'策略'。我觉得王朔的小说有调侃、油滑的一面，但也有一些小说，对意识形态主流话语的戏仿、颠覆，对士大夫文学传统的嘲弄，骨子里是严肃的。而这些人却视而不见，只突出了王朔油滑、商业上成功的一面。"

邵建的《重建人文与知识分子》发表于同期《山花》。邵建指出："'重建华夏人文精神'极有可能被视为一个沿袭五四现代性的启蒙话语，事实上它并非如此简单，与其说它是一种'新启蒙'，毋宁说在某种意义上它竟或是一种反启蒙。"在邵建看来，"整个启蒙图式反了过来，不是知识分子给大众启蒙——这已近于一个堂·吉诃德的神话,而是大众和大众文化无意识地给知识分子启了蒙,它使知识分子在这前所未有冲击与震撼之中认真地反省自己长期以来究竟扮演的是一个什么样的角色以及应当成为什么样的角色。……'重建华夏人文精神'实际上就是重建知识分子人文精神"。邵建认为:"人文的重建,首先就是知识分子的重建。"此外,"政治,不是知识分子直接投入的对象,但肯定是它议论和抵制的对象;知识分子与其介入统治集团谋政划策,不如站在外围对它指手划脚"。

10日 罗小东的《"新体验":创作转型的实验》发表于《北京文学》第5期。罗小东指出:"读新体验小说,我们不能不面对一个'表现欲'极强的叙述者。""新体验小说的叙述人却恰恰与此(先锋小说的叙述人——编者注)相反,'我'对每一个正在发生的事件都表现出强烈的精神价值关注,'我'不仅要对事件发表议论,甚至'我'还要从'我'的体验出发去探究人物的心灵或对人物、事件进行'我'的精神心理分析。由此,又使新体验有别于传统现实主义小说的具有全知色彩的精神预构。"罗小东认为:"新体验小说在文体上的某种综合性倾向,它既有先锋小说、新写实小说的某些叙事特点,又吸收了通俗文学的某些叙事手法(在我看来陈建功的《半日跟踪》就不乏侦探小说的味道),同时还融进了某些新闻纪实的风格。"不过,"从叙事上看,这种文体又表现出两种极不相同的模式"。"第一种模式以毕淑敏的《预约死亡》和陈建功的《半日跟踪》等为代表。在这类叙事中,构成小说的主要线索的是叙述者'我'的亲历线索和动作线索,叙事围绕'我'的视见和感知行为而展开,且基本按照'我'的亲历的先后顺序而接续,因此小说结构具有单纯明了的特点,形式上吸取了更多一些新闻或通俗小说的手法。""新体验小说的另一个叙事模式,是由叙述者'我'的情感体验流动线索构成小说叙事的主要线索,这类小说以刘庆邦的《家道》和刘恒的《九月感应》等为代表。"罗小东总结道:"新体验小说是对当代文学发展进行反思后的一种选择,是在一个更高的起点上对当代现实的回归。"

张颐武的《新空间的拓扑转换——"新体验"与文化的转型》发表于同期《北京文学》。张颐武认为:"它('新体验小说'——编者注)的突出特点是它所具有的高度的'直观性',它不是一个理论的描述和探讨为支柱的概念,也不是一种理论的话语的建构,而是在作家的生动直观的表述中,在一种朦胧的敏感中产生的概念。它不是一种流派化或群落化的追求,而是在与'当下'的语境的直接的对话中产生的一种极具包容性的趋向。它既是作家深入'当下'的一种尝试,又是《北京文学》作为一个期刊对于当下文化的一种自觉的选择。""而所谓'新体验'则无疑是对于旧的'体验'的超越,是对于九十年代文学语境的新的文化表象的新的'体验'方式。它意味着对于新的状况的新的表述,意味着对于以往的体验策略的全面超越,也表现出一种第三世界文学所特有的对自身语境的极度关切。"张颐武指出,"'新体验小说'就目前所显示的创作实迹看,虽尚不能显示出相对稳定的表意方式,但其中已可以看出它所具有的强大的冲击力。这种冲击力可以说表现在两个方向上","首先,它意味着对于五四以来中国的'现代性'伟大叙事所呈现的'寓言化'世界相当锐利的消解……'新体验'乃是一种打破这种凝固格局的策略。'新体验'之区别于旧的体验的根本之点在于它并不对中国当下的状况加以'寓言化'的书写,而是作者力图与当下的状况相'遭遇',而将这种瞬间的'遭遇'予以直接的书写。在这种书写中提供一种'后寓言'的新的文化可能性的展示","其次,在展示这个新的'形象'之时,'新体验'的独特性在于它采用的是一种拓扑转换的策略。这种拓扑转换正是'新体验小说'的基本修辞方式。所谓'拓扑转换',指的是在空间的基本特征不变状况下的连续的变换"。"这种新体验对于文化新空间的拓扑变换,体现了中国人对自身'文化身份'的新的探索的可能。"最后,他总结道:"'新体验'的倡导无疑是当下文化转型进入新的阶段的标志。"

同日,王宁的《"后新时期":一种理论描述》发表于《花城》第3期。王宁认为,历时十多年的新时期中国文学可分为这样几个阶段:第一阶段为1976年至1978年,也即前新时期;第二阶段为1979年至1989年,即盛新时期;第三阶段为1990年至今,即后新时期。王宁指出:"对后新时期这个文学概念的理解就应当着眼于两个不同的层面:时间上的延续性和文学代码上的悖离性,而且后者的作用更为明显。""这种挑战性和悖离性具体表现为:(1)先锋文学的激进实验构成了对新时期人文精神的有力挑战,大写的'人'的主体已失落,文学变得越来越注重表层的形式技巧的把玩,其意在拆解新时期文学的深层结构,不少文本不仅反对传统的美学原则,同时也嘲弄或戏拟具有'现代性'的美学原则……(2)新写实文学的滥觞和持续实际上既是对先锋文学的激进实验之反拨,同时也更是对传统的现实主义原则的扬弃和超越,此外也可被看作是对一种世纪末的'平民意识'的弘扬和向读者大众的一种妥协,在另一个层面上来看,新写实小说的崛起,在某种程度上实现了精英文学和通俗文学之鸿沟的缩小……(3)商业大潮的冲击虽然旨在填平纯文学和通俗文学的天然鸿沟,但却使当今的文学创作进入了一个新的两难:既不能屈服于商品经济大潮的冲击而摈弃文学创作,又必须在保持纯文学的独立品格之同时适应这一新的经济文化氛围。在这方面,以写'稗史'为己任的通俗文学、以辐射性广泛为特征的传媒文学(包括大型室内电视连续剧等影视文学)和以纪实性和广告性为主要内容的受委托的文学(包括报告文学、纪实文学、新闻写作等)共同构成了一幅多色调的图画,在这上面,谁也无法压倒谁,往往是你中有我,我中有你,互相依存,共荣共生。"

11日 《文学报》第4版《柏慧(故事梗概)》"编者按"写道:"《柏慧》是著名作家张炜继《古船》、《九月寓言》之后的又一部长篇力作,最近由《收获》杂志和北京十月文艺出版社同时推出。这部长达24万字的作品通过主人翁写给过去恋人和老师的三束信札,描述了几代知识分子的坎坷命运,刻画了一系列栩栩如生、感人至深的艺术形象,表达了作家强烈的社会责任感和大爱大恨的人格力量。"

15日 杨扬的《文化批判与自我批判的历史过程——论张承志的文化批判》发表于《文艺争鸣》第3期。杨扬认为:"伴随他(张承志——编者注)这种精神超越活动的一个重要起点,是他对回民宗教,特别是苏菲主义的高声礼赞而开始的。""张承志激愤的语言中燃烧着诗意,这种诗意不是轻易便可写就的文字产物,而是作者不断逼迫自己不甘就范于凡庸的世俗生活,在一种近乎严酷的生存氛围中酿造出来的心灵美酒。""这种自我逼迫,主动放弃世俗生活的方式,是否与张承志所心向神往的哲合忍耶部族的教义有某种精神的神合之处呢？"

邹定宾的《理解新写实：一种感伤的意义》发表于同期《文艺争鸣》。邹定宾认为："失落精神的时代是足以给人带来诸多的感伤的，新写实的意义也就在于它的不避感伤，在它的感伤之中我们更多地看到了一种清醒的存在，从这种意义上讲，新写实的道路也是屈原道路的开始。""理解屈原，我们应该把握住两点：一是他不避感伤的人生态度是形成其意义、价值的关键；二是他'终不为'的结果并不影响他人格的崇高。"

17日 白玄的《现在种种 譬如今日生？》发表于《作品与争鸣》第5期。白玄认为："从新写实到新体验，都或多或少地以冷静客观的态度观察人的心态，表现原生态的生活，有些像医学上的切片研究，展现经济大潮中人性的状态。这种创作具有一定的认识价值，也反映了作者本人的心态。客观性和价值中立，是这种思想的体现，也是艺术的时尚。"

阎延文的《理性的觉醒与悲剧的诞生》发表于同期《作品与争鸣》。阎延文认为，"《纸缘》以它对传统现实主义和理想主义的朴素回归，实现了对当下文坛所谓话语颠覆的艺术颠覆"，"这篇小说的出现也从相反的角度再一次证明：文学作品如果排斥对现实生活的展现，则必将被现实世界的阅读体验所排斥；一个作家如果忽略人民大众的存在，也必然被构成阅读主体的人民大众所忽略"。

20日 陈忠实的《兴趣与体验——〈陈忠实小说选集〉序》发表于《小说评论》第3期。陈忠实提到，"创作实际上也不过是一种体验的展示"，"体验包括生命体验和艺术体验而形成的一种独特体验。千姿百态的文学作品是由作家那种独特体验的巨大差异决定的"。

郜元宝的《阅读与想象——致陈思和，再谈王蒙小说的语言与抒情》发表于同期《小说评论》。郜元宝认为，语言"把各种极端矛盾极端对立的事物混为一谈，叫你无从辩认，无法确证"，"王蒙小说的抒情方式以及读者对王蒙小说的情感反应，都离不开这种语言的游戏或游戏的语言"。郜元宝还表示："莫言企图复活历史，借历史的原始蛮性来改良老大帝国的现实；贾平凹则看到了乡土中国的历史进步并认同这种进步，但同时又不回避原始故乡的神秘并体味这份神秘,甚至给神秘赋予一种诗性。可见,莫言已站在现实的边缘,正视现实,评判历史,所以感到唯有酒神精神才能彻底地改变现实,遵循一种原始主义而不是一种现代观念。贾平凹则感到乡土中的神奇性,体味到那不死的精神和不死的中国正是由中国独有的文化支撑的,不能失去这种文化。这种差异性正是他们认识原始故乡的根本宗旨。"

李洁非的《小说与消费——一个反思》发表于同期《小说评论》。李洁非表示,"本义上讲,一切小说都应该是通俗的,因为它们的目的显然是为尽可能多的读者服务,吸引他们,不光使他们愿意读,而且让他们读了觉得是一种快乐","眼下我们甚至缺乏摆脱这种困境的本领,因为经过近百年的对小说消费性和娱乐性的排斥和抵制,我们现在实际上已经不知道怎样才能把小说写得好看","重要的是,我们是否已经意识到小说可以跟报纸、电视一样为消费对象,以及打算在多大程度上承认之","中国消费性小说的发育,还要经过一个认识和实践的缓慢过程"。

李震的《村俗、都市人和新志怪体小说——海波及其〈烧叶望天笔记〉》发表于同期《小说评论》。李震谈道:"海波在《烧叶望天笔记》中显然是以对一种旧文体的戏仿,深入到了这个时代历史文化语境的奇妙转换之中,而这种深入似乎是今天这个令作家们近乎失语的现实中,用流行文体无法做到的。""海波对六朝志怪小说在文体上的戏仿及其所带来的虚假的陈旧感,正好使他巧妙地进入了对当今令作家们几乎失语的现实的言说状态,使他准确地面对了当今文化发展的一系列崭新的问题。这已经表明,他对六朝志怪的戏仿是一种创造性的写作行为,是对六朝志怪时代文人心态的一种极随意的消解和对当今文人心态的一种巧妙的介入,这使他几乎轻而易举地深入到了这个时代历史文化语境的奇妙转换之中。"

李知的《利金的小说:始于构思时的艺术节制》发表于同期《小说评论》《李知专栏:外国小说艺术漫评之八》。李知指出,"在小说创作中,作家的艺术节制力可以施之于作品的各个方面",但是,"有一种艺术节制往往被人们忽略,这就是始于构思时的艺术节制。古今中外,好多作家的创作体验证明,这种落笔前始于构思时的艺术节制是效用最大的艺术节制"。

25日　胡平的《1994年的文学革新与短篇小说》发表于《当代作家评论》第3期。胡平认为："就目前的短篇创作而言，有两点值得注意：其一，它正成为转型期各种文学革新的窗口；其二，它也是最迅速地反映现实、反映人们的现实心理的文体。"

蒋子丹的《创作随想》发表于同期《当代作家评论》。蒋子丹表示，"小说让人动心的地方恰恰更多，譬如构思的机巧、故事的曲折，甚至某种结构形式或具体技法，都可能突然叫人心血来潮跃跃欲试。但是散文不，散文让你心动之处往往只是生活与经历本身"，此外，"文学的大器与小器是品位的差异与性别无关，明白了这一点，自然也就明白了女性写手写得像男人是舍本求末"。

王绯的《蒋子丹：游戏与诡计——一种现代新女性主义小说诞生的证明》发表于同期《当代作家评论》。对于蒋子丹的《桑烟为谁升起》，王绯谈道，"蒋子丹是在两种合力的冲动下展开她的以上书写：一种是交流意义的冲动，它表现在作者以交流媒介（语言）为手段，通过扩大文学再现的领域，将传统小说属于创作主体'暗室操作'中思索和选择的内容开放"，"另一种是借助素材制作艺术成品的冲动，这种冲动派生出可以命名为第二叙述的时间场，它的时空规定性紧紧系结于故事情节"，"由于这两种冲动构成的合力，解决了作为语言艺术的小说在艺术形象塑造和语言操作之间、以及言与意之间长期困扰着的矛盾冲突，在本文与现实、艺术与生活之间造成一种'短路'，同时使作者在真实和虚幻、瞬时和永恒中寻找到完善的自我和谐点"，蒋子丹的创作"是受了欧美后现代主义小说创作中作为自我意识文体的元小说影响"。

本月

《上海文学》第5期刊有《"都市文人"的表达——编者的话》。编者提到："邱华栋的小说告诉我们：年青的都市文人已经开始表述自己。""这一代新文人并不以'知识精英'自居，并不坚执某种抽象的理念。""这一代新文人的内心同样充满着焦躁，但焦躁的性质不是浪漫主义的，而是现实主义的。""这一代新文人对迅猛膨胀的大都市的态度亦是复杂的。""这一代新文人在人文精神与市民精神之间跳来跳去。他们讲对人的'关怀'，但主要是对'当下'

的关怀,而不是'终极关怀';他们像市民百姓一样追求小康,很潇洒地'过日子',但物质生活的美好无法填补他们精神生活的不十分美好;他们有才气,但区别于比他们早出道的苏童、格非、叶兆言等江南才子。他们表述自己时,不像江南才子那样带有优雅的书卷气,不追求'六朝文风',不崇尚形式感;他们倒是向三十年代活跃于上海文坛的穆时英、刘呐鸥、施蛰存等新感觉派作家学了不少东西,但他们同时又坚持操练现实主义创作的基本功,因此其作品仍然给人以扎扎实实的历史感受。"

王晓明、铁舞的《向二十一世纪文学期望什么》发表于同期《上海文学》。铁舞谈道:"你(王晓明——编者注)论二十世纪中国小说家的创作心理障碍,第一个谈到的是鲁迅,你认为鲁迅是现代中国最苦痛的灵魂,恐怕鲁迅是第一个敏感到障碍又不能冲破障碍的人。"王晓明谈道:"我对当代中国小说的最大不满,也就是看不到灵魂,看不到灵魂的痛苦。"

邹平、杨文虎、张国安、杨扬的《城市化与转型期文学》发表于同期《上海文学》。邹平指出:"城市化造就了现代人的新的生活方式,也造成了文学的新变化和新发展。……前些年出现的反映商品经济和金融活动的商战小说,去年出现的主要描写白领阶层生活的新市民小说,都是城市化在文学的反映,已经构成了一个有别于新时期文学中的改革文学等等描写城市题材的真正意义上的城市文学。"

六月

3日 《人民文学》第6期刊有"编者的话"《何申的雄心》。编者提到,"如果你说《年前年后》就是今年——乙亥年的年前年后,你没有说错。当何申写这篇小说时,广大的农村正自1995年农历新年的醉意中苏醒,农民们从头打点一年的日子,那时,希望和烦恼在他们的心头纷至沓来","于是,《年前年后》的写作成为一个雄心勃勃的行动。虽然历史时间与文本时间的距离并非评估艺术作品的标准,但当何申如此设定这一距离时,他的雄心表露无遗——他追求对社会和生活的'当下'理解和表现","何申是自信的,他的自信发源于朴素、沉重的理想主义精神,他相信个人对大众福祉和社会进步的承担,无数人如此勇敢艰辛的承担决定了历史的光明前景。因此,何申的眼光是一种真正的'关注',他明确地表达,或者说他羞于掩饰他对历史的当下局面的介入姿态,他把这视为一个写作者的责任"。

张颐武的《幻想的经验》发表于同期《人民文学》。张颐武谈道:"李大卫的故事纵横于天地鬼神之间,仿佛是脱离时空的奔马,但却又紧紧地拉住了这个'冷战后'的全球化进程中的'后殖民'与'后现代'的文化情境。变幻的叙述中始终具有一种无处不在的'世俗关怀'。"张颐武强调:"李大卫却在无边无际的幻想与当下状态的交织中提供了一种新的文化想象。无论是《卡通猫的美国梦》最后的'我'的回到中国重新写作,抑或是彩蝶用四川话唱出她的惶惑游移,都在喻示着交织杂糅中的一种'可能性'的再寻觅,在话语的边缘处构成的新的认同的出现。"

同日,张群的《生活在两种语言和文化之间——漫谈加勒比地区女作家群》发表于《文艺报》。张群认为:"这批作家有一个显著的特点,即生活在两种文化和语言之间。由于受到两种文化和语言的共同熏陶,她们获得了他国作家所无法得到的得天独厚的创作优势。选题的广泛、视野的开阔、不同语言和文化的交融,赋予她们的作品更丰富的内涵、更深刻的主题、更生动的文学语言,她们的作品也因此赢得了更广泛的读者。……通过两种不同语言和文化,她们成功地描写了……妇女们的辉煌而又辛酸的过去、美好而又痛苦的现实、以及光辉而又灿烂的未来。"

5日 欧阳江河、陈超、唐晓渡的《对话:中国式的"后现代"理论及其它(下)》发表于《山花》第6期。欧阳江河指出:"集体写作现在是小说、诗歌写作的主流,这就是'时间神话'令人可悲的影响结果。个人写作首先就要摆脱'时间神话'!"

陈超认为:"真正有价值的后现代主义文本,恰恰是现代主义姿态更激进的持续,是作家和理论家对生存中矛盾性、差异性、边缘性的又一次深刻洞开和发现。"

唐晓渡表示:"'后现代主义'在西方是一个开放的、多元的空间概念,在中国却成了封闭的、单一的时间概念。'主持人'们对文本的兴趣主要只集中于一点,即是否足以成为'新时代'到来的佐证,是否能为他们臆想中的'话语策略'提供支持。在他们的眼中,文本自身的有机性和独立价值是无所谓的,正如总体思路上文学自身存在的独特根据是无所谓的一样。"

10日　关仁山的《生存体验》(创作谈——编者注)发表于《北京文学》第6期。关仁山表示,"由所谓'亲历'引发的作者的主观介入和叙事方式的随意性,恰恰适宜这个素材,使我更有力地进入了一种真实的氛围","为了减少'亲历'可能带来的琐碎和平庸,我在写作中对事实做了艺术化的提炼和加工,进行了某种理性的认识和思考,以此保持小说的重要特征。我想,这也是'新体验小说'的某种要求吧"。

李洁非的《"态度"的选择》发表于同期《北京文学》。李洁非认为:"《预约死亡》宣布了一种新的写作姿态——生活的目击者的写作姿态,作者无遮无掩地把她的眼睛定位在芸芸众生的观察者的角度,她凝视这一切,记录这一切,尽量用接近于被观察者的感情去体会这一切。"

本月

《上海文学》第6期刊有《两人世界中的时代风——编者的话》。编者提到:"然而,对于'爱情'这人生中最具光彩的一章,王安忆还是坚持她独到的见解,她认为爱情的本质是浪漫的,是一种诗性的、心灵性的人生。正因为如此,她对于本期《上海文学》推出的三部爱情小说,在肯定的同时又保留批评的意见,她以'无韵的韵事''俗事缠身的爱情'来表达自己的不满足。"

祁述裕的《市场经济中的文化诗学:话语的转换与命名的意义》发表于同期《上海文学》。祁述裕指出:"文化市场将社会性话语与文本的审美话语构成两种既相对独立又互相融汇的语境。""这种话语力量(社会性话语力量——编者注)也指向对文本的阐释,通过对作品的非文本性阅读,改变着文本自身的意义。"

任仲伦、张海翔、苏晓、单虹的《世俗形象与市民理想》发表于同期《上海文学》。文中刊有"主持人独白"。"主持人独白"提到:"世俗形象与人文英雄的换场,表明市民接管了属于自己的话语权。在思想启蒙时期被瓦解的市民自信，在弥散着实利交换气息的都市经济中得以修复。他们在拥抱世俗欢乐时，叙述着自己的生活理解。"

王安忆的《无韵的韵事——关于爱情的小说文本》发表于同期《上海文学》。王安忆谈道："爱情为什么是千年万代的好主题？大约因为它是最具人间面目的幻觉。""它（爱情——编者注）既有现实的一面，又有精神的一面，特别合适小说这种东西。"

张柠的《小说与故事》发表于《作品》第6期。张柠谈道："'小说不只是讲故事'是指小说的更高层面。而故事则是小说的最基本要素。没有故事就没有小说。诗人的才华枯竭，集中表现在声音的沙哑、语言的滞涩和意象的陈旧上；小说家的能力低下，则首先表现在讲故事的能力上。""就故事的叙事原型，或人物，情节在故事中的功能的角度来看，故事的基本类型是有限的。而这些基本类型的最一般的讲述方法，常常包含在最古老的传说、神话和民间故事之中。""这些神奇故事无论如何简单，都包含了人世沉浮的证词，对普通人命运的潜在记录，以及对自身解放的希望和奋斗的激情。问题在于你如何重新讲述它，即如何借助想象和智慧，用现实的、自己的语言去讲述，甚至还要用异化了的语言去追寻。"

七月

1日 陈晓明的《本土的神话：一种不断被遮蔽的叙事》发表于《作家》第7期。陈晓明指出，"'本土化'从来就是一个神话，一个不断被改写和遮蔽的故事。在五、六十年代，它是一个被权威意识形态包裹的叙事；在八十年代，它是一个被知识分子精英意识形态重新构造的叙事；在八十年代后期，它又是一种被文学语言的探索性表现再次书写的故事；直至九十年代，权威意识形态淡化的历史背景，而本土化则为'东方他性'和欲望化的景观这样两极的形式所遮蔽。从总体上来说，被我们称之为本土小说（或乡土小说）的那种东西，其实已经发生了很大的变化。对本土生活（特别是乡土生活）的非常个人化的表现，九十年代年轻一辈的乡土派作家，揭示了中国乡村土地上发生的尖锐变化。那样一种表现方式和感觉方式，与传统乡土小说相去甚远"。

陈晓明强调语言发挥的作用,"能够从意识形态分裂背景中剥离出来只有语言和纯粹的生存样态,前者使本土化的文学文本具有文学性,后者则使它成为语言和叙述自由运作的领地"。其中,"语言这一项目经过莫言(和马原)的转换在八十年代后期就实现了它的价值,作为寻根最后的也是起到转承作用的作家,莫言有着不可忽视的意义。他把寻根从文化认同、民族反省的历史深度,拉到生命强力和感性快乐的层面,他对语言的关注经过批评家的反复强调,而显得非常突出"。此外,"八十年代后期的'新潮小说'(或后新潮小说)的显著特征就在于语言和叙事,这可以说是'寻根'作家群起直接的推动作用,也可以说是意识形态推论实践的功能退化之后,文学必然的选择","八十年代后期,李锐等人的本土小说,力图以新的语言经验给予本土生存样态以特殊的面目。那些极端的生存境遇,乃是一种主观化视角对语言感觉的刻意捕捉的结果"。所以,"被语言洗礼过的本土生活,其实也是为一种叙事方式压制的本土故事"。

关于九十年代的乡土小说创作,陈晓明认为:"在九十年代特殊的语境中,新一代的乡土小说当然不会抛离传统太远,它在某种程度上还是经典现实主义最后的栖息地。……纯粹的乡土小说已经不具有纯粹的乡土气息,它也自觉地与这个时代的观念和审美方式发生关联。……乡土派不得不向着'本土化'立场转化,也就是说,现实地描写乡土生活的写作,更多地倾向于历史表现中国乡村文化性状。"

最后,陈晓明总结道:"当代中国文学中的'本土化'问题经常处在反复颠倒的状态。那种主体意识很强的本土化写作,乃是在现代主义思潮的延续性意义上强调回归本土,它本身置放于现代性/反现代性这种国际化的文化思潮格局中,对本土化的强调,奇怪地隐含着'非本土化'的视点。"陈晓明指出:"有意识的'本土化'叙事恰恰是对西方/东方的超越,对文化的历史性和等级制度的颠覆。九十年代中国文化将会更大规模走向国际化,传统的乡土也将以更加妩媚狂放的姿态走向现代化的规划之中,'超本土化'的叙事策略将强有力地展现当今中国真实而深刻的历史境遇。"

5日 胡宗健的《新状态的概念》发表于《山花》第7期。胡宗健指出:

"它首先是90年代即世纪末知识分子的'新状态'和这个特定转型时期新的人文形态,这一主客观景象被重新书写、想象、放大和建构,乃是文学的'新状态'。"胡宗健认为:"文学'新状态'应是这样一批作家所为:主观意识极强,对当下存在的判断比一般人出奇制胜,所提出的精神危机能触及现代人的痛苦,所给我们提出的新的艺术经验,能形成自足的艺术系统,即在艺术上生气勃勃,在叙述策略、人物心理刻画、氛围营造上都自成体系。"在胡宗健看来,"《废都》正是一个典型的'新状态'小说的文本,一个把世纪末知识分子的'新状态'和这个特定转型时期的新的人文形态加以放大和扩充描写的文本"。此外,"知识分子的世纪末尴尬,即是精神价值的世纪末尴尬"。

胡宗健还谈道:"在解决'过剩'与'疲劳'的途径上,'新状态'小说家从以下两方面作出了探索:一,解决形式的'疲劳'从解决所表达内容的厌倦着手。……二,对传统形式的改造和兼收并蓄。……譬如何顿的小说《弟弟你好》以及《生活无罪》、《我不想事》、《清清的河水蓝蓝的天》等,对早几年的'新写实'小说既有传统的吸收,又摒弃了使人感到疲劳和厌倦的形式迷宫和形式翻新。"最后,胡宗健表示:"'新状态'小说的回归传统和颠覆传统,都是为着对抗'形式疲劳'。"

王干的"主持人语"发表于同期《山花》《新向度》栏目。王干谈道:"周介人先生很有趣地把许辉的小说称为'公事'小说的代表作,原因是许辉写过一篇很不错的《夏天的公事》。如今我们读到了《游览北京》这样的纯'私事'小说,并不感到惊讶,在这两个短篇里,依然延续着那种无所傍依'在路上'的感觉,圆明园、颐和园、博物馆之类的文化空间并不能让'我'找到某种归属感,反而更加恍惚,更加木然。以'游览'的方式来面对北京,并不是真的要写什么北京的风景,而是要展现'我'与生活的游离感、知识分子与'中心'的距离感,而'外省人'的身份更突出了局外者的边缘命运。"

7日 凌鼎年的《方兴未艾的小小说——小小说创作活动扫描》发表于《天津文学》第7期。凌鼎年谈道:"小小说这种文体的走红是近十年来的事,但追溯历史,这种文体其实古已有之。最早的源头可寻到《山海经》,在以后的先秦寓言、六朝志怪小说、唐宋佛教文学、明清笔记小说中都有小小说的踪影。""少考虑技巧,多考虑人物;少考虑故事,多考虑底蕴;少考虑如何发表,多考虑艺术层次;少模仿,多创新。这或许有助于创作时站在一个较高的起点上。"

10日 王一川的《从单语独白到杂语喧哗——90年代审美文化新趋势》发表于《花城》第4期。王一川谈道:"如果这一审美文化概念是适用的,那么,我们可能在与80年代审美文化相比较的基点上,从性质、主潮、结构、形态和对话五方面考虑其90年代新趋势,从而发现由纯审美到泛审美、精英到大众、一体化到分流互渗、悲剧性到喜剧性和单语独白到杂语喧哗的文化脉络。"

15日 北村的《神圣启示与良知的写作》发表于《钟山》第4期。北村指出:"作为一个作家,他的写作作为他的言说方式总是先和真理达成和解,然后才找到他的言说对象——因为分离是可怕的。作家能够继续写作并不是由于他的智慧,乃在乎他的能力和信心。"在北村看来,"越过当下文学的种种特征(颓废、形式主义迷恋和自渎)深入到它的内部,看见更致命的情形,那就是信心与能力的丧失导致意志的消沉,这种生命力的枯竭和萎缩是人文精神内在的危机","现在的情形是怀疑本身成了结果,批判失去了尺度,最后导致了批判的基本立场的放弃,这种放弃代表了人文精神的崩溃,表面上看是文化出了问题,实际上是背后的精神价值出了问题"。此外,北村还指出:"作为一个作家,对人自身最坚决、深刻、彻底的批判和否定,只能来自于信仰。对我而言,人文精神就是我的信仰。……文学一旦从感动沦陷到感觉里,人类所有不健康的体验都会随之涌出并且成为时尚,从而被当作价值接受。""没有一种文学是没有立场的,重要的是它站的是什么立场。"

刘雁的《新状态:否定式和将来时——新状态文学综述》发表于同期《钟山》。刘雁对"新状态文学"的起始及主要理论进行回顾,总结道:"对新时期乃至整个二十世纪中国文学的否定论述,成为'新状态'理论的主要部分。……张颐武、王干、张未民等主要从三个方面对80年代及二十世纪中国文学进行了批判否定:作家身份和自我定位;写作推动力;表意策略和方法。"刘雁还谈道:"'新状态'论者认为,产生于90年代后新时期文化语境中的'新状态文学'应该从各方面表现出全新的面貌,以此告别二十世纪,走向二十一世纪。"

所谓"全新的面貌"主要表现在以下几个方面:"1.作者的重新定位:知识分子叙事人","作家身份的改变是 90 年代的社会文化大变革对文学造成的最直接的后果,作者位置的转换成为'"新状态"小说与此前的小说间的最为明晰的区别性特征'","书写者也就是自我的书写者,是'既参与当下的"状态",置身于状态之中,又能对之进行书写的人'";"2.自传性书写:新的表意策略……文学成为纯粹的个人精神活动……小说成为小说家自己的小说。新的表意策略和美学特点随之形成"。另外,刘雁认为某种意义上,"1994 年的'新体验'、'新市民'、'文化关怀'、'新状态'等等的提出则体现出明确的立足于中国本土、建立自己的理论体系的独立意识"。刘雁在最后总结了"新状态文学"的不足:作为一种理论倡导,它体现出"宽泛性"、"模糊性","与人文精神的重新确立相联系的意图"未得到彰显。

17 日　龚小凡的《语言图景与现实生存》发表于《作品与争鸣》第 7 期。龚小凡认为"文学的功能并非止于对现实单纯的镜式反映,文学的陈述是不同于一般或科学陈述的情感陈述,是一种非指涉性的'伪陈述',它既认同现实又不屈从于现实"。

20 日　朱鸿的《小说就是虚构——小说断想》发表于《小说评论》第 4 期。朱鸿认为:"小说就是虚构,在一个虚构的世界之中,人类纵情异想,做着非常而合乎逻辑的事情。小说的本质是提醒人类:还能这样生活,还有这样的生活方式。小说放弃了自己教育的功能,宣传的功能,树立榜样的功能,改造社会的功能,似乎空虚了一些,然而,它对人类的一种终极关怀,便给自己插上了想象的翅膀,使自己飞向宗教和哲学之列,得以在广阔的精神领域,对人类作着启示。小说艺术,是在轻松愉悦之中启示人类的,不好阅读的小说,便是拙劣的小说。"

25 日　北村的《我与文学的冲突》发表于《当代作家评论》第 4 期。北村认为:"命名是我消除与现实紧张关系的惟一途径,因为我由此获得了把握现实的信心。""文学的真正意义就是命名,不论它是否能企及这个目标。"

刁斗的《绝望的写作》发表于同期《当代作家评论》。刁斗谈道:"在一个人类苦难高度专门化的时代里,小说家要通过个体经验的呈示来拨动整个人类的心弦,他最基本的沟通法则只能是使他的心灵与他人的心灵息息相通,休戚相关。""人类存在下去的惟一条件,是有一颗强壮的灵魂,而小说所肩负的恰恰就是这个强壮灵魂的悲壮使命。"

蒋韵的《我给我命名》发表于同期《当代作家评论》。蒋韵谈道,"新时期文学已经不年轻了,就像我们。但它的喧哗与骚动却还是青春期的骚动。……青春期的另一特点就是,追'新'。'新'是我们惟一的标准惟一的价值取向和判断。……'新'是一个裹卷一切的洪流,但非常不幸,我是一个'旧'的","我"是"一个旧的古典感伤主义者,一个抒情表现主义者"。

南帆的《先锋的皈依——论北村的小说》发表于同期《当代作家评论》。南帆认为:"北村——乃至大批先锋作家——的叙事实验表明,他们试图拆除叙事之中种种隐蔽的预设约定,从而让真实获得另一种显现的形式。这使再现现实的叙事必然遭到了阻遏,这种必然被分解成多种叙事可能,从而决定了真实不再惟一。在我看来,这是先锋作家反叛经典所产生的重要意义,即使这种反叛之作最终无力晋升为新的经典。"

张颐武的《刁斗与"新状态"写作》发表于同期《当代作家评论》。张颐武认为:"刁斗始终将自己的重心放在对于'日常生活'的凝视、探究与参与之中。刁斗的特异之点乃是在这种平庸的、单调的日常生活本身的参与与思索中提供了这种日常生活的不可压缩与回避的东西,那些在伟大的意义之外的东西,那些模糊、暧昧的边界不清的人生。"

朱必圣的《由怀疑到信仰——北村的重担和他的小说》发表于同期《当代作家评论》。朱必圣认为,"无疑北村作为现代主义的作家,他除了自我的态度和立场以外,还有一个为其他作家所含混过去的自我本质的追求。所以他的作品目的不在于展示生存的各种图景,而是直接切入存在的本质问题。他关注的并非仅仅是人物的人生命运和生存遭遇,而是关注着存在的意义","北村小说表现的都是一个个无意义的人格,这样的人格对生命都怀有厌倦的态度,所以这样的人跟死亡特别接近"。

27日 陆思梁的《一曲爱的颂歌——张平访谈录》发表于《文学报》。张平谈道:"我写东西总是必须有一个真实的故事或者一个真实的人物为依据为原型，才会写得比较顺畅、比较踏实。也就是说，必须是生活中的真人真事首先打动了我，才能引起我创作的欲望。我想如果感动不了我的事情，也许就根本感动不了别人。至于作品的主题，我往往考虑得很少。我很少在创作之前对我所要写的素材去进行理性的分析，并用一个事先想好的主题去框架我的作品。我只是想把生活中的那些原汁原味的东西呈送给读者。"

28日 雷达的《读新作记》发表于《中华文学选刊》第4期。雷达认为："李锐的《无风之树》（载《收获》95.1），是作者的精心之作……被认为是作者近年来的超越之作。陆文夫的《人之窝》（上部）（载《小说界》95.2）仍旧发扬作者一贯的风格优势，写苏州市井的浮世绘。张炜的《柏慧》（载《收获》95.1）属知识分子题材，通过三大段书信，描写几代知识者的坎坷与磨难，高尚与卑劣之分野。张宇的《疼痛与抚摸》（载《当代》95.2）……表达了作者对中国女性历史和现实境遇的深切思考。赵本夫的《天荒》（载《黄河》95.2）……是作者一度沉默后的蓄势之作，作者的观念有明显调整，力图在更模糊也更深远的背景上展示黄河故道人民的生存奋斗。王安忆的《长恨歌》……是海派的最新硕果。"东西的作品"叙述方式新颖，切入角度奇特，想象力充分，善于将描绘与叙述、时间与空间、情节推进与人物心境揉合成一种富于张力的语言，读来有种自然的流动感"，《溺》"有很浓的心理分析色彩，写人对命运之谜的痛苦索解"。赵德发的作品"现实感强，密切关注生活发展和民间情绪的波动，善于从生活中汲取灵感，捕捉新意"，《窖》"追求冷峻的真实，拒绝浪漫，毫不讳饰……作者能直面现实，把握如此复杂的矛盾，倒是难能可贵的"。王蒙的《寻湖》"颇多相对主义式的机智，也有对人类弱点的善意的讽谕，还有对诸如过程论一类时髦理论的调侃"。

本月

《上海文学》第7期刊有《文学：需要新的生长点——编者的话》。编者提到，"张炜是一个理想主义型的作家，他常常用自己坚守的那一份精神价值来对抗随着市场经济的活跃而滋生的种种心灵腐臭现象。他的精神价值观念主要来自两个方面：一是来自远离喧嚣都市、未遭污染的大地、大自然的启迪与人在本原生态条件下心灵的洁净；二是来自俄罗斯文学、中国现代文学巨匠所贡献的那一份人生品格与内心质地。张炜要'守护'的'青草地'，基本上由以上两种文化因素构成"。

残雪、日野启三的《创作中的虚实——残雪与日野启三的对话》发表于同期《上海文学》。残雪谈道："我认为自己是丧失了记忆的人。""因为我的情况是丧失了记忆，所以既不考虑、也不想考虑以前的事。我总是只考虑'现在'。"残雪指出："或者可以说这里（小说——编者注）所写的一切人物都是我自己。即我自己扮演着各种各样的角色。我认为正因为如此才是'创作'。"此外，残雪表示："现在我采取的单纯、反复性多的写法，我认为是我独特的写法。"

张炜的《怀疑与信赖》发表于同期《上海文学》。张炜认为："文学创造是一个生命现象——文学是最能接近生命奥秘的形式之一，它并非仅仅是一门专业和职业。""作家主要是揭示心灵的奥秘，他在生活中有愤怒，但最后是通过艺术展示开来的。"

宋遂良的《叙述的兴趣高于对意义的追求》发表于《小说家》第4期。宋遂良指出："总之，这一期擂台赛的几篇小说不约而同地呈现着一种个性化、私人化的倾向。它们对叙述的兴趣高于对意义的追求，对丑恶的揭示多于对美好的发掘。有人认为，小说的这种'独立于社会之外'的，不以'社会代言人'自居的个性化、私人性，是九十年代小说走向成熟的标志。如果这种成熟是以牺牲作家的社会责任感和疏远现实为代价，那么我宁愿它晚一点成熟。尽管我们今天的社会生活和精神生活中丑恶的、不尽如人意的东西太多，但文学总是要引导人们去聚集力量、寻找光明的。"

八月

5日 储福金的《关于"先锋意义"的问答》发表于《山花》第8期。储福金认为："真正具有创作个性的大家创作，自然会含有传统的中国小说的特点，自然会含有深刻的社会意义，自然会含有外国文学中的长处，不管前现代的、后现代的，也不管是新小说的，魔幻的，凡一切文学长处都含有了。同时融进了当代人对现实的思考，那社会的哲学的乃至宗教的深度。然而都必须是化了。

都化成了它自己内在的,从个性的角度反射出来,什么都'是',也什么都不'是'。"

王彬彬的《当代中国的道德理想主义》发表于同期《山花》。王彬彬认为,"道德理想主义,某种意义上当然可以归结为一种乌托邦","当代中国的道德理想主义,也是源于一种期望与焦虑。对当代中国人现有的存在状况有着本体论意义上的不满,期望着人能实现其它的种种更美好的可能性,同时又对这种可能性最终会丧失感到焦虑"。王彬彬表示:"道德理想主义思潮既是近年社会状况和精神气候的必然产物,也就意味着今天的中国的确需要这样一种思潮。""道德理想主义的立场,某种意义上正是一个人文知识分子特有的立场。站在道德理想主义的立场上对历史,对时代,对社会做出评判,正是人文知识分子的使命。"在他看来,"今天的人们之所以忽视精神,躲避和亵渎神圣与崇高,抛弃理想和信仰,是因为'文革'式的悲剧使人们对这些产生了一种严重的幻灭感"。

王干的"主持人语"发表于同期《山花》《新向度》栏目。王干指出:"闻树国的小说可以说不是小说,在国外有一个专门的术语叫非小说,亦叫反小说。""《孤独者的温柔之乡》确实有很多地方不像小说,它的副标题叫'罗兰·巴尔特《恋人絮语》解读',显然是一个理论著作的标题,至少也是一篇论文的题目。""奇则奇矣,难煞了编辑,难煞了评论家。其实还是编辑们老实地囿于既有的小说规范,小说可以诗化、散文化,为什么不能评论'化'一下?米兰·昆德兰的长篇《不朽》就几乎是以理论的面貌出现的,纳波科夫的一些小说也常常充满学术性,当然他们的小说不再像冰淇淋那般可口好读了,可小说的空间却比过去开阔了。"

11日 温金海的《在历史与现实之间徘徊——关于历史小说的调查笔记》发表于《文艺报》。温金海认为,热点是社会心态的折射,有某种深层的社会心理因素,历史热在文化市场上是全方位的,历史小说热只不过是整个历史热的一个有机组成部分。

17日 蔡源煌等的《会评〈如何测量水沟的宽度〉》发表于《作品与争鸣》第8期。蔡源煌认为,"这篇小说本身就是一则寓言,交代了'后设小说'(metafiction)的本质","这种'后设小说'的写法,在西方已是司空见惯。可是,在国内文坛来说，它还是顶新鲜的"。余玉照认为："在相当程度上这是类似'谈小说的小说'作品；西洋小说传统中这种'自省小说'（metafiction）屡见不鲜，但在我国只见过少数几篇而已。"

李涛的《文艺，请站直身子》发表于同期《作品与争鸣》。李涛指出："纯文学作家要想走向社会大众题材和大众阅读，就不要再固守高雅文学的风节，通俗与高雅（姑且这么说）文学毕竟是两个不同的领域。"

本月

《上海文学》第8期刊有《作为"强者"的父辈——编者的话》。编者提到："本期我们推出的《父亲是个兵》，是一篇直接将观察的焦点瞄准父辈的力作，它让我们领略到的是一种作为'强者'的父辈形象。"

刘醒龙的《真正的中国军人》发表于同期《上海文学》。刘醒龙表示："关于军人的作品一直是我最喜欢的，可这种喜爱通常只是在外国文学特别是苏联文学中才能得到。苛刻点讲，我们不少写中国军人的作品，要么是苏联军人的某种翻版，要么就是'土匪'、'强盗'披上军装，如此而已。《父亲是个兵》却不是这样。它为我们塑造了一个真正的中国军人的形象。"

九月

5日 胡彦的《所指·能指·元叙事——论现代小说的艺术嬗变》发表于《当代文坛》第5期。胡彦认为："莫言们思考的'所指'是一种超越于历史的观念形态，他们要追寻、表现的是在纷纭复杂、变动不居的生活现象后面那种普遍性、永恒性的本质。莫言把这种本质理解为一种生命冲力；韩少功则理解为一种亘古不变的民族文化心理结构；残雪看到的是一个窥视与被窥的丑陋、阴暗、变态的世界；扎西达娃思考的却是一个民族浓重的历史阴影及其在现代社会中如何新生的问题。"胡彦指出："在小说中，余华省略了人物的历史性背景；由于那种能够对人物的行为、心理加以说明、限制的文化、历史空间的空缺，余华笔下的暴力场面就获得了一种形而上的意义。一方面它具体、实在，如一块石头一样地可触可视；另一方面它又不指向某一种、某一类、某一特定时间中的人物行为。它就是暴力本身，就是人的行为本身。"

同日，王蒙的《文化性格漫谈》发表于《芙蓉》第5期。王蒙认为："《废都》的作者带有一种挑战性，他在小说的前言中有这样一句话——'笑骂由他笑骂'。他可能有一种想法，就是对社会上的虚伪、伪善抗议。当然他这种抗议的方法不算非常高明。在我的小说《活动变人形》里主人公倪吾诚受到她们母女三个人大批判的时候，倪吾诚的杀手锏最后一招（河北省农村里常使用这一招）就是把裤子脱下来，吓得那几位就都跑了。当然这不是一种现代的、健康的、文明的方法。写性是可以的，但完全可以写得更好一点，以体现出对人性的深层次的探求。这些方面都觉得令人遗憾。但我也反对把这本书简单地当作什么淫秽作品。"

同日，尹昌龙的《史传笔法与历史姿态》发表于《湖南文学》第9期《九十年代中国文学笔谈》专栏。尹昌龙谈道："80年代中国文学的发生与生长，显然是与一个'解放'时代的到来密切相关。思想解放与权力下放，造就了抒情文学的弥漫之势，倾诉的行为表证着话语欲望的膨胀，而日益强化的主体精神，则刺激了一种向内转的情绪体验，于是夸大其辞的人类情怀使得抒情的文学意气奋发。然而随着躁动的时代渐趋平静，文学开始重返小说，重返叙事。情调逐步被史传笔法所取代。这成为文学迎向90年代的一个重要趋势。对历史的追溯和对记忆的书写，使文学'逆时间而动'，由对未来的想象转向对现实的观察，再转向对过去的眺望。""如果对作为对象的历史进行分类的话，那么这种历史在90年代往往展现以下几种类型"，"1、民族之史。……2、家族之史。……3、个人之史"。"不仅如此，史传笔法发展到今天，受到了新历史主义的影响，写史的方法出现了悄悄的革命，如'稗史'的方式，零度记述，纪实与虚构难分界限的方法，对被讲述的讲述进行讲述，等等，而且这种对写史方法、形式的论究本身又成为历史记述的一部分，这使得这些'历史化'的小说，又成为一种历史小说，即关于历史小说的小说。这方面，像《纪实与虚构》、《O档案》（不妨视为一种小说式的文体）可以给人以颇多新款的印象。"

同日，王干的"主持人语"发表于《山花》第9期《新向度》栏目。王干谈道："这篇《紫色》比郭平以前的一些小说明显要平淡从容，甚至写得有些透明了，小说写彭林的一生，但只写了他与女儿青青和紫色有关的一些生活片断，巨大的时间跨度因这片断衔连起来，夫妻之情、父女之情以及青青的夫妻之情在不经意的叙述中显现，人生的惆怅和悠然也飘忽在字里行间。"

10日 白烨的《意义大于行动的文学实验——"新体验小说"之观感》发表于《北京文学》第9期。白烨谈道："我留意观察了'新体验小说'本身的发展及其他所产生的种种反响，深感这可能是一个意义大于行动的文学实验。""'新体验小说'给我最为突出的印象是这样两点：第一，因强调'亲历'、'体验'，作品具有主客合一的写真性，打破了叙事与被叙事之间的原有界限。""以自身的体验写'我'或'我们'，而不是以旁观的身份写'他'和'他们'，这是'新体验小说'几乎共有的一个叙事特征，也是'新体验小说'藉以把自己同别的倾向区分开来的一个显著标志。第二，因凸现底层世情，作品有辞尊居卑的平民性，强化了文学表现生活的民间趋向。""文学在本质上是属于民间的，'新体验小说'的民间取向正是文学回归本体的一种表现。"

北溟的《体验生活与虚构故事——关于"新体验小说"的随想》发表于同期《北京文学》。北溟认为："'新体验小说'的现时性将作品题材的时间范围严格限定在为现在时态下发生的事物和问题，使同一类作品在时间背景上缺乏必要的变化。""'新体验小说'的亲历性似乎是其所以命名为'新体验'的基础，因为唯有亲自经历才能有所体验。""但在某些'新体验小说'中，我所看到的却是简单而机械地描摹、平铺直叙的'亲历'。""'新体验小说'过分强调亲历性而忽视了小说创作中的另外一些因素。""类似纪实文学、特写随笔是目前'新体验小说'中存在的一个致命的误区，'新体验小说'若想真正成为一个理论完备、创作有力的文学流派，关键就是要走出这一误区。"

陈戎、孙郁、刘连枢的《〈黑凤冠〉三人谈》发表于同期《北京文学》。刘连枢指出："我是'新体验小说'十个发起人之一。我认为，'新体验小说'的基本属性是小说，它不是报告文学，也不是别的什么东西。它应该具有小说的种种特性，然后才是亲历性、现时性等等。"孙郁认为："它（《黑凤冠》——编者注）之所以让我有了深刻的印象，在于，它提供了一种新的小说的做法。它不同于以往的那些著名的寻根小说名篇，也不同于以前所发表的'新体验小说'，而是将二者的长处加以了综合，取长补短，找到了一种新的写作方式。虽然这种新的方式并不一定是新的创造和超越，但至少是一种新的排列组合。"

15日　李锐的《重新叙述的故事》发表于《文学评论》第5期。针对先锋文学存在的弊端，李锐谈道："我的不满是看见我们的'先锋'们，很快的把形式和方法的变化技术化了，甚至到最后只剩下技术化的卖弄和操作。这种技术化的小说从外在的方面讲，恰恰是对眼前这个越来越技术和越来越商品的世界的投和；从内在方面讲，它们以技术的炫耀和冷漠隔绝了对人的表达。"

同日，蔡翔的《随笔6—10——有关批评的一些随想》发表于《文艺争鸣》第5期。蔡翔认为，"小说大概可以分为二类：一类小说公共性较强，其所包容的社会、政治、文化、历史、思想等诸种内涵，常（尤其是）为知识分子所关注，并能不时加入'公共话题'的讨论之中，或作为话题资源，或作为文本依据，而其作为小说家体验的深刻性，尤能引导深化'话题'的思想走向"，"另一类小说则多偏重个人感觉，其立场多半偏向于'个人写作'，描写常取日常生活形态、或家常事、或儿女情，重感悟，重体味，重美，重人性，重个人主观情致的表述，相对来说，则较疏离于社会当时关注的焦点，所以亦难被'公共话题'所接纳。此类小说无论在其美学品位或文体叙述，都较接近古人的诗和小品，难以言说，而需个人欣赏品味体悟"。

同日，王干的《诗性的复活——论"新状态"（续）》发表于《钟山》第5期。王干以"逃避畅销的自我阅读"为题，从文本的角度切入指出"小说之死已经成为90年代文学的一个重大事故"。在对九十年代小说写作趋势进行描述时，王干指出："放弃象征化的寓言模式，以个体的精神凹度取代主题的高度和理念的深度。这是新状态对'后现代'文学模式最有力的突破。"而就读者的角度，王干提出"读者之死"，即"我们曾经为之欢呼的'读者神话'在中国的无情破产"。这也导致新状态文学"把小说写作作为阅读的一种方式"，"自我阅读的书写形态"成为"面对读者之死的一种自我保护的叙事策略"。另外，"放逐评论"被王干视为"文学回归自身重新找回失落的草帽"的途径之一。

王蒙的《作家话语与文学作品》发表于同期《钟山》。王蒙表示，"作家是以作品来说话的，不是以说话来代替作品的"，"作品是离不开人的，但是人的层面毕竟比一部作品复杂得多。故而也不能把作品与人全然地等同起来"，"某种意义上，文学艺术的虚构性、艺术性与形式性恰如动物园为猛兽所加的栏杆"。

同日，张卓辉的《旅欧华人女作家林湄》（华人女作家林湄文学创作研讨会记录——编者注）发表于《中外文化交流》第5期。文章记录："与会者一致认为：弘扬中华文化，加强中西文化交流，奠定华人文学在欧洲的地位，有着非常重要的意义。""中国作家协会主席张锲发言表示，海外华文文学创作，对于加强中西文化交流，反映海外华人生活、移民的心态发展及中西文化的异同等，有着十分重要的意义。他对林湄女士的艰辛勤奋创作给予充分肯定；同时表示国内作协将不断加强与海外华文作家的联系，双方共同努力，繁荣发展华文创作事业。"

16日 李星的《长篇小说创作的艺术定位》发表于《人民日报》。关于长篇小说的艺术定位，李星认为，主要是"由作家生活体验、人生体验、审美理想所决定、所要求、所需要、所选择的叙事姿态，它更多的是一种语言、语势、语态、语气，语言的节奏，如话语句子的长短、疏密、详略、虚实，以及整部作品色调的明暗、亮淡，情感主调的崇高、优美、阴柔、阳刚等等。因此，它应属于一部作品的审美风格范畴及艺术个性和风格的范畴。它是作家动笔写作以前心绪的色彩、情感的旋律、审美的追求与预期理想中的架构题材的方式"，"好的长篇小说，都是作家艺术定位不仅比较自觉，而且比较准确，同作家的生活体验、人生体验、艺术体验、生命艺术感悟比较一致，而且能够贯彻整个创作的始终的"。

20日 李建军的《坚定地守望最后的家园——评张炜的〈柏慧〉》发表于《小说评论》第5期。李建军认为，《柏慧》"不同于传统的现实主义作品，它不是纯客观的叙述和展示，情节和描写更多的具有象征的意味，人物的外在行为和性格特点也不是作者特别注重的，它更侧重于对人物心灵体验的宣叙，更侧重于展示人物对历史和现实的煎熬一般的反省和思虑，就这一点而言，这部作品毋宁说更接近美国的南方文学，更接近斯坦贝克"，"这部小说的一个突出特点，就是它激扬着一种彻底的、无畏的、毫不妥协的批判精神。这种精神不仅表现在面对历史的时候,更可宝贵的是,面对当前的现实生活,作者的批判锋芒似乎更锐利、更有力","张炜小说的议论和说教色彩是很浓的(尤其是《柏慧》),但绝不是空洞的、玄虚的,而是切实的,朴素的,真率的和饱含着激情的,它往往筑基于作者对时代生活的深刻体认上,筑基于自己的人生体验之上"。

南帆的《反讽:结构与语境——王蒙、王朔小说的反讽修辞》发表于同期《小说评论》。南帆将王蒙与王朔的反讽修辞进行比较:第一,"王朔比王蒙更轻松地抛下了某些拘束和面具,他一开始就没有负担。王朔无须象王蒙那样用半辈子的磨难论证目前的认识,他一下子就将事件看得很明白——不相信"。第二,"同王朔比较,王蒙理应更为娴熟地操作政治辞令。王蒙或许不象王朔那么驾轻就熟地再现市井准痞子的姿态和口语,但他却能声口毕肖地摹仿某些官员场面上的腔调","如果说,王朔的许多反讽是由角色制造出来的,那么,王蒙的许多反讽则是由叙事人发现的。从《说客盈门》开始,王蒙似乎习惯于让文本叙事人充当反讽者。或许,王蒙不象王朔那样蔑视这套辞令,他更多地看到了这套辞令在传播之间——这种传播也就是事件的延续——如何移入另外的语境,产生漫画式的效果。所以,王朔的反讽范围限于人物语言,王蒙则扩大到了事件"。第三,"在情境反讽的意义上,王蒙比王朔更善于发现周围的反讽对象。……也许,王蒙的反讽语言不象王朔那么尖刻,但是,小说的情境反讽——合理的名义与难堪结果之间的张力——远比表层涵义与潜台词之间的逆反更为强烈"。第四,"对于王朔说来,自我怀疑并没有形成一种烦人的干扰。……王蒙的反讽不象王朔那样义无反顾。某些时候,王蒙会对反讽与被反讽者的立场表示某种犹豫,两者之间的相对位置能不能改写?倘若变换立场,被反讽是否可能从可笑的角色转变为正面人物?这涉及到尺度、信条乃至价值体系的转换"。

孙绍振的《小说与语言》发表于同期《小说评论》《孙绍振专栏:小说内外之九》。孙绍振认为,"语言分析代替了语言显现世界与事实的功能,对于小说自身来说,并不是一件乐观的事"。孙绍振指出,"接受语言作为主体这一理论的作家,实际上都接受了一个虚假的前提,那就是:语言先于人存在,人一生下来就受由语言所代表的文化系统的约束、规范","其实,这个前提只针对个人的存在而成立,但对于人类这一'类'的存在而言,它就不成立了,因为人类先于语言存在,是人类创造了语言"。

陶东风的《当代中国的伪平民文化及小说中的伪平民意识》发表于同期《小说评论》。陶东风认为:"当今中国的所谓的'平民文化',只是一部分兼具反政治文化、反精英、反文化的知识分子手中的工具,他们借助于平民的伪装,表示对官方文化,尤其是八十年代以启蒙与现代性为核心的精英文化的蔑视甚至仇视(王朔在他的小说与其他文章中相当坦率地表明了这一点)。"

谢有顺的《小说:回到当代》发表于同期《小说评论》《谢有顺专栏:小说的可能性之一》。谢有顺指出,"在当代的小说中,我们却读不到当代人真实的生活图景与精神境遇","从1987年以后,许多有才华的作家都普遍转向历史与语言这两个迷宫",他们"无意于将人当作一种社会性存在来审察,并在这个中心里出示大众化的价值理想","似乎更愿意在这种个人化的社会中,以个人的体验、冥思来构筑艺术空间,以此实现对现实的代偿"。

张德祥的《人文精神与当代文学》发表于同期《小说评论》《张德祥专栏:话说文场之二》。张德祥认为,人文精神"关系到文学的价值选择,文化的价值选择以及人的价值观问题","与其说读者冷落了文学,不如说文学先垮了精神,让人瞧不起","社会'转型'过程中,文学始终没有真正找到自己的位置,失落于没有良心的'娱乐'之中反而自以为是"。

21日 韩耀旗的《雅曲乡音凤凰琴——近访作家刘醒龙》发表于《文学报》。刘醒龙谈道:"无论是乡村小说还是都市小说,我觉得好的都是有实实在在生活内容的作品。有些作家的作品是写给自己看的,有些是写给人民群众看的,后一类作家更了不起,更长久。象毕淑敏、池莉、张欣、方方等作家,有思考,有责任,有读者,但有些人瞧不起他们。文学不能老是私生活性心理这套东西。作家仅仅是关注自我心灵是不够的,更要关注社会关注现实。普通人身上有很多美好的东西,这是推动历史发展的一种因素。我不明白,为什么有些作家很年轻,没受过什么磨难,却写得那么阴暗、消极!"

24日 冯宪光的《新潮小说的文体演化》发表于《文艺理论与批评》第5期。冯宪光认为:"新潮小说的文体探索与新时期小说主流的文体创新不同之处在于，新潮小说基本上弃绝传统现实主义小说的叙述方式，在叙述角色、叙述视角、叙述语言上，刻意模仿西方现代主义小说，照搬西方现代小说叙述模式，把小说文体的探索搞成了一场形式主义的语言游戏。""二十世纪西方现代小说在文体演化上最重要的变异是更新了叙述方式，主要是在叙述人的设置上，造成叙述人与作者的分离，在叙述视点的设置上，摆脱全知全能的视角，叙述视角缩小到局部立场，在叙述语言的运用上，突破日常语言的意义指向，呈现多元意义的复合指向。"冯宪光还指出："我们不能忽视的是，不少新潮小说作者在进行文体实验时，有割断历史传统联系，盲目模仿西方现代主义小说文体，甚至将其中的个人主义世界观、价值观整体移植的倾向，这样进行文体实验是与我国社会主义文学必须坚持的'二为'方向，古为今用、洋为中用的方针，弘扬主旋律、发展多样化的方针相抵触、相违背的。"

25日 张炜的《创作随笔三题》发表于《当代作家评论》第5期。关于"非职业的写作"，张炜认为："挽救文学的方法、挽救我们自己的方法，是我们要放松自己，忠于土地，找准自己的根性。"张炜指出，"'怎么写'当然应该包括'用什么写'"，"要回答也很简单：用自己的生命去写"。在"存在的执拗"中，张炜认为："不负责任地通俗化，就是一种妥协。……走向了真实的反面。"

28日 毕胜的《人文精神与文学 "红学"两位"小人物"忆旧 长篇小说〈柏慧〉的争议》发表于《中华文学选刊》第5期。毕胜转述了一些关于张炜新作《柏慧》的评论："郜元宝认为：张炜的《柏慧》'是一次包含了忌恨的写作。作者显然被种种现实的人和事纠缠，满怀忌恨无处宣泄，只好全数倾倒在自己的作品中……过多地迁就了自己的这种世俗情感，他原有的价值立场便难以坚守'。'这是作家张炜对自己曾经执著的价值立场的放弃和背叛，是从原先的道德理想境界大幅度撤退。''是精神立场的放弃和退缩……一部本来可以写得气概非凡的作品，最终成为充满个人恩怨、拉杂松散的意气之作。'""戴纪尧认为：'《九月寓言》之后时隔三年出现的《柏慧》……不是一部长篇小说，而应该视为一部长篇散文……作者并不在意叙事结构，相反似乎是有意避开了繁杂冗长的叙事，直接赤裸裸地把思想端出来放在你面前……缺少了含蓄，缺少了经验范围的体验,作家的思想很容易走向偏激,给人的震动也不会是深层次的。'"

本月

《上海文学》第9期刊有《最近的话题——编者的话》。编者指出:"我们以为,'人文精神'应该是文学参与现实、审观世俗的切入点,而并不是拒绝俗世的盾牌。所以,后来又提出作家的'文化关怀'精神来补充……有感于某些作者创作的停滞与退坡:从很有意义的对旧价值观的解构,滑向平面化的'嘴巴的快乐'。因此,我们发出珍视文学的'精神价值'——当时无以名之,姑且用'人文精神'来命名——的提醒。我们的初衷实在是浅显而又明白的。"

李锐的《谁的"人类"?》发表于同期《上海文学》。李锐谈道:"我写小说从来就没有想过外国人喜欢不喜欢,甚至连中国人喜欢不喜欢我都不想,我只想自己喜欢不喜欢,我写小说的时候只想下面出现的这个句子,这个词,这个字,是不是我自己最满意最喜欢的,别的一概不管。"

王安忆的《寻找苏青》发表于同期《上海文学》。王安忆指出:"苏青的小说《蛾》,是有些'莎菲女士'的意思,虽是浅显简单,热烈和勇敢却相似的。""丁玲是要比苏青'乌托邦'的,她把个性的要求放大和升华了。苏青却不,她反是要把个性的要求现实化。她过后再没写过这样的,'五四'式激情的小说。"

罗强烈的《故事的缠绕》发表于《小说家》第5期。罗强烈谈道:"现代小说处理故事,当然不是要回到故事。我所说的'故事的缠绕',包含着利用故事与破坏故事这样并重的两个方面,其原则有点像海明威处理那种浮在海面上的冰山。""何为故事?它往往首先使我们想到一种与情节相关的东西。实际上,对于现实来说,无论是物化的'第一世界',还是虚构的'第三世界',它们都可以归结成一些时间因素与空间因素:这种生活蕴藏着的时空秩序,才是故事的真正内核。""作家对故事的运用实际上是一种选择。这种选择所遵循的法则,应该是生活的法则。从本质上说,哪怕就是作家所独创的故事,其支配权也不在作家,而在人物和生活,中外文学史上就不乏作家随着写作的推进而改变自己初衷的例子。"

本季

李咏吟的《故事的颠覆与重建》发表于《文艺评论》第5期。李咏吟谈道："故事的反动的前提在于故事的定型化和模式化。生活的相似性必然带来故事的定型。一个时代的故事容易定型，一个作家的故事更容易定型。定型就是某种意义上的重复和机械制作……我们不断地受到一种类似于三角形关系的矛盾人生游戏的诱惑。因而创作的定型和模式化又是不可避免的。""就传统的故事模式而言，存在着许许多多的局限。这些局限性通常是通过一种模式化的东西获得内在定性的。可以说，传统叙事模式最顽固的地方也最容易攻破……三角模式在故事叙述中是一个极其陈旧的老套，而在通俗文学和平庸叙述中，三角模式复制利用到了极点。这使作家的故事带有极大的雷同感和似曾相识性……三角使'故事'获得了某种稳定性，也使叙事获得了某种间歇性，更使情感冲突获得一种戏剧性表现机会。""现代主义对故事的颠覆是以一种极端的方式出现的。这里不存在一种辩证法的批判继承。叙事者走向了故事的极端……叙事者以谋杀和反叛的姿态决裂，其故事颠覆的策略就具有了一种后现代性。"

十月

3日 田中禾的《莴笋搭成的白塔》发表于《人民文学》第10期。田中禾指出："它（李洱的小说《缝隙》——编者注）是雅致的，不再是漠视文学是语言的艺术的粗疏的故事；（这当然是再低不过的要求，然而对于中国文学仍然有点奢侈。）它又是有趣的，没有硬塞给我们或是忧患、或是时弊、或是人文精神、终极关怀，或是什么什么采、什么什么姆、什么什么格尔而让读它的人老是惴惴于自己的人格和学识……"

5日 陈晓明的《回到生活现场的叙事——何顿小说简论》发表于《山花》第10期。陈晓明指出："何顿的小说具有某种目击现场的效果，他的那些不加修饰的逼真性的叙事，极为有效地表现了当今中国社会主义初级阶段的，或者说原始积累阶段的个体经济显著特征。"此外，陈晓明认为："何顿的小说过分生活化，过分经验化，这是他与众不同之处，也使他的叙事缺乏变化和更强更长久的冲击力。"

王干的《世纪末的风景——90年代文化心理描述》发表于同期《山花》。王干指出："进入90年代以后，作家原先的那种自豪感虽不是荡然无存，也所剩无几。……低调感伤的叙事小说风气形成了'他者'的小说，是作家企图摆脱生活干系的某种叙事策略，这些小说提供了大量市民的生存图景，也虚构了众多奢华靡丽的历史遗迹，实际都是为知识分子精神不在场寻找现实依据。时代精神的消失，造成了小说家叙事的彷徨，这是一个从呐喊到彷徨的时期。"在王干看来，"王朔式的亵渎基本上是感性的，他的小说与他的言论也不尽吻合，这种以京式幽默为特征的小说在继承老舍小说的传统的基础上融进新鲜的当下状态，是新京味小说"。

王干的"主持人语"发表于同期《山花》《新向度》栏目。王干指出："终极关怀是近年来比较热的话题，它在一些文学评论工作者那里是作为衡量一篇作品的重要标准、首要标准甚至唯一标准。文学要不要终极关怀？当然要，就象文学需要理想一样，这是一个常识，没有必要讨论。问题在于是不是每一个作家都要写终极关怀，是不是每一篇作品都要写终极关怀，不写终极关怀就是媚俗，写了终极关怀就不媚俗？文学的魅力就在于二律悖反，有时写了终极关怀反而媚了俗，有时不写终极关怀品位更高。绝对化、简单化是文学创作的杀手。"

同日，刘颖的《苍天在上，正气在胸——访作家陆天明》发表于《文学报》。在陆天明看来，"文学是多元的，然而一些年来我们的文学作品多的是写小人物、小情调、小是非，这当然必不可少。相反，在一段时期内有的作家甚至不敢说或不好意思说责任感、使命感，这样说了，面对的几乎是嘲讽"，"现在应该做的，就是尽量创造条件，让作家敢于说出心里话。这个社会毕竟是需要责任感与使命感的"。

10日 陈慧娟的《后新时期小说叙事人称的几点异变》发表于《江淮论坛》第5期。陈慧娟谈道："'我××'叙述人称的叙事方式不是一般人称的转换，而是一种第一人称与第三人称叙事方式相融合的叙事方式。……即叙述者与叙述对象的亲属关系的叙事人称。……它既有第三人称叙事的开阔的视角，又具有第一人称叙事的浓厚的真实感。"另外,"列举出第三人称叙事的一种变化,即叙述者'我'在第三人称叙事中的介入"。"叙述者我的种种介入方式既有着叙事结构上的审美意义,也有着审美效果上的重要价值,反映了作家们新的美学观念的审美探求。""在后新时期的小说中叙述人称转换的叙述形式则更加运用自如,更加丰富多样,可以说以叙述人称转换的形式多侧面、多视角地塑造人物形象已成为一种比较普遍的叙事方式。"

23日 朱立元的《命名的"情结"——"新状态文学"论刍议》发表于《学习与探索》第5期。朱立元谈道:"'新状态文学'论确有其一定的合理性。在我看来,这种合理性主要体现在以下三点:第一,90年代文学,特别是部分小说创作,确实出现了一些不同于80年代的新特点。'新状态文学'的倡导者们……指出90年代部分小说既不象'新写实小说'那样完全站在一个外在视角,以'零度感情'纯客观地描述对象,也不象'实验'、'先锋'文学迷恋于文体、语言的形式探索,而是以一种不经意的自由状态,自然而充分地呈现经作家自我体验的当下生存状态流;又如有的论者结合对若干作家作品的剖析,强调它们的个人性、精神性话语的凸现,指出作家以自身个体的当下情感形态(包括私人性、隐秘性的状态)投入写作,使作品带有浓重的自传性。""第二,更为重要的是,'新状态文学'论倡导者们将上述部分90年代小说出现的新特点自觉地与90年代以来中国经济、社会和文化的转型这样一个大背景联系起来,努力揭示其中的必然联系。他们认为,90年代我国社会经济和文化发生巨大变化,一是国内以市场经济为背景的新经济体制已初具规模;二是国际上'冷战后'新的世界格局的形成及利益关系的调整,导致中国文化的转型:如雅俗文化的分流和多样化,纯文学从中心向边缘转移,实验文学与新写实小说受到冲击和冷落,80年代文学的'启蒙'与'寓言''神话'的破灭及紧步西方后尘的'模仿'的终结;与此同时,作家受到的外部强制与自我心理障碍却也大大缩小,写作的选择性与可能性迅速增大,文学反而获得了解放与超越、并贴近文学本体的契机。""第三,'新状态文学'论的倡导者们都兼备良好的艺术感觉和较厚实的理论素养,同时,他们又是80年代新时期文学批评、理论队伍中的重要成员或'过来人',对于新时期文学的发展实际了解较深,其中有的成员还对新时期文学向90年代文学的过渡与'转型'起过推波助澜作用,譬如对转型时期'新写实小说'的命名与鼓吹。这样,他们心中就有一杆对八九十年代文学进行历史的对照与比较的'秤',就能说出一些比较切实、言之有物、论之成理的见解,不完全是空对空的纯理论推演,也不是较琐碎的对具体作品的感想、议论。"

24日 牛玉秋的《家族史与长篇小说》发表于《人民日报》。牛玉秋指出,近年来家族史小说创作逐渐繁荣的原因在于"改革开放以来,人们越来越有可能客观地认识各种家族的历史,这就在很大程度上减轻或消除了写作家族史的心理障碍"以及"家族史小说符合了评论界关于长篇小说应该是'史诗'的要求,这也是家族史小说应运而生的一个重要原因。'史诗'包括了内容和形式两方面的要求。'史'要求作品所表现的生活具有相当的时间长度和空间广度。一个瞬间、一个场面,显然不具有'史'的品格。它必须涵盖一个或几个历史时期,囊括各个社会阶层的多方面的生活内容。'诗'虽然不再局限于字面上的形式要求,但其要求的艰巨性并未减轻,反而加重了。它要求作品具有巨大的艺术冲击力,能使读者精神震荡、激情澎湃。家族史本身已经具有'史'的品格,而一个大家族的兴衰,特别是在出现了家族叛逆之后,必然与历史潮流发生这样那样的牵连,使得很多社会阶层都有了亮相的机会。至于'诗'的品格也包含在家族史之中。作者的血缘亲情,是他处理素材时激情充盈的保证"。

本月

《上海文学》第10期刊有《当代文学的第三"范式"——编者的话》。编者提到:"本刊开设'新市民小说'专栏已有一年。这一年来的成果,我们大致可从创作与理论探讨两个方面来加以回顾。首先是在创作上,一批既带有新锐的市民意识又各具地域文化特色的作家与作品相继涌现。……其次是在理论探讨上,由于'新市民小说'推助,上海与北京的一批青年学者如陈思和、李天纲、任仲伦、韩毓海、许纪霖、薛毅等等,对于'市民社会'、'市民意识'、'人文精神与市民理想的关系'、'知识分子与市民社会的关系'等非常具有本土实践意义的问题进行了学术探讨。这场刚刚开始的讨论,提出了一个观察中国当代文学乃至近现代文学的新视角,这就是除了早已为人熟知的'阶级斗争——革命范式'与'唤醒民众——启蒙范式'之外,还可以有一个'民间——市民范式'。""王朔小说对于'民间——市民范式'的重新演绎在当时确实给人以异峰突起之感,它的自外于主流意识形态与精英意识的粗糙性,既是一种特殊的力与美,亦是一帖消蚀文人道统与学统的药剂。所以,后来'启蒙范式'以'人文精神'为武器对它进行的指责并非毫无缘由。'民间——市民范式'同其它范式一样,内部包含着许多不可化约的矛盾,即使目前的'新市民小说'已经不再以王朔式的解构为己任,然而,它对人的生命欲望的肯定,既是对一种活力的赞赏,又常常拖出享乐主义的尾音。在国家、真理与身体欲望三者关系上,如何取得一个平衡的意态,这正是今天'新市民小说'应该追求的价值取向。"

陈思和的《民间和现代都市文化——兼论张爱玲现象》发表于同期《上海文学》。陈思和指出:"在本世纪社会转型以后,这种通俗文学的价值取向已经与都市现代化的实际进程发生了分离。但它仍然是属于都市民间的一种形态,尤其在通俗小说领域,它非常明显地表现出国家权力形态与民间政治形态的结合。""民间文化形态在现代都市文学中出现,即新文学传统与现代都市通俗文学达成了艺术风格上的真正融合,却是在沦陷中的现代都市上海完成的。这种历史性转变是以一个当时才二十岁出头的小女子的名字为标志:那就是张爱玲的传奇创作。"

十一月

3日 《人民文学》第11期刊有"编者的话"《回乡之路》。编者提到:"梁晓声《荒弃的家园》是在两个层面上展开的——土地的荒弃和精神的荒弃。当不得不离开家园的时候,人们遥望着大路的尽头,心中充满解脱的欣快和对文明、幸福的憧憬。这曾经持久地激发了小说家们的灵感,'走出家园'在实践意义上和象征意义上,都成为中国当代小说的重要主题,在一种倒置的浪漫主义视野中,土地和家园恒久的精神价值受到了严峻的质疑,而'外面的世界'则被神话化了。"

李洁非的《窥》发表于同期《人民文学》。李洁非指出:"小说这东西,还是如孔夫子所说，'虽小道，必有可观者焉。'观而知世，能让人从故事窥见世态，我以为就尽到了小说的本份。""之所以称窥而不言它，是因为以小说之'小'，要它饱览天下、尽收眼底，实在不胜其大；其次，以窥为观不光看得深一些，而且视角隐蔽、刁钻，有点冷不防偷觑一下子的意思，见常人所不见，把一些意外的场景交给人们。"

同日，段崇轩的《农村题材小说的危机与新生》发表于《文艺报》。段崇轩认为："九十年代的农村题材小说，在观照农村和农民时，应当有一种更宏大的历史眼光，表现出农业文明向现代工业文明转化中的尖锐矛盾和艰难曲折，表现出普通农民在历史巨变中的生存和命运，而这样的农村题材小说，就决不是依赖传统的农业文化和残缺的'现代意识'所能'照亮'的。在农村题材小说的表现形式上，我们不必强求每一篇作品都可以给农民读者看，但把农村题材小说变成只供知识分子阅读的'圈子文学'，也决非农村题材小说的正路。如何借鉴前几代作家的创作经验，创造更多读者喜爱的艺术表现形式，是摆在作家、评论家面前的又一崭新的课题。"

刘道生的《世俗风情画，人生百味图——试比较方方、池莉、毕淑敏的小说》发表于同期《文艺报》。刘道生认为："她们创作上的共同点：第一，小说中的主人公多是平头百姓、市井小民……第二，三位女作家都严格忠实于生活，取材都真实可信。她们都基本上采用现实主义或写实主义创作方法，当然并不排斥借鉴一些新潮流派的表现技巧……第三，三位女作家对于小说中的自然环境和社会环境，都有极其精致细密，韵味十足的摹写。"

5日 孙先科的《"新历史小说"的意识形态特征》发表于《当代文坛》第6期。孙先科认为："'新历史小说'从原来的以政治性和道德伦理性为主导内涵的意识形态主题向着消解二元对立深度模式和因果式的逻辑思维框架，淡化政治意识和道德伦理意识的多元、边缘、弱势的意识形态转换、过渡。""不是'非意识形态化'，而是由单一的政治意识形态向多元意识形态并置转换、过渡，由宏观、显性的政治学向微观潜性的文化学转换、过渡。"

张洪德的《林斤澜小说叙事的新策略》发表于同期《当代文坛》。张洪德认为："他避免对生活做大的铺叙，采取了'切取法'，化整为零，对生活做纵的或横的零切,将它们切割成不同的小块。纵切的作品,表现生活比较大的时间或历史跨度,写出某方面局部生活'史'的演变。这样的作品往往有生活的纵深感,由一线看人世沧桑。它从一个侧面,表现人生的变化和社会生活的变迁,使读者看到深邃的历史主题……在这些切割叙事中,除了独立成篇之外,作家又做'系列'创作。'矮凳桥系列'既是江南小镇人物和社会的历史变迁的长卷,又是各篇独立的社会和人生画面。从纵向看,各篇均为社会和人生历史的片断切割;从横向看,各篇又是不同历史时期不同生活场景的再现,有相对的独立性。"

同日,昌切、刘继明的《〈柏慧〉与当下精神境况》发表于《山花》第11期。昌切指出:"场景、形象的对立结构是文本的表层结构,精神对立结构才是文本的深层结构。《柏慧》的文本结构实质上喻示了我们时代的一种群体精神结构,这就是物化观念与反物化观念、体制规则与个体自由、实利原则与审美法则的对立结构。"

刘继明认为:"它(《九月寓言》——编者注)所显示的惊人的文本自足性,标志着张炜已卸下了社会代言人的沉重包袱,开始确立独立的小说家或知识分子的叙事立场。他不再依赖意识形态话语,而独立守持一套相对自足的话语。"刘继明强调:"逃逸只是一种表面现象,它的实质是反抗。'我'的逃逸,还有徐蒂的逃亡,最终都可归结为张炜对'沉沦'的现实的反抗。我以为这种姿态可以概括为《柏慧》的叙事立场。""张炜叙事立场的转换和确立,我觉得不仅对于作家本人有意义,更重要的是,它暗示着中国知识分子确立精神立场的艰难历程。与《古船》所透露的集体理性反思不同,《柏慧》表达的精神立场是一种个人立场。"

此外,昌切认为:"张炜认可的知识分子是导师,他最真实、最充分、最完美地体现了真正的知识分子求知殉道的崇高人格。"

刘继明指出:"这两种姿态('操持一套中国式后现代话语'和'张炜他们拒绝商业化、世俗化'——编者注)构成90年代写作的对立两极。"刘继明认为:"张炜和张承志是以静止的姿态看历史,他们秉承和坚执绝对、既定的价值观,站在历史之外与历史抗衡,这就使他们很难以积极的姿态介入和推动历史进程。"

张颐武的《此时此地：重新追问我们的"位置"》发表于同期《山花》。张颐武指出："在这个极为具体的语境之中，'人文精神'话语的根本困境在于它一方面把自身定位为一种宗教性的神学化的'终极关怀'，另一方面把它作为一种普遍性的绝对准则试图用以要求一切人，把它变为绝对的真理。"张颐武认为："实际上，'人文精神'讨论的意义并不在于名词的讨论，对于名词的理解并不是最重要的。这里的关键在于它为文学写作及文化的探索设置了一个消极性的极端主义的标准，在于它片面地对于'大众'的敌视和对'大众文化'的简单的否定。"在张颐武看来，"这里的困局在于对于知识分子在当下文化中的'位置'的矛盾心态。一方面，这些知识分子和作家仍然肯定抽象的'人'或'人民'的至高的地位。另一方面，却对生活在我们身边的，虽然不那么'清洁'和'崇高'的'大众'充满仇恨"，"知识分子不仅在对自身的身份的认同中确认自己的话语权威，而且也不能放弃对于我们共处的这个社群的真挚关怀，不能放弃参与与介入的'有机'的'位置'"。

10日 王鸿生、曲春景的《祈祷、反讽与默想——1994年〈花城〉小说的叙事问题》发表于《花城》第6期。王鸿生、曲春景谈道："目前给我们留下较多印象的两种叙事语态就是祈祷与反讽。十分显然，作为写作行为的不同现身情态，祈祷面对的是苦难或痛苦（存在之重），反讽面对的是无聊或荒诞（存在之轻），它们不仅意味着迥然不同的语言承担或应对方式，同时也提供了不同的存在'观'、世界'观'。"此外，"我们可以感受到一些沉思式叙事的语态特征：第一人称（默想只能是'我'的默想，无论这个'我'是否在字面上出现）；平静地陈述（在叙事动作中直接呈现精神自身的行为过程）；界面性（叙述主体处在或超出有/无、我/他、轻/重、时间/空间……之界面，获得了一个从两头或几头'看'的位置）；谦卑（用'也许'的句式承认偶然性、不确定性和多种可能性，用'它正途经我'这样的句式削弱主体性，'我'只是'它'——世界、失恋或一切人生事件——的一个证人，一个被经过者而不是相反）；以及语言明澈而氛围恍惚等等"。

15日 南帆的《故事与历史》发表于《文学评论》第6期。南帆指出："'新历史小说'的出现表明，作家的叙事正在将故事和历史置于相近的水平上面。

通过叙述聚焦点的调整，作家在这批小说之中表述了种种不同的历史解释和猜想，甚至调侃和戏谑。在另一方面，这一切又不可能得到进一步证实而成为信史。它们仅仅存活于叙事——而不是考证——层面上。这里，文学的历史崇拜已经消失，作家从叙事的意义上扰乱了修史的权力垄断。他们在历史的审慎和渊博之间增添了某种民主和玩世不恭的气氛。这是'新历史小说'产生的一个意味深长的变化。"

同日，洪子诚的《"人文精神"与文学传统》发表于《文艺争鸣》第6期。洪子诚认为，知识分子的"反应过度"与"缺乏（或不够健全）相对独立的'文学传统'与'精神传统'"有关。"在我们的内心深处，在我们的'血液'之中，其实并没有可供守护的真实信仰，没有可信的较为稳固的学术立场。我们更多的是权宜的策略，在变局面前的机敏和应对。"洪子诚强调："一是培育、建设有一种相对连续性的文学传统与精神传统，需要社会创造有多种选择的可能性的环境。……我们最好不要再三重复将介入/逃避、干预/沉默、知识分子/学者作截然对立的道德价值判断的失误。""另一点是，作家和人文学者也许对自己应持更清醒的态度。……我们的时代，也还需要'文人英雄'，那种为着'精神家园'的理想而碰得头破血流的'理想主义者'，即使在今天也并非就是可以被嘲笑的对象。"最后，关于大众文化，洪子诚谈道："因为'严肃文学'、'大众文学'具有历史性的内涵，在今天，我觉得应该建立起两种不同的评价标准。……这里不存在通用的准则。从事大众文学创作同样有其不容否认的价值，但如果树立严肃文学的目标，却又想创造一种能作用于社会全体，能为社会大众都接受、钟爱的文学，其结果只能是产生平庸的创作。文学艺术的这种分流，相信是建立、保护文学独立传统的必要环节。"

许行的《活跃于文坛的小小说创作》发表于同期《文艺争鸣》。许行认为，"小小说在小说家族中，在整个散文文学范畴内，对比起来它是最精练的一种文学形式，它对故事的叙述、人物的塑造都用最经济的语言，最节约的形式，采取以小见大，以少胜多惜墨如金的创作态度"，"小小说是最快速反映生活的文学手段"，"小小说最能够、也最便于在读者心灵上打下烙印"，"小小说是最节约读者时间的作品"。

20日 韩鲁华的《平平常常生活事 自自然然叙述心——〈白夜〉叙事态度论》发表于《小说评论》第6期。韩鲁华认为："从中国当代小说创作实际来看，小说叙事艺术的变化，是首先在作者、叙述者、读者等之间关系上的改变开始的。这三者的关系之中，其中包含着一个基本的问题，就是叙事态度。而叙事态度的转变，从根本上讲，它所深藏的是作家小说观念上的变化。"而"叙事态度，说穿了就是作家在小说创作的艺术建构过程中，是以什么样的观点、立场、态度，去进入叙事的"，有"主观型叙事态度"和"客观型叙事态度"两种类型。

谢有顺的《小说：回到抒情性》发表于同期《小说评论》《谢有顺专栏：小说的可能性之二》。谢有顺认为，"回到抒情性，重要的是回到抒情的基础——正常的人性，并找到抒情的对象——令人震惊的经验"，"迄今为止，我们在中国作家笔下读不到成功的抒情，就在于他们没有在正常的人性基础上出示对正义、和平和爱等神圣事物的价值态度，而只停留在民族、文化等社会经验上"。

21日 吴秉杰的《长篇的课题》发表于《人民日报》。吴秉杰认为："当前的长篇创作异彩纷呈，出现了多向发展的态势。反映现实生活的创作，依然有浓郁的生活气息、切切实实的矛盾冲突，力图跟上时代的步伐；历史小说或视野开阔、气势磅礴，或绵密细腻、笔致悠然，再现历史审美的图像；家族体小说异军突起，其艺术容量伸缩不一，却把历史和现实扭结在一起，想进入一种更宏大而富有包容性的民族文化的视域；自传性小说不矫不泛，又要以个人生活的线索，折射出一定的社会的景观；'先锋'实验创作大抵有着一种如烟似雾的氛围，想表达某种生命的体验；另有一部分创作，则对金钱腐蚀心灵的现状，提出了'警世'的理性的抗议。长篇的课题多种多样，我觉得都可以概括为能否以审美的方式，充分有效地映现出人生和时代的发展。""长篇创作作为一种成体系性的审美认识和文学创作，反映着叙事话语以形象化的方式全面地艺术把握对象世界的能力。历史感与哲理性常是它题中应有之义，理想精神、人格操守、价值观的抉择则是主体在与世界交流中内在隐伏的动力，风格、语言和结构不过是它外化的形式。陈忠实的《白鹿原》'横看成岭侧成峰'，得助于它多层次地对历史生活和人生的把握。张炜的一系列作品形成艺术的冲击力，也由于作者形成了一种稳定的价值体系。王蒙的长篇创作，在此成熟的基础上，又使一切艺术的秘密都包含在他的语言风格中。然而，这一切仍然离不开生活。优秀的作品和平庸的作品，艺术的突破与艺术的偏误，都与我们认识当今时代生活和把握生活有关。深入生活尤其是长篇创作的基本课题。"

25日 纪众的《作为艺术的小说的观照——述平小说的阅读启示》发表于《当代作家评论》第6期。纪众指出："寻找另一种时空组合方式，让没有被既成生活所肯定，然而对于存在来说却是更真实、更有趣的境遇，使其回到自然之中，更深刻地照亮人的存在状态，这才能谈到小说对生活的创造性发现，才能谈到小说对生活具体性的丰富和补充，才能谈到使小说成为人们超越有限人生所必须阅读的东西。"

潘凯雄的《在好看故事的背后——读述平的小说》发表于同期《当代作家评论》。潘凯雄认为，"现在的小说越来越'难读'"，"这'难读'至少有三层含义：一些小说由于运用了现代、后现代或许还有后后现代小说的种种技巧，全盘颠覆了固有的阅读方式与习惯，你必须得全神贯注、前后琢磨才能将作品连缀起来，阅读下去，是为一'难'；一些小说的字面或章节读来全能明白，某些局部甚至紧紧地揪着你不放，只是整体读完后又惘然若失，全然不知所云或者是不甚知所云，是为二'难'；一些小说的故事十分好看，似乎一切的一切都对你说得明明白白，但稍稍思量，这明明白白又不过只是一层障眼的面纱，要想真正明白，还需撩开面纱再往里看，是为三'难'"。

述平的《从存在到存在》发表于同期《当代作家评论》。述平认为："小说是现实的一种可能，同样，现实也是小说的一种可能，它给小说圈出了一块自由的领地。"述平指出，"小说以一种全然虚构的形式真实而亲切地连接着两端的存在"，"这种虚构的伟大的艺术形式远胜于那些只告诉我们事实和结果的新闻和所谓纪实性作品"，"成为我们生活的一个有力的参照"。

王培元的《"一个人远游"：王蒙小说的一个模式》发表于同期《当代作家评论》。王培元指出，"他曾被看作是新时期引进西方现代文学的艺术方法，诸如意识流之类的始作俑者。我倒觉得，作为一个中国作家，王蒙与中国传统思想和文学的联系，其实是更紧密、更内在、更深刻的。从他的小说创作中，我们可以发现中国丰富的思想和文学遗产的持久而新鲜的生命力"，"'一个人远游'是王蒙小说中的一个很重要的'文化原型'。王蒙对于蕴含着这种模式的古代作家、诗人的作品的有意或无意的摹拟与化用，使其小说既能表现出这一模式的叙事特长、艺术功能和文化意蕴，又不能不受到此种模式所特有的文化内涵和审美旨趣的规约与限制"。

朱向前、赵德明的《中国文学：在世纪末的判断与沉思——关于重新调整当代文学出发点的对话》发表于同期《当代作家评论》。朱向前认为，"近年来的中国文学界也在实践中逐渐地从域外文学的浓重阴影中挣脱出来，开始了自觉地回归本土与传统"，"是中国文学界日渐走向成熟的表征，是他们运用从本土从自身生长出来的智慧和从传统中创化出来的文学话语系统参与国际性的现代化大文化建设的新的开始"。

十二月

1日 黄桂元的《超越现世的寓言纠葛——王筱小说文本及其边缘断想》发表于《作家》第12期。黄桂元谈道："人类的灾难性课题、共同的命运、以及神秘的过去与未知的将来，构成了王筱富于激情的创作主题。……他的兴趣点多集中在人类的共性现象而不是一己悲欢。比如对潜意识、预感、迷幻等人的心理现象的捕捉与分析等等。心理分析小说家注重的是深度、隐秘性与个性，而王筱则着重于对其广度、演化与人类共性的探究。"

5日 洪治纲的《失位的悲哀：面对九十年代先锋文学》发表于《山花》第12期。洪治纲认为："当代先锋小说的重要失位还表现在其自身话语体系的孱弱与不健全上。"洪治纲指出："在这种形势下重新召唤先锋文学，就是要重铸先锋精神，即重新找回对抗世俗潮流的本质力量，确立作家独立自治的先锋品格，以引领世人抵住日趋物化的心灵，从而为更深地揭示人类的存在境遇、拯救生命的苦难作些力所能及的努力。"

8日 长岭的《历史小说创作缘何兴盛？》发表于《文汇报》。长岭谈道："那么历史小说兴盛的原因何在？一些专家认为最突出的一点，是当前在中国社会由传统向现代转型步伐急剧加速，'再造中华文明'的呼声此起彼伏之际，整个民族对于自身历史反思的热情。正如新时期以来哲学家、史学家不断从自己的角度对历史进行反思一样,文学则从历史题材的创作方面找到了一种方式或一种载体。其次,活跃、宽松的创作环境带来的创作主体思想的活跃和创作视角的多样化,也是历史小说走向繁荣的重要因素。"

21日 陈思和、逸菁的《逼近世纪末的回顾和思考——九十年代中国小说的变化》发表于《文学报》。陈思和认为:"许多作家改变了作品的叙事风格及其立场,这是九十年代小说的主要特征。作家放弃了指点迷津式的启蒙导师的立场,只是表明知识分子改变了传统的叙事立场——依赖政治激情来争夺庙堂发言权以及在知识分子议政的广场上应和民众情绪的个人英雄的立场,而转向新的叙事空间——民间的立场,知识分子把自身隐蔽到民众中间,用'叙述一个老百姓的故事'的认知世界态度,来表现原先难以表述的对时代真相的认识。这种民间立场的出现并没有减弱知识分子批判立场的深刻性,只是表达得更加含蓄更加宽阔。""民间立场并不说明作家对知识分子批判立场的放弃,只是换了知识者凌驾于世界之上的叙事风格,知识者面对着无限宽广、无所不包的民间的丰富天地,深感到自身的软弱和渺小,他们一向习惯于把自己暴露在广场上让人敬慕瞻仰,现在突然感到将自身隐蔽在民间的安全可靠:以民间的伟大来反观自己的渺小,以民间的丰富来装饰自己的匮乏,他们不知不觉中适应了更为谦卑的叙事风格。……具体地说,它泛指非权力文化形态或非知识分子精英文化的新空间。但这一新空间显然不是纯而又纯的,它只是从新的文化视角重新包容了前两者,而且这种新的文化视角也是多元多样的,只要是对权力意识形态和知识分子启蒙立场的偏离,多少都能反映出民间立场的新视角。"

本报记者陆梅的《对人生的一种眼光——访青年女作家唐颖》发表于同期《文学报》。文章谈道:"说起创作状态,唐颖对有些人喜欢把她的作品和张欣归于一类有不同的看法。她认为张欣小说中的人物有一种道德观,总会有一个人对现实做出一种反省。而她是很真实地把一种生活中存在的、却常常被人忽视或掩饰的东西还原出来,是还原生活的原生状态。《海贝》中都市女孩的爱情故事反映的就是一种无奈的真实状况。《红颜》讲了人与人之间的一种暧昧状态。这是现代都市中非健康的一种感情,但它是存在的。人在漫长的看似平静的生活中有时会不满足,那他会在其他场合不露声色地补救。"

29日　王干的《小说的新变种种》发表于《文艺报》。王干认为，小说创作方面出现了一些新的变化：1.边缘叙事。一些小说的非小说因素以漫不经心的方式向四周漫溢扩散，通过文本内部叙述和评价的交织形成分裂来体现边缘叙事的张力。另一些小说在叙事上是统一的非分裂的，可叙事的指向却要制造真实和虚幻的分裂，有意消弭真实和虚幻的界限，因而在这些小说里心理想象与生活存在的边境不是那么清晰，过去、现在、未来的时间痕迹也是淡淡的若有若无的。2.游走美学。这类小说放弃象征化的寓言模式，以个体的精神凹度取代主题的高度和理念的深度。凹度是游走者在游走过程中与种种价值碰撞相遇形成的精神印痕，是个体生命在当代生活转型期的独特标志。它不是简单的"解构"和"拯救"，而是人的自由状态在面临商业、政治、历史、文化多重压抑之下的一种抗争和解放。3.自我阅读。自我阅读只是写作时的一种姿态，面对读者之死的一种自我保护的叙事策略。作者并不是真要拒绝读者，而是写作的目标非读者化、非他者化。4.放逐评论。评论性的文字进入小说，一边叙述一边消解，是语言解放的一种方式。

《陈荒煤谈长篇小说创作》发表于同期《文艺报》。陈荒煤认为："优秀的长篇小说，起码必须具备三点：一是高度概括了时代的精神和历史的风貌；二是不仅创造了一两个真实生动感人的主要人物，围绕主要人物，还同时创造了其他各种典型的人物；三是有独特的鲜明的艺术风格。""长篇小说要努力反映当代生活，反映时代主潮，并不是任何生活内容都适合写长篇的。"

本月

《上海文学》第12期刊有《让文学吸引市民——编者的话》。编者指出："本刊在倡导'新市民小说'时早就表白过，我们所称的'新市民'，既是具有明确的历史内涵的，同时又是广义的。它是指我国社会主义市场经济全面启动后，由于社会结构改变，社会运作机制换型，而或先或后更新了自己的生存状态与价值观念的那一个社会群体；这个社会群体正在逐步覆盖我国的城乡，从东南沿海扩展到中西部内陆地区。"

薛毅的《日常生活的命运》发表于同期《上海文学》。薛毅指出："九十年代那些被称为后现代小说的叙事作品所写下的与其说是喜气洋洋地告别现代性不如说是对丧失意义支撑的日常生活的惊恐与无可奈何的认可。""九十年代关于日常生活'人欲横流'的叙事是站在生活之外看生活的现代性叙事的极致。"

张柠、程文超、杨苗燕、文能、单世联、陈虹的《此岸诗情的可能性——"寻找第三种声音"讨论之二》发表于同期《上海文学》。程文超认为:"现代(实验)文学的式微处,文学叙事出现了新的走势。……我则更愿意把它称为'彼岸后叙事'。其特征在于,第一,彼岸缺席,用欲望取代彼岸。叙事的目的不是为了沐浴彼岸的圣光,而是着力于进入'此岸'的欲望人生。""它('彼岸后叙事'——编者注)才不是对先锋文学的倒退,而是在先锋实验基础上的前行。'彼岸后叙事'的第二个特征是,致力于揭示此岸的尴尬。""第三个特征是寻找此岸诗情。"

本季

江曾培的《微型小说呼唤标志性作家与作品》发表于《小说界》第6期。江曾培谈道:"微型小说的发展与提高,正是有赖'专业户'与'多面手'的共同推动。这一历史经验,有着它的现实意义。""卡夫卡的微型小说,与他的中长篇作品一样,强烈表现着主观感受。……他不重视典型人物、典型环境的塑造,而是用现实的手法描写非现实事件,以象征的手法表示抽象的理念,因而这些作品在整体上显得有些荒谬与荒诞,但由于他的细节描写又往往是以现实主义为基础的,因而又不像某些现代主义作品那样怪诞、晦涩。卡夫卡的微型小说,显示微型小说也可以有多种多样表现形式。微型小说虽'小',但作为文学的一个品种,作为个人化的精神产品,在风格、形式上也必须多姿多采,百花齐放。切忌单调、单一,大家穿戴一样地挤在一条狭弄里。这恐怕也是当前微型小说发展与提高的一个重要方面。"

本年

阮冰的《东西小说〈商品〉的元小说解读》发表于《南方文坛》第2期。

阮冰认为："《商品》在对叙事本身进行自我揭示和自我评说，其目的大概就在于对意义进行拆解，从而显露出形式存在本身，如生活的形式化本身一样。拆解意义是为了使意义失去了意义性，在于防止读者对意义领域的进入。进入意义领域，人们会在清醒地认识到'人生的迷失'（'B'的意义）时进行自我反思，从而重新确定人生的目标。东西对这一意义的拆解也就有效地清除了人们再次步入歧途的可能（对清醒的人生意识的清除）。这种形式安排的意图也许正是《商品》的意义。"

《小说选刊》复刊1期刊有"编后记"。编者提到："本期所选三个中篇，各有韵味，值得一读。何申的《年前年后》，以描写当下现实见长……刘醒龙的《伤心苹果》，把一个县城机关干部之间明争暗斗的情景表现得淋漓尽致。覆盖全篇的是一个伤心苹果的象征意象……叶广芩的《祖坟》是以传统叙述方式写就的一篇有关家族的传奇……短篇小说选了几篇，有高看探索意。韩少功的《暗香》亦真亦幻，亦虚亦实，把人间应有的文化关怀作了异乎寻常的表现……格非的《凉州词》亦别出心裁……何立伟的《谁是凶手》，注重生活中的偶然性，但于可见的偶然性背后，人们难道不能隐隐感到某种必然性吗？……选了两篇台港文学。严歌苓的《海那边》写的是三个中国男人移居美国的故事。三个人处境不同，各有希冀，冲突中既有喜剧也有悲剧。成英姝的《眼睛的告白》，故事有点荒诞离奇，情调近乎黑色幽默……外国小说也选了两篇，内涵及表现异于国内，值得参考。美国作家亨利·罗斯的《一座座宅第》揭示的是人类对梦想的渴求与现实之间的差距以及这种差距所带给人类的恐惧和绝望。英国作家费·韦尔登的《萨拉热窝失恋记》描写的是一段师生之间的恋情，名为失恋记，实为醒悟记……王蒙的《小说面面观》、唐达成论《你以为你是谁》、雷达论《无梦谷》、韩小蕙的《六问陕军》，于综观今日文坛，不无裨益。"

1996年

一月

1日 闻树国的《叙事的魅力》发表于《滇池》第1期。闻树国认为："在叙事面前，时间和空间已经不再成为障碍，故事情境和事件内容也不再不可或缺，叙述与描写，真实与虚构，理性和感觉，也都或多或少地丧失了先前的意义，因为叙事能使所有的叙述对象和叙述内容发生意义。"由此，"小说'生产者'的陈述行为用话语的形式，使许许多多仿佛撂了上千年的木乃伊一样干枯的概念，成为叙事过程中的叙述内容。每一内容在它应该在的位置上，都被视为小说的心脏"。

3日 牛玉秋的《想起了白居易》发表于《人民文学》第1期。牛玉秋认为："《大厂》（作者谈歌——编者注）打动人的艺术力量究竟何在呢？说穿了也很简单，无非是它对处在困难之中的普通人给与了真诚而深切的关怀和同情。在金钱至上、物欲横流的社会潮流中，这一点真情确实是弥足珍贵的。""这篇小说的另一个可贵之处就是它以情感人，却不因情障目。它清醒地揭示出，工厂的困难决不是吕建国的人格力量、工人们的自我牺牲、一班人的团结互助所能彻底解决的。问题的症结在机制、在政策。正是由于机制、政策上存在的问题，才使得想干事的人处处掣肘，干坏事的却畅行无阻。于是这篇小说就有了警世的意义。"

5日 刘海涛的《叙述时空与叙述结构——当代小说叙述技巧论之六》发表于《短篇小说》第1期。刘海涛认为"时空交错有两种基本形态"，"第一种是把时间推移的顺序作为事件发展的结构经线，把空间位置的交换作为事件铺叙的结构纬线，这样便能把同一时间、不同地点发生的事件交错叙述。……

时空交错的第二种形态是把小说文本里叙述的完整系列事件通通打乱，重新组合。组合的原则是现实时空与心理时空互相更替，按'现实时空——心理时空——现实时空——心理时空'的次序重新编排小说文本的时空"。

同日，戴锦华的《徐坤：嬉戏诸神（代跋）》发表于《山花》第1期。戴锦华认为："从《先锋》到《鸟粪》……不仅是一种久违了的文人或曰学人小说，而且是一种新的女性的越界姿态。"

张英的《面向未来的先锋文学——访作家孙甘露》发表于同期《山花》。孙甘露在文中表示："就我个人而言，我从来没有想过要为某种潮流、某种旗号、某种社会需要而写作；我觉得写作是从个人内心出发的，是写作者心灵的内在需要。但我不能说我对外在的某种潮流、理论氛围甚至物质环境无动于衷，不受任何影响，这不可能。我只是觉得作为一个写作者，对外界的种种变化应该保持一种敏感，也应该保持一定的距离。我认为完全沉浸与完全封闭隔离的写作都是不可能的。"

10日 林舟的《永远的寻找——苏童访谈录》发表于《花城》第1期。苏童谈道："从我的创作上讲这种对语言的自觉开始于《桑园留念》这样的以少年人眼光看世界的小说。当时也是努力从别的地方化过来为我所用；对我在语言上自觉帮助很大的是塞林格，我在语言上很着迷的一个作家就是他，他的《麦田的守望者》和《九故事》中的那种语言方式对我有一种触动，真正的触动，我接触以后，在小说的语言上就非常自然地向他靠拢，当然尽量避免模仿的痕迹。"

不过，苏童表示："再个性、再自我，写到一定的份上写作的空间会越来越小，慢慢地耗尽。有了这样的意识之后，脚步就会往后退，在形式的要求上出现摇摆性。写《妻妾成群》就往传统的方面退了好几步，想看看能不能写出别的东西来，也就是找到一个更大的空间。结果发现我还能写别的东西，或者说还能用别的语言方式叙述故事。""我一直未能割舍我的那些'街头少年'小说，觉得在写了那么多短篇以后，应该写一个长一点的东西，把它们串起来，集中地予以表现，所以就写了《城北地带》，当然也就免不了你所说的那些方面的'复现'。但是我觉得很过瘾，觉得是圆了一个梦，并且也可能算是对我的'少年小说'

的一个告别。"

苏童还表示:"我们现在一些人考虑小说,仍有这么一种习惯的思维模式,就是想将小说从艺术中分开。小说因为用语言说话,它必须记载社会事件、人际关系等等,这就引起了歧义,实际上一个小说家跟一个画家、一个音乐家在内在精神联系上是一致的。……我是更愿意把小说放到艺术的范畴去观察的。那种对小说的社会功能,对它的拯救灵魂、推进社会进步的意义的夸大,淹没和扭曲了小说的美学功能。小说并非没有这些功能和意义,但是对于一个作家来说,小说原始的动机,不可能承受这么大、这么高的要求。小说写作完全是一种生活习惯,一种生存方式,对我来说,我是通过小说把我与世界联系起来的,就像音乐家通过音乐、政治家通过政治,其他人通过其他方式和途径,与世界联系起来一样。"

11日 陈俊的《认知世界,呈现人生——访青年作家格非》发表于《文学报》。格非在访谈中谈道:"小说能否救世?我表示怀疑。很难说清楚小说是什么,但可以肯定小说不是一种获取成功的手段,不是济世助焰的工具,更不是一种权力。对我来说,小说可以认知世界,探索个人内心,写小说就是这样一个探索过程和从中获得的乐趣,它已经成为我日常生活的一个重要组成部分。"

15日 邓时忠的《世纪末的对话——新状态小说与后现代主义》发表于《当代文坛》第1期。邓时忠指出:"新状态小说并未放弃新时期以来的当代文学传统,继续进行着与世界文学的对话;而且,它在观念、技巧和手法等方面与后现代主义文学的种种联系,完全有理由把它视作全球性后现代主义运动的结果。""但愿它是中国文学新生的曙光,而不是文学进一步衰微的征兆。"

张小元的《当代文学的语言探险》发表于同期《当代文坛》。张小元认为:"文学语言的探险,也首先是在语言系统内进行,即'界内变异'。其语言运作的基本原则是,合符语法规范而违反语义规范。它通过各种手段,在语法之内或绷紧、或错位、或歧义,来试验语言的刚性、展延性乃至其断裂的临界点。文学语言的探险,还常常超出语言系统进行,即'越界颠覆'。其语言运作的基本原则是,既违反语法规范又违反语义规范,在乖离、荒诞、悖谬中,在零形式标点中,在字形拆解中,超越'临界',而飞向'极限',并爆破此'极限'。""文学语言坚持自己的粗野化和离心力,这一方面使自己不会窒息于寂灭,另一方面不断地给语言的活力。"

同日,祁述裕的《杂语与杂体——1985年以后文学话语和文体的变革及其评估》发表于《文艺争鸣》第1期。祁述裕认为:"杂语和杂体的文学就其精神内涵而言主要指杂音齐鸣取代了单一的话语,历史评判标准和审美评判标准的统一性被打破,体现不同文化观念的话语被并置在文体中。就语言而言,主要指日常语言大量地进入文本,文学与非文学、高雅与鄙俗之间的语言界限日趋模糊。就作品风格而言,主要指曾经被视为非文学的文体与经典的文学文体相混杂,形成了一些完全崭新的文体形式。"

17日 赵海彦的《一种诉说方式的危机》发表于《作品与争鸣》第1期。赵海彦认为:"我们诘难的不是对这种(《你以为你是谁》——编者注)尴尬世态的描写,而是有关作家(池莉——编者注)的诉说态度。众所周知,自'新写实'以来,冷叙述或零度叙述方式一直为作家看好。无疑,此种方法有益于更为穷形尽相地表现世态人生,有益于修正长期漫溢于文坛、不无矫饰的乌托邦话语。但现在的问题是,在经过了一段拆解、重构之后,我们——芸芸众生,在更为清醒地直面自己时,将走向何方?"

18日 余华的《就象生命的开始……——我为何喜欢〈十八岁出门远行〉》发表于《文学报》。余华谈道:"那时候我感到这篇小说十分真实,同时我也意识到其形式的虚伪。所谓的虚伪,是针对人们被日常生活围困的经验而言。这种经验使人们沦陷在缺乏想像的环境里,使人们对事物的判断总是实事求是地进行着。""这篇小说最重要的是让我找到了真正意义上的叙述,也就是说我找到了'理解世界并且与世界打交道的方式(《虚伪的作品》)',我解决了表达上的困难。在此之前我十分苦恼,我想写的总是写不出来,我在词不达意之中长途跋涉,风尘仆仆毫无结果。""为此我要感谢卡夫卡,也就是在写作《十八岁出门远行》的前两、三个月,我阅读到了他的作品,我对他《乡村医生》中的那匹马非常喜欢,那匹马说来就来,说没有就没有了,卡夫卡在叙述上的任性让我吃了一惊,随后我开始明白了,一个作家没有必要去遵循日常生活死板的合理性,一部作品的真实与否并不是一个人走出门就必须踩在街道上。""卡夫卡解放了我,给了我写作上的自由。"

周介人的《都市、地域与文化寻踪》发表于同期《文学报》。周介人认为,"95年的小说有以下几点是值得注意的。第一,现代都市作为独立的审美对象,重新进入中国的现代小说系统","第二个值得注意之点是地域文化的差异在小说创作中表现得越加明显","第三个值得注意之点是以张炜、王安忆、韩少功为代表的'文化寻踪者'在小说领域内继续发射其强劲的理性思维优势"。

20日 党圣元的"主持人语"发表于《小说评论》第1期《世纪之交的文学:反思与重建》栏目。党圣元认为:"在新时期以来的作家中,贾平凹是一个文化姿态异常引人注目的成就卓然的作家。""他完全是以一部部作品来表明自己的文化态度,他的文化心态,潜藏在他的作品之中,属于潜话语系统,而不是显话语系统,然而底蕴可能更加丰富些。反思世纪之交的文学,建构二十一世纪的中国文学精神,贾平凹及其小说创作足以构成一个话题。无论对于哪一个杰出的作家及其作品,一味的赞扬终属赏析,简单的阐释无关痛痒,而批判的审视,才能发现其价值。"

贾平凹的《答陈泽顺先生问》发表于同期《小说评论》。贾平凹在问答中表示,"《废都》是开放性结构的作品,而不是封闭性结构的作品","《白夜》的叙述,我感觉比《废都》磨合得较好。使用语言,不是个形式和技巧的问题,它是对生活,对小说观念的问题","我不同意'越有地方性越有民族性,越有民族性越有世界性'的话,首先,这个地方性、民族性得趋人类最先进的东西,也就是说,有国际视角,然后才能是越有地方性、民族性越有世界性。……不必抛弃东方思维的这块云彩而去到西方思维的那块云彩。中国人不能写西方小说"。

25日 迟子建的《必要的丧失》发表于《当代作家评论》第1期。迟子建认为:"尽管怀旧的形式本身是拾取和藕断丝连,但就怀旧的事物本身而言,它却是对逝去的所有事物的剔除和背叛,因为你不是怀恋已逝的所有事物,而只对一件事物情有独钟,那么你在怀旧时就意味着对往昔大部分生活的丧失,你用阅历和理性判断出了一种值得追忆的事物,这种东西对你而言是永恒的。几乎所有的作家都有怀旧情绪,这种拾取实在是一场轰轰烈烈的丧失,而这种丧失又是必不可少的。""我认为憧憬也是一种丧失。憧憬是想象力的一种飞翔,它是对现实的一种扬弃和挑战。"迟子建指出:"怀旧和憧憬,这是文学家身上两个必不可少的良好素质,它们的产生都伴随着丧失。"

李咏吟的《文体创造与张承志的小说体诗》发表于同期《当代作家评论》。李咏吟认为:"所谓文体意识是对某种文体的独特审美特性和独特的表达优势以及与其他文体的界限的一种内在把握。张承志以他特有的强力意志,特有的文体认识,特有的审美观念,特有的内心激情寻找并创造了一种特殊性文体:'小说体诗'。""这种主观化叙事事实上将诗的抒情内质融化到了叙事过程中去了,创造了一种新的叙事方式,即以愤怒的诗人和浪漫的诗人之抒情方式介入到了历史叙事之中。于是,小说叙事的情节化、细节化、客观化被象征化、体验化、主体化和颂歌化基调所取代。"李咏吟指出,这类"作品在形式上是一种小说的构造方式。他力图以情节,以叙述,以人物,以形象去推动小说的发展,构造生活的原始画面,而在语言,语式,句法,感情,色彩,力度,张力,隐喻,哲理,抒情上却是纯诗的方式。因而,在审美接受中,我们所获得的不是一种小说的客观化情感化情绪,而是一种主观化诗性化激情化享受","张承志的小说体诗以其内在定性构成这种生命有机体。张承志的小说体诗是从张承志的生命强力中生成的。它贯穿到他的精神体验中,贯穿到他的语言的内心描绘功能中,贯穿到他语言表达过程的总体构思和主观意图之中"。

林为进的《显示出成熟的自信与亮丽——一九九五年的长篇小说》发表于同期《当代作家评论》。林为进认为,1995 年的长篇小说"打破了'题材决定论'的枷锁,敢于将一些平凡琐碎、不为以前的长篇小说所正视的人生侧面,当做主要的描写对象","客观地评价和反映社会,客观甚至不乏宽容表现人生,在这一年的长篇创作中颇具普遍性"。

潘凯雄的《实力派作家竞献长篇创作新因子——读一九九五年的部分长篇小说》发表于同期《当代作家评论》。对于王安忆的《长恨歌》,潘凯雄认为,"有人称以往写上海的高手是新近客死美国的女作家张爱玲,而《长恨歌》的出现,则不能不令人对此重作思考","将一个女人的经历并且是一位普通女性的平凡经历与'城市精神'这样的命题贯通起来,而且联结得是那样的自然和不露痕迹,这也恰是《长恨歌》的妙处之所在"。对于张炜的《家族》,潘凯雄评价，这部作品"标志着他个人的长篇小说写作迈上了一个新的台阶"，"在结构上巧妙地实现着历史与现实间的相互转化"。另外，潘凯雄还提出乔良的《末日之门》"拿出了一种中国读者不曾熟悉的新品种——近未来预言小说"。

张远山的《张承志，一个旧理想主义者》发表于同期《当代作家评论》。张远山认为，"旧理想主义范畴中的一切宗教家，或类宗教的变态狂人，都敌视科学，仇视教育，蔑视人民，藐视真理，他们用蒙昧主义手段贬抑每一个普通人的意志，剥夺他人的思想自由，然后用自己的意志凌驾于一切人的意志之上，妄图用自己的思想统一一切人的思想"，而"从张承志的身上，很容易发现他有高人气、狂徒气和道学气、清教徒气"。

周介人的《谈谈"新市民小说"》发表于同期《当代作家评论》。周介人认为："倡导'新市民小说'，就其背景而言就是希望作家从前一个时段的种种政治的、文化的情结中伸出手来，抚摸当下的现实：对结束了僵硬的意识形态对峙的世界格局有新的把握方式，对逐步市场化的中国社会结构与运作有新的感应与认知，使文学对于民族的现实生存与未来发展有新的关怀。"周介人指出："'新市民'，实际上是指我国社会主义市场经济开始启动后，由于社会结构改变，社会运作机制改型，而或先或后改换了自己的生存状态与价值观念的那一个社会群体。这个群体的涵盖面不仅仅局限在'都市'，而且辐射到我国广大的农村与乡镇。所以，写'新市民'不限于写'都市生活'。"

同日，曹元勇的《中国后现代先锋小说的基本特征》发表于《文艺理论研究》第1期。曹元勇指出："把形式作为小说本体，进行虚构的游戏，是后现代先锋小说在其内部构成和内部指向上的基本特征。从小说的外部指向，亦即小说文本对世界、经验和意义的指涉关系来看，后现代先锋小说犹如无底的棋盘，取消了任何具有实在性和确定性的所指。……由于这种虚构，后现代先锋小说在外部指向上存在两种指涉模式，一是放弃了指涉性和意义，一是仍然试图有所指涉，但指涉内容具有不确定性、无限延宕性和多元性等。""有一类后现代先锋小说……是不寻求任何指涉对象或意义的。这是一种走向极端的先锋小说，在这类小说的表面存在背后不存在任何内在的深度和意义。这类小说只作为无所指涉的虚构游戏而存在。除了文本及其写作过程，我们无法从这类小说中找到任何意义和价值。这类小说一般表现为取消所指的语言能指符号的自我运作，即是说，在这类小说中，语言纯粹能指化了，小说文本只是由一堆无所指涉的能指符号所构成。""另一类后现代先锋小说虽然也把虚构的游戏当作小说存在的本体构成，但是并没有挖空它们所指涉的内容和意义。在一定程度上，这类小说表现了后现代先锋小说家对世界的多元的、无中心的构成的理解。"

28日　《〈疼痛与抚摸〉研讨会发言摘要》发表于《中华文学选刊》第1期。王蒙认为，《疼痛与抚摸》"难能可贵的是从女性的角度写性的关系"，"它用一种夹叙夹议，大大增强了作家这个主体，作家成了哲学家"。张韧认为"这部小说打破了叙述者往往把自己的观念、评价、判断隐藏起来，只作为人物、故事、历史的叙述者这样一个小说的规则"。李洁非认为，这部小说"是对男性的性权力体系和它的语言文化形式的否定……它的意义显然不仅仅限于形式的层面，而且承担着很大的思想功能"。

《王蒙长篇小说研讨会综述》发表于同期《中华文学选刊》。文中指出，《恋爱的季节》和《失态的季节》"完整、清晰、多侧面地反映了当时青年人的生活历程和心理历程，准确地表现了时代风貌……两部作品标志着王蒙的创作进入了一个新阶段，无论从思想上、艺术上都是一次飞跃，具有独特的魅力"。"评论家缪俊杰认为，这两部小说具有强烈的批判精神，十分尖锐深刻，是在'用笑的形式告别过去。'（马克思语）它通过讲故事，而不是用控诉的方法告别过去。作者的主观参与较多，应属于'新状态'小说"……何镇邦认为，文中的长句达到了调侃戏谑的效果，小说的叙事角度和文学风格十分独特，给读者深刻的感受。"

本月

《上海文学》第1期刊有《"善""恶"的共生与分享——编者的话》。编者提到："在近年来的'江汉作家'中，刘醒龙是最具独创性因而无法被任何文学流派'归类'的一位。他既不是'新写实'，更不属于'先锋实验'，也不表达'文化关怀'之旨。刘醒龙是伴随着90年代中期以后这个多元化的世界格局与多元化的中国社会而一起诞生的多元作家。他在生活感受、生活见解、哲学态度上的多元性与包容性突出地表现在本期推出的中篇小说《分享艰难》之中。我们把这篇作品编入'新市民小说'栏目，仅仅是因为它触及了在市场经济启动后多少改变了自己的生存状态与运作方式的那一个乡镇社会。""刘醒龙的独创性在于，他敏锐地将'分享成果'这个社会性话题，及时地转化为自己的话题：那么，是谁首先分享了这一场改革的'艰难'呢？这'艰难'两字又该作何理解呢？""刘醒龙的可贵，在于他一贯不仅仅停留在展览生活中的种种'艰难'。在他的眼中，'艰难'是同我们每个人的人性相关的客观对应物，因而是对于我们每个人人性的一种挑战。刘醒龙不主张人性对于'艰难'的躲避，他擅长于描写人性对于'艰难'的分享；当然，不同的个性以不同的方式'分享'这份主要由人自身造成的艰难。"

周毅的《心如明镜台——刘醒龙作品联想》发表于同期《上海文学》。周毅认为："江汉一带的作品，更为老实地呈现着'写实'所要求的分类学上的特征——他们留意所见到的一切东西。""在他们那里，人和人的关系既没有被简单地否定，也没有被简单地肯定。"

二月

3日 《人民文学》第2期刊有"编者的话"《沉重的与灵活的脚步》。编者提到："《迷沼》的旨意是复杂的，你可以说，城市即是迷沼，但这似乎并非鲁彦周的本意。鲁彦周如他那一代的许多作家一样，有着更为平和宽厚的道德情怀，他们更深地体验过生存的艰难，因此，更富于同情心，更理解人。"

5日 谢有顺的《与虚无相遇——谈韩东的小说及其观念》发表于《山花》第2期。谢有顺谈道："韩东是一个过程意识很强的作家。""韩东的目的是要读者关心小说的艺术本身，而不是其他，这和他的诗歌理想'第一次抒情'、'诗到语言为止'是同出一源的。他的小说在语言、结构上显得相当考究，'说什么'被淡化了，'怎么说'变得重要起来。"

6日 郜元宝的《90年代都市小说的意义》发表于《当代小说》第2期。郜元宝指出："90年代兴起的都市小说，首先是80年代以来一系列文学观念和社会价值观念深刻转化必然产生的结局。80年代中期就有人惊呼小说领域发生了一场'哗变'。当时的解释偏于现象学与叙述学理论，似乎小说的变化主要源于西方某种哲学观念和叙述技巧的输入。后来，由于小说随着现实生活节拍进一步'哗变'，它的大幅度自由化、松散化和世俗化推进，很快扭转了这种纯粹经院式的了解。越来越多的人开始思考变动的小说景观与 90 年代生活样式的对应关系。市民社会生活信息爆炸，民间世界价值体系崛起，开始与政治意识形态和精英知识分子文化理想并立，也与传统的'乡土中国'和'乡土文学'的文化体制发生尖锐冲突，应该是这场'哗变'的社会学基础。近来一些刊物热烈讨论的市民社会、民间世界话题，就是在这个背景下提出的。一些青年作家令人耳目一新的都市叙述，更把这种讨论引向了实处。"郜元宝表示："不少小说反映的都市生活……和正在兴起的都市生活的实际无关，充其量只能算是'伪都市'。还有论者认为，即使是一些真正描写都市生活的小说，由于追求彻底的现场效果，虽然记录了市场经济体制下人们的精神动荡，但是过于生活化，过于经验化，缺乏变化，也缺乏文学作品应有的持久冲击力。""诸如此类的批评和疑问，不仅涉及 90 年代中国都市文化本身的发育状况，更指向新一代都市作家的精神素养。"

7日 何镇邦的《写出上海市民的"魂"来——读王安忆的长篇新作长恨歌》发表于《小说选刊》第 2 期。何镇邦认为："《长恨歌》是本世纪来写大上海的一部不可多得的佳作，是认识大上海的一部不可或缺的书，也是一部独具审美价值的书。""王安忆在《长恨歌》里……娓娓动听地向读者倾诉她对上海的理解和认识，诉说王琦瑶们平凡琐碎的生活故事，从而构成一幅幅具有浓郁上海弄堂特有韵味的风俗画，写出上海市民的生存状况、心理状态和文化积淀，也就是写出他们的'魂'来。这可以说是《长恨歌》最大的长处和特色。"

8日 胡良桂的《现实题材：长篇小说创作的沃土》发表于《光明日报》。胡良桂认为："长篇小说的文体特点，通常意味着它的人物塑造，不仅是性格的某个侧面或某种性格的横截面，而且是性格的发生史或发展史。唯有作纵深的开掘，才能增强艺术形象的厚度。然而，目前的一些作者或许把握到了足够丰富的性格'胚胎'，却并不能采取有力的艺术手段为它们的展现创造一个自由驰骋、游刃有余的艺术空间，创造一个最充分合理的表现形式。由于生命历程与艺术空间不成比例，常会使人物性格的展开虎头蛇尾，原本丰富复杂、流光溢彩的性格变得头重脚轻。"

29日 刘醒龙的《乡土》发表于《文学报》。刘醒龙认为："让写作人屈就到乡土中人那条旧板凳、稻草床上，这在今天是很难做到了。其实这些皮毛也是次要的，重要的是从心理上调整乡土的位置。乡土永远是人类最后的精神家园。"

本月

陈海蓝的《成年人的童话》发表于《上海文学》第2期。陈海蓝指出："事实上武侠小说不是也不该是'成年人的童话'。""武侠小说并非是武打小说，武侠小说的精髓应该是'侠'。"

何顿的《写作状态》发表于同期《上海文学》。何顿认为，"文学是极个人的事情，是面对自己"，"大作品不是凭对自己作出要求就可以'炮制'出来的！关于大作品，我想应该是在不经意中写出来，在冥冥中有神的，而不是去强迫自己体验'生活的痛苦和生命的痛苦'才能写出来的"。

罗岗的《重复的梦魇——张欣小说的文本内外》发表于同期《上海文学》。罗岗指出："张欣小说的重复不是一种单纯的叙述策略，如热奈特所说的叙述频率上的重复，即'讲述若干次发生过一次的事'。它早已超出了小说技巧的范围，以特定的姿态汇入当下的文化语境中，成为了对纷扰嘈杂的社会变动的一种表述。"

倪文尖的《欲望的辩证法——论邱华栋的写作姿态》发表于同期《上海文学》。倪文尖认为"邱华栋对于当下及其文坛的贡献之，就是，通过他的写作再度明确肯定了人的自然的基本的欲望，尤其是通过类似'自元''自涉'的方法涵括了自己的写作"。并指出，"欲望""不但是邱华栋文本内真正第一的角色，而且更关键的在于，它还是文本外邱华栋写作的原动力"。

王干的《新状态的多种可能》发表于《小说月报》第2期。王干指出，新状态小说具有以下四种特征：一是"边缘叙事"，王干认为："在一些被我们称为新状态的小说中，会发现这些小说的非小说因素以一种漫不经心的方式向四周漫溢扩散,这种无序的漫溢并不像实验小说家们那样有明确的实验目标和实验方案,它们的指向含混而暧昧,这些作家不是为了非小说而非小说,这种无序的漫溢是作家心灵状态的自由漫湮,并非对某种小说规范的有意涂改和刻意颠覆。"二是"游走美学","它以在路上的姿态作为小说的姿态,以心灵的方位作为小说的方位,放逐某种具体不变的价值规范,包括带有终极关怀意义的人文主义理想"。三是"自我阅读",逃避畅销是"新状态文学写作的内在动力,逃避畅销说白了就是逃避读者,逃避读者并不是取消阅读,而是为了更好的阅读,作者身兼二职,他既是本文的写作者,又是本文的阅读者,他既是本文的生产者,又是本文的创造者,罗兰·巴特渴望的'读者'在这里真正诞生了"。四是"放逐评论","新状态小说中出现的种种理论和批评并不是为了强化作品的理性深度,恰恰是放逐抽象的理念和理性,是为了感性的解放"。

三月

3日 《人民文学》第3期刊有"编者的话"《风俗史和心灵史》。编者提到,小说"虽不是新闻,但却是新闻由此发生的总的背景和状态,它是表面之下的生活,千千万万的人就生活在这种生活中。所谓风俗史,正是就这个意义而言"。编者指出:"'风俗史'不是对小说提出非分的伦理要求,相反,小说从产生之日起就是一种经验的表现形式,如果将生活的现状、生活的历史排除在外,小说就失去了最基本的立足之地。当然,真正伟大的小说从不满足于风俗史,它必然也同时是心灵史,它由一般的生活状态对人的精神处境,对时代最尖锐、最迫切的精神疑难展开有力的表现和究诘。同样由于大众传媒的发达,精神生活中公共空间和私人空间失去了平衡,人们或者完全把自己交出去,听任他人的暗示和引导,或者把自己完全收起来,沉溺于隐秘的内心体验。小说应当致力于重建平衡,应当在深刻的体验中使独立的、自由的精神与这个波澜壮阔的时代交流、呼应,使我们达到真正的'自觉。'"无论风俗史还是心灵史,'史'的观念要求一种整体性的力量,意识到生活的变化和流动,意识到这种变化和流动是整个时代图景的一部分,意识到个人的隐秘动机和思绪与这个时代千丝万缕的联系。由此,作家得以达到对生活和心灵、现象和本质、经验和体验的综览。"

朱文的《二三十年代的吴晨骏》发表于同期《人民文学》。朱文认为:"一个好的小说家讲述的每一个故事首先对他自己而言必须是必要的。它只能来源于你诚实敏锐的心灵。写出一个你的能力可以达到的最高级最完美复杂的故事并不重要,重要的是,写出你应该写出的与你有着血肉联系的那个故事。我称这后一类作家叫:本质性作家。"

5日 汪政和晓华的《虚说汉语小说——致毕飞宇》发表于《山花》第3期。汪政和晓华在文中致毕飞宇的信件中谈道:"传统小说并非是现代汉语小说的出路……三、四十年代曾从理论和实践上出现过几次有关民族化问题的讨论,一批工农出身的作家曾有意识地将传统小说旧瓶装新酒地做过一些努力,在特殊年代和意识形态的作用下,不能说就毫无意义和反响。但时过境迁之后已能清楚地看到,所谓意义和反响无疑是'小说'之外的。当那些话题不再引人注目时,谁还会去关注它作为小说的存在呢?所以,作为后来者,当今的小说家想要在汉语小说中有所作为还得在白纸上重新开始……"汪政和晓华指出:"大语言的角度并不是还没有人注意过,恰恰相反,从大语言的角度去讨论和实践小说正是新时期重大成果之一。而问题却又出人意料地出在这里,研究是可以的,实践则是另一码事。""我们觉得,仅从小说谈小说确乎不够,小说说穿了,也不过是一种'语言',是语言的延伸、转换和扩展。根本的问题还在语言上。因此,要认清某一种类的小说,语言是第一的通道,而且,这种通道是个性化的,是以语言的分类为前提的。小说的差别是以语言的差别为起始的,所以,单单明确语言/小说的联系还不够,还必须从对应的关系上找出具体的小说与具体的语言的关系。""我们有一种朴素的看法,汉语小说的句法不过是汉语句法的对应性的体现。""我们以为汉语小说作家首先的态度应该是自然主义式的,对汉语精神的认同与对汉语读者认知心理的尊重应放在首要的地位。""写作汉语必得根植于汉语而超越狭义的小说观念。""环顾五四之后的汉语小说写作,革命者有之,改良者有之,但大都是一种无根的写作。眼下的当代汉语写作概而言之可分为四类,一曰循规蹈矩,但却没有创造性;二曰大胆创新大胆吸收,却无法避免语言的芜杂与粗俗;三曰向民间和古典回复,造成的是说/被说的错位;四曰实验和先锋,很显然,它与汉语的精神缺乏血缘上的亲近。尤其是第四类,我们觉得尤有话说,前些时小说界有不少人提倡无意义的写作、提倡所谓所指/能指的分裂,这实际上是对汉语人文精神的巨大反动,其前途很可怀疑。""每个小说家都有自己的立场、想法,但不管怎么说,只有关注现实,并且从哲学的层面而通与历史、与文化的关节,才有可能逼近或找寻到我们言说的真正的精神。"

同日,李建军的《小说的精神及当代承诺》发表于《延河》第3期。李建军指出:"自近代以来,小说逐渐成为一种最重要的文学样式。这首先是因为小说是一种最具大众性的文体,它的写实性叙述,使它避免了诗的封闭的个人性及隐喻性,也使它避免了散文的单薄,随意或理趣过浓的不足,又不存在戏剧的间接性、依赖性和特定场景的制约,这些都使之成为一种便于阅读易于沟通的文学样式。第二,小说具有丰富的包容性,它可以使人们获得丰富的文化信息,满足读者多样性的精神需求。第三,它更倾向于对当代生活的含纳和展示,这也是诱发人们的阅读参介心理并使小说成为一种重要体裁的原因。"

7日 《小说选刊》第3期刊有《编后记》。编者提到:"本期选载的小说,多为反映现实生活。三部中篇,赵琪的《四海之内皆兄弟》,部队边防岗哨基层生活,写得亲切动人,扎实沉稳;普通士兵兄弟般情谊,写得山高水长,深沉蕴藉;最后那龙山轰然崩裂,写得军人情怀得以升华而显出悲壮色彩;均能打动读者,体味出平凡之中独特的意味来。""王立纯的《最后出演》,以京剧团一虎皮道具为线,串联起变革时期京剧团的生存变异,悲凉之中含有悲壮;人情之中含有世情。柳建伟的《都市里的生产队》,则以心理医生的视角,解剖转型时期农民企业家中一类人物的兴衰史,悲剧之中必然的心理与社会因素。这两部中篇小说,为我们勾勒出都市经济变革之中两种不尽相同的人物与心态,相信会引起读者不同的思考和回味。""短篇小说之中,我们要特别向读者推荐柏原的《毛家沟蹲点》。作者娓娓道来,以巧妙处理一桩弃婴为线索,将一位善良、认真、又不乏幽默的县委书记形象描摹得跃然纸上。这位热爱农村,关注农民生活和未来的县委书记,被写得有血有肉,不落俗套;作品便也写得清新自然,宛如田间清风拂面,带来久违的泥土清香。"

10日　林舟和齐红的《女性个体经验的书写与超越——陈染访谈录》发表于《花城》第2期。陈染在访谈中谈道："我一直喜欢主观性很强的小说表现方式，哪怕这种个人性的东西多少有些偏激，或者有些过头，但这种强烈的个人经验更容易带给人一种冲击力，别人也会从你的'个人'中感觉属于他自身的东西，所以我特别喜欢在我的小说中渗透很多个人经验和很强的个人化的东西。如果我去编造一个纯粹故事而没有一点个人化的东西，那么它会跟我一贯的小说游离太多……"

15日　於可训的《小说界的新旗号与"人文现实主义"》发表于《文学评论》第2期。於可训指出："近年来小说界打出的种种新旗号一方面承续了'新写实'小说对现实主义创作原则的回归倾向和创新追求，另一方面同时又把这种创作原则运用于对当下生活的深入反映和热情关注，从而使现实主义的创作原则真正回到现实的家园而不是艺术的禁苑中一件传世的摆设。"於可训表示："近年来小说界的种种新旗号确实表现出一种超越'新写实'的'零度情感'和在一个更新的意义上把主体的情志再次转向外部世界的强烈要求。"

20日　谢冕、雷达等的《状态·理想·过渡——九十年代文化与新状态恳谈会纪要》发表于《钟山》第2期。"编者按"写道："12月3日，《钟山》编辑部、北京大学文学研究所和江苏省物产文化传播中心联合在北京举办'九十年代文化与新状态'恳谈会，谢冕、刘心武、洪子诚、雷达、张韧、白烨、王干、陈晓明、张颐武、朱晖、应红、邵明波等十多位评论家、作家出席，对九十年代文化的各种现象进行梳理、回顾、反思，对新状态等问题作了深入、详尽的描述和富有启发意义的探讨。现将这次研讨会的发言提要刊登如下，以飨读者。根据录音整理，未经本人审阅。"

洪子诚指出："进入九十年代，个人化的写作倾向比较明显，作家也越来越有自己的个性、自己的声音。这是值得肯定的，是文学进步的标志。"陈晓明认为："在这个时代，文学恰恰是在'制造'潮流之中，才保持了它最低限度的历史敏感性。……后工业化社会的思潮是被制造出来的，人们必须制造思潮，这就是人对'命名'的一种重新定位。"陈晓明就"新状态"的特点作出以下总结："第一，不再能明确找到文学的方向感，只能表述个人的记忆，个人的经验。""第二，从表述方式上看，主体的意识也失落了，个人不再充当历史的主体，觉得自己就是一种个体，个体处在一种游走的状态。""第三，在叙事方面、语言方面，都与个人的记忆有关，与个人的随意创造有关，更多的打上了个人化的印痕。""现在人们在同一个平面上进行交往，文学的本质不再是关怀'终极价值'，而是关注'交往理性'。"张颐武谈道："新状态就是切入今天的'孔道'的尝试。"朱晖表示："后新时期，或者说九十年代的文学，出现了国际化的色彩，泛人类的话题，但新状态不是最大的筐，什么都可以装进去。"

22 日　胡良桂的《长篇小说中的史诗性——兼论〈战争和人〉、〈长城万里图〉》发表于《文艺报》。胡良桂认为："正因为有了这许多性格鲜明的人物，历史在文学家的笔下不再是历史事件导报的时间延续，文学赋予了历史以灵动和生机；而历史又赋予全民族为之共同关切的重大事件以精神和力量，从而激起了全民族协调一致的强烈情感，因而产生出了无愧我们时代的宏篇巨制般的史诗性作品。"

王火的《时代精神、典型人物、独特个性——〈战争和人〉三部曲创作杂谈》发表于同期《文艺报》。王火表示："我不是要根据史料来写一部新闻性的纪实小说，我想写的是文学性和可读性俱强的深入到历史深处，能努力表达情感和战争中人的亲切感受与心灵震撼的长篇，这就使我明确：不仅要塑造出在长篇小说历史画廊上未出现过的一两个真实生动典型感人的主要人物，也要同时塑造出当时的其他各种人物。只有这样，才可能更好地概括时代精神和历史、社会风貌及抗战风云，只有这样，作品才会厚重而精彩。"

24 日　梵杨的《一部完整的史诗式作品》（评欧阳山的系列小说——编者注）发表于《文艺理论与批评》第 2 期。梵杨谈道："《一代风流》所反映的并非什么微小的事情，主人公也不是什么微不足道的小人物，他的性格随着形势的发展而发展，正是最合适于表现这个伟大时代发展的进程。这个形势，也可以说是大环境。从文学的角度来看，环境包含着时代、社会、自然界、人与人之间的关系以及具体促使人物行动的条件等等诸多因素在内。《一代风流》所显示的环境是典型的，因而主人公的性格也具有典型意义；人物和环境相辅而成，平行发展，这正好较为恰当地表现了革命的来龙去脉，体现了这个伟大变革时代的社会风貌。"梵杨认为:"任何一部作品,都不能对整个历史进程,时代环境,生活风貌等等,做全面的、一丝不漏的描述,只要对与人民的命运影响甚大的重大事件,做了真实、正确而艺术的反映,从而反映出时代的风貌,生活的本质,作品就有重大的价值。……世界上还没有一部对重大历史事件做全面反映的作品。只要抓住足以显示历史进程中关系到广大人民的命运那部分,加以提炼、充实、升华,予以正确而深刻的反映,主人公又是个体现出时代精神和社会生活某些本质方面的典型人物,又有较高的艺术价值,就是带史诗性质的成功之作。《一代风流》就属于这样一类的作品。"

欧阳山的《在"欧阳山〈一代风流〉典型性格座谈会"结束时的讲话》发表于同期《文艺理论与批评》。欧阳山指出:"我们平时讲的文艺思想,一般都是讲意识形态方面的问题、政治方面的问题,这自然是十分重要的。这次会议则在典型性格创造方面、在审美范围方面提高了一步。也就是说在关于如何繁荣文艺,提高文艺创作的质量方面提高了一步。"

25日 陆文夫的《文以载人》发表于《当代作家评论》第2期。陆文夫认为:"小说除掉载道之外,它还有一种特殊的功能,此功能实际上已经存在,可却常被略而不提:小说能'文以载人'。""小说'载人'也有它的缺点,它写帝王将相、达官显贵常常写不好,可写普通的人,写小人物却是它的拿手。原因也很简单,因为作家自己大都是些普通的人。"

谢永旺的《〈成吉思汗〉得失谈——在一次座谈会上的发言》发表于同期《当代作家评论》。谢永旺认为:"在这部小说里面,作者吸收了蒙古族文化传统,包括英雄史诗,叙事长歌,传说故事,民谣谚语的优秀成分,同时又用现代现实主义小说的手法来表现成吉思汗和他那个时代急风骤雨般的历史。""小说的民族特色,当然有赖于人物性格、气质和心理特征的把握,但离不开语言和情境氛围描写的民族特色。""取材于历史,又不拘泥于历史,不仅在虚构情节,敷演故事,更在思想境界的充实和升华。前者属于写成小说的必要条件,后者则是写得更好的问题。"

张柠的《格非与当代长篇小说》发表于同期《当代作家评论》。张柠认为:"所有的家族小说,都只能是《红楼梦》的影子的影子。"并指出,"建立在感官异常敏锐之上的丰富的想象力""用于长篇创作,则会碰到许多困难",因为,"长篇小说的结构一般来说是有定势的","它有了历史时间上的要求","感官的开放、自我意识等,如何符合长篇小说对叙事时间的要求呢?幻想的时间构造如何面对历史时间、自我意识如何面对历史意识?这都是新问题"。他认为:"格非的长篇创作,暗示了中国当代文学的一个普遍现象,即真正意义上的长篇小说形式,与短篇相比还欠成熟。有的人干脆做了黑格尔的俘虏,而在探索上没有耐心。还有一种走捷径的方法,就是省略了欲望的中介,而直奔空境。我想,堕入肉体的迷宫或'阉割自身'的升华,都不是出路。"

本月

白烨、雷达、蔡葵、陈美兰、李星的《现时态的长篇小说:多元与失范》发表于《上海文学》第3期。李星认为:"创作主体的意识逐步确立,作家们的文化意识进而强化,这也是构成文学和长篇繁荣的一个内在原因。"蔡葵强调,在"九十年代的长篇小说"中,"传统的小说写法被打破,作家在艺术上可资参照的东西多了,文化视角也比较多样"。白烨指出:"九十年代小说家的这种追求,可以概括为求新、求深、求个性。从题材、题旨到结构、语言,全方位地凸现自我。"陈美兰认为:"人物形象、典型冲突,仍然是长篇小说中的必不可少的重要构成。现在不仅长篇小说中这些东西有所淡化,其他作品的创作也都存在这个问题。"雷达指出:"个人的体验在创作中是重要的,但个人的体验必须与民族的思考结合起来,好的长篇应该揭示人类和人性的复杂性,应该是'民族灵魂的重铸',不应走向个人体验的绝对化乃至情绪化。"

四月

7日 《小说选刊》第4期刊有《编后记》。编者提到:"本期首先向读者推出的是关仁山的中篇小说《大雪无乡》。对比关仁山去年所写的《落魂天》等小说,这一篇是他创作的另一套路子。他将笔更加切入现实,将福镇做为农村变革之中的一个视角,在多雪与无雪的氛围之间,展现失望与希望并存、无奈和有为角斗的人物和现实生活的丰富性。作品白描中见生活的厚实,从容里显功力的充沛。""关仁山,和何申、谈歌(本刊曾选载过何申的《年前年后》、谈歌的《大厂》),可以称为河北的'三驾马车'。他们均以坚实的实力出击,在当今文坛上驰骋,颇为引人注目。他们共同拥有的一个特点是对现实生活的热情关注,显示出作家可贵的责任感与良知,是很值得赞赏的。……本期所选的李贯通的中篇小说《天缺一角》和梁晓声的《学者之死》,均写经济大潮中知识分子的现状、心态和性格。前者是县城文化馆的馆员,后者是京城的学者;虽秉性与对现实的认知并不相同,结局却都以死而终。只不过,后者死于偶然之间的十轮卡车的轮下,前者死于他一生拼命保护的汉碑的碑旁。后者死得悲凉,甚至有些心酸;前者死得悲壮,令人感动。'天塌一角,尚有女娲;石缺一角,如之奈何'?小说写得沉甸甸的,启人深思。""本期继续向读者推出小小说专辑,这一辑集中选载的几篇作品,写法各异,作者不甚有名,却都可以说是'咫尺应须论万里'。《闲章》中的韵味、《毛主席没睡》中的份量、《古瓶》中的心境……相信读者都会品出各自的味道。"

林为进的《亦歌亦哭亦温文——〈苍天在上〉简说》发表于同期《小说选刊》。林为进认为:"陆天明不仅对现实矛盾的观察独具敏锐,能够比较深入的捕捉描述对象,充满表现现实人生的激情,又极善于表现激情并引发读者的激情,而且也是一个擅长处理激烈尖锐矛盾冲突的作家。像他的第一部长篇小说《桑那高地的太阳》,由'圈内'与'圈外',将外部冲突与情感矛盾一步步激化、提升,表现得既自然又深入,描述出文化的、现实的丰富内蕴。《苍天在上》进一步发挥了作者陆天明描述矛盾冲突的才能。""不回避矛盾,敢于正视和揭露现实存在的严重问题,是《苍天在上》于近年的长篇创作中显示出卓立不群之形态的主要原因。由于多种缘故,近年来的文学创作往往有意无意回避尖锐和外在的激烈矛盾。淡化政治色彩,表现平凡人生,固然这是一种回归恬静艺术的追求。不过,完全回避政治,不愿或不敢触及尖锐矛盾,实际上跟任何人生都往政治上归结的创作一样,都是不正常心态的反映。"

谈歌的《小说与什么接轨?——关于〈大厂〉以外的话题》发表于同期《小说选刊》。谈歌认为:"小说应该是一门世俗艺术。所谓世俗,就是讲小说应该首先是一门面向大众的艺术。失去了大众,也就失去了读者,也就远离了小说的本义。……小圈子里的文学，代替不了大众文学。……小说的形式还是离大众近一些的好，如果形式一味跟大众对着干，那小说的末日真的要到了。""近年来，各种期刊正在试验着高扬各种旗帜，但能引起社会反响的小说越来越少了。我们可以人为地制造着各种各样的小说热点，但是读者似乎冷漠得近乎残酷。小说如果脱离了大众，便容易走入绝境。"

17日 古耜的《意蕴丰赡的艺术寓言》发表于《作品与争鸣》第4期。古耜认为："从它（《大顺店》——编者注）的基本审美指向来看，那大致保持着生活本来状貌的人物故事，分明同时托举起了充满抽象性和隐喻性的历史寓言。"

斯云的《顾此失彼的文本实验》发表于同期《作品与争鸣》。文章写道："它（《大顺店》——编者注）是作家潜心进行内容与形式双重探索与整体实验的结晶，是一部在传统的现实主义的基础上，自觉地融入异质，锐意出新的作品。"

25日 张颐武的《当下的写作——徐坤小说的意义》发表于《文学报》。张颐武认为："徐坤的小说，提供的是一幅处于'后现代'与'后殖民'语境中知识分子的分裂与迷乱的图景。徐坤是与'新时期'文化缺少联系的新的作者，她本身就已显示了九十年代文化的成长。她和她的小说中的那些处于众多精神困境与矛盾之中的知识分子的故事，都是九十年代本身的自我塑形。"

本月

李劼的《王朔小说和市民文学》发表于《上海文学》第4期。李劼指出，"王朔的小说是自言自语的小说，即便使用痞子一词，也用在自己身上"，"王朔小说的新鲜在于……现代平民意识的市民性上"，"至于王朔小说的亲切之处，我想在于叙述者的一颗平常心"，"不说假话可能是市民文学的又一特征"。

肖云儒、李星、田长山、李继凯的《文学视野中的"最后"景观》发表于同期《上海文学》。田长山指出："文学创作中的'最后'现象，表明作家有一个较为普遍的'最后情结'。这个'情结'的存在，是作家心萦神系'最后'现象并自觉不自觉地投入相应创作活动的内在驱力，同时，它也是作家对自己生命体验或生活感受的一种概括和凝聚。"

五月

2日 汤定的《时代自会选择作家——池莉访谈录》发表于《文学报》。池莉谈道:"作家的价值取向很重要。的确,更是从作品的内容这个意义来讲,它决定于作家的价值取向。从关心人群、或者是普通的下层百姓的喜怒哀乐、生存困境出发,以完成和实现作家个人的艺术追求。"

5日 罗望子的《经验1987——语词梳理系列》发表于《山花》第5期。"编者按"写道:"迄今小说并未摆脱古老的寓言式写作,《经验1987》似乎想要进行一次彻底摆脱的努力(其实这种努力早有先行者),这部几乎完全由经验(或感觉)碎片组成的小说有意识地抽去任何线索,拆除了框架,几乎就寻找不出意义结构。小说有个副题:'语词梳理系列',是对语词进行梳理还是以语词去梳理感觉经验?这是一个没必要说清的问题。既然语词早被经验污染,那它们已经纠合成一团乱麻,难分难解。可是我们却又分明感到那些被经验死死缠住的语词根本不是以为感觉命名。"

王岳川的《后现代主义在当代中国》发表于同期《山花》。王岳川指出:"这类本文(以马原、格非、余华、苏童、孙甘露为代表的具有后现代因素的文学本文——编者注)所以称为'类后现代本文',因其中往往还杂有某些非后现代因素。""同80年代相比,后现代写作观成功地扭转了写作中长期硬化成结的群体话语,使群体话语转向个人话语,使代神代政代集团立言转向代自我立言,从而阻死了那种借群体和历史的名义,去强加于他人思想之上,并进而为独断思想留下空间的做法。"

7日 《小说选刊》第5期刊有《编后记》。编者提到:"本期首先向读者推荐的是短篇小说《镇长之死》。作家陈世旭就是从那个小镇走向全国而为读者所熟悉。读这篇《镇长之死》,读者自然会想起陈世旭的成名作《小镇上的将军》。在这两篇小说之间,连接着陈世旭十多年创作的轨迹。他将笔从将军转向镇长,从镇长又深入一介草民的深心,不仅描摹对象发生变化,更将写作心态与笔墨章法一并重新调整,使得他的小说厚重沉稳,富于人情味,而且将这种复杂的人情味融入沉重的历史感之中。……还值得一提的是本期所选的东西的中篇小说《没有语言的生活》，是一部在思想性和艺术性上均有所探索的作品。他将对世界与人生之中某种残缺的心灵和精神的思考，融入王老炳一家三人的描写里。……他将一种更为触目惊心的残疾对比映照出来，启示我们对周围生活的思考。好的小说，总是能引起人们对自己的生活有一些有益的思考。好的小说，也应该好读、耐读。《没有语言的生活》，在这两方面做了努力。"

张德祥的《一部不掺水的小说——陆文夫的〈人之窝〉读识》发表于同期《小说选刊》。张德祥认为："这部作品是充分写实的，可以说作家摆脱了外在的一些既定观念，按照自己的人生体验叙述历史与人。作品的后半部写'文革'的初期，我以为作家比较客观地、真实地描写了这一历史时期发生在许家大院的'存在'，摆脱了许多作家写到'文革'时难以作到客观的缺陷。""《人之窝》是一部小说，是一部写实的小说，但它又具有象征意味，它又似乎不仅仅是一部小说。它的特征在叙事与阐释的交融，使仅仅发生在许家大院里几十年间的恩恩怨怨，具有了深远的人性意义。书中具有很多画龙点睛的叙述语言，虽叙说的是眼下之事，却也一语道破了千年不变的人性本质……《人之窝》作为长篇小说，仍然表现了陆文夫中短篇的凝炼风格，现如今，要想读到凝炼的作品已经很困难了。文学的叙事似乎越来越随便了，东拉西扯成了想象丰富的另一种表现。"

15日 海男的《虚构小说》发表于《文学自由谈》第3期。海男认为："小说是一种解说，在这种秘密之前小说语言本身就是赋予小说的秘密并且将秘密约束在语词的叙述之中的表现，语言一开始叙述者将遵循自己的小说态度将秘密的差异隐现在每个出场者的面孔上和现实中。小说语言像其它语言一样正在创造着一种小说的自由。我们的叙述正在假定着多种生活游戏的存在。游戏带来了秘密，而小说将使这种秘密解决我们假定的另一个世界。"

王一川的《王蒙、张炜们的文体革命》发表于同期《文学自由谈》。王一川认为，王蒙"独出心裁地把有关第一代'有机知识分子'的正剧性和悲剧性刻划，移置为悲剧与喜剧相交织的悲喜混合剧形式"。"时悲时喜，悲喜混合，有怀念也有反讽。这样，我们所面对的就该是一种新的小说形态了——从文体和意义表达上衡量，它不妨暂且叫做'有机悲喜剧'，即20世纪后期中国第一代'有机知识分子'的'悲喜剧'。""就文体方面看,这种'有机悲喜剧'在中国现代小说史上是不曾有完整先例的,显示了'拟骚体'这一新特点。其叙述词、句、段往往篇幅较长,大量地或交替地运用排比句、叠词、叠句、华丽辞藻、顶针、反复、回环、并列、无标点等多种修辞术,甚至讲求押韵,显得形式自由而灵活,漾溢浪漫气息。所有这些表现手段的运用都服务于抒发强烈的政治性怀旧与反讽情怀。""这种拟骚体是作者近十多年来不懈实验的结果。他把过去作品中探索的多层次、多角度和高浓度的'立体化语言'发展成为完整的悲喜剧混合式文体——拟骚体小说。这种小说作为对上述悲剧和喜剧表达的综合,称得上作家对自己近十余年来小说创作的一次综合性总结。""这种拟骚体的美学特点需要认真总结,例如,它造成了新的美学效果——骚绪与反讽交织的骚讽。……或许时间会证明,正是有机悲喜剧、拟骚体小说及骚讽等文体探索,由于在表现中国'有机知识分子'命运方面显示了独特美学力量,将成为王蒙独特创作个性的一个总结性标志,在本世纪中国小说史上写下令人难忘的篇章。"针对张炜,文章指出:"我们在长篇《家族》中见到了不妨称为双体小说的新文体。通常的统一文体在这里分裂为两半:抒情体与叙事体交错、历史叙述与现实叙述分离、抒情人与叙述人竞现,也就是说形成诗体与小说体双体并立格局。……这种双体并立局面是张炜目前生存体验的置换形式。他的内心激情和焦虑集中凝聚为诗(抒情)体与小说(叙事)体的冲突,即直接的或纯粹的倾诉与借历史叙事而间接实现的倾诉之间的冲突。这冲突是如此强烈和不可遏止,以致要求冲破现成文体规范而创制新体。……叙事性最终接受抒情性的统摄。这种抒情主导传统尽管在现代小说中一度衰弱,但必然会寻求复活,而张炜则可能是无意识地满足了这一必然要求。"

同日,唐韧的《百年屈辱,百年荒唐——〈丰乳肥臀〉的文学史价值质疑》发表于《文艺争鸣》第3期。唐韧表示:"《丰乳》阅读的总体感受令人失望。它似魔幻而非魔幻,似传奇而不够奇,似厚重而单薄,似现代而陈旧,似丰富而杂沓,反映了一种急于求成的浮躁。""甚至莫言特有的语言魅力,在《丰乳》中也未能有力度有节制地展示。""《丰乳》虽未必有多高的文学史价值,但以变形、传奇的手段结构中国20世纪百年史的尝试却有它的探索意义。"

张军的《莫言：反讽艺术家——读〈丰乳肥臀〉》发表于同期《文艺争鸣》。张军认为，莫言的《丰乳肥臀》是"反史诗"的，并指出："这种味道，或许就是这部长篇得以成立的根本。这个根本可以包含以下几个方面：言说方式的爆炸性、情境构成的魔幻性和结构策略的戏仿性——而这些，则构成了《丰乳肥臀》的总结性反讽：浪漫反讽。"

17日 蔚蓝的《寻求小说的新变》（评池莉的小说《化蛹为蝶》——编者注）发表于《作品与争鸣》第5期。蔚蓝认为："《化》是池莉在创作上的一次新的尝试，敏于感受，善于捕捉生活的毛茸茸的感觉，是池莉的长处，而理性思维的不足却限制了她探视生活本质的深度。明显地，池莉近期的创作正在有意识地弥补着这方面的不足，从这个意义上来说，《化》也可说是一个证明。"

20日 孙晶的《跨越世纪的门槛——新时期通俗小说发展刍论》发表于《小说评论》第3期。孙晶指出："通俗小说是具有相当强的商业化特征，但我们不可以因其与市场的密切关系而看轻其文学性，其实质仍然是以文学的方式存在与发展。""市场优势固然为通俗小说提供了进一步发展的可能，但通俗小说更重要的魅力则来自它的文化优势和文学优势。""在今天的信息社会、大众文化时代，通俗小说正表现出越来越重要的文化作用，其所蕴含的文化内涵充分体现出时代文化精神、大众价值观念。"而且，"通俗小说中往往体现出跨越时空的文化特性，尽管每一种具体的小说类型在不同时代、不同国家有所不同，有所变异，但它们却都显示出具有深刻一致性的文化内涵"。另外，"模式化、类型化是通俗小说最为显著的特点，也是受到非议最多的特点。其实，通俗小说的魅力恰恰在这里表现出来，生发出来"。孙晶还认为，"通俗小说正在进入一个前所未有的发展期"，"只要不断地发挥优势，最大程度地克服不足，有机地协调艺术生产——商业运作的双重属性，在与严雅纯作品的相互借鉴共同发展中表现自己的意义与魅力，新时期通俗小说必然会有一个更健康更美好的发展"。

张清华的《历史话语的崩溃和坠回地面的舞蹈——对当前小说现象的探源与思索》发表于同期《小说评论》。张清华认为，"1993年以来小说的局面是十几年来最令评论家尴尬的年月。最后一个仿造的中心'新写实'业已消失，与此同时，先锋小说家们也充分感到了他们所制造和身历的'新历史主义'的疲惫"，而"新状态"是一种"惬意然而却一厢情愿的幻觉"，"在今后很长的一段时间里，小说无疑将完全与现实结亲合作，将选择坦展在生活地面上的语意来完成其表达，它将在一个缺少层次与纵深感的平面上徘徊寻索"。

张学军的《形式的消解与意义的重建——论先锋派小说的历史转型》发表于同期《小说评论》。张学军认为："总的看来，先锋派作家逃避生存苦难和精神困境而迷恋于形式技巧的时期已经过去，正在关注着理性深度的建立和人类精神的沉沦与拯救过程。在我们这个社会的历史转型期，传统的文化价值普遍失范的情况下，他们放弃了充满机智的形式游戏，把理性深度空间的开拓和终极意义的追寻当作文学的首要目的，无疑是一个明智的选择。"

同日，邵建的《意象形态》发表于《钟山》第3期。邵建认为："意象形态，我们这个时代的徽记。尽管我们可以随意检举它的种种不是，但我们毕竟处在一个巨大的文化转型的时代，而意象形态的运作分明是时代转型的强劲推动。"

24日 刘勇、马云等的《信念：无法躲避——关于张炜、张承志等作家创作倾向的笔谈》发表于《文艺报》。刘勇指出："贾平凹、张承志、张炜等人的创作，近来明显呈现出一种超越现实纷乱，而急切寻找自身精神定位、沉醉于自身精神家园的趋向，尤其是他们对宗教精神、宗教文化积极思考的心态，更引起了人们对所谓文化守成思潮的联想。"

同日，语冰的《表达中国的意愿：由〈大厂〉想到的》发表于《文艺理论与批评》第3期。语冰谈道："《大厂》首先引起我们注意的是它文学叙述形式。在这方面，如果要提出什么批评的话，那么可以说，它似乎暴露了叙述形式与内容的某种脱节，就此而言，我认为它恰恰未能真正贴近生活。"语冰指出，"在很大程度上，应该说《大厂》仍沿习了上述新潮文学的某些套路，仍能见出原有文学传统的许多印迹。然而，随着情节的展开，我们的确看到了某种变化"，"隔岸观火的、解嘲式的叙述口气暂时消失了，而改换了一种自然的、由生活内容本身所选择的文学语言。可以说，在很大程度上，这些场景突破了原有叙述框架，中断了原有的文学传统，内容重新调整了形式，文学重新恢复了感人的、诚挚的品格"，"发生这种变化的也包括作者本人。只是这一切仍受到原有整体叙述形式的牵制,从而影响到作品的成绩。因此,从作品内容与形式的龃龉,我们看到了文学对于当今生活的不适应,同时也看到了更新的可能"。

25 日 陈平原的《中国散文与中国小说》发表于《当代作家评论》第 3 期。陈平原认为,"中国古代小说分为文言小说与白话小说两大系统","二者的区别绝不仅仅是语言媒介的不同,还包括不同的文学起源(若前者主要取法史传与辞赋,后者则更多得益于俗讲和说书),不同的文学体制(前者接近于现代文类意义上的短篇小说,后者则以长篇小说尤为出色),还有一整套与之相适应的不同的表现方式与审美理想。文言小说与白话小说的相对独立平行发展,是中国小说史的一大特色"。陈平原指出,"五四"时期的"小说散文化"与"散文小说化""对于中国小说叙事模式的转变,或者中国散文之走向'白话'与'美文',跨越文类边界,始终是一种有益而且有效的尝试"。

戴锦华的《陈染:个人和女性的书写》发表于同期《当代作家评论》。戴锦华认为,"从某种意义上说,陈染的作品序列从一开始,便呈现了某种直视自我,背对历史、社会、人群的姿态。或许正是由于这种极度的自我关注与写作行为的个人化,陈染的写作在其起始处便具有一种极为明确的性别意识","陈染的作品序列及'陈染式写作'标示着诸多第三种选择中的一种。固执并认可自己的性别身份,力不胜任但顽强地撑起一线自己——女人的天空","通过对女性体验的书写,质疑性别秩序、性别规范与道德原则"。

格非的《长篇小说的文体和结构》发表于同期《当代作家评论》。格非认为,"长篇小说的结构是简洁还是复杂,其容量是深厚还是单纯,叙事节奏是明快还是繁冗,往往是一个作家的境遇、天性和世界观所决定的","围绕着两种不同类型的长篇小说的争论同时也在呼唤着另一种全新的长篇小说观念的出现:既注重史诗般的规模,全景式的描述方法,也注重文体的形式特征"。格非指出:"中国当代的长篇小说创作似乎普遍存在着一种简单化的趋势,而其形式的真正成熟也许依赖着一种全新的创作方法的出现。"

孙郁的《晚钟声里的预言》发表于同期《当代作家评论》。孙郁认为,"《世纪预言》不是传统意义上的长篇小说,也不像先锋派艺术那么热衷形而上的灵光,也无'后现代主义'对意义的消解。在精神的层面上,它显得较为传统。它给我的启示，与其说是艺术上的，不如说是思想史与认识论的"，"《世纪预言》为知识分子到民间去，提供了一个新型的图式"。

余华的《长篇小说的写作》发表于同期《当代作家评论》。余华表示，"相对于短篇小说，我觉得一个作家在写作长篇小说的时候，似乎离写作这种技术性的行为更远，更像是在经历着什么，而不是在写作着什么"，并认为："短篇小说表达时所接近的是结构、语言和某种程度上的理想，短篇小说更为形式化的理由是它可以严格控制，控制在作家完整的意图里。长篇小说就不一样了，人的命运，背景的交换，时代的更替在作家这里会突出起来，对结构和语言的把握往往成为了另外一种标准，也就是人们衡量一个作家是否训练有素的标准。"

张炜的《写作〈柏慧〉、〈家族〉随感——长篇小说创作札记》发表于同期《当代作家评论》。关于"爱力"，张炜认为："一切良好的心意、美丽的愿望，都与爱力的驱使有关。这种力与垂死的心情是一种对立。人类就是依靠这种力，去抵挡死亡的无望和悲凉的心绪。"关于"有用"和"心亏"，张炜认为，"在精神的探索和坚守方面，一切追求'有用'的念头和质询，都是偏狭和荒谬的"，"宁可无用，也不能心亏。如果说做人有各种原则的话，那么这大概是最重要的原则之一"。

28日　洪水的《写实作品，风光依旧》发表于《中华文学选刊》第3期。洪水认为："谈歌反映社会问题和描写人物的方法，其实同新都市小说的代表张欣很相似，都是高潮迭起，无所不用其极。"而"说到谈歌作品的不足，也同张欣类似。第一，几篇作品放在一起分不出个儿来。他们的作品每一篇都很感人，但过后你很难分得清，不要说作品的细节、人物、冲突相似，就是解决问题的方法都相似。好比说党费，就总被用作救急的最后一笔经费。第二，作品情节密度大，矛盾冲突多，人物类型化，最终失之于戏剧化处理"。

洪水还评价道："刘醒龙是现在活跃在文坛上的最好的作家之一。""首先，作为写实性的作家，他是最好的。在各类现代化传播媒体繁荣昌盛的时代，留给写实小说家的空间实在是有限。更多的小说家都明白画鬼容易画人难的道理，都转向画鬼去了，如写历史、写现代、后现代等等。只有刘醒龙写得又实又多，佳作迭出。""其次，现在的小说家往往分两种，要么有见识，要么有生活，而刘醒龙是个既有见识,又有生活的作家。""最后,刘醒龙是写农村或县乡一级官员的高手。这是中国政治的细胞,从中可窥探到中国社会的许多本质。这一重要的题材领域却是其他作家所忽视或力所不能及的。"另外,"尤凤伟是那种凭着智慧和想象力写作的作家","尤凤伟写得很聪明也很有趣,但似乎又总离一流作家有一步之遥。这也说是因为他的写作不总是被生活所激励,而往往是缘起一两个出奇制胜的点子"。

天依的《"新生代""新生"情未了》发表于同期《中华文学选刊》。天依认为:"'新生代'也许是最为'内敛'的一代作家。无论……视点向外(客观世界),还是视点向内(内心世界),'新生代'作家群都有一个共同的特色:以私人的叙述,表现一个充分内敛的世界……即便是像何顿与邱华栋这样的外向型作家,他们在作品中也尽可能把自己放逐到作品的世界中去游戏与随波逐流(如何顿的《太阳很好》、《跟条狗一样》;邱华栋的《生活之恶》),然而这仍是一个他们认可的和愿意生存于其中的他个人的世界,他们可以在其中表达自己的批判、戏谑、嘲讽、放纵的情绪,但他从根本上认可这个世界,并且活得很自在很随心所欲。"天依还评价道,"毕飞宇、刘继明和韩东以从世俗世界提取哲学意味见长","徐坤似乎是个例外。她不很熟悉具体的世界,但她有着充沛的拆解一切的情绪和叙述故事的才能……这使她往往凌驾于故事和现实之上进行有'时代'意味的'重新'叙述"。

本月

《上海文学》第 5 期刊有《平凡人性中的亮光——编者的话》。编者提到:"在孙春平的小说中,总有一种与众不同的'冲突点'。冲突的起因,可以说非常平凡,是属于人性中人人都能理解的那样一种生存的盼望。""这种主要出自人的良知的创造性冲动,正是构成《华容道的一种新走法》(1995.3)、《天生我才》(1996.2)、《放飞的希望》(1996.5)里小说冲突的根本起因。也正是在这一点上,孙春平标示出了自己与别人的不同:他不盲目地从性、欲望、本能等等感性力量方面来阐释人性;他想在人性的精神质地方面,作出自己的判断。"

六月

1日 闻树国的《叙事的角色》发表于《滇池》第6期。闻树国认为:"作为叙述者,当叙述完成的时候,读者面对叙事文本,已经无法发现叙述者了,事实上,他已经成为叙事角色存在于叙事文本之中。这时的叙述者,不是消失不见,而且藏身其间,不为我们发现……真正高明的叙述者,应该成为叙事角色,无法与叙事文本相剥离。"

5日 庞亮的《两个女人和一只空摇篮》发表于《山花》第6期。"编者按"写道:"其实,小说——特别是短篇小说,首先应该是一种艺术品,'艺术'是短篇小说经久魅力之所在。在这个艺术衰落的时代,追求艺术'含金量'(一个被滥用的俗常语!)应该列为小说发展的诸向度之一。"

王彪的《意义何在》发表于同期《山花》。王彪指出:"当前的小说创作,越来越朝向社会生活的表象层面滑行,并已处于胶着状态。反映生活现实重新成为相当一部分作家唯一的写作目的,浅层次、欲望化地展示当代场景逐渐构成小说的存在方式。"

7日 池莉的《虚幻的台阶和穿越的失落——关于小说的漫想与漫记》发表于《小说选刊》第6期。池莉谈道:"什么是好的小说,可以举个例。《三个和尚没水吃》是好小说。它简约它凝练,它声色不动却拥有内里乾坤,它波澜不惊却意味深长。它的每一个字都富有弹性。它的弹性永远奏鸣着一种弦外之音。它是真正意义上的小说。"池莉进一步指出:"好的小说语言非常重要。再一次地以《三个和尚没水吃》为例就比较容易表达我的感想。它的语言给人的感觉就是一种流线型的……一部小说的语言外观线条明晰、平易近人,而内涵丰富几近无限,那就是漂亮的语言。漂亮的语言不在乎是不是使用了花哨的词语和花哨的句式。只有少数文人迷恋繁复花哨的语言,这是中国宫廷御用文学和青楼文学的遗迹。"

13日 《文学报》《小说与故事,谁主沉浮?》栏目刊有《编后记》。编者提到:"现今,读故事的人远远超过读小说的人,已是不争的事实。如何看待这一现象,见仁见智、各有持重。本版特邀参与讨论的章培恒、黄霖两位博士生导师从学术与历史的角度，论证了文学的雅俗不是截然对立而是相互配合的关系；而叶辛、赵长天等作家先生表示：在市场上小说不敌故事，与小说自身存在的问题有关，只要有好的小说，读者自会蜂拥而至。""面对近年来在市场冲击之下出现的纯文学小说的萧条萎缩之势，文化界的思考已趋向冷静和理智。现在也许到了纯文学应该以平等，而不是居高临下的态度来看待通俗小说及故事的时候了。当然，纯文学也应该理性地调整自身的内在品质。"

本月

《上海文学》第6期刊有《都市女性的自怜、自珍与自卫——编者的话》。编者提到："在爱情、婚姻、家庭这个题材领域内，女性作家往往比男性作家有更为精灵化的创造。""唐颖、潘向黎、赵波三位是近年来在上海文坛上比较活跃的女性作家。""她们又在艺术倾向上与同时期出现在北方的几位都市女性作家标示出显明的区别。她们的创作不是自恋、自剖、自白型的；而是民间叙事型的，她们更喜欢以女友的身份来讲述关于都市女性的故事。""唐颖、潘向黎、赵波、裘山山诸位在作品中从不同的角度表达了都市女性的种种生存尴尬，并且描绘了摆脱这种尴尬的出路。"

本季

凤群、洪治纲的《乌托邦的背离与写实的困顿——晚生代作家论之二》发表于《文艺评论》第3期。凤群、洪治纲指出，新写实小说"以其对现实原相的逼真再现和对大众生活的认同与欣赏把小说重新还原为一种民间行为，使小说在告别以往那种先锋叙事的艰涩和超验时，也拒绝了某些乌托邦式的精神内质，从而让它再次回到平民生存的现实需求层面上"。"他们所强调的关怀仅仅是对人的当下境域的关怀，对个体生存的物质幸福的关怀，而不再考虑什么'终极关怀'。""这种生存观念的变化直接促使了晚生代作家的艺术观向物质层面的倾斜，使他们对乌托邦情怀产生了理所当然的拒绝，而将叙事话语明确地指向纯粹世俗的生存现实。"同时，凤群、洪治纲还指出："我们的晚生代作家大量地逃避、背离乌托邦情怀，实际上大大地削弱了他们自身的艺术表达空间，使他们的许多作品都在既成现实面前变得忍气吞声,成为现实生活的简单复制,而缺乏对人的存在性进行必要的深层探析。"而且,"晚生代作家群在背离乌托邦的诗意观照之后,不仅使他们的写作陷入了无法超越既成现实的怪圈之中,同时也使他们失去对各种生存现实进行审度和批判的勇气。因为对乌托邦的拒绝就是对某种终极依托的拒绝,它意味着作家主动放弃了另一种可能性的目标与理想,使作家无法超越现在,更无法抛离传统","事实上,更令人遗憾的是,晚生代作家在背离乌托邦之后,不仅没有对自己所处的写实困顿有所警醒与反思,相反,大多数作家还仍然陶醉于对市场化所引动的那些争名逐利的社会现象进行热情的追踪和临摹,或者干脆以更激进的思想推销欲望化的生存法则,唯恐自己的时势意识和价值观念落后于大众心态,从而把乌托邦精神当成了一种嘲笑的对象"。

张景超的《独标高格的创造与背反的律动——重评贾平凹的创作》发表于同期《文艺评论》。张景超认为:"贾平凹作品的精神性深印着民族的纹理,他的艺术传达方式也浸润着浓郁的民族色调。……贾平凹虽然不排斥对西方心理分析的借鉴,但整个看来他更多地承袭了我国传统的艺术传达方式。……作者把广阔的人生参悟投射到故事的肌理,因而就使侏人们由善到恶的戏剧性变化获得了普遍性的人生品格,给了人以极大的审美愉悦和满足。……贾平凹还向我们显示出他艺术思维和艺术建构的另一个特点,即以幻象写真来达到对人生的概括。不管他的这种写作是得力于生病时的幻觉,还是深受民间思维的感染,抑或是受到中国志怪小说的影响,总之他和那些机械搬用马尔克斯的人不同,他能做到真幻融一、物我融一,让人感到和谐自然。"张景超还指出了贾平凹写作中的缺陷,认为"一个最大的弊端是不分短长地继承传统而混淆小说和散文的文体界限。过多地采用散文化笔法使他的长篇小说及稍长的中篇小说受害匪浅。它们普遍地结构松散,事件缺乏紧凑性、相对的集中性","贾平凹小说创作的散文化突出表征是处理人物的主观随意性。有时他不重视人物性格发展的逻辑、心理变化的依据,随便安排他们的行动举措,有时他从主观意念出发,把人物变成演绎工具。……贾平凹似乎应该作点艺术上的反思:其过度的散文化并不像一些批评家美誉的是对小说创作的巨大创造,相反是使他削减自己小说审美品性的致命伤"。

七月

5日 何涛的《锦瑟无端五十弦——试论格非小说中的时间与记忆》发表于《山花》第7期。何涛认为："在格非的作品中，我们能够清晰地看到，小说中的时间渐渐已变得和情节、人物一样重要，它不只是提供了情节发生的背景，它更成为一种重要的意象，直接参与内容的表达。""格非小说的终极指向是记忆对时间的追逐，在这种追逐过程中，尽是对流逝韶光之曲折委婉的思念。""'无端'也正是格非描写的时间与记忆的方法，现实、记忆、冥想、梦境在复杂多变的叙事形式中纷然杂陈，给读者带来的是艰难的审美。"

刘心武、张颐武的《"后殖民"与文化选择》发表于同期《山花》。刘心武谈道："为什么中国作家进入世界之后会产生一些愤懑呢？恐怕语言的问题是关键的，是一个中心问题。""目前所出现的激进主义的文化浪潮，它一方面会造成很大的危害，有一定的危险性，应该引起我们的充分的警惕，因为它不是冷静的思考和探索问题。但另一方面看，它还不太可能引发社会的分裂。所以也不太值得重视，但在思想方法上的问题还是值得思考的。"张颐武则指出："目前，有这样一种趋向，把中国/西方之间的关系简单地解释为一种单向的对立关系。这反映了一种比较复杂的文化心态。体现出一些人被抛在历史进程之外的那种急躁的情绪。"

7日 《小说选刊》第7期刊有《编后记》。编者提到："本期精选出的三部中篇小说……它们将笔分别深入了经济、文化和教育的领域，会引发我们对于现实生活的深深共鸣和思考。""阎连科的《黄金洞》富于寓言意味……阎连科冷静而干净地叙述出一个好看的故事，更渗透出痛彻心腑的感喟，使得小说在好看的基础上，有了一定的力度。""李国文的《涅槃》赋予讽刺意味，对于一个在时代浪潮尖上跳来跳去的男人——诗人白涛，这样一位吃政治又吃经济均如鱼得水的文化市侩，刻划得淋漓尽致，入木三分。对形成这种特殊人物的历史背景与政治土壤，一并拔出萝卜带出泥给予深刻的描述。"

韩少功、李少君的《词语与世界——关于〈马桥词典〉的谈话及其它》

发表于同期《小说选刊》。韩少功谈到自己对"因果链式的线型结构"的传统叙事感到"一种危机感",并且认为:"这种小说发展已几百年了,这种平面叙事的推进,人们可以在固定的模式里寻找新的人物典型,设计新的情节,开掘很多新的生活面……,但在相当大的程度上,仍然没有摆脱感受方式的重复感……对怎么打破这种模式想过很多,所以这次做了一点尝试,我不知道用什么方法来总结我这种方式,但至少它不完全是那种叙事的平面的推进。"

韩少功表示,这部作品"虽然保留一些传统小说因素,有氛围、情节、形象,但增加了一些理性的随笔式的语言,而且这是小说在行进中主要的推动力","我一直觉得,文史哲分离肯定不是天经地义的,应该是很晚才出现的。我想可以尝试一种文史哲全部打通,不仅仅散文、随笔,各种文体皆可为我所用,合而为一。当然,不是为打通而打通,而是像我前面所说的,目的是把马桥和世界打通。这样可以找到一种比较自由的天地"。另外,"我想在小说中对所有人物都给予一种平等地位,没有中心,没有什么主要人物,没有中心事件,这接近生活的真实。从不同角度可以找到不同的中心。可以说这有点像很多散文与小说的连缀,不是经典意义和严格意义上的长篇小说","我尽量把一些形象从意义的规定中解脱出来,尽量抵抗某种'意义'观对我的统治","我想尽量避免……典型化、意义化——即把一种意义集中概括——服从此时意义的表达。我想尽量反其道而行之,保持非意义化"。

韩少功还指出:"我以前的语言主要是具象性的,而现在的语言中,抽象性的因素强些,不能受具象局限。"最后,韩少功坦言:"我的小说兴趣是继续打破现有的叙事模式。"

10日 张志忠的《有感于长篇小说的结构问题》发表于《北京文学》第7期。张志忠认为:"长篇小说并不是中短篇小说的延长和迭加,而是自成一宏伟格局,是精心构思,反复审度方成气象的。""与90年代的长篇小说形成对照的,是80年代出现的一批在长篇小说结构艺术上很有开创性的作品(《芙蓉镇》、《冬天里的春天》、《古船》、《钟鼓楼》、《人啊,人》、《玩的就是心跳》等——编者注)。"在张志忠看来,"我们却对世界文学失去了兴趣,失去了关心,如同我们对长篇小说结构艺术的发展创新失去兴趣失去关心一样"。

周政保的《我观长篇小说创作》发表于同期《北京文学》。周政保指出："长篇小说创作之所以苦、累、难，就因了它是大构造、大容量的缘故。要完成这样的大工程，没有足够的多方面的准备是绝不可能的。而这里所说的'准备'，还不止于素材，它应该包括饱满的生活感受、丰富的文史知识、充分的艺术修养、足够的传达才能或语言可能性等等。长篇小说是写给读者读的，因了它的'长'，所以对创作的要求自然要更高一些。"

12日 吴秉杰的《满川风雨看潮生——读三部反映现实生活的长篇》发表于《文艺报》。吴秉杰认为："长篇创作需要对于时代生活形成一种成体系性的认识，和某种完整的审美把握；这样，反映现实生活的创作便将包含各种风格、流派与艺术追求，容纳百川，形成广阔的创作潮流。"

17日 海梦的《天空有朵灰色的云》发表于《作品与争鸣》第7期。海梦认为："小说《东扑西扑》虽然在某些方面仍未脱离当下小说的'流行色'，但对转型期现代都市人的生态及心态描摹上，在对生活层面的开掘上，以及以第一人称出现的带有玩世不恭味道的叙述语言，都不同程度地呈现出新都市文学的色调。"

李万武的《小说家孙春平的"故事"》发表于同期《作品与争鸣》。李万武认为："有为故事而故事的小说，这种小说当然也有人物，但人物被领进了故事的套路并被套路指挥着；读这种小说记得住故事而记不住人物。有故事为人物而存在的小说，在这种小说里，因人物富有个性而故事便没有了套路，故事跟着人物性格走，是性格'冲突'的历史；读这种小说会因记得住人物而记得住故事。"

20日 林舟的《论韩东小说的叙事策略》发表于《小说评论》第4期。林舟评价道："尽管他的小说有着故事的一般品格，却没有很强的故事性；韩东小说的叙事冲淡了抑制了这种故事性，使我们刚进入故事时可能怀有的对故事性的期待扑空。这使我们看到韩东的小说对'（写实）小说的死亡与叙事的再生'的明确意识，它反拨了'新写实小说'以及近年来其他一些小说以故事取悦于读者的小说方式，而表现出对先锋实验小说的非平面的回归，这种回归并不意味着对叙述圈套、叙述迷宫、碎片拼接、语言狂欢等叙事策略的醉心与痴迷；韩东以一种远为冷静、更近本色的叙述方式，引起我们对他的叙事的关注。"

殷实的《危机写作：〈家族〉作为长篇小说写作失败的病例》发表于同期《小说评论》。殷实认为："《家族》的写作表明了长篇小说写作的危机和作家的危机，危机写作正成为我们时代文学的一个显著特征。这里，'危机'一词是与'自由'密切相关的。当作家宥于某种思想信念而试图'解决'世欲问题时，他实际上就处在了不自由的状态，因为这种取悦于社会的写作往往放弃了艺术对超越性存在的表达，作品承载的只不过是作家的主观性、作家的社会学和作家的愤世激情，最终只能完成某种封闭的单一价值体系。"

张德祥的《现实主义：从抒情到叙事——社会转型与现实主义衍变研究》发表于同期《小说评论》。张德祥认为："'新写实'标志着中国当代文学的重心由主观向客观的转移，表现了从未有过的主观愿望向客观存在的'低头'与'认可'，使中国当代文学发生了从抒情到叙事的转移——无情可抒的叙事——叙事而已。"

同日，胡宗健的《流变中的小说风景》发表于《钟山》第4期。胡宗健认为，当今小说向民间立场的改变"非但没有减弱知识分子批判立场的深刻性，而且开拓出关于'人'的思想和精神的新空间，远比权力中心话语所解释的世界要丰富得多，也亲切得多"。此外，胡宗健将"新状态"界定为"90年代即世纪末知识分子的'新状态'和这个特定转型时期新的人文形态"。

25日 蔡葵的《艺术复活思想——评〈白门柳〉第一、二部》发表于《当代作家评论》第4期。蔡葵指出："过去我们许多历史小说主要是演义历史生活本身，或是描写帝王将相指陈国事兴衰的社会政治小说，或是描绘才子佳人咏叹人世炎凉的社会风情小说，而长期缺乏从思想文化角度对特定的社会意识形态进行探索和表现的文化史和学术史类型的历史小说。因此近年来出现的一批具有浓重思想文化内涵的作品，就格外受到人们重视。它们的意义不仅在于作品的成功本身，而超越了原先为叙说历史而演义历史的阶段，提供了审视历史的新视角，拓展了历史题材的深度和广度，把整个历史小说创作向前推进了一大步。""历史与艺术，思想与描写，形而上与形而下，本来是一对对难以统一的矛盾。要艺术复活思想，要具体描写表现抽象文化，难度是相当大的。《白门柳》的成功，却在于无先例可循的情况下，能把这种抽象的思想史和学术史的要求，融汇贯通于具体生动的描绘之中。"蔡葵还谈道："《白门柳》是一部学者型的严格的历史小说，作者在创作中始终遵循严格的史料考证，竭力忠实地再现历史。……这种尽可能忠实地再现历史的创作方法，我认为应是创作历史小说的主要方法，是值得肯定和提倡的。"

陈思和的《关于长篇小说的历史意义》发表于同期《当代作家评论》。郜元宝在文中的信件里写道："一个如此巨变的时代，缘何产生不出大容量大感情的长篇，与我们作家缺乏历史意识，实在是关系太大了。"陈思和认为："长篇小说不可能以时间的横截面或心理片断作为主要表现内容，它的艺术容量决定了作家创作中必须建立起较大规模的时间架构。"

刘斯奋、程文超、陈志红的《历史、现实与文化——从〈白门柳〉开始的对话》发表于同期《当代作家评论》。关于"历史、现实、文人与小说"，刘斯奋谈道："我的小说严格忠于历史，我觉得历史首先是一种过去的经验，历史的发展有其本质规律，而小说可以用自己独特的叙述方式把这种本质规律呈现出来。希望写得更真实一点，是我遵循的创作原则。""但历史小说毕竟是小说，在大量搜集史料的基础上，作者应该运用自己的艺术直觉和判断力，对史料进行取舍，从中撷取具深刻内涵和巨大生活张力的素材，运用艺术化的手段去加以展示，这种做法，我觉得较之那种单纯的凭空虚构，更能达到一种意想不到的思想深度和生活广度。"

余弦的《重复的诗学——评〈许三观卖血记〉》发表于同期《当代作家评论》。余弦评论道："《许三观卖血记》没有运用叙述方式来控制主题重复，第三人称的客观叙述贯穿了整部小说。对主题重复的叙事惯性的束缚，来自于作者对重复性事件的精心设计。……经过作家的精心（或刻意）设计，重复的卖血事件所积累的那无法直面的生存悲凉和残酷，被控制在可以承受的水平上。……钟摆式的往复则意味着一种宁静、祥和、忍耐和达观的人生态度，这就是'活着'。"余弦指出，对"主题重复"的"节制"使《许三观卖血记》达到了余华的"艺术意图"。

26日 刘润为的《小说改革的先声——以九位青年作家为例》发表于《文艺报》。刘润为认为这些作家的创作倾向可概括为："他们反对极端个人主义的价值观念而推崇集体主义的价值观,但是这种集体不是漠视个性的'虚幻集体',而是保障个人价值的'真实集体';他们反对将小说视为'纯文学'而肯定它的社会功能,但是这种功能不是庸俗地充当某种虚幻目的的'工具',而是促进人民群众全面发展的助力;他们反对躲避生活现实而主张直面现实、干预生活;他们反对艺术的'全盘西化'而充分尊重人民群众的审美取向,但是这种尊重不是一味地顺应,而是顺应与提高的辩证统一,这'提高'的一个重要方面,就是学习西方艺术中的优秀部分。"

肖鹰的《游戏崇高:走向俗人的神话》发表于同期《文艺报》。肖鹰认为:"王朔不仅通过写作毫不掩饰地表明了自我失落之后个人的世俗化要求,而且他的写作本身就构成了个人世俗化的一个过程。这使他成为20世纪末中国文化的一个典型现象。"

本月

《上海文学》第7期刊有《又见"山药蛋",尚"能"不尚"新"——编者的话》。编者提到:"王祥夫的小说中流贯着知识化的农民意绪,在这样一种美学眼光里,让我们又一次领略了赵树理所开创的'山药蛋派'非常独特的艺术魅力。"

晓华、汪政的《有关短篇小说技术的断想》发表于同期《上海文学》。晓华、汪政指出,"从写作这一方面讲,小说家有责任对小说从技术上进行改革,作为优秀的小说家,他不但首先要将前人的技术掌握得相当娴熟,而且要能够有所革新乃至革命","汪曾祺谦虚地说自己不能写太大的太复杂的作品,而只能写作比较平淡、简单的作品。现在的小说家已逐步接受这种观念,恰恰就是这种单纯、简单才是短篇的真品,简单、纯粹是当今小说家对短篇本性的真正的复归"。

八月

1日 朱立元、李钧、马玉青的《"新状态文学"与人文精神刍议》发表于《文学报》。朱立元认为:"'新状态文学'的提出本来就有较强的创作与批评的引导意识。这种意识就是,在文学创作中主张作品与社会、历史等重大问题脱离,把作品的意义与社会、历史的意义分离开来,这样,使作品丧失其外向意指的特性,而在作品中仅仅'显现'一些主观感受。另一方面,它也提倡作家与批评家在自己的定位上,要告别八十年代的'启蒙意识',不以任何价值来主导、束缚自己的状态的发生,自己为自己,状态为状态。"

3日 《人民文学》第8期刊有"编者的话"《关于〈大厂〉及其续篇的话题》。编者提到:"《大厂》及其续篇的作者谈歌在谈到'小说与什么接轨'的问题的一些话颇令人深思。他说:当我们大声疾呼'中国文学和世界接轨'时,我们是不是应该想想小说先与大众接轨?小说如果脱离了大众,便容易走入绝境。不管什么时代,大众需要小说为自己代言。""深入反映改革开放和现代化建设的现实生活,从现实和历史的交汇点上去揭示社会矛盾,展现时代变迁,讴歌人民群众创造历史的奋发精神,塑造血肉丰满的人物形象,是我们一直寄予作家的厚望;作家在自己的作品中反映现代人的生活,读者关心自己所生活的时代,希望通过文学作品获得生活营养、艺术启迪、人生思考和审美享受,这应该是作家、编辑和读者共同的目标和追求。代表一个时代、标志一个时代的文学,总是反映那个时代的生活面貌、体现那个时代的时代精神的文学。这样的文学,大多是那个时代中最有创造活力、最有历史使命感的作家所创作出来的;这也是《人民文学》一贯追求的目标。"

7日 《小说选刊》第8期刊有《编后记》。编者提到:"这一期所选的史铁生的短篇小说《老屋小记》……是作者心灵中流溢出来的一支歌,一个梦。小说最后对水和浪的感慨:'不管浪活着,还是浪死了,都是水的梦想。'同样,这也是作者自己的梦想,是这篇小说的灵魂。这样来看小说的第一小节'年龄的算术',会对生命多一层领悟。好的小说,总是能让人感悟出一些什么,超出小说之外。""还要指出的是史铁生和陈世旭的这两篇作品都是短篇小说。从作品的容量来看,他们完全可以把它们铺排成中篇小说,但是他们只把它们浓缩在短篇的构制中。这对于当前忽视短篇小说而膨胀着篇幅同时也膨胀着自己的某些创作,不无启迪意义。艺术上的浓缩,来源于艺术上感悟,更来源于对生活对生命的升华……删繁就简,是艺术上的同时也是生命的另一境界。"

凌力的《历史小说创作之管见》发表于同期《小说选刊》。凌力认为:"作为文学作品，历史小说要遵循小说的一般性的规律……但其最主要的特殊之处，在于它必须具备的历史感，这类小说是不是真实可信，很大程度取决于此。然而，就创作的角度讲，这正是一个难点。""历史上可能发生的事，自然包含了曾经发生过的事。小说的故事、情节、人物等，不难从史料中寻找，也不难根据历史允许的可能性去虚构；小说的结构、它的来龙去脉、它的总体布局，也不难进行事先安排、制作并随时修正。即便是文字方面，或华美或简炼，或清新流畅或着意铺陈，总之要把整个作品叙述出来，也还是容易办到的。我觉得最困难的，是营造特有的时代氛围。一位当代作者写几百年甚至上千年前的故事，使自己和读者都相信写的确实是那个历史时期，那就非得造足这种氛围不可。""我觉得，写历史小说营造时代氛围，其实也就是在创造作品的神韵，这同样需要由多方面综合努力而成，难度相当大。"凌力表示，"在写作历史小说的过程中，我一直试图在营造特定历史氛围上多下些功夫"，"一方面，要尽可能多地了解当时的政治、经济、文化、艺术等等领域的情况，力求在大的形势上不出格，另一方面，尽可能多地了解当时的民风、民俗、礼仪、制度、服饰、玩好等等，力争在自己心中有一幅当时的风情画卷，有一种那个时代的感觉，使自己能够形成一种判断力，在选择人物、情节或道具时不至于出大错"，"语言更为重要，常常会因为错用了一个现代词汇而破坏了苦心营造的整个历史氛围，所以需要特别小心"，"在虚构人物情节时，因为没有史实作支撑，营造历史氛围就特别需要，但也就格外困难"，"但不论怎么写法，只要写的是历史文学，就要力争写出具有丰富历史内涵的、充满历史韵味的作品来。当然，让今人穿上古装在作品中表演各种悲喜剧，或让唐宋元明清朝的古人在银幕荧屏上幽默地说几句现代语汇，作者自有他的奇思妙想，所谓各有各的高招儿，不能一概而论，只是那已不在本文所限定的论说范围了"。

吴光华的《历史小说创作的新收获——读〈倾城倾国〉》发表于同期《小说选刊》。吴光华认为："《倾城倾国》是一部气势磅礴、情节紧凑、语言优美、环环相扣、风格凝重、雅俗共赏的长篇小说。小说既有宏伟开阔的战争场面，又有勾心斗角的宫廷矛盾；既有缠绵悱恻的男女恋情，又有亡国丧家的凄惨悲凉；既有顶天立地的大英雄、豪气万丈的伟丈夫，又有玩弄权术的阴谋家、卑劣无耻的真小人……小说展现了一幅幅复杂多姿的社会生活画面,渗透了作家对人生、对社会、对历史的深层次思考。"

14日 周介人的《现实主义:再掀冲击波——今年小说流变》发表于《文汇报》。周介人认为:"文学评论界已经注意到今年1月号的《人民文学》与《上海文学》推出的两部中篇小说。前者是谈歌的《大厂》,后者是刘醒龙的一篇小说。……这些作品出现的时间相近,揭示的矛盾和思索的问题竟也像事先约好了一样的相似,它们在一起就形成了一种阵势,可以称他们为一股现实主义的冲击波。""这一股现实主义冲击波的特点是什么呢?由于它尚在发展之中,我们仍需要有充分的时间来观察与思索。但给读者留下强烈印象的是,它们对于当下转型社会现实关系独特性的揭示。它们所描写的现实关系,既不是由抽象的意识形态原则来勾联的,也并不降格为人与人之间琐碎的欲望游戏。它们所描写的现实关系本质上仍然是人与人之间的政治关系,但这种政治关系又同'脱贫'、'一部分人先富起来'、'解困'、'奔小康'、'下岗、转岗'等我们日常生活中随处可见的生活现象联系着;政治关系时时处处落实、渗透在经济利益关系之中。它们大胆而直率地描绘出,人民群众在根本利益一致的前提下,具体利益的多元化,以及今天发生在人群中的或隐或现的利益冲突。在它们的笔下,政治关系有了与以往作品中常见的'斗争'形态与'同一'形态都并不相同的'磨合'形态。从作品中我们看到甚至'听到'了人与人之间的磨擦,听到一些美好的东西被磨损时违心的痛苦与呻吟,同时更看到人性、党性在'入世'而非'出世'的多种磨合中闪闪发光,它留给我们的是分享一分艰难的气度与力量。"

15日 陈美兰的《寻找症结——谈谈当前长篇小说创作的突破问题》发表于《光明日报》。陈美兰谈道:"这几年的长篇小说创作正处在一个不可忽视的文学发展背景上,那就是中国文学正在脱离'集体化写作'的惯性而开始进入'个体化写作'的轨道……个体化写作首先引发了长篇小说文体观念的很大变化。过去一些约定俗成的文体规范和叙事习惯,在近年的小说家笔下逐渐发生变化。如王安忆在《纪实与虚构》中采用的板块交叉递进式,张炜在《柏慧》中采用的自由独语式,在《九月寓言》中采用的将现实虚幻化的寓言式,竹林在《女巫》中采用的时空前后双向扩散式,张承志在《心灵史》中采用的以历史纪实和个人抒情为主的心灵记录式。还有像程贤章在《神仙·老虎·狗》中采用的明快简练的新闻体式以及老作家周而复在六卷本《长城万里图》中采用的长幅巨卷舒展式,等等,都是具有鲜明个性的文体创造。可以说,中国长篇小说自19世纪末20世纪初开始向现代转型的百年步履中,文体发生如此多姿的变化还是第一次……其次,个体化的写作也使长篇小说与生活的接触点显示出从未有过的宽泛。进入长篇创作的生活内容,已经难以用多层面、多角度等惯用的概括性词语来归纳,无论是对历史的理解和对现实的透析,都包容着千差万别的个人体验和独到意向……而从事个体化的艺术创造时,并不是每一个作家都充分意识到了自己作为独立的创作主体进行艺术活动所面对的客体世界的广阔性以及与客体世界的特有关联性,因而在具体创作中表现为小说全局性视野的缺失和具有时代意味的感悟的贫弱……个体化写作更要求作家具有独立地面对历史、面对现实、与时代沟通的能力,具有独立熔铸人类历史经验、吸纳人类文化精神积累的能力,具有独立冲向时代潮头、对新的生活现象作出科学审察和特有感悟的能力。"

17日 鲁丁的《哀乐为什么太响了?》发表于《作品与争鸣》第8期。鲁丁认为,"可以说在这样的走向现代形态的现实主义的作品中没有犀利的批判,甚至可以说《学者之死》(作者:梁晓声——编者注)只是客观地叙述了一个背时学者的故事","这种批判,已经不是鲁迅式的手术刀解剖,而是在生活流中、不经意之间完成的。这种批判,带有浓烈的时代特征"。

23日 杨立元的《贴近现实 反映人生——谈河北的"三驾马车"》发表于《文艺报》。杨立元谈道:"执著的写实手法是他们共同的创作特色。尽管现在文坛上各种表现形式盛行,'新关怀'、'新状态'、'新体验'、'新都市'各种称谓接踵而来,但他们不为所动,仍一如既往,用明白如话的叙事方式与读者对话。他们'忠于生活现实性的一切细节、颜色和浓淡色度,在全部赤裸和真实中再现生活'(别林斯基语),在简单平实中创造丰富深邃的美学世界。这样就使他们的作品与读者没有间离和隔膜,却有一种令人置身其内、情融于理的审美拉力。他们所使用的并不只是传统的写实手法,他们在描述事物客观形态的同时，更加注意对人物复杂感情和内在世界矛盾冲突的开掘，并在客观叙述中融进情绪色彩，以加强作品的情感力量。"

九月

5日　白烨的《当前长篇小说的四大创作倾向》发表于《湖南文学》第9期。白烨指出，长篇小说的变化"从总体上说，是原有的题材范围被超越，过去的传统写法被打破，作家主体的投入更加深入和鲜明，创作追求上更趋多样和丰富。具体来看，这种变化更多地表现于近年出现的四个方面的创作倾向及其丰厚内涵"，"其一，是直面社会现实的创作倾向。此类作品以当代的改革生活为背景，或由正反力量的冲突与较量描写社会改革的热潮急流，或由爱情生活的纠葛与碰撞抒写时代改革深层影响，可以看作是以《乔厂长上任记》为开端的改革文学在新的形势下的发展与深化"，"其二，是传写历史人物的创作倾向。历史小说曾因涉嫌借古讽今而在当代文学的十七年止步不前。新时期以来，这一创作倾向获得长足发展，近年在凌力的《少年天子》之后出现的唐浩明的《曾国藩》、二月河的《康熙大帝》，又以开放的观念和丰盈的史料，强化了这一创作倾向"，"其三，是描述个人体验的创作倾向。这类作品立于个性体验，专于个人经历，作品或由'我'的坎坷际遇勾勒不堪回首的过去年代，或由人际之间的你往我来衬托独立不羁的'我'。前者的代表是余华的《在细雨中呼喊》、王蒙的《恋爱的季节》、刘心武《四牌楼》；后者的代表是贾平凹的《白夜》、林白的《一个人的战争》和海南的《我的情人们》"，"其四，是叙写家族历史的创作倾向。这类倾向又可分为两种情形，一种是以作者个人的家族沿革为内容，一种是以描述对象的家族历史为内容。描写作家个人家族史的，重在写家庭这个'细胞'在整体社会动荡中的荣辱盛衰，代表作有王安忆的《纪实与虚构》，张抗抗的《赤彤丹朱》，叶文玲的《无梦谷》等；以描写对象的家族史为内容的，则力求由宗法文化、村社文明入手揭露社会变迁的深层奥秘，其代表作有陈忠实的《白鹿原》、李锐的《旧址》、竹村的《女巫》、张宇的《疼痛与抚摸》，其中尤以《白鹿原》成就最高。新近问世的莫言的《丰乳肥臀》，也被认为是这一倾向的重要代表"。

同日，汪政、晓华的《选择与可能——毕飞宇小说的前风格阶段》发表于《山花》第9期。汪政、晓华指出："我们可以看出毕飞宇对作品意义的兴趣。无论是哪种风格，对存在的诘问，对深层心理的烛照，对历史，尤其是对历史与现实之间关系的梳理构成了目前为止毕飞宇的语义丛。这种创作倾向显示出一个作家对作品深度模式的重视，并表明了一个作家对文学的最基本的立场，即写作是一种言说，写作是人与存在之通道的构成。"

6日 朱立元的《对某些文学主张和实践的商榷》发表于《文艺报》。朱立元认为："近年来一些文学批评、理论文章提倡的一种'新状态文学'论，也比较集中地显现出与人的精神和价值追求的背离。这种理论把九十年代文学的主流概括为'新状态文学'，而所谓'新状态'是指文学作品迅速走向个人化，以随意表现个人当下琐细、平庸、偶然的情绪体验、状态乃至个人隐私为主要特点；它还将'新状态'文学与八十年代新时期文学作比较，认为八十年代作家处在'中心化'时期，以'代言人'和'启蒙者'的身份制造国家和民族的'寓言模式'，'对国人担负着全面灵魂塑造的重任'，而'新状态'文学则'排除任何功利价值的主异性'……'他们（"新状态文学"的作家——编者注）不必以自己的写作去对应整个民族的生存'……'不必向社会提供象征性的真理'，他们只需'为自己写作'，只要随意写自己个人的隐私和瞬间、偶然的状态、体验。在我看来，这决不是文学的进步，而是文学和批评的价值迷失，是八十年代培育和发扬的思想精神品格的遗弃和失落。"

7日 《小说选刊》第9期刊有《编后记》。编者提到："《学习微笑》更主要不是全景的观照、群象的扫描，或将情节的焦点、故事的高潮在迫使大款的良心发现出资解决困难这一显得过于简单化的处理，而是从主要人物的性格、命运、心理出发，使得小说更加结实耐看。……《学习微笑》，对于反映这类改革题材作品容易出现雷同化的倾向，会有一些警醒的作用；对于以为这类题材只是时髦或应景写不出更为深刻之作的想法，会有有益的启示作用。"

10日 胡健的《史铁生访谈录》发表于《北京文学》第9期。史铁生谈道，"写作，本来就是人们面对困境才有的一种行为"，"我想就是因为看到了困境，才可能有写作这种行为发生。而且这种困境可以说是永恒的"，"我自己感觉在这之前,仅仅写残疾人;到后来,《命若琴弦》我是写人的残疾了,所有人都有的这种局限,主要写的不是瞎的问题,而是所有人都可能有的问题,过程和目的的问题,看得见和看不见的问题,可能更多写到人的局限、困境,强调的不是躯体的残疾"。

20日 鲁枢元的《倾听言语的深渊——读〈马桥词典〉》发表于《小说评论》第4期《鲁枢元专栏:琼岛札记之二》。鲁枢元认为:"《马桥词典》,是一部用小说的方式去撰写语言的小说,是一种借小说去见证语言的语言。文学与语言,在《马桥词典》中互为悖论,构成一个奇妙的怪圈。""韩少功运用小说的方式撰写了马桥的语言,他其实也就撰写了马桥人的世界、马桥人的心灵。而作者的用心未必如此,或者对此竟是无所用心。用语言写小说与用小说写语言毕竟有着很大的不同,这是一次十分独特的撰写,我们还不能断定它都在哪些方面获得了成功,或者在哪些方面留下了失误、走入了迷途。""我读《马桥词典》留下的印象是,韩少功在这部小说中所能够做到的,与其说是撰作,不如说是'倾听',甚或是'窃听',即对于来自马桥语言深渊中的那些幽微声响的悉心聆听。小说作为这种聆听的记录或重写,同时也就为那种陌生而未定性的东西做出了'见证',在马桥,这样一种真实存活着、顽强生长着的言语是可能的。"

王绯的《世纪之交的女性小说》发表于同期《小说评论》。王绯认为:"具有代表意义的女小说家走俏于八十年代的作品,是着眼于'女权'或'女性'社会层面上的文学召唤,那么到了九十年代,在更年轻一辈的女小说家那里,这种召唤则集中体现在'女人'的人性或人格意义上。她们是从男人与女人的人性、人格差异上——人性与人格的优劣及特征上,强调个人独特的女性主义立场。"

同日,李陀、戴锦华等人的《漫谈文化研究中的现代性问题》发表于《钟山》第5期。戴锦华认为,九十年代以来"人们认可了一种关于断裂的描述","事实上,这更多的是因理论模式与方法论上的失效而造成的文化叙述上的断裂"。戴锦华强调,九十年代的文学讨论"命名狂热","'新'或'后'的命名者都在突出'断裂'和'阶段',表达九十年代和八十年代深刻的不同"。

25日 李国涛的《重提小说文体的旧话》发表于《当代作家评论》第5期。李国涛指出："小说文体是当前小说艺术中最薄弱的一环，也是被避开的弱点，羞于示人。"李国涛表示，"中国是一个非常讲究并珍惜文体的国家，我们有这样的传统。一谈叙事，必举《史记》。《史记》文体的雅洁是中国文学的骄傲"，"文体不讲究，中国的小说一定不会有大的繁荣"。可以说，"现代文学的文体还没来得及深入。写小说和论小说只注意到形象"。

南帆的《〈马桥词典〉：敞开和囚禁》发表于同期《当代作家评论》。南帆认为，"韩少功对于传统小说所习用的表意单位——诸如故事、情节、因果、人物、事件——颇有保留。在他心目中，这些表意单位的人为分割可能遗漏历史的某些重要方面。《马桥词典》毁弃了传统小说所依循的时间秩序、空间秩序和因果逻辑，宁可将历史的排列托付给词典的编写惯例——按照词条首字的笔画决定词条的先后顺序"，并指出，《马桥词典》"将迫使人们全面地追问小说的形态、定义和功能"。

张三夕的《转向"语词"的小说》发表于同期《当代作家评论》。张三夕认为："作者（指韩少功——编者注）转换了小说的写作观念和叙事结构。在《马桥词典》的写作中，作者对传统小说的主线霸权观念进行了质疑和挑战。""它为现代小说创作如何消解传统小说主线霸权的叙事结构提供了有益的经验。"

26日 王干的《关于"游走的一代"》发表于《文学报》。王干认为"游走的一代"在创作上主要有这样几个特点："一、以心灵的方位作为小说的方位，放逐某种具体不变的价值规范，包括带有终极关怀意义的人文主义理想。……二、纪实与自传的混合，人物性格的发展变化被人物的状态（以及作家的写作状态）的持续呈现取代。这也是'新状态'写作的一个重要策略。……三、放弃象征化的寓言模式，以个体的精神凹度取代主题的高度和理念的深度。……由于忽略了人的存在、精神的存在，并不能彻底解决人的危机、精神的危机，在游戏的狂欢之后弄不好反而会加剧这种危机。新状态的游走者则从游戏转向游离，他们要在游走的过程中表现个体的精神凹度。……四、放弃'代言人'的社会角色，回归知识分子自身的叙事状态。"

本月

《上海文学》第9期刊有《再说"新市民"——编者的话》。编者提到:"'新市民小说'的出现,是社会主义市场经济全面启动后,社会生活与人的价值观念的变更在一部分作家审美情感与文化想象力范畴内的反映;它表明一部分作家开始站在现代都市文明的立场、而不再拘泥于以往'乡土性'文明的立场,来看待中国的现实生活与文化;它表明我国当代文学的格局与范式发生了明显的变化。""新市民小说展示的是这样一种景象的文化空间:它接受当前建设有中国特色的社会主义政治的引导,但运用民间性的、社会公共性的话语来表述老百姓对于生活、对于美好人性、对于社会进步的期盼;它欣赏并努力追求'精英文化'的个性与创造性,但其表述的策略却是大众化的而非书斋化的;它不拒斥知识分子对于终极价值与终极信仰的真诚追求,但它认为生活首先是实实在在的事,因此它更看重从平凡的、世俗的人生中寻找美:从充满人间烟火味的普通人身上来表达对于精神的守望。"

本季

戴洪龄的《形式和语言——对一个故事的颠覆与重构:何凯旋〈昔日再现〉的艺术特色简析》发表于《文艺评论》第4期。戴洪龄认为:"何凯旋在展示行动展示欲望的过程中是充分显示了语言魅力的。他具有用语言来建造他的小说世界的能力。他的形象思维也可以毫不费力地出入于幻觉、梦境,出入于现在、过去。时空的界线被他的语言很自然又很有力地冲破了。冲破得了无痕迹。但他又没有把文本搞得杂乱无序分崩离析,他的小说从头至尾始终是顺畅清晰的。是他让他的语言在叙事时生出了不断转化的能力,从现实转向幻觉或梦境,因而产生了语义的多重性;他的语言读来是清晰明白的,可是这清晰明白的语言会指向事实背后的混沌茫然,让指向变得复杂起来,一些模糊的潜在性的东西就这样在不知不觉中被语言突现出来了。这样,语言的所指和能指性就被何凯旋大大地丰富了。"

十月

1日 关仁山的《理解乡村》发表于《山西文学》第10期。关仁山谈道:"我们试图理解乡村。乡村和农民不一定理解我们,不一定看我们的作品。但我觉得正常。因为我觉得自己还没有真正写出对得起乡村的作品来。城市题材走俏,只能眼热,不能去追,还是在自己的一亩三分地上折腾吧,万一能打出一眼深井来呢?不仅是井深还是甜水。全国还有好多关注农村小说的刊物,我们应该有信心。""理解乡村,也在丰富我的履历。乡土小说,是我们对精神故园的寻找与归依。我们的创作不仅仅是来自乡村的报告,也应该是时代的寓言,蕴含时代精神的寓言。这需要作家的良知与责任。"

何申的《躲开繁华 深入农村》发表于同期《山西文学》。何申谈道:"我写农村题材小说之初,往往是不自觉地躲开了繁华,走进深山。说不自觉是因为我想了解那里的实情,就得随着农民的脚步走向山里田里,走进他们的家中。"

谭文峰的《乡村小说的新风景》发表于同期《山西文学》。谭文峰认为:"新时期以来的作家们,在继承了五四时期和建国以后乡村小说的传统的同时,更多的关注乡村的文化精神品格和农民的生存状态。笔触更为深入地探索着作为'人'的农民的精神状态和生存状态,表现农民深层的人性变异和生命意识,更为广阔,更为深入地表现了当代乡村的现实生活,真实丰富,立体多面地展示着当代乡村生活的绚丽风景。""我们的乡村从本质上的改变,从精神上的重建,仍需要一个艰苦漫长的历程。……从根本上改造国民性,仍是乡村小说很长时期内不可回避的一个主题。""在经历了一个漫长的演变历程以后,乡村小说已摆脱了传统意义上乡村小说的局限,以它无限绚丽的风采展示着当代乡村的新风景,也展示着九十年代乡村小说的新风景。"

王祥夫的《小说与农村》发表于同期《山西文学》。王祥夫认为:"我当然知道,社会做为历史的一个横断面,它的内容是一个时代的生活,而大文化的概念则应包括现实在内,是一种久远的历史沉积。我的认识是,如果我们现在连盛饭的饭碗都没有,那么,我们大可不必去发掘远古的陶罐。所以,我特别关注现实中的农村。既上升不到经典的水准,我想,做社会学材料也不错,起码不是在自欺欺人。"

同日,《小说选刊》第10期刊有《编后记》。编者提到:"这一期我们特意选发了关仁山和谈歌的两篇中篇小说和迟子建的中篇新作……《〈大厂〉续篇》延续了《大厂》的故事,艰辛地寻找着大厂变革的出路;《九月还乡》写出农民和土地的关系、感情以及在变革时代出现新的矛盾。"编者还评价道:"迟子建的《日落碗窑》,在小说的文学性方面做了努力。她用细腻而充满温情的文笔,将作品中的孩子和爷爷等几个人物勾勒得鲜活而温馨,不仅让小说好看,而且弥漫着颇为值得咀嚼的滋味。好的小说是来自现实的,又是通向心灵的。"

3日　《人民文学》第10期刊有"编者的话"《共同的使命》。编者提到:"以《大厂》、《年前年后》等作品为标志,公众清晰地感受到了这种潮流的涌动,一大批作家的名字被联系在一起,这些作家近年来的写作表达着一种共同的姿态——对于中国的现实和未来命运的毫无犹豫的关注和责任。""他们对急剧变革的中国社会充满'认识的激情',通过耐心的、深入的'田野发掘',他们力图揭示社会的现实状态以及其中复杂地作用和运行的种种力量,由此达到对于社会——历史的完整生动的感受。""他们作品中的'公民'形象和意识,将中国现实主义文学传统引向新的天地。人们共同面对他们共同的艰难和希望,在这个过程中,每一个社会成员都将重新理解和感受他的身分、利益和境遇。我们赖以安身立命的价值体系的调整和重建由此得以在巨大的社会改革中实现。"

17日　张忆的《人性的悲悯与文化的反省》发表于《作品与争鸣》第10期。张忆认为,"王安忆不但站在第三者(旁观者)的位置观察、分析这些小人物,她还常常变换视点,潜入人物心灵之中,通过人物的视觉来叙述","这样,作品的叙事便在情感和思想方面都显得十分饱满。读者在这种语境中,便很难对人物的行为、品德作任何简单的判断"。

周玉宁的《阿三:一种言述方式》发表于同期《作品与争鸣》。周玉宁认为,"在这部小说(《我爱比尔》——编者注)中,我们不再看到那个曾经在语言与逻辑的双重迷宫中恣肆纵横的王安忆,我们看到的是一个故事的言说者",因此,"可以看出在王安忆多数小说中所体现出的那类男性思维方式已开始向女性表述回归"。

本月

《上海文学》第10期刊有《文学审美中的公民意识——编者的话》。编者提到："我们在8月号撰写的'现实主义再掀冲击波'中，曾热情肯定了刘醒龙、谈歌、何申诸位的近期创作，此次又在'现实主义冲击波'的专栏中推出谈歌的最新小说《车间》。本刊与《人民文学》的编创动向已经引起了舆论界的关注。《文汇报》、《文学报》、《劳动报》先后对这一创作现象作了报导。现将本刊执行副主编周介人同记者的对话摘要发表，以期有助于广大读者对编辑意图的理解。"

关于现实主义冲击波的特点，周介人谈论道："我认为是一种渗透在文学审美眼光中的公民意识。在以往的当代现实主义力作中，我们不难发现文学的'革命代言人意识''社会精英意识'甚至'文人雅士意识'，但《分享艰难》、《大厂》、《车间》、《年前年后》这样的作品，却透发出平等、参与、容众的特点，这恰恰是一个作家的现代公民意识的体现。"

对于最新的现实主义小说是否是一种政治性小说的问题，周介人回答道："从一定意义上说，当代文学中的'现实主义'从来都是文学与政治在互动中互渗共创的。……文学与政治在同一个大的社会文化系统中运动，实在是无法相互拒绝的。当然，因为政治以权力与舆论为背景，所以，政治对文学的辐射力要比文学对政治的影响更为显见。在刘醒龙、谈歌、何申的近期小说中有着当代政治的深刻影响，但为了避免误读，还是不称'政治性小说'为宜。""刘、谈、何三人的近期小说有一个共同的审美趋向，他们都并不专注于揭示个人的或某个家庭的悲欢，他们关心的是一个乡镇、一个工厂、一个大的社会组织的运作状态，在这种对群体性生存现实的艺术概括中，就渗透着当代政治的影响。"而"所谓'公民意识'，就是作家既不是'教主'，也不是'臣民'，而是作为社会中平等之一员，对他人、对群体、对国家负有责任。平等、参与、容众，正是刘醒龙、谈歌、何申三位近期作品比较鲜明的智慧风貌"。

周介人还指出，"容众""要求作家在观察社会矛盾时了解一切人，理解一切人，容纳一切人，要能够将审美激情转化为理性。审美理性包含了对直觉、潜意识、非理性的尊重。特别在观察与处理转型期的社会矛盾时，应该懂得一种合理性与另一种合理性的冲突，往往比合理性与荒谬性的冲突更为深刻、更为悲壮、更为崇高。从这个角度看，《分享艰难》中的洪塔山、《车间》中的吴厂长还是写得简单了一点，多少有些故意矮化人物的弊病。当然这不妨害小说在整体框架上仍然表现出'容众'性"。

在谈论"这些作品同70年代与80年代初的'改革小说'有什么区别？"时，周介人表示："他们并不想通过小说来解释农村与工厂应该如何改革，而是通过艺术描写揭示出必须改革而且改革有希望的人性力量。同时，它们也淡化了在改革问题上的浪漫主义与乐观主义，着力于表述分享艰难的总主题。……刘、谈、何三人的深刻之处不在于仅仅揭示了人性中普遍的自利原则，而且写出了人性中善之不完善，这是很有见地的。"

十一月

1日　周政保、周大新的《关于长篇小说〈格子网〉的通信》发表于《文艺报》。周政保写道："我想，'历史'与'人性'（或社会人性），是贯穿于你的这部长篇小说中的两个极为重要的概念。而且，无论是'历史'还是'人性'，都与艰辛或苦难相关——你的目的，大约也在于经由编年史式的描写形态，从而勾勒或凝聚起一个纷乱不幸的民族所走过的曲折道路。作为小说艺术，你的叙述应该说是抵达了自己设想的思情彼岸。"

同日，高原新的《在人的延线上放大人自身——斯妤幻想写实小说手法初探》发表于《作家》11期。高原新谈道："幻想写实画派继承、发扬了表现主义主旨并加以革新拓展。它以具象的、写实的形式表现主观的情感、幻觉，乃至种种荒谬的、非现实的意境，传达人类丰富复杂的内心和五花八门的生存本相。斯妤在小说艺术上的创新努力显然无意中进入了这样的状况：她反其意而用之，用幻象的、虚拟的、变形的形式来反映活生生的现实，揭示人类琐屑又尴尬的生存本相，表达人在冷峻严酷、瞬息万变的现实面前的孤苦无力，苍白单薄，从而为我们的小说艺术提供了一种新的可能。""我曾经仔细比较过斯妤的创新同魔幻现实主义、表现主义的异同。相通的不必说了,他们显然都'致力于用跨越所有真实规则的无羁想象'来表现'非凡的现实性'(米兰昆德拉语,《被背叛的遗嘱》),使真实在某种'非真实性'的强调下凸显出来。而不同的地方,在我看来也是非常明显的。魔幻现实主义的变形是朝向魔的方向的,它的变体充满了魔力,比如会飞的床单,不死的祖母,能够蜿蜒前行、报告死讯的鲜血;表现主义的变形是朝向物的方向的,诸如甲虫,城堡,法庭等等。而斯妤的幻想写实则是在人的延线上展开的,它的变体既不是物也不是魔,它仍是人,是人对自己的重新发现,奇异捕捉。""在人的延线上放大人自身,强烈新颖地凸现其表象,尖锐无情地直逼其本质,这既是斯妤的手法,也是斯妤的目的。幻想写实小说因之而成立。这种以幻写真,以奇喻实,以非真实性发掘非凡的真实性的作品,既带给我们对卑琐现实的穿透,又让我们在审美的层面上,实现了某种飞翔。"

5日 雷建政的《小说语言的陌生化》发表于《飞天》第11期。雷建政认为:"任何一部优秀的小说作品都应具备审美的浅层结构:'语言——结构层'、'艺术形象层'和深层结构:'历史内容层'、'哲学意味层'方面的美质。这四个层面在小说中相互依存相互渗透,永远'有机地融合'为一体。新时期的'伤痕文学'、'反思文学'、'改革题材文学'、'文化寻根文学'等都是在'历史内容层面'上流光溢彩,以此引起人们的关注的,而后来的'现代派文学'则是以重新认知生命意义、重新评判人生价值为目标,在'哲学意味层'作自己的文章。'艺术形象层'因为直接涉及到人物等小说须臾不可离的因素,时即时离地被予以提说。阅读和创作必须首先接触到的'语言——结构层'上的'语言'的艺术美则被忽视掉了。质言之,就是小说的最直接的要素,小说的本质之一的语言被缩减了。"

7日 《小说选刊》第11期刊有《编后记》。编者提到:"好久未有小说创作的刘恒的新作《天知地知》,部队年轻作家赵琪的新作《苍茫组歌》,上海作家彭瑞高的《本乡有案》,以及新手高旗的《猛撞南墙》,组成一组四手联弹,旋律多姿,色彩纷呈,均值得一看。""赵琪的《苍茫组歌》写长征,彭瑞高的《本乡有案》写反腐败,却都不是单摆浮搁去写,而是将小说和小说中的人物置于特定环境下，去考验人的人格，去拷问人的灵魂。将带有政治性或社会性题材的小说向文学的深度掘进，尤其是《苍茫组歌》对革命英雄主义、理想主义和牺牲精神有新的、独特的描写。努力将小说写得既富于思想性，又富于一定的艺术性，这两篇小说做了新的尝试。小说中的人物便富于较为丰富的色调，小说本身便也别有风味而结实耐看。""刘恒的《天知地知》较他以前的小说在写法上有所不同，他更多地舍弃了戏剧性人物与情节的构制，而从人物本体出发从容不迫地叙述一个普通农民多姿多彩又多灾多难的一生，不仅将技巧更是将感情融入这个人物生死之间与命运始终。"

雷达的《生活之树常青——何申与当代乡土文学》发表于同期《小说选刊》。雷达认为："自八十年代末至今，我国文坛上涌现出了一个生机勃勃的新乡土小说家的群体，这些新起作家不但年龄较轻，而且在写作风格上，描写对象上，文化意蕴上，均表现出与以往的许多乡土小说家不同的特色，在他们的作品中鲜明地体现着当代乡土生活的变迁和文学观念的演化。我以为，他们的创作表现出开放的现实主义的某些特色，他们以更为真实的色彩和质感，描绘着乡土的'生活流'，他们表达出对中国农民的'农民性'的新理解，更加突出地表现传统与现代的冲突、城乡的冲突，并在这些纷繁的冲突中，着力描写中国农民在通往现代化的道路上所付出的精神代价和迈出的艰难步履……我们今天要讨论的关仁山、谈歌和我要重点谈到的何申，无疑都是其中的健将。"雷达指出："何申写人有以下特点：一、他善于捕捉人物身上的'干部气'与'农民味'的双重性，或者说，他们身上乡土知识分子习性与农民性的二重性……二、注意抓住人物身与心的矛盾……作者写人的第三个特点是，比较，或叫对比，在各个乡镇干部的对比中使各自的个性更加鲜明生动。"另外，"何申小说的弱点，一是，往往停留在生活的表象上，写日常生活场景，写社会心态，均可写得惟妙惟肖，生趣盎然，满纸云霞，可是，透过热闹的表象，想要捕捉时代最重大的脉息，问题，动向，则很难，也即多少有些就事论事，缺乏更大的历史感和整体感。二是，揭示矛盾的深度不足，影响到作品的思想深度"。

阎连科的《仰仗土地的文化》发表于同期《小说选刊》。阎连科谈道："土地文化作为文学的土壤，作者和读者都有可能透过作品触摸到它绒绒的根须。

而国外和国内的许多作家,之所以能够成气候,与他们对土地文化的理解、深眷显然是分不开的。""土地文化最容易被我们抓到的是乡土文化中的那一部分'社会文化现象'和'农民政治'等这种土地文化中最表象的东西,譬如干群关系,譬如左倾影响,譬如乡村廉政,譬如今天改革开放所带来的乡村社会关系的改变和农民的苦乐、阵痛以及精神上的酸楚,等等。因其最为表象,也就最易动人。因此,这种作品就总是成批产生……这样的作品在某种程度上唱出了一个时代的某一阶段中许多人的心声。它记录了一批活跃的经济、政治前沿的人的心灵轨迹。这样一些作品的热冷兴衰,和土地文化时势流动的现象密切相关(那些仰仗社会文化现象生产的作品何曾不是如此呢?)。它们最大最直接的价值在于,是一个时期中一个阶段的第一层面文化现象的记录。"

朱向前的《我读〈马桥词典〉》发表于同期《小说选刊》。朱向前表示:"我强烈地感觉到这是一部刺激或挑战当下中国作家的作品,或者换一种说法,它的价值指向不是大众而是精英。它至少在两个层面上为当下中国的长篇小说创作提供了具有某种警醒意味的启示。其一,它具有一种明晰深邃的理性精神;其二,它具有一种新颖别致的结构形态。第一点,我们可以概括为韩少功的'语言哲学'……从某种意义上说,较之语言,作者更重视言语,较之概括义,作者更重视具体义……第二点,我们不妨归功于韩少功的'形式意识',能否在艺术形式上不断探索与创新,始终关涉到一个真正的艺术家的纯度和品级……重要的是,韩少功运用释条的表述方式实现了对某些的定词语的人生和文化底蕴的挖掘与清理,并籍此传达了作家独特的对世界的触摸与叩问。内容和形式在这里表现出了高度的默契,试问,对语言问题的强调还有比'词典'更恰切的方式吗?而且还不仅止于此,它另一方面的意义还在于,词典的形式本身轻而易举地就把中国长篇小说的传统结构打破了。加上作家的蓄意为之,它对传统小说的经典定义譬如线性叙述、时间顺序、因果关系、典型人物、故事化、情节性等诸多方面都进行了程度不同的颠覆和消解。"另外,朱向前还指出,这部作品"是文史哲的打通,是散文、论文、随笔、札记和短篇小说的集合"。朱向前还谈道:"《马桥词典》保留了小说的基本要素如人物、情节、氛围等,但也加进了近'五分之二'的非小说因素,如议论、辩析、驳难、随笔语言等等。

正是因为后者的搀入才使它刷新了面目，显示出了创新与突破的幅度。关于这一方面的积极意义，我已在前面给予了充分的估价。同时我也还想指出，它为此所付出的代价也是显而易见的，譬如它的可读性，人物性格的饱满程度和深层心理的揭示，不同文体的统一与整合等等……《马桥词典》是韩少功十年来文学积蓄（从八五年'寻根文学'的文化意识到近年随笔的语言造型能力等等）的一次喷发和集中展示。但是令我感到遗憾的是，它的平均值并未达到韩少功单篇作品的最高值。也即是说，《马桥词典》中只有少数词条达到了他的单篇随笔和小说的高度或者差强能打一个平手（如'甜'、'白话'、'亏元'、'打本子'以及部分关于人物的词条），而多数词条则不能望其单篇作品的项背。"

10日 王小波的《〈私人生活〉与女性文学》发表于《北京文学》第11期。王小波表示，"我不赞成这样写小说——这样对待读者是不严肃的：假如作者的态度不严肃，读者又怎能认真地对待你的作品呢？照我看这是全书最大的败笔"。

同日，陈思和的《碎片中的世界——新生代作家小说创作散论》发表于《花城》第6期。陈思和谈道："我在邱华栋的作品里，看到一股有别于其他年轻作家的心理因素：对物质世界的强烈仇恨。……我们可以说这种心理是反常的，不健全的，但又是很真实的，饱蘸了生命的血腥气，它把一切流浪在大城市底层为追逐财富而付出惨重代价的穷人们的焦虑和仇恨，集中为一个用'手指轻轻一弹'的心理动作艺术地表达出来。"陈思和表示对《环境戏剧人》的喜欢"是出于两个理由：一是关于'环境戏剧'的大意象，包括情节中所穿插的几场环境戏剧的表演，以及小说本身所展示的'环境戏剧'式构思，都让人感到意境开阔，这就有别于新生代作家一般'格局不大'的毛病；二是描写物质财富时所表现的复杂心态，邱华栋描写现代化都市里疯狂涌现出来的各种繁华景象和刺激性的官能享受"。

15日 阎延文的《灵魂私语与价值失重——由女性私人小说引发的若干思考》发表于《文艺报》。针对一些女性作品呈现出退回历史、走向自我幽闭的倾向，阎延文认为："这并不仅仅是作家的主体选择，而是在很大程度上源于当前若干非理性思潮的辐射与渗透。……对西方新潮理论缺乏科学性的盲目引人,也必然波及到若干创作。……在这里,'幽闭意识'弥漫在这些作品的语词、文本和精神状态中,形成一种系列化的'幽闭现象'。""今天的女性文学要超越已有成就,在新世纪飞升到崭新的艺术高度,就必须有意识地提升作家的精神追求和价值理性,推动作家走出封闭自我,拥抱恢宏的时代和广阔的生活。"

同日,王彬彬的《当前文学中的现实主义问题》发表于《文艺争鸣》第6期。王彬彬认为,"在重提现实主义时,在所谓的现实主义'再掀冲击波'中,应该避免这种倾向,即简单地以是否关注了现实为标准来衡量作品","尽可能深刻丰富地揭示出人类灵魂的底蕴,却是文学作品,尤其是现实主义作品所应该追求的。仅仅在一般意义上强调现实主义作品是关注现实的,还远远不够,还应该进一步说,现实主义作品关注的是现实中的人,是人的处境,人的灵魂。因此,是否关注了人的灵魂,以及把人的灵魂的底蕴揭示到怎样的程度,便是衡量现实主义作品肤浅还是深刻,拙劣还是优秀的一种标准。以这种标准来衡量这一两年出现的被称作现实主义的作品,应该说,总体上的成就还并不足以让人欢呼雀跃"。

17日 欧阳明的《流畅叙事:对女性命运的关爱》发表于《作品与争鸣》第11期。欧阳明认为,《何咪儿寻爱记》是"一次作者对于女性的新个案考察",作品"在叙事艺术上迥异于铁凝旧作","放弃了旧作的模仿叙事而启用'纯纯粹粹的叙述'","人物话语由转换改为转述","让叙述人由暗转明,闯入前台,在介绍叙述所指内容的同时,还自我推销,介绍叙述能指叙事方式,带给读者一位自我意识叙述人"。

杨立元的《写出农民的真实心态》发表于同期《作品与争鸣》。杨立元认为,"何申的审美视角已由'乡镇干部'向普通农民转移","最近《穷人》的发表,显明地表示出他的创作趋向已经定位:写农民——仍处于贫困状态的山区农民","何申善于通过外在行为探视农民深隐的心理,揭示农民的道德和价值观念。从这个角度看,《穷人》亦可以认为是一篇很好的社会心态小说"。

20日 程海的《关于小说的文学化》发表于《小说评论》第6期。程海认为:"决定一部小说的主要问题是它是否文学化的问题。或者说是文学化程度高低的问题。""关键不是用什么样的题材。""关键是否能将所用的题材文学化。""而要完成这个过程,不是能靠某种观念理论或写作技巧所能解决的。它是靠作家某种独特的天赋以及对生活独特的感受能力和融化表达能力来完成的。""一部作品的价值高低,很大程度上取决于它的文学化程度的高低。"

丁帆的《漫论当前乡土小说走向》发表于同期《小说评论》。丁帆谈道:"现时的中国尚且未进入后工业的时代背景之中,即使进入了后工业时代,也不可能完全消解乡土文学,君不见西方那么多先锋文学流派把笔触伸进了乡土领域,何况我们这个有着几千年农业文明历史的泱泱大国呢。我以为,其关键问题就在于我们的乡土文学作家能否坚守这块沃土,更为重要的是能否坚信自己把握人生、把握时代、把握世界的能力,倘若这点自信力都没有,恐怕乡土文学真的要走向衰亡了。我认为外部的力量是不能瓦解乡土文学的,它的消解能量完全来自乡土作家的自我,换句话说,如果乡土文学要消亡,那它一定是死于乡土作家自身之手,只有他们自己才有足够的力量来扼杀自己。""我以为乡土文学,尤其是乡土小说在当下的中国文学的潮头中是呈上升趋势的,面对滚滚而来的社会变革大潮,乡土文学的表现领域非但没有缩小,反而更加广阔无垠了,在社会思潮的撞击下,必将产生出乡土文学的更多新的生长点,也必将产生出更多更好的乡土文学力作来。"

谭学纯、唐跃的《小说语言的顺应显象和偏离显象》发表于同期《小说评论》。谭学纯、唐跃认为:"我们把小说的表层结构和深层结构界定在文本层面:表层结构指文本的语象结构,深层结构指小说的意蕴。语象结构在小说中是呈现的,意蕴是隐含的。前者存在于小说的语言表象之中,后者潜藏在小说的语言表象之下。在小说文本中,隐含的意蕴外显为语象,深层结构转化为表层结构,这种转化,可以是表层结构对于深层结构的顺应,也可以是表层结构对于深层结构的偏离,由此产生小说语言的顺应显象和偏离显象两种形态。"

21日 陆梅的《"最深的那个根在农村"——访河北作家何申》发表于《文学报》。何申在文中表示:"尽管是业余时间写作,也很累,但一想起那些春夏秋冬在田里劳作的农民,想起由于山区条件限制和许多人为的因素,使得他们的生活至今仍相当困难,心中就有一种想写写他们的欲望。虽然我不是出生在农村,但给我人生印象最深的那个根在农村。"

24日 刘克宽的《由对话方式看新时期小说的艺术转型》发表于《文史哲》第6期。刘克宽认为："从开始的拒绝对话到现在重新谋求与既往的叙述动机、文化价值和实际生活现象的'对话'关系，在文体的对话意义上讲，不是艺术传统的一种回归式认同，而是叙事功能上的实质性发展。具体说，从新时期之初文本建构所立足的语言概念功能上的对话转向了行为功能上的对话。作家努力从元语言的功能寻找与隐含读者的契合点，在语义的认定上，不再设置语境而是酿造语境，立足于平等对话的层次上把对话过程视为挖掘双方潜在力的过程。这样，既避免了对话停留于语言所传达的情感、政治、道德指向等话语层面，追求明确的言内行为的指导功能，又不同于80年代初中期那种追求语境中的言外之意的表情功能。它追求的是文本形式上的意动功能，即通过言内、言外所产生的结果，使对话成为一种言后行为。由确认语式转为实施语式，真正使叙事文体的意义溶解于对话过程中的艺术趣味和主体能动性之中。"

25日 林斤澜的《答问——〈小说选刊〉1995年金刊读后杂感》发表于《当代作家评论》第6期。林斤澜谈道："写作到了归齐，离不了一个作家（主体），一个世界（客体）。就这一主一客的摆弄来摆弄去，免不了一会儿重主，一会儿偏客。偏客的管它叫个现实主义，重主的叫浪漫主义吧。"并表示，"写小说，当然还要依靠想象依靠虚构"，但"当笔头走向本能，社会性就稀薄下去，动物性就浓厚上来。当直接的具体的还有逼真的'切入'官能，社会性'淡出'，人字号的诸位隐退，文学手段没有了依附地方"。

徐坤的《短篇小说创作概述》发表于同期《当代作家评论》。徐坤认为："社会转型期发生的各种心态变化都必然要在文学创作中有所反映。短篇小说这时正好发挥了它的短平快功能，以其反映生活迅捷、敏锐的特点弥补了长篇和中篇因其篇幅和操作的制约而在反映生活的迅速方面略显滞后的不足。"

张志忠的《在智慧的迷宫里徜徉——〈敦煌遗梦〉的结构艺术》发表于同期《当代作家评论》。张志忠认为，"好的长篇，必定有其独特的、显示作者风格的结构艺术。近年长篇小说在高产运动中的危机，其表征之一，也就在于作家们越写越草率，不知结构为何物"。

同日，鲍云峰的《从中国文学传统看新写实小说》发表于《内蒙古社会科学》

第6期。鲍云峰认为,在表现对象上,"最普通的人在最普通的生活里做出的最普通的事,是很难进入传统文学的'神圣'殿堂的",而"正基于此,新写实小说的出现才具有了开拓性的、革命性的意义。这些作品虽然被许多人指责为停留在生活表层,失之自然主义,缺乏文化哲学意识和理想主义等等,但确实掀开了被以往的文学所忽略了最原始、最平谈、最了无生气和司空见惯的生活的一角,也即无聊、无奈、无常的生存本相";在叙事话语上,"我国的传统文学中又充满了'愤怒出诗人'、'不平则鸣'、'诗可以怨'和'刺也嫉邪'的呐喊",而"与此形成鲜明对照的是,新写实小说所使用的是一种平易、平实、平和的叙事话语";在创作心境上,"我们发现新写实小说作家与传统的'文以载道'迥然不同的创作心态:放弃意识形态冲动,把历史叙述变为个人叙述,因而文学由古代的道德自负,现代的理性自觉,建国后的政治自觉转到了今天的精神自由"。

28日 蒯大申的《对生活的积极回应》发表于《文学报》。蒯大申认为:"新市民小说的贡献在于给处于社会转型期的都市文学以一个比较明确的定位,它从各个侧面去感应、把握城市社会生活的种种变化,拓展了作家们的艺术视野,开辟了新的文学天地,使文学更贴近现实生活,贴近民众。新市民小说已走过了一年多的历程,从目前已经发表的作品来看,新市民小说从一些侧面描述了、触摸到了我们这个时代的脉动,显示了可观的创作实绩。但我们也应看到,这些作品仍尚未充分展示当代生活的主流。当它的不少作品沉缅于灯红酒绿、男欢女爱之际,当它的一些人物尚流于平面、浮泛之时,恰恰缺少一种剖析生活的犀利眼光、一种应有的文化批判立场和思想力量。这或许反映了当今社会精神贫乏、理性失范和思想混乱的普遍状态。社会生活的变化实在是太快了,谁都不能根据过去的经验和既定的观念系统对它作出分析和反应。"

本月

《上海文学》第11期刊有《原地与异地:观者无处不在——编者的话》。编者提到:"近来在许多文学期刊上常常读到一批被称之为'晚生代作家'的作品以及评论'晚生代'的文章。他们和他们笔下的主人公往往被称作'游走的一代'或者'游荡者'。……所谓'游走',当然是在'原地'与'异地'之间游走。""晚生代小说中的'原地'与'异地'则更多地表现为一种'精神现实',反映他们心灵成长过程中的一种困惑、一种饥渴、一种了悟、一种向往。"

金克木的《关于"婚姻·爱情·家庭"专号》发表于同期《上海文学》。金克木指出:"编者的'社论'实际指出了当前许多小说是新闻报导的艺术加工。"

南妮的《唐颖印象》发表于同期《上海文学》。南妮认为:"许多人喜爱唐颖的小说,是始于它语言的吸引。唐颖的叙述委婉细腻,描写准确传神。对于现代都市小说来说,叙述的准确与感性一向是衡量小说是否成功与'有魅力的标志'。"另外,"对于有些人来说,唐颖的忧郁也许是先时代一步的,他们说唐颖小说比较'前卫'"。而"一个优秀的都市作家往往是在城市新人类新形态的生发起始就开始洞察与表现的。先锋只是一种高度的敏锐性。'前卫'被不断涌来的生活细部的真实所印证"。

张柠的《欲望的旗帜与诗学难题》发表于同期《上海文学》。张柠提到:"'欲望'进入诗学领域,一开始就面临两个障碍:道德对欲望的压抑和经济学对欲望的放纵,现代小说诗学对这两者都采取了决绝的态度,而将欲望变成了一个叙事或语言的问题。""而欲望诗学对小说叙事的期望是,叙事过程不仅是对欲望分解的抑制从而走向升华的过程,同时又是肉体感官充分展开的过程。这里还必须提到梦的叙事。……欲望诗学尽管必须重视梦的分析,但不应对精神分析寄予过多的希望。倒是在对梦的元素进行字形或词源学分析,可能有意外的收获。"

十二月

5日 昌切的《自圣——唯圣派论之一》发表于《山花》第12期。昌切谈道:"90年代文坛流派纷呈,其中最重要的一支是唯圣派;这是一个包括张承志、张炜、史铁生、韩少功、余秋雨、朱苏进、北村、莫言、刘继明、马丽华、周涛和迟子建等作家在内,以'自圣'对抗体制规则,精神物化为基本立场,以构拟神性化、圣洁化的审美乌托邦为基本宗旨,萌动于80年代后期、成立于

90年代的松散的文学流派。"

同日，张颐武的《一九九六：社群与写作》发表于《文学报》。张颐武指出："1996年以来，小说发展的一个引人注目的趋势是'社群意识'的强化。这种强化以年初谈歌的《大厂》和刘醒龙的《分享艰难》的发表为标志。……从'社群意识'的角度来看，一种与当下中国的日常生活紧密联系，深入中国社会的'基层'，以探索'社群'的形态为目标的写作业已成熟。在谈歌、李贯通、刘醒龙、何申、陈源斌、关仁山、毕淑敏等'社群文学'作者的作品之中，这种具有九十年代特征的'社群意识'均有了十分引人注目的表达。""首先，这些本文都立足于'当下'，提供了一幅异常真切的当下文化的'地图'。""其次，在这样的纷纭复杂的社会状况之中，这些作家乃是以一种强烈的'社群意识'作为前提，提供了一个共同文化所创造的新的可能。它们呼唤一种社会工作的精神，一种为了一个社群的生存与发展的最高利益而作出牺牲的伦理选择，一种分享艰难的意态。""另一方面，'社群意识'也需要对于全体人民的真切的关怀，需要对利益面向、价值选择及生活方式有差异的人们开放，需要'我'与'你'的共同的参与。这并不意味着个体利益的泯灭，而是社群与个体的直接的温暖的对话。社群是个人的超出血缘和'家族'利益的栖居之所，是广阔的精神情感的栖居之所，它需要人们意识到个体溶入社群之中的巨大的能量，也需要社群对于个体的真挚的关怀。因此，这些小说在写出众多的、复杂难解的社会矛盾的同时，也给予我们一种来自社群的共同文化的天不能灭、地不能埋的英雄主义，一种坚韧的、面对困难的无畏的气概。"

同日，路侃的《经济小说与文化精神》发表于《作品》第12期。路侃认为，"从1995年末开始，一直持续到现在，一批表现社会主义市场经济背景下的社会现实和人物命运，以经济生活为题材的小说终于集中出现"，这部分有以下几点值得关注："1. 注重描写经济活动中人的精神世界"，"与国外的同类小说相比，我们这些小说有一个很大的不同，就是作品描写的重点不拘泥，甚至不在于经济活动本身，而是着重描写在重大经济现实背景中，人物的精神世界的表现"；"2. 对经济改革的文化与理性思考"，"大概是因为切身的生活感受，也是因为评论界近年的不断呼吁，在最近出现的小说中，有不少涉猎经济改革的作品。作者大都是出道不久的年轻人，却又不乏深刻的生活洞察力与艺术表现力。其中有些作品对经济改革的描写已经远远超出了对改革过程本身的描写，而深入到了文化与体制的层面，做出了富有思想的开掘"；"3. 寻找物质与精神、人性的共同富有"，"经济小说深切关注当代中国社会的最大课题——发展，使它突现出一种现实的价值和生活的功能，这是读者在繁多的文学选择中看重它的阅读价值的主要原因"，"经济小说又是在经济与人、经济与文化的联系中，寻找小说内容的切入点。它的作品既是贴近现实的，是与普通人的生活，与社会热点密切相关的，但又不是公式化的应景的文学，而具有一种文化的底蕴和思想的力量"，"经济小说描写人的心灵世界，描写文化精神，但它又不是心理小说，不是个人身边的'私小说'，它注重描写行动，写人对世界的勇敢创造，在行动中表现心灵和文化，表现了作家社会责任感的光荣传统"。

  7日 艾真的《一个小说导演的阐释》发表于《小说选刊》第12期。作为编者，艾真指出："《关于一部以电影作舞台背景的戏剧之设想》是一篇与传统小说形式不同的作品，读起来，它更像是一个戏剧或电影的导演阐释。同时运用戏剧和电影这两种艺术表现的某些手段，有机地完成一个小说故事，这也许可以算是史铁生形式感最强的一个作品了。""人是在各种存在者的联系中生存的，因而人生来渴望沟通和接近，但实际上人却常处在隔离的状态。面对这种理想与现实的冲突，作家找到了特殊的可以超越时空、超越生死的表达方式，表述了渴望一个健全的社会，以及渴望在这个健全的社会中的存在者们之间有健全的关系的理念。……在作家把生活的诸方面的情感体验高密度地投进他所选择的这种表述形式里之后，一种近乎潇洒的浪漫主义的生死观便产生了。这种生死观显而易见是在痛苦的理性思考之后的非理性的艺术设计。""作家通过想象力求克服人类世界自身的局限和缺陷，那么我们读者就借助和追逐作家的想象，来欣赏这篇有点'怪'的作品吧。"

  同期《小说选刊》刊有《编后记》。编者提到，"史铁生的《关于一部以电影作舞台背景的戏剧之设想》，将小说向着意向艺术的真实逼近"。

  张韧的《寻找失落的精神栖息地——读关仁山小说随想》发表于同期《小说选刊》。张韧认为："一篇具备小说感的作品，不完全在于它叙述了什么，而是取决它怎样叙述,它的视角,如何写人物,怎样炼铸情节与结构布局。仁山很善于讲故事,他叙述人物故事活灵活现。这是源于他生活积累厚实和早年通俗小说的生花妙笔。但有了这一优势还不能轻忽了另一面,如通俗小说某些写法带来了戏剧性与可读性,可是还须将它与小说的历史感和思想深度相融汇;厚实生活赐给小说以丰盛,不虚浮不空泛,然而生活材料并不能天然的带来艺术的厚重与深邃。我觉得具有小说感的作品,关键看它对人的生存状态与生存价值的如何叙述和思考。仁山有的小说多了一些生活层面的东西,少了一点形而上的人生哲学层面的思考与对生活的超越。"

8日 海马的《个人化:墙上之门——解读韩东》发表于《南方文坛》第6期。海马认为:"从本质上来说,'游走者'是剥离了旧的精神因袭的文化新人。他们的'新'是以抛弃以及抛弃之后的一无所有作为代价的。这样做确实需要一定的道德勇气才行。他们是精神的无产者,同时也是最为纯粹的个人。在韩东的小说中,这样'游走者'往往由作家、诗人、自由职业者以及弃文经商的文化人来承担的。"

王一川的《间离语言与奇幻性真实——中国当代先锋小说的语言形象》发表于同期《南方文坛》。文中提到"间离语言"的三层含义:"其一,在叙述话语方面,间离语言显示出语言组织上的新奇或怪异特点,而这直接地与借鉴西方现代主义和后现代主义文学语言相关;其二,在被叙述的内容、即对社会现实的再现方面,这种文学语言体现出与社会现实的间隔、疏离或疏远等特点,即有意为读者创造出一个虚构的奇异的意义空间;其三,在叙述声音方面,这种语言流露出对'真实'地再现现实这一经典信条的高度怀疑态度,转而相信叙述'虚构'的绝对性。"

本季

洪治纲的《叙事的挣扎——晚生代作家论之四》发表于《文艺评论》第6期。洪治纲谈道:"晚生代作家的小说中普遍存在着一个好的故事胚胎,但作家并不想以故事取悦读者,而是更多地表现出对故事主体性的翻建与改造。这种改造不同于先锋实验小说那样对叙述圈套、叙事迷宫、碎片拼接、语词狂欢等叙述策略的醉心与痴迷，而是以一种更为冷静、更为本色的叙事方式拆解组合故事内部的事件关系，从而使作品在故事的断层和错位处呈现艺术的智性。"

本年

商殇的《结构的隐秘——兼评李冯近期几个中短篇》发表于《南方文坛》第2期。商殇认为："一个优秀的故事试图摆脱传统的叙事方式，需要在超越常态叙事经验的基础上呈示出小说的特殊的启示的经验和意味。李冯的小说常常是对一个原始文本进行技术处理的结果。在他精心设计的电脑菜单上，事件的出现首先是为了强化结构，目的是在超越常态叙事的同时更进一步。在叙事方法上，李冯小说建构起的不同寻常的表述模式，则主要是通过叙事场景的戏剧化、人物性格功能化、叙述手段背景化来实现。"

唐刃的《近年六部长篇的文体简评》发表于同期《南方文坛》。唐刃首先评价洪峰的《苦界》为"准作坊小说文体"，并指出，这部作品中"没有生命的人物与国际同题材作品（如《教父》）中的有强烈个性的人物毫无可比性"，但"它不完全是作坊小说，因为先锋作家毕竟在文坛上获得过一定的声誉，即使写凶杀、黑社会，也不甘沦为地摊的低俗水平。除语言优于作坊小说外，对世界地理、各色人种、杀人武器杀人程序的视域确比小说作坊的匠人要宽阔得多，这些方面赋予小说一定的（非文学意义的）可读性"。

接着，唐刃称《无雨之城》是"现实主义的通俗变异文体"，唐刃指出，作品中"露骨的过火的'性作料'，非但不能让人感到作者的成熟和现代，简直就是'把肉麻当有趣'。而且也出乎作者预料地抵销了作品的社会意义"。

其次，还有一些作品表现出"先锋向通俗或写实的文体变异"，其中，"《花影》明确地为拍摄而作，结构单纯、紧凑而完整，如果有充盈的社会意义灌注也许可以成为一个很好的长篇胚子，但目前过于单薄，如作者所言只是一部直奔主题（女人性压抑）的'命题作文'而已"。而《米》这部"小说的社会价值来自作者对仇杀和虐待的因果有比较集中和充分的解释"，"小说真正的阅读张力场就在人与人间的深仇大恨上"。"我们与其说这些先锋作家在向通俗写法靠拢的时候发现了一片旧社会生活题材的沃土，不如说他们找到了写艳情凶杀的独特背景和制造刺激的捷径,而且这种文本同时是先锋作家'写生命'的意象,又可以赋予某种现实意义,可以让不同的文学流派都通得过,也许可以比一般的速朽作品多保留一小段时间。"

最后,唐刃表示:"无论从哪个角度看,《英儿》都是一部纯正的骨子里先锋的文学作品。它富于文学价值和很高的警醒意义,在当代文学中它很可能是唯一一部具有这种价值和意义的长篇作品。"

钟丽茜的《"新状态"与当下生活状态》发表于同期《南方文坛》。钟丽茜谈道:"'新状态'理论家们提出的'把握当下生活状态'的观点之所以有价值,我觉得就在于强调了一种直面现状的勇气和必要——在这个各种信仰价值崩溃,人们普遍感到迷惑,一些人已在'恶'浪中随波逐流的时候,很需要我们的文艺家秉持'崇高'的信念,努力在这个多元、混茫的社会中追寻、探索,力图把握现象下的时代主脉,以文学形式为困惑的人们提供一些看世界的较好的视角和方法,提供一些解答,树立某种精神信念,在实利主义盛行的当下社会中树立起一座精神价值之塔,引领人们不致屈服沉沦于浑噩之中,让人的精神在缤纷迷乱的社会面前仍保持它的崇高尊严。"

巴江的《浅说〈跪下〉的文体和语言》发表于《南方文坛》第4期。巴江指出:"《跪下》作者是具有现代的'都市意识'的。"作品采用了"有分寸的'反讽手法'","作者虽然退出道德评价和价值判断,但'隐含作者'却引导读者在反讽中去寻找道德评价和价值判断。可以说,《跪下》的艺术操作极有分寸"。另外,"《跪下》文本叙事方式的改变'适应'了小说观念的'开放'。应该肯定,《跪下》的叙事方式在观念的更新中形成了自己的风格。风格模式不仅体现了作家的个性和作品的整体构思,而总是以各种方式反映着体现着一个时代的社会文化。因为社会文化是一个由各种文本构成的大文本,这些文本之间相互联系构成一种互文性的现象。《跪下》文本在当代小说文本中有一定的'互文性'的地位"。

黄伟林的《体验的渐悟和写作的开窍——简论池莉的"成人三部曲"》发表于《南方文坛》第5期。黄伟林认为:"作为新写实小说的经典文本,《烦恼人生》、《不谈爱情》和《太阳出世》这一'成人三部曲'相当成功地表现了池莉人生体验的'渐悟'。这种'渐悟'表现为池莉创造了一种极为独特的'成人仪式'。"

李建盛的《符号帝国与意识形态放逐》发表于同期《南方文坛》。李建盛认为："先锋小说文本不仅解构了以往的文本符号编码形式，而且试图通过一种崭新的符号编码构筑另一种意义时空以消解原有的意识形态话语意涵。从先锋小说的文学文本的形式角度看，先锋小说在极力构筑一种符号帝国，从先锋小说的内在意涵看，先锋小说在解构以往的文学意识形态意义。符号帝国构筑与意识形态放逐构成了先锋小说文学文本的极为重要的两极。正是这两极使先锋小说文学文本既承担起了解构时代的文学变革的使命，又使其具有放逐意识形态的致命弱点。"

李静的《先锋小说：寄生的文学》发表于同期《南方文坛》。李静认为："小说的结构就是一首诗，小说的氛围是诗的，小说的含义像诗一样捉摸不定。可以说，孙甘露的小说的确如此。……孙甘露的用意在于将小说文体完全诗化，结果是：小说寄生在诗的形式中，而未完成小说独一无二的使命——在一些假定性的具体情境中，表达对存在的勘探，以对抗那无名的力量对人的存在本源性的吞噬。"

1997年

一月

2日 蔡葵的《历史和我们》发表于《文学报》"历史小说：今天与昨天的对话"专题。蔡葵认为："违反客观历史的规定性，任意用现代话语诠释古人，用调侃、揶揄和游戏的态度对待历史，甚至虚构杜撰史实，将严肃的历史主题化为一笑，这种'戏说'类娱乐型的通俗历史小说，是商品经济中文化语境的产物，它的思想基础和文化母体是市民意识。"

章培恒的《对今天和昨天的反思》发表于同期《文学报》"历史小说：今天与昨天的对话"专题。章培恒指出："较好的'新历史小说'并不是对现实的游离、回避，而是纵贯昨天和今天的对现实的深沉思考；其所要求于作者的，是对现实的真知灼见，至少是某种程度的真知灼见。""假如现有的'新历史小说'的大多数作品的水平都与《长恨歌》相仿或比它更高，我想，'新历史小说'在近年的'时兴'实是一种令人鼓舞的现象，不仅为文苑增加了一个新品种，更重要的是：作家对现实的思考更深入了一步。这样，我们就不必由于'新历史小说'中可能还存在若干不好的倾向而因噎废食了。"

同日，康焕龙的《侦探小说呼唤现代科技》发表于《文艺报》。康焕龙谈道："现代科技发展作用于社会而引起社会环境的巨大改变，无疑在不断影响着反映社会犯罪与侦破行为的侦探小说创作。这种新的社会现实将会给侦探小说提供前所未有的题材和人物、社会生活矛盾和社会学主题，从而为侦探小说表现社会变动提供了丰沃的土壤。它必然会催促许多作家迅速调整姿态以适应现实，在此基础上进行开掘、创新，寻求新的视点与新的意蕴，不断来增加作品的艺术魅力，以求使得侦探小说摆脱以往模式的某些羁绊，取得可喜的突破，不断向更高层次、更灿烂的艺术境界迈进。"

5日 王本朝的《语言游戏与叙事革命——先锋小说的文体实验》发表于《短篇小说》第1期《新时期小说发展与流变》专栏。王本朝指出："先锋小说文体也很值得一说，它们以'反小说'的写作姿态打破了传统小说文体的限制和规范，使小说由纯净、封闭性走向杂乱和开放性。"

同日，贺奕的《绕开陷阱：关于李冯和他的小说》发表于《山花》第1期。贺奕指出："写作《孔子》于他（李冯——编者注）成了一种对自我的勘测和陶冶。他开始尝试用质朴、重拙、密集和直接切入的语言，围绕孔子率众十四年周游列国，探讨中国人的灵魂与信仰问题。"

7日 牛玉秋的《从"活的没滋味"到追求人格灿烂》发表于《小说选刊》第1期。牛玉秋认为："谈歌作品的主人公经历了从游离于社会结构之间的单个人到社会组织结构中举足轻重的一员的变化。"

15日 赵联成的《历史母题的解构——新历史题材小说泛论》发表于《当代文坛》第1期。赵联成谈道："新历史题材小说重在对被权威历史话语所遗忘或弃置了的家族史和村落史的再现，把笔触从宏大的战争场景，从关注阶级的、民族的命运，从江山的改朝换代向微型社会组织的收缩，以昭示家族和村落这一特殊的文化单元在历史进程中的意义与作用。"

同日，梁晓声的《小说是平凡的》发表于《文学评论》第1期。梁晓声表示："我认为的好小说是平易近人的。能写得平易近人并非低标准，而是较高的标准。……如果有什么所谓'文学殿堂'的话，或者竟有两个——一个是为所谓'精神贵族'而建，一个是为精神上几乎永远也'贵族'不起来的世俗大众而建，那么我将毫不犹豫地走入后者。"

16日 丁帆、王彬彬、费振钟的《晚生代："集体失明"的"性状态"与可疑话语的寻证人》发表于《文艺争鸣》第1期。费振钟谈道："所谓'集体失明'，指人们审视生活、审视这个世界的眼睛不存在，人们成为这个时代理智上的盲人。我感到'晚生代'作家中，恰恰存在这种'集体失明'现象，就其审视现实、审视生活的要求在写作中的丢弃而言，说他们缺少审美的眼睛并不过份。"王彬彬表示："而他们小说里写的性，既不属于动物，也不属于人的，而是属于魔的。""'晚生代'小说不能以'个人化'作为存在的依据,连'个人化'在多大程度上成为今天的文学现象,我也不能不表示怀疑。"丁帆认为:"在'晚生代'小说那里,语言有三个重要的反动:第一、对意识形态话语,即对革命叙事和对伟大叙事的反动;第二、对启蒙话语,即对知识分子中心话语的反动;第三、对诗性话语的反动。前者固然是有一定的意义的,而后者却是旨在消解文学本身。'晚生代'中不少作家采用琐碎的日常生活叙事,和个人叙事,以此来消解一切语言的乌托邦。而从小说文本上看,则是提倡意义的碎片,使语言碎片化。"

陶东风的《王彪论》发表于同期《文艺争鸣》。陶东风谈道:"王彪小说的表现力几乎完全是来自故事本身,故事被赋予了揭示人性内蕴的使命。王彪不但不允许他笔下的人物随便发表关于人生的'高见',而且他自己也几乎从不介入故事,从不对笔下的人物评头品足。他只是静静地专心致志地讲述他的故事,让他的人物出场表演,而自己退入幕后。从这个意义上说,他的小说颇有一点福楼拜以来的现代小说的味道:作者的隐退。"

王彪的《面向灵魂的说话声》发表于同期《文艺争鸣》。王彪认为:"在现在这个时代,面对电影与电视文化的侵入,小说的功能被人大大漠视了,这不是什么好事,但反过来,小说的'声音'却显得越来越重要。"

20日 郜元宝的《超越修辞学——我看〈马桥词典〉》发表于《小说评论》第1期。郜元宝谈道:"《马桥词典》的一项重要提示,就是如何消除现代汉语的无根性,如何弥合语言和世界、词与物的分离。作者不止把语言当作对象化工具,表演某种'语言艺术'。他也在工具意义上使用语言,然而不是'通过'语言,表现语言之外的世界……叙述人物故事的同时,他领我们'走进'了语言。语言的发生发展蜕化变异,真正作为活的事件,应和着各种权力关系的转移,情感命运的变化,由此构成'语言——存在'的一体化世界。"

孟绍勇的《阵痛中的嬗变与固守——关于当今农村题材小说新走向的思考》发表于同期《小说评论》。孟绍勇认为:"透过作家作品表现出来的时代精神和民族性格,正在成为农村题材小说发展过程中的一个总主题,被越来越多的作家和批评家所注目和认可。"

同日，丁帆、王彬彬、陆建华、黄毓璜、邵建、徐兆淮的《近期小说笔谈》发表于《钟山》第1期《思潮反思录》栏目。"编者按"写道："近两年来，文坛有一些作家创作了一批关注现实贴近生活的小说。他们的作品以迥然不同于某些新生代作家的创作姿态与走向，呈现出一种新的风貌与景观，并已引起了文学界的众目关注。""为了认真贯彻文学的双百方针，并切实倡导关注现实贴近生活的文学精神，本刊编辑部于96年10月上旬邀集部分在宁的文学评论家就最近的小说走向问题举行了座谈，现选发与会者的部分发言于下，意在期望引发评论界就此话题的深入探讨，并欢迎作家们惠赐关注现实贴近生活的精品佳作。"

丁帆在《介入当下：悲剧精神的阐扬》中指出："这批'现实主义'作家的主体意识中缺少批判现实主义的魂魄：悲剧精神！""作家在描写中，还未超越'新写实'的写作框架，在中性的价值判断中徘徊，而放弃了作为批判现实主义作家的悲剧精神主体的介入……"

黄毓璜在《小说三看》中指出，文坛出现了"一批直面现实而多流于'现像罗列'的作品"，"这类作品的成败，包括其堆砌材料的恣意和总体思考的匮乏，包括其心有余而力不足的不达'标'和不到'位'，或者还可以包括其爆冷门似的得到读者和评家垂青的现像本身"。

陆建华在《关注现实：文学义不容辞的责任》中指出："坚持与发扬现实主义创作精神，提倡关注现实，表现现实，也是文学责无旁贷、义不容辞的神圣职责。"

王彬彬在《肤浅的现实主义》中指出："现实主义'冲击波'中的大多数作品，充其量也还只是一种肤浅的现实主义。"

23日 《文学报》"世纪末：文化的回归与求索"专题有"编者语"。编者提到："九十年代以来，一种回归传统的文化思潮在学术研究、文艺创作等领域兴起。从本世纪初'五四'新文化运动对传统的反叛到逼近世纪末的文化回归思潮，构成一种有意味的对映。本报邀请了三位作者对今天的'文化回归现象'发表看法……"

谈歌的《小说创作和时尚》发表于同期《文学报》。谈歌认为："小说这种本来属于民间的东西，一旦被圈起来，也同样会变得造作。不可以忘记，小说如果离开了民间，拒绝了大众，作家们就会失血，就会变得无力，就如同安泰离开了大地。"

王纪人的《回归与重铸》发表于同期《文学报》"世纪末：文化的回归与求索"专题。王纪人谈道："我把陈忠实、贾平凹、张炜这些把根须深深地扎入本土文化中的作家称之为'本土派'的作家，以与倾向于西方现代文学的先锋派作家相区别。尽管本土派的作家也程度不等地接受了西方现代文学的影响，但他们更关心的是本土的历史与现实以及两者之间为何种'铁定的法则'所贯穿。也许他们并未真正找到正确的答案，但这并不重要，因为那毕竟是历史学家的任务。重要的是在这些本土派的创作中，都从不同的侧面表现了深深地积淀于民族心理中的集体无意识。所以就回归传统而言，他们是较深层的，也必然是最具影响力的。"

25日 毕淑敏的《没有少作》发表于《当代作家评论》第1期。毕淑敏表示："认真地生活和写作，以回答生命。当我写作第一篇作品的时候，就是这样想的，现在依然。"

李洁非的《新生代小说（1994— ）》发表于同期《当代作家评论》。李洁非谈道，"'新生代小说'终于出现了可能脱离上述持续了将近一个世纪的小说轨道的端倪，亦即知识分子价值对小说内在精神和外部样态的约束愈来愈松动、乏力，它突出体现于'新生代小说'基本已不看重小说作为知识分子意识形态载体的那层神圣性，并且不耻于使其文本形态接近于商业性"，"欲望化叙述"是"'新生代小说'文本的特征之一"。

尤凤伟的《回归本土——长篇小说〈石门夜话〉后记》发表于同期《当代作家评论》。尤凤伟强调："我的这部作品大体上便是我的'回归'之作。无论是写作之初还是写作之中，出现于我头脑的仅是小说描写的那个世界，那个说真便真说假便假的混沌世界，而将另外的一切都从头脑中驱除。我只想老老实实写一种真正意义上的小说，力求将小说写得厚重、博大。"

尤凤伟的《战争·人性·苦难——中短篇小说集〈战争往事〉后记》发表于同期《当代作家评论》。尤凤伟表示："如果说中篇《生命通道》、《五月乡战》、

《生存》是更多地借助虚构来进行创作，而这两个作品（指《远去的二姑》和《姥爷是个好鞋匠》——编者注）则基本是'来源于生活'的。"

周政保的《〈马桥词典〉的意义》发表于同期《当代作家评论》。周政保认为，"就文学传统（或小说或散文）的一些基本因素而言，《马桥词典》依然维护了文学的姿态：它的骨骼与血肉。不言而喻，这是一种新的姿态、新的装束、新的方式"，《马桥词典》"应该是一部兼有散文品格与小说质地的作品"。周政保还指出："其中一部分词目的释文是不是'精短小说'，大约也不可能引起过多的疑问。起码可以是'笔记体小说'。平心而论，古人的一些被称为'笔记体小说'的作品，其章法与结构，也不甚吻合现今的某些关于小说的形态、定义或功能的规范。但我们依然将这些'笔记'视为'小说'——古人的可以，那今人的为何不可以呢？"

本月

《上海文学》第1期刊有《寂寞的泥土　坚强的消化——编者的话》。编者提到："在本期'写作与本土中国'专号内，我们推出刘醒龙、阙迪伟的二部乡土小说。本刊近年来曾大力倡导'新市民小说'，意在展示陌生的都市文明对当代中国人的生存与心灵状态所产生的撞击。然而，中国人对都市文明的接纳、理解与消化，又往往同建立在土地、地缘、血缘、风俗这些自然联系上的'乡土文明'的创造性转化勾联在一起。乡土是中国本土的基础与根本。生活在都市里的文学工作者，关注乡土中国的当代图景，将有助于我们从人口流迁、文化根性、制度基础、未来发展等方面加深对本土城市社会的认识，这对'新市民小说'的创作也有启迪与借鉴的意义。"

韩少功的《批评者的"本土"》发表于同期《上海文学》。韩少功认为："作家一旦进入现实的体验，一旦运用现实的体验作为写作的材料，就无法摆脱本土文化对自己骨血的渗透——这种文化表现为本土社会、本土人生、本土语言的总和，也表现为本土文化与非本土文化在漫长历史中相互交流相互影响的成果总和。"

李锐的《我们的可能——写作与"本土中国"断想三则》发表于同期《上

海文学》。李锐指出:"站在这个书面语言的岛礁上,我渐渐地被身边那个口语的大海所吸引,我被那个叙述就是一切的境界所诱惑,在经过一番迂回之后,我终于以口语倾诉的方式完成了长篇小说《无风之树》。"

刘醒龙的《现实主义与"现时主义"》发表于同期《上海文学》。刘醒龙认为:"实际上,不少标记为'现实主义'的作品,只能算作'现时主义'。……充盈是从'现实主义'中区分现时主义的重要标准。……'现实主义'需要一种精神,'现时主义'只是某种情绪。"

二月

1日 王建红的《飘浮的生存者的悲剧——读〈红尘三米〉》发表于《长江文艺》第2期。王建红谈道:"从人物的这些复杂的感情体验,可以看到在都市纷扰喧嚣的时代背景中,一颗日益萎靡困顿的主人公不无痛惜挣扎直至陨落的轨迹。作者对他的主人公不无痛惜之余进行了冷静公正的道德批判,书写自己对生活对人性沉重无奈的感喟。这就使小说文本透过叙述语调传递出一种深沉的悲天悯人的情怀。""情节的堆置转换却意外地起到了一个作用,那就是使读者与小说中人物同样感受到巨大的生活漩流中渺小个人的茫然无措和由此带来的精神疲惫感,加重了题目'红尘'的意味。""小说中人与人之间的关系无不处于一种混乱无序状态,给人带来焦虑、不安、孤独、失望……作者对此进行了真切自然的描写,一个典型的例子是米福与其妻子的关系。这些描写说明,小说把握住了城市人尤其是文化人在物化时代的生存状况和精神历程中某些令人忧心的特征。"

5日 王本朝的《文本游戏的边界与精神的救赎——先锋小说的形式终结与转向》发表于《短篇小说》第2期《新时期小说发展与流变》专栏。王本朝认为:"先锋小说显然不是为了让人们读懂才去写的,它考虑的是如何写才能一现他们自己的生命体验和感受,那么,我们的评判就应该建立在它的'如何写'上。先锋小说追求语言的游戏、文本的自足和叙事的空缺与重复,它们一方面拓展了小说的表现空间,另一方面也留下许多弊端,把小说的文本自足性和语言感觉化推到了一个极端化的地步,使小说语言失去了意义规范和价值深度。""先锋小说从外在到内在,从形式到意义的重建,呈现出它的成熟与深化发展趋势。"

同日,李国文的《序〈龙志毅小说选〉》发表于《山花》第2期。李国文指出:"作家是史家,龙志毅把镜头对准时代的变迁,构成他作品的经。但文学是人学,在他笔下描写的一个个对象,则是他作品的纬。尤其那些卷入社会利害、现实冲突、生活矛盾和政治漩涡中去的人物,则更是龙志毅着力刻画的主体。"

同日,张柠、耿占春、王鸿生、潘军、文能、杨苗燕的《叙事有用还是无用——关于叙事意义的一次对话》发表于《作品》第2期。张柠谈道:"八十年代中期文学中个人感官经验的介入,打破了对传统价值的盲目迷信。这两年,长篇小说有许多新的东西。余华的《许三观卖血记》在叙事上是独特的。他要做的恰恰是打破敏锐的感觉,用简洁、透明的叙事语言讲述一个生存的故事,回到了最初的叙事形式。另外还有几篇小说也有这种倾向,这是否是为叙事困境寻找出路?"

7日 万里的《细节的魅力》(对刘庆邦《鞋》的评点——编者注)发表于《小说选刊》第2期。万里认为:"最值得称道的是作品的细节。……刘庆邦以精细的笔触,描绘出一位农村少女的纤纤的柔情。""精雕细刻的作品值得人们细细品味,我们或许会从这篇作品中感悟到生活中荧荧闪烁的暖人的光点。"

10日 唐达成的《林斤澜其文其人》发表于《北京文学》第2期。唐达成指出:"斤澜以为小说是语言艺术,所以'有心在语言上下功夫总是本等伎俩。'他在语言上下的功夫,确非一般作者可比,他是江浙人,但他小说基本上用的北京话。普通话,但又常以乡音母语入文,这只要细细去分析他作品的语言结构、表述结构,就不难发现,而这恰恰构成了他小说语言的一种特殊风格、特殊意味。"唐达成认为:"斤澜的文字,以精练、简洁、含蕴见长,他最看重的精魂血脉是'人字号事物',即人道、人性、人格、人文。"

13日 韩少功的《韩少功说:张颐武"此言不实"》发表于《文艺报》。韩少功谈道:"张颐武先生发表在1月30日贵报上的文章,称我于词典体小说有'自己独创的意思'。此言不实。辞典体小说早有前例,这不需要张颐武先生事后迟迟地来'发现'和'研究'。比他有关文章最早发表日期早两个来月,我在去年10月初上海的一次会议上就说明过这一点。"

15日 王一川的《自为语言与文人自语——当代先锋文学对语言本身的追寻》发表于《南方文坛》第1期。王一川谈道："如今，人们为之焦虑的问题内涵变了：语言，或者更具体地说，现代汉语，还能一如既往地再现现实（包括人的内心）吗？它本身在深层到底'有'什么？于是，这些诗人和作家们带着深切的疑问，开始了面向语言本身的艰难探险。他们不约而同地离开人们早已习惯的再现'平面'，而向下潜入语言——现代汉语'深层'，去探索表达的可能及其极限，从而为我们留下一连串语言跋涉踪迹——具有自为特点的语言形象。这种语言形象，我们不妨称为自为语言。""自为语言具有一种双重性：它一方面直接地指向语言自身或为语言自身而不直接关涉社会现实；但另一方面，它的这种直指语言的行为，本身又是对特定社会现实状况的再现，因而具有间接的再现性。""我们可以从任洪渊、欧阳江河、周伦佑、孙甘露和刘恪的诗或小说中，窥见这种自为语言的大体风貌：西式语言形象、原初式语言形象、拼贴式语言形象、纯粹式语言形象和跨体式语言形象。"

17日 党圣元的《关注社会转型期普通人的心态与命运》（评隆振彪的小说《卖厂》——编者注）发表于《作品与争鸣》第2期。党圣元谈道："一年多前，文坛鼓吹'新状态'，虽一时论者蜂起，刊物'联网'，然而就在人们的翘首以待中，时至今日，我们看到当今的一些最受这些论者青睐、喝彩的小说创作除了愈来愈趋于'私人话语'化而外，确乎再没有别的什么'状态'可言。"

刘勇的《游戏的哭泣》（评邱华栋的小说《哭泣游戏》——编者注）发表于同期《作品与争鸣》。刘勇谈道："有些作家却开始了对都市人生状态据说是一种'地毯式轰炸'的大规模切入。邱华栋是其中较为突出的一个代表，中篇《哭泣游戏》就是其系列性都市小说的一个样板。"刘勇还谈道："'平等的低姿态'不仅在于是否端着文学的架子或理念的框子去训导读者，还在于是否真正与读者一起去审视生活、探讨生活，而决非是以高蹈的姿态游戏生活。"

20日 林明的《历史的喻象和喻象的历史——试论新历史小说的比喻结构与动机》发表于《福建文坛》第1期。林明指出新历史小说的一些特征："如果说传统历史小说在虚构的时候依然有一个事实真实的基本指向的话，新历史小说则完全滑入了虚构一格，作家的大胆想象早已溢出了历史史实的现实性规定。""新历史小说兴起的一个重要意义就在于冲破了传统历史小说稳定而强大的比喻结构，将历史小说从单一的编码模式下解放出来，完成了历史话语的当代换形。""新历史小说不再满足于隐喻结构的潜在状态，而让其转为公开。""新历史小说的隐喻主题已经超出了以往政治意识形态的单向规定，开始显现多种指向。"

本月

《上海文学》第2期刊有"编者的话"《穷与富：小说的读解与文化想象》。编者提到："旅美作家严歌苓的小说《拉斯维加斯的谜语》叙述了一位中国教授在美国赌城求富不成的悲剧性故事，但这个故事外壳遮盖着一些令人费解的谜语：促使薛教授借考察之机滞留国外的第一动因究竟是什么……这篇小说的真正谜底，恐怕应该从当代资本主义的'文明霸权'及其渗透力中去寻求。"

何申的《我的乡村小说之源》发表于同期《上海文学》。何申表示："我的小说如果贴近生活贴近群众，就会有很多的读者。而一个作者拥有读者，就如同一个演员拥有观众，这无疑是对作者的最大鼓舞和激励。于是，我就有了信心，我的小说主攻方向也就很明确，就是要下大气力写我身旁的这片山乡，写这里的新变化，写这里的新矛盾，写这里的新生活，写这里新的人和事。"

张颐武的《"社群意识"与新的"公共性"的创生》发表于同期《上海文学》。张颐武指出："在近期的文学发展中显现出更为充实的活力的乃是一种'社群文学'的新的创作潮流。""它从'基层'回应了全球化与市场化所带来的诸多问题，彰显当下中国社会在大转型之下的诸种深刻的脉动与走向。""'社群文学'所呈现的世界乃是对当下历史经验的直接性的反应。"

三月

1日　陈忠实、张英的《白鹿原上看风景——关于当前长篇小说创作和〈白鹿原〉》发表于《作家》第3期。陈忠实指出："在长篇形式上，包括一些很成功的长篇小说，线条也很淡，矛盾也不复杂，人物少。但应该说长篇这种表现形式，它可以包容比一般意义上的中短篇更复杂更丰富的社会生活和人物、情节。现在的一些长篇（应该称为小长篇），情节单纯、人物较少，但结构、叙事非常精粹，如米兰·昆德拉的作品，表达出非常深刻的内涵。但总体上讲，长篇规模比较大，人物比较复杂，事件比较多，结构气势雄伟大气，能够反映出一个时代一个民族的生活全景，能够解决中篇小长篇无法解决的问题。但写这种长篇时，作家面临的选择就比较伤脑筋，需要长时间的准备，花大力气来建构、写好作品。"陈忠实还谈道："优秀、完美、成功的长篇小说主要是作家自身的生命体验、对世界的认识，对人的感知和自身才华、知识面的积累所决定的，取决于作家能否把这种体验表达成怎样的艺术形态和艺术追求。长篇小说的成功与否取决于创作者思想体积的大小。如米兰·昆德拉的作品体积小而容量却很大，这和他的追求是有关系的，他通过写自己的某些经历、情感却表现了整个社会，这里面的差异是由写作者自身所决定的。"

5日　王本朝的《回到生活深处——新写实小说的写实精神》发表于《短篇小说》第3期《新时期小说发展与流变》专栏。王本朝认为，"新写实小说既承续了反叛超越传统现实主义的精神追求，又对先锋小说的语言实验作了适当的纠正，成为寻根文学向前发展、先锋小说向后退缩的产物。说新写实小说是寻根文学与先锋小说之间的桥梁或中介，大概是可以成立的"，"新写实作家主要表现了两种生活：现实的和历史的，他们着眼的是普通人的生活体验和精神境遇。如果说传统现实主义看重的是生活的本质与规律，是生活的主流意识和时代精神，先锋小说则注重个体的生命感受，那么新写实小说主要关注的是生活的物质与精神状况、处境，具体地说就是表现人的日常性、平凡性和荒诞性生活本相"。

10日　林斤澜的《他坐在什么地方》发表于《北京文学》第3期。林斤澜指出："现在是谈写作半个多世纪的感想，举例不说红楼梦里有两种现实主义，只知其一不是曹雪芹的风格。其一是写实主义，写实就是写'真'。再一种是意象现实主义，意象是象征的意思。老作家（端木蕻良——编者注）说得很肯定，也十分简略。他说他每每读到'形象'，总要思索形象后边的意蕴。"

谈歌的《天下忧年》有"作者题记"发表于同期《北京文学》。谈歌谈道：

"不敢说我们在汹涌的商潮面前已经成为了一个完全丧失掉自信与自尊的民族，但是眼睁睁看到我们几千年的灿烂文化在与商业的搏击中，只有招架之功且无还手之力，真是悲哀透顶的事情啊。""我们正于一个填不满物欲的年代，我们除了对物欲的热烈和对激情的冷淡，还剩下了什么呢？我们正在从物质上超越，但是我们却没有了超越物质的热情，我们正在穷尽中国田园上的财富，却荒芜了我们的精神家园。"

同日，南帆的《〈哈扎尔辞典〉与〈马桥词典〉》发表于《花城》第2期。南帆指出："与其说《马桥词典》摹仿《哈扎尔辞典》，不如说《马桥词典》沿用了通常的词典编纂方式。另一方面，《马桥词典》基本上不存在宗教和神话式的想象；小说之中明确无误地出现了第一人称'我'。""两部小说均采取了编纂辞条的形式作为小说的文体"，但"没有哪一个作家能够垄断某种文体"。

15日　何西来的《要欢迎，但不可定于一尊——我看当前文学创作中的现实主义》发表于《文学评论》第2期。何西来表示："我不很赞成'现实主义回归'的提法，因为不曾离去，何来回归？"

同日，唐近中的《长篇小说的误会》发表于《西藏文学》第2期。对于西藏长篇小说，唐近中指出，第一，"长篇小说的本质特征是现实主义，个人主义"，西藏地区"从未出现过真正意义上的'长篇小说'，因为它缺乏生长它的土壤，所谓的'长篇小说'只能是一种赝品"。第二，"西藏长篇小说人物的个性也非常一般，他不具备欧洲长篇小说人物心理的独特与精细"。第三，西藏长篇小说受到佛教"缘起论"的深刻影响，"在'缘起论'的'因果相续无间断义'中，'因果'被认为是主宰一切的法则……从这种意义上，我们看西藏的长篇叙事作品，就能很好地理解它的'神秘性'"。最后，唐近中表示，"制作西藏长篇叙事作品的根本出路是走自己的路，建立自己的结构体系"。

17日　金仁顺的《真诚的坚守》发表于《作品与争鸣》第3期。金仁顺表示："1996年，是中国文坛新的现实主义蓬勃猛进的一年。一大批直面现实的作家……用文字为手段，给予现实前所未有的几乎是面对面的关怀，评论界也相应地对这些作家及作品给予了许多概括性的命题，如现实主义冲击波，公共话语等等。"

20日　敬文东的《小说：对存在的勘探和对存在的编码——昆德拉小说理

论管窥》发表于《小说评论》第2期。敬文东谈道："昆德拉欧洲现代小说起源论，已逻辑地隐含了一个结论：要用小说为形式形象地展示这一'真正缩减的漩涡'。在昆德拉看来，这正是现代小说伦理学的最高道德律令。现代小说伦理学的内涵是：发现只有小说才能发现的东西，而且必需要有所发现；否则，被判为道德罪不言而喻。"

颜纯钧的《转型中的香港小说》发表于同期《小说评论》《香港文学笔谈》栏目。颜纯钧认为："香港小说从'向内转'发展到'向外转'，从总体上看是个良好的契机。""'向外转'并不意味着香港小说会越来越离开本土，而是意味着会越来越把本土的生存和整个大中国的前途，和整个人类的命运结合在一起，香港是个国际化的商业和金融的大都市，有特殊的地理政治的地位。"

杨立群的《霸权话语与小说创作》发表于同期《小说评论》。杨立群指出："尊重民族文化的独立品性，坚持母语文化的思维方式，用民族化的思想感情去酿就小说精品，这是民族文学走向世界的基本品格。"

杨品的《全方位地展示中国当代工业景观——关于工业题材长篇小说创作的思考》发表于同期《小说评论》。杨品认为，"工业题材长篇小说创作之所以陷入困境，关键是众多作家对工业化生活有一种冷漠感或是一种隔膜感，机械的、单调的生产过程无法不让人有乏味的感受，自然难以激发出作家的热烈情绪、流动意识、审美感受等等"。

同日，王彬彬的《文学与道德：一个常识问题的重新提起（外一篇）》发表于《钟山》第2期。王彬彬指出："如果文学果真在任何一种意义上都与道德无关，那么，文学的存在本身，便是不道德的。""文学与道德的关系，根据时代和民族的不同而有所差异。……但在任何一个时代和任何一个民族那里，文学都不可能彻底与道德脱离关系。"

25日 陈思和的《〈马桥词典〉：中国当代文学的世界性因素之一例》发表于《当代作家评论》第2期。陈思和谈道："《马桥词典》所作出的努力，不仅仅是小说的形式探索，他通过词典形态的叙事方式写小说，对语言如何摆脱文学的工具形态，弥合语言与世界、词与物的分离现象，以及构筑起'语言——存在'一体化等进行了一系列的实验，我们从中不难看到本世纪以来世界性的思想学术走向和文学的实验性趋势。在这项小说试验中，中国作家与外国作家至少建立起一种类似同谋者的对应结构，以往影响研究中'先生与学生'的传统结构被消解，被影响者只是有意或无意地被吸引到这个世界性的游戏中去，但作为中国的参加者，他为这个游戏也提供了新的规则和内容。"

关仁山的《我们共有一个家》发表于同期《当代作家评论》。关仁山表示，"我们以关注这些社会问题反映人民呼声，是不会错的。我决定暂时走出'雪莲湾'，走进大平原，走进我所居住的小城。写出了《大雪无乡》、《破产》、《九月还乡》等小说。这时我对社会上贫困、腐败和无序感到一种焦虑。无论是大家还是千万个小家，都在为消除贫困而努力。小说虽不能救贫，但是这种努力会呈现一种精神品格"，"我喜欢诉诸心灵的文学，但更喜欢肩负责任和使命的文学"。

敬文东的《方言及方言的流变——韩少功启示录》发表于同期《当代作家评论》。敬文东指出："马桥是方言的马桥；马桥就是方言，是方言的时空。它是对特殊性、差异性的一种捍卫。""从韩少功幽默的叙述中，我们看到，时代语言在马桥方言面前虽耀武扬威，却无可奈何地改换了面貌；或者说马桥方言披上了时代语言的外衣。""方言最终蜕变为一个时代的'共语'，而不再是'独语'，即方言本身。"

李洁非的《新生代小说(一九九四—　)(续)》发表于同期《当代作家评论》。李洁非谈道，"就主要的倾向来看，'新生代小说'的叙事态度是现在时的"，"他们完全相信自己有资格对这个时代的现实发言，做出文学的反应。但是，很难说这是'现实主义'文学态度的回归——如果'现实主义'这个词语是处在典型化艺术原则的意义上的话"，"他们关于文学与现实可以同构的关系的看法仅限于表层，换言之，他们同意接受用现实生活现象为小说的素材，但并不认为小说的叙事可以越过生活现象而抽取到它的什么'本质'"，"整体上说，'新生代小说'回到当下生活的描述，并不是打算承担文学之于现实的道义责任，甚至也不想以分析的态度对待现实，它对现实的兴趣来源于一些流行的生活方式和价值观念，试图以此适应时代"。

张闳的《〈许三观卖血记〉的叙事问题》发表于同期《当代作家评论》。

张闳指出:"叙事方面的'重复',显然是《许三观卖血记》中最引人注目的现象。"《许三观卖血记》的"重复""将带有成人特征的、完整的、线性发展的叙事逻辑链,扭转成富于童趣的、循环的重复叙事圆环","打破了小说叙事的常规,改造了叙事惯常的节奏和逻辑,为叙事艺术提供了新的可能性,至少,是对古老的叙事艺术的复活"。

张柠的《长篇小说叙事中的声音问题——兼谈〈许三观卖血记〉的叙事风格》发表于同期《当代作家评论》。张柠认为:"随着长篇小说形式的不断成熟,它也就越来越远离'讲话'和故事,从而呈现出各种复杂的叙事声音。"张柠谈道:"理论界常常用人的主体性的张扬、自我意识的凸现等话语来推崇那些变形的声音和经验,而不是把这些看作是人和社会、自然衰变的无可奈何的结局。""如果声音越来越复杂,以致于使人的耳朵越变越长成了小说叙事的目标,那么,小说对'真确价值的追寻',才真正是'乌有乡'的消息呢。"

本月

《上海文学》第3期刊有"编者的话"《独特的都市文本》。编者提到:"近二、三年内,由于都市经济与都市文化的发展,都市文学的勃兴也就成了当代文坛上一条重要的风景线。"

薛毅的《荒凉的祈盼——史铁生论》发表于同期《上海文学》。薛毅认为:"史铁生以残疾为主题的小说总是痛切地表达'我'与这个世界的分离感。"

本季

王安忆的《小说的世界》发表于《小说界》第1期。王安忆表示:"我们的现实世界是为那个心灵世界提供材料,这个材料和建筑的关系我想是确定了。而第二个很重要的事情,就是说这个材料世界是一堆杂乱无章的东西,在我们眼睛里不是有序的,没有逻辑的,而是凌乱孤立的,是由作家自己去组合的,再重新构造一个我所说的心灵世界。""它的价值不能由它的真实性来判定……它就是设立一个很高的境界,这个境界不是以真实性、实用性为价值,它只是作为一个人类的理想,一个人类的神界。这也就是'好小说就是好神话'的意思。"

四月

1日 林为进的《一九九六年长篇创作回顾》发表于《光明日报》。林为进谈道："这些作品（《马桥词典》、《务虚笔记》——编者注）的出现，无疑是提出了长篇小说的新概念。首先自然是关于'故事'的理解。就传统习惯而言，我们所理解的小说很难离开相对完整的故事。小说作者，似乎成了讲故事者的代名词。而韩少功与史铁生即使说不上是对故事产生了怀疑，也是厌倦了故事的讲述。无疑，他们并不否定小说是对社会、历史与人生的反映和表现，甚至可以说他们相当看重小说的社会容量与人生意蕴。因此，他们才不满足于故事的讲述，担心经过精心编织的故事不仅容易破坏生活与人生本身的韵味，而且难以表达、传导自己对于社会、历史与人生的思考和认识。"

3日 戴锦华的《短评〈少年英雄史〉》发表于《人民文学》第4期。戴锦华指出："须兰的《少年英雄史》无疑是一部元小说。换言之，这是一关于小说的小说，一次关于叙述的叙述。"

冯敏的《短评〈少年英雄史〉》发表于同期《人民文学》。冯敏指出："作为一部元小说，《少年英雄史》展示的不过是一种写作方式和技术性过程。你甭期望从中发现什么特别的'意思'，它只是告诉我们：小说还可以这么写，这就够了。"

同日，邹平的《现实主义的新态势》发表于《文学报》。邹平谈道："作家的创作视点移出'新人物'群（城市化进程的得益者——编者注）而接近一部分'暂时处于贫困的人群'时，文学创作便遇到了无法绕过的艰难。因为这一人群恰恰是在社会结构转型的过程中兼受新、旧两种体制之弊而暂时失落和贫困的。正是在这样一个大背景下，谈歌、刘醒龙、何申等人的创作才会令整个文坛为之兴奋。""谈歌、刘醒龙、何申等人的目前创作体现了一种'温和的'现实主义，主要是体现在他们的小说艺术和小说技巧上。一个最引人注目的现象是，无论是谈歌的《大厂》、《车间》，还是刘醒龙的《分享艰难》、《路上有雪》，抑或是何申的《年前年后》、《良辰吉日》，都不约而同地表现出将原本激烈的矛盾冲突逐一化解的文本结构。与新时期以来的现实主义小说通常追求的将矛盾冲突激化并最终达到水落石出的结构相比,这种'化解'文本当然只能说是一种'温和的'现实主义。""与上述'化解'文本相契合的是小说所描写的人物几乎都是不黑不白、不冷不热的温和色,与以往现实主义小说凸现两极化人物形象大异其趣。重要的不仅在于这些人物和他们周围构成利害冲突的人们都具有那种非两极化的'温和'色彩,而且还在于作家对这些人物身上的利己性、唯利性和实用观也给与'温和'的关照和宽容,这就使这些人物形象很难凸现性格深度和人性深度,更多的反倒是人物形象的社会深度和世俗相。于是,由这样一些人物构成的矛盾冲突,最终也就水到渠成地化解了。"

5日 王本朝的《新写实小说的叙事风格》发表于《短篇小说》第4期《新时期小说发展与流变》专栏。王本朝谈道:"新写实作家的'回到写实'标志着新时期小说从抒情走向叙事的转变,标志着各种理想、幻梦破灭以后而面对人的'日常生存'的一种弃虚趋实的自然流向。"王本朝还指出,"新写实作家的叙事策略就可用这样一个语词来表达:下降,再下降。这样,生活的细节充斥着文本空间";"新写实小说的另一个艺术特点,表现在它叙述的反讽特征。新写实小说的崇实求真既有一定的自然主义倾向,又有现实主义的直面人生的精神风格,而它的反讽与嘲弄却显示出现代主义的艺术个性";"新写实小说的再一个艺术特点,就是它的语言还原"。

同日,彭基博的《寻找价值和意义——刘继明小说论》发表于《山花》第4期。彭基博认为:"刘继明确有不同于先锋小说家的地方,这种差异性被敏锐的上海人捕捉到了,在那本极富文学影响力的刊物上冠之以'文化关怀小说',时至今日,站立在这一旗帜下的仅止刘继明一人,这似乎是文坛上绝无仅有的现象。"

7日 冯敏的《心中的世界》(对冯积岐《曾经失明过的唢呐王三》的评点——编者注)发表于《小说选刊》第4期。冯敏指出:"冯积岐的小说……大胆运用童话思维,将唢呐人格化了,拓展了人物的心理空间,丰富了作品的表现力,因此也就更具形式感。"

10日 陈晓明的《九十年代:文学怎样对"现在"说话》发表于《北京文学》第4期。陈晓明指出:"对于当代中国文学来说,特别是对于小说叙事来说,'现在'既是一个永远无法逾越的障碍,也是一条走向创新的必由之路。"而"面对'现在'写作,则不得不成为九十年代中国文学叙事的一个基本姿态"。在陈晓明看来,"当代中国文学中的现代主义思潮并非来自对西方现代主义的简单模仿,其根本动力来自于文学内在的创新冲动,某种意义上还是现实主义深化的结果"。而"不管当代中国是否有过真正的'现代派',但现实主义/现代主义之间构成的冲突,决定了当代中国文学在艺术创新方面的基本结构"。

陈晓明还指出:"先锋小说把当代文学一直在现代主义维度上寻求的艺术创新推到极端,在处理语言和存在世界的复杂关系方面,在对生活的不完整性的表现方面,在对非历史化的人类生活过程的探究方面,在对小说叙事结构的非中心化的把握方面,以及在对人物进行角色化和符号化的表现方面,中国先锋小说显示了它特有的后现代主义倾向。""很显然,先锋文学一直在文学史的对话语境中展开探索,它既与西方现代主义构成一种借鉴关系,同时更重要的是与当代中国既定的经典现实主义文学传统构成对话关系。"

陈晓明强调,"先锋派的形式主义实验不再面对'现实'说话,而是对文学自己说话。但是,它并没有逃脱经典现实主义在文化制度化方面依然存在的支配权力。""在文学创新的压力之下,现实主义文学体系既保持着顽强的制度化的拒斥力量,又无法提出与之应战的开放性策略,这就使得八十年代后期(直至九十年代)文学所做的一些小小的技术性调整和观念的些微变化,都被视为具有反叛性的革命意义。……新写实主义作为一次调和的产物,却同样被认为具有挑战意义。""它(先锋小说——编者注)的崛起表现了当代中国文学少有的对文学说话的姿态,它那过分的形式主义实验,既是一次无奈,也是一次空前的自觉。无庸置疑,先锋小说把中国小说叙事推到相当的高度、复杂度和难度。"

同日,李敬泽的《1996年前后的小说人物》发表于《文艺报》。李敬泽指出:"'对话性'是96年前后这些小说人物形象得以构成的主要思想和艺术动力。巨大的社会变革中各种不同社会身份之间的关系,各种利益的摩擦,在小说中表现为人物对他人身份和自身身份的疑问、调整和确认。人物与环境的关系是对话性的,人物自身的心灵历程也是对话性的,是在与环境的对话中展开的,并且包含了错综复杂的对话关系中的矛盾和冲突。不少人批评这些人物说的太多,总在交谈,这在艺术上确实不高明,其原因或许也是小说家急切的'对话'冲动的下意识流露。""在'对话'中,不同的社会身份、不同的生活立场相互冲突,相互理解和补充,这是共同的价值语境的形成过程,对于时代和历史,功利与道义,物质与精神,人与社会,人们在他们的社会生活中努力寻求某种基本的共识。""所以,1996年前后的这批人物中较少传统意义上的'悲剧人物',较少在个人与时代、与社会的二元对立中毁灭掉的人物,小说家们感受着千千万万普通中国人的生活意志,为他们开辟了一个坦承的公共空间,其中的人物既是他们'对话'的对象,他们也从人物的口中听到了自己的声音。"

潘涌的《'96中国文坛:现实主义推出新潮头》发表于同期《文艺报》。潘涌谈道:"这些被作家们赋予了浓郁的人间情怀的作品,包括《分享艰难》(刘醒龙)、《大厂》(谈歌)、《信访办主任》(何申)、《大雪无乡》、《九月还乡》(关仁山)、《天缺一角》(李贯通)等等,主要是一批贴近当下世相的中短篇小说。虽然,目前评论界对这些作品的肯定程度还不尽一致,但较之于先前的先锋文学、探索文学等而显现出来的、被人们期待已久的基本特点,还是得到了相当一致的首肯,甚至是激赏。这些基本特点,概而言之有三。其一,它们都严肃正视改革深化、经济体制转型时期当下社会的严峻现实,甚至无一例外地毫不淡化凸显于社会表层的重大矛盾,从而使小说文本与现实之间构建了一种水乳交融的深刻联系。……其二,是在经济体制和人伦关系发生深刻裂变的宏观背景下,勾勒了具有复杂心态的世纪末中国社会的人物众生相,尤其是塑造了基层官员的艺术形象。……其三,这批作品全面展示了经济体制改革在深层次上推进后的各色社会现状,尤其是改革在社会各阶层心里深层所激起的波澜。"

15日 林白、荒林、徐小斌、谭湘的《九十年代女性小说四人谈》发表于《南方文坛》第2期。林白表示:"虽然女性小说不能不涉及性别问题,而且两性在社会和生理上的差距不可能跨越,性别个体更是千差万别,但是,我不是为了表现差距而写作,也不是为了表现对男性社会的反抗而写作,准确地说,不是为某种主义写作。我的写作是从一个女性个体生命的感官、心灵出发,写个人对于世界的感受，寻找与世界的对话。对于我来说，写作是一个通道，因为我与世界的关系始终是紧张的，在我的成长过程中一直感到世界是恐怖的、难以沟通的、隔膜的，我最初写作从根本上说是为了缓解与世界的冲突，写作在一定程度上达到了与世界关系的缓解。"

王一川的《自为语言与文人自语——当代先锋文学对语言本身的追寻（续）》发表于同期《南方文坛》。王一川指出："首先，由于多种语言以新奇方式组合起来，就产生'陌生化'效果。这里的陌生化主要指语言形象上的前所未有的新奇、奇异或怪诞特点。透过对陌生化语言可以感受到文化领域对新奇或奇异的东西的强烈需求。其次，多元化。与过去主流化语言或精英独白的'统一的声音'独霸文坛不同，这里存在着主流语言及各种边缘语言的杂揉并存局面，而多种语言中的每一种本身内部又交织或渗透着多种他者语言。这表明中国文化界已经或正在以新的开放格局取代旧的一元或独断模式。第三，狂欢化。如果说，主流化语言和精英独白容易使读者专注于被语言再现的意义而遗忘语言形象本身，那么，自为语言则往往使人们能从语言本身的新奇上感受到强烈的狂欢节式的个体解放和狂喜。狂欢化语言凭借对个体解放和快乐的允诺和给予，显示出中国文化中的非集体化或个人化、平民主义和快乐主义因素正在滋长。第四，总体消解中的局部整合。调动多种语言不是为着再现现实而是返身探测语言内部奥秘，往往能在总体散乱中发现局部的诗意碎片。"

徐肖楠的《中国先锋历史小说的神话国度》发表于同期《南方文坛》。徐肖楠认为："先锋历史小说常常不顾历史事实而去建立一种历史的文化精神气质，独特的叙事形式成为这种历史气质存在的唯一方式和根基，历史在这里成为一种形式的效果或产物，它与规范化历史的区别在于不以适应历史事实的形式去表现历史，或者说，先锋历史小说的外壳无法盛装规范化的历史内容。"

本月

《上海文学》第4期刊有"编者的话"《小说的思想含量》。编者提到，"所以，为了提高小说的艺术质量，我们既要坚持小说不是现实生活的摹写，它是作家个人的心灵世界对现实材料再创造的观点；同时又要指出，作者的心灵世界是有质量区别的,而对人的生存状态的思考、怀疑、询问、呼吁、想象的力度,正是构成作者心灵世界质量的重要内涵","强调小说的思想含量,决不是主张把小说变成某种流行观念的传声筒。……在小说中,思想永远表现为'事情并不像你想的那样简单'"。

王安忆的《小说的思想》发表于同期《上海文学》。王安忆指出:"我强调小说是一个存在于现实之外的心灵世界,现实世界是为小说世界提供材料的前提下,思想也是被我当作材料来对待的,它决定现实世界的材料以何种形式在小说世界里运用,因而也决定了这个心灵的完美程度。"

吴下的《"女性私人化写作"之忧》发表于《文学报》。文前提到,"以林白、陈染、海男等女作家为代表人物的'女性私人化写作'现象,因作品个性独特曾受到文学界的关注","在市场的商业运作下,女作家的本意被扭曲,作品被'误读',书商的有'色'包装更引起了人们的误解","有些效颦之作局限于卑琐无聊的个人隐私,缺乏社会生活内涵,更无美感可言,流风所及堪为人忧"。

五月

3日 《人民文学》第5期刊有"编者的话"《一篇小说和十三首诗》。编者提到:"《被雨淋湿的河》是青年作家鬼子的新作。从小说的社会学着眼,作品或可称为一个有疑问的人物闯世界的经历,在物欲横流、道德伦丧的情境中,以激进的方式对真实抑或虚妄价值的执著追求。作品所涉及的现实问题尖锐、复杂,开放与固守、贫困与富裕、邪恶与正义、犯罪与良知之间的冲突所酿成的悲剧,令人忧郁、感动。自然,作品展现的不仅仅是这些,小说营造的气氛,让人领略了文学使伦理成为作品美学问题的创造。而河床被雨淋湿,从生命存在的意义去理解,作品有着更为深厚的内涵。"

5日 王本朝的《新笔记小说论》发表于《短篇小说》第5期《新时期小说发展与流变》专栏。王本朝谈道,"当今的笔记小说创作已经不可能回到传统那里去,而走向新的美学意识的生成和文体实验的意味。但我始终倾向认为,笔记小说是一种非常有意味的文体形式,它的意味在于它的古典的审美趣味和民间化的叙述传统","它们与传统笔记小说不可同日而语,故斗胆称之为新笔记小说"。王本朝指出,"新笔记小说的创作特点有三方面。一是写作内容上,既有写'文革'事例与感慨,如孙犁、高晓声、韩少功的作品,又有写现实生活的笔记,如刘震云、侯贺林、王阿成的作品","第二个特点是在艺术手法上兼容古今,既融纳传统笔记体的自由散漫,了无拘束,语言精炼、简约,又同时融汇了现代小说技法,如注重人物心理描写和艺术氛围的渲染,注重表现生命状态和对万事万物的理性探索","第三、新笔记小说的审美风格呈现出幽默、怪诞、悲剧、质朴、诗性等多重性"。

同日,徐亮的《叙述中空白策略的两种类型》发表于《飞天》第5期。徐亮"从叙述的空白策略里归纳出两种常见的类型","第一种类型可称为叙述中的缄默。这是一种由不同道德的冲突引起的策略选择","叙述中空白策略的另一种类型是对事件某些部分的故意隐匿。这或是由于特殊的叙述角度,某些叙述在这种角度下显得缺乏新意;或是这些部分本身意义极丰富,空白能使本文拥有极大的阐释空间和魅力;或是由于二者兼而有之"。

同日,王岳川的《中国九十年代前卫艺术的文化阐释》发表于《山花》第5期。王岳川谈道:"也许90年代的小说是最领风骚的,但它也是最为寂寞的。""小说的旺年旺季却如此背运,一方面是由于小说的粗制滥造和过分的欲望化使读者感到其中精神的贫瘠,另一方面是由于过快的生活节奏让人很难再读完厚本的虚构小说。此外,小说在形式上愈来愈玩'叙事魔方'而远离生活本身,因此,尽管小说出版年复一年日益增多,但读者却年复一年日益减少。"王岳川还谈道,"小说回到了想象虚构叙事,回到了个体私人内语言的描写,回到了语言的重新组合,不再负载小说以外的精神及道义,小说只是小说"。

7日 万里的《温馨的关注》(评傅太平的小说《端阳时节》——编者注)发表于《小说选刊》第5期。万里谈道:"这篇《端阳时节》……在清淡中透出一种温馨的韵味,它没有抨击官员们的腐败,没有诉说乡间百姓的贫困,也没有塑造一位改革家的形象。……但……都闪烁着时代变革的火花。……傅太平把这火花和撞击描绘得真实而自然,他是在用亲切轻柔的目光注视着现实。""小红这个人物真实而有个性,她的心灵和形象如同她的家乡一样美丽。

她的决然出走无可非议……只是傅太平的笔似乎过于仓促了一些……这需要更厚实一些的铺垫。"

8日 陈染的《关于"个人化"写作》发表于《文学报》。陈染表示:"'个人化写作'与作家仅仅写个人自己,完全不是一回事。""我的小说涉及的题材往往很'小',不像《战争与和平》之类男性作家更喜欢落笔的世界风云、战争、政治革新之类,这些自然是宏大的。但它的宏大,并不是由于题材本身决定的大与小,这只是一个有关每个个体与公众社会、人性与共性的问题。这一点东方文化与西方文化很是不同,在有些人那里,一直认为宏大的题材才是'大'的,每一个人的东西是'小'的。殊不知,人类是由每一个个人组成的。人类在哪里?人民在哪里?每一个个人的,不正体现的是人类的、人性的(一部分)吗!""这里还涉及到一个多数人与少数人的问题……我觉得庞大并不能说明什么,这是量的问题,而不是质的问题。"

同日,贺绍俊的《追求古典——从九六年过渡到九七年的小说创作》发表于《文学世界》第3期。贺绍俊指出,邓一光的《我是太阳》和王庆辉的《钥匙》"以硬朗的笔触以浓墨重彩的方式来塑造英雄,这一事实正表明了作者对理想化的确认"。"邓一光在《我是太阳》中是在追寻过去的理想。而《钥匙》的作者王庆辉则是要在新的时代建立属于这个时代的理想。""理想化最终将使我们走向古典。从文学的角度看,真正现实主义的作品应该是贯串着古典精神的。所谓古典精神,也就是经典现实主义作品所营造出来的一种美学氛围。……现实主义的作品不单纯是给读者提供一种现实生活的细节,这是任何一部粗俗的作品都能做到的,它最重要的是要能营造一种艺术氛围。"

林为进的《近期长篇小说阅读札记》发表于同期《文学世界》。林为进认为:"它(《马桥词典》——编者注)那种内在的完整性,比以中心事件和核心人物串连而成表现内容一般化的长篇小说,具有强大得多的审美力和表现力。""从语言——言语的视点与角度切入,可以说是韩少功的一大创造。……韩少功并不认为语言仅仅是一种工具和手段,他通过对大量习惯用语、包括不同发音的分析,以人们的生活形态作为形象化的印证和指引,表现了语言不仅是现实的存在,同时也是历史的反映。作为现实它反映出人们的生存形态、价值观念和行为方式。而作为历史它揭示了凝固与流动、稳定和变迁的多重内涵。……可以说《马桥词典》实际上并没有违背小说的游戏规则，但又的确是带颠覆性的提出了长篇小说的新概念。其中，创造出新的长篇小说的结构模式，无疑是《马桥词典》的一大贡献。"

10日 王安忆的《我看〈百年孤独〉》发表于《北京文学》第5期。王安忆谈道，"首先第一点，就是现代小说的表现方式。……现代小说也是理性的成果。它最重要的一点就是归纳，它不是具体的景象，具体的故事，它是把很多具体的情景总结了以后概括成一个情景，这情景是具有像原始人的雷电纹一样的普遍性的意义"，"分析的第二点，我想谈谈现代小说心灵世界的景观。……小说的目的是要创造一个独立的心灵世界，现代小说心灵世界的景观和以前的古典主义，或我们习惯所说现实主义时期小说的景观大不相同，它们越来越现实，外表的奇特性越强烈，内心越是现实"，"它给我们提供的心灵世界的画面消沉而且绝望，不再有神话的令人兴奋的光彩，我们常常命名为这是世纪末的情绪"。王安忆认为，"所以这个时代最好的艺术家，往往只能以取消为结果，结果是没有，丧失，什么都丧失掉"。王安忆还指出，"现代小说最大特征是理性主义"，"而它的致命的，改变了二十世纪艺术景观的缺陷也在此，它终究难以摆脱现实的羁绊。从这点说来，现代主义小说本质上是不独立的"。

就《百年孤独》，王安忆表示，《百年孤独》是"一个世界的循环景象，这景象是以自我消亡为结局。这就是马尔克斯的心灵世界，这比托尔斯泰的，罗曼·罗兰的，比雨果的心灵世界要低沉得多"。王安忆强调，"事实上我们从分析中已经看到它（《百年孤独》——编者注）可应用于很多种情况，从宏观上讲，可以是一整个人类，一整个世界，甚至宇宙的运动，从微观来讲，也可以是一个微生物，一个细胞的生和灭的过程。如果我们承认这一点，就承认了它的独立存在价值了"，甚至，"拉丁美洲消失了，可它还在。它已完全可以脱离拉丁美洲的现实而存在。……它是以怎样的手法去做这事情呢，说起来很简单，其实就是个提炼和概括"。

同日，戴锦华的《拼图游戏——〈花城〉1996小说概览》发表于《花城》第3期。戴锦华指出："迄今为止，李冯作品序列中最为突出的，是对中国古典文学文本的重写。或许可以说，是李冯的类似作品成就了所谓后现代的'复制'实践。这无疑是'另一种声音'，标识着别一种写作的可能。一如《另一种声音》是对古典名著《西游记》的别有匠心的'续'写，《十六世纪的卖油郎》是对古代话本《卖油郎独占花魁》独具慧眼的复制；长篇小说《孔子》事实上是中国古代最为权威的经典文本《论语》的重写。于笔者看来，李冯类似小说的意义，还在于它在全球化的文化语境中，在中国文学界欲休还说、欲罢不能的'诺贝尔情结'之外，提示着一种对古代文化资源的创造性'发现'，及对'汉语文学'的思考与另辟蹊径。"

格非的《1999：小说叙事掠影》发表于同期《花城》。格非表示："当我试着就二十世纪的小说创作写下一些浮光掠影式的感想时，我对于以下一些名字怀有敬意：卡夫卡、普鲁斯特、威廉·福克纳、博尔赫斯、雷蒙德·卡佛。他们所探索的不仅仅是未知世界，而且是未知世界的真理；不是了解，认知和记述，而是领悟和启示。中世纪有了但丁就有了一切，同样，卡夫卡和博尔赫斯的存在为二十世纪的文学挽回了尊严。"

谈及普鲁斯特，格非认为："他将议论引入了叙事，迫使情节退居次要地位，他的结构遵从于直觉和写作的'现时状态'，给无限敞开的心灵注入了'即兴创造'的活力。他改变了小说叙事的'再现'传统，将'感觉的真实'视为至高无上的惟一'真实'。他深信，世间万物转瞬即逝，不再重现，只有通过艺术，通过写作才能被真正领悟而得以保存，因此，他从不人为地安排结构的严整性，或者通过某个主题控制千丝万缕的叙事线索，而是让写作时的感觉与所描述的事物彼此寻找，召唤和通联。"

谈及卡夫卡，格非认为："卡夫卡的写作起源于个人感受到的难以逾越的障碍，起源于个人和他面对的世界所构成的紧张关系。他始终关注的一个问题，是个人封闭状况的黑暗背景，它的局限和可能性。卡夫卡的叙事结构正是个人面对世界时产生的迷惘，挣脱形形式式罗网，试图抵达真实的焦虑的转喻或仿制。""很多卡夫卡的研究者都注意到了他小说中的寓言性质，但卡夫卡显然不是为了概括存在的本质而去书写寓言，恰恰相反，个人经验以及这种经验的提纯使他的故事带有了寓言特征。而卡夫卡作为一个伟大的文体家的地位，也不是依靠改变叙事的外部形式而获得的,他只在文学的内部进行工作,其巨大的功绩在于,他改造并重建了传统小说的'戏剧性'结构。"

谈及博尔赫斯,格非指出:"通常,在传统的小说中,故事的情节大多以行动的目的,实现目的过程中所遇到的障碍,目的的完成三部分构成。博尔赫斯在他的大部分小说中都延用这一叙事模式,但这一模式的三个构成部分都一一被加以彻底的改造。首先,目的本身缺乏明确的指向性。一本书,一个传说,甚至是一个意念都会引发主人公一连串的行动。在上述引文中,蓝色的小石片为何使主人公陷于濒临疯狂的境地,充其量也只是一个哲学和玄学命题。其次,在实现目的过程中,原初的动机往往在事件的发展中为另一个更大的动机所取代。所谓障碍往往只是对目的的修正。实现目的的过程并不意味着'问题'的解决,而是恰恰相反,只是为了使新的问题凸现出来,这样层层递进,循环往复,构成了头尾相接的叙事圆环。……再次,目的的完成或问题的解决总是在另一个层次上实现。"

谈及卡佛,格非认为:"卡佛的叙事对二十世纪短篇小说的贡献,也可以看成是他对叙述的戏剧性的一种改造,他的小说在描述琐碎的日常生活时,既保留了戏剧性的感染力,又避免了造作的痕迹。"

林舟的《心灵的游历与归途——莫言访谈录》发表于同期《花城》。莫言表示:"蒲松龄对我确实有很大启发,我对神话一直非常入迷,李洁非在一篇评论里谈到我的小说的寓言性,我比较同意他的观点。我觉得很多有意味的小说在某种意义上都带有寓言色彩,它提供给人们的东西决不仅仅是故事本身。"

15日　钟抒的《长篇小说专题调研会纪要》发表于《中国图书评论》第5期。调研会强调"现实题材作品亟需加强","近年来,历史题材的作品成绩显著,但现实题材的作品相对薄弱,与会同志认为,抓好现实题材长篇小说创作,是落实'以优秀作品鼓舞人'的一个重要方面。当前抓好现实题材作品是有现实性和可行性的,改革开放十八年来,各条战线、各项事业取得了世人瞩目的成绩,这样一个民族振兴的伟大时代,这样一场广泛深刻的社会变革,为现实题材作品提供了广袤的土壤"。会议还强调:"第一,思想要重视。各级党委宣传部门、作家协会要把抓好现实题材长篇小说创作当作一项主要任务,要大张旗鼓地提倡运用现实主义手法描写现实题材的作品,鼓励作家深入生活,深入实际,努力创作出反映现实生活,体现时代精神,弘扬主旋律的现实题材长篇小说。第二,题材要拓宽。仅仅描写改革开放和现实生活,写下海和商战是远远不够的,要从各种角度开掘能鼓舞人奋发向上的题材。第三,艺术要精湛。"

16日 邹定宾的《伦理乌托邦的守望与漂泊——儒学意识与当代小说》发表于《文艺争鸣》第3期。邹定宾认为,"以与儒学伦理意识的关系为核,对这些具有不同创作取向的小说群落加以梳理,我们可以看出大致呈现出这样的几类价值倾向:一类是以路遥、陈忠实、贾平凹为代表,既表现出伦理乌托邦倾向又反映出其不断碎裂的思想创作群体;二是以'二张'(张承志、张炜)为代表,对当代的伦理道德状态怀有透骨的绝望,同时又于此中对伦理乌托邦表现出坚定的'守望'倾向的群体;第三种是对儒学伦理持反讽态度,而又找不到新的精神家园,只能作着不断的精神逃逸,在整体上呈现出文化漂泊特征的群体,主要集中表现在'先锋及其后'的创作上,包括实验小说、新写实、新历史、新状态小说",其中前两类群体"比较一致地表现出对传统伦理价值世界的情感认同倾向,更多地反映出了在传统与现代间'传统如何塑造、影响了我们'方面的内容。而就'我们如何改变着传统'这方面而言,在当代小说多元群落中,主要表现在以反讽与逃逸为精神特征的'先锋及其后'的青年思想、创作群体上"。

20日 丁帆的《论文化批判的使命——与刘醒龙的通信》发表于《小说评论》第3期。丁帆认为:"从人道主义出发的批判现实主义在中国总是短命的,而目前的创作,人们只是简单地回到现实主义,即便是现实主义,也是变了味的,这里面牵涉到一个视点和立场问题。从'新写实'的进入'零度情感',到如今的立场位移,现实主义确实存在着许多可疑点。"

姜静楠的《后现代视域再审视——重读卡夫卡》发表于同期《小说评论》。姜静楠表示,"不分时间和地点,不分时代和历史条件,一律从抗争走向软弱,再从软弱奔向死亡,就是卡夫卡为他们谱写的弱者的'诗史'。从现实主义的视域来看,弱者是作家同情的对象,如果作家无处表达自己对人类的同情,就可以去描写弱者的命运;从现代主义的视域来看,弱者在内心世界上也是一个强者，他们的每一扇心灵之窗，都与强者一样，是个完整的艺术世界，如果作家在强者身上难以挖掘人类的深层意识，就可以去描写弱者的心灵；然而对于后现代主义来说，弱者就是弱者而已，既不需要以同情来显示作家自身的高贵，也不需要深入挖掘其心灵来弥补作家'创新'意识的枯竭"，"正由于从后现代的视域才能更清楚地看出卡夫卡的意义"。

刘醒龙的《浪漫是希望的一种——答丁帆》发表于同期《小说评论》。刘醒龙表示："我很欣赏你用'文化的断头台'一语来形容一段历史的变迁，它的确是神来之笔。但我不能同意你劳动与仁慈已不能感化他们的判断。如果连劳动与仁慈都不能做到的事，那只能兆示文化的断头台将毁灭这个世界。真实的情形是现在社会整体对劳动与仁慈的鄙薄，而将劳动与仁慈归入无用与无能一类。"刘醒龙认为："纵观中国的近代文学史，差不多所有的文化批判，最后都演化成各式各样的人身攻击。因此，我武断地认为，宽厚与慈爱对当前的文学尤为重要。"

邢小利、仵埂、贾平凹等的《〈土门〉与〈土门〉之外——关于贾平凹〈土门〉的对话》发表于同期《小说评论》。贾平凹谈道："我感觉一有情节就消灭真实。碎片，或碎片连缀起来，它能增强象征和意念性，我想把形而下与形而上结合起来。要是故事性太强就升腾不起来，不能创造一个自我的意象世界。""我用的是短句子，短句子与长句子给人造成的感觉，犹如一个是喝汽水，一个是喝酒。"

一淳的"主持人语"发表于同期《小说评论》《反思与重建：世纪之交的文学》栏目。一淳谈道："在当代中国社会，是否真正存在着一种纯而又纯的，我们可以称之为'根'的东西？倘若有，它在哪儿？倘若无，我们的'重建'又缘自何处？""在中西文化的交汇点上，当我们以多元共生的观念，对古人或洋人推崇的最高艺术理想说'是'的同时，是否还可以对它们说'不'，并以一种新的'世界眼光'，新的方法和思路将二者超越？""古今中外的文学鉴赏，其价值评价标准都无法超越接受主体的意愿，这是否意味着这种标准是纯然主观的？文学接受主体如何能在'主观与客观'，'个体与社会'，'多维与综合'诸多矛盾中把握自身？"

宗元的《贾平凹小说中的民间色彩》发表于同期《小说评论》。宗元指出："在具体创作中，他（指贾平凹——编者注）不象一些作家对掌握的民俗资料卖弄炫耀，罗列堆砌，而是经过严格的筛选后，揉合到小说的艺术画面中，成为整部作品不可或缺的有机组成部分。""如何把民间文化中所富有的神秘性嫁接到艺术化的现实生活中，对此，贾平凹在创作实践中做出了成功的试验。……贾平凹正是通过对神秘文化的巧妙的运用，使他的小说在一定程度上超越了现实经验达到了对民间文化富有形而上的整体把握。"

24日 王锡渭的《实构论》发表于《文艺理论与批评》第3期。王锡渭认为："非虚构的形象思维，其思维活动反映的内容，都是已经发生的事件和生活中的真人。这种形象思维是围绕着怎样才能更好地描述真人真事展开的，因此，我们叫它为'实构'。"王锡渭指出："实构同虚构的思维方式是不同的。"

25日 陈晓明的《先锋派之后：九十年代的文学流向及其危机》发表于《当代作家评论》第3期。陈晓明认为："文学为适应'现在'的潮流进行各种调整，已经耗尽了文学的创新冲动。不管人们从哪方面而言，先锋性的丧失，对'现在'把握无力，不能不说是当前文学创作缺乏深度、高度和力度的危机所在。归根结蒂，文学共同体缺乏一个深厚有力的思想基础和认识体系，就不可能保持先锋性的艺术创新和对'现在'（历史）的深刻把握。"

洪峰的《两个或者三四个话题》发表于同期《当代作家评论》。洪峰指出："在我的写作生活中，一直把小说看成个人想象的永久性实现。它应该和公众的现实相当疏远。""恰恰因为中国的小说和小说家被分割得七零八落，它的吉日才是真正的开始。只有小说自身产生出不能调和的分歧的时候，小说才能成为传统中的一个部分，才有可能建立起小说的规矩。"

周政保的《〈务虚笔记〉读记》发表于同期《当代作家评论》。周政保谈道，"《务虚笔记》之所以被标示为小说，那是因为它毕竟向读者讲述了自己的故事，而且还是系列的或成套的'爱情故事'——'写作之夜'的'爱情故事'（当然不止于'爱情'），构成了这部长篇小说的主要依托"，《务虚笔记》"拥有一种不仅仅属于中国读者的文学质地及精神本色"。

同日，陈平辉的《以人为根基建构小说的艺术空间——对巴赫金"复调小说"理论和中国当代小说的思考》发表于《文艺理论研究》第3期。陈平辉认为："新时期的中国小说曾经在'复调'的结构形式上有过一些探索和开拓，又因只限于结构形式上的价值理解和追求，所以不免留下这样或那样的缺憾；也有些有益尝试因其它更突出问题的掩盖，其审美艺术价值又不被人们看重。""不少小说家还没有真正把握人的主客体关系，在创作实践与研究中探索人的自然感性、社会感性、理性感性及其相互关系，还有漫长的路要走。巴赫金的研究已提供给我们不少精微的体察，他的'复调小说'理论，恰如昆德拉对复调小说的理解那样，'与其说是技巧性的，不如说更富于诗意'。它提供给我们把握世界方式以一种新的可能，也给我们指明一条拓展小说审美观照的版图与艺术空间的广阔思路。"

本月

《上海文学》第5期刊有"编者的话"《渡水复渡水，看花还看花》。编者提到："在80年代的中国文坛上曾风行过以阿城《棋王》与贾平凹、汪曾祺等'新笔记体小说'为代表的所谓'文化派小说'。""值得高兴的是，我们从本期推出的贾平凹、孙建成的两篇小说中，读到了文学对于中华传统文化的再度反思。在他们的作品里，我们看到的不再是好坏利弊一边倒的文明，我们看到的是文明本身的悖论，是一种两难的窘境。"

罗岗的《书写"当下"：从经验到文本——"现实主义冲击波"之检讨》发表于同期《上海文学》。罗岗指出："就文学而言，认同问题其实就是有关'再现'的问题，就是一个'叙述'的问题，被称为'现实主义冲击波'的小说巧妙地用故事解决了当代意识形态面对现实的困难：既无法直面现实的严酷，又不能绕过现实的'困窘'。"

王宏图的《私人经验与公共话语——陈染、林白小说论略》发表于同期《上海文学》。王宏图认为："从某种意义上说，她（林白——编者注）的全部写作围绕着女性种种隐秘、被公共话语压抑的私人经验（性经验占了很大的比重）而展开。""主流公共话语仍占据着时代的中心位置，陈染、林白的私人化写作虽然能发出自己的声音，但时常淹没在公共话语汹涌的浪潮中。但有聊胜于无，她们的写作敞开了生存的多种可能性,在单向度的公共话语场中标示着另一维度的价值目标和人生态度。"

六月

1日 马相武的《东西:"东扯西拉"的先锋》发表于《作家》第6期。马相武谈道:"作为经验型强势小说,东西的作品所具备的生活印象整合性是在其他先锋小说那里不多见的。……东西的小说中充满现实性,但它是以客观存在的载体的生活印象,或者说是生活印象所产生的小说现实。这种生活印象或生活经验,由东西的秉赋构成,它们包括从已知猜出未知,追寻事物的启示,以及按既定的范式,即完全按感受生活那样对事物的整体作出判断,因而东西的小说能给人以现实感,让读者产生来自作者的具体陈述的可靠性。这样看来,东西的小说不是传统现实主义的记录生活,而是创造生活;他的小说中的现实不是实而是一种建构。"马相武还谈道:"在东西的小说中,有复杂的个人关系以及知觉的视角,有人际冲突、寻求自我,以及个人选择等问题,但不太重视个人与历史、主观愿望与社会现实之间的内在联系。它们的现实是人对经验世界的一种主观体验。正因此,小说内部在叙述倾向上,从写实向虚构摆动的位移时有透露。正是在这一意义上(而非意识流等方法),我们可以把东西小说中的现实主义看成为形式现实主义。"马相武认为:"在东西的小说中,可以看到通过对现实主义和现代主义双重的保留来表现对现实主义和现代主义双重的拆解。他基本保留了叙述的连续性,放弃了规范的人物表现方法,同时违反叙述语言的传统句法和一致性。从语言效果看,他的所有小说都是采用抒情和叙述兼并的书写方式,由此可以确认东西同苏童、余华、格非、孙甘露等人在语言方式上的一致性。……东西不属于这种典型的现代主义形式观念。他的语言之流是相当整饬的、舒缓的、流畅的、诗意的,文体也并不混乱破碎,反而相当有条理、相当稳定有序。这使得读者容易对东西的小说产生信赖感、安全感。即使读到最后,也不会因故事结局沉痛或人物下场的可悲而遭受过分的震撼、打击或如丧考妣的心理创痛。这倒是一种揉合了传统文学的规范性特征来冲击现代主义的写作行为,是以一种传统拆解另一种传统的写作策略。"

5日 王本朝的《"新状态"文学的自我表述》发表于《短篇小说》第6期《新时期小说发展与流变》专栏。王本朝谈道："新状态理论家们并非是依据众多创作现象而提出新状态概念的，他们更多的是出于话语欲望的创造与占有，说得漂亮些，是一次语言的旅行与探险，如地质探险队的标签与行走。我倾向认为，'新状态'文学的理论价值大于它的创作实践，也许这正符合'新状态'理论的倡导者们的潜隐心理。""文学的'新状态'拥有这样几个特点，一是写作的个人性、私人性、隐秘性，二是叙述的知识分子立场与视角，三是文体的混杂状态。"王本朝还指出："小说始终是写人的文学，它的基本形式手段是叙述，或者说讲故事，离开这两点，小说也就真正走向死亡之境，或不称其名为小说了。"

同日，洪治纲的《现实叙事与拒绝理想的无定性——论晚生代作家群》发表于《山花》第6期。洪治纲认为："他们（晚生代作家群——编者注）从一开始就明白自己将无法以自我的生存体验取胜，于是他们便寻找着种种既可以展示自我艺术实力，又可以吸引读者阅读心理的创作范式，从而使得这一创作群呈现出许多值得深思的审美特征。"晚生代作家群的叙事目标是"用欲望化姿态消解情感的理想指归"，而"这种对性的无节制陈述，在本质上并没有美化和深化人的生命意识，相反却在欲与欲的对抗和冲突中把人的兽性提升为主宰力量"。

7日 高恒文的《"新现实主义小说"泛论》发表于《天津文学》第6期。高恒文谈道："'新写实小说'的'写实'性就在于在一定的思想范畴之内，表现现实社会中芸芸众生的生存状态，表达作家的'人间关怀'。由于作家注目的是人生，因而作品在表现芸芸众生可怜可叹的卑微人生形式和人生态度时，作品的现实性和时代性被淡化处理了；并且由于作家有意取得'平视'的眼光，有意以悲天悯人的情怀去同情、'理解'芸芸众生艰难的人生与人生的失意，因而作品就失去了所应有的批判性，也就反而从另一方向暴露了作家试图抛弃却恰恰适得其反地强化了潜在的'精英意识'及其优越感。……'新现实主义小说'明显区别于'新写实小说'，从而体现出'分享艰难'的思想性质。"

同日，肖海鹰的《"长篇小说热"要热向精品》被摘录发表于《文艺报》。肖海鹰谈道："许多作家成名之后，他们的'生存状态'也随之发生了转变，创作条件的充裕、生活环境的改善、社会交往的增多，这些优越条件如果不善加利用，也有可能使作家容易从体现时代精神最为鲜活、展示生活洪流最为丰富的基层当中逐渐超脱出来，不愿花气力去体验改革开放进入更高阶段后的当代生活，研究时代进程的持续急剧变化。这就使得一些凭借名家效应、题材效应销行一时的长篇小说，来自生活的切身感受和深刻体悟在庞大框架内显得单薄。这种只有文字'长度'，而缺生活'厚度'的创作，正犯了长篇小说的大忌。长篇小说要'长'在作家对于现实生活的广阔图景进行更为充分全面的反映，'长'在作家对于一个时代的精神风貌作出更为深邃独到的揭示。这才是长篇小说被称为'重武器'的原因。"

同日，赵怡生的《一部撼动人心的家庭史——读〈我是太阳〉》发表于《小说选刊》第6期。赵怡生谈道："《我是太阳》以编年史的方法描绘了一个红色家庭史，塑造了关山林这样一个独特个性的革命将军形象，是当代文学人物画卷中不多见的艺术典型，小说为我们树立一个时代和民族的英雄，也艺术地表达了战地英雄悲壮命运人生的必然……这部作品虽然以编年史的结构来展开人物性格，但人物并不是历史的内容，不是对历史阐发的工具……小说语言富有激情，浪漫地渲染与真实的刻画，使整个作品回肠荡气，震撼人心。"

10日 郝宇民、季元龙、王海玲、张执浩、李凌、赵国洲的评论发表于《北京文学》第6期《编读往来》栏目。郝宇民指出："《天下荒年》最集中和典型地体现了谈歌近期创作的特色。他甚至不惜忽略现实中所有正面因素（这与他的《大厂》的主旨与倾向完全不同），而又有意把他所迷恋的那种精神无限夸张地推到极致，表现得绝对纯净和透明，从而构筑了一座最高傲的精神之塔，他进一步表明了他对于那种圣洁精神永远的高山仰止和最悲壮的滴血的祭奠。"

吴秉杰的《现实主义沉思录》发表于同期《北京文学》。"编者按"写道："近几年被喻为'现实主义冲击波'的一些作品引起了文坛内外的广泛关注，由此也引发了关于现实主义文学本质和特征的再讨论。"

吴秉杰在《现实主义沉思录》中指出："现实主义的艺术方法偏重于艺术表现的客观性。"而"现实主义艺术表现的客观性要求，决定了它重视个性、性格的创造，以及能使性格呈现出来的一切心理、语言、态度、行为的描写。……

与此相关，作为性格形成与发展依据的环境描写，同样成为强调客观性的现实主义文学的关注点"。在吴秉杰看来，"现实主义文学深化与更新的要求，首先和最重要的在于现实观的突破。有了这样的突破，我们才可能有真正的新写实，新体验，和形成对于现实新的审美价值"。与此同时，就现实主义的价值，吴秉杰表示："不能把现实主义简化为社会性、真实性、现实性、典型化等等的大词眼。不能把作为艺术上普遍要求的真实性、现实性、典型化等混同于作为风格特征的真实感、现实感、性格化。……现实主义创作的最基本的特征和创作方向是：它始终以'现实'为艺术表现和把握的对象；而不是理想、主观精神或某种观念世界。""更重要的是，我认为现实主义，它始终坚持以现实为价值的源泉。"此外，吴秉杰认为："近几年的新写实、新体验、都市小说或说新市民小说，与一部分女性'私人化'写作，我认为，都可说属于现实主义的范畴。它们为我们提供了现实新的文化景观和生存景观。'原生态'的描写被认为是新写实的主要特征。""它（'原生态'——编者注）把我们以往由于意识形态影响而忽略了的一部分生活、人物、情感、细节重新纳入到了自己的艺术视野之中。"关于"现实主义的冲击波"，吴秉杰指出："这些作家的创作表现出更大的社会概括性，对于下层人民更鲜明的关爱之情，和对于改革时代历史进程更积极的投入。然而，它们是否在'现实观'上有所突破，它们的概括是否超出了读者已熟知的那些问题，它们在思想上是否真正走在时代的前列而拥有某种深刻性，还是一个问题。"

萧夏林的《泡沫的现实和文学——我看"现实主义冲击波"》发表于同期《北京文学》《百家诤言》栏目。萧夏林认为："它（1996年现实主义冲击波——编者注）使我们看到的是什么是接受现实主义或反现实主义的'文学'。……从这些众多的文本中，看到的只是现实主义文学的一些泡沫和碎片。……它们倒标志着一直虚弱不堪的中国现实主义文学在20世纪又一次彻底的堕落和破产。"

萧夏林指出："事实上，一切文学的精神都是现实主义的精神。文学的立场就是批判的立场。只不过现实主义文学更直接参与现实干预现实批判现实，并拒绝赞美。""现实主义文学在诞生之初，就是通过对权力和金钱罪恶的揭露和批判来展示自己的魅力和表示自己的存在的,这一精神脉络坚持至今仍生生不已。""可以说,这就是现实主义文学的精神特征。"然而,"我们在'现实主义文学冲击波'中,没有看到批判主体在文本中出场或隐含在文本中,没有看到批判精神对现实的逼问。这批小说不仅没有批判权力和金钱,而且还制造了'人治'和'金钱'不可战胜的神话。……可以看到作家写作的根本指导思想:以经济为中心,金钱压倒一切。作家在作品中彻底放弃了批判的立场,放弃了对社会正义和人的尊严的敬畏,作家视角与'无能为力的社会人'的视角合而为一,无条件顺从和颂扬金钱价值"。

12日 李冯的《关于小说的断想》发表于《南方文坛》第3期《小说家如是说》栏目。李冯指出:"一个民族的文学无论如何都应该带上本民族的特质或打上这个民族的时代烙印。其中的把握似乎有些微妙,因为过去人们一谈起这个问题,往往会游离出文学本身,而去奢谈起抽象的民族化。但我总觉得,一个好的中国作家,运用的总应该是真实的个人思维而不是所谓的文学思维,采用的也应该是真实的日常生活或本民族的材料。"

王宏图的《在禁忌的门槛上:私人经验和公共话语——林白小说略论》发表于同期《南方文坛》。王宏图指出:"林白以她对主流公共话语的逃避与拒绝,以她对个体繁富多彩的内在经验的细细观照、省察与再现,在这个世界的边缘地带建造起了一座自成一统的艺术堡垒。在法兰克福批判学派的思想家马尔库塞看来,'"逃回到内在性"和执着于个体领域,就会成为人们借以反抗控制所有人类生存维度的社会的堡垒。内在性和主体性,也许就会成为倾覆经验或另一个新世界诞生的内在或外在的空间。'无疑,这正是艺术作品超越性力量之所在。尽管这种对生存的另一种可能性的允诺相当模糊,并且带有很强的乌托邦色彩,但它毕竟开启了一扇通向新的感知领域的门扉。"

张洪德的《林白:在感觉叙事中飞翔》发表于同期《南方文坛》。张洪德指出:"林白的回忆式的感觉叙事就形成了她特有的风格,有了她女性私人写作的独特意义。回忆中,作家打破了时间的界限,叙述全凭作家和人物的印象、感受和感觉自然流动,跳跃交错,起伏波动,形成感觉顺序和心理结构。表面看,这似有很大的随意性,甚至有'题外话'的'罗嗦',游闲之笔(其中以《守望空心岁月》最为典型），但都与中心有内在联系，有时给人以精心设计之感。"

同日，谈歌的《小说应该是野生的》发表于《文艺报》。谈歌指出："小说首先是产生于民间的。其本身就带有一种民间文化的特征。什么时候小说走进了文人的象牙之塔，我搞不清楚。但是，只要小说这种东西躲进去，就失去了为大众代言的可能。而大众也就会掉头而去。失去了大众的对应，作家们应该是很荒凉的。我们一旦失去最初，也就失去了最后。小说还不象诗词散文。就小说的读者面来讲，应该是更接近民众的一种样式。不关注生活的小说，只能被搞成插花艺术。（有一类小说可以是插花艺术，而这类小说绝不能太多，它只是给抱着叭儿，喝着滋补品的闲人们看的。）小说应该是野生的，野生的才有地气。没有地气的小说只能是摆设。民间需要小说的艺术启蒙，而小说家则需要民间的生活启蒙。小说招来民间的关注，民间支撑着小说创作。如果我们真正失去了对公民生活的关注，小说就像失血的纸人一样。小说应该是一种大众话语，应该以大众话语发言，这是对大众的尊重。如果我们下决心让读者费劲，读者一定不再费劲了。其实这只是一层窗户纸，谁都可以捅破的。"

19日 谈歌的《小说要有读者意识（作家笔记）》发表于《人民日报》。谈歌表示："小说首先是对生活的关注，其次才是别的什么。只要我们不闭上眼睛，我们就能看到我们的生活并不轻松，我们承受着巨大的压力。市场经济代替计划经济不是像听通俗歌曲那样让人心旷神怡。它所带来的震荡，有时是惊世骇俗的。工人农民不比我们，他们现在干得很累。我们应该把小说的聚焦对向他们。写这些劳动者的生存状态，调动作家多年的生活积累，我觉得这应该是作家的使命。守望相助，出入相扶。我很喜欢这两句话。共同的中国，这更是一句让人提神的口号。这一宗旨，应该是小说家们要记住的。""小说家的大众意识，就是要求小说家从象牙塔中走向大众。我们不能仅仅把这个概念理解为又一种文学的个体试验。人民应该是支撑文学的最初。""让我们退到问题的最初，小说首先是产生于民间的。其本身就带有一种民间文化的特征。什么时候小说走进了文人的象牙之塔，我搞不清楚。但是，只要小说这种东西躲进去，就失去了为大众代言的可能，而大众也就会掉头而去。失去了大众的对应，作家们的园地应该是很荒凉的。我们一旦失去最初，也就失去了最后。一些经典作品往往开始时并非是经典，时间久了，便成了经典。无论是《红楼梦》，还是《三国演义》，即使是《诗经》这样越千年而不朽的精品，也大多是由民间的歌谣中记录的。小说还不像诗词散文。就小说的读者面来讲，是应该更接近大众的一种样式。"

本月

《上海文学》第 6 期刊有《明白的难题》。编者提到，"在 90 年代，我们既看到小说将'爱'解构为'过日子'，也看到有些作品越来越白地将'爱'阐释为男女之间的故事。爱情的迷失并不完全是文学的过错，其实是时代在精神层面上所遭遇到的一种困境。但是我们不能忘了文学对于时代的缺失可以起到一种创造性的补偿作用"。

陆梅整理的《小说，给老百姓写——刘醒龙、谈歌、关仁山、邓一光、肖克凡谈现实题材的小说创作》发表于《文学报》。谈歌表示："如果有人问：人最宝贵的是什么？那在我看来，就是拥有一颗平常人的心，用平常人的心态去面对现实的一切。我们常常要说到小说的定位问题：给谁写？我认为是给普通的工人、农民们写，给老百姓写。小说要对读者负责任。曾听过这样一句话：'小说不怕失去一部分读者。'后来有人又把它改为：'小说不怕以失去读者为代价。'这实在太差劲了。读者是什么？读者就是衣食父母！我们不能过于强调了批评家的判断，而忽略了广大读者的评判。读者永远是第一位的。"

本季

易丹的《在哈佛读中国小说》发表于《小说界》第 3 期。易丹指出："张炜创造了一个'家族'的框架，又只让其在自己的小说里永远是一个框架……从我的角度上看，作者可以说并不熟知也不需要熟知这个家族：那些环绕宁府和曲府内外或亲或仇的人物，不过是一个空廓的框架上悬挂着的彩绘纸人，他们作为象征的意义远远大过了他们作为小说人物的意义。他们为了对一种理想的提倡和渲染而成为背景。""虽然小说里也有血腥，也有惨烈，也有奸诈阴谋冤狱和牺牲，但这红马醉虾意象的破坏作用是如此之大，以至于这些全部灾难加在一起,也不构成《家族》的理想主义的完整理由……不管《家族》如何'诗意'地描述和阐释历史,如何'诗意'地涂染英雄和英雄的精神,作为历史的人,历史的读者,我发现自己最终还是无法接受一个与历史隔离的伟大意念。""面对如此真切而深重的灾难,红马和醉虾都太过'诗意'了。"

七月

5日 刁斗的创作谈《有小说的生活》发表于《山花》第7期。刁斗指出:"小说的妙处则在于,它从来都不是一个社会的主流话语,因而它远离教化,远离承诺,远离表白,也即远离谎言。它和蔼可亲而又高高在上,目光透辟,条理清楚,就像一面最难于污损的镜子,无情地照耀出我们每个人自身的邪恶与善良,使这个世界和这个世界上的人真实化,实际化。"刁斗强调:"读写小说,不一定就能使灵魂获得最大的限度的提升,但它肯定能把功利的欲求控制在最低点上。因为小说所具有的功用,毕竟只是一种无用之用,即使某些读写的确是一种夹带私货的目的性读写,它在总体品格上的纯洁性也不容抹煞。小说既不是知识也不是工具,它从来都只与人的精神领域搭界。远离俗世,排斥私欲,这才是它的本质特点。"

7日 陈建功的《现实主义——升温的话题》发表于《小说选刊》第7期。陈建功认为:"现实主义经历了'主义'林立的洗礼后,对自身模式既有继承,又有突破的结果。是现实主义思考自己、审度自己,对其它流派有所吸收,对自己作了否定之否定以后的新的肯定。"

冯敏的《世俗神话》(对林希《小哥儿》的评点——编者注)发表于同期《小说选刊》。冯敏认为:"林希对传统话本小说有所研究和继承,还兼收并蓄了曲艺和传统戏曲中的某些表现方法。因此,他的小说情节引人入胜,语言也相当口语化,读罢常令人拍案惊奇。之所以把林希小说称作世俗神话,是因为他的作品有很强的寓言性,可以喻世、警世、醒世。同时,说书人的反讽常常有现代理性的渗透。""林希总是坦然地以中国老百姓喜闻乐见的形式体现一种鲜明的中国文化气派,同时他的意识却一点也不陈旧。"

那耘的《话说〈窑地〉》发表于同期《小说选刊》。那耘认为:"《窑地》

虽是长篇巨制，却绝不见一些长篇对语言的堆积和挥霍，更没有'公共语言'的泛滥，整部作品用的几乎都是白描，于凝炼中见从容，于打磨中见浑然，较好地秉承了笔记小说和精短散文的韵味。"

10日 谢冕的《春天的眺望》发表于《北京文学》第7期。谢冕指出："中国百年文学的崭新阶段，也许将诞生在我们称之为的'后新时期'之中。"他认为："在这个世纪末，一种普泛的文学趋向是，躲避崇高而耻言理想，游戏和纵情成了文学的常态——尽管有人为此发出忧虑的呼唤。……在二十世纪的最后时刻，我们的呼声便是：'救救人心'！……世纪末要求于文学的，是阻止人向着世俗的泥潭无限度地下滑，文学理应为恢复人的尊严和高雅而抗争。"

杨匡汉的《世纪之交的远航》发表于同期《北京文学》。杨匡汉指出："告别20世纪，也是对'西方中心'的告别。"杨匡汉谈道："我们不妨以广阔思维空间的文化运思，在文学创造上建立一种'文化特色'与'智慧融合'辩证统一的思路和策略。所谓'文化特色'，自然是中国人的思想、感情和叙述话语，自觉承担起把本国文化精神的硕果奉献于世界的责任；所谓'智慧融合'，应是足以企及人类普遍所关怀的命题的真知灼见（而并非只是某些具体观点）。这一思路和策略，可谓对长期以来'中西'、'体用'之争的一种超越。"他还谈道："告别20世纪不仅仅告别过去，重要的是民族新文化——文学建设的再出发。……既然是民族新文化——文学建设的再出发，也就切不可从'这个世界上确实存在着精神价值'的立场上后退。"杨匡汉强调："面对共享的文学时空，以文化的眼光，以不懈的艺术探索，传达当代国人的精神状态和民族人文精神的雄强与辉煌，则是世纪之交的庄重话题。"

同日，王安忆的《小说的技术》发表于《花城》第4期。王安忆认为："小说的故事，必须要具备两个东西，一个是动机，一个是操作动机的条件，这样才可能构成因果关系。就是说一个是发展的理由，一个是发展的可能，最终才能有结果。而'经验性情节'由于它的天然性质，它通常是不完备的，不是缺这，就是少那。倘若我们完全依赖于'经验性情节'，我们的小说难免走向绝境，经验是有着巨大的局限性的。""那么我们应当靠什么？小说的情节应当是一种什么情节？我称之为'逻辑性的情节'，它是来自后天制作的，带有人工的痕迹，它可能也会使用经验，但它必是将经验加以严格的整理，使它具有着一种逻辑的推理性，可把一个很小的因，推至一个大果。……有些所谓历史长卷式的作品，表现了宏大的社会面重要的事件，可是当我们认真去看时，会发现在这时间跨度很大事件繁多的故事里，事情的实质却是在原地踏步，并没有进展。"王安忆总结道："那么小说的语言应该是什么样的语言呢？我称它为抽象化语言，我想用阿城的小说，《棋王》作例子，来说明这种语言的状态。这部中篇小说里，完全没有风土化的语言，也完全没有时代感的语言，换句话说，完全没有使用色彩性的语言。它所用的是语言中最基本的成分，以动词为多，张炜说过一句话，我以为非常对，他说，动词是语言的骨头。照这个说法，《棋王》就是用骨头搭起来的，也就是用最基本的材料支撑起来的。它极少用比喻，我只看到用了一两处，'铁'，'像铁一样'，'刀子似的'。形容词则是用最基本的形容词，比方说'小'、'大'、'粗'、'细'。成语基本不用，用了一个'大名鼎鼎'，是以调侃的口吻：'他简直是大名鼎鼎'，仅用了一次。总之，它的语言都是平白无故的语言，是最为简单最无含义因而便是最抽象的语言。……'抽象化语言'其实是以一些最为具体的词汇组成，而'具体化语言'则是以一些抽象的词汇组成，这是一件有趣的事情。也正是如此，'抽象化语言'的接受是不需要经验准备的，它是语言里的常识。"

17日 王力军的《近年来长篇小说创作问题述评》发表于《人民日报》。王力军谈道："长篇小说的创作与出版呈现出连年的旺势，形成文坛上的一个热点；但对于这样的一个热点，人们欣喜之余也表现出担忧。我们从对长篇创作的整体检视中，不难得出这样一个判断：花多果少。……其中存在着几个较为严重的创作误区，它不仅体现在长篇创作的商品化倾向和创作生产力水平发展的不平衡中，而且也表现在题材选择、思想内蕴的褊狭和文艺批评的软弱无力上。……要推进长篇小说创作的真正繁荣，我们还需要做出许多艰辛的努力。但针对目前长篇创作的现实状况而言，我们首先要做好两方面的许多工作，即对创作的正确引导和对出版的严格管理。"

同日，李伦的《刘春明 硬汉形象的内涵》发表于《作品与争鸣》第7期。李伦认为："小说的艺术创新，最根本的是人物形象的创新。根据现实生活创造出新的人物形象,以他的思想性格概括现实生活新的信息,反映人们在各种社会关系中的本质,表现时代前进的要求和历史发展的趋势,这是人物创新的途径和意义。"

启清的《人性探索的误区》发表于同期《作品与争鸣》。启清认为:"如果说,生存事实的状态化还因当今时代处于转型过程,深层脉流难以把握而具有一定的合理性,捕捉市场精神的信息也存在某种积极意义,那么,人性探索以私人化的自然状态为旨归,则只能导致肤浅和片面。"

19日　刘醒龙的《仅有热爱是不够的》发表于《文艺报》。刘醒龙谈道:"对于文学将要表现的生活,光有热爱和感情是不够的,还必须投入自己的灵魂和血肉。""对于自己从前的写作和写作对象,我一直是充满激情的,在许多时候都是爱恨交加的。然而,在激情的装饰之下,真正表达的只是自己的同情,怜悯,愤世嫉俗,痛心疾首。当文学面对生活时,作家不应只是一个隔岸观火者,如果这一点不做改变,那他就只能成为一个隔靴搔痒者。""当我回过头来将身心投入到生活中,才恍然悟出自己总算找到了真正的老师,世界上没有什么学问比生活本身更深刻。如果说生活是一个巨人,那么哲学只能是它的头脑,历史是其骨骼,而文学艺术则充其量是试图通达它的灵魂深处的血液与神经。生活的毫毛动一根就会使这样的血液与神经发生震颤。"

20日　谢有顺的《写作与意义问题》发表于《小说评论》第4期《谢有顺专栏:小说的可能性之十二》。谢有顺指出:"我可以作出这样的预言:在这批漠视精神信仰的艺术主义者那里,可能产生精致的艺术,但不可能产生伟大的艺术。……对文体的迷信,导致他们舍弃了艺术品中同样重要甚至更重要的东西。"谢有顺总结道:"困扰艺术的最终问题还是意义问题。"

张侯的《形而上与"拼凑"法——现实主义冲击波式的小说片谈》发表于同期《小说评论》。张侯认为:"刘醒龙和谈歌们在'新写实'的基础上,把他们的创作向前推进了一个档次,使'新写实'在他们那里有了延伸与发展……其一,刘醒龙和谈歌等人扬弃了'新写实'的小市民意识……关注起社会转型期的改革和在改革进程中大多数群众的苦与乐,悲与喜,强化了自身的社会意识……其二,由于意识的变化,他们笔下的人物自然而然地也就有了较大改变,主人公不再是满足现状的远离崇高……其三，有着承继'问题小说'的痕迹。"

同日，陈思和的《1996年小说创作一瞥》发表于《钟山》第4期《思潮反思录》栏目。陈思和指出，"1985年，小说的形式探索是从短篇开始的"，这一批短篇小说"有意无意地延续了废名传统的短篇小说，这些作品的特点是淡化故事、注重形式的探索和现代汉语的诗性表现，与当时注重社会批判性的中篇小说分清了不同的审美功能"。此外，在陈思和看来，"艺术的真正诗意来自朴素的叙事和个人的民间立场"。

储福金的《治病——女人说的故事》创作谈《短篇画面》发表于同期《钟山》。储福金认为："看短篇便是看画面，好短篇都展现了很好的画面……短篇的画面应该充满着想象，也应该表现得真实，想象的真实，真实的想象……总之，短篇画面的表现与意味，便是鉴定作品艺术高低的根本，也是衡量作家功力大小的根本。"

韩东的《复写》创作谈《就是一个篇幅问题》发表于同期《钟山》。韩东指出："短篇小说在我看来就是一个篇幅问题。""给短篇小说以最大的自由度就是给它以最小的限定。短篇小说的技术问题、结构问题存在于短篇小说的范文中，它只是在写作的模仿阶段是有意义的。"

汪政、晓华的《略论当前的现实主义创作及其批评》发表于同期《钟山》。汪政、晓华认为，当前的现实主义创作在对人物的塑造上呈现出"中性状态"的特点，"集中为人物对现实的认同，对理想的放弃，对中国社区与政村体制文化中特殊的生存智慧的接受与娴熟的运用"。

25日 汪曾祺的《我是一个中国人——散步随想》发表于《当代作家评论》第4期。汪曾祺谈道，"我的意见很简单：在民族传统的基础上接受外来影响，在现实主义的基础上吸收现代派的某些表现手法"，"我觉得现实主义是可以、应该、甚至是必须吸收一点现代派的手法的，为了使现实主义返老还童"，"但是我不赞成把现代派作为一个思想体系原封不动地搬到中国来"。

本月

《上海文学》第7期刊有"编者的话"《强者的质量》。编者提到，"'强者的质量如何?'——这是我们在读完老作家李国文的新作《垃圾的故事》以及沪上作家彭瑞高的中篇小说《乡镇合一》后,豁然浮上心头的一个问题","我们的文学作品有着审视、批判人的精神衰退的战斗传统","本刊一贯倡导文学应该'关怀强者的灵魂,关怀弱者的生存',这两篇小说将'文化关怀'推进到新的阶段"。

八月

3日 《人民文学》第8期刊有"编者的话"《提倡短篇》。编者提到:"短篇小说是一种最精炼的艺术形式,需要高度的艺术概括力,需要一种特殊的敏感,一种诗的凝炼和隽永,一种机智巧妙的撷取生活和表述生活的方式。正是由于它篇幅有限,这就要求我们能够做到以小见大,见微知著,以一当十,在创作上多下一番功夫。"

5日 葛红兵的《晚生代的意义——晚生代作家论写作札记》发表于《山花》第8期。葛红兵认为:"晚生代关注这个时代个体存在的沦陷处境,也就是说晚生代的个体文学是奠基于我们这个时代的个体的沦陷处境之上的。因而晚生代文学的面貌看上去要比我们过去所能忍受的任何悲观的文学都要黯淡得多。""晚生代个体本位文化则是重实的、真纯的、以'情感'、个体的生存实践的物质性、生命的本原性存在为中心的。它坚持个性,将人当作思想的身体性存在,以个体为本位在审美上落实到实处就是以感性存在为审美中心,坚执一种'个体性文学'。"

孟繁华的《物欲都市的迷乱与反抗——评邱华栋的都市小说创作》发表于同期《山花》。孟繁华指出:"在具体的写作技艺上,他明显地存在着理念大于形象的问题,这在他'人'字系列的小说中表现得尤为突出,我们更多看到的是被述对象的平面行为,而难以看到他们内心的矛盾、犹疑,或哪怕是短暂的自我搏斗,这种单一的叙事方式也使小说缺乏多样和变化,而当作者的感受难以被准确地艺术化处理时,他也只能选择议论的形式,而这恰恰进一步恶化了小说的单调感。"

席云舒、浦渊的《个人化小说与个人叙事》发表于同期《山花》。席云舒、浦渊指出："小说的个人化，首先是市场经济时代对文化和文学的赐予。……90年代市场经济对传统伦理文化价值体系的消解，为'个人'摆脱集体神话提供了条件，其在文化乃至文学上的体现，便是个人话语取代传统意义上的'文以载道'。可以说，小说的个人化是市场经济赋予文学的一个历史机缘。小说的个人化还是文学淡出话语霸权的体现。……对传统小说而言，这种话语霸权便是其难以摆脱的桎梏，但小说作为艺术创作，每个作家都清楚，只有自由创造才是其生命所在，小说的功能不只是布道，它的创造还应包括对'道'本身的重新建构。……基于此，我们有理由认为，小说的个人化不仅是艺术本身的需求，也是时代的需求……"席云舒、浦渊还认为："'晚生代小说'在淡出集体神话的同时也摒弃了整体性的宏伟叙事，取而代之的是叙事的碎片，'晚生代'作家通常认为个人叙事便是关注个人的世俗生活，它只需对个人承担责任而不必对社会承担责任，因而'个人化小说'只能选择'小叙事'。……'小叙事'往往因其拆除深度而无助于作家的'自我造型'，更令人担忧的是，这种碎片化的拼盘叙事是否也会把文学的生命力消解殆尽？'晚生代小说'选择后现代碎片叙事，也许还有一个更为重要的原因，便是我们的'晚生代'作家可能尚缺乏宏伟叙事的能力。"

9日 明江的《当代作家该如何面对时代的变革？——部分中年作家如是说》发表于《文艺报》。明江指出："何申认为，题材的选择因人而异，但生活在这样一个四周充满变化和生机的特殊的改革时期，中青年作家的优势就在于身边的现实生活。"

10日 《北京文学》第8期《汪曾祺与短篇小说》栏目刊有"编者的话"。编者提到："世上小说皆从短篇开始。中国小说可以说是草创于'笔记'，或粗具规模于'传奇'，那么总有成千年千多年只有短篇当世，很后来才从'章回'中出现长篇，比较快速的发展成高峰，又比较更快的衰微。到'五四'新文学的革命，又是短篇冲刺阵前。代表时代，四海认同，先驱者鲁迅，他在小说方面，专攻短篇。八十年代的改革声中，也是短篇小说闯禁区，做试验，开风气之先。近年有人惊呼文学走进低谷，有人赞美回归本体，但，都看出来短篇'彷徨于天地'——仿佛没有了阵地。"

1997年

林斤澜的《呼唤新艺术——北京短篇小说讨论会上的发言》发表于同期《北京文学》《汪曾祺与短篇小说》栏目。林斤澜谈道:"(汪曾祺在别的场合说过两句话——编者注)一句是你用减法写小说。再一句是没有点荒诞没有小说。""用减法写小说,和我太久前的一篇随笔有关,我说目前流行的写法,一种是加法,一种是减法。加法又叫做填空法充实法,减法又可以是省略法传神法云云。"林斤澜认为:"曾祺青年'出道'时节,就吸收'意识流',直到晚年写作'聊斋新义',把现代意识溶进古典传奇。"

钱理群的《寂寞中的探索——介绍四十年代汪曾祺先生的小说追求》发表于同期《北京文学》《汪曾祺与短篇小说》栏目。钱理群指出,四十年代"这批短篇小说艺术的探索者(包括汪曾祺先生在内),在当时都不处于创作的主流地位;甚至可以说,他们是自觉地反叛主导潮流的'小说观'的","在汪先生这篇《短篇小说的本质》里,才有'一般小说太像个小说了,因而不一定是一个小说'这样的说法;而同时期的许多实验小说的作者更是明确地以'不像小说'的小说为自己的追求目标的(路翎、废名、张爱玲、沈从文,等等,恕我不再一一引述)"。此外,钱理群认为:"这一时期的小说实验另一个特点,是它的开放性:一端向世界开放,一端向传统开放。"

汪曾祺的《短篇小说的本质——在解鞋带和刷牙的时候之四》发表于同期《北京文学》《汪曾祺与短篇小说》栏目。就小说与读者的关系,汪曾祺指出:"所有的话全是为了说的人自己而说的。唱大鼓的走上来,'学徒我今儿个伺候诸位一段大西厢'。唱到得意处,得意的仍是他自己。听唱的李大爹、王二爷也听得颇得意,他们得意的也是他们自己。我觉得李大爹王二爷实际也会唱得极好,甚至可能比台上人更唱得好,只是他们没有唱罢了。""他们没有学大鼓。没有学,可是懂。他摸得到顿、拨、沉、落、迴、扭、煞诸种差之毫厘失之千里的那么点个妙处。所以李大爹王二爷是来听他们自己唱,不,简直听他们自己整个儿的人来了。台上那段大西厢不过是他们的替身,或一部分的影子。"

汪曾祺认为,"如果长篇小说的作者与读者的地位是前后,中篇是对面,则短篇小说的作者是请他的读者并排着起坐行走的","短篇小说的作者是假设他的读者都是短篇小说家的","唯其如此,他方能挑出事实中最精彩的一段或一面来描写"。

汪曾祺表示："时下的许多小说实在不能令人满意！""不顶理想，因为一般小说都好像有那么一个'标准'：一般小说太像个小说了，因而不十分是一个小说。悬定一个尺度，很难。小说的种类将不下于人格；而且照理两者的数量（假如可以计算）应当恰恰相等；鉴别小说，也如同品藻人物一样的不可具说。但我们也可以像看人一样的看小说，凭全面的，综合的印象，凭直觉。"在汪曾祺看来，"一个真正的小说家的气质也是一个诗人"，而"一个理想的短篇小说应当是像《亨利第三》与《军旗手的爱与死》那样的！"。"我们宁可一个短篇小说像诗，像散文，像戏，什么也不像也行，可是不愿意它太像个小说，那只有注定它的死灭。我们那种旧小说，那种标准的短篇小说，必然将是个历史上的东西。……至少我们希望短篇小说能够吸收诗、戏剧、散文一切长处，而仍旧是一个它应当是的东西，一个短篇小说。"另外，"严格说来，短篇小说者，是在一定时间，一定空间之内，利用一定工具制作出来的一种比较轻巧的艺术，一个短篇小说家是一种语言的艺术家"。

关于小说的篇幅，汪曾祺指出，"长篇小说的本质，也是它的守护神，是因果"，而"结构，这是一个长篇最紧要的部分，而且简直是小说的全部，但那根本是个不合理的东西"，"小说与人生之间不能描画一个等号。於是有中篇小说"。最后，汪曾祺总结道："一个短篇小说，是一种思索方式，一种情感形态，是人类智慧的一种模样。"

朱也旷的《旷野中的呼喊》发表于同期《北京文学》《汪曾祺与短篇小说》栏目。朱也旷认为："一个理想的短篇小说应该处于这样的一种位置：它往左边跨一步，应该到达诗；往右边跨一步，应该到达戏剧（包括斯特林堡的戏剧和贝克特的戏剧）；假如它一不留神后退了一步，也许会撞着一尊拉奥孔式的雕塑，甚至会撞着巴台农神庙的一根柱子。"

《北京文学》编辑部整理的《"北京新生作家群"座谈会纪要》发表于同期《北京文学》。韩毓海谈道："看完王芫的小说之后，我发现故事来了，历史没有结束，就像小说里面许多人物在最后的一瞬间改变了主意，说这一代作家跟商品社会完全打成一片，我看并非准确，而且过于简单化了。……这一代作家，在他们未来的写作中会带有马克思主义或西方马克思主义的视点，来切入中国九十年代汇入世界现代化进程中的具体问题。""总之，这一代作家绝对不是我们想象的那样简单，他们并非对于市场模式、对于商品生产的问题都给予认同。"

郭娟认为："像王芫、朱文的小说，叙述语言是非常诗化的。也很难说他们没有责任感。"

孟晖表示："小说的故事性、技巧和内容是分不开的，甚至影响小说情节的发展。写作，其实也是一种智力游戏。""写作不是凭空生出的一朵花，它是有传统的，像一棵大树，有很深的根须。就像中国古诗中的'典'，读一句就能够看到以前的'典'就非常妙，我写作很多是从'典'里化来的。"

朱也旷指出："小说也像金字塔一样，由复杂走向简单走向伟大。……小说需要描写，而且在关键的地方，描写上去了，就是简单变成复杂，达到很深的力度。"

马相武认为："现在我们进入的时代，就是中心消解的时代。在这种状态下，非要指定一个文学中心或命名什么主义是主流，无疑显得幼稚可笑。时下：'三驾马车'很热，很受倡导，已有人命名为'现实主义冲击波'，似乎写改革就是中心。其实，在坐的每一位作家的作品都是在写改革，因为你身在其中，任何感受或体验无法逃离时代这个大环境。所以'精品力作'并非专指改革文学，而是众多风格的好作品。"

浩然总结道："一个作家是要有思想的，绝不能当胡涂作家，最起码他应该是正派人，主持正义的人。""看一个作家，不能只读一两篇东西，而是要看整体素质，有没有新的想法，新的探索。"

15日 葛红兵的《九十年代的小说转向》发表于《南方文坛》第4期。葛红兵指出："总观90年代小说，我们认为90年代是一个个体本位时代、感性本位的时代，90年代的小说和90年代的哲学、美学及至90年代的整个文化是一致的。"

张东的《一种严肃守望着理想——邱华栋访谈录》发表于同期《南方文坛》。邱华栋谈道："从我们的小说中，你可以发现许多90年代的信息，就是说文学已经进入到十分信息化这样的场景之中。在一个传媒时代里，小说应该是什么样子的？我以为，更多的信息已是好小说的重要特征。信息量一定要大，否则一部分小说将很快被信息垃圾淹没。"

17日　马茂洋的《近距离解读与艺术走失》发表于《作品与争鸣》第8期。马茂洋认为，"小说《谁是谁的师傅》可以归为'现实主义新写作'这一类"，"小说创作不能混同于报告文学写作和纪实文学写作。当前的'现实主义新写作'恰恰走出了小说创作的艺术边界"，"'现实主义新写作'往往只是客观生活的直写"。

本月

《上海文学》第8期刊有"编者的话"《都市里的飘萍》。编者提到："本期刊发的上海新生代作家的小说中，都不谋而合地写到了生活在现代都市中的'少年漂泊者'。这些漂泊者，大多有着不甚明了的过去，但他们在现在这一刻相逢，好在他们都相互不太追究对方的过去——这是他们大不同于自己长辈的地方——因此，他们就只能通过当下的相互试探，相互摸索去认识对方的面目。""另一位上海新生代小说家夏商曾在一篇论及自己同辈作品的文章中说，他们这一代的小说往往'带有病态的敏感'，'略显轻浮的反讽'，'满含心虚的张扬'，'不食烟火的自恋'。我以为，这几句话从内容到艺术境界、艺术风格已经非常精到地概括了上海新生代小说家的美学特质（见《劳动报》1997.6.15）。"

九月

1日　崔卫平的《小说和小说出版物》发表于《文论报》。崔卫平指出："在经济腾飞的今日中国，小说也正处于一个前所未有的令人咋舌的高产期。……但几乎可以肯定，相对于小说产量，读者的阅读行为是比较滞后和萎缩的。说句略带夸张的话，大量今天的小说更像是写给其他也写小说的人看的（将来想写小说的人应归入其内）。""如果要改变这种状况，就得改变产生这种状况的'小说体制'，采用读者的眼光和立场，切实调整刊物及小说的比例，最终找到恰如其分的方式,来尊重一种创造性的艰辛劳动。"

同日,鲁羊的《"写小说"是干什么》发表于《作家》第9期。鲁羊谈道:"短篇小说似乎应该像诗歌那样:1.注重形式结构的视觉感觉,2.注重汉语词汇的形、音、义三个方面,3.注重说话的微妙尺度。可能有更重要的,然而这是我所认为的用汉语写短篇小说的基本方面。关于小说观念,关于小说应该做什么应该成为什么亦即一个作家的义务所在,我有多半是综合地接受了欧美20世纪70年代前那些大师的主张,和他们在工作中的杰出示范。但在具体写作中,尤其涉及到语言文字的运用时,我却是固执的'汉语主义者'。这是个原则。至少是我的原则。如果一个作家不对自己的写作母语作潜心研究,在我看来是不可饶恕的。"

徐肖楠的《李冯的戏仿小说》发表于同期《作家》。徐肖楠谈道:"李冯的故意模仿小说的重要性,与其说在于表达了现实性意义,不如说在于对小说艺术自身的探讨和小说与现实之间关系的探讨。这些故意模仿故事或戏谑模仿故事,超越了人们对古典故事文本的阅读方式,在想象方面打破了古典故事的统一性,将原有故事加以破坏而重新组织,并且仅仅组织其中的几块碎片,把古典故事变成可以随心所欲加以取舍和更改的文本,把简单、统一的故事,变成了一座复杂、零散、变幻的故事迷宫,而李冯在其中熟稔地操纵着自己的想象力,使其产生对现代世界的暗喻意义。"徐肖楠认为:"李冯的戏仿小说不仅是对故事的叙述,也是对文本的叙述,不仅是对现实的虚构,也是对虚构的虚构。李冯小说的叙述同时担负起几套话语的角色,小说在几个叙述声音或几套叙述话语之间不停变幻:虚构性话语、纪实性话语、叙事性话语、评论性话语。不同的话语往往来自好几个叙事声音,这些声音在故事文本中互相重叠交叉,众语喧哗。……李冯的小说中,众多的叙述声音既产生了虚构与现实的距离,又产生了虚构与现实的一体化幻觉,这里,不但虚构与现实之间的界限被破坏,虚构与虚构之间的界限也被打破,小说似乎成了对世界无所不包的一种容器。由不同的叙述声音形成不同的叙述板块,再在一个巨大的空间里将它们结合成一个整体,这种处理并不仅仅来源于关于小说的时空观念和技艺观念,其核心在于对虚构的看法。……从根本上讲,李冯对虚构的虚构是对原有虚构的破坏,也是对自身虚构的破坏：它用原有的虚构破坏了新建虚构。"

4日 肖复兴、朱向前的《短篇小说的困境和出路——关于当前短篇小说创作的对话》发表于《文学报》第4版。文前有《编后记》。编者提到："当中长篇小说成为文坛热点的同时，短篇小说仿佛已成了被遗忘的角落。这种冷热不均的现状已引起部分人士的忧虑。短篇小说的出路与转机何在？愿这一问题能在文学界引起更多人的深入思考。"

5日 近藤直子、残雪的《与残雪女士的对话》发表于《芙蓉》第5期。残雪谈道："写小说时不可能完全脱离现有的观念。这首先既有语言的问题，又有政治性的、社会性的背景。我在创作时，将有政治性的、社会性的，或者历史性的东西作为极为次要的问题处理。在后期的作品中完全抛弃了。我一直尽可能脱离那种'现实'或者'背景'，可以说是想从空无之中创作出属于自己的作品。""我开始写小说首先面临的最大问题恐怕可以说是语言问题。……之所以感到以往的小说不十分令人满意，是因为它们依赖了已有的语言表现。中国的古典文学推敲语言，以最少的文字表现了最深广的意思。其中一个个的文字具有被公认的明确的意思。一旦开始创作，我便想叛逆这样的语言。……我创作的语言中一个个的词没必要具备公认的意思，受到这种无意识的支配而创作的语言与其他人的语言完全不同。"

同日，东西的《小说生长的土壤》发表于《山花》第9期。东西谈道："迄今为止，我还没有发现任何一个年轻的作家，是不通过文学杂志而出名的。……惟其如此，文学杂志才特别重要，文学杂志的编辑也才特别重要。……我真诚的请求，那些曾经推动过中国文学前进的编辑们，多多地支持富于探索和创新的小说，使探索和创新形成一种风气，也希望作家们勇于创新和探索。"

邵建的《存在之境——东西小说读札》发表于同期《山花》。邵建指出："他（东西——编者注）的小说常在历史与现实的对位间游动，又频频涉笔于乡村与城市两种反差甚大的文明形态。因此，从表象上看，东西的小说题材较之其他一些晚生代可能更开阔些；但广种并非薄收，不难看出，东西乃是在多种题材的开拓中力图表现人的各种各样的'存在之境'。"

吴义勤的《先锋及其可能——评刘恪长篇小说〈蓝色雨季〉》发表于同期《山

花》。吴义勤认为:"在刘恪和他的《蓝色雨季》里'先锋性'又是和'可能性'、'诗性'、'语言性'等紧紧联系在一起的,对世界和艺术双重可能性的挖掘与呈现可以说正构成了整部小说艺术价值的基础。"

7日 万里的《失落的激情》(评胡发云的小说《处决》——编者注)发表于《小说选刊》第9期。万里认为:"与过去许多描写文革的作品所不同的是,作者的动机似乎并不是对那个时代的简单地否定,也没有把红卫兵们划入反面人物的行列,我们甚至可以从主人公对那个年代的回忆中看到一种怀旧情结。"

8日 郭济访的《尴尬的"新"余华——兼谈新潮作家叙述方式转换之得失》发表于《文学世界》第5期。郭济访谈道:"《许三观卖血记》采用了简单重复的叙事模式:卖血,这一行为如此简单地一次又一次地重复着,然而每一次重复却都能回旋出新的意义。这正如巴赫音乐创作多采用简单重复回旋的手法,强化主题,生发主题,以获得出人意料的效果一样。""这部作品充其量不过是余华企图塑造一个'新'余华而艰难地作出的尝试。这一尝试是在对'旧'余华的否定中进行的,是在对叙述方式的转换这一文学创作视为生命视为本质特征的否定中进行的。"

10日 《北京文学》第9期《百家净言》栏目"编者按"写道:"本刊第六期发表萧夏林的批评文章《泡沫的现实和文学——我看'现实主义冲击波'》以后,在文学界和读者中激起了强烈反响,有'河北三驾马车'之称的谈歌、关仁山、何申分别撰文,从不同的角度阐明了他们的观点,本期一并刊出。我们热诚欢迎作家、评论家和广大读者踊跃来稿,以使这场有关'现实主义'的讨论取得更深入和更广阔的进展。"

高秀芹的《现实主义:一个永远不会终结的话题》发表于同期《北京文学》《百家净言》栏目。高秀芹表示,1996年出现了"一批反映当前现实困境的小说",在这些小说中,"集体的现实境况代替了个人的生存困境,现实中遭遇的事件取代了想象的或抽象的命题"。高秀芹认为:"这股现实主义潮流从开始便呈现出浓重的写实倾向,直接逼视现实生活的原生状态。……他们继承'新写实'的写实姿态,却摒弃了卑琐与无聊。""这股反映现实困境的小说却从日常生活的喜怒哀乐中,从日常生活困境中,写出作为共体的人的现实尴尬困境，把个人的琐事移到集体中去。"在高秀芹看来，这些作家"自觉采取意识形态的民间化立场，与意识形态采取既对抗又合作的态度。这种立场使他们能看到现实中存在问题，但是他们无法质询意识形态的缝隙，因而他们的文本中缺乏批判性、新锐性和先锋性"，这批作品受欢迎，"一方面是文坛对前两年流入琐碎生活的新写实和耽于形式与实验的先锋写作的厌倦，人们希望文学对现实人生更切近的关注；另一方面这些作品把现实生活的苦难化为艺术的形式，满足了人们对现实不满的艺术补偿与企图革新的潜在冲动"。最后，高秀芹强调："现实对于文学和作家永远具有召唤和期待意义。现实主义永远是文坛进行革新的一种有效工具。"

关仁山的《面对现实的写作》发表于同期《北京文学》《百家诤言》栏目。关仁山表示，他本人转向关注现实的创作是因为"我一直在基层生活，深切地感到我国工农业改革进入了新的阶段。而当前改革的两大正面战场是大中型企业和落后农村。我想，我们手中的笔应该走近他们"，"我选择乡村，想替父老乡亲说句心里话。他们是很难的，却又都是满怀希望"。

关仁山指出："面对现实的写作，有一个'文学定位'的问题。进入九十年代中期的小说，如何深化现实精神是很重要的。……中国乡村的土地精神是什么？面对世纪末中国乡村大世相，回望田园的早晨，真情涌动。时代没有摹本，只有不穷的精神。文学需要承接这种精神，背负这沉重，亲吻大地，抒写人间情怀，透视时代变革的辉光，对乡土和众生祈愿、剖析、歌颂与预言。"

关仁山强调："对于小说归属哪个'主义'的界定，我认为不重要，并不是给谁戴上现实主义的帽子谁就光荣。……对于作家珍贵的是永留责任和良知，守住那份对民间和土地的亲情。然后再由生活体验发展到生命体验。""多元化的现实生活，承接着开放多元的现实主义文学。作家要面对现实，进行真实而有勇气的写作。"

此外，关仁山还谈道："'人民性'现今很少有人提了。我觉得这个概念还是有意义的，它能帮助我们拓展文学的表现空间，它能够帮助我们对'现实精神'的理解。'现实精神'把文学的浪漫拽到现实的大地上。文学因接纳现实社会责任，而变得沉重，变得生活化。社会生活是主体的，鲜活的。作家应蹚过'生活流',站在时代美学、哲学的高度来观察生活、穿透生活、把握生活。为了这个目标,我觉得自己还需艰辛地努力。"

关仁山还指出:"这些现实主义小说的社会新闻价值高于艺术审美价值。我觉得,读者有时需要看小说的社会新闻价值,喜欢看小说中直面现实问题。""这批小说并不专注于揭示一个人或一个家庭的悲欢离合,它关心的是这一个乡镇、一个村庄、一个工厂,较大的社会组织运作状态,自然就躲不开当代政治的影响。我认为,个人的困惑与痛苦,总会随着时代进程很快消失掉的,但是一个民族或一个阶层的苦难与新生会延续下来的。这样的小说既是社会的,也能够走进心灵。这里有一个文学大功能和小功能的问题。文学需要我们将社会的话题转化成个人的话题。"最后,关仁山指出:"现实主义作品不仅需要世相的真实,而应尽力寻求优美的艺术形式将作品推向精神的高度。超越与高度,同时对应着突破与深度。"

何申的《为了心中那份实情》发表于同期《北京文学》《百家诤言》栏目。何申指出,写小说写电视剧是"为了心里的那份实情,具体点讲,就是为了我对身边这片山区城乡实际情况的了解"。何申谈道:"首先,我写了几百万字的农村题材小说,从普通村民到各级农村干部,大家都说我很熟悉农村生活,有些评论文章甚至说我是长期在乡镇工作的,但实际上,我从小长在大城市,除了下乡插过几年队,其余的时间都在城市里工作生活。那么,我靠什么去写农村?答案很简单,就是利用一切条件去了解下面的种种实情。""其次是心里有了实情,才能有感情。""老老实实地去体会生活中内在的本质。""该表扬还是该批评?该歌颂还是该批判?得从实际出发,实事上是什么样,你就怎么写。"最后,何申表示:"我心中的这份实情,不是一个单色的一元的内容。它是一个色彩斑斓充满矛盾充满生机与活力的画面。具体到一个县一个乡一个村,具体到一个县长乡长村长(村主任),都是如此。明亮与阴暗都有,优点和缺点同在,但主流与支流明确,褒扬与贬低清楚。正因为如此,才为文学创作提供了最好的素材,才引起作家的极大创作欲望。"

谈歌的《关于作文与做人》发表于同期《北京文学》《百家诤言》栏目。谈歌指出:"我反对假装,反对当面一套背后一套。反对坑蒙拐骗。反对吹牛拍马（所以我至今仍然进步不大）。我常常想，这应该是我写作的基本点了。"谈歌强调，"作家在心灵感觉上，应该是平常人。你写花草鱼虫也好，你写历史也好，你忧国忧民也好，你怎么着怎么着也好，第一你一定要真实、要平常"，"作家的职业意识首先是给读者写东西。……我喜欢写一些我认为我能写而且读者也喜欢读的东西，我一直这样干着。我不喜欢处心积虑搞文体实验，那应该是专业作家们干的事情，你们吃着铁杆庄稼，你们既无不开工资之忧，更无下岗待业之虑。你们不实验谁实验？我想实验就实验一回，不实验也没有什么"。针对小说，谈歌表示："小说就是小说，不是哲学和其他什么东西。小说写得像不像小说，读者会认定的。我们说了不算。"

周亚琴的《"个人主体"重写："英雄形象"的道德尴尬》发表于同期《北京文学》《百家诤言》栏目。周亚琴认为"它们（被冠之以'现实主义冲击波'的文本——编者注）是现、当代文学的写实传统精神的延续"。周亚琴指出："是一种物质化的利益关系强有力地主宰了'现实主义冲击波'小说艺术的精神世界，它使我们从中窥见小说英雄人物道德尴尬的实质根源。如果我们不去对这种利益根源作评判性的分析，而仍然相信这是一种民族'优根性'，我们也就会在'现实主义'的小说写作旗帜下迷失道德与精神的正确方向。"

同期《北京文学》《笔谈短篇小说》栏目"编者按"写道："本期出场的有刘庆邦、肖复兴、马原、朱也旷、丁天、晓白、孟晖等，他们大都从自身阅读与写作的经验出发，对短篇小说的文体、写作方式及其特性等诸多艺术问题进行了比较具体深入的分析和研究。文章角度各异，但却不乏真知灼见，而刘庆邦有关短篇小说的'种子说'更是令人耳目一新，相信读者会有不小的收益。"

丁天的《我目前认识的短篇小说》发表于同期《北京文学》《笔谈短篇小说》栏目。丁天认为："小说的属性之一，像手工艺品一样，小说的写作是属于经验性的。"丁天提出，首先，"阅读。写作和阅读是分不开的"，"看作家怎样处理他的故事与情节、细节之间的关系，怎么通过故事告诉我们故事以外的东西"。其次，"技术"，"似乎仅仅为了展示某种技术或表现某一种手法的小说已经不够了"。再次，"风格。作家不应该过分强调自己的风格，所谓风格应该是一种自然而无意识的流露，作家应该首先尊重自己笔下的作品所要求的风格"。最后,"语言","作家在写作时首先应该明白他的故事需要怎样去被写,也就是说作家需要真正去理解他所要讲述的故事的内在意义。不同的小说之间的区别就像刀子与玉器的区别"。在丁天看来:"我想写诗和写小说应该是两种思维方式,而写短篇小说和写长一点的小说也是两种思维方式。短篇小说应该介于诗和长小说之间,抽象思维和形象兼而有之,感性与智性的思维同时兼备。"丁天还指出:"好的小说都是灯光、阳光和心灵之光这三种光线的照耀下产生的,而所有的小说也将在这三种光线的照耀下经受考验。"

刘庆邦的《短篇小说的种子》发表于同期《北京文学》《笔谈短篇小说》栏目。刘庆邦认为:"和物质世界相对应,短篇小说作为一种精神世界,似乎也有种子。……短篇小说的种子不同于植物和动物的种子,短篇小说的种子只用于播种和生发,不宜于流传,也就是说它的使用是一次性的。"刘庆邦指出:"短篇小说的种子是有可能生长成一篇短篇小说的根本因素。""写一个短篇小说事先没有种子,就无从下手,就找不到行动方向,既没有出发点,也就没有落脚点。这好比农民种瓜,有土地,有肥料,季节也正当时,因为没有种子,一切都是白搭。"刘庆邦强调:"中国短篇小说的特殊味道,大概与我们祖先造下的象形方块汉字有关。""小说的种子是在生活里,更在我们心中。俗话说心里有眼里才有,如果我们心里没有,遍地都是短篇小说的种子我们也会视而不见。""我们得到了小说的种子,不等于得到了短篇小说,要把种子变成小说,还要进行艰苦、复杂、细致的劳动。……想象力是短篇小说的生产力。小说是以想象力为生。想象力可以为短篇小说的种子在我们的心中的生长提供一切必要的条件,一切植物的种子生长的过程几乎都可以与短篇小说的生长过程形成对应,一些词汇也可用来形容短篇小说的创作劳动。"

马原的《我为中国的短篇疲劳不堪》发表于同期《北京文学》《笔谈短篇小说》栏目。马原谈道:"短篇是小说中最具挑战性的操作。"在马原看来,中国的短篇小说"进入二十世纪,二、三十年代小说重新复兴,当时写作的主将都是在外面喝了洋墨水回来的,自然将更新更现代的小说观念带进我中华。小说进入现代形态阶段","不过也就在这个阶段短篇出了问题。……就是短篇承载了太重的负荷"。马原指出,"我们这一代人写的短篇与上一代真的很不一样。……莫言，刘索拉，徐星，韩少功，刘恒，方方，王安忆，铁凝，余华，格非，洪峰，年轻一代比以前反倒多了沉重，多了思索的成份，因此也朦胧也压抑。当然也有例外，池莉就比较轻松，苏童、刘震云也可鸟瞰他们的牵线木偶。恐怕最超脱的是王朔了，他真的有很松弛的心态"，"现在读短篇不轻松了。……叫人难过的事情发生了，小说原本的平常特质不复存在；以平常心来阅读的人群开始也新奇，但是很快热情随着好奇心退下去了"。

孟晖的《文贵精炼》发表于同期《北京文学》《笔谈短篇小说》栏目。孟晖认为："文贵精炼，对于用任何一种语言写作短篇小说的作家，都是不可忽视的基本技巧。追求精炼的叙述语言，并非意味着文风一定简洁，繁复的、疏散的、有意模仿口语之罗嗦的……各式文风，都可以达到叙述语言的精能。"孟晖指出："由鲁迅等人的成就得到启示，也许，对于以汉语写作的作家，中国长久的短文写作传统本应成为探索短篇小说写作时所时时回溯的源泉。"

晓白的《短篇小说：一种被高度浓缩的人生》发表于同期《北京文学》《笔谈短篇小说》栏目。晓白认为："中、长篇小说，也许用来把握和展示一个人，或一群人的生命全部更为适宜。……短篇小说却不同。它最适宜把握和展示的，也许只是一个人，或一群人生命中的一个片断。但这片断不能简单理解成一个随随便便的什么片断。"此外，"一篇真正优秀的短篇小说的容量，其实是完全能够扩展成一个中篇，甚至一部长篇的。它是中、长篇小说的精华和精粹，是人的生命个体中的一个最能昭示其生命特征的最鲜活、最具代表性、最旺盛、最生机勃勃的部分"。

肖复兴的《从奥茨谈起》发表于同期《北京文学》《笔谈短篇小说》栏目。肖复兴指出："我们现在的短篇小说创作已经日渐其多地偏离这种认识和要求，忽略了短篇小说的要素，将短篇小说的制作，演绎成了街头的摊煎饼，只要大概齐有个鸡蛋，不管有什么面和作料，就敢往上面招呼，呼拉拉摊开一大片。'不可能同时被表现出来'，恰恰有时忽略了奥茨这句经验之谈，不可为之而为之，在眼下的短篇小说中，有意无意企图'同时表现出来'绘画效果的，并不在少数，甚至优秀的短篇小说中也或多或少地存在着这一弊端。"肖复兴认为："中篇和长篇小说的盛行，短篇小说似乎难有昔日的风光了。时代在改造着读者和作者的胃口，便也无可奈何地改造着小说的制作方式。""混淆了短篇小说和其它样式的区别，便也容易取消了自身的存在。"

朱也旷的《二十二条札记》发表于同期《北京文学》《笔谈短篇小说》栏目。朱也旷指出："短篇小说需要灵感。在小说中大量纯技术性的东西是不可避免的，但同时也应该有灵感；尽管是少量的，但却是不可或缺的。""小说中的灵感并不是指某种机巧与突变。相反，有时它看上去竟是那样的平淡无奇或无关紧要。"朱也旷认为："短篇小说是压缩的能量。有时候它可以具有惊人的力量。……对于短篇小说，我们只要把牙齿写好就够了；写得越充分越好，而不必牙齿写两笔，爪子写两笔，颧骨弓再写两笔。但我们写牙齿时，要使人感到，它同时也有锋利的爪子、发达的颧骨弓等等。"

15日　毛克强、袁平的《当代小说叙述新探》发表于《当代文坛》第5期。毛克强、袁平认为："不管其理论如何标新立异，从叙述的角度看，'新体验'小说选择了偏重内心视角的直接叙述方式，把作家对生活的体验与大众体验融为一体，构成直接的内心倾诉。"

张瑞田的《新潮小说：喜忧参半的语言实验》发表于同期《当代文坛》。张瑞田认为："读者阅读期待中固有的模式固须打破，但这打破需在照顾原有阅读经验、文化传统的基础上进行。无视本民族的社会文化背景和特定的读者对象，必然使读者背对小说，使小说丧失应有的群众读者。"

17日　周然毅的《虚幻的真纯与道德的批判》（评梅毅的小说《另类情感》——编者注）发表于《作品与争鸣》第9期。周然毅认为，"就文学与社会的关系来说，现实主义文学总是在矛盾较为突出的社会转型时期，以其对现实人生的深切关注和批判特色放出夺目的光彩；就文学自身发展的情况来看，现实主义文学又总是在文学因种种原因陷入误区，越来越失去文学特质和读者的时候，为文学注入生活的营养和活力。这正是现实主义历尽风吹浪打仍不失其生命力的根本原因"。

20日　刘俐俐的《我们和小说——对小说的追问》发表于《小说评论》第5期。刘俐俐谈道："越具有个人主义色彩的意识情感越能引起这个人群的无尽联想和精神的期待。重视个人的意识和情感就成为小说向'我们'趋进的轨迹。""我们不能说着说着，我们把自己说成了别人。开掘真正产生于自己国土上的切身感受，酿成中国小说艺术独特的话语体系，中国小说才能在世界文学的话语中占有一席之地。"

同日，林斤澜的《树（系列小说）》后有《呼唤新艺术　北京短篇小说讨论会上的发言》发表于《钟山》第5期。林斤澜认为作家应"用减法写小说"。

苏童的创作谈《赘言》发表于同期《钟山》。苏童指出："不管是长篇、中篇还是我这里要说的短篇，肌理之美是必须的，而血肉的构造尤为重要，构造短篇的血肉，最重要的恰恰是控制。"

25日　胡彦的《先锋小说：终结与重建》发表于《大家》第5期。胡彦认为："传统小说是'写什么'的文学，先锋小说则是'怎么写'的文学。从'写什么'到'怎么写'的转换，显示出文学从'内容中心'到'形式中心'的变化。这种变化是逻各斯自身逻辑发展的必然结果。先锋小说的出现，使得传统小说的艺术活力由此达至巅峰状态。在先锋小说之后，小说不再具有任何引人入胜的新奇之处，它存在着，但不过是在重复着已经被耗尽的各种艺术语言而已。""在传统小说终结之际，小说的事情乃在于小说之所以可能的历史性问题。如果我们要把这种关注于历史性可能的未来小说称之为'先锋小说'的话，那么这种小说的'先锋性'不在于其'未来性'，而在于其'历史性'。"

同日，何言宏的《现世空间的批判与重组——刘醒龙的两部长篇及相关话题》发表于《当代作家评论》第5期。何言宏认为："《生命》与《歌唱》所着力展现的已经不是'公共性'的创生，而是'公共性'的崩溃，我们所看到的正是基于不义的'公共性'的基础上所形成的'公共生活'在其内部差异力量的剧烈冲突下走向解体的全部过程，刘醒龙对此过程的逼真揭示也使《生命》与《歌唱》具备了一定的批判性。"

张闳的《时间炼金术——格非小说的几个主题》发表于同期《当代作家评论》。张闳认为："格非小说中的世界是一双重性的结构，如同镜像结构一样。一面是现实世界：人物、事物、事件；一面是想象世界：时间以及时间中的主体经验，即记忆。不过格非对这一镜像结构作了一个逆向处理。现实世界变成了表象和代码，是一幻相世界，它只是时间中的主体意识的一个影像。与此相对应，格非的小说亦存在着双重性的结构。其'显性本文'是各种各样的故事：侦破、谋杀、性爱、战争、旅行，等等；其'隐性本文'乃是关于世界的'时间性'母题，亦即关于人的生存经验中的时间性关系。这一点（无论其观念的来历如何），是格非对现代汉语小说最主要的贡献之一。以往的小说尽管也有关于时间问题的思考，也有对时间的深刻体验，但是，将时间这样一个形而上学化的存在因素当作母题来表现，则是格非小说的基本任务。"

同日，张春宁的《为"纪实小说"一辩》发表于《文学报》。张春宁认为，"纪实"与"小说""不但二者是有可能结合的，而且可以结合得很好，可以产生优秀的甚至不朽的作品"，"至于结合的方式，倒可以多种多样。总的看来说，离不开以真人真事为基础，又加以适当的丰富与虚构"。

28日　蓝强的《长篇小说〈缱绻与决绝〉研讨会纪要》（赵德发的长篇小说《缱绻与决绝》研讨会——编者注）发表于《中华文学选刊》第5期。林为进表示："作者通过细节来描写农民与土地、与道德、与政治等方方面面的关系，写得既凝重，又风趣，很有幽默感，很见功力。作者在这部小说中的另一个突出表现是，运用了浮雕式的群像描述。作者通过好多个性鲜明、真实生动的人物，写出了中国农民可敬又可怜，纯朴又狡猾，大方又小气，善良又可恶的形象。"

雷达认为："赵德发是一位实力派作家……赵德发写出了一部非常厚重、非常扎实的作品，但我认为他涉及到的这些问题几乎是我们这个时代的作家无力回答的问题。在对众多女性的描写中，我觉得作者过多地突出了动物性的东西，影响了作品的博大深沉。这部书在表达中国农民和土地的关系，表达中国农村半个多世纪的变迁，表达农民心灵的历程方面做了很多探索并且达到了相当高度。"

本月

《上海文学》第9期刊有"编者的话"《平实叙述中的忧思》。编者提到："九十年代的小说，在某一方面，有趋实的倾向，作家进入社会领域，并深入到人的日常生活，在具体的生活细节中，进行思想和写作。但在另外一种意义上，却又多少限制了作家的想象力,在平实的叙述中,艺术上又显得有些单一和平面。也许,正是在这种不断的'矫枉'中,小说艺术方得以不断地克服各种相继出现的问题,并由此激发艺术探索的勇气。"

宋明炜的《漂流的房子和虚妄的旅途——理解朱文》发表于同期《上海文学》。宋明炜认为,朱文小说世界"不是为抒情或表达某种思想,而是力图描绘状态,即用极贴近现象本已的笔触,去复活许多个瞬间体验,以此来拼接出的他心目中的真实,重现他的视界里当代人的生存状态"。

闻树国、陈中华、兴安等的《汉语小说的失语与迷途及其可能性》发表于《小说家》第5期。文前有"主持人语",主持人提到:"一些敏感的编辑们敏锐地发现了汉语小说在最近一段时间内所暴露出来的实质性问题:汉语小说的失语,即文本的缺失。"闻树国谈道:"我以为所谓失语现象一般是以两种形式表现出来的。一是从文本意义上说的,也就是我们平时说的'叙事学',尤其是叙述语言,语流,修辞方法,汉语逻辑等等,令我们有一种读翻译小说的阅读感觉,欧美或者拉美的;二是从存在意义上说,这一代作家在叙事上的认同,虽区别了传统的,却无意中陷入了集体无意识。"

本季

李咏吟的《先锋叙事的现代文化立场》发表于《文艺评论》第5期。李咏吟谈道:"零度语言通过形象的抑制而达成了对接受者的快感抑制。""这首先表现在说理语言的植入……在米兰·昆德拉的作品中,说理语言成了作者和主人公自我反思的一种话语方式。叙事语言被挤到了边缘……说理语言不是那种快节奏的流动,而是一种迟缓和漫不经心的流射。反抗热情和压抑热情构成了他的零度叙事的基点。这种零度叙事决定了我们不可能以游戏心态进入作品……昆德拉的说理语言加强了叙事的强度,叙事不再软绵绵或轻飘飘地浮在现象的表面,而是进入了一种内心解剖和独立反思状态……在先锋叙事者那里,叙事比哲学表达更具思想优势。个人独立的思想表达在叙事中显示了特有的魅力。深度叙事模式在这种思想语言中得以建立。这种叙事最大限度地伸张了先锋作家的思想特质,显示了现代文学与现代哲学的亲缘关系。"

王安忆的《〈九月寓言〉的世界（第四讲）》发表于《小说界》第4期。王安忆谈道："前几年有个寻根运动，出来了很多乡土化的小说，就是文化小说。究根问底，其实就是摆脱意识形态的束缚，到人类生存的原初状态中去寻找材料，以期建构一个和现存的固定的世界别样的天地。可是我们细细看来，寻根小说是什么样的景观呢？是用非意识形态的情节、人物，就是那种非常乡土化原始性的材料，最后做成的还是个意识形态化的小说，就是说，它依然是现实世界的再现。而《九月寓言》正相反，它用意识形态化的语言创造出的却是非意识形态化的一个世界。"

十月

3日 《人民文学》第10期刊有"编者的话"《从〈大厂〉到〈城市〉》。编者提到："《城市》是谈歌继《大厂》之后的又一力作，表现的是'下岗'这个重大而紧迫的社会问题。作为一个富于公民责任感的作家，谈歌焦虑地注视着、思考着围绕这个问题呈现的纷繁现象。小说的意图不在阐释某种具体的路径，而在于唤起人们对社会共同的根本利益的体认，凝聚起风雨同舟的社会情感。"

10日 蒋原伦的《短篇小说的寓言化倾向》发表于《北京文学》第10期《笔谈短篇小说》栏目。蒋原伦认为："近年来的短篇小说有寓言化的倾向。""当代读者的领悟力虽然很好，无奈没有耐心和充分的时间，因此寓言化的小说并没有给自身带来多少读者。但是，无论如何，寓言化写作于作者来说是一种较为轻松的写作。……在这类写作中，作者的情感没那么投入和专注。……或可说寓言化小说是作家休息时的一种姿态，在情感、精力大量消耗之后（创作了大部头作品），他们暂时要退出沉重的写作、坚硬的写作，他们需要自由畅快的呼吸。""现代寓言的特点是寓意由读者自己寻找而非作者提示，而作者似也早已明白自己是无法独占作品的阐释权的，这不仅不使作者手足无措，反倒减轻了他们的负担。"

李洁非的《小写的文字》发表于同期《北京文学》《笔谈短篇小说》栏目。李洁非谈道，"长篇小说崛起了——众人都如是说，我想大致也不差，尤其从数量看。眼下但凡算个'作家'，而未染指长篇的，实在是凤毛麟角""我不明白作家为何如此重视写长篇，这是很没道理的事情。……何以非得写长篇才是'大作家'？但无疑地，现在大家的确正这么看，将文体的长短与才具的大小挂起钩来"。李洁非指出："与大量粗制滥造的长篇小说形成巨大反差的是，短篇这种文体已成弃儿，好大喜功之风使作家扫尽求精之心，一件素材能抻得长些绝不压短，以致许多短篇小说实际上只是存放长篇边角料的垃圾桶。"

林斤澜的《短篇短篇》发表于同期《北京文学》《笔谈短篇小说》栏目。林斤澜指出："世界上的小说，都从短篇开始。""不论'传统'还是'现代'，都是短篇领头的时候居多。"林斤澜认为："我们的小说历史悠久，履历显赫，却没有大家认同的定义，闹得'八字'也只好层出不穷了。""最早的八个字是：街谈巷语，道听途说。从这里'志'下'异'来，这是小说的起源。""只是可以看见现代小说写家，有拿这最古老的八字做方法，通过现代意识写出来，成为不同层次的读者喜欢的先锋小说，因有老八字卧底，胜过别的先锋。""新近的议论中，常常提到的，凑巧又是八个字：'真情实感'和'生存状态'。""'真情实感'……最后都落在人生的感情上……作家自身，写作是他的生存状态，是根。"在林斤澜看来，"短篇的散文化已经形成趋势；摆脱传统的戏剧化的纠葛，开拓了自由自在的局面"，"短篇小说家爱说写出来的少，不写的多。或是说此处无声胜有声。或是借用外国的冰山比喻：写出来的只是水面上的山尖，不过整座山的几分之几。都不如就往'空白艺术'上说，论心性，那是性之灵，和民族之魂相连"。林斤澜认为："长短篇各有长短，决不光是字数的多少。门庭独立，互相不可替代。""分别，其实就在结构上。"而"短篇小说的操作，有一份'匠'的劳动。'匠'那样的智慧和辛苦"。

童道明的《简洁与幽默》发表于同期《北京文学》《笔谈短篇小说》栏目。童道明指出："文字表达，中国人讲究简洁。""契诃夫后来说过一句名言：'简洁是天才的姐妹。'其实他还可以补充一句：'幽默是天才的兄弟。'……幽默是什么？幽默是通向读者心灵的捷径。短篇小说最需要这条捷径。"童道明认为："不仅林斤澜幽默，王蒙幽默，连铁凝也幽默。只不过这些幽默里还欠缺点苦涩。"

15日　李大卫的《也说九十年代小说》发表于《南方文坛》第5期。李大卫指出："邱华栋……这种诗人品质，使他的小说表现出囚困于万丈红尘，却又奋力向上超越的精神指向。因此我们不能把他笔下的摩天楼仅仅视为都市文明的一般指涉，虽然与其相关的霓虹灯般的梦幻色彩带有后现代嗜毒文化的色彩。也正因为如此，他的作品清晰地凸现于当下城市文学的总体背景之外。"

16日　毕飞宇的《短篇之难难在语言》发表于《文学报》"为短篇小说加把力"专题。毕飞宇谈道："短篇的语言应当有一种'放大'的能力，通过'放大'而达到本质，以接近于虚妄的方式达到表现事物'质地'的目的。俗话说，短篇以小见大，关键是，这里的'小'不是源头，而是前提；这里的'大'也不是目的，而是可能性。这就决定了这种'以小见大'不是盆景式的，不是冲洗胶片式的，而是小说家对生活的一种精致的领悟和善意的参与——这种领悟与参与又是以他对语言的迷恋和信赖而产生的。正由于这一点，短篇小说与中长篇小说过分的社会性相比，更多地个人化了，性格化了。"

17日　飞鸣镝的《欲望的困扰与良知的坚守》发表于《作品与争鸣》第10期。飞鸣镝认为："这部作品（《你没有理由不疯》，作者：张欣——编者注）总的来说，是沿着近期以冷峻睿智的笔墨撞击现实的路子走下来的；但是，它同此前的近作相比，其某些方面的审美追求又表现出明显的创意与新质。""明显引入了从现代派小说那里拿来的，貌似轻松无为、漫不经心，实则相反相成地表达着作家强烈的否定性情感评价的'反讽'手法……"

十一月

5日　李冯的《也说晚生代》发表于《山花》第11期。李冯谈道："晚生代是一个更接近于'无'的概念。……一个概念作最简单的分析，至少应该有外延和内涵。六十年代，能作为晚生代的外延吗？"李冯表示："晚生代有什么？似乎什么也没有。作为一个松散、庞杂、人员众多然而流动性也极大的同盟，晚生代组合起来就如同一部噪音机器。"李冯还指出，晚生代"这样一个庞杂、乌合式的联盟"，"其内部显然蕴藏着深深的危机"，"危机首先当然来自于它的命名方式，假设它不分化瓦解，不为众多分化出来特点鲜明的小流派所取代，从时间的角度看，它也自然会给比它更晚生的后晚生代顶替，如同它最初靠晚生而诞生那样"，"但更深的危机，或许就针对着晚生代内部的每一个人。……十多年来，创作危机就一直是中国作家的痼疾。一个优秀作家，从来都不会停下或试图停下他的笔，可看看晚生代之前的作家，能够保持活力与创造性的确实屈指可数"。

6日 南帆的《先锋小说与叙事实验》发表于《文论报》。南帆认为："结构主义之后一系列理论，例如解构主义、女权主义、新历史主义、'后殖民'理论继续来访，人们开始在这些理论给出的思想空间里考察话语及其意义的生产。于是，叙事在这样的考察之中逐渐同权力、意识形态、文化记忆或者历史书写联系起来了。叙事策略甚至在某种知识类型的意义上得到理解。这里出现了双重的突破。一方面，传统现实主义对于叙事的轻蔑遭到了否定，叙事问题移到了诸多考察的中心位置；另一方面，叙事不再仅仅被当成形式结构，叙事的重要恰恰在于指向了形式之外——指向了社会、历史和文化网络。社会、历史和文化网络是另一种意义上的文本，叙事的功能将在这些文本的交织之中得到前所未有的重视。因此，无论肯定还是否定，叙事实验都不能继续表述为微不足道的写作技术操作；叙事实验已经包含了主体的深度、自我、焦虑、沟通或者交流的不懈的关注。这个意义上，我乐于引用我在《先锋作家的命运》一文之中的一段描述，作为阐释先锋小说叙事实验的结束语：'许多先锋作家不约而同地转入语言的探索，这种探索至今仍然被视为一种技术主义的狂热。但事情并非如此简单。语言并不是精神的外部装潢，而是精神的内在结构，或者说精神的家园。因此，语言规约了精神，一部字典犹如一部精神法典。所有的语言释义限定了精神的可能。但先锋作家不愿意到此为止。他们抗议语言的暴政。种种固定的表述如同流水线上的预制零件，先锋作家不能忍受将精神视为这些零件的固定装配。他们破坏性地瓦解陈旧的语言结构，在一片语言的瓦砾之中构思新的精神诗篇。这就是他们写作之中的'解构'与'建构'。这还仅仅是技术主义的狂热吗？'"

同日，何启治、盛元的《想望长篇小说的黄金时代——关于近年长篇小说创作现状的访谈录》发表于《文学报》。文前，编者提到："进入九十年代以后，诗歌受到冷淡，中短篇小说也不再会创造一篇作品能使其作者一夜成名的神话了。唯独长篇小说受影响最小。……长篇小说方兴未艾的繁荣势头至今不减，这一文学现象蕴含着许多关于文学创作的本质意义的话题。盛元对何启治的访谈便由此展开。"

16日 何平、汪政、晓华的《现实与梦想——关于汉语小说的问答》发表于《文艺争鸣》第6期。关于"中国古典小说的现代创作"，何平认为"中国小说作家从未停止在这方面的尝试。只是有时由于我们过于强调新文学之'新'，忽略了这方面的史实。不过，这一工作一旦深入下去就会令人失望，它们最多也只是'修辞'层面的东西。既然中国的小说史是断裂的，那么传统的小说再怎么好，也是'那个时代'的事，可望而不可及，其美学原则从根本上无法解决我们当下现实的事"。关于"汉语小说"，何平认为，"所谓的'汉语小说'就是试图强调中国20世纪小说的汉语文化本质，面对着西方的小说写作，如何建立自己的小说话语体系？"，"汉语小说"的提出，"是针对20世纪中国小说写作遭遇到的与中国古小说的断裂、域外小说的压迫和同化的尴尬情形的"。

汪政和晓华认为："'汉语小说'也绝不是一个小说形式的问题，我们必须拓展一下思路。'汉语小说'首先是一个汉语问题，而我们在运用汉语时我们又是如何对待汉语的？对待汉语（语言），一般有两种不同的观念，一个是将其看作工具，而另一种则是在人文主义的层面来对待。我们无疑倾向于后者。不仅仅是小说，一切运用汉语的写作都必须要考虑到表现汉语的人文内涵。"

20日 赵稀方的《香港文学本土性的实现——从〈虾球传〉、〈穷巷〉到〈太阳落山了〉》发表于《小说评论》第6期。赵稀方认为："《太阳落山了》则具有'本土'意识，它标志着香港文学本土性的实现。"在情节结构上，这部小说中"阶级对立模式"被消解；在文体形式上，叙事重心从"在情节冲突中展示社会矛盾"转移到"在描景画俗中透视港人心态"，突出了"市风民俗"。

21日 舒也的《新历史小说：从突围到迷遁》发表于《文艺研究》第6期。舒也认为："与正统历史小说鲜明的政治意识形态特征不同，新历史小说表现出了一种民间意识形态化的特点。新历史小说仰承寻根文学摒弃政治而转顾民间的抉择，表现出了素朴的民间文化色彩。……正统历史小说中的政治色彩被一再淡化，历史表现为世俗化、日常生活化、零碎化了的历史。""新历史小说突破了正统历史小说对历史的社会政治化解释，从而使新历史小说的价值抉择指向多元意义。一方面，它力图突破政治目的论'正史'所形成的遮蔽以求更进一步接近历史真实，另一方面，它以有着现实的丰富性的'文化图景'取代了正统历史小说的'社会政治图景'，从而表现出对世俗、民间、宗法、习俗等的旨趣。随着对政治本位历史图景的超越，新历史小说突破旧有的政治目的论价值观，在个体生命、民间生活、传统文化等方面表现出了多元的价值关怀。"

24日 李万武的《救赎与屠戮——评"新状态"小说攻势》发表于《文艺理论与批评》第6期。李万武认为："'新状态'的教训告诉人们：救赎文学，必须首先致力于救赎人的精神。王干先生和'新状态'小说家们，就是因为其精神文化选择失准，才把一场口口声声是为了'救赎'和事业，干成了'屠戮'的。"

王峰秀的《现实主义启示录——关于现实主义冲击波的思考》发表于同期《文艺理论与批评》。王峰秀认为："现实主义在我国长期的发展中，它已不仅是一种创作方法，一种艺术风格，而且已升华成为一种艺术精神。"

25日 焦桐的《小说戏剧性的消解与回归——王安忆近期小说评价》发表于《当代作家评论》第6期。焦桐认为，时至1997年，王安忆的小说"在形态上又一次走到了文坛的一个新的前方"。首先，在小说结构上，"新阶段王安忆小说文本的重要时空特点是：对于家族史的讲述"。其次，在小说内容上，"王安忆的小说在具体内容上从现实情景的描写转向更为深层的历史层面延伸；在其价值趋向上看，则更多地指向现实的层面"。最后，在小说形式上，"她的小说以更为纯粹的小说方式来制造了关于世界的多种可能性方式。其实她的小说不是取消了戏剧性而是在本质上更加逼近了游戏"。

李振声的《"文本寄生者"李冯和他的长篇〈孔子〉》发表于同期《当代作家评论》。李振声指出，"某种意义上，我们甚至有理由认定李冯是个'文本的寄生者'。因为他的写作几乎都离不开某个既成文本或文本制作者作为依托"，"什么是李冯在小说上独辟蹊径的地方呢？一言以蔽之，既成文本的创造性重构是也"，"小说准'历险记'式的故事构架，还不由地使人联想到了荷马史诗中的《奥德赛》以及本世纪美国小说家福克纳的《我弥留之际》,虽然《孔子》既没有前者那样超凡脱俗的英雄气概,又不像后者那样意在透过恶俗的世相,烛照出人性和生存的神圣意义之所在,但与这些神圣的故事作比照,它同样有着将世俗经验提升到某种形而上高度的意义"。

27日 关仁山的《永远的文学选择》发表于《人民日报》。关仁山指出:"小说的故事可以组织,但对百姓的真情实感不好组织……深入生活是一种古老的体验方式,应努力发展到生命体验,直至艺术体验……感受乡土那种一触即发的疼痛,也会看到土地上澎湃的生机。让文学紧跟时代步伐,让文学植根于人民和大地之中。"

本月

徐培范的《细节:小说叙述的最小功能单位》发表于《海燕》第11期。徐培范指出:"本文将序列(罗兰·巴特的《叙事作品结构分析导论》中所确定的叙述单位——编者注)作为细节的参照是取其'自身内部的功能是首尾完整封闭的',相对完整及序列是分析表现在深层次语句中实际生活中的动作的程序,这两个特点——即细节的相对完整性(过程性)和运动性(动态性)。"

《上海文学》第11期刊有"编者的话"《略说"新生代作家"》。编者提到:"本期集中刊发了一些青年作家的作品。这些作家大都出生于六十年代,在文学界,他们一般被称之为新生代作家。而在文化界,近年则有所谓'六十年代人'的提法。""有兴趣的读者,不妨先阅读一下包亚明和王宏图的文章,他们从各自的经验角度,针对'六十年代人'这一文化群体,提出了自己的看法,并概述了其'共同经验'的主要范畴。当然,理论在某种意义上,只是一种假设,一种问题的提出方式。文学创作以其更具个人性的特点,丰富并补充着这一'共同经验'。而最终,则将突破群体的观念制约,以展示个人丰姿多彩的心灵世界。"

十二月

4日 朱向前、张志忠的《关于〈北方城郭〉的对话——兼谈长篇小说结构的处理问题》发表于《文学报》。针对近二十年来中国的长篇小说创作结构方面问题产生的原因,朱向前认为:"一、作家把握长篇小说这一体裁的综合能力不足;二、作家对现实生活认识的深度和广度不够;三、作家过份自信,对结构在长篇小说中的重要作用认识不足。"

7日 万里的《让人物在叙述语言中凸显》(评铁凝的小说《安德烈的晚上》——编者注)发表于《小说选刊》第12期。万里认为,《安德烈的晚上》"是现实主义的,用很舒畅很平实的叙述语言把读者引入了安德烈那普普通通而又真真切切的生活之中"。

10日 谢冕的《试着找门》发表于《北京文学》第12期《笔谈短篇小说》栏目。谢冕认为:"林斤澜的小说是高浓缩的、又是跳动的,所以读起来费劲。""林斤澜的短篇小说写得非常用心,字句反复推敲,绝不滥用,叙述和交待也精简到极限。……他知道短篇的特性,不允许铺排,他省俭到近于吝啬。所以造出了他的小说的跳跃的效果,因为中间省去了许多形容词和关连词,所以读者需要用自己的想象去补充和衔接。这对现在的短篇越写越长是个有力的警戒。""短:也许还容易学,而林斤澜小说的那'怪味',却是'独一份',别人是学不到的。这就是他长期修炼所成的'正果',也是他独特风格之所在。"

15日 郜元宝的《说出"复杂性"——谈〈踌躇的季节〉及其他》发表于《南方文坛》第6期。郜元宝认为:"王蒙小说的语言构成相当复杂,有经过细心挑选不露痕迹的文言,有各种外来语,有各地的方言,特别是北京话(老的'京片子'和八、九十年代兴起的北京味的'新方言'),以及他最为擅长的大量化入各个时代的政治术语(这其实是现代汉语的主干部分)。"

汪政、晓华的《疼痛的写作——有关鬼子作品的讨论》发表于同期《南方文坛》。汪政、晓华指出:"鬼子与'现实主义冲击波'的那些作家不同,他首先重视了当代小说的成果,有人说现实主义也需要发展,我有条件地同意这种说法,批判现实主义与拉美现实主义就不同,后者显然吸取了欧洲现代小说的表现手法和拉美民族叙事的因素,而对中国当代小说而言,首先就是近二十年也可上达到二、三十年代前辈小说家的有益探索。鬼子近期的作品相当重视结构上的意味,它们没有通常写实小说叙述上的平铺直叙的作风,这一方面突出了故事的戏剧性,但同时更是为了强调叙述的功能,叙述本身的形式意味……"

王干的《叙述之外的叙述——评鬼子的小说》发表于同期《南方文坛》。王干谈道："鬼子的小说近作，有意识地将死亡的主题和欲望的主题复合在一起进行叙事，呈现出欲望化的死亡或死亡的欲望化，这在一大批被称'新生代'的作家中显出某种古典的小说精神和批判的倾向。何顿、述平、刁斗等人的小说是走'欲望化叙事'的路子的，他们的小说大量呈现了当下生活里的日益膨胀的欲望化表象，人物也往往被这些表象所驱使，整日忙碌而不知何为。这些平面化的叙事小说也无意于对这些表象和人物进行道德谴责和思想批判，有时甚至故意采取同构和合谋的方式来强化这种'欲望化叙事'的力度。鬼子的小说初一看也是受到这种'欲望化叙事'的影响，但他的小说'欲望'只是起点，并不是终点，'死亡'才是终点，这与那些以欲望始以欲望终的'欲望化叙事'小说就拉开了距离，甚至可以说是一种'反欲望化叙事'的小说了。"

张志忠的《寻根文学的深化和升华——〈长恨歌〉、〈马桥词典〉论纲》发表于同期《南方文坛》。张志忠认为："《长恨歌》和《爸爸爸》，在长篇小说的艺术上，都是很有特色的。其共同之处，是作家强悍的主体性对于作品题材的驾驭上的得心应手：他们都用很少的材料建成自己的艺术大厦。王安忆凭借了一则简短的刑事犯罪的新闻，韩少功凭借的是150个词汇，作家赋于他们一种自动生产和增殖的魔力，演绎出丰富多采的生活画卷来。"

17日 陈奇的《无情人生》发表于《作品与争鸣》第12期。陈奇认为："'新写实'是强调零度状态叙述情感的，但在池莉的小说世界里，感伤温情的色调一度占据着主导地位。"

27日 远村的《访第四届茅盾文学奖获得者陈忠实：凡辉煌的都属于历史》发表于《文艺报》。陈忠实谈道："一部作品是不是一部史诗性作品，应该由历史来检验。从史诗性来讲，首先一部作品要真实准确地反映它所反映的那个历史阶段的时代脉搏和精神，历史的价值就是生活的真实；另一方面，就是艺术追求所达到的高度也应该是那个时代的文学水准。所以，史诗性作品不仅是个篇幅问题，更重要的是作品本身所呈现出的深度和广度。""长篇小说不是一种规定的范畴，关键在于作家本人要将自己的长篇小说写成交响乐，还是百科全书，或者是秘史，其决定性因素是多方面的。但最根本的因素是作家所关注的那个时代的内在精神，正是这个精神决定了作品的风格，作家对那个时代的体验和感受规定了作品的形式。""当时我国文坛正在兴起一种新的艺术观点，提出无主题、无故事、无情节等，但我坚定我的长篇写作要有故事的生动性，包括可读性。因为作家不只是为评论家写小说，更重要的是为读者写小说，所以，你不能不考虑读者的阅读情绪。要吸引读者，用高明的艺术手段去吸引，不是低俗的迎合。小说发展在当代，作家不能不考虑读者在整个文学活动中的参与效果。"

本月

《上海文学》第12期刊有"编者的话"《艺术需要精心探索》。编者提到："在文学的诸种样式中，相对来说，短篇小说的艺术要求更为严格。作家苏童对此曾有相当精辟的见解，在一篇短文中，他反复强调，短篇小说'最重要的恰恰是控制'，'对叙述和想象力的控制'，'唯一需要解决的问题还是如何控制的问题'，'控制文字很大程度上就是控制节奏'，而这些都取决于一种'平衡的能力'。这是一个成熟作家的经验之谈。"

本季

吴尔芬的《小说的歧途》发表于《文艺评论》第6期。吴尔芬指出，"另一些伪现实主义小说的出笼给我们造成错觉，以为现实主义回归了。我把伪现实主义小说分成两大类，一类是'小农民'，一类是'大厂长'"，"认为农民迷恋土地，这是价值谎言"，"然而，有太多的小说在颂扬土地的同时，一口咬定农民是如何的迷恋土地，农民如何敬拜土地歌唱土地赞美土地"。"而在'大厂长'小说中，厂长们是多么的忍辱负重，一心一意为职工着想为企业分忧，却不被理解，遭受辱骂甚至围攻。评论家把这种小说叫'分享艰难'，认定现实主义小说回归了"，实际上，这种小说"回避企业的实质问题"。

本年

　　王蒙的《道是词典还小说》发表于《读书》第1期。王蒙谈道："韩书（韩少功的《马桥词典》——编者注）的结构令我想起《儒林外史》。它把许多个各自独立却又味道一致的故事编到一起。他的这种小说结构艺术，战略上是藐视传统的——他居然把小说写成了词典。战术上却又是重视传统的，因为他的许多词条都写得极富故事性，趣味盎然，富有人间性、烟火气，不回避食色性也，乃至带几分刺激和悬念。他的小说的形式虽然吓人，其实满好读的。读完全书我们会感到，与其说作者在此书里搞了现代法兰西式反小说反故事颠覆阅读，不如说是他采取了一种东方式的中庸、平衡、韩少功式的少年老成与恰到佳处。"

1998年

一月

5日 李跃红的《"新闻性":长篇小说的新负载——论刘心武〈栖凤楼〉》发表于《当代文坛》第1期。李跃红认为:"在《栖凤楼》中,作者(刘心武——编者注)进一步采用了——或者毋宁说'新闻性'使作品自然形成了——更为开放的网状辐射结构。"作品借助"经纬交错的开放性蛛网状平面辐射结构,得心应手地串上了看到的、听到的、想到的各种信息各色人物各类问题,堪堪织成当今中国五色杂陈的都市生活的剖面","从更深的层次上说,该结构与当前都市居民的生存状态、生活趣味、思想内容的丰富庞杂、多元多向相吻合。换言之,这种形式所蕴含的审美意味与内容的审美特点相一致。它们共同构成《栖凤楼》的'新闻性'特征","这种'新闻性'无疑在一定程度上拓展了长篇小说的社会功能"。

同日,《我看行者小说——行者小说研讨会纪要》发表于《莽原》第1期。在纪要中,陈晓明谈道:"行者小说给我一个很大的启示,从中可以看到他大量地运用了文化母本的资源……同时他非常大胆地非常无理地去打碎文化母本,把这些象征的意象纯粹作为资源不断地重新组合,既获取了一种叙事的快感和叙述的推动力,又对我们的文化本身构成了一种意义。他始终对文化象征的本体论存在持一种怀疑态度,有勇气去解构它,拆解它。"

同日,南帆的《先锋·边缘·文化向度》发表于《山花》第1期。南帆指出:"现实主义的最大迷惑性在于,它认为只有它表现了唯一的真实。背后的思想、规范与常识所形成的叙事框架被隐去了;现实主义甚至声称它的叙事就是无可非议的现实本身。这构成了一个巨大的神话。人们甚至可以在'新写实主义'

的口号下面继续看到这样的神话。""相反,那些先锋作家的冲击即是指向了原有叙事背后所隐藏的种种框架。……这引致强烈的不满和破坏性的瓦解。……这样,先锋小说的叙事就同权力、文化记忆、历史书写等一系列重大问题联系起来了。这时,叙事不再是形式内部的小小游戏,叙事再度指向了社会、历史和文化网络。"南帆谈道:"九十年代的市场机制导致了大众文化的骤然兴盛。在流通领域,这是先锋小说难以匹敌的一个对手。"因此,先锋小说走向了"边缘"。但是,南帆也表示:"'边缘'恰恰喻示了先锋小说的意义。"南帆还谈论道:"在我看来,这种异己声音的存在有效地保持了九十年代文化的丰富与弹性,它将使一些重要的文化向度不至于在一系列经济派生出来的强势概念压抑之下完全消失。"

7日 闻树国的《当前小说的个人化倾向与个人话语》发表于《天津文学》第1期。闻树国谈道:"如果说私人话语所揭示和反映的是人的秘密性的话,那么,个人话语所反映的就应该是人的神秘性。私人话语是人为的封闭或打开,而个人话语则是自然的封闭和打开。……放在叙事学里来谈这一问题的话,即成为:我需要这样写小说,这是私人化写作或曰私人话语;小说需要我这样写,则是个人化写作或曰个人话语。这在写作的过程中是一种姿态,在写作完成后则成为一种状态。"

同日,崔道怡的《我说小说》发表于《小说选刊》第1期。崔道怡谈道:"小说与生活的根本不同:生活是'有',是'真',小说是'无为有',是'假作真'。……那个虚幻而又真实的第二世界,具有可读、可感、可悟、可塑四大性能。"

冯敏的《无尽的挽歌》(评叶广芩的小说《雨也潇潇》——编者注)发表于同期《小说选刊》。冯敏认为:"叶广芩……作为叶赫那拉氏的后裔,只是在她把当下商品社会的世态人心和对贵族之家衰落的哀悯巧做沟连时,其作品独特的审美价值才得以体现。"

10日 林斤澜整理的《"若即若离""我行我素"——汪曾祺全集出版前言》发表于《北京文学》第1期。汪曾祺表示:"我也曾经接受过外国文学的影响,包括'意识流'的作品的影响,就是现在的某些作品也有外国文学影响的蛛丝马迹。但是,总的来说,我还是要回到现实主义,回到民族传统。这种现实主义是容纳各种流派的现实主义;这种民族传统是对外来文化的精华兼收并蓄的民族传统。"

同日,杨经建的《关于97年度的长篇小说》发表于《创作与评论》第1期。杨经建认为:"97年度最受人关注的长篇作品是具有鲜明的写实主义风格的'公民叙事'体小说,这类小说的特点是以'公民意识'或从'平民立场'和'民间角度'来书写社会'公共生活'中人们所关注的现象,写实化的叙事策略和现实主义责任感都表现得比较充分。"

同日,南帆的《边缘:先锋小说的位置》发表于《花城》第1期。南帆谈道:"九十年代的文化为先锋小说设置了多重困境。先锋小说渐渐地滑出人们的视野,成为某种遭受压抑的边缘文化。然而,在我看来,这恰恰喻示了先锋小说的意义。经济成为社会的主题词之后,商业、利润、股份、消费、信贷、资本共同作为显赫一时的概念重组了社会话语光谱。这样的世俗氛围之中,先锋小说坚持一种疏远的姿态,坚持一种格格不入的话语。这种话语顽强地分割出另一种文化空间。这暗示了另一种生存维面和价值体系,暗示了话语之中尚未驯服的力比多。也许,先锋小说还没有——甚至不可能——勾出一个肯定的世界蓝图,但是,这种异己声音的存在保持了九十年代文化的丰富与弹性。"

同日,刘玉民的《荣誉 遗憾 展望 第四届茅盾文学奖获得者刘玉民如是说》发表于《文艺报》。刘玉民表示:"反映现实生活,尤其是改革生活的作品,比起其他题材的作品来要难得多。故事就发生在今天,就发生在你身边,许许多多错综复杂的矛盾、许许多多五花八门的事件和人物,怎么认识、把握?你从中发现了什么、创造了什么?你犯没犯忌、触没触禁区?没有现成的答案,也没有谁能提示你、引导你,全靠你自己。从这个意义上说,这更能考验作家,需要作家具有更高的认识生活、把握生活的能力。"

15日 白烨的《'97小说风尚:写实》发表于《南方文坛》第1期。白烨指出:"高扬关注现实、面向民间的旗帜,有助于在接通地气与民气的意义上,使文学更直接、更有力的反映时代的生活情绪,这对于当代文学来说是不可或缺的。但在实现这一追求时,确实也有一个如何使小说的艺术性得以强化或至少不致淡化的问题。现实性与艺术性从来就是一对矛盾,如何在新的情况下解决好这一对矛盾，或许正是'冲击波'创作需要切实解决的课题。""人们一般很难把写实与新生代联系起来，但实际上新生代中的不少作家也是在写实。就新生代在1997年的表现来看，属于这个作家群的邱华栋、丁天、张人捷等，都立足于当下都市生活的现实体验，各以具有较强纪实性的作品引人注目。""新生代作家的写实意蕴，可以从两方面来认识。一是他们在生活层面上比较注重个人体验的如实描述，外在世界的灯红酒绿与内在世界的喜怒哀乐，都不打折扣地和盘托出，讲求逼近当下的真实性；另一个是他们在描述人物随波逐流的生活追求中，每每传达出市场经济社会所孕育出的一些价值观念和行为方式，如个人主义、实用主义等等。可以说在他们那里，生活与写作是一种互证的关系，即以创作的路径'闯入'，以写着的方式'漂着'。""河北的'三驾马车'，更在系列化的创作谈中，反复论说文学的使命与小说的定位。概而言之，是强调文学要贴近现实，小说要靠近民众，即写老百姓，为老百姓写，给老百姓看，在增强人民性乃至民间性中拓展自己的表现空间。通过这些论说可以看出，写实类作家的写实性创作，并非是一时心血来潮之作为，它是一种创作理论的实践，一种文学理念的兑现。正因为有创作主体的这种自觉位移，有审美意向的这种适时调整，才会有写实作品的血肉丰满，也才会有写实倾向的持续不断。"

陈晓明的《内与外的置换：重写女性现实——评林白的〈说吧，房间〉》发表于同期《南方文坛》。陈晓明认为："从女性的纯粹自我意识，到女性之间姐妹情谊，女性受到社会的挤压，女性的生存感受到女性固有的母爱，以及相当偏激的女性对男性的态度等等，可以看出《说吧，房间》对女性生活进行的彻底改写。"

黄伟林的《论广西三剑客——解读李冯、鬼子、东西的小说》发表于同期《南方文坛》。黄伟林认为："东西……与李冯、鬼子一道，广西三剑客以其独特的叙事文本表现了他们对现实社会和终极价值的双重关怀。"

马相武的《造势当下的南国三剑客》发表于同期《南方文坛》。马相武认为，作家东西、李冯和鬼子"虽然同在'晚生代'中，都是个人写作，但却构成三极张力小说场。正因此，三人各有代表性。同时，三人合成集体性：晚生代中个人的差异性，构成晚生代群落的复杂性"。"对于李冯来说，时空最为自由的结构存在于历史真实性最少的古典或经典文本之中。""对生活的热爱，对世界的怀疑，是李冯及其小说的矛盾的对立统一。但是，讲究结构，并且使之自由地凝结反讽和反隐喻的叙述，是李冯小说的个人风格。""读鬼子的小说，总有一种知道'鬼子'就要'进村'，却不知道'鬼子'什么时候'进村'的感觉。然而鬼子小说的深刻性，最主要的还是对悲剧性的理解和把握。""东西作为小说家，艺术才能相当全面，加上生活基础扎实，文化底气充足，因而对于高度评价，他是当之无愧的。他是现代现实主义在晚生代以及在广西的重要代表。要论南方文学，不能忽略东西。如果排除东西，晚生代便明显缺失了一些现实主义的力度、深度和厚度。而这所谓'三度'，恰恰是整个晚生代应当在未来走向中补足的。"

齐红的《都市欲望中的浮沉与挣扎——张梅小说中女性形象的心灵特征》发表于同期《南方文坛》。齐红强调："不可忽视的还有张梅小说的叙述方式。……在'状态小说'、'状态电影'之类的概念风行一时的今天，我想这样的小说叙述方式可以在前此概念的启发下权且被命名为'状态叙述'。这种叙述的最大特点是语言上不掺杂感情色彩，带有极大的随意性和散漫性，以一种看似疏懒的语气将人物的生命状态展示出来，同时叙事所带来的信息却相当密集。"

同日，岳建一、爱琴海的《关于两部长篇小说的对话》发表于《小说评论》第1期。爱琴海表示，"长篇小说之所以愈来愈发展，是因为只有它真正自由宽广的承担了史诗和悲剧的双重使命，成为创作大千世界的理想工具"，"我在作品里拒绝写一些平庸无聊的人物，是因为他们身上缺少一个民族所需要的精神光芒。长篇小说往往是在规模宏大的基础上产生最好的效果，大胆诚实，独创性是中国当代文学最最需要的品质和新鲜空气"。

24日 艾斐的《绘历史宏图 立时代丰碑——对长篇小说创作的期待与思考》发表于《文艺理论与批评》第1期。艾斐认为："我们对于长篇小说的认识和理解，一定要跳出它的篇幅和形式，而更多地去关注和观照它的思想内容、时代精神、典型形象和艺术感召力。只有后者，才是长篇小说之所以为长篇小说的本质性标准和标志。"

樊波的《试析"个人化写作"及其他》发表于同期《文艺理论与批评》。

樊波认为，陈染"个人化写作"的提法"实质上就是主张和强调个体和群体的完全对立和分离、私人和社会的完全对立和分离、主观和客观的完全对立和分离"，并指出"陈染正是在这里产生了认识上的迷障和偏差：认定这（'我'）就是纯粹的'个体'、纯粹的'私人'和纯粹的'主观'，并认定这与所谓群体、公共和客观是毫不相干的（'丝毫无视能否在现实里进展'、'完全生活在她内心世界里'），或者说，这些现实的、一般普遍的存在正是作家要在主观'内心'中加以回避或消解（'消解宏大'）的"。

25日 陈晓明的《从虚构到仿真：审美能动性的历史转换——九十年代文学流变的某种地形图》发表于《当代作家评论》第1期。陈晓明认为："审美能动性的严重退化，意味着这种简单现实主义既无力创造时代的精神乌托邦，也无力制作一个超越现实的艺术虚构世界。因而，它只能被动地复制现实。这种复制使文学看上去像现实一样，也只能是现实仿制品或仿真物。但却在丰富性、生动性、可能性等方面，远远落后于现实。我们可以把九十年代文学的这种主导趋势称之为文学叙事的仿真时期。"陈晓明指出："九十年代的文学实践本身正在趋向符号化。……尽管文学的'现实性'特征明显加强，但人们已经不再把文学看作现实的反映，也不单纯在'反映论'的意义上来展开文学实践。……现在，文学自身就构成一种现实，一种现实存在的符号体系。文学的历史和现实，不再是单纯地由文本、由文学性的东西构成，它在更大范围以群体活动的方式完成历史写作的文学的实践文本。在这一意义上，文学在总体上，不再是高于现实的精神产品，而是与现实平行并排的符号体系。这就是文学实践在总体上对'现实'符号化过程的全面仿真。……尽管说我们意识到我们可能面对着一个符号化猛烈扩张的仿真时代……但不等于文学叙事只能在同一平面上追随现实，把文学叙事降低到被动的仿真过程。文学可以而且应该以积极主动的方式奋起反抗，并且寻求新的出路。……超级现实主义（hyper-realism）或超现实（surrealism）二种截然不同的方式（前者是绝对逼真地表现局部事实的绝对真实，后者是总体上把符号与现实剥离，重新给现实编码）都可能抓住那些破裂的事实和幽闭的时刻，重建文学令人震惊的现实。"

老高的《先锋派小说家和新状态小说家》发表于同期《当代作家评论》。

老高认为,"新状态小说家从先锋小说家那里获得的最核心的礼物就是感知方式或者说感知方式在小说文本中的开放途径","无论是先锋小说家,还是新状态小说家,他们最后的任务只有一个,那就是对人类精神状况的深度了解。我认为先锋派之所以从形式向内在复归,主要原因还在于偏重技术形式的设计使他们找不到回家的路线"。

28日　洪水的《97中短篇小说印象》发表于《中华文学选刊》第1期。洪水谈道:"写官场是我们的文学传统,从清末讽刺小说《官场现形记》到当代柯云路的《新星》、《夜与昼》,刘震云的《官场》、《官人》,暴露讽刺官场黑暗的主题一直是主流,也就一直失之于偏激肤浅,而今天的官场小说终于走出了道德化批判的定势,汇入现实主义的洪流。"

本月

《上海文学》第1期刊有"编者的话"《今天的风吹动昨天的树》。编者提到:"所谓'视角',就是某种叙述角度。同样一个事件,经过不同的角度叙述,可能就会有不同的故事产生,而叙述角度又与一个人的思想、文化、知识背景有着内在的密切联系。""换了一种视角,我们会在《大树还小》里读出许多新的意思,会有许多新的感觉。""一个老故事,被处理得更加复杂,并且提供了更为宽阔的想象空间。它的实际意义,已经不能用'知青题材'来简单概括。"

王鸿生、耿占春、曲春景的《对"文革"的再叙事——关于〈无风之树〉和〈万里无云〉的对话》发表于同期《上海文学》。耿占春指出:"《万里无云》和《无风之树》都是重新叙述的故事,是对于同一事件的不同视角。""作为小说,重要的是在于为深化、拓展这种思考提供了一种原始经验的认识基础。小说是那个时代的活化石。"

二月

5日　聂鑫森的《写意国画小品与短篇小说创作》发表于《山花》第2期。聂鑫森谈道:"我常常认为,写意国画小品与短篇小说有很多相似的地方。喜欢写短篇小说的人,可以从写意国画小品中得到许多启示,我便是此中的一个。""写意国画小品,第一,它是'小品'……尺幅很小,这对画家便是一个限制,在这个小天地里,不容许画家横涂竖抹,表现复杂的内容。画家必须精选画材,以少少许胜多多许。第二,它是'写意'的,必须有精炼的笔墨,逸笔草草,粗头乱服,极生动地创造自己的形象,抓神取貌,没有扎实的功夫不能胜任。""我读写意国画小品,就觉得画家常有高明之举。""比如写一种情境,一种充满着强烈情绪色彩的境界。这种情绪是小说中人物内心世界的外在显现,形成一个与人物息息相关的氛围,两者融乎一体,难解难分。它有点儿近似于诗的意境,我说的只是'有点儿',并不完全相同。因为诗的意境,完全是通过内心情绪的'过滤',反射到外部世界的审美观念是'变形'。而前者则不然。""作家所创造的意境,极富有象征意义,完全是一个更广袤的世界的浓缩,是一种具有人生思辨的社会情绪的集结。"

聂鑫森还指出:"一幅画只可能表现一个事件的'片断',这是常识。"而"短篇小说是一种最能体现作家机智的文学样式,它一般(不是全部)不以演绎事件的全过程见长,剪裁的功夫表现在'片断'的截取,即'截面'。在一个较小的时空范畴里,演绎一个较大的时空概念,使人物在一个恰如其分的'片断'里,展现自己的历史、性格和命运"。另外,"写意国画小品,并不怎么注重写实,而是洋溢着一种抒情性","同样,短篇小说也可以写得极有抒情特色,在小小的篇幅内,让情绪尽意地流动,无情节,甚至不着意地使用细节,完全借助一种强烈的情绪感染读者"。聂鑫森最后表示,"从写意国画小品中,还可以悟出许多东西。所以我爱读画。它和短篇小说一样,是一种控制的艺术"。

10日 爱琴海的《天真的独角鲸》发表于《北京文学》第2期。爱琴海认为:"小说应该是一种精神虚构,然而精神可以倚仗这种虚构更多地是假定地进入某种思想过程,其结局是那神秘的、眩目的,既是最初又是最后的东西——即对真理的感知。"

迟子建的《激情与沧桑》发表于同期《北京文学》。迟子建认为:"短篇小说因其容量有限,所以不可能面面俱到,你必须在构建它时突出某一点。"而"短篇着重渲染某一点就会收到奇峰突起、耳目一新的感觉,反之则给人一种麻木和累赘感"。

林斤澜的《点评:〈鞋〉》发表于同期《北京文学》。林斤澜指出,《鞋》的"后记成了结构中的不可缺少部分。是一个别出心裁的结尾"。在林斤澜看来,"长篇小说大多'结末不振'(中国小说史略中语),但该是经典的还是经典,不影响档次。短篇相反,多有依靠'结末一振',才上去一个台阶","这篇'鞋'的'后记',我认为当属'翻尾',是比较成功的一例。前辈作家老舍曾比着长篇,说短篇更要锻炼技巧,这个结尾可作参考"。

章德宁、静矣的《敞开心胸,欣赏与接纳大千世界——王蒙访谈录》发表于同期《北京文学》。王蒙提出,"先锋文学的最大功绩——丰富了文学表达的手段和角度,使人们的审美能力更成熟。在这种情况下,怎么坚持先锋的姿态呢?我觉得先锋本身不是目的,它只是寻找新的文学可能性的一种手段罢了。其实也许这种'新'在我们的古典和民间文学传统中已经存在了,问题是要把它创造性地加以转换","先锋文学的一些元素和古典传统与民间传统的东西是一脉相承的,并不是凭空生造出来的"。

17日 唐帼丽的《葵倾天籁》(评王旭烽的小说《平湖秋月》——编者注)发表于《作品与争鸣》第2期。唐帼丽认为:"现代小说中,由于思想认识的复杂性和深刻性,其思想的包容量已是愈来愈大,运用形象意象的表现方式,运用形象的寄托含义,可以拓展有限的形象表现空间,也可以因种种细微差别的形象所带有的寄托含义,表现出不同层面的更为复杂而深刻的思想内涵。"

本月

《上海文学》第2期刊有"编者的话"《听窗外新雨淅沥》。编者提到:"刘震云的叙事语言别具一格,应该说,这部小说(《故乡面和花朵·东西庄的桥》——编者注)沿袭的是他的《故乡天下黄花》及其续作《故乡相处流传》这一路,极具寓言特征。如果需要简略的概括,那么,我们也许可以认为,这部小说用了一种夸张的意识形态的语言,讲述的却是一种非意识形态化的日常生活。仅仅就这一点而言,刘震云已经触及到了那段历史生活的一个极其重要的问题。"

三月

7日 《小说选刊》第3期刊有《编后记》。编者提到:"本期选载的《大树还小》,便颇有新意。刘醒龙在这个知青题材作品里,不是像别人写过的那样,或是青春无悔,或是不堪回首。而是以一个九十年代农家孩子的眼睛为视角,对一些知青当年在农村和如今在城市的所作所为,作了对比性的审视,让人觉出一种道德的褒贬。作者倾注热情刻画的那个感情专一、行为怪异的前农村干部秦四爹形象,又给人以耳目一新之感。"

李敬泽的《关于短篇小说奖的二十条笔记》发表于同期《小说选刊》。李敬泽谈道:"简约和单纯无疑是短篇小说的基本价值,当人们不厌其烦地反复谈论短篇要'短',谈论'剪裁',谈论'空白'时,实际上都是在要求简约和单纯。但短篇小说不是一门榨干水分、比赛枯燥的艺术,它的至高境界毋宁是简约而繁复,单纯而丰饶。"

万里的《泼墨洒彩绘温情》(评迟子建的小说《观彗记》——编者注)发表于同期《小说选刊》。万里认为,迟子建的"语言如同画家们娴熟的笔触,描绘出一幅幅清新而颇具意味的油画,给人留下了深刻的印象。她在泼墨洒彩的过程中没有忽略细节的勾勒,在精雕细刻中暗含了一种不动声色的幽默,使人物形象活跃在画面当中"。

10日 汪政、晓华的《推拒与构建——第三种批评下的"汉语小说"研究》发表于《花城》第2期。汪政、晓华强调:"汉语小说研究将与许多研究者的预料相反,它显然不是去整理国故,它主要的不是中国小说史的研究,汉语小说作为一种立场将会在两个方面开展工作,一是理论层面的批判性建构,二是在前者的基础上介入到当下写作,以拟想中的汉语小说写作理想对当下写作进行批评。所以,一方面汉语小说不是结论,而是虚拟性的前提,不是一种实在,而是一种孕育与成长中的存在。通过这种辨析与剔处反过来使那种虚拟中的理想得到明晰,走向实在。"

15日 陈晓明的《直接现实主义:广西三剑客的崛起》发表于《南方文坛》第2期。陈晓明认为:"鬼子在尝试用反讽和黑色幽默来缓解那种沉重感,也许这是前进的一种方式。""东西尖锐揭示了隐藏在当代社会中的种种危机,他的写作是一种揭露,一种抗议,更是一种希冀。""鬼子以他对底层艰难困苦生活的表现,以他从不回避的坚决态度,可以看到久违的现实主义精神。"

同日,朱寨的《长篇小说与现代主义》发表于《文学评论》第2期。朱寨认为长篇小说的主要特点和任务是反映时代、创造典型,其写作必须注意结构,虽然结构没有固定程式,但结构上的完整应是一致的,完整意味着作者对自己题材的圆熟。此外,朱寨还认为现实主义典型是美学的典型概念,不是典型的某一环节或典型化的手段。最后,朱寨还提出,在创作方法上不应把现实主义与现代主义相对立。

16日 丁帆、王彬彬、费振钟的《民间话语立场与"写实"的价值魔方》发表于《文艺争鸣》第2期。关于"后写实",费振钟认为,"'新写实'的特点是平民本位和与现实和解,而它(指'后写实'小说——编者注)的主要缺陷在于放弃深度表现,放弃人文批判,放弃精神理想的寻求。那么今天这些作家,在保持了'新写实'的特点的同时,也许开始修正它的缺陷,这是反思'新写实'后的积极结果,可以说是在'新写实'基础上的深化","'新写实'尽管写了人的生存之难,但人与现实的关系是相互和解的,现在写众人之难,是在社会发展的文化背景下,客观上把人与现实的矛盾和对抗关系突现出来了"。王彬彬认为,"他们(指'后写实'作家——编者注)与'新写实'作家一样,都是写生活之难","两种'难'不同,前者(指'新写实'小说——编者注)要独自承受,后者(指'后写实'小说——编者注)则要众人'分享'"。

17日 董杰英的《生存的痛苦》(评楚良的小说《清明过后是谷雨》——编者注)发表于《作品与争鸣》第3期。董杰英指出:"当前现实主义文学之所以没有淋漓尽致地挖掘人物的灵魂分裂及其冲突,是因为它并不旨在提倡人的道德的自我完善,而是旨在引导人们去合理地科学地解决现存的冲突……"

19日 章仲锷的《小说的"小"》发表于《文艺报》。章仲锷谈道:"小说忌'大'。譬如大而无当,一写长篇就要反映一个时代,时间跨度很大,却无充实的内容;一写中篇就纠葛众多矛盾,横生枝蔓,以致主线淹没。譬如大而化之,就是缺乏细节描绘,生活气息不足,叙述多而形象刻画差。譬如大同小异,是指主题雷同,大家一窝蜂地写商海股市,关停下岗,或趋时媚俗地去表现大款富婆,又了无新意。当然,也不一味地排斥'大',对生活和素材的积累摄取就应博大,气势则须宏大。"

20日 常江虹的《我们缘何而笑——〈许三观卖血记〉的新喜剧倾向》发表于《小说评论》第2期。常江虹认为,《许三观卖血记》"揉合了传统和现代叙事的喜剧风格","比较而言,传统喜剧的夸张很大分量上是由叙事者操作的,而在《许》中,隐含的作者收回了这个权利,只在自己的权限范围内即人物语言上使用,这就造成小说喜剧风格的客观化、真实化、蕴藉化"。

25日 方克强的《李其纲:都市性的探索》发表于《当代作家评论》第2期。方克强指出:"李其纲的小说创作一直以'都市性'为重要支点,开掘着都市生活的五光十色、方方面面。对他来说,艺术的难题不是如何发现作为表现对象的都市生活特点,而是如何寻找到具有'都市味'的独到的叙事手段与方式。这就是所谓'有意味的形式',既是都市生活内容向艺术形式渗透、积淀、内化与转换的结果,更是作家自觉追求小说文体意识的显现。""因此,李其纲小说中的设谜—解谜结构不单单是出于叙事艺术上的需要,诸如设置悬念提高阅读兴趣、留下空白激发读者想象与再创造等等,而且也是从结构所蕴含的观念层次上投射出都市生活本质的某一方面,或者说,作者将他对都市的核心认识叙事结构化了。""设谜—解谜结构超越了它的文体意义,找到了能够表现都市风貌、特点的内容与形式的有机契合点","对于小说而言,采用多样化和零散化的叙事方式对应都市生活的现代特点,显然是追求'有意味的形式'的另一种尝试"。

胡良桂的《都市文学的现代特性》发表于同期《当代作家评论》。胡良桂认为:"从心态结构的变异,捕捉人物灵魂的异化,更能展示现代都市生活的深层文化蕴涵。异化是一种文化哲学。""都市文化蕴含的深刻性,还在于它意识到以市民文化的地域性对整个都市文学发展的重要。"

周政保的《"卷入现实"及小说的自觉》发表于同期《当代作家评论》。周政保认为:"这里所说的'现实'(无论是现实主义的'现实',还是'卷入现实'的'现实')绝不是那种仅仅局限于眼前的或周围生存环境的就事论事的'现实',而是一种博大的小说家视野中的'现实',一种源自个人感受但又超越个人感受的'现实'——就中国小说家而言,它必然是一种经由具体的中国人而最终体现人的理解或人性诠释的'现实',一种思索或忧虑人类前景的'现实'。"

28日 雷达的《写实风尚与艺术品格——读近期中短篇小说的思考》发表于《中华文学选刊》第2期。雷达指出:"近年来某些作家正在尝试以本土乐感文化精神描绘本土生存相,不再像以前多以传统的西方悲剧观的处理方式。刘醒龙的《威风凛凛》似也含有这种精神。"雷达认为:"现实主义的核心在于精神,但对精神的理解切忌简单化、单一化……比如,现实主义就不应拒斥表现广大无边的无意识、潜意识领域,心灵探索并不是现代主义的专利,现实主义发展的一个重要方面,就是在不放弃关注社会人生的总取向下,走向内心,探究幽秘的、丰富的深层记忆,发掘连当事人也未必清楚的心理动机,从而深化对人性的表现。"

四月

3日 《人民文学》第4期刊有《下期提示》。该《提示》写道:"短篇小说是一种愈益个人化的体裁,但个人并非梦想和玄思的碎片,只有当他行动、当他与社会历史发生错综的对话关系时,他才获得了全部的血肉和灵魂。在这四篇小说(郝炜的《小冬与车》、《夏天的恐慌》;中跃的《拿破仑游戏》;陈中华的《第一百条红道子》——编者注)中,作家们展示了在有限的小尺度内,依靠真正的短篇思维把握和表达丰富的内心生活和广阔的社会历史图景的能力。"

5日 吴义勤的《长篇的轻与重》发表于《雨花》第4期"世纪末文学丛谈——小说"专题。吴义勤认为,当下长篇小说存在"'思想'大于形象的问题",虽然"许多作家已主动而自觉地完成了思想主体从集体性的、阶级性的'大我'向个体性的'自我'的转化",但"作家们在致力于'思想的营构'的同时,往往操之过急,常常迫不及待地以口号的方式宣讲各种'思想',这就使得'思想'大于形象、理性压倒感性的矛盾一览无疑";此外,还存在"技术和经验失衡问题",

"他们的偏执在于强调'技术'的同时,又自觉地把'技术'与'生活'和'现实'对立了起来","轻重失衡已经标示出了新潮长篇小说的一个致命缺陷,那就是经验的匮乏。我想,无论技术多么重要,它的存在都不应是以排斥感性经验为前提的",并指出"无论'思想'还是'技术'都不能单方面成为中国文学的救星,有容乃大的'综合'才是中国当前长篇小说创作的真正出路"。

7日 艾真的《浪漫的海底爱情》(评王小波的小说《绿毛水怪》——编者注)发表于《小说选刊》第4期。艾真认为:"这篇《绿毛水怪》是20多年前王小波在知青时期写下的……且不论其思维意识的超前和预见性,仅其想象力给阅读者所提供的视觉形象和视觉场景,其叙事语言的讽刺性和俏皮的气质,就是在20多年后的今天,那许多操持写作经年者也力所不逮。"

同期《小说选刊》还刊有《编后记》。编者提到,《关于饕餮的故事梗概》中叶兆言"融合了一些传统的和现代的小说手法,围绕斜阳楼的今昔,生动地勾勒了各色人物,而对那个与小叔子有私情的女人思浓的命运及个性,抒写得尤为跌宕多姿。既写她的命运因时势的变化而变化,也写她有执着的感情,并因此在美食烹饪上创造了奇迹,最后还以刚烈的死表示了对情变的抗争,使读者从对她的不屑,转为同情和感动。倘若没有相当的生活积累、较高的传统文化修养、较新的创作意识和扎实的艺术功力,是难以写出这样的效果来的"。

冯敏的《用减法写的小说》(评阿成的小说《长亭短亭》——编者注)发表于同期《小说选刊》。冯敏认为:"阿成是用减法作小说的,句式短促,文字简洁,且有越写越短之势。《长亭短亭》是用减法写的小说,说的是人生的减法。'十里一长亭,五里一短亭''何处是归程,长亭连短亭'——仍是阿成惯常写的'在路上'的人和故事。……《年关六赋》、《良娼》、《胡天胡地风骚》、《小酒馆》,写的都是小人物的命运和遭际。即使写抗日英雄的《赵一曼女士》,也将笔下人物还原为一个伟大的母亲和至人,从而完成一次文学/人学式的表达。《长亭短亭》简约得像一个人物素描,却几乎概括了贾铭的半生。"

李敬泽的《听听那个声音》(评周洁茹的小说《我们干点什么吧》——编者注)发表于同期《小说选刊》。李敬泽认为:"周洁茹的小说中,真正值得注意的是那个说话的声音,那声音似乎是透明、'及物'的,颇富叙事性,直接呈现经验的质地。""这篇小说最终是在言说梦想与生活,你可以从语调的波动中时时感觉很轻,有时又很尖锐的欣快和伤痛。""这确实是独特的声音,诸如周洁茹这样非常年轻的小说家将一种新的气质注入我们的文学,在明与暗、纯真与世故、兴奋与厌倦之间,她们以艳妆或假面翩然起舞,隐藏着、表达着心灵深处的伤感。"

10日 本刊编辑部的《短篇小说:当前状况与艺术可能——短篇小说研讨会纪要》发表于《北京文学》第4期。

林斤澜谈道:"'简洁'不足以使短篇小说成为独立的艺术部门。长篇也可以简洁精炼嘛。短篇小说的独立是从对生活的感受开始的,这是第一;第二,写小说总要反复思索,短篇小说对生活的思索方式与长篇不一样;于是就有了第三:表现的方法与长篇不一样,短篇小说有特殊的表现动力。""我琢磨短篇小说的思索人生有一个特点,我把它叫做'举重若轻'。达到这个地步,你的思索就差不多完成了。这种思考方法有中国自己的特点,它和'虚''实'两字相伴,和西方的'举重若重'不同。""我老觉得,'举重若轻'比'举重若重'要好似的。小说是审美的东西,只要得到美就行了。那么沉重干什么呢?"

张颐武谈道:"小说可以无比自由。现在我还没有发现短篇小说的边界。而在'小'上则可以大做文章。人们总是看重伟大,对'小'忽略不计。但这种边缘性的东西恰恰是创造力、想象力诞生的契机,在乱象繁生的时代,短的东西恰恰可以让人体会到文字的魅力。""我们的小说花色品种不够多,像张大春那样的小说我们这儿还没有出现,应该发现一些稀奇古怪的小说,让它们呈现的气象与时代的混乱相称。"

王绯认为:"中国作家很致命的东西就在于他老想成为一个多面手——作家们需要对自己的灵感形式有一个清醒的认识和发现。""20世纪的小说形态趋向于开放:形而上主题的小说只是其中的一种,还有叙事的小说,像丁天和邱华栋的小说;以及描绘的小说,比如红柯的《美丽奴羊》。这是一个现象的时代,形象多于阐释。"此外,王绯还表示:"未来的中国文学应该是短篇的时代,因为现在谁也干不过经济,生活节奏越来越快,短篇是即时性的灵感形式,很适合这个时代。"

李敬泽指出:"现在的短篇小说是一个边缘性的体裁,在未来仍然会是一个边缘的体裁。"而"边缘也有很强的优势——它因自身的边缘性而成为了最自我化的体裁。即使是很靠近生活的作家,像谈歌,写起短篇来也是一副文人相,也是一副个人姿态。这是很自然的品质,这样反而好。短篇已经没有向大众提供故事的职能了,它就能够更像毫无功利之心的游戏,更可以专注于生存体验的个人化表达,更能探索新的艺术可能性"。李敬泽还强调:"短篇的目的是在最严厉的文字限度内保持最丰富最复杂的表现功能。""对于现在的作家来说,细节的意义,就是用来阐释生存和对当代生活的体验。细节的想象力在青年作家中是非常发达的,这种想象力恐怕也是短篇小说很重要的艺术路向。"

胡平认为:"90年代的短篇在创作水平上要强于中篇。先锋和实验在短篇领域的实践更普遍,但有些先锋的深度达到什么程度,却很难说。""作品的成功与否最后取决于审美信息量的密度,太稀疏或太致密都是不好的。好小说都是密度适中的。"胡平还指出:"在图像的时代,小说的意义在于营造一种'困难的文体',挑战人的智力;而小说的优势则在于描写人的心理,但是这种心理一定要写得真诚。"

朱向前谈道:"有一种说法是90年代短篇小说是最好的,在某种程度上我同意这个观点。因为90年代短篇小说挣脱了80年代的公共话语的笼罩,而进入了个人话语的空间,这是90年代短篇小说的一个特点。"朱向前认为,短篇的优势特点还在于"它能够更直接更灵活地切入当下正在变化着的、发展着的、多元并存、多语并存、杂语共存的世界,一句话:短篇可以短平快。现在90年代的现实,用短篇来揭示也许比长篇更为现实"。

就小说的结构感,刘恪指出,第一,"小说来源于对偶然性的揭示","同时,在结构的时候,作家故意对别人现有的方法反其道而行之,往往会收到意想不到的效果"。"第二,就是在写长篇、中篇、短篇的时候,都形成了一种特定的节奏。……作家的心理节奏决定了小说的结构形式。""第三,从结构和形式上看,古典小说和现代小说差别还是非常大的。从形式上看,我认为博尔赫斯也是古典的短篇作家。……博尔赫斯的每篇小说的结尾都是要完成他的意图——一种循环的、玄学的思维。"而"现代小说不是这样,它的结构不一定很完整，它总要摧毁点什么，或要反对点什么"。

曹文轩的《论短篇小说的现代形态》发表于同期《北京文学》。就现代形态的短篇小说，曹文轩表示："从主题角度来看，短篇小说的倾向，与整个小说的倾向是一致的，并无特殊性。作为现代形态的短篇，其总体特征同样是：超越十九世纪关注形而下的思维方式，而转入对形而上问题的思索。"此外，从艺术形式的角度，曹文轩指出："二十世纪后半叶的小说，逐渐放弃了小说的审美价值，而一味委身于认识价值。以古典形态的小说作为材料而建立起来的传统小说美学，所持的种种美学原则（规则），面对二十世纪后半叶的小说，差不多已失去了解读的能力。因为，这些小说已不存在那些被传统小说美学称之为'美感'的东西。这些小说家本来就没有这样的美学动机。"

就 20 世纪末中国的短篇小说，曹文轩提出："对思想深度的追求是否也有一个度的问题。我们更未怀疑过我们所使用的深度标准的科学性。"而"中国的短篇小说不可拒绝地被推到了思想的重压之下"。甚至可以说，"当中国的小说家们感觉到即使将短篇压扁了，还仍未实现他们心中的厚重与深度时，他们纷纷转向了中篇"。因此，"中国小说形成了两头小中间无穷大的畸形格局。庞大的中篇小说家族，这在世界上堪为奇观"。

最后，曹文轩总结道："现代形态下的短篇小说，整体意义上的现代形态下的小说，乃至整个现代形态下的文学，无法推卸这一点：它们给我们带来的是冷漠与冷酷。"而"现代形态的短篇小说与古典形态的短篇小说相比，不具有进化论意义上的价值。它们只是两种并列的形态"。

17 日 本刊编辑部的《致全国作家倡议函》发表于《作品与争鸣》第 4 期。该函倡议："中国文学向来有着现实主义的优良传统。对当下现实的真切把握，对作为现实中各种社会关系总和的人的关怀和人性的发掘，是中国文学每一次繁荣与辉煌的契机。如被称作'伤痕文学'、'反思文学'、'改革文学'的许多优秀作家和作品，都在这一方面作出了独特的贡献。可以并不夸张地说，现实生活的深刻变化与文学对这一变化的敏锐的审美把握和表现，正是中国文学生长的基本点之一。那么，在下岗与再就业这一涉及千百万普通人命运变化的深刻现实中，中国文学是否面临着一个新的生长点呢？""因此，《作品与争鸣》、《作家报》、《佛山文艺》特向全国作家发出倡议：深刻体验、观察、分析、把握下岗与再就业的现实命题，拿起笔来，写出无愧于这一现实变化的深刻性的佳作、力作，为二十世纪中国文学缔造'下岗小说'这一新品种！"

23日 陈思和、李喜卿的《论王琦瑶的意义——读王安忆的长篇小说〈长恨歌〉》发表于《文学报》。陈思和、李喜卿认为："王琦瑶的故事并不会认为这是出于作家的虚构，在相对稳定的大都市上海，千千万万普通市民即使在灾难丛生的时代里，还是保存了自己的历史和文化。它表达了一种生生不息的都市的民间文化形态，虽然王琦瑶所象征的旧上海的繁华梦已经一去不返，但作为一个从旧时代延续而来的上海市民的王琦瑶却是极其真实的，而且她从历史的缝隙中开辟了一个新的生活空间，足以引起以后书写上海者的兴趣。"

本月

《上海文学》第4期刊有"编者的话"《面对现在的叙述》。编者提到："所谓的'现实关怀'，决不应该仅仅局限在表层的理解。社会重大矛盾的冲突固然得以构成重要的叙事题材，但是同样重要的是，人在现实中的存在境遇及其冲突的内心世界，对人的命运的关注，始终是文学重要的叙事基点。""只有这样，文学对现实的关注，才不致于重蹈'题材决定论'的老路。对人的存在的关心，拓展着写作者的叙述视野，变动着的现实的方方面面都将进入我们的思考范畴，而对人的存在的思考，自会提高文学的品格，而不仅仅是现实的简单模仿。""在这一意义上，文学对现实的回应与解释，将烙有更深的人的存在命运的关怀痕迹。从实在的人的生存困窘到更为抽象的对人的存在命运的思考，丰富着文学的关怀可能。事事关己，事事关心。"

五月

3日 汪曾祺的《美国家书》发表于《人民文学》第5期。汪曾祺谈道："我的小说，不大重视故事情节，我希望在小说里创造一种意境。在国内，有人说我的小说是散文化的小说，有人说是诗化的小说。其实，如果有评论家说我的小说是有画意的小说，那我是会很高兴的。"汪曾祺还强调道："一个小说家，不应把自己知道的生活全部告诉读者,只能告诉读者一小部分,其余的让读者去想象,去思索,去补充,去完成。我认为小说是作者和读者共同完成的。一篇小说,在作者写出和读者读了之后,创作的过程才完成。留出空白,是对读者的尊重。""我直到现在,还受这两个人(沈从文、屠格涅夫——编者注)的影响。"

10日 姜静楠的《回返故事,以退为进——尤凤伟小说论》发表于《理论与创作》第3期。姜静楠认为:"从后来的创作实践来看,他所说的'我想写一种真正意义上的小说',其实就是回到文学审美性的本土,以更易被接受的审美想象来赢得更多现实的读者,这应该说是他在90年代最大的内在变化。""人们之所以喜爱这个'离奇'的故事(指《石门夜话》——编者注),也正是因为作者的艺术想象虽然超出了一般人的人生经验,却决没有超出生活本身的可能性。"

16日 张冠夫的《我与你:一种新的叙史语言的诞生——对〈心灵史〉、〈纪实与虚构〉、〈家族〉的一次集体解读》发表于《文艺争鸣》第3期。张冠夫认为:"在一般的叙史作品中,为体现客观,历史对象在叙史中是被作为'他者'处理的,而在这3部作品中则打破了这一常规。相对于'我'而言,历史不再仅是被冷处理的'它',且是具有全新的叙述形式的'你'。这标志着叙述角度和叙述距离相对于前者的微妙位移。"另外,"有两点决定了这3部作品的对象化叙述不同于一般的同类叙述:其一,从本质言,它只被作为通向'我——你'叙述的过渡性叙述;其二,它经过了更自觉的主体意识的渗透"。除此之外,张冠夫还总结道:"3部作品真实的语言和结构形式:这是一种同时容纳了'我——它'和'我——你'两种叙述形式的复合文本。但正如上文所强调的,共同结构起作品的这两重叙述形式虽是并置的,却并非是并重的,前者是实现后者所必须的过渡与媒介,因此更具有形式上的重要性,后者则承载着作品结构的最终本质和目的。"

17日 祝东力的《〈商人〉漫议》发表于《作品与争鸣》第5期。祝东力认为:"当前的中国文学界——特别是已经形成了'现实主义冲击波'的文学界,在近年来涌现的新异、纷乱和复杂的现实生活面前,同样也处于'看不懂'和'很茫然'的状态。这并不是对文学界的贬低。困惑以及对困惑的敏感，不是外在于文学创作、与文学创作格格不入的因素，恰好相反，它们常常构成文学创作的动因。倒是那些已经得出明确结论，或者能够为读者指出未来前景的作品，由于缺少朦胧和复调的性格，反而因此远离了小说艺术的本质。"

20日 陈晓明的《本土化策略与小说的可能性——关于行者小说的断想》发表于《小说评论》第3期。陈晓明指出："对本土文化资源的运用，以及对历史地形成的文化记忆的重温，便得行者的小说叙事打开了一个多重可能性的空间领域。发掘寓言性的意指功能，行者的小说叙事总是向着一个无限的形而上世界升越。"而"行者对小说叙事的可能性的拓展，尤为表现在语言的运用上，他一方面大量运用本土文化资源，运用那些来自传统文化母本的语言符号，各种典籍的名称，另一方面，他的语言却又极为现代，使用诗意化的语言和描写性非常强的句式，这种叙述语言本身包含着内在冲突，在不协调中构造一种诗性荒诞"。因此可以说，"行者的小说提供了一种特别的经验，这就是他把小说叙事的本土化策略与探索小说的可能性相结合"。

丁帆的《知青小说新走向》发表于同期《小说评论》。丁帆认为，《大树还小》"彻底颠覆了以往'知青小说'的各种主题模式"，刘醒龙"起码从人性和人道的另一个角度提出了最广大的农民所处的生存状态问题"。

同日，张柠的《没有经典的时代（二十世纪中国叙事文学的问题）》发表于《钟山》第3期。张柠认为："它（长篇小说——编者注）关注对人的经验的整体性的追求，因而对'结构'有着明确的要求；同时，它又维护人的发展的未完成性和多种可能性，因而它必须冲破那种完成化了的、封闭的'布局结构形式'；它还必须撇开那种完成化了的、没有更多的指望的人物形象：英雄形象，而把笔墨给予平凡的人。""叙事性文学的基础尽管是个人的经验、自由的虚构，但只有长篇小说能代表一个民族叙事观念的真正成熟，实际上是对更高意义上的人之整体性的理解的成熟。"

21日 张贤亮的《小说规律》发表于《文学报》。张贤亮认为："在某种程度上，短篇小说是最难写的。……艺术和经济有相通之处，都讲究以最少的投入达到最大的效果。……写这种字数有限制的短篇小说的时候一定比写长篇小说在'省字'上花费了更多精力。这个'省'是很费推敲的。""将来文学的领域可能只会是诗、散文、短篇小说的天地。"

25日 李锐的《我对现代汉语的理解——再谈语言自觉的意义》发表于《当代作家评论》第3期。李锐表示，"我没有意识到，心中所想所念所感所体悟到的一切，所有这根本无法用语言说出的一切，都是以汉语的方式弥漫出来的。现代汉语或许就是从那时候起，生根在空白、茫然的心底之中。那是现代汉语在生命中最无意识也最深厚的底蕴。那几乎是'理性'和'知识'难以抵达的深层。这最深厚的底蕴，或许就是汉语在所有的理性和知识的煎熬之后而能不死的根由"，而"这就是我所谓的，在'语言自觉'的前提下的现代汉语写作。这就是我之所以想打破、拆除现代汉语的堤坝，重返口语之海的原因"。

本月

杨扬的《城市人的经验与叙述——关于陈村的〈鲜花和〉》发表于《上海文学》第5期。杨扬认为，"就形式而言，它揉杂了诗、小说、随笔等诸种文体。这种混合文体，突破了八十年代以来，先锋文学在小说实验上的单一性"，"这也是九十年代中国小说一个值得重视的方面。因为这预示着当代小说发展的一种潜在可能，即当代小说的发展，将不再是在'形式'、'内容'，'现代性'、'后现代性'，男权、女权，私人话语或反映社会等问题上进行争论，而是转向一个新的文学空间的开辟与建立"。

六月

1日 张柠的《写作的诚命与方法——当代新作家个案分析之二：李洱》发表于《作家》第6期。张柠认为，"李洱试图既通过对个人经验的独特表达来肯定'个人性'，又通过对经验同化的警惕、拒绝来承担分析和批判的功能"，"在李洱的创作中，对个人性的表达既是现代性的，又是批判性的；它们汇合在其小说文本里的'日常生活经验'之中"。张柠指出，"通过对'个人性'的批判来肯定'个人性'，这就是李洱的方法"，"李洱在创作中根本不稀罕完整的故事结构和诱人的情节，他善于驾驭细节,用即现即隐的细节来编织小说。

同时，他的叙事节制力又在极力地控制着细节……从而使它有别于当代小说界铺天盖地的'语言游戏'"，"李洱的写作，的确有一种'日常生活的精神分析'的意味"，"是心智的、分析的，同时又是大众的、日常的"。

张英的《写作向彼岸靠近——刘震云访谈录》发表于同期《作家》。刘震云在采访中谈道："对我而言，这个长篇（《故乡面和花朵》——编者注）具有特别的意义，对我是一次全新的挑战，它的写作和我以前的写作大不一样。像以前的一个短篇或中篇和一个近20万字的长篇，它展现的只是一个生活的断面，只是河流中的一段流水，天上飘浮的白云中的几朵。我一直想用一个比较长的篇幅，表达我对生活的这个世界的整体感受，天上飘动的不再是一朵或几朵云彩，而是暴风雨来临之前的乌云密布、飞沙走石、空气稀薄、雷声欲响，这些正在酝酿即将发生和发生的经过。以前写的都是中短篇小说，比较注重语言的流畅感，比如《一地鸡毛》开头就是一块豆腐馊了，或是《故乡天下黄花》里的一个村长吊死了，《温故一九四二》一开头就写这一年发生了什么事等，但在这次写作上发生了巨大的变化，由于题材不一样，叙述语言、结构、技巧都不一样。对《故乡面和花朵》而言，原来的语言失去了魅力，它要求一种全新的叙述方式，全新的语言，就像一棵树在小时候表面很光滑，而到它长大以后全身满是疤节凸凹不平，对写作者来说，难度大多了。"刘震云还说道："以前我写的作品都是属于经验领域内的事，而《故乡面和花朵》则是一个非经验的领域和世界。以前我写的作品写实性比较强，那是我刻意为之的，那种写作可以锻炼我写作的基本功，比如对语言的运用、对情节的把握、结构的张弛程度、语言的流逝速度，那是一种严格的技艺操练。严格地讲，以前的写作是练习阶段，它打开了个人情感感觉和世界现实生活的一种通道，用一种对生活进行描述式的写法。而从现在的这个长篇开始，这种写法打开了个人情感感觉与想像世界的通道。对我来说，由这个长篇写作开始，我的写作才真正具有了意义，开始进入创作阶段。过去是对一种真实的追求，现在是对生活持一种解构的态度。"

3日　《人民文学》第5期刊有《本期导读》。编者提到："毫无疑问，小说正面临危机，危机不在于小说的读者在缩减、小说的文化威望在降低，这仅仅是危机的结果。真正的危机是，小说正在成为一种愈益文人化的事业，'个人'、'存在'、'形而上'、'技术'成为小说的中心价值范畴,这一切会使我们产生虚弱的文化傲慢,以为我们是在冰封的古堡中写作,而无视于原野上尘烟四起。""但红尘滚滚之处,其实是小说的生命得以孕育之地。"编者强调:"技术很重要,我们正在不断地引进和发明各种各样的先进技术,但是,小说的生命肯定不在于技术,技术可以使有生命的小说活得好,但不能使无生命的小说活起来,而小说的生命正在于生命和生活的广阔、复杂,无论是什么样的玄思、什么样的聪明念头,形而上总应该落实到形而下,落实到无比丰富、丰饶的世事人情上去。""如果说我们的小说面临着危机,这恰恰是因为我们日益远离小说的基本价值:它是一种世俗的艺术方式,它关注着人与人的关系,这不是一种哲学思辨,而是人与世界之间最真切的经验联系:有温度、有血肉、有生命的气息。"

5日 胡宗健的《当下女性的写作》发表于《山花》第6期。胡宗健指出,当下女性写作的重要趋向是"女作家们将她们的目光伸向了那男女共存的文化空间,去讲述女性作为'人'的故事,抚摸女性作为'人'的伤痕,关心女人也关心男人的'人类'生存处境"。

10日 梁晓声的《我看知青》发表于《北京文学》第6期。梁晓声表示:"我回头看自己的全部知青小说,没有自己满意的。""而此种自我评估,也是我对目前为止的,中国一切知青文学的总体评估。"由于"知青生活形态差异太大",所以"任何一位作家,不管他有没有过知青经历,主观性强些还是客观性强些,企图通过自己的几篇作品或几部作品反映几千万知青当年的命运全貌,都是不太可能的"。梁晓声认为,"一切知青文学组合在一起,好比多棱镜。它所反射出的是七色光。最主要最优秀的知青作品,也只不过是多棱镜的一个侧面罢了","知青经历应该产生史诗性的作品","但是目前还没有产生"。

15日 陈世旭的《小说的逻辑、意义、典型性、艺术特征及其他——关于文学的通讯》发表于《创作评谭》第3期。关于逻辑,陈世旭认为,"是不是说,东方人就缺乏逻辑、缺乏理性精神了呢?不是。逻辑是先验的,并不因为谁的意志而可以取消。所不同的,只是对逻辑的把握方式","中国传统美学始终笼罩着神秘主义的烟云","这种不可捉摸的了悟,使得东方神秘主义文化也许成为科学的障碍,却给美学带来了优越性"。

关于小说的意义,陈世旭认为,"我们现在要做的工作并不是要把'志'与'道'当作包袱从文学身上抛弃掉。相反,应该抛弃的只是传统的'志'与'道'的狭隘本质,而使之具有更广大更深刻的意义","其实在小说中'形上'不是能用语言文字直接表达的。恰恰应该经过'形下'来传递。小说或者说故事就是写吃、喝、拉、撒、睡、性以及由此引起的一切社会生活史的,但是传递的是这些行为发生的意义"。

关于典型性,陈世旭认为:"完全站在小说作者的立场看典型性,我想无不具备以下三方面的条件:重大事件,重大人物,包含重大历史内容。三个条件至少具备一个以上,也有三个条件同时具备的(当然前两个条件不能用于反证)。三个条件中,最重要的是第三个条件。很多名著写的是普通人,普通事,但反映了一整个时代的精神风貌或一整代人的主导情绪。"

七月

5日 刘宏伟的《古典自我与现代他者的冲突——张炜长篇小说侧论之一》发表于《当代文坛》第4期。刘宏伟认为:"张炜对古典自我与现代他者进行历史想象,试图站在民间立场上,使弱者有话可说。身处世纪末,由于分配不公官场腐败等等社会弊端更加彰显,因而张炜的这种言说的激情和激情的言说就得到了相当程度的共鸣与回应。对于古典自我与现代他者两者关系历史处境的想象,是张炜小说作品实现自我的动力所在。""隐含的故事作为张炜内心深处的历史记忆,在与其小说主体故事的勾连中,使小说露出了一种内在的历史性。这种历史性对于张炜来说,既是一种价值寻根的源头,又是一种小说表述的思想方式。面对这种沉郁的历史性,我们一方面钦佩作者敏锐的才能,一方面又痛惜作者的某些偏颇。""当张炜自身充沛的正义感、道义感与古典自我/现代他者对立式的思维方式相结合的时候,在张炜创作中,自然就产生了保守的激情特点。这种保守的激情极有可能发展成为一种道德认识上的偏执。"

同日,蔡翔、罗岗、薛毅的《理想主义的昨天与今天》发表于《山花》第7期。罗岗指出:"理想主义要想重新恢复活力,就必须保持它与社会其它领域进行对话的能力，特别是与市场经济对话的能力。"

南帆的《写作与飞翔——读林白的小说》发表于同期《山花》。就林白的叙述，南帆指出："林白小说所遭遇的道德谴责正是聚集在叙述问题之上。这些谴责可以简要地概括为，故事的叙述触犯了既定的文化成规，说出了一些不该公布的事情。"同时，南帆还认为："林白的叙述没有向通常的历史叙事靠拢。林白的小说从未像历史演义那样纵向地展开，小说时常在各种片断和各种意象之间飘拂，叙述没有进入历史的深处。"

9日 陈思和的《论1997年小说文体的实验》发表于《文学报》。陈思和认为："这一年的文坛是围绕了《马桥词典》的争论开始的，这部小说虽然发表于1996年，但有关它的艺术特点和创新意义，都是在1997年的论争中引起人们的重视。……它的主要成就正是在于对小说与语言关系的探讨。紧接着是李锐尝试运用一种新的叙事语言对自己的一部旧小说的续写，取得了意想不到的成效。再接着，两位上海的小说家陈村和王安忆，完成了随意性极大的小说《鲜花和》和《文工团》，在'像不像小说文体'方面提供了进一步讨论的可能性。同时，叶兆言在《大家》杂志上一连发表了三部小说，也完全打破了小说虚构与历史真实的界限……"

16日 张晓霞的《当代小说对美学的疏离》发表于《文艺争鸣》第4期。张晓霞谈道："当代小说的直接摹仿行为使小说家完全可以逃避一切形而上的追求，因为对人物个体性的描述不能承载这种'理想'，也许正因如此，当代小说家们打出口号说'我谁也不代表，只代表我自己'。如此导致的私人化，必然失却典型性，背离美学基础。""但由于人们在审美意识上的浅薄，常常认为否定传统就意味着创新，敢称先锋就真的超前，这实在是具有讽刺意味的悲哀。文学的最低层次就是表现自我，现在反过来认为摹写自我是最为现代。"

20日 刘路、朱玲的《结构对故事的完成与超越——读池莉近作〈云破处〉》发表于《小说评论》第4期。刘路、朱玲认为，《云破处》的结构技巧"清晰地展现在小说的叙述中，作为一种主导，结构了情节，顽强地显示着池莉试图对生活和人性的探求，增加了小说的深度和力度。所有根据情节探讨出的主题面对这一结构显示的主题，都不过是结构的枝芽，不过是笼罩在主题思考下的副题而已。这一具有重大意义的结构便是夜与昼的对照与交替进行"。刘路、朱玲指出："她所以选择了这一结构，正是因为昼夜的对比可以超出故事，帮助读者窥破真相。""《云破处》中的结构技巧既达到了对故事的完成，也实现了对故事的超越，从而使小说既具有很强的可读性又不仅仅停留在故事表面而是对其有了更深层的审视。这也是任何一部成功的小说所应具备的品质。"

张清华的《精神接力与叙事蜕变——论"新生代"写作的意义》发表于同期《小说评论》。张清华认为"尽管新生代的小说家们有意淡化或削减以往小说写作的宏大和深度主题，使他们讲述的故事更轻松并且具有'本份'意味，但他们小说的观念性质与寓言色彩依然很重"。

25日 殷实的《退出写作》发表于《当代作家评论》第4期。殷实认为："阿来在某种程度上退出了写作：一切形式的、经院的和现代哲学气质的东西全部被舍弃了，一切现时的人文观念、历史态度和价值判断也都被舍弃了。小说仅只是对大地和原初存在的呈现。这里的'大地和原初的存在'既非'社会历史内容'，也非对'社会历史内容'的歪曲或反动，而是指对尚未被现代意识和经验整合的某个生命群体的历史想像与诗意阐释。"

本月

《上海文学》第7期刊有"编者的话"《倾听底层的声音》。编者提到："燕华君的《应春玉兰》写了一个下岗女工的故事……在这篇小说中，我们再一次听见了来自底层的声音，我们的确是到了应该认真听一听底层人民的声音的时候，我们必须正视底层人民的利益所在，我们必须尊重底层人民的感情。"

陈思和的《多元格局下的小说文体实验——以1997年几部小说创作为例》发表于同期《上海文学》。陈思和认为："《马桥词典》是对传统小说文体的一次成功颠覆，它真正的独创性，似还不在于仅仅用词典形式写了一部小说，它是运用民间方言颠覆了人们的日常语言，从而揭示出一个在日常生活中不被人们意识到的民间世界。"

八月

3日 韩作荣的《小说的现实品格》发表于《人民文学》第8期《中篇小说》栏目。韩作荣谈道:"林希的作品让我想到传奇、话本,颇具中国传统小说的韵味儿。本期,他用'天津扁担'挑起一串出人意外的故事,纯正的地域文化、本土特色,从小说的质地凸现出来;那扁担钩举重若轻,由此及彼,以独特的方式再现'风俗'的现实,揭示了欺瞒、骗术所掩饰的内部朽败。作品的笔力入乎其中,又出乎其外,以传统的形式表达了现代忧虑。"

6日 贾平凹、穆涛的《写作是我的宿命——关于贾平凹长篇小说新著〈高老庄〉访谈》发表于《文学报》。贾平凹表示:"内容决定于形成,而内容又缘于对小说的认识。《废都》之后,我大致沿着我对小说的认识来完成我的作品的,它的时空界限总体有传统的东西,而不停有新的变化,但这种变化怎样能更体现中国人的思维,怎样更隐蔽,不让读者感到隔,我在做我的调整。"

10日 崔道怡的《姚黄魏紫　春华秋实——〈北京文学〉短篇小说公开赛感言》发表于《北京文学》第8期。崔道怡认为:"短篇小说在思想上应似杂文,具有切中肯綮、深入底里的社会针对性、生活揭秘性;在艺术上更像诗歌,具备内涵隽永、外观精致的视觉感受、听觉效果。"在崔道怡看来,"短篇小说固然也需要情节的巧妙,但它应该更加讲求细节的独特与涵量。因其篇幅有限,故事难得大肆铺排,而一个小细节若能够璀璨夺目,将会给读者留下更深刻的印象"。

雷达的《强化短篇小说的文体意识》发表于同期《北京文学》。雷达认为:"短篇最能见出一个作家的语感、才思、情调、气质、想象力之水准,有些硬伤和重要缺陷,用长篇或可遮盖过去,一写短篇,便裸露无遗矣。对一个作家艺术表现力的训练,短篇是最严酷的和最有效的。"

肖开愚、余弦的《个人写作　但是在个人与世界之间——肖开愚访谈录》发表于同期《北京文学》。肖开愚指出:"诗人写的小说热情而离奇,和小说家的小说相比很不像小说。诗的选择性满足不了诗人的叙述渴望,他就只好写小说作为补充。小说的容量毕竟足以引诱诗人一逞铺张、诱捕的雄心。有些东西不能写进诗里，写小说正好。当一个诗人写的小说不像诗人的小说，这个诗人本来就是小说家，不应当写诗。诗和小说都像哈代同样写得出类拔萃，那是每一个两栖写作者的目标。"

本月

《上海文学》第8期刊有"编者的话"《希望着好作品的诞生》。编者提到："王安忆近年创作了一组短篇小说，颇受好评。《轮渡上》貌似随意，但却显示了作者精湛的写作技巧。画面的精心描述，给人一种强烈的色彩感觉。读王安忆的这组小说，会使人想起阿城在八十年代中期写下的那组《遍地风流》。尽管风格不一，但都显示了作家对短篇小说艺术的精心探索。王安忆风格多变，是这个时代探索性极强的作家之一。其积累的写作经验，为小说艺术提供了许多启示。"

九月

3日　《人民文学》第9期的《中篇小说》栏目刊有编者的《现实性与可读性》。编者提到："小说当然有多种写法。写现实的，写得不好，可以是衣衫褴褛；写新潮的，弄得不好，则是皇帝的新衣。关键是要写好。""将小说写好的法子当然也有多种。本期刊发的李康美、刘建东、朱辉的三篇中篇小说，或写农村、或写城市、或写犯罪与破案，均将笔伸向现实状态下现在进行时态的生活；同时各使各自的手艺，虽尚未尽如人意，却都将小说写得并不一平如水或拖沓冗长，在短小紧凑的制式里将小说写得有一定的可读性。""现实性与可读性，是他们共同的努力，也是我们近期改版的一种努力。如果说前者是小说的一种品格，后者则是小说的一种性情。"

5日　胡志军的《敞开存在——余华近期小说的转变》发表于《当代文坛》第5期。胡志军认为："余华前期的小说都可归纳成'暴力的集体无意识'主题，肉体暴力和性都是这一主题的表证；而在《活着》和《许三观卖血记》中，我们无法归纳出一个确定的主题，我们发现其中有许多主题，或者，更确切地说，它们不是用来归纳主题的，小说没有提供善恶的意义，它们只是让事物本真地生存着——你能从悬崖上沉默的巨石和挺拔的青松上归纳出主题吗？作品已经从根本上开启出一个世界来了。"

同日，王干的《三人行》发表于《山花》第9期。王干指出："韩东的小说在90年代是相当独特的，他的小说从形式上看不出什么奇异之处，甚至有些陈旧，但读下去，在那些近乎枯竭的文字缝隙间又发现处处暗藏'杀机'，处处有埋伏，处处有意味。"王干还评价道："他（作家朱文——编者注）对小说叙述技术有一种天然的敏感，他的小说在叙述上总是做得很圆熟，不留破绽。"

8日 黄发有的《九十年代小说的新闻化倾向》发表于《文学世界》第5期。黄发有认为，"新写实"小说"所谓的'零度叙述'也隐没了作品的主观性，纤毫毕现的自然主义笔法和叙述人的旁观视角赋予作品以一种煞有介事的客观性，这和将客观性与公正性视为生命的新闻文体在表象层次上不谋而合。而且，'新写实'对于灰色人生的显微式的凸现手法和新闻特写所擅长的'放大'与'再现'技法如出一辙"。

10日 本刊编辑部的《我们要好看的小说——〈北京文学〉吁请作家关注》发表于《北京文学》第9期。莫言认为："好看的小说有多种：金庸瑰丽奇谲的武侠小说好看极了；汪曾祺返璞归真的小说也很好看；有突破和创新、富于想象力、给人拍案惊奇之感的小说，像马尔克斯的《百年孤独》之类，更是'好看的小说'；中国的古典小说像《水浒传》、《三国演义》也好看。好小说而'不好看'的也许就是像乔伊斯的《尤利西斯》这样的知识型、学者型作品。"

余华认为："好看的小说有两种标准：一是作家创造故事的本领，二是作家对世界和人生所发出的更深刻的感受，能够强烈地震撼我们的心灵。"而"更深层次的'好看'是它能恰到好处地引发人们最普遍的情感感受，这才体现出作家的叙事本领"。余华强调："成功的荒诞小说也是好看的，但必须掌握好分寸：它的故事虽然是超现实的，但是人物的情绪情感却必须绝对真实，不能故事一荒诞，人物的情感也跟着荒诞起来，国内的一些荒诞小说就是这样。荒诞小说的叙事是总体荒诞，而细节真实。中国的一些小说却恰恰相反，往往整体框架很现实，细节却非常不真实。这样写出来的小说，就很不好看。"

李冯则认为："能否写出好看的严肃小说不是一个技术问题，而是写作主体的问题。""只有作者具备了强大的自我,能够赋予作品以活力、光辉和有个性的视角,他的作品才会好看。"在李冯看来,"从文学的角度看,当下的中国其实是一个特别适合写小说的空间","中国的写作资源极其丰富,近百年来剧烈的社会动荡,具有无与伦比的可写性。但是这些却很少被小说家们有效地利用和开掘。90年代以来,作家们似乎写遍了刺激性的题材——性,暴力,战争,同性恋,但是都没有写好。我们的民族经历过如此多的战争,却几乎没有一部好的战争小说。这是作家自身的问题"。

林希的《小说要好看》发表于同期《北京文学》。林希指出:"小说的好看,是小说文学价值的根本所在,小说好看是小说文学的最后回归;而多年来的小说不好看,则是小说的异化,多年来小说的不好看,是小说文学价值的削弱。""老老实实地写小说,写好看的小说,才是作家的天职。"

张卫民的《王小波留下了什么》发表于同期《北京文学》。张卫民谈道,"他(王小波——编者注)的小说不证明汉语小说具有世界对话能力——好作家都在老实写作,腾不出手管什么对话不对话,更不用说在哪里对话了。我想,他本人可能喜欢这样的证明:小说与智慧的结盟是可能的,而这正是汉语小说的缺失。对王小波来说,信仰免谈,理性,智慧深入骨髓,渗透在他每一个句子里,他本人也借此完成了自己的智者形象","王小波的小说开拓了汉语小说的智性空间"。

同日,李陀的《汪曾祺与现代汉语写作——兼谈毛文体》发表于《花城》第5期。李陀指出:"很多语言学家把现代汉语的规范化归功于50年代后开展的推广'普通话'运动,认为这一运动最大成绩是为全民族确立了典范的现代白话文和普通话,使口语和书面语都有了一种民族共同语为依据。这种看法在一定程度上并不错,比如经过这种规范化之后,不仅文言文完全失去合法性,连半文半白的汉语写作也差不多绝迹。但是语言学家们似乎忽视了毛文体在这一规范化中的作用。是毛文体为这一规范化提供了一套套修辞法则和词语系统,以及统摄着这些东西的一种特殊的文风——它们为今天的普通话提供了形和神。这些都不能低估。事情另一面是毛文体对现代汉语发展的可能的严重束缚,这也不能低估。大众语论战中暴露出的那些现代汉语发展中的矛盾和困难,不但在毛文体中未能真正解决，反而更尖锐了。因为毛文体真正关心的是在话语和语言两个实践层面对言说和写作的控制，而不是汉语多元发展的诸种可能性。"

12日 高昌的《你种你的苹果 我种我的梨——近访何申》发表于《文艺报》。何申认为，"关心时代、反映现实，是作家责任心的表现"，"我非常喜欢和尊重文学上各种形式的探索，但鉴于我对生活独特的理解，不由自主走向这样一种创作道路。与其说是我选择了文学，不如说是文学选择了我"。

20日 杨建国的《可能——新历史小说运思的逻辑源点》发表于《小说评论》第5期。杨建国谈道，"新历史主义理论为新历史小说指示了一个攫取题材的途径，即除文本历史之外还存在着巨大的可能空间，这直接导致了中国新历史小说小叙述和个人化的叙事倾向。而另一方面，中国新历史小说似乎不仅只着眼于这一点，而是将这种可能进一步扩散幻化，广泛运用小说的结构艺术，使其形成了一个独具魅力的可能力场，从而吸引着人们的追逐"，其次，"新历史小说的虚构并非完全罗曼谛克式的梦想。许多人认为新历史小说动摇了正史并反叛了历史精神，显然，纯罗曼是绝对做不到这一点的，实际上，在绝多新历史小说里洋溢着丰富的现实主义精神。可以这样说，主观的现实主义与客观的浪漫主义构成了新历史小说的写作基调"。杨建国还注意到，从逻辑方面考量，新历史小说"打破了必然的思维单一与结果单一，而给人提供了广大的联想、想象、推断与结论空间，吸引着人们的追索；说其虚弱，是因为无论理由如何充足的可能推断总是不能转化为必然，也不能排除与之相矛盾的推断"。最后，杨建国表明，"我们分析新历史小说的可能探索及其虚弱，并不是否定其存在价值，至少，新历史小说以其特殊制式为我们拓展和营造一个巨大的思维空间与审美境界，也为我国历史文学乃至文学创作探索出了一条新路，事实上，其创作已深深影响了后来者"。

同日，张炜的《短篇两题》及《流动的短章（创作谈）》发表于《钟山》第5期。张炜指出："短章在小说中有特殊的地位。严格来讲，没有短篇哪有长篇；没有短篇小说哪有小说。没有找到短篇的年代，荒疏了短篇的年代，不会有真正严整的文学状态存在。新时期的文学从短篇开始，这恰是生气勃勃的表现。当代文学乃至于一个人的文学，都往往起自短篇并进而依靠短篇，而且依靠始终。"

另外，张炜认为："一部非常好的作品，真正好的作品，如果没有连绵性，没有连粘性，它就会是刻制出来的半死之物。"

本月

《上海文学》第9期刊有"编者的话"《初秋的问候》。编者提到："艾伟来自浙江，《到处都是我们的人》具有一种寓言性质，在幽默和调侃之中隐藏着的，却是一份沉重的警世作用。作品沿袭了近年小说常见的'单位'意象。但由于作者赋予这一意象更多的荒诞意味，因此在社会的写实意义之下，又可见出人的存在的困窘和不得其门而出的生命无奈。"

本季

《百花洲》第4期刊有《贴近百姓生活　繁荣短篇创作　"咱老百姓"短篇小说主题征文活动启事》。启事指出："百姓生活永远是文学创作的最佳源泉，述说百姓生活故事的作品永远是最受百姓欢迎的作品。时代发展，生活变迁，命运起伏，情感跌宕，百姓故事可成为时代的基本旋律，可成为多彩的民间风俗史，可成为生动的民族心灵史。""我们需要这样的小说。""我们希望有更多的人关注短篇小说的创作。一段时间以来，这一独具魅力的传统文学形式的孤寂与冷清是有目共睹的。繁荣我们这个时代的短篇小说创作，是广大读者的迫切要求，也是文学期刊谋求自身生存、发展的迫切要求。"

十月

1日　天罡的《时代文化与长篇小说》发表于《文艺报》。天罡谈道："一个时代的长篇小说成熟程度，将表明一个时代文化精神发展的充分程度；反之亦然。十九世纪批判现实主义长篇小说构成的文学高峰，表明了理性主义的文化精神发展到了时代的顶点。这一文学经验，为我们提供了坚实的认识基础——长篇小说的表现力是时代性的。……一部长篇小说能够在时代的高度上获得成功，还取决于一个时代文化观念的稳定。……每一个时代，都有属于这个时代的长篇小说，但是，在一个时代里，并非每个发展时期都有相对稳固的文化观念，因此，不同时期的小说质量差别就显示出来了。我以为，以理性主义的理想为水准，批判现实主义时期的小说质量显然要高于浪漫主义时期的小说。因为前者在文化观念上发展得更为充分，更为丰富，也更为稳固，尽管时代的矛盾更为深重，冲突更为剧烈。"

10日 《北京文学》第10期《短篇小说公开赛》栏目"编者按"写道："本刊倡导'好看的小说'，既是对小说现状的忧虑，更是对当下乃至将来小说写作趋向的一种设想。何谓好看，当然是仁者见仁，智者见智的事，虽然'好看'不一定就是好小说，但一部'不好看'的小说无论它多么被'看好'，也是让人起疑的。"

27日 刘颋的《唯有源头活水来——访范小青》发表于《文艺报》。范小青表示："当前一些正面写改革生活的作品的确有不同程度的艺术上粗糙的毛病。这并非作家缺乏写出文化底蕴的能力，而是因为所写的题材是正在发生的变异不定的事物，它无法给作家一个必要的沉淀思考的过程。这必然会影响到作品的艺术魅力。但事实上很多流传下来的经典名著也都是反映当时那个社会时代的当下生活的，为什么它们就能取得成功就能流传下来？我觉得主要还是因为它们都抓住了人物，时代只是一个背景，大事件也只是一个背景。"

十一月

5日 汪政、晓华的《有关当前长篇小说创作的断想》发表于《当代文坛》第6期。汪政、晓华提出："当下题材与现实题材也是一个较为敏感的话题。到底什么是当下题材与现实题材，我们觉得应该从两个方面来说明：第一，从时间的角度我们可以将题材划分为现实与历史。对长篇小说而言，现实题材永远是个挑战，最主要的是距离与视角，而距离与视角又取决于作家的修养乃至于最后取决于作家的哲学意识。这一点正是我们最感困惑与悲观的地方。中国作家、评论家的哲学观念很混乱，由于历史的原因，基本上是先天不足，后天失调。……第二，从空间（？）的角度看（这个角度可能被人忽略），我们在长篇阅读上经常对题材的定位犹豫不决。比如不少新潮长篇被冠之以写'私人经验',私人经验属不属现实题材?……私人经验不是不可以成为题材,个人化的写作也不是不可以坚守,但对小说尤其是长篇小说而言,对私人经验的固守必然会走向怪异的极端,从阅读上讲也让人无法承受。只有在私人经验中融入客观的现实的东西并努力强化意识到的理性意义,个人话语才能摆脱琐碎、偏执与迷幻而走向公共话语。"

而关于长篇小说的叙述问题,汪政、晓华还强调道:"经过这样一些复杂的阅读、接受与积淀的过程,长篇必然会被'改写'和重组,会被重新叙述,最后它所剩无几,但那些剩下来的却会附着甚至渗入到一个民族的思维与精神中去,成为民族的'语言'。而这些正是我们目前的长篇所缺乏的。当小说家们把所有的智慧与精力都投入到叙述上去时,他对其他也就无力照看了。事实上,我们应该认识到叙述对长篇的其他构成是有所伤害的,人物可能因它而符号化和功能化而失去性格与行为逻辑,故事也可以因它而失去其自然的进程。因为叙述本身代表了作家对存在的一些看法,所以它也似乎理所当然地取代常规意义上的可以交流与言说的思想。"

同日,张新华的《论格非小说中的时间观》发表于《莽原》第6期。张新华认为格非"在叙事上对时间的运用进行了多方面的探索","首先,格非小说以时间结构叙事,使叙述行为在特定的时间框架内进行。……以时间带动叙述,限定叙述框架的小说还有《推背图》、《欲望的旗帜》等。它们中的时间都属公共时间,具有明确而具体的标识,但叙述并没严格按自然时序进行,有时间的断裂现象","其次,时间问题成为故事情节中某个环节的关键性因素,或隐或显地处在叙事中,造成小说叙述上的张力,并调节着叙述节奏的急缓"。此外,张新华还谈道,格非的小说具有鲜明的回忆情结,"回忆的视角和内容还属小说的表面形态,但它已承载了丰富的内蕴,其中最重要的是作家对时间、记忆的形而上思考。若考察时间,即使不管其它的复合意义,《褐色鸟群》在格非、甚至在整个先锋派作家的创作史上也足以值得纪念。……它超越了时间的科学性和社会性规范,传达了个体独特的心理体验"。

7日 艾真的《乡村的伤感和城市的感伤》(评毕飞宇的小说《白夜》——编者注)发表于《小说选刊》第11期。艾真认为:"阅读毕飞宇小说,总会被其中暗隐的那种迷人的忧郁气质打动。……他笔下的乡村常常带有回顾的性质,在回顾中便有深深的伤感;他笔下的城市则是身陷其中,在身陷其中时,便有锐利的感伤。当他沉浸在乡村的伤感和城市的感伤之时,他的作品便显现了诗性,显现了气韵;显现了精致,显现了唯美;显现了空灵淡雅,显现了意味深长。"

19日 钱文亮的《关于"新故事"的理论思考》发表于《光明日报》。钱文亮谈道:"我们今天之所以要提倡新故事、研讨新故事,就因为在目前这个时代,在由封建的小农经济向工商文明过渡的历史进程中,在由狭隘的宗法社会向全球一体化的信息社会的跃升中,有许多腐朽的毒害人心的封建观念与趣味,仍在通过故事这一大有市场的准文学形式,污染着人们的头脑……新故事的新观念、新手法、新内容,必然对创作者的素质提出新要求。创作者的思维方式越新、观念意识越先进、看人看事的眼光越独特,故事才会越新。今天的读者已不再是传媒落后、信息闭塞的小农社会中的旧式读者,创作者当然也不能满足于做简单的收集整理工作的民间艺人。"

20日 陈思和的《1997年小说创作一瞥——〈逼近世纪末小说选〉序二》发表于《钟山》第6期。陈思和指出:"所谓'世纪末'的概念,不仅仅是一个时间分期的概念,它包含了特定的中国社会转型期一般大众和敏感的知识分子的两重心理。"关于自己评选"逼近世纪末"小说的标准,陈思和认为,"其一,看小说作品在表达当下人们向世纪末行走过程中的精神向度上有没有提供新的因素","其二,是看作家对小说艺术建构当代人心灵世界有没有新的探索","其三,是看文学艺术在抗衡日益庸俗肉麻、并缺乏想象力的现实环境的努力中体现出新的批判力度"。

25日 赵抗卫的《现代小说艺术的危机》发表于《文艺理论研究》第6期。赵抗卫认为:"小说家正视现实,利用电视去传播小说,利用小说在电视剧改编后的影响来推销小说,不失为一种明智之举,小说无法与电视去争夺读者(观众),但小说可以与电视共享观众(读者),无论这些观众(读者)是先看电视,还是先看小说。""小说家的另一种做法是,干脆不先写小说,而直接写电视剧本,使电视剧一炮打红了,再把剧本改成小说。小说家如此创举,确实是十分具有文艺市场规律的一种炒作形式,风险性减少,利益性增大。但如此一来,小说家变成了电视剧编剧，小说的艺术手段，在电视剧里就主要留下了情节和人物，即使再据此改回小说，恐怕也会不大象真正的小说，而容易成为电视剧故事了。"

十二月

3日 本刊编辑部的《与水有关的话题》发表于《人民文学》第12期《特别推荐》栏目。编者提到："《横渡长江》则是一部颇有意味的中篇。对于小说而言，叙事涉及的不仅是事件本身，更重要的是围绕事件的细微末节。小说的质地是纯净的，可纯净的背后却交织、蕴含着丰富。"

5日 行者的《超越现成的东西》发表于《山花》第12期。行者指出："一篇小说，必须是一篇新的小说，不同于它的所有的同类。它是一个处在发生状态的东西，一个发生器，其内部是一个不断被构成、消解而又重构的境域，处于紧张的状态中，不断地发生着什么。小说的非现成性源于它的原创性，每一篇小说都要不同于其它的小说，不可以复制现成的小说文本——那是印刷厂的事，作家必须创造出一个或者又一个全新的文本，为小说注入新的活力。"

7日 艾真的《状态与情绪》(对皮皮《左肾》的评点——编者注)发表于《小说选刊》第12期。艾真认为："《左肾》表达了一种情绪，一种正常人和非正常人在这个世界里所共有的情绪；即孤独的情绪：叙述了一种状态，一种正常人和非正常人在这个世界里所共处的一种状态，即无助的状态。"

本月

张闳的《血的精神分析——从〈药〉到〈许三观卖血记〉》发表于《上海文学》第12期。张闳谈道："在现代中国小说史上，血的意念的最初形态是以'人血馒头'这一奇特的形式出现的。""鲁迅之后，'血'仍在文学中频频出现，或作为意念，或作为主题。不过很少被当成药物。""1994年，余华发表了《许三观卖血记》。在这部作品中，血的意念极度地膨胀，扩展成一个基本主题，并且，其功能也发生了重大的变化。"

1999年

一月

5日 李冯的《辞职与写作》发表于《山花》第1期。李冯谈道:"写作没有终极性,它不解决生死问题,对人生不会像宗教般作出明确(即使明确得荒谬)的解答。它应该是某种过程。""每个人的写作都是个体的,所以在他那里写作的生命与指令也都有个性。对我来说,我只是接受了写作本能发出的某种指令,因此仍然不能判断我辞职对我写作的好坏。……写作与你既是渗透的也是游离的,它并不是你。在个人写作之后还隐藏着一个写作的源泉,那就是心灵。生存的价值应该在于心灵对自由的体会和对世界感知能力的扩充。这是目的,而余下的包括了写作都仅仅是手段。"

王一川的《倾听跨体文学潮》发表于同期《山花》。王一川认为:"'小说'本来就是没有固定边界的容量宽广的文体(如《红楼梦》由小说、诗、词和曲等多种文体组成),'纯小说'只是对已经变得凝固和缺少变化的现成主流小说规范的形容。"王一川指出,马原的"《冈底斯的诱惑》(1985)在其最后一节即16节里,分别引述姚亮和陆高的诗《牧歌走向牧歌》和《野鸽子》。……小说家心中汹涌的诗情难以忍受'纯小说'体的叙述束缚不得已喷涌而出。'纯小说'体的危机不能自我化解而需要他体(如诗体)去拯救",实现了文体上的突破。在王一川看来,王蒙"调动各种语体如诗、散文、戏剧、相声和电影蒙太奇等来多方面和多角度地即立体地表现人的纷纭繁复的情绪流动,是他的'立体'探索的着力点。进入90年代以来,他的长篇系列《季节》(《恋爱的季节》等)更在立体语言上继续推进,创造出一种新小说体——拟骚体"。

对于张炜,王一川谈道:"长篇小说《家族》(1995)使小说叙述体与诗体两种语体交错组接到一起而成双体小说。'纯小说'体在此裂变为两半：抒情体与叙事体交错、历史叙述与现实叙述分离、抒情人与叙述人竞现，形成小说体与诗体的双体并立格局。"王一川还谈道："在刘恪的小说集《梦中情人》（百花洲文艺出版社1996年版）和长篇新作《城与市》（1998）里，我们能发现迄今为止最为激进和成功的跨文体探险踪迹。……跨体文学应是一种跨越单一文体而融汇多种文体的新型文学形态。""如果把文学本文视为文体、形象、意义和气韵四个层面的整体，那么可以看到跨体文学的四方面特征：多体混成、形象衍生、诗意缝缀和异体化韵。"

最后，王一川指出："跨体文学具有一种文体革命意义。这突出表现在，它以跨文体形式突破传统文体界限，带来文体的解放，在多体混成、形象衍生、诗意缝缀和异体化韵中展示新的意义表达可能性，使特定本文之内似乎还蕴涵多重本文或超级本文，从而深化和拓展中国现代汉语文学的美学境界。""这种美学转变最终透露出更根本的文化转变信息：从一元化文化价值取向走向多元化文化价值取向。"

7日 崔道怡的《如雨天花　但闻香气》发表于《小说选刊》第1期。崔道怡认为："成功的艺术创造，必须建构完整而和谐的形象体系。意是其精神内核，无一点外贴之痕；境是其物质外壳，无一处游离之态：两者浑然凝为一体，共同组成艺术的生命。""第一，它应包含极为密集的美感信息——生活无穷，艺术有限，以无穷显于有限，就得在一定的空间里浓缩进尽可能丰富的美感信息。""第二，它应生发超越本身的美感效应——生活又有限，只提供原型，而艺术则无穷，可以创造含意不尽的境界。""第三，它应为读者开拓再创造的空间——出色的艺术形象之所以别有魅力，就在于它能让审美者也参与创美活动。"小说创作应"讲求那种象征的功夫、空灵的妙处、神秘的氛围、虚幻的意境"。

冯敏的《灵魂的猎者》（评何玉茹的小说——编者注）发表于同期《小说选刊》。冯敏认为："《田园恋情》把热恋中的少女苏奇写得灵动感人，但我觉得作品中更有艺术价值的形象却是那位母亲，那样的女性本身就是大自然的组成部分，让读到她的人内心里注满阳光。……何玉茹在作品中寄托的审美理想,以及流露其间的纯朴、善良、敏感、宽厚的秉赋,是广袤的华北大平原赐予她的。""《快乐村庄》具有较高的旨意,正如评论家封秋昌先生指出的那样:作者从快乐的村庄里发现了'不快乐'的一面,从群体的快乐中发现了个体的不快乐。""《楼下楼上》是由两则听来的故事组成。在'轻松'、'潇洒'、'调侃'、'消费'成为文化时尚的当下,何玉茹却以她的敏感猎取了几个不安的灵魂,揭示了轻松背后的沉重。这份沉重就在心之深处,催人自省和忏悔,启发着责任和良知……"

傅活的《营造精品——关于近年文学的一些思考》发表于同期《小说选刊》。傅活认为:"九十年代中后期的创作,可以说,现实主义是主流,同时又呈现创作的多样化或叫多元化,如女性写作的崛起和'新生代'现象等。""现实主义也是要讲艺术技巧的……高标准的现实主义创作应是真实地、艺术(生动而又巧妙)地、深刻地、富有独创性且能动人心灵地反映现实的或历史的社会生活。""有些作家把反映现实生活仅变成图解某种政策或某种新生活方式。这是很不够的。不管写什么时代、什么题材、什么人物,最重要的是从纷繁的人际关系,以及人们道德情操、智力与个性的差异中,引人入胜地写出时代的、民族的和人类社会应有的真、美、善与智慧。写反面的东西,其目的也是为了呼唤这些正面的东西。这样的作品才具有艺术生命力。""就目前我国女性文学作家来说,她们的价值取向和创作方法不是完全一样的。多数人还是以反映现实百姓生活为主,且其中不乏佳作;有些人则偏于是非不分地坦露女性隐私,甚至不恰当地描写涉性内容,'作品'虽能畅销,其社会效果却不值得恭维。"新生代作家中,"有一部分人,基本能沿着现实主义的传统往前走,又善于吸收现代的艺术养分,并发表过有影响的好作品;而另有一些人,其创作似乎只是八十年代新潮创作的延续"。

10日 张大春的《要谁好看?》发表于《北京文学》第1期。"编者按"写道:"本刊倡导'好看的小说',旨在针对一段时期以来小说创作中出现的痼疾。尽管'好看'一词或许容易产生歧义,但在当前相当多小说越来越远离小说的本源和精义,更越来越远离读者时,我们宁可选择这种最朴素的表述。"

张大春指出:"在开放文化准备的前提下,'好看不好看'便可以延展成另一个层次的讨论：它牵涉到口味和品味的究竟。"好看"应该是在一定浸润程度上发现作品意义或价值的描述语"。"一如任何文学作品，小说也有它的沟通语境。一个作家的确不能迳自写出一部只有他自己能懂的小说、却要求读者称道这小说'好看'——身为一个小说作者和专业的文学读者，我还想不起史上世上有任何一位如此思考的小说家。""作品本来就是寂寞的，怎么看出它一个'好看'之处来？怎么勾勒、修葺或重构出那个沟通语境？怎么让不同文化准备的作者和读者如响斯应？才称得上求音：一个评者的基本和最高任务。"

15日 蒋述卓的《论史铁生作品的宗教意识》发表于《南方文坛》第1期。蒋述卓认为："史铁生不是一个文化的逃亡者、生活的厌世者与绝望者，也不是一个狂想者。他从人生的过程与目的的参透中给人的个体生命加以历史定位，以冷静的态度坚持着理想并由此重构了'生'的意义。史铁生与张承志不同。张承志是以皈依伊斯兰教中的哲合忍耶教为旗帜来坚持他的理想主义，史铁生则是以个体生命对'目的'的超越来支持着理想。史铁生也与贾平凹不同。贾平凹在《废都》中表现了一代知识分子的绝望和理想的幻灭，反映出了知识分子无法给自己定位的悲哀，史铁生则冷静地对待一切，而更看重个体生命对命运的反抗，把'实在'的'过程'提升为'生'的意义，由此超越绝望与幻灭。……这种'超越自我'的方式也就最终能超越生与死的困境。正是在超越困境的基础上，史铁生重构了'生'的意义。"

16日 孙先科的《"新历史小说"的叙事特征及其意识倾向》发表于《文艺争鸣》第1期。孙先科认为，"新历史小说"的"新""在于作家在新的哲学观念和历史意识支配下，对历史进行重新叙述和再度编码时，所获得的新的文本特征及相应的历史意识"，"第一个明显的特征是对重大题材的更置与替换"，"第二个明显特征是：伴随着叙述视角的变化，文本的组织与结构原则突破了以自然时序构造客观性历史的传统模式，一种以'记忆'为摹本，时序互相穿插颠倒，历史与现实，故事和话语相互纠缠和新的文本组织原则解构了历史自我起源、自我发展的自在性和客观性，历史成为一种叙述的权力，成为'他的故事'（History—his Story）"。孙先科还指出，张炜的《古船》"对'家族'性题材，对宗法与血缘关系的侧重已经明显地改变了'十七年'长篇小说'泥史'

和'拟科学文本'的文本结构特征,并直接对后来的'新历史小说'的取材与文本组织结构产生了影响"。

张晓芳的《"新感觉派小说":"无家"的文学》发表于同期《文艺争鸣》。张晓芳认为,"'新感觉派小说'作为都市文学的一种,还有一个很重要的特征:即它是'无家'的文学","是对传统'家'情结的反叛"。

20日　於可训的《主持人的话》发表于《小说评论》第1期《贾平凹〈高老庄〉评论小辑》栏目。於可训谈道:"进入九十年代以后,贾平凹把创作的重心转移到长篇小说方面,继《废都》、《白夜》、《土门》之后,又写出了他'在这个世纪的最后一部长篇'——《高老庄》(太白文艺出版社1998年9月出版,又载《收获》1998年第4、5期)。最近,我与本专业的几位博士生和硕士生认真阅读了这部小说,也进行了比较深入的讨论。讨论的结果是,大家都认为贾平凹的这部长篇从思想到艺术较之前此时期的几部长篇,都发生了很大的变化。这种变化一方面反映了贾平凹对社会人生的思考和感悟有所加深,另一方面,同时也反映了贾平凹对小说艺术尤其是长篇艺术的追求,有了进一步的发展。这种看法不是来源于某种'后一部作品总是比前一部作品好'的简单进化的观念。也不是对这位有才华的作家的无原则的吹捧,更不是受某人、某刊之托刻意'炒作'。而是来自于我们对作品认真细致的阅读,以及建立在这种阅读之上的思考和感受。我们认为真正的文学批评应当从作品出发,回到作品,在作品的细读中展开我们的阐释和评价。以下三篇文章——《开启文化寓言之门》、《高老庄——一个意蕴丰赡的意象》、《无奈的精神还乡》,就是这次讨论的一部分思想成果。我的这些年轻的朋友分别从《高老庄》的文化隐喻、思想意蕴,和作者在作品中所经历的心路旅程等角度,对贾平凹的这部长篇新作进行了各自的阐释和评价。我认为,他们的阐释和评价,综合起来是说出了这部长篇的一些主要方面的成就和特征的。"

同日,余华的《我为何写作》发表于《钟山》第1期《散文随笔》栏目。余华谈道:"因为文学的力量就是在于软化人的心灵,写作的过程直接助长了这样的力量,它使作家变得越来越警觉和伤感的同时,也使他的心灵经常地感到柔弱无援。他会发现自己深陷其中的世界与四周的现实若即若离,而且还会格格不入。然后他就发现自己已经具有了与众不同的准则,或者说是完全属于他自己的理解和判断,他感到自己的灵魂具有了无孔不入的本领,他的内心已经变得异常的丰富。"

21日 周国平的《现代小说中的叙事和虚构》发表于《文论报》。周国平表示:"大体而论,在传统小说中,'事'处于中心地位,写小说就是编(即'虚构')故事,小说家的本领就体现在编出精彩的故事。所谓精彩,无非是离奇、引人入胜、令人心碎或感动之类的戏剧性效果,虚构便以追求此种效果为最高目地。至于'叙'不过是修辞和布局的技巧罢了,叙事艺术相当于诱骗艺术,巧妙的叙即成功的骗,能把虚构的故事讲述得栩栩如生,使读者信以为真。在此意义上,可以把传统小说定义为逼真地叙虚构之事。在现代小说中,处于中心地位的不是'事',而是'叙'。好的小说家仍然可以是编故事的高手,但也可以不是,比编故事的本领重要得多的是一种独特的叙事方式,它展示了认识存在的一种新的眼光。在此眼光下,实有之事与虚构之事之间的界限不复存在,实有之事也成了虚构,只是存在显现的一种可能性,从而意味着无限多的别种可能性。因此,在现代小说中,虚构主要不是编精彩的故事,而是对实有之事的解构,由此而进窥其后隐藏着的广阔的可能性领域和存在之秘密。在此意义上,可以把现代小说定义为对实有之事的虚构式叙述。"

25日 余华、杨绍斌的《"我只要写作,就是回家"》发表于《当代作家评论》第1期。关于人物,余华表示:"我写什么小说,有时候连我自己也作不了主。因为,小说的题材选择和作家当时对事物的关注,以及身体状况,他的心情等等都密切相关。"关于叙述,余华表示:"有时你想好了一个构思,很可能写到一半就变了,往另一个方向发展了,这就是叙述,叙述时常会控制一个作家,而且作家都乐意被它控制。《活着》就是这样,刚开始我仍然使用过去的叙述方式,那种保持距离的冷漠的叙述,结果我怎么写都不舒服,怎么写都觉得隔了一层。后来,我改用第一人称,让人物自己出来发言,于是我突然发现自己的叙述里充满了亲切之感,这是第一人称叙述的关键,我知道可以这样写下去了。"关于怎么构思写作,余华谈道:"我以前小说里的人物,都是我叙述中的符号,那时候我认为人物不应该有自己的声音,他们只要传达叙述者的声音就行了,叙述者就像是全知的上帝。但是到了《在细雨中呼喊》，我开始意识到人物有自己的声音，我应该尊重他们自己的声音，而且他们的声音远比叙述者的声音丰富"。关于语言，余华表示："我对语言只有一个要求：准确。一个优秀的作家应该像地主压迫自己的长工一样，使语言发挥出最大的能量。"

28日　关于韩东《我的柏拉图》的《选编者说》发表于《中华文学选刊》第1期。编者提到："对这么一个乏味的故事，韩东的讲法却很有意思。他不是想办法把故事讲得'有意思'，比如采用点煽情的手法，渲染一下主人公的内心痛苦等等，而是极力冲淡故事的味道，尽量端一碗白开水给他的读者。""这篇小说的叙述在本质上是内敛的，韩东在努力使一个简单的故事具有更丰富的内涵、更多重的含义，给读者更广大的阅读空间。它的表面的松弛平淡实际上处于很有力度的控制之中，这表现出作者运用语言的技术。现在许多作家对小说语言整体、内在的功能的探究和在写作上的尝试，正在拓展着我们对语言风格、语言表现力的理解，也给小说创作增加着活力。"

关于何玉茹《楼下楼上》的《选编者说》发表于同期《中华文学选刊》。编者认为，从《楼下楼上》这部作品中，"也许很容易看出何玉茹的写作策略：将生活中的形而上的成分提炼出来，让作品中的人物在细腻、纯粹的内心生活中游走"。"这可能是一个很好的把握小说的角度，但这并不轻松。抛却简陋、粗糙、带有谎言色彩的现实，对精神上的伤痛不停地诘问、反复地辩驳、不懈地追索，作者和作品中的人物一起历经精神上的历险、颠簸，读者同样也难以承受其重量。""作品中的母亲和姐姐都可以不如此度一生，但由现实剧变而带来的精神意志（或者叫良知吧），反而使现实变得模糊不清。这有点类似卡夫卡的荒诞：'有罪的是我们所处的境况，与欠罪无关。'"

关于张生《另外一个人》的《选编者说》发表于同期《中华文学选刊》。编者提到，张生"在逐渐地脱略了博尔赫斯这样的大师影响的痕迹后，他给我们展示了他的写作达到的品质。早先分析性的语言、寓言式的结构表达了关于历史与命运、存在与困境诸种主题；现在他仍然专注于构筑意象与理念迷宫，喜欢君临一切、玩弄对象于股掌之上的感觉。但已有了如《开始或结局》那样具有饱满意象、化有形于无形的文字，冷静、节制、不动声色的叙事令绝望、恐惧的心理体验达到了蚀骨的深度。《另外一个人》则在亦庄亦谐间道出了中国文化、历史、传统中许多耐人寻味的内质，对现代文明进化中的中国社会形态与文化人格有着很好的摹形写实的功力，是谐谑而机智的"。

本月

西飏的《虚构之虚构》发表于《上海文学》第1期。西飏认为："纯文学和通俗小说的差别就在于，后者一览无余，而前者虽排列出'1+1'的公式，却让你不敢相信答案是简单的2。说白了，虽然是讲故事，但还是不能到结果就只讲了个故事。"西飏表示："小说的冒险之旅在选择中前行，新的因素不断加入，最初的东西则相应变化，有些干脆被削减。作为完成品的小说，也许并非是作家最初要写的那个，而总是他最后写成的那个。在需要选择时，作家作出他以为相对能有把握推展下去的一种。很难说还有没有更好的选择。但当虚构之路展开后，作者就处在了迷宫中，他努力找一条出去的路，并且以为这就是仅有的一条路。"

二月

3日　《人民文学》第2期《本期小说新人》栏目前刊有"编者语"。编者提到："本期小说新人是'古典'的，具有古典的气质、古典的情调与古典的美学趣味。古典意味着沉静、温婉、优雅与精致。《重瞳》的文本就像一张精致的网，在密集的古典意象里，多重对应的一些事物：卑弱与壮烈、屈辱与欢乐、现实与梦想、天上与人间等构成网的经纬，而文字则像蛛丝一样细弱而柔韧，它捆绑缠绕了一段历史。在这里，'重瞳'是重要的，它不仅是一个历史细节、一种隐喻，更是一种途径。由此途径，李煜挣脱而去，成为项羽；而小说也由此找到了方向，并展示出在历史语境中，一篇小说可能到达的地带。""《十五中》则笼罩着现实的阳光。但阳光下的一切，虽万分真实，却迷离恍惚，如烟似雾，把握不住。在这篇小说里，现实是柔软的，而主人公的心境，美而伤感、欢乐而寂寞，同样是一分古典心境。""两篇小说，弥漫的都是作者那针尖般尖锐而准确的感觉。"

5日 张学昕的《小说创作中的文体问题（金台文论）》发表于《人民日报》。张学昕指出："一、有的作家在打通个人感情和现实世界的关系时，由于对文体表现的过分强调，使内容与形式的内在冲突表现出来，作家的生活积累往往受到文体形式的限制，制约了作家情感、思想充分而深刻的表达。小说表现出疏远生活本质时代性，迷恋表象，过分地强调感觉，从而丧失了作品的思想深度。二、无论哪种小说创作潮流涌来，无论有无创作界和评论界的倡导，也不顾及作品的语言风格、形式与文体特征不仅和作品内容、艺术追求相联系，与作家才情、气质、内在情神结构相一致，都会有大量盲目的追随者，盲目追随'潮涨潮落'，以一种叙事角度或一种观照事物的方法为'时尚'，甚至不惜改变句法，有意采用生涩冷僻的表达，进行模仿性写作，从而失去了把握生活的独创性能力，造成文学创作中的某种隐患。三、一些作家走入了文体探索的误区，进而可能滋长或导致文体危机。因为，考察新时期文学初期至近年的小说创作，我们发现种种文体几乎都被尝试遍了，人所共知，我们用不足二十年的时间走完了西方近现代小说形式革命百余年的历程。在这二十年内，许多人刻意模仿西方的文学大师们，在模仿中迷失自我并陷入自身的创作危机。我们见到的大量'文本'却并非是新的文体，或者干脆就是现成文体的复制品或翻版。我们在近年的一些小说中已窥见到文体风格危机的端倪。"

同日，李大卫、李冯、李洱、李敬泽、邱华栋的《日常生活——对话之二，1998年11月3日》发表于《山花》第2期。李大卫指出："六十年代、七十年代人的小说，在经验层面上是非常重复的。在这些小说中有一种潜在的规定：什么才叫'生活'——这种'生活'是以中心城市为背景的，涉及的都是我们这一代人，基本上有类似的家庭出身、教育背景，甚至稍加分析都可以进行量化的处理。"在李大卫看来，当下描写日常生活，"意义可以从三个方面来谈，一个就是你刚才说的开始时的张力，与以往写作的对抗所形成的深度或意义；其次，写作不可能是没有意义的"，"我们读小说总想看见个故事，故事告诉我们世界是什么样的，包括大团圆的结尾，这都表现了人对世界对生活的看法，这是一种意义；第三个方面就是刚才谈到的元日常生活，它也有一种意识形态倾向，本身已经规定着一种意义，这种写作态度本来是为了消解以往写作当中的意义,但是在消解对象的过程中,它在事物上又强加了一层意义,解码成了再编码,这种意义是有很大规定性的"。

此外,李大卫认为:"'新写实'的写作态度背后仍有某种隐秘的启蒙冲动,但它的言路、姿态已经从精英主义降格为民粹主义,也就是'上帝对乌鸦说——'那一套。"但是,"新生代有个跟以前非常不一样的地方,这些人的写作好像都是从诗歌过来的,诗歌是他们的 DOS 系统。……这些人在九十年代的小说写作很大程度上是在实践自己八十年代在诗歌领域里作过的事情,韩东朱文是非常典型的,我自己基本上也是,但我一向反对日常化写作"。

关于日常生活,李洱认为:"所谓日常生活是个人和历史、权力交汇的地段。""现代艺术就是从写日常生活开始的。"不过,"应该非常警惕,写日常生活,但不应该沉迷于日常生活;写日常生活的一个基本手法是观察,从自我观察,也从外部观察,使它具备一种批判性,这种批判性很容易丧失。可能他无法明确地指出意义,但意义肯定是建立在基本的批判上面的。有批判才有意义,而我们非常容易失去批判性"。

李冯在李洱讨论的基础上指出:"实际上有两种文学,一种是李洱说的,整个向日常生活趋同或还原,包括价值观,全部 Copy 过去,主体的东西就基本上抹掉了。""另一个就是我们现在说的这种。"李敬泽强调:"谈日常性还要强调概念适用的相对性,对作家来说,就是充分地意识到'此时此地'。"李冯总结道:"实际上日常生活是写作上的起点之一,但是它总是受到某种外力吸引,是相对的;真正的还原,是让它处于松弛状态,不被外力吸引。这种时候,再以个人方式触发。丰富性是通过个人写作来实现的,不可能有趋同的东西,这就是李洱刚才说的那个'打开'……"

朱也旷的《小样本理论及其他》发表于同期《山花》。朱也旷就小样本理论指出:"在以古希腊文学为源头的西方文学中,存在一条小样本化的线索(以一种粗线条的大尺度的标准衡量)。""小样本化的结果通常是体积的缩小换来了密度的增大,它不能简单地看成是哈亚姆式的'滴水观沧海'的哲理在文学中的反应。"关于大样本问题,朱也旷认为:"一般说来,中国的古典小说是以大样本而著称的。这样的小说没有纵深,缺乏深层次的挖掘。小说的作者不会以小说的方式进行艰深的'格致',仿佛他们的手中缺少工具,无法把巨大的石块运到高处去。这种缺陷导致了审美上的特殊性,正如不会运用透视法的国画在审美上有着特殊性一样。"此外,在朱也旷看来,"也许只有在有了《红楼梦》之后,我们才能够说,具有如此庞大的样本空间的小说也是可以存在的"。针对创作,朱也旷提出,"只要叙述得当,剪裁巧妙,并对细节予以足够的关注,生活中的许多小事都可以写成小说,甚至是深刻的小说。小说家应该像福楼拜寻找唯一的动词或形容词一样寻找唯一的叙述方式"。

7日 崔道怡的《寒塘渡鹤影》发表于《小说选刊》第2期。崔道怡认为:"环境,与人物和故事一样,都是构成小说的基本要素。三者融合,缺一不可。""环境描写主要目的,应是为着塑造人物。""景物须服务人物和题旨……随着景物变化,作者和人物也应不断产生相应感受。作者和人物的思想感情有所转换,景物又会因之呈现不同的面貌、气质、色调和韵味。成功的情与景,互为因果,互相交融。""景物应显示时代的风貌——每个时代的经济、政治状况各有其特定的社会事物,自然景象也会因历史条件、生产水平而各有不同,这就要用最有特征的具体景物来显示时代的风貌。""景物要渲染特定的氛围——每一幅生活的画图,每一个人物的故事,都有各自的色彩情调,这也得借景物显出来。""景物得促进情节的进展——人物和情景联系密切,故事与环境也息息相关。""为了更好衬托人物,配合情节,景物应该具有真实感、新鲜感、雕塑感……"

冯敏的《力量的现身——关于小说〈大漠魂〉》(评郭雪波的小说《大漠魂》——编者注)发表于同期《小说选刊》。冯敏认为:"小说涉及文化人类学的领域,却不是一般性的展示萨满教的神秘仪式,也并未猎奇式地描写交感筮术中的种种逸闻。雪波的笔始终对准人和人的命运,对准生存和心灵的历史,扣紧文学的母题。这样的努力使得作品在穿越时空的宏大叙述中,具有了古歌般的苍凉和凝重。"《大漠魂》"通过几组人物几组画面,跳跃式地勾画了'安代'的历史而避免了冗长的过程交代。……有一种诗意有一种乐感,有一种建构意义世界的追求,这也是雪波溯源'安代'文化创作这篇小说的初衷"。

何镇邦的《短篇小说创作振兴在望——1998年短篇小说创作漫评》发表

于同期《小说选刊》。何镇邦谈道:"王蒙的《满涨的靓汤》(《小说选刊》1998年第6期)……采用一种文白夹杂的叙述语调和我们在中国传统的笔记小说中常见的叙述方法,并略加改造,从而形成一种既有王蒙固有的机智幽默又有传统笔记小说叙述描摹特点的新的艺术风采。铁凝的《B城夫妻》(《小说选刊》1998年第6期)……仍然保留着铁凝固有的精细的风格,但写得似更世俗化,颇得明清一些写世俗的短篇小说的神韵,尤其是篇末写冯太太两次被抬埋的故事,更有点传奇色彩。明眼人可以看出,王蒙、铁凝这种在短篇小说创作中新的艺术探求和表现出的新的艺术风采,正是1998年短篇小说创作的一种新的艺术趋势。"

25日 洪治纲的《期待视野中的真实叙事》发表于《文学报》。洪治纲指出:"自从社会全面进入市场化之后,以效益为枢纽的实利原则无疑得到了新的认可。利益与人的自身能力、生存价值以及理想方式都构成了密切的联系,成为人们生活质量自我认证的一种方式。这也从某种意义上为阅读的期待视野增添了务实的成份。今天,我们已很难想像有多少读者在阅读小说时是为了纯粹的精神交流与心灵碰撞,是从审美的角度进行艺术的熏陶。更多的人可能只是希望从小说中获取一些生活经验,从那些虽不可思议却又合情合理的故事流程中找到一些生存参照,帮助他们了解那些被日常生活所掩饰的现实内情。譬如陆天明的《苍天在上》、周梅森的《人间正道》、《天下财富》等之所以走红市场,我想关键并不在于它们是以自身的艺术力量征服了读者,而是因为它们为大家提供了一些相当独特的、普通平民所难以知道的生活领域,让读者在某种隐喻化的过程中重新认识现实秩序,重新理解各种社会现象背后可能汇聚的生存逻辑。……实际上,这种对真实生活的临摹在很多新生代作家中也有着明确的表现,只不过他们更多地将它作为一种叙事策略,而不是某种审美目标。像林白、海男的很多小说中的主人公,都故意地同作家自身的经历不断地形成同构,而七十年代出生的作家群中,卫慧就干脆以《像卫慧一样疯狂》来进行故事营造。它们的目标也许是以假乱真,然而却不能排除其中对读者期待视野的迎合成分。事实上,很多读者都将它们当成了作家自传式的作品来阅读,其误读的产生完全在于这种对真实性的过度临摹。小说作为一种虚构的艺术,必须依助于审美想像，所有的生存经验只有进入到作家的审美想像之中，并与作家的艺术心理在双向交流中达成和谐的统一，成为小说的故事内核。真实是重要的，然而在真实之外，必要的审美浸润、艺术化组接和创作主体深层次的思考更为重要，因为这才是小说作为艺术的基本品质。"

本月

李锐的《"白话"以后怎样？——语言自觉的意义（之三）》发表于《上海文学》第2期。李锐认为："所谓：'新时期'的二十年间我们所使用的白话，第一不是我们的独创，第二它也实在是不'新'；不止是不新，而且是落满了一个世纪的历史污垢。只要想一想从以为可以全盘西化的误会，到全面转向苏俄的错位，到毛文体的一统天下，再到文革的话语疯狂，我们的'新时期'实在是一个污垢满身的新时期。我们是在一场可怕的休克之后，刚刚开始精神和语言的复苏；而且是一场被官方话语严格限定的复苏。（这是我们边缘化和底层化的根本原因，而不是像一些人说的那样是因为我们忽然来到了什么'后现代'。）"

三月

3日　程绍武的《关于刘庆邦及短篇小说的一次闲谈》发表于《人民文学》第3期。程绍武指出："短篇无疑是一种重要的艺术形式，是衡量一个时期文学成就的重要标志。"

关于"回到民族传统上来"，林斤澜认为："从1985年的《走窑汉》开始，刘庆邦的写作就是从民族传统中获取精神与文化资源。""我们民族传统的底子还是偏重客观的。沈从文、汪曾祺这一路就是客观的，人跟大自然、跟社会融合在一起，达到天人合一、和谐，这就是中国文化。每一个民族的文化都是不可替代的，在世界文学的格局中，中国作家要发出自己的声音，恐怕还是要回到传统上来。"

刘庆邦表示，他（刘庆邦——编者注）所有意师法的作家，是沈从文和汪曾祺，"外国的小说似乎主要是说理，而中国的小说有味道、有'韵'"。

林斤澜就"传统的东西应该是一种什么状态"谈道："刚才讲'天人合一'，

实际上就是中庸之道。中庸的'中'是取其中,'庸'不是庸俗,而应该是庸常、常态,两个极端不是常态,常态就是平淡、平常心,这是很难做到的,沈从文、汪曾祺就是常态写得好。"

关于两种"两分法",林斤澜认为:"现在的作家可以分为两类:一类是追求深刻,一类是追求和谐。追求深刻一路可能是主流,但追求和谐这路最能体现中国传统的美学韵味。"

王一川认为:"小说有两种路子,一种是'大说'化的小说,在个别里包含一般、包含一种普遍真理,寻求宏大的历史概括。它的最高标准是史诗,它的具体形象是典型,走的是写实的路。另一种是'小说'化的小说,继承了古典小说'小说小道'的特征,在闲聊中传达一种体味——体验悠长的意味。鲁迅的大部分小说走的是这条路,创造一种意象。刘庆邦的小说这两方面的特征都有所融会,平实中求新意,叙述看起来像是写实,实际上从语言和感觉来说走的是后一种,追求一种体味。"

刘庆邦谈道:"短篇因为短,所以对概括力要求较高,概括应该是形象化的概括、心灵化的概括、情感化的概括、微妙化的概括,否则就单薄、不丰厚。"

关于"短篇小说的美学特征",林斤澜认为:"短篇与中长篇的区别主要取决于生活感受,有的感受是长篇的感受,有的是短篇的感受,感受不一样,思索不一样,表达也不一样。短篇在生活感受上是灵感一闪的东西,立意要单纯,形象要丰富。"

王一川认为:"短篇可能就是一种有特征的细部,它可以是一句话、一幅画面;可以是一个意念、一个场景,把这个特征发酵、生发、呈现、揭示出来就是一个短篇。""汪老(汪曾祺——编者注)的语言的最大特点就是节奏,他有两个比喻,一个是语言像树,一个是语言像流水,应该枝繁叶茂,流转有韵。他为什么不写长篇,就是因为要保持这种节奏。"

刘庆邦谈道:"短篇小说有点像瀑布。瀑布的流速(短篇小说也讲速度);水流动时的变形、声音;落差;太阳照射时产生的彩虹——辉煌的瞬间;瀑底的深潭——虽是清水却看不到底。长篇小说应该是长江大河,短篇小说应该是单纯而又混沌。"

5日 吴义勤的《可疑的文体》发表于《大家》第2期。吴义勤认为，"'文体革命'实际上是对20世纪中国文学历史上各种各样的'文学革命'纷纷夭折这一不争事实的有力反动"，"'文体革命'的理想体现了对于文体相对性的深刻认识"，"体现了对于'语言'的特别尊重"。

谢有顺的《文体革命的边界》发表于同期《大家》。谢有顺谈道："存在的闭抑性和说话的闭抑性，是21世纪的文学即将面临的两大问题。任何的文体探索，都绕不过这个问题。而要从这种闭抑性中突破出来，美学的力量是不够的，必须有大质量的心灵，才能说出这个世界的有力的真相和证词。""方式更加朴素，语言更加简洁，对生存的境遇更加敏感，对自身获救的思虑有着更艰难的承担，对未来有着更深切的忧虑——新时代里的任何文体探索，都必须在这些方面有所作为。"

同日，潘军的《答何锐先生问》发表于《山花》第3期。潘军指出："谈到'写作中'的状态，我以为除了宁静的心态之外还有一个才气问题，或者天赋问题。……写作始终是让人困顿而迷惘的，写作者如同一个夜行者，只是凭感觉去假说一个方向。写作的过程贯穿着小说家对叙述的激动，对语言的职业性敏感，充分体现了对形式的操作能力。这种张力不是靠舆论的炒作与官方的荣誉所能补充的东西，也不是或者不完全是个人的心境问题。我觉得局限和距离很大程度上取决于人的禀赋。"

7日 冯景元的《我与林希谈通俗》发表于《小说选刊》第3期。冯景元认为："古今中外，既然叫做小说的，它就得顺，包括哲学家讲的哲学，也得顺，叫人懂。让人闹不明白的，叫玄学。包括现代派，包括荒诞派，最后都得顺下来。顺不下来，有两种可能：一种是这个作家本身没那个能力，假冒伪劣；另一种就是花里胡哨，故弄玄虚。艺术本质是让人舒服，让人神清志怡让人美的。"

20日 陶东风的《距离与介入：论文学反映社会现实的方式——兼论文学的现实主义问题》发表于《小说评论》第2期。陶东风表示，"在我看了一部分此类'社会问题小说'以后，却发现它存在严重的问题与深刻的危机，最主要的是表现为距离的丧失"，"小说的现实主义在于精神而不在于题材，在于怎么写而不在于写什么"。而"距离"有两种含义：一是"有距离的介入，这里的距离是从美学上讲的,距离是产生美感的必要条件。审美规律的特殊性决定了作家不能象社会科学家那样去审视社会、反映社会、表现社会";二是"价值评价上的距离。这主要表现在文学与主流的社会思潮在价值取向上常常出现错位乃至背离现象"。

同日,周宪的《文化场内游戏规则的"去魅"分析》发表于《钟山》第2期。周宪指出:"文化或文学艺术不过是一个类似物理学上所说的'场',是由各种力量错综复杂的对立关系构成的。"

24日 王锡渭的《请拿起时间之箭——小说创作的一个视角》发表于《文艺理论与批评》第2期。王锡渭认为:"如果说时间表达方式对小说内容表达起着必不可少的局部作用的话,那么对小说全部内容的表达起关键作用的'时间框架'就具有全局的意义了。""在小说创作中,只要有情节因素,就必然有'叙事时间',也一定有'现在时间'这个时间框架。尤其是'时间框架',是作家在谋篇时不得不重点考虑的。因为,小说是借助语言叙述故事塑造人物的。运用语言讲故事刻画人物总得有先有后,这就给小说的语言表达带来了一个特征——过程性。""从时间的角度艺术地处理小说题材写得令人拍案叫绝的是谌容的《减去十岁》。在小说中,作家将年龄对人们身心影响的现实生活给以典型化,着意刻画他们听到一个小道消息后心理变化和行为活动……"

25日 谢有顺的《贾平凹的实与虚》发表于《当代作家评论》第2期。谢有顺认为:"《高老庄》不是靠大起大伏的故事情节取胜的,贾平凹的能力表现在他善于从别人容易忽略的细节中发现人物心灵与精神内部的细微差异。在当代,你还很难找到像贾平凹这样能够把生活写得这么实的作家,而且他的实中还充满了生活本来所具有的生动性和趣味性,读之一点都不乏味。……在《高老庄》里,贾平凹对理想的追索,体现在生活实象之后那些务虚的笔法中,他说,这个虚,是为了从整体上张扬他的意象……"

尤凤伟、何向阳的《文学与人的境遇》发表于同期《当代作家评论》。尤凤伟表示:"许多人认为加进'使命'之类东西文学就不纯粹了,不高级了。这是对从前那种'文学为政治服务'的矫枉过正。我总觉得当下的文学创作比较'飘',少有博大厚重的作品出现,恐怕很大程度上是缘于对文学的本质没有得当的认识。……所谓世纪之交并非真正有那么一个门槛，一步迈过去就是踏进另一个时代，其实除了时间的标志有变，其他一切都没有变，也不会变。如果说以前我们无法做到对文学的结账，那么今天也同样无法做到。"尤凤伟还指出："作家小说中的史就不单单是对现有的史补充的问题，而是匡正。""作家应该介入历史，并具有一种清醒，通过作品将这种清醒传递出来，在真正的史学家缺席的情况下这种传递尤其重要。""就文学作品而言，文本总是第二位的，文本是衣裳，再华美的衣裳与身体相比，总还是外在的吧。"

关于"石门"系列，尤凤伟认为："从结构上说似不符合传统小说的结构方式。"关于"笔记小说"，尤凤伟表示："我读过一些明清笔记小说，有影响也是潜在的。"

本月

《上海文学》第3期刊有"编者的话"《城市季风》。编者提到："在九十年代,城市开始大规模地进入文学创作的视野。一批被称为'新生代'的作家，有意无意地把自己的写作重心移向城市生活的叙述。一种人和城市相互依恋又相互冲突的情绪潜在地构成了这些作品的叙事底蕴。""现代城市给人造成的是另一种对'个人性'的压迫，人实际生活在另一个更为狭小的空间。因此，'意义'的渴求同时表示着生活空间的进一步拓展。然而，对于小说来说，如何进一步完善和丰富现代汉语对城市的叙述能力，仍然是这些作品有待解决的问题。"

四月

3日　阿来的《关于灵魂的歌唱》发表于《人民文学》第4期。阿来指出："作为一个小说家，我一直努力在自己的作品中，最大限度地表现出民歌的本质与这种本质的力量。从纯技术的层面上来讲，只有真正意义上的民歌才不会把叙述与抒发当成两种难以兼顾的方式。更进一步讲，真正意义上的民歌给我们最根本的审美教育，向我们演示了真挚与感念的力量。我不能说自己做得有多么成功，但至少学会了不把小说只看成单纯的意义空间或者可以垂范众生的文本。"

5日　西飏的《我的自由生涯》发表于《山花》第4期。西飏指出："文字的世界和现实的世界是不可能等同的，写作是对现实的质疑。虽然写作需要作家贴近大地去俯视，但作家的写作行为却是对包围他个人的平庸的日常生活的脱离。所以，写作者的生活因为写作而变质。"西飏谈道："我们所要写的东西在开始的时候其实尚未存在。作家是在写作的过程中和他将要写的东西相遇的。倘若作家的日常生活有可能妨碍这未来的相遇，那么它就没有理由延续下去。"

7日　崔道怡的《因情立体　即体成势》发表于《小说选刊》第4期。崔道怡认为："格调，是作品艺术特点的综合表现……即便同一作家的不同作品，也会各有独特格调。格是风格，调是情调。风格情调，不仅是指形式章法，更重要的是指内容素质。""从创美角度看，无论客观触发灵感，还是主观激发积累，作家启动创作机制，都需要首先认清并确定这一篇的风格与情调。而格调之基础，在于作品的体与势。……小说中的每一体裁，又由于内容素质的不同而表现为不同的势态，格调因之各有特色。""小说体裁仅以篇幅划界，长短固然是个基准，但决定其格调的根本，实际上并不在字数之多少。各种体裁的形式特质，都会有其特定的风格要求。若长篇内容真个气势恢弘，便有可能建成为史诗的纪念碑。若短篇内涵确实韵味精巧，便有可能做到以一目尽传精神。而不长不短，并不一定就是成功的中篇。"

崔道怡谈道："若以创作手法划界，小说约可分为写实、浪漫、象征、魔幻种种流派。这样分类，风格自然格外分明，然而囿于流派自身，其格调只属于特定范畴专用而已。若以作品题材划分，则仅限于生活情状的外在现象。……但这些名目，只不过是一种标签，跟作品格调之形成，基本上无关联。""惟有生活情状内在素质的核心，才是形成作品格调之根本。……归根到底无非就是：人、情、事、理四大类型。……以人物为核心，是写人的小说，需要'逼真传神'。重在人物的个性，而非故事的完整。……以情感为核心，是抒情的小说，需要'风月情浓'。重在'滴泪为墨，研血成字'，而疏于情节上搬奇弄巧。……以事件为核心，是叙事的小说，需要'以文运事'。重在'出奇制胜，匠心独运'，而于人之刻画、情之抒发则无妨浅淡。……以理念为核心，是表理的小说，需要'发愤作书'。虽也重视人物故事，并且倾注一腔愤懑，但其指归则在'作寓言以垂世'。""但若仅只形式定格，未必就能写得出来本应具有的独特韵味。……

格调，还是一个有待深造的课题。至于格调中之情致，如何舒张所写内容所涵韵味，就更需要进一步去确认并追寻了。"

冯敏的《纸片中的灵魂——读〈火焰的形状〉有感》发表于同期《小说选刊》。冯敏认为："短篇小说本质上是诗，是生活的断面。它对语言对作家的才气有着很高的要求……好的短篇小说应给阅读以想象的巨大空间，好的短篇小说还应有语言和文本内外审美的韵致，对作品的诠释亦应大于作品本身。这些要求贺奕都在努力地完成，并且他还在不经意之间表现了时间的力量和速度。几十年的光阴被几面残缺不全的纸片所切割，叙述人对历史的描述成了扑朔迷离的叙事迷宫。同时，作品从始至终有种对人物、对上一代知识分子命运的审视与关切。此种同情和关切在作品中是清晰可见的。这意味着一种历史感，一种责任承担。"

29日 本报记者的《王朔就新著答记者：明人不说暗话》发表于《文学报》。"编者按"写道："王朔的长篇新作《看上去很美》上市一月不到，已有30余万销量，但读者和评论界对此书褒贬不一。王朔本人又如何看待自己这一作品，不妨看看《北京青年报》记者余韶文的采访记，现本报摘要刊出。"

王朔谈道："我过去小说受俄国小说影响很大，我发现它们对故事都建立在一种生死和悲欢离合的基础上。这些对我有影响，尤其过去我写中篇的时候。其实人物关系并不会因为一个生离死别结束，但在那里头我会强调它。比如《空中小姐》里以死告终，《一半是火焰，一半是海水》以死告终，《过把瘾》也以一种接近于死的状态、疯狂的状态告终……写这部新长篇的时候，我不想那样，我觉得它歪曲生活，这种故事结构本身就是歪曲，它实际上是把生活戏剧化了。似乎只有在这种生离死别的时候情感才显得伟大，显得真挚。那时候我写作时有个基本动机是想催人泪下，这个动机对我刚写作时很重要，但我现在作为一个老作家，不应该用这种廉价的手段那么干了。"

本月

路侃的《长篇小说的变化与思考》发表于《广州文艺》第4期。路侃认为："从九十年代长篇小说的变化和一些有影响的作品中，可以作出以下一些思考。

"第一，思想性与思想方法仍是长篇小说成功的灵魂。从几部有影响的长篇小说看，它们能够在成百上千的长篇世界里引起读者的共鸣，根本在于书中表达了某种启迪人心的思想。《兵谣》在描写战士成长和部队政治工作的发展时浸透了一种实事求是的思想，《我是太阳》在崇尚英雄主义的同时充满对生命坚强的赞美，《第二十幕》则用生动丰富的形象说明，上层建筑对经济基础有着巨大的反作用；同时，它把政治清明与否与经济进退联系起来的描写，也使它在描写百年历史的长篇小说中表现出最具唯物史观的思想方法，与有些以家族恩怨和个人品质解释历史的小说截然不同。

"第二，现实品格与社会需要是长篇小说繁荣首先考虑的因素。读者调查表明，读者对长篇小说最关注的还是现实品格较强的作品，这主要是因为我国还处在发展中状态，文学的最大功能仍是它的社会认识功能。从艺术人类学的观点看，增强现实品格也是文学自身兴旺发达的需要。艺术人类学的研究表明，艺术生命力的强弱是和其功用的强弱成正比的。美术的功用几乎渗透社会生活的所有领域，包括工业设计、生物遗传工程、建筑、服饰、食品等等，因而尽管它千百年来不断花样翻新，但因为它有强大的生活功能，所以它总是有很大的发展。文学形式的变异，特别是先锋的实验，由于远离生活功用，仅是少数人的把玩，因而往往难以发展。作为文化的保护，应该有不同流派的园地，但作为一种繁荣强盛的艺术门类，它不可能脱离现实与社会的需要。

"第三，长篇小说的发展需要有视野的较大扩展。目前长篇小说出现一种争写百年的现象，尤疑是作家力求在更广阔的场景上表现生活，但在文学视野上，从题材到写法，仍有极大的空间等待开发，如现代经济领域、科技领域、推理小说等等。这些开拓有赖于作家生活的拓展和艺术积累的准备，而这两方面也是目前作家比较弱的地方，受现代科技发展的影响，文学非常需要知识兼通的复合型人才。

"第四，长篇小说的艺术理想。这是一个与思想性有联系的具体理论问题。小说不是非虚构创作，不等于如实地反映生活，需要有一种生活中没有的梦幻理想，是把理想境界与细节真实完美融合的结果，而且往往由梦幻构成小说的魅力。好莱坞的电影文学就是一种造梦的生产，《生死豪情》、《拯救大兵瑞恩》、《泰坦尼克号》都是造梦，造美国精神之梦，造个人英雄之梦。一位诺贝尔文学奖得主说，小说是一个解释迷踪的进程，又要留下迷踪，也包含了一种梦幻理想的意味。目前我们的许多小说往往写得比较实，追求表现生活的真实，这无疑是需要的，但作为艺术，无论是高雅的还是通俗的，包括现实主义，都需要有让人向往的理想。"

李冯的《写作与资源》发表于《上海文学》第4期。李冯指出："小说的资源问题，同样是一个我们不乐于谈论的话题。不乐于的原因不是由于我们写作的资源贫瘠，恰恰相反，它丰富得多少令我们有些难堪。无论从哪个角度看，中国小说尚待开发的资源都理应让我们的外国同行眼馋。和美国文学活跃的六七十年代一样，我们也处于社会异常活跃多少带有野蛮力的时代。这种活力，这种野蛮，对于作家说可谓是黄金。……我们所拥有的资源，并不是没有作家写，而是我们所写的大多令人失望。其中既少见时代的纷扰越轨，也不觉历史之生动有趣。……从某种程度说，资源还决定着趣味中衍生出的创造方向。极少有创造性能够脱离本土生活，如果脱离了往往是迫不得已，比如纳博科夫。但在我们这里，暂不存在纳博科夫式的问题，我们的问题仅是小说中过多的欧式观念与本土现实脱节。……某种真正属于我们、或为我们所创造的观念应该从我们自己的资源中生发出来，这也包括了一部分趣味。另外，资源当然不局限于历史或时间的陈迹，它同样包含日常生活。"

王彬彬的《小说还剩下什么》发表于《雨花》第4期"世纪末文学丛谈——小说"专题。王彬彬谈道："那些所谓的'个人化'小说里，还剩下什么呢？还剩下所谓的'个人体验'。……所谓'个人化写作'，也即作者自以为和被一些人认为传达的是个人'独特'的'体验'。说到'独特'，有两个问题需要澄清：一、'独特'是否就意味着优秀？二、当下那些'个人化'的小说，是否真具有足供炫耀的'独特性'？""'独特'，当然是创作者应该着力追求的，但'独特'却并不是使一部作品成为优秀之作的充足条件……要'独特'而优秀，很难；但如果只求与众不同，却又很容易。文学史上有不少'独特'却并不优秀的作家，也有很伟大但却并非十分'独特'的作家，当然，也有既很'独特'也很伟大的作家。……如果'个人化'意味着每一个作家都既不同于前面的作家也不同于同代的作家,那用'个人化'来指称当今的这些作家,便是并不合适的,或者说,他们其实也是一种'伪个人化'的写作。"

五月

1日　海力洪的《小说是怎样变得无趣的》发表于《作家》第5期《自由交流·后先锋文论》栏目。海力洪指出:"我认为偶像崇拜和割裂传统是使小说作品和作者变得无趣的两个最主要的原因。回头看看整个20世纪的中国小说创作,自始至终存在着惊人的偶像崇拜现象。权威意识形态一再树立起文学偶像服务于其自身的功利目的,矫饰孱弱的学院知识分子们令僵死的文学偶像不断粉墨登场。虽然少有小说作者承认自己是在偶像的阴影下创作,但是,小说作品的千篇一律和模式化泛滥足以证明了偶像的'力量'和普遍的创造力贫乏。""整个20世纪包括小说在内的各门类艺术都在不断地对抗和脱离传统。不难看到随着束缚和禁忌越来越少,小说对现实生活表现显得任性和率真,常常附带玩世不恭和猥亵,然而却很少能够激动人心,或者使人轻松愉悦。小说作者在进行偶像崇拜的同时,也在脱离小说艺术的传统。一旦创作者们不再生活在某种传统之中后,可以想怎么干就怎么干;一旦小说中只剩下作者的个性,消失了它固有的美和吸引力,就使得平庸乏味压倒一切,真正的上品变成凤毛麟角。小说这门艺术也就快要走向它的末路了。"

5日　王干的《边缘与暧昧:诗性的剩余与溢涨——近年来文体实验研究报告之一》发表于《大家》第3期。王干认为:"文体实验的边缘性则体现为对主流文学话语的非承接状态,它打破传统文体的诸多界限,在文体之间找到一种边缘的胶着的形态,能够充分容纳作家的思想和情绪,尤其是那种暧昧的感受和体验。""在当代作家中,汪曾祺的文体意识最浓。""当前的文体实验在充分展现自己的艺术个性和审美趣味的同时,都不约而同地在文章中表现对哲理的崇拜,对哲学的敬仰,都希望在自己文中能够达到某种哲人的境界。""这种写作情形某种程度上也对应着当前文化的语境,这就是对信息最大值的索取到了近乎贪婪的地步,而信息本身也是有负值的,它们相互之间的吸附并不一定就增加文化的内在份量,有时恰好是削减。当文体实验者在文本之中将各种感受和信息量追加到一定值的时候，就会出现意义的负增长。"

同日，张钧的《知识分子的叙述空间与日常生活的诗性消解——李洱访谈录》发表于《花城》第3期。李洱表示："面对最普通最平凡的日常生活，小说找到了它的叙述空间。能否对日常生活做出准确的文学处理，对于小说家来说，是极富挑战性的。知识分子的日常生活更有喜剧性，借用你刚才引用的梅特林克的'心灵悲剧'一说，可以说眼下的知识分子的生活是以喜剧的方式表现了悲剧。写日常生活，实际上还隐含着一个基本的主题，即个人存在的真实性问题。在日常生活中，个人存在的真实性受到了威胁，日常生活是个人、权力和历史相交错的最真实的地带。你提到了'悖论'一词，这是我非常喜欢的一个词。一个基本的'悖论'在这里也就出现了：写日常生活，既有消解的意味，同时又可能被同化，也就是你说的丧失最起码的写作立场。起初它可能是一把双刃剑，后来就变成了糖醋排骨。按照罗兰·巴特的说法，写作应该廓清意识形态上的积弊。如果没有起码的警觉，小说就很可能在已有的积弊的基础上增加新的积弊，成为积弊的同谋。"李洱还表示："有一个说法不知道你是否同意，就是现在的小说，特别是个人化的小说，它们的叙述空间还是太小，小说的毛孔可能已经张开了，但好多重要的器官还没有打开——这是我个人的感觉，是否准确我不敢说。"

同日，王岳川的《当代多元价值中的知识分子精神定位》发表于《山花》第5期。王岳川强调："面对中国文化的当代处境并寻求解救之方，是正直而有良知的现代知识分子的学术追求。这包括两个问题，一是如何在世界全球化中重建民族精神，清醒地分析和选择西方文化中的精华部分，为中国现代化展示其前景；二是中国传统文化转型性创造与批判性重建问题。""是否是精神逃亡，不应以是否治国学为标志，而是应以心性价值走向为标志。治国学不一定精神逃亡，治西学也不一定就没有精神逃亡，关键是看精神是否有所关爱有所追求，是否意在文化价值的创造性重建。"

6日 残雪的《期待同谋者的出现》发表于《文艺报》。残雪表示："残雪小说对词语的讲究是一种反传统的讲究，这就是说，他是懂得语言的现代功能的读者。……有很强的排斥性的残雪小说同时又是向每个人敞开的，每个人，无论高低贵贱,只要他加入到这种辩证的阅读中来,他就会在感到作品排斥力的同时又受到强烈的吸引。残雪期待同谋者的出现。""什么是现代人?现代人就是时刻关注灵魂,倾听灵魂的声音的人,残雪的小说就是在关注与倾听的过程中写下的记录,这些记录在开始时还不那么纯粹,还借助了一些外部的比喻,然而在发展的过程中,它们就不以人的意志为转移地变得纯粹了,于是所有的比喻都来自内部了。纯粹不等于单纯,灵魂又是无限丰富的,不可预测的,它的色彩的层次有时会令人感叹不已,它的结构形式更是异想天开,只要读者停留在小说世界里,总会有出其不意的联想不断发生。残雪前面的艺术之路还很长,我相信它会以它的执著,它的一贯性,它的国人不太熟悉却又可以领会的很深的幽默感,它的意象的丰饶,它的与常规'现实'对立的叛逆姿态,它的独特的、无法模仿的文风,赢得读者的心。"

10日 李劼的《中国晚近历史的二种话语和人文关怀》发表于《北京文学》第5期。李劼指出:"(日常关怀——编者注)最重要的体现在小说上面。宋代日常关怀的涓涓细流到了明代就汇成浩瀚的江河海洋。第一部就是《金瓶梅》。我们在《金瓶梅》里看到的是非常精彩和经典的日常关怀。……它(《金瓶梅》——编者注)的文化价值在于它是一部体现日常关怀的经典小说。而且从它我们也可以看到其他三部小说——《三国演义》、《水浒传》、《西游记》的文化价值。我认为其中《三国演义》是最不具备文化价值的。在某种意义上是最最下贱的一部小说。它以所谓的权术智谋和对天下的争夺以及最惨不忍睹的心灵细节组构了这部小说。""我们从《金瓶梅》里看到的历史与理学中的历史就完全不同了,从中我们可以看到日常生活占据着第一位,甚至成为唯一的描写基点。但这种日常关怀有一种局限性——它没有'天'的维度。"他还指出:"《红楼梦》的性情上升到'灵'的层次。而且,在《红楼梦》里开始公开表达对历史的看法,这是《金瓶梅》的作者所表达不出来的。……《红楼梦》不是一部面向过去的小说,它构筑的世界,是一幅我们未来世界的文化图景。""宋代开始萌发的日常关怀,到《红楼梦》上升到终极关杯,到演变为全息的具体的历史文化构架。"

15日 王光东、施战军、吴义勤的《跨文体写作:最后的乌托邦》发表于《长城》第3期。吴义勤谈道："在综合的时代打破文体的绝对性，提倡文体的相对性，或者把限定性的'文体'变成宽泛性的'文本'，可以说是一件势所必然的事情。这是对作家和文学的双重解放。"

施战军表示："中国文学史上早有先例，比如笔记与小说的抟糅一体。但是中国新文学以来，文体对作家的束缚越来越明显，进入九十年代以后作家意识到这点并试图突破是一件好事。比如王安忆的小说就带有这样的特点。《叔叔的故事》、《纪实与虚构》都是跨文体写作。写小说的过程同时也是对于小说的研究过程，小说中既有故事又有创作谈、评论、散文之类。"

同日，唐韧的《长篇小说：用文字建筑的交响乐——兼论陈爱萍新作〈活下去〉》发表于《南方文坛》第3期。唐韧谈道："当下青年作家起点高、成熟快，不少人勇于将自己置于生活和承诺的重压之下，使自己'没有后退只向前'。他们的高产令人咋舌，而且，站在前辈肩膀上的他们比前辈同一个年龄段时显得聪明和清醒。""青年作家长处多在文字，而生活库存中的珍品储量还不足，对这不多的珍品，消化还未必充分，写比较单纯的故事，既可扬长避短，又有益于增进向生活的纵深掘进的能力和耐力。"

同日，南帆的《历史叙事：长篇小说的坐标》发表于《文学评论》第3期。南帆谈道："在我看来，人们期待长篇小说的一个传统主题是——历史。以文学的形式叙说历史，这是长篇小说由来已久的文化功能，人类在演变之中逐渐意识到了历史的意义；历史是一种镜象，过往之事是现实乃至未来的规约、借鉴和暗喻。这个意义上，历史与现实是一体的；认识历史不仅是历史学家的事情。许多人甚至觉得，只有认识历史之后才有资格对今天发言。这个意义上，'历史'成为文化符号之中的一个超级能指。即使不是专业的修史者，'历史学家'仍然是一个引以为荣的称谓。许多时候，文学同样是历史的崇拜者。大批作家热衷于分享历史学家的荣誉，文学的虚构与想象力似乎仅仅是历史记叙的附庸。"

17日 封秋昌的《〈乡徒〉：新的拓展与尝试》（评阿宁的小说《乡徒》——编者注）发表于《作品与争鸣》第5期。封秋昌认为："这种理念大于形象的弊端，几乎成了近距离反映生活的作品的一种通病。此病不除，纵然你的作品'贴近'了现实，充其量是贴近了现实中的难点、热点问题，难以超越'问题'而在更深层次上进行艺术概括。这样的作品,可以具有一定的认识价值,却难有较高的审美价值;它可能因问题的重大性、迫切性、普遍性产生相应的社会共鸣,却难有永恒的艺术生命力。"

傅杰的《世纪末的颓唐》(评何立伟的小说《光和影子》——编者注)发表于同期《作品与争鸣》。傅杰谈道:"文学最基本的功能在于它所特有的社会文化批判本性,作家的历史作用体现在他们实际上所承担的文化批判者的角色。"

20日 陈海燕的《网络小说的兴起》发表于《小说评论》第3期。陈海燕认为,网络小说有以下特点:"第一,作者隐匿","作家的权力在网络时代被敲击键盘的无名者所分享,网络作者的加入使得真正民间的和底层的声音被传达了出来";"第二,文本开放","网络小说的开放性指的是文本向其他作者的开放,其他作者可以任意地参与你的创作","网络小说是互动和及时的,删改和续写是当下进行的。这使得这种类型的网络小说创作充满冒险和刺激。这是其一","其二是文本表达手法和媒介的开放性。在文本中嵌入声音、图片和影视片段,使语言这种间接再现性媒介与音像等直观媒介相融合,这是网络小说的根本创新";"第三,虚拟的真实","作为'后现代'产物的网络小说,他压根就拒绝深度,在这些作者看来,那些所谓的'真实'问题都是老菜帮子,完全可以悬置不论,我看重的是我所营造的文本的虚拟世界,以及他对它的真实表达";"第四,接受的当下性","在传统小说里,由于语言所指和能指之间的张力,读者必须在文字和句段的背后去捕获和体味深层意义;到网络小说中这种思维和索解的紧张与焦虑消失了,意义和形象完全重叠了,或者干脆说,意义就是当下的感受,就是光色声像的全面刺激,玩的就是心跳"。

孙春旻的《纪实小说:争议中的生存》发表于同期《小说评论》。孙春旻认为:"纪实小说的概念是可以成立的";"虚构,是作家在小说中创造典型形象的艺术手段,虽然它在小说创作中被作家普遍采用,但它并不是小说的必需";"在现代小说中,作者精神结构常常是隐蔽的,与艺术形象之间呈现出异质同构的联系,有时甚至是逆向的反讽,这使作品具有含蓄、深沉的品格,但它也使读者在解读时感到疲惫。而在纪实小说中,作者的体验方式和思维方式是裸露的,在多数情况下，作者的精神结构与他笔下的艺术形象同质同构"。

王志明的《小说时空简论》发表于同期《小说评论》。王志明指出：小说中的时间指的是"故事的全过程——即故事的开端、发展、高潮、结局，叙述节奏的快慢、浓缩与扩展，跳跃和延伸以及心理时间"，小说中的空间主要指的是"小说中的情节、人物群、心理空间、自然环境和社会背景等等"。王志明谈道："由于我国读者长期养成了阅读传统小说故事情节的习惯，他们沉迷于阅读那些具有严密的逻辑规范的情节，并不喜欢这种由人物的心理意识组合而成的情节关系，甚至连一些具有高层次文化水平的读者也不欢迎。所以，作家在创作过程中应该注意形式上的民族性，在创造新的小说形式的同时应该与民族形式相结合。"

周燕芬的《当代文学中的崇高风格》发表于同期《小说评论》。周燕芬认为："当今长篇小说……有一个普遍的趋向是作家不再刻意将时代公众与个人主体对立起来，他们试图从个人体验出发，参与到世纪末的精神建设上来。""一个时代有一个时代的英雄，英雄必须与崇高相关连，它们互为质的规定性。"

同日，吴义勤的《史诗的尴尬与技术的无奈——当前长篇小说质量问题的反思》发表于《钟山》第 3 期。吴义勤认为："九十年代的长篇小说已经把本世纪中国长篇小说推进到了一个新的艺术阶段，艺术的可能性和艺术表现的空间也得到了前所未有的拓展。"另外，当前的长篇小说质量问题有三点："第一，史诗性问题。……史诗不只是一种外在的宏大叙事风格，而且需要坚实的思想与艺术力量作支撑"；"第二，叙述与语言问题。……决定一个作家与另一个作家及一个时代小说与另一个时代小说的差别、判定小说艺术是否在向前发展进步的唯一依据就只能是叙述与语言"；"第三，与现实的关系问题。……在与现实的关系问题上，我觉得越是个人的，才越是艺术的、永恒的"。此外，吴义勤认为，史诗性长篇小说"把史诗追求落实在对历史、文化的宏阔理解和感性书写上"，才真正代表了"90 年代中国长篇小说的发展水平"。

25 日 吴俊的《九十年代诞生的新一代作家——关于六十年代中后期出生的作家现象分析》发表于《当代作家评论》第 3 期。吴俊认为："直到八十年代初，中国的文学资源还主要是十九世纪以前的中外古典（经典）作品和部分能够被主流（统治）意识形态所接纳或认可的中国现代作家作品。它们构成了传统的和正统的文学观念的基础和主体。""在生活方式、生存境遇和写作方式、文学创作之间的关系上，六十年代中后期出生的作家也有其突出的特征。较之于前几代作家（包括六十年代早期出生的作家），这代作家具有最为鲜明和自觉的'体制外'生存与写作的意识。"

28日　洪水的《没落中的小说》发表于《中华文学选刊》第3期。洪水认为，谢萌的《黄站》和铁凝的《哦，香雪》"都是写大山里的铁路，都是写火车带来的城市文明，又都是感叹城乡差别的严峻，然而两篇小说看着相似，实际上却有着本质的不同"。《哦，香雪》中，"作者对香雪的未来充满信心，相信改革开放的春风一定能吹进深山。这是当年典型的'我们的明天会更好'的主旋律。作品当时轰动，主要得益于那种扑面而来的浪漫主义气息"。"《黄站》没写任何改变的希望……表现出了一种现代主义气质的现实主义——表现生活严峻的本质。""《哦，香雪》写于80年代初，《黄站》是90年代末的小说，它们之间的差别，就是历史脚步踩出的距离。"

本月

《上海文学》第5期刊有"编者的话"《穿过记忆》。编者提到："我们首先刊发了王安忆的两个短篇小说《喜宴》和《开会》。小说撷取的是数十年前的一些往事，然而对于一个优秀的作家来说，永远不会存在'题材过时'这类问题。感觉穿过记忆，翻开的是一页更有意味的历史。"

残雪的《通往梦幻之乡》发表于同期《上海文学》。残雪认为："博尔赫斯的《乌尔里卡》这个幻想小故事是一首关于艺术本质的抒情诗。""人同作品《乌尔里卡》的遭遇产生了奇迹——地老天荒的爱情。这种特殊的爱情的实质是与性爱密切有关的渴望，但又绝对排除了性爱。那是人内心深处的一种抽象的渴望——莫以名状，纯净无比。""我同乌尔里卡遭遇的整个过程便是欣赏艺术的过程。"残雪还谈道："《南方》这个故事是《永生》的另一种版本。故事中主人公达尔曼的体验就是永生的体验，一种无法承受又不得不承受的体验。"残雪认为："《永生》强调的是人对痛苦的承担，《南方》突出的则是人对生活的选择。……

这种选择达到了美感的极限,是人类的骄傲,是精神不朽的象征。"

王安忆的《生活的形式》发表于同期《上海文学》。王安忆指出:"我写农村,并不是出于怀旧,也不是为祭奠插队的日子,而是因为农村生活的方式,在我眼里日渐呈现出审美的性质,上升为形式。这取决于它是一种缓慢的、曲折的、委婉的生活,边缘比较模糊,伸着一些触角,有着漫流的自由的形态。"在王安忆看来,"像我们目前的描写发展中城市生活的小说,往往是恶俗的故事,这是过于接近现实提供的资料","小说这东西,难就难在它是现实生活的艺术,所以必须在现实中找寻它的审美性质,也就是寻找生活的形式。现在,我就找到了我们的村庄"。

六月

1日　朱也旷的《新小说的早晨——关于一代作家的个人发言》发表于《作家》第6期。朱也旷表示:"题目中的新小说与法国的'新小说'及80年代的先锋小说没有任何关系,与前几年一度流行的'新状态'、'新市民'小说没有直接联系,与在'后现代'的旗帜或借口下产生的形形色色的实验小说也有本质区别。""新小说在铁锤与铁砧之间生存。新小说是这样一种小说,它使得小说的写作者更应该用艺术家而不是作家来称呼他们。新小说需要辞掉工作、举家搬迁到昏暗潮湿的地下室中的文学隐士。他更是一位心灵上的隐士。唯有如此,才能像玻璃一样冷漠,像石头一样顽强;唯有如此,才能使自己的思想不被五花八门的酸碱中和,才能使自己不至于糊里糊涂地躺到普洛克路斯特斯的魔床上。"

朱也旷还表示:"只有当'变形'成为一种强烈的内在需要时,只有当一种特殊的形式成为按作品的自身逻辑发展的必然结果时,这样的小说才是我所指的新小说。从这个意义上说,许多令人眼花缭乱的小说不是什么新小说。这些作品充其量只是水面上的随波逐流的漂浮物,而不能构成通向彼岸的桥梁。有时候我觉得它们更像是一种奇怪的象棋游戏。游戏者不是去刻苦钻研棋艺,而是把心事用在制定游戏规则,或发明新的行为古怪的棋子上。""谁站在自己的根基之上?新小说的写作者是试图以自己的创作实践独立地回答这个问题的人,这就意味着,形式上或技术上的革新对他们并不是最主要的。新小说在参与一种精神进程中展现价值。这种精神进程有其自身的源头,可以纳入到世界精神进程的总秩序之中。文化既互相补充,互相融合,也互相对比。这种对比有时是很令人难堪的。无论新小说多么卑微,在这种对比面前,新小说的写作者能做到问心无愧。我们来得太迟,又到得太早——新小说的机遇也正在于此。新小说将从困境中突围,但要做到这一点,在精神上必须具有巨大的包容量。新小说期待自己的普罗文斯顿之夜。"

3日 曾镇南的《素眼看逝川,白描记旧雨——评〈红瓦〉兼论现实主义》发表于《文艺报》。"编者的话"提到:"在当下这个众生喧哗的写作年代,文体实验、文本技术化操作、文本的理念与智性被不断地强化和提升。当一些作家、刊物热衷于操作他们的现代文本时,又一个问题不得不引起人们的关注:小说作为一种叙事艺术,它当然可以也应该在理性、智性与技术性操作上有所追求、探索和创新,但我们不应该忽略的是,小说作为一种审美对象,它最直接、最根本的感动读者的是什么?是它的艺术化的个性化的对人性、人的情感、人的命运的真诚的关怀。藉于此,我们特编发曾镇南先生关于长篇小说《红瓦》的评论,希望能有更多的作家、评论家和读者关注当今小说审美形态的变动与发展。"曾镇南指出:"《红瓦》在反映现实生活、刻画人物形象、锻铸语言艺术这三个方面,都取得了突出的成就,为我们的社会主义文学,贡献了珍贵的经验。"

5日 邱华栋的《在我们的时代里》发表于《山花》第6期。邱华栋认为:"作家首先面对的问题就是他的写作资源是什么的问题,他要回答他要写什么、其次才是不写什么,怎样去写,和写得怎么样。""90年代的当代文学流变的经验与景观,正是写作资源本身扩大的写照。"邱华栋指出:"因为语言不会死去,所以文学在很长时间里仍会存在,但必须应该打开我们的写作资源,以一种全攻全守来应对时代对我们的要求,和我们对这个越来越丧失想象的媒介时代的刺激与反抗。"此外,邱华栋在小说的大陆漂移的基础上指出:"亚洲文学、当然最重要的是汉语小说,可否进行一次重心转移似的爆炸?我想,这种可能性是存在的,因为文学入超的刺激使汉语文学迅速地拉近与西方大语种文学的距离,却是正在演化的事实。""在我们的时代里,作为一个汉语文学写作者,又身处于一个激烈变动和转型的大陆,它那痛楚而又充满希望的上升景观和大陆内部自身沉重的历史记忆、无比驳杂的现实所提供的丰厚写作资源,以及我们所处的文化入超的地位,我想至少汉语文学是极具生长性和大有希望的。"

7日 崔道怡的《小说其实就是自传》发表于《小说选刊》第6期。崔道怡认为:"小说家个人的禀赋、气质、经历、学识以及他之情性所接受的陶染等等,归根结底决定着他笔下文字的品位。所以,古今中外学者论家莫不认为:'文如其人','风格即人'。……当然,作品显示的艺术境界,跟作者本人的心灵境界,不可能画等号。作者从生活中摄取原型,与他自身的素质或会大不相同。但从素材到成型,毕竟是经他的眼光筛选,由他的心田培育。水土不同,耕耘各异,作物中总会有播种者的投影与印记。""不过,由于小说是虚构的产物,伪饰又未尝不是描写手段之一;更由于某些作家之人格存在着两重化,而创作过程中又常出现各种各样复杂的因素,以致作品风格与作者人格有时并不一致或不完全一致。这也在所难免,不可一律强求。""何况,'小说其实就是自传',并非专指人格而言。自传不是文学,说'小说是更高水平的自传',重点不在其自传性,而在应有更高水平。水平之能得以更高,则在于作者本人先天条件、后天修养、总体结构全面发展所形成的艺术独创性。缺乏那种源于自身综合素质的艺术独创性,就难以写作成功出色的小说。""在此我说'小说就是自传',强调创作之人格力量,乃是针对现状有感而发。"

10日 唐朝晖的《灵魂的写作者——访残雪》发表于《文艺报》。残雪表示,小说创作的最高境界"是无中生有的'无'的境界,纯粹的、空白的世界,'无'并不是什么也没有,而是可生出'有'来的那种'无'和'空'"。

17日 施战军的《毕四海的"政治小说"》发表于《作品与争鸣》第6期。施战军认为:"用小说来触及政治问题的作家大都吃力不讨好,一是容易产生倾向的错误,容易以知识分子的一厢情愿表达偏激或偏颇的情绪,形成初衷和效果上的背离,写作者自身便难辞其咎;二是容易产生'底层感'的误置,容易像前两年'现实主义冲击波'那样,为'基层干部'代言,写成他们表达烦躁、牢骚、委屈、无奈甚至服软求饶的诉苦报告,而相对忽略了百姓的真实生存状态……"

24日 葛红兵的《九十年代的写作资源》发表于《文学报》。葛红兵认为："九十年代新型写作，在价值观念上，它坚持关于人的主体性解放的元叙事，坚持'人性的普遍解放'这个命题，主张语言的合法性要经受这个命题的检验，因而早期现代性思想维护的'人性'、'个性'、'自由'等依然是它的目标。而在具体的写作策略上，九十年代作家大多已经不再把某个西方流派或者西方作家的文学经验作为自己的写作资源，他们开始习惯于从更为始原的方面汲取创作养料。一、身体。回到身体就是放弃阅读性的间接的写作资源，沉入生命的深渊，从生命的源头处开始他们的写作，这是一种使写作更加接近生命本原，将自己的生命本原当作写作资源的方式。近年已经有批评家注意到从九十年代的写作中概括出了'身体修辞学'（南帆）、'他们的写作'（李洁非）、'身体型作家'等。二、创造，他们将既有的文学经验体验为欠缺的同时开始尝试和自己的创造力生活在一起，以'创造'为自己的写作资源，试图建立新的面向21世纪的汉语言诗学立场。八十年代先锋小说式微的原因和先锋小说对中国汉语言审美特性的漠视有关，他们在整体的写作思路上是西化的。当代中国汉语言文学应当有它自己的既不同于传统又不同于西方的崭新诗学精神，应当有它自己当代性的诗性语法法则。"

26日 冯辉的《小小说的跨世纪展望》发表于《文艺报》。冯辉谈道："作为一种小说样式，小小说不像中短篇那样较早地被注入现代派、先锋派的基因，这与读者的接受有关。在80年代，小小说因形式短小，反映生活节奏快捷的原因被读者和作家所青睐。但小小说平民化、民间化的特点决定了它在艺术选择上有极大的开放性。倾心于小小说的读者群、作家群近年来迅速扩大、分化，读者文化素质的提高促使小小说在艺术上同其他文学形式保持共时、共通状态。于是，在小小说的土壤里，更具现代风貌的前卫派之花得以生长开放，民间话语、平民精神、新市民观点话语日益渗透在小小说领域。叶倾城、阿碧、卫慧等人的小小说可为代表。此种小小说创作为这一领域平添一道后现代风景。"

王中朝的《小小说创作的怀旧现象》发表于同期《文艺报》。王中朝谈道："显然，90年代初期的怀旧小说作家们除了在把握和框架结构方面，对怀旧小说有大的驾驭能力外,手法细腻而文字和语言是极其讲究的,从而构成了可看的一个长卷风俗画面。我认为,因为中、长篇和小小说各自的使命不同,所以对历史的大量反思和重新评价,这本应由中、长篇来完成;而对历史的重新欣赏,对其历史零件的重新擦拭而让其又放出幽幽的光彩则是小小说的长处了。"

本月

《上海文学》第6期刊有"编者的话"《爱情专列》。编者提到:"《上海文学》这几年刊发的此类小说,也正如此。一方面是那些永恒的爱情主题,另一方面,又想努力揭示出,在90年代人们对爱情、婚姻、家庭这些问题,又有何不同的理解。""丁天是一个年青的北京作家,在《青春勿语》中,追叙了一个少年的初恋故事。在一种似乎平淡的叙述中,隐藏着的,却是波澜起伏的人生情感。时隔多年,重新回首少年往事,那种说不清、道不明的朦胧的情感纠葛,给人带来的,却又是一种温馨的生命感觉。""《牵挂玉米》(潘向黎的作品——编者注)题目比较别致。'玉米'既是一个女孩子的名字,又似乎成为统辖全篇的意像设置。小说叙事比较老到,虽然没有复杂的情节构置,但是艺术氛围较浓,多种叙述手段交叉组合,表述着在现代城市中人对一种纯朴的情感追求,以及对自身存在方式的反复质疑。""《广州气质》出自一位年青的作者逸晴之手。这篇小说潜藏着一个非常重要的主题,就是语言对人的价值观念和行为方式的潜在制约。可惜小说在这方面没有充分展开。但是却表现出作为一个小说家必具的敏锐的艺术感觉。"

七月

3日 陈世旭的《弄树根与做小说》发表于《人民文学》第7期《小说家谈艺》栏目。陈世旭指出:"我的小说一直做得很笨('做小说'本身就是笨;聪明人是'写小说'),主要依靠的是生活原型,没有灵气和想象力可言。……把原生的生活形态加以删简,尽可能不弄巧成拙。我有些小说,人谓如同'报告文学',那便是删简的工作做得不够好;偶有篇把让人觉得稍差强人意,便是因为:一、原型有极好的小说素质;二、我的工作没有伤害这素质,或把伤害降低到了最低限度。我甚至由此建立起属于我自己的一条有些偏执、有些可笑的美学原则：艺术固然理应高于生活，但生活却常常让人莫可奈何地高于艺术。"

5日 汪政的《我们不能"遗忘"文体》发表于《大家》第4期。汪政认为，"李洱的《遗忘》表达的是知识分子的自我遗忘，是狂欢中的悲剧"，"我对李洱狂欢化的阐释，不是将李洱归于一种既定的文体模式，我取狂欢的本质——狂欢意味着个体的真正解放，它意味着永远的创造，在狂欢下，诞生的应该是永不雷同的表达"。"当代中国的文体同样令人忧伤，看起来文体的繁复之网被破除了，但却从本质上更严厉地限制了个人化的表达，政治意识形态的官方语体和神化了的偶像语体几乎如水银泻地，无孔不入。80年代的文体革命虽然推翻了这一切，但美学上的新的话语霸权又将包括先锋作家在内的文体革命者拖入了新的文体模式，如同标准化的流水生产线一般，鲜活的本来具有着无限差别的写作个体被拖了进去，变成清一式的表达模块。"

同日，张钧的《寓言化叙事中的语词王国——罗望子访谈录》发表于《花城》第4期。罗望子谈道："寓言化小说的本质我想可能跟中国的一些传统有关系，春秋战国时期的百家争鸣所留下的文本我认为就是百家寓言。这就是说，寓言化小说还是要说明包容现实状态的一些东西的。""它们有隐喻功能。这种隐喻性我想我现在还没有把握得很好，没有很清醒地去把握它，让人们一看知道是怎么回事。我认为中国古代的寓言在这方面做得很好，它用一个很生动的形象就把某些抽象的意味表达出来了，而不是抽象地去表达。这一点是很难做到的。"

同日，赵毅衡的《从金庸小说找民族共识》发表于《山花》第7期。赵毅衡指出："金庸小说并不反映（中国人的某种'民族性'——编者注），而是反思这种国民性，其武侠题材与寓言主题之间，有明显的张力。"赵毅衡认为："中国人的善恶观，或侠义观，有其更根本的底蕴。而金庸小说，是这些民族性底蕴的深刻寓言。在这篇文字中，我称这些为'民族共识'，也就是说，中国人，无论善恶分明不分明，侠义不侠义，都多少赞同的一些更根本的想法。"赵毅衡总结道："金庸小说寓言了中国人思想的三条'背景共识'：以不为为成就至境，以容忍为道德善择，以适度为思想标准。"此外，"超越性落在基础共识中,对中国文化构成的最大的困难,是难以把超越的无限性,置于人生有限体验之前方。由此,超越就无须追求,反而成了'退一步'才能取得的事。所以本文一开始说的金庸小说为成长小说,成熟的标志,就是退出江湖,退而得超度"。

7日 崔道怡的《小说应是文字的歌》发表于《小说选刊》第7期。崔道怡认为:"小说要想形成自己独特的风格,就需要有节奏的美感。如果说小说的结构,是为美造型,那么小说的节奏,就是为美拈韵。——小说应是文字的歌。……在小说中,文字排列组合,形成语式抑扬顿挫;故事起承转合,形成结构委婉曲折;人情事理错综复杂,形成内容发展起伏摇曳;这一切交织在一起,最终形成作品总体内在的节奏。……小说家对所选取的题材内容,需要像赏析音乐那样,体味其各种组合的因素和构成的方式,因势利导,集中强化,以使生活的律动,上升为艺术的神韵。"

崔道怡还表示:"小说写人,节奏借助人物性格的刚柔相济。性格立体多面,小说无论凸现其主导的一面,还是表现其各面的转换,都要在对比中做文章:以一面为主调,以另一面为变调,合成交响的节奏。……小说抒情,节奏借助主观感受的强弱起伏。感受复杂多变,小说无论突出其凝聚的一点,还是展示其发展的历程,都要在转折中做文章:以平缓为先导,以爆发为高潮,形成递进的节奏。……小说叙事,节奏借助故事情节的正反交替。故事总是正反交替而后相合的过程,小说无论写单一的矛盾,还是写复合的冲突,都要在扭结上做文章:以迷疑为阶梯,以跌宕为结局,形成升沉的节奏。……小说表理,节奏借助形象理趣的明暗相间。理趣总是明暗相间而后印证显现的,小说无论提示课题,还是回答疑难,都要在解惑上做文章:以显为表,以隐为里,形成跳荡的节奏。"

崔道怡总结道:"小说总体内在的节奏,归根结底在思想情趣。……在总体内在的节奏笼罩之下,小说各个部分还都会有具体外在的节奏,表现为每一语句、段落、细节、情节的色彩感与音乐性。它们的构成方式,虽受情趣制约,却更多要靠生活本身的素质和作家本人的技巧。"

8日 本报记者的《本报记者采访有关研究者——如何看待网络小说及其

前景》发表于《文学报》。作者认为："在网络小说中，由于声像和图片资料的介入和多媒体技术的采用，文本向读者的感觉全方位敞开，光色音像所营造的虚拟的真实全面震击和刺激读者的所有感官，这怎么是一个'看'字了得？由此造成的后果是：首先，想象活动差不多消失了，除了网络小说的文字部分之外，一旦进入音像片段，作者所给定的形象立即直观播出，根本无需读者依据语言符号的间接转换去再造性想象，因此读者自己的所有既有生活经验完全失效；其次，根本没有意义的扩深的延宕，读者消费的是感官的当下——这一点很合'后现代'的胃口。在传统小说里，由于语言所指和能指之间的张力，读者必须在文字和句段的背后去捕获和体味深层意义；到网络小说中这种思维和索解的紧张与焦虑消失了，意义和形象完全重叠了，或者干脆说，意义就是当下的感受，就是光色声像的全面刺激，玩的就是心跳！""这里只有眼花缭乱，无法整合出意义，它给人的只是瞬间的感官轰炸。如果说它有意义，其意义即在于此。""网络小说可以说是新兴的文学品种，但它却不知不觉地恢复了最古老的艺术传统——诗、乐、舞三位一体的综合和混沌；作者匿名与远古口头文学'劳者歌其事，饥者歌其食'的率性而为相暗合，摒弃了文人写作的矫情和功利；文本的开放又接近了民间文学对集体智慧的吸纳与扬弃。这其中透露的信息很值得日益走向边缘和日益萎靡不振的传统文学反省与深思。"

10日 林斤澜的《螺蛳梦》发表于《北京文学》第7期。林斤澜指出："（林斤澜——编者注）在小说这里，显出'不走正路'的模样，不时打出些'擦边球'，叫人'侧目'。在文体上，起初觉着短篇顺手。后来面对大段大段的'沧桑'，过去的也罢，现实的也罢，都看不清楚，把握不住。照着流行的套子去弄，又提不起劲儿来。短篇，总还可以回避一些，绕着一点。再后来，写短篇成了爱好。""五十年代后期到六十年代，单写小说。小说的兴趣在短篇，题材在农村和知识分子。……不过大家中，有的以长篇见长，短篇一般。也有短篇著名，长篇平平。从这里窥探，可见虽说都是小说，却各有奥秘。""灵感对所有的作品都是黄金，可以融化在长篇里，可以是一大部书的顶峰。但在短篇，是这一篇的灵魂，是那一篇的根底，也可以说是内容和形式的全部。"林斤澜强调："举重若轻，不是哪一门独家所有。但在短篇小说，尤其是专长。"

张英的《真诚的言说——张洁访谈录》发表于同期《北京文学》。张洁认为："我觉得真正的写作是从《无字》开始的,以前所有的写作都是为它做的准备。……我不是一个很谦虚的人,但也不是一个自以为是的人,但我认为《无字》确是我最好的作品。"张洁还谈道:"我对短篇情有独钟,许多题材放在电脑里。短篇是很难写的,它只能吸取生活中的一个片断,局限很大,开头和结尾要求讲究,还要有彩头,读起来才会有快感。中篇是最容易写的,结构和叙述都比较随意……"

同日,冉云飞的《通往可能之路——与作家阿来谈话录》发表于《文艺报》。阿来谈道:"《尘埃落定》里我用土司傻子儿子的眼光作为小说叙述的角度,并且拿他来作为观照世界的一个标尺。这也许就是受像阿古顿巴这种稚拙智慧的影响。更为重要的是,口头文学所体现的东西,简单点说,一切都是这么近,一切都是那么远。一个人的记忆就是整个部族的记忆。这些记忆都是一些可以随意放置的细节完整的时间碎片。关于这个,你只要看看藏传佛教寺院里的壁画立即就明白了。什么东西都在一个平面上,没有透视,就没有时间的纵深感与秩序感。昨天发生的故事仿佛是万年以前的,万年前的东西可能就在今天。于是,哪怕刚刚发生的事情,只要用了民间的故事方式,其传奇性立即就产生了。"

15日 洪治纲的《宿命的体恤——鬼子小说论》发表于《南方文坛》第4期。洪治纲认为:"在鬼子的小说中,尽管到处都充满了某种必然性的命运安排,充满了某种绝望的、无法逃脱的悲剧性结果,但是在演绎这种命运结局的过程中,鬼子又非常注重叙述本身的审美震撼力,非常讲究它在阅读上的审美效果。所以从文本结构上看,鬼子的叙述始终处在一种不稳定的话语状态,处在某种无法预知的、奇峰突转的发展态势之中。他充分利用偶然性的戏剧化效果,用偶然来挫断人物的命运走向,使他们步入宿命境地的过程复杂化、戏剧化。这种对叙事节奏的强制性推演,表明鬼子对叙事本身有着相当独到的理解:他试图消除由于先锋文本所导致的在阅读上种种的障碍,将小说还原为一种大众可接受的文本形式,同时又不丧失自己对生命存在的强劲探索,不牺牲自己在精神维度上的先锋立场。"

同日,施诺的《执著于女性题材——女作家赵玫访谈录》发表于《文学报》。

赵玫表示:"每个作家的写作有自己的观点,这同个人的生活态度有关,有的作家会客观地写,只是在描述生活的一种原生状态。而我是主观的,我会很投入,同作品中的人物一同悲喜。事实上,我和新写实小说有很大的差别。有人说我很浪漫,有理想主义色彩。我的确是在现实的基础上,尽量追求完美的东西,这是我的生活态度也是写作态度。我离现实会远一点。有人说我是心理现实主义,虽然和现实生活远,但故事的意义却是写实的。我想,所谓新写实小说,最好也应该是一种超越人生原态的写作。作家写作时情感的投入是必要的。"

17日 欧阳明的《戏剧视角下的政治冲突》(评彭瑞高的小说《六神有主》——编者注)发表于《作品与争鸣》第7期。欧阳明认为,"《六神有主》在艺术形式上有一定的新变,从创作上有力地回答了现实主义小说粗糙论","《六神有主》总体上取戏剧视角,局部则佐以其它视角","叙事人如舞台下的观看者,只能外观舞台上人物的一招一式、一颦一笑,而钻不进人物的脑中","突出了叙事人的主体取向,增加了阅读理解的便利"。欧阳明还指出:"彭瑞高的尝试体现了一种自觉的文体意识,表现出再度崛起的现实主义小说在拓展艺术表现空间方面的显著实绩。"

20日 杨胜刚的《对贾平凹九十年代四部长篇小说的整体阅读》发表于《小说评论》第4期。杨胜刚认为:"贾平凹对现实生活的关注,对当下中华民族文明走向的思索已超越了传统的现实主义……把自己所描绘的当代生活放在了传统与现代相冲突的大文化背景下,放在了中华文明延绵发展的历史进程中,这使他能在更宽阔的历史高度对'现在'说话。他对当下社会生活、人们精神生活的关注,更表现在他对文化、文明的发展的关注上。这是他对现实主义在当代的一个发展。""从《废都》到《高老庄》,他实际上完成了对世纪末的中国的整体书写。"

杨胜刚还指出:"贾平凹还未最终确立一个大家所需要的博大、浩瀚、独立自足的主体精神。""可以说他的这四部长篇对世纪末中国物欲横流、精神迷失的文化大飘流景观和状态的描绘在文学史上的价值比作品所表现出的文化思考更大,其表现艺术上达到的高度也超过其思想的高度。"

同日,南帆的《人物观念的理论跨度》发表于《钟山》第4期。南帆指出:

"50年代的历史语境并没有完全压制人的主题。""在这样的历史语境里,人们还是有机会听到了文学的自语——'文学是人学'。"另外,"典型理论欲求解决的即是文学人物的特殊与一般问题"。"成功的文学人物往往最大限度地保持了特殊与一般之间的张力。"但在当时,"'阶级性'强硬地自命为唯一的共性之后,典型理论只能让所有的文学人物简化为阶级分析的图谱"。"典型——共性——阶级性被制订为炼制主人公性格精华的基本工序。"

南帆进一步谈道:"人的主题重新在80年代开始解冻。""刘再复力倡'文学研究应以人为思维中心'。……这不仅意味了将'人'从阶级范畴的枷锁中解放出来,'人'包含了阶级范畴无法概括的内涵;另一方面,文学必须转向'人'的内心——刘再复更乐于称之为'人'的'内宇宙'。""20世纪的文学与心理学之间缔结了前所未有的联盟。这样,文学为人的主题开启了一个崭新的层面。""80年代初期的历史语境之中,文学仍然依据人道主义的眼光考察意识——王蒙的小说不过是伸张了内心世界的存在权利。然而,形式隐含了强大的开创功能。肯定'意识流'式的叙事话语也就是从形式上肯定无意识的敞开。"

25日 韩元的《史铁生:边走边唱——走出美的距离》发表于《当代作家评论》第4期。韩元认为:"可以说,宗教与艺术抑或美共同构成了史铁生人生超越的精神二维。这二维各有自己的解释系统却又互相融合,我们会从他的宗教中发现美,又从他的审美观中发现宗教性。这或许是由于从人类童年期的原始巫术开始,宗教与艺术就和人类主体的最深的潜意识之根缠结在了一起,它们都体现了人类精神高蹈飞扬摆脱物化的一面,又都是升华苦难追求永恒的中介。""如果说史铁生的'孩子'是梦想,是'安尼玛',与之相对的'老人'则是理智,是'安尼姆斯'。后者是他宗教精神、哲学思索的象征,前者则是他诗情的体现,是他所追寻的爱与美的所在。"

林舟的《形式的意味——〈私人档案〉的一份阅读笔记》发表于同期《当代作家评论》。林舟谈道:"逡巡一番便可发现,小说(指刁斗的《私人档案》——编者注)循序展开为一个连贯的整体,虽然是许多个'你'的一生,却仍然可以看作是一个人从青春少年到垂垂暮年的写照。这种整体上的效果——对人生的高度概括力,是读单独的中篇时所无法实现的。""它对故事的牺牲并不意味着对小说叙事的感性直观效果的放弃,相反,这部长篇小说对人的生存状态的直接的呈示,应该是它极为深厚而感性的内蕴所在,当我随着叙述感受着叙述形式本身的意味的时候,也随之瞥见了它对人的存在的敞露,从而体会到刁斗这部小说的一片苦心——它努力以文本的存在对应于人的本体存在,极具形式感的'文'实质上提供了体悟和感受'人'自身的方式。"

林舟还指出:"通过第二人称叙述将作者、叙述者和叙述对象如此全面、深入地置于叙述过程之中加以审视,使叙述展开的过程成为潜在的碰撞和消解的过程,而且这碰撞和消解并非以所谓颠覆意义和取消所指为指归,而是以此破除既定话语对人的存在的遮蔽、接近真实,人的灵魂的无处安栖的状态也从这里显露出来。不仅如此,间离效果带来的不确定性和怀疑,也意味着对新的话语方式的可能性的诞生,它在执拗地追询,我们还可以以怎样的方式言说这个世界。"

王晓明等的《十篇小说 七嘴八舌——漫谈最近的小说创作》发表于同期《当代作家评论》。周伯军认为:"张锐锋的《皱纹》读来让人感觉冗长,恐怕与其文体的无限膨胀有关。"

王晓明谈道:"张锐锋选择这样一种叙述的结构,每一段互不关联的细节描写都要靠后面的自由联想来凸现意义,而这些联想又伸向四面八方,几乎涉及人的'存在'的所有方面,我想,他恐怕是一定难以避免冗长和乏味的……'跨文体'是难得多的事情。而关键在于,作家是不是真的拥有一种不挣破单一文体便无法表达的特异感受?"王晓明还指出:"我们的分析不能满足于发现一部作品的'寓言'成分,而应该进一步深究它与那些可能存在的非寓言成分的复杂关系。"

罗岗表示:"文体秩序某种程度上是社会秩序的'象征'符号。……但目前被称为'跨文体写作'、'后现代文本'等的写作形式,却是一个不断去除异质的过程,往往归结为冥想的个人。""小说不关注事件,而聚焦于心态,实际上提高了难度。"

同日,方克强的《孙甘露与小说文体实验》发表于《文艺理论研究》第4期。方克强认为,孙甘露的《访问梦境》"是一篇不像小说的小说,一篇反体裁、反小说的小说,一篇具有后现代主义特征和倾向的小说。它对小说艺术惯例的冲击是颠覆性与挑战性的,它制造着小说的新法则或无法则、小说的新疆域或无疆域为自己确立合法性"。"从《访问梦境》始,孙甘露执着地实验一种反小说的小说边缘文体。这种文体最大的两个特征是'仿寓言体'与'语言游戏'。从小说的外观与阅读整体感觉上看,它最象寓言,但已无寓言文体含义的确切指向性与内在统一性,有论者称之为'现代寓言',事实上更确当的说法是'后现代寓言文体',戏拟寓言行为的本身即是对寓言寓义确定性的一种反讽,从这个意义上说,反寓言或反寓言的传统阅读模式倒是它的隐蔽目的。""1988年发表的《请女人猜谜》是孙甘露小说实验的又一个台阶。这篇小说可归入元小说一类,也即'关于小说的小说''关于虚构的虚构'。……孙甘露不仅强调了小说想象性与虚构性的本质特征,更重要的是,他试图表明小说与现实'镜象关系'之外的各种关系的可能性,尤其是想象与真实界限模糊、二元背反的可能性,或者说,小说建构为'迷宫'的可能性。"

　　28日　洪水的《为什么读小说》发表于《中华文学选刊》第4期。洪水认为:"读王安忆的小说,收获可以很多,但休想娱乐。今年第四期《小说月报》上有她的短篇小说《小饭店》。这篇小说能被称作小说就是错误。王安忆用了一万多字的篇幅详细介绍了弄堂里的一个小饭店,没有人物,准确地说是没有人物关系,人物被当作锅碗瓢盆介绍了。如此,当然更没有情节和故事了。王安忆这手都超过汪曾祺了。都说汪的小说散文化,可《大淖记事》除了五分之三的景物描写,还剩了五分之二的故事情节。王安忆在《小饭店》中的景物描写则是贯穿始终,没留一寸故事空间。王安忆的叙述很有质量,但又显得喋喋不休,不打算提高语言修养的读者,是无法接受的。"

本月

　　胡宗健的《小说的一个秘密:叙述形式》发表于《飞天》第7期。胡宗健认为:"随着创作过程中时空调度的观念更新,多元视角的审美建构和丰富多彩的艺术手段使艺术空间得以空前拓展,叙事时间变得机智灵活,从而为作家多向度、多层次地反映日益多变的生活创造了广阔的艺术天地。刘心武的《钟鼓楼》较早地传达出了这种变动的信息……作品的时空视点不再凝滞于新表现的具体生活事件,而主要着墨于主观印象的感受上。这样,就使得这部小说从具体性与顺序性的自然时空结构原则,向非逻辑顺序的复现生活原始形态的多维时空的艺术结构转移。这种转移的基本前提,是作家以感觉时空对自然客观时空的变形。可以说,这部长篇以具有极大创新性的'花瓣式'结构于一天的时间内,展示出数十人物的面目和心态,但由于一天的自然时空的直线性叙述被打破,并力求在对于自然流动感的不同时空环境中的生活'全部丰富性'的展现叙述中,呈现出北京独特的民俗风情和文化心理。《钟鼓楼》是在叙述风格上起步较早的自然圆润的长篇精品。"

《上海文学》第7期刊有"编者的话"《小说是什么》。编者提到:"'小说究竟是什么'作为一个理论问题,一直困扰着近年的创作界和批评界,而有关这一问题的讨论,也是意见各异,难有统一的标准答案。然而,正是因为有了这一问题的提出,以及异议纷出的争论,才更大程度地刺激了小说的创作及其永不停止的艺术探索。在这一期的《上海文学》上,所刊发的小说大都具有一种较强的形式感,艺术上也相对精致一些。商河是一位年青的广东作家,在我刊已发表过数篇作品。此次我们以'商河小说'的名义,发表了他的《幻美》和《火之诗》。这两篇小说在语言上差别较大,《幻美》尝试着白话和文言文的语言交融,以突出一种诗的意境,而《火之诗》则更多地偏向现代语言的构成方式。读者不妨比较一下。""也许,最终仍无人能回答,'小说究竟是什么?'然而,有一点还是应该指出的,那就是小说毕竟是艺术,是'做'出来的。有技巧而不为技巧所累,这是大境界,无技巧而轻视技巧,却是犯了艺术创作之忌。"

商河的《在缄默与诉说之间》发表于同期《上海文学》。商河指出,"它(《火之诗》——编者注)和《幻美》在形式上或许可以视为两种不同类型的小说,读者可能从阅读的直觉上就可以判断出来;我觉得《火之诗》可能是我较多阅读西方现代文学后创作的作品","其实一直以来我真的有这种幻想,就是把小说写成诗,或者说具有诗一样的意象和美感,所以这篇小说干脆就称为《火之诗》","《幻美》可能只是想表达我察觉的'幻美'在现代的消失;至于'幻美'实际上是一个什么事物,我自己在难以说清之下也只能委之于直觉;'幻美'可能是一种大自然和诗意观照双向的交融而成的涵养或功夫，它的范围应该说是很广泛的"。商河还表示："我的小说总的具有一种隐蔽与矛盾的性质，似乎是在欲沉默欲诉说之间挣扎斗争的一种必然结果。"

汪政的《先锋小说·新写实·新生代——对一个文学宗谱的描述与思考》发表于同期《上海文学》。汪政指出："小说是一件语言作品，小说的语法规则决定于语言的规则，两者有着内在的一致性，高明的小说家能熟稔地利用语言的法则建立起自己的小说语法法则。先锋小说将这一本质揭示出来并置于前景，取代了原先意识形态话语主题与故事的地位，以至产生了'语言就是一切'、'形式即本体'的许多提法，而当时的小说家都以建构自己的小说句法作为创作的鹄的，批评家们更是推波助澜，一方面大量抛售形式主义文论，一方面在批评实践上努力寻找小说家各自的话语结构模式……"

关于新生代创作，汪政指出："新生代的作家们首先承续并保持了先锋小说的前卫姿态，坚持了先锋小说叙述优先的立场……叙述通过先锋小说而上升到了'世界观'的地位，小说家是按叙述写作而不是遵照叙述之外的其他目的。这样的美学原则完全可以作为解释新生代作家创作的支点，他们首先看重的就是各自对叙述的理解。对各种叙述方式及其效果的迷恋使新生代作品几乎难有风格上的一致……新生代没有先锋那样纯粹，从小说外观上看显得更为丰富，从接受角度看，可以明显地感受到他们的'妥协'。准确地说，新生代写作可以看作是先锋小说在同一方向的减速，他们的姿态要更为节制和谨慎一些。"

八月

5日　陈晓明的《女性白日梦与历史寓言——虹影的小说叙事》发表于《山花》第8期。陈晓明指出："虹影的小说有着奇怪的力量，她的叙事结束了，然而，她的小说世界却在无限伸展下去。在这一意义上，她的叙事就是一个无限开启的女性白日梦世界，那些无法捉摸的历史寓意与永无终结的女性独白相互缠绕，它们试图去构成一个女性被虐/自虐的文明异化史。""她的长篇小说《女子有行》则是女性白日梦的全景式的表达，毫无疑问也是汉语写作迄今为止最具叛逆性的一次女性写作。作为虹影写作的一次概括，它当然也是当代中国女性写作的一个奇观。"

陈晓明谈道："如果认为虹影白日梦式的叙事只是离奇古怪，那就过于表面化了，事实上，在这些放任而夸张的叙事中，隐含着相当尖锐的对两性关系历史的重新思考。……在迄今为止涉及到妇女与男性，与社会对抗性冲突的小说里，虹影的叙事确实是最极端的。"此外，"就其小说叙事来说，虹影的叙事很有包容性和立体感"。"虹影的叙事还很善于运用那些玄秘的动机，那些直接的经验（可以还原成日常生活场景）与女性的白日梦最大限度相互融合，因此，虹影的小说叙事可以放开手对生活进行断片式的任意书写。"

7日 崔道怡的《小说是"看"出来的》发表于《小说选刊》第8期。崔道怡指出："从事小说创作，得有客观的支撑、主观的倾注。但这两个方面结合，必须首先经由作者去'看'。……这'看'，并非仅是生理感受，伴随着视觉的，还有心理活动。特别是作家之'看'，多具有高度的选择性。不只对那些吸引他的事物进行选择，而且对'看'到的任何一种事物进行选择。更重要的，总是积极捕捉事物最突出的特征。这种观察事物特征的着眼点，在艺术活动中被称之为视点。……艺术的视点，也是决定一个人能否成为一名真正的小说家和成为怎样的小说家的关键一环。……观察视点确定之后，还须确认表现视点。前者是选取题材的出发点，后者是处理题材的落脚点。"

崔道怡认为："对于同一时间段和空间面的生活，可以有众多个不同的视点；也可以运用同一个视点去看待不同时空的众多生活段落和方面。视点的独特与多样，取决于作者的素质与能量。""在构思过程中，观察与表现，作用各不同。前者更多要求修养功夫，后者更多讲究技巧工力。但在创作实践中，两者总是一脉相通乃至完全一致的。……各种视觉艺术的视角，大多属于外在技巧。小说的视角，直接涉及内容本身。小说通过文字叙事，囊括各种艺术特色。这种全能的叙事功能，是小说区别于其它艺术的审美特性。小说视角所要解决的问题，正是叙事的方式与过程。——怎样处理已经初具规模的题材，才能取得独特的最佳效果。……视角的选择与运用，标志着作者的风格与水平。尤其是交叉视角的变换与转换，检验着作家的成熟与工力。"

17日 阎邢生的《异类：叛逆女性的文化境遇》发表于《作品与争鸣》第8期。

阎邢生认为:"小说(叶弥的《城市的露珠》——编者注)所表现的女性的困境,正如由女主人公的'无名'所象征的,女性,在当代社会的状况,仍然是一个空洞的能指。"

24日 吴义勤的《技术写作的出路》发表于《文艺报》。吴义勤谈道:"罗望子的长篇小说《暧昧》确实是一部'暧昧'不清的小说。暧昧的主题、暧昧的人物、暧昧的情节、暧昧的情绪、暧昧的氛围、暧昧的叙述在小说中交相辉映,呈现给读者的是一种混沌而迷茫的阅读感受。作者赋予小说主体一个看门人'手记'的形式,这个'手记'混乱、矛盾、头绪繁多、杂乱无章且毫无逻辑性可言,它把新闻事件、消息、道听途说、哲学沉思、家庭生活场景、个人传说、情史、写实与梦想等等全都'杂糅'、'拼贴'在一起,构成了一个典型的'后现代'文本景观。""比较起来,刘剑波发表在《广州文艺》第6期的中篇小说《死亡叙述》似乎更追求小说的'深度建构'。……作家让罗巴的死魂灵参与小说的叙述,它与现实的诸如警察的叙述、母亲的叙述、情人的叙述、老师的叙述和朋友的叙述相对照、相混合,构成了一个众声喧哗的'复调'世界。而'死亡事件'在这现实的不同的'声音'中越来越远离了其本身,也越来越远离了事件的真相。……作者在此恰恰完成的就是对于人类虚妄的寻找'意义'和'真相'之途的解构。"

26日 陈洁的《中国科幻小说:乍暖还寒难将息》发表于《文学报》。陈洁认为:"中国的科幻小说至今还处在起步阶段,而且在发展道路上还存在种种障碍。……首先是因为中国科学普及工作作得不够,国民整体科学素养不高,普通人几乎从不了解也不关心科学发展动态。……其次,因为不被重视,市场开发不够,科幻小说发表阵地小,科幻类书刊大多不赚钱……稿费也低,这无疑打击了多数作者的积极性。……再次,创作队伍还在形成中。"

李洱、李敬泽、李冯、李大卫、邱华栋进行对话的《文学的传统和资源》发表于同期《文学报》。文章指出:"中国古典文学能不能给我们今天的写作注入生机,需要不断对它进行阐释。现代汉语从一开始就是历史进步的表征,所以它是意识形态主导的,缺少私人性。新时期以来作家的一方面工作在于建立语言的私人领域,让语言可以用来思想和梦想。"李冯认为:"语言不仅是对传统的学习,对现实的模拟,它的改变更大程度上是作者对生活的感悟所决定。"李敬泽认为:"现在谈传统和'五四'时谈传统语境不同……对我们来说,起作用的、有意义的传统可能是卡夫卡、乔伊斯、博尔赫斯、福克纳,还有鲁迅。而我们所感受到的传统压力可能是来自十九世纪现实主义……"

杨剑龙、李浩、葛涛等进行讨论的《新生代小说创作谈》发表于同期《文学报》。杨剑龙指出:"九十年代的创作从总体上有一种回归写实的倾向,无论是新写实小说,还是新体验小说,无论是新现实主义小说,还是新市民小说,都以关注现实生活的写实姿态与手法描写生活。新生代小说从总体上说也体现了这种回归,但是,新生代小说与八十年代的先锋小说又有着某种继承与关联。"蒋喻艳认为:"新生代小说与先锋小说有着割不断的联系,她继承了先锋小说的文学观念与创作形式,以反叛的姿态从事创作,打破了写作方面的种种禁忌。与先锋作家不同的是:新生代作家不像先锋作家陷在哲学的迷宫与形式的探索中找不到出口、远离了读者,他们避开了先锋作家的致命弱点,摆脱了哲学的坚硬的外壳,通过世俗化体验的形而下的琐碎来表现某种人生思考,他们更贴近现实,更易于和读者沟通。"杨剑龙指出:"有人说新生代小说与先锋小说貌合神离,这是切中肯綮的,新生代小说一定程度上延续了先锋小说对于形式的探索,如新生代作家常常用一种现代寓言的方式叙写作品……都以现代寓言的形式描述现代人的心态与情感,这显然与先锋小说有着某种关联与承继。"

本月

《上海文学》第 8 期刊有"编者的话"《有味道的作品》。编者提到:"我们首先刊发的是肖克凡的《独弦操》和《寻找穴位》。肖克凡的创作原以工业题材见长,曾在我刊发表过《黑砂》等小说,在八十年代即有一定影响。近年创作,却将视野扩大到社会各层,同时语言风格上亦有较大改变。好的短篇小说,常常能读出一种'味道',读者不妨仔细品味,看看能否在其中读出些什么'味道'。许春樵的中篇小说《谜语》,也是一部很有味道的作品。真真假假,亦真亦假,扑朔迷离之中,蕴藏着作者强烈的现实关怀。这部小说的'谜底',隐藏在作品的叙述之中,需要读者在仔细阅读的基础上,充分展开自己的想象力,才能破译其中的'密码'。"

肖克凡的《因为太远》发表于同期《上海文学》。肖克凡指出:"我在小说里所编造的故事,自以为属于新鲜货色,极有可能只是一捆干菜而已。唯一值得说道的是它出自个人化记忆。这就是出处。莫非小说已经成为个人回忆的方式?我不知道。回忆是一种极为复杂的个人情绪。回忆的非功利性,使回忆的个人化色彩明显浓烈起来。回忆,理应是个人的事情。这如同一个人不能代替另一个人睡眠一样。这种行为似乎愈发逼近小说的本质。""我蓦然发现我所标榜的出自个人化记忆的镶嵌在小说里的一连串的故事,恰恰是我记忆之中并不存在的东西。"

九月

3日 《人民文学》第9期刊有"编者的话"《现实与想象》。编者提到:"现代小说,面临着纪实与虚构、现实与想象的双重考验。面对现实,需要正视的勇气,也需要心灵的清澈,许多小说便不可避免地刻印上纪实的轨迹,染就生活质感强烈的色彩。面对现实,还需要作家独特的想象。驰骋于想象的天空,是属于文学的,便也才使得文学作品不囿于生活而得以艺术的提升。一些小说则侧重于这方想象的天空,看似与生活拉开了一定的距离,其实更触及生活与艺术本质的一隅。叶舟的《快乐》和东西的《肚子的记忆》这两部中篇小说,风格各异,从这两方面分别做出了尝试。"

5日 汪政、张钧、葛红兵的《关于新生代,我们如是说》发表于《花城》第5期。在《个人化写作及写作的意义》一文中,汪政认为:"新生代作家……并未超出传统东西方的意义资源,构成讽刺的恰恰是,显在的'技术复制'到在一定程度上得到了遏制,而潜在的意义却免不了'复制'的命运。在近期的写作中我反复表明自己这样的判断与忧虑,中国当代写作者的命运是尴尬的,他们已经确立了自己的立场与写作的目标,但他们却处于东方与西方、传统与现代的多重压迫之中,由于在哲学及人文思想上缺乏强大的支撑,不仅是他们,整个中国文学及非文学的写作都处于'失语'状态,我们不是在重复过去的声音,就是在重复他人的声音,惟独没有自己的声音。"

同日，吴义勤的《诗性的悬疑——李洱论》发表于《山花》第9期。吴义勤指出："李洱一直在以自己的创作寻找着与众不同的'话语方式'，并坚信'在困难中表达困难，在写作中写出写不出来的，既是写作的意义，也是写作者的宿命'。"吴义勤指出李洱的探索涉及"细节至上倾向"、"结构的开放性"、"语言的'杂糅'风格"。最后，吴义勤总结道："对于正在急剧分化为'姿态性写作'和'功力性写作'两种类型的新生代作家群体来说，李洱无疑是'功力性写作'的代表性作家之一。"

7日 崔道怡的《小说是"说"出来的》发表于《小说选刊》第9期。崔道怡认为："文字赋予小说超乎各种艺术的特异功能，可以无所不知、无所不至、包容一切、表达一切。小说的性质及其专长，就在于运用文字叙事。而叙事，就是'说'。……构思过程中，视角确定后，要落实题材的具体'说'法，就得恰当地选择和巧妙地运用艺术的人称。……第一人称是'我'在小说里'说'。……小说里的客观世界，是经由'我'之光照折射出来的，其一切就无不打上了你主观的印记。……第三人称是'神'在小说里'说'。……小说性质的一大特色，在于冷静地再现客观，作者的见解，愈隐蔽愈好。……'神'的叙述比你用'我'来"说"要自由而广阔得多，可以由表及里、从形到神将整个世界、各种人物连同他们的内心全都揭示出来。……然而这'神'归根到底就是你本人，因此总会或多或少或明或暗浸染着你的主观感受。看似客观，实际无不隐含你的思想感情倾向。……第二人称把'你'带进小说。……显得生硬或流于形式，特别是主观和客观的融合出现断层，则会因文伤质，弄巧成拙。由于你未必能有把握将人物推进去、将读者拉过来，通篇全用第二人称，要比用第一、第三人称难度大得多。"

崔道怡强调："作为叙事的渠道，每一种人称既有它畅通之优势，同时又有其阻滞之缺憾。惟有认识与把握三种人称各自的特点，充分发挥其所长，尽力避免其所短，你才能够获得叙事最大限度的自由，把内容表达得更为准确而生动。……视角的选用主要是受你素质的制约，人称的选用则更多要靠你修养的功力。选好了视角，等于作品完成了一半，另一半的完成——用好人称。"

冯敏、东西的《关于语言的对话》发表于同期《小说选刊》。冯敏认为：

"前人的经验是对词语的'遮蔽',后人要努力拨开笼罩在词语之上的迷雾,'敞开'它的原生义。""语言是存在的家园,同时语言又是有界限的,这是悖论。语言不能到达的地方,只可意会不可言传,要靠经验补充。""语言之所以很难谈得清楚,是因为人的生命是有限者,人的经验是有限者。用有限去解释无限,就难逃悖论,因此我们对待语言应该更虔诚一些。"

10日 刘庆邦的《短篇小说之美》发表于《理论与创作》第5期。刘庆邦表示:"坚持写短篇小说要有短篇小说精神。这种精神又分为两个方面,一是对纯粹文学的追求精神;二是对文学作品商品化的对抗精神。""短篇小说是一种比较接近诗性和纯粹文学的文体……""短篇小说之所以美,是因为它代表着人类对美的向往和理想,是一种精神重构。它与现实世界并不对应,在现实世界中很难找到它的完整存在。"

15日 盛子潮的《艾伟小说的一种读法》发表于《南方文坛》第5期。盛子潮认为:"艾伟的小说有一种紧张感。这不是说艾伟的小说充满叙事的紧张和情节的悬念,(恰恰相反,他似乎喜欢在琐屑碎事上津津乐道),而是他试图在小说中说出太多的冲突,这种冲突往往从一开始就相互纠缠,到结尾仍在继续。余华在谈到作品的这层紧张关系时说:'这不只是我个人面临的困难,几乎所有优秀的作家都处于和现实的紧张关系中,在他们笔下,只有当现实处于遥远状态时,他们作品中的现实才会闪闪发亮。应该看到,这过去的现实虽然充满魅力,可它已经蒙上了一层虚幻的色彩,那里面塞满了个人想象和个人理解。'(余华《活着·前言》)对艾伟而言,消除这层紧张感的简便办法就是赋予小说故事以一个母题。"

17日 杨立元的《在下岗中推举崇高》发表于《作品与争鸣》第9期。杨立元指出:"从我们读过的'下岗文学'作品中,已有这样几种审美趋向:一种是领导阶层对下岗人的关心,解决他们生活困难的作品,如谈歌的《城市》;一种是下岗人自强自立而又饱经磨难的作品,如阿宁的《乡徒》。而《胡嫂》却呈现了审美的独特性。"

20日 赵德利的《拓展新的审美空间》发表于《小说评论》第5期。赵德利认为:"红柯小说有着独异的文化视角,他以诗化笔法创造出了传统与现代、农耕文明与工业文明两相互构的审美空间。""红柯的小说的空间观是对传统和现代（主义）小说时空观的发展和拓伸。……小说完全打乱了时空顺序，情节已不再是时间的展开过程，人物也没有依存矛盾冲突形成性格历史的生活逻辑。"

25日 张闳的《莫言小说的基本主题与文体特征》发表于《当代作家评论》第5期。关于主题，张闳认为，莫言等"这些通过对自己故乡的生活方式和一般生活状况的描写，传达了某种带普遍性的人性内容和人类生存状况，将一般的乡情描写转化为对人的'生存'的领悟和发现"，故而"超越了一般'乡土文学'的狭隘性和局限性，而达到了人的普遍性存在的高度"。张闳还指出："'生命力主题'在莫言那里同时还包含一个深的'文明批判'主题。与'寻根派'的一般立场不同，莫言并未以简单的历史主义眼光来看待'文明'进程，没有将'文明'处理为'进步/保守'的单一模式，而是'文明'放到'生命力'的对立面，把它看成是一个'压抑性'的机制，并由此发现现代人普遍的生存困境。"关于文体，张闳认为："对感官经验的大肆铺张，几乎成了莫言小说叙述风格的标志。……对感官经验的自由渲染甚至代替了叙事，而成为小说的核心成分。极度膨胀的感官成了叙事的主角，它使叙事的历时性转化为当下的生命感受，同时，也使由理性的总体化原则构建起来的叙事链断裂为瞬间感官经验的碎片。"张闳还指出："狂欢化的文体才真正是莫言在小说艺术上最突出的贡献。""混响的'声音'，杂芜的文体，开放的结构，形成了一种典型的狂欢化的风格"，"狂欢化风格的另一个主要特征是'戏谑'"。

张志忠的《贾平凹创作中的几个矛盾》发表于同期《当代作家评论》。关于"形象与理念"，张志忠认为，贾平凹"把简单的问题人为地复杂化，把个人的潜意识和负疚心理用一种似是而非的谎言掩盖起来"。关于"女性理想与男权主义"，张志忠认为，"凡是出现在他（指贾平凹——编者注）眼界里的女性，都被他极大地理想化了"，"在对女性的尊重和理想化的表象后面，隐藏着的是男性的欲望，是男权主义的目光"。

同日，陈思和、张新颖、王光东的《知识分子精神的自我救赎》发表于《文艺争鸣》第5期《小说与90年代精神》栏目。"编者按"写道："90年代文学一个极为重要的特点就是作家的精神流向已不能被统一的时代'共名'主题所控制，呈现出多元化、个人化的趋势。在这种情势之下，分析作家的个人精神与时代之间的关系就尤为重要。"

葛红兵的《新生代小说论纲》发表于同期《文艺争鸣》。葛红兵认为，"新生代创作主体"有"一种红色时代的遗民的特征"，"主体意向都是个人性的"，"是被动地显身于这个世纪末处境之中的"。关于"新生代创作风格"，葛红兵认为是一种"午后的诗学"。关于"新生代创作主题"，葛红兵概括为"无法居住"、"无法抵达"、"交叉跑动"。关于"新生代创作局限"，葛红兵概括为"酒吧作为文化符码"、"人性的黄昏"、"'身体'问题"三个方面。

宋明炜的《〈叔叔的故事〉与小说的艺术》发表于同期《文艺争鸣》。宋明炜认为："《叔叔的故事》与一般元小说的不同之处，就在于它既强化了元小说中'真实'话语交流的契机，同时它的叙述者在放弃了讲述故事的权威性之后，依旧保持了自身的可信性。"

张永清的《真实的碎片——90年代小说真实观透视》发表于同期《文艺争鸣》。张永清谈道："从80年代到90年代，作家的处境经历了由中心到边缘的位移，叙事视角经历了主流话语——民间话语——个人话语的转换，对文学真实的追求也经历了本质——本色——本心的嬗变过程。在这个无名的时代……回荡在时代上空的每一个音符都是人的深邃精神的表征。在这碎片的真实中，涌动着对个体生命讴歌与赞美的急流，飘扬着崇尚个体价值的热切呼唤。"

本月

朱向前、张志忠的《一棵长疯了的大树——关于〈北方城郭〉的对话兼谈当前长篇小说创作的若干问题》发表于《红岩》第5期。朱向前指出，当前长篇小说创作存在两个极端的倾向："一极是，没有张承志的心灵、才华和人生文化经历的独特，也挖空心思去写《心灵史》这种纯粹为人类精神找家的奇书，巧取前哲的思想碎片，拿来西方人现代艺术手段的皮毛，嫁接自己小鼻子小眼的生活体验，也能扑腾出一点响动。这一极的影响基本上在一个小圈子内，且有自生自灭的前景可预见。另一极是浅直图解现实生活的照相现实主义，三驾马车的作品属这一类。主要体现当年苏联社会主义现实主义特征,并经过充分中国化了的现实主义创作方法创作出的《人间正道》、《车间主任》、《苍天在上》、《抉择》等作品也大致属这一类。这一批作品,可用几个字概括,如:写改革或反腐倡廉。"

顾建平的《含蓄与感伤》发表于《十月》第5期。顾建平认为:"当代批评家夸奖某篇小说,常常说它的文句简洁优美富于韵味,有散文之美。含蓄而有余味,或者说有神韵,是中国自古至今散文批评中最受推崇的美学标准。小说有它自身的语言追求,以散文之美入小说未必就是锦上添花。小说以讲故事为本位,文字只是载体,虽然不能登岸舍筏、见月忽指,但也决不能死于句下。""黎晗最初的小说习作文字精致莹洁,故事没有明显起伏,透露淡淡的忧伤情绪,且藉由情绪变化推动情节发展。这正是他将散文笔墨带入小说的结果。从长处说,小说文本更经得起细读和重读;小说毕竟是一门艺术,需要琢磨,日码万字泡制出来的小说只能是时髦应景之作。从短处说,散文化的小说,故事退居次位,布局构架拘泥局促,创作者想象的翅膀也难以自由地伸展。在文字的简约和故事的丰盈之间,黎晗现在已经找到了恰当的结合点,从新作《巨鲸上岸》,我们可以看出他对故事进展的熟练把握。""中国当代小说作家里,汪曾祺先生作品的文字、意境备受推崇。汪先生有一句话意味深长,乃夫子自道:'抒情,不要流于感伤。一篇短篇小说,有一句抒情诗就足够了。'(《说短》)他说的是情绪的含蓄,也就是克制;真正的克制恐怕连一句抒情诗都不要。小说里有深情,并不在字面上。"

十月

10日 张英的《写出真正的中国人——余华访谈录》发表于《北京文学》第10期。余华认为:"对一个作家来说,谈作品具体的事要比谈理论更有意思。我从来没有觉得我是先锋派作家,我的作品更不是先锋文学,作家的唯一使命就是写作,拿出好作品,在前人的基础上有所创新、有所突破。"余华指出:"《许》标志着作为一个作家我已经完全成熟了。……《许》对我有极其重大的意义,就是我放弃了知识分子的立场,走向了平民的立场。"

17日 小蔚的《现实主义与精品意识》发表于《作品与争鸣》第10期。小蔚认为："现实题材的中篇小说是一种容量很大、灵活度很高的创作手段，它不像短篇小说在人物塑造上会受到篇幅的限制，同时较之长篇作品容易为大众所接受。""精品呼唤三性的统一，即思想上要有深度，艺术上要有创造，还得为大众喜闻乐见。"

21日 马振方的《小说·虚构·纪实文学——"纪实小说"质疑》发表于《文艺报》。马振方认为："纪实文学并非复制现实，还原现实，而是摹写、表现现实。它以抽象的语言文字造成的人生百态的艺术幻象——第二现实，不仅具有模糊性，也有很大的伸缩性、不确定性，与其摹写、表现的现实对象只是相似、相近而非相同、相等，允许有也必然有这样那样的差异。社会契约不给纪实文学以虚构——造假的权力与自由，却不要求它的描述与现实完全一致，达到'无差别境界'，而给它以虚构以外的表现与创造的艺术自由，包括某些不可或缺的合理想象。"

23日 杨晓敏的《小小说的诱惑》发表于《文艺报》。杨晓敏谈道："小小说是一种最具读者意识的小说文体。它的兴起，是对'长小说'而言的文体补充。随着时代进步和生活节奏加快，广大读者和有识之士，都希望把文章写得短些，精粹些，所以，八十年代初期，小小说这种文体一出现，很快便风靡文坛，日益显示出它的优势和旺盛的生命力。小小说简明精致，情节单纯，尺幅波澜。它除了具备短篇小说的人物、情节、故事等要素外，还有不可忽视的另一种功能，即'新闻性'。它贴近生活，紧扣时代脉搏，因其小而灵便，宜于操作和占版面小，便负有'传递信息'的特殊使命。……小小说是智慧的结晶，是艺术精灵，是大众化的文体，能产生近距离的心理效应。无论对于作者、编者还是读者，小小说都有一种谜一般的诱惑。"

本月

黄发有的《日常叙事：九十年代小说的潜性主调》发表于《上海文学》第10期。黄发有认为："九十年代的小说创作是无序而混乱的，但日常叙事却是这一无主调时代的潜性主调，它以无形之链统摄起碎裂的散片，渗注着一道暧昧模糊却又依稀可辨的精神暗流。"黄发有指出,九十年代小说有这样一种趋向:"作家对'景'与'物'的随心所欲、细致入微的描写淹没了人的在场。"与此同时,"九十年代以都市为对象的日常叙事始终充盈着一种脱离日常生活的越轨冲动"。

十一月

1日 肖铁的《小说关系(创作谈)》发表于《作家》第11期。肖铁表示:"我有时觉得许多事都是一个平静和打破平静的关系,有了平静,想保住,但保不住;不平静,想争取,但又得不来,就这么回事。这种关系,往往在人与物中会更无干扰地体现。也许,正是在人与物和物与物中更能体现人的本来状态,也能体现小说自身的自然状态。也许,很难对人说:你认为的小说其实并不是小说;但总可以说:你认为的这不是的小说,其实是小说,告诉他这个事实,也挺有意思的。小说的努力,需要接近生活的真实,但更需要接近心灵的真实和艺术的真实。小说不能仅仅只是使用了几百年的一面青铜老镜。"

5日 陈家桥的《日常生活与写作》发表于《山花》第11期。陈家桥认为:"我们对小说的需要是一种正当的内心要求,它反映了我们虚弱的心态,在技术层面上,小说是确实带有某种欺骗性,因而,小说要受到道德的约束,它所体现的作家的良心正是对日常生活中人的生存经验的反省,一个作家不可能在日常生活中纯粹延续他在写作中的技巧,因为他必须按小说人物那样对他自身的生存作出本质方面的说明。日常经验的残酷性是压制在它的普遍性之下的,其强制的欲望构成了写作的动因,逼迫作家就范一种与日常生活不同的秩序,这种秩序尽管在后来衍生为结构,但在它的形成过程中,小说形式暗示了作家处理日常生活的心灵痛苦。"

行者的《关于虚构》发表于同期《山花》。行者指出:"文学是有意识的虚构。文学艺术的潮流总是在模仿和虚构之间摇摆。"就《红楼梦》,行者指出:"宝玉一落胎嘴里便衔下一块五彩晶莹的玉来,还有许多字迹,贾雨村听说后道:'果然奇异!只怕这人来历不小!'不要小看这种来历,它把贾宝玉植入一个深厚的背景之中,那个浑然一体跟着他到来了。"在行者看来,"故事:让隐蔽的事物显象。所谓故事其实是新事。是即刻发生的事。……它(《红楼梦》——

编者注）不是故事，不是几百年前的旧事，也不是新闻，而是假语村言，是虚构的新的发生"。

11日 林宋瑜的《女性叙事的转变》发表于《文学报》。林宋瑜谈道："海男的小说语言正是一步步地从飘忽不定的唯美幻觉中走向有方向有力度的滑翔。她依然一如既往关注女性本身，关注性别关系，关注女人的命运与成长；甚至依然充满热爱叙述疾病、梦游、死亡、艺术与激情，在纸页间布满邂逅、逃离、偶然性、病人与医生等等情意结。然而在她如今的视点，我们看到她笔触的控制力，在她语言的空间，以一种节制的、追问的方式解答人物与她本身相遇的难题。我觉得海男是一个需要用笔辅助表达的女人，借助写作的想象和虚构，她澄清事实、过去和未来，从而澄清内心的迷惘和负荷。更准确的说，她的写作与其面向读者，不如说面向她自己的内心。所以，这种写作是真实的，同时也是个体化的。而这种个体化的语言要获得更宽宏的共鸣并体现出一种思想的张力，有赖于她表达上的调整。"

15日 王涧的《另一种声音：90年代的乡村小说》发表于《当代文坛》第6期。王涧认为："乡村小说都以一种充满使命感和忧患意识的人道主义立场关注乡间社会，弘扬人性，追寻人生的真正意义与存在价值，以一种击浊扬清的英雄主义情怀对抗着甚嚣尘上、躲避崇高的世俗文化大潮。在它们的作品里，贯穿着的是对普通农民乃至整个民族命运的思考，以及对'人'的尊严与价值的呼唤。而这正是80年代匡时济世的现实主义精神和人道主义精神的延续和发展。这首先体现在它们对近百年来以中国农民贫困、匮乏的生存现状与愚昧、扭曲的精神状态的昭示和批判上。从《丰乳肥臀》到《九月寓言》，我们看到的是如此的苦难意象。"

17日 黄彩文的《"智"与"美"的和谐统一》发表于《作品与争鸣》第11期。黄彩文认为："就笔记体言，其内在精神和主要特征，一是多为翰藻人物，况味人生；二是用笔简约，玄言思辩。新笔记体小说，其基本精神和主体风格与古小说有一脉相承之处，而其曰'新'，除去舍文言而用白话这一明显之点外，同时还有文人意味的弱化、大众意味的增强，以及用笔记体而以传奇的趋势等等。"

18 日　汤国基的《小小说为何稍领风骚》发表于《光明日报》。汤国基谈道:"中国的小小说源远流长。……六朝时刘义庆的《世说新语》,便是这类小说的代表作品。它们长不过数行,短只有几句,文字简约却情趣盎然,往往寥寥几笔,就能鲜明生动地勾勒出具有典型意义的形象特征。……《世说》之后,唐人传奇、宋元话本、明清笔记,都留下了极为精彩的小小说篇章。脍炙人口的《聊斋志异》,如果以两千字以下都可算作小小说的标准来划分,则可以说基本上是由小小说组成的。千百年来,欣赏、阅读和口头传播小小说便一直是中国人文化生活的一部分。"

20 日　李建军的《哪一种更好——论小说修辞中作者与读者的两种关系形态》发表于《小说评论》第 6 期。李建军认为:"小说的一个突出特征,就在于它是一种最容易为所有人理解和享受的艺术。它要求作家调动一切修辞手段,在我们和作者及作品中的人物之间,建立一种自然、和谐、紧密的联系,在他们之间形成一种高度契合的交流情境。""从作者与读者的关系形态方面考察,现代主义小说具有反小说的倾向。……为了克服作者与读者关系中这种异化的性质,现代主义小说应该向菲尔丁这样的大师导师问道,寻找作者重新返回小说的路径……"

23 日　孙春旻的《纪实小说:作为文体的合理性和可能性——关于纪实小说与马振方先生商榷》发表于《文艺报》。孙春旻认为:"纪实小说的质地,一般可见的有如下方面:一是内容的细节化。它不像一般纪实文学那样为了躲避失实的嫌疑小心翼翼地不敢张开想象的翅膀,而敢于运用合理想象去填补细节的缺损。二是作者主观抒情成分的强化。在纪实小说中,有相当一部分文字不再是'纪实'而是'纪虚'的——作者的主观感受不是现实,但它却是文学艺术不可缺少的因素,否则作品难免拘谨板结。三是表现内容的意象化。这是与前两点有联系的,具体说来,描述意象、比喻意象、象征意象等,在纪实小说中要比一般纪实文学丰富得多。""更重要的在于纪实小说更为文学化的语言。俄国形式主义认为文学性既不存在于作品的思想内容之中,也不存在于形象之中,而是存在于语言之中。文学语言与实用语言是两种功能完全不同的语言。文学语言是对实用语言'扭曲'、'变形'、'施加暴力'之后陌生化、反常化了的语言,它因此而产生阻抗性,使欣赏者获得了对事物的重新体验。当然,当代有些标明为纪实小说的作品并没能做到这一点,但这不是纪实小说本身的过错。""笔者认为,不管是纪实作家愿意把自己的作品写得更具有小说味,还是小说家厌倦了虚构而用小说的笔法去记述真实,都是不该被剥夺的正当权力。至于造假惑众,则不论打着什么样的旗号,都应该受到严厉的批评。"

本月

李冯、李大卫、李洱、李敬泽、邱华栋的《想象力与先锋》发表于《上海文学》第11期。就"文学与想象力"问题,李敬泽表示:"也许九十年代的小说在想象力上并没有那么糟糕。同时,在九十年代的写作中,在对写作的理论阐释中,对于小说超出日常经验的可能性,对传奇、神奇、幻想这些艺术价值注意不够,可能是'灰色'的想象力比较发达,但缺乏绚烂夺目的因素,这或许与个人经验、日常生活有关。"李敬泽还谈道:"人们为什么读小说?对这个问题的回答始终制约着小说想象力的基本方向。"邱华栋表示:"就我自己而言,有意识在小说中充塞了大量的信息,有人说小说的根本在于想象力,我说是,但我想是否能提一种信息化的想象?基于大量信息下我再想象一把,这样是不是我在信息洪流下一种对抗的招数呢?"李冯认为:"谈到想象力,我觉得有两种文学。一种就是以更快的速度去捕捉,很被动,有些不得已而为之。"

对于"文学与先锋"这一话题,李洱表示:"先锋至少两层意思,一是相对于以前的文学不一样,就是大卫刚才谈到的相对概念;另一方面如果我们不把先锋看成一种流派的话,它指的是一种难度,一种对现实、对存在的警觉。""先锋的可能性永远存在。肯定在形式上不断变化,在一定的界线范围之内形式不断丰富。"这"构成先锋性的一个层面,第二个层面,在对基本问题上,不断发言,跟以前的发言不一样","从个人角度作出呈现,构成了先锋性"。邱华栋指出:"它(先锋——编者注)是个不能完全被经典化的东西。"李大卫认为:"先锋文学本身就是一种意识形态写作,有一种'意在笔先'的倾向。""先锋是一个很狭义的东西,在我们这里更是如此。它被缩减成某种格调的先锋。""中国的先锋文学更多表现出预支历史的野心,有一种一步到位提前奔小康的意思。……但是现在最重要的不是先锋,而是想象力的问题,但这要有一定的基础准备。首先我们要让各种不同的语言、不同的叙事类型、不同的人物在我们的小说中获得合法席位。"李冯强调:"它(先锋——编者注)应该是一个中性的东西,可能有价值,也可能无价值。""先锋这个词是很有光彩、很力量的一个词,但力量从何而来?我们中国的先锋小说往往是从小说内部观念而来。"此外,"力量的来源某方面还在于历史、社会、时代"。李敬泽认为:"八十年代之前的小说不像小说,这之后的像了,有自足性了,在这个基础上我们才谈论它的意义,但你不能说他就是先锋。"李敬泽还指出:"我们的先锋是进入世界上的形式超级市场,这抓一点,那抓一点,都是新鲜货色,但与我们的现实、我们生活没有多少内在关联。"

十二月

5日 李寂荡的《读〈日落长安〉》发表于《山花》第12期。李寂荡指出:"对于这两种创作态度(传统历史小说和新时期出现的'新历史小说'——编者注),《日落长安》的作者王鸿儒似乎都不予苟同,他坚持'科研与创作的对接',即在掌握、考察与钻研大量历史文献的基础上进行创作,力求在历史真实的基础上达到艺术的真实。换句话说,王鸿儒创作历史小说追求的是史学价值与艺术价值兼备。"李寂荡认为:"王鸿儒历史小说的'文化性'是其一个显明的特征,他的小说可以说是一种'文化历史小说'。""1922年鲁迅先生《补天》(原名《不周山》)发表,标志着中国现代历史小说的产生,即以现代意识观照历史人物和事件、创作主体投入了强烈的主观情感与时代精神,使中国历史小说步入了'现代化'的进程。《日落长安》也当属此列,它不是历史事件单纯的'故事化'的叙述,而是以历史为依凭寄托着作家对当下的思考。"

14日 陈忠实的《人物才是撑起故事框架的柱梁——读〈草原染绿的爱〉致作者的一封信》发表于《文艺报》。陈忠实谈道:"读小说是为了寻求动人的故事,这是任何阅读者的最基本的阅读心理渴求。然而故事总是由人物演绎的,人物的情感世界和人物的追求以及命运的最终归宿,才是撑起故事框架的柱梁,才是决定故事的质量的主宰,也是决定读者阅读兴趣的最基本的因素。《草》

书的成功就在于此，写出了几个生动鲜活的青春男女，使我过目不忘。"

17日 潘越的《无奈的幽默》发表于《作品与争鸣》第12期。潘越认为，莫言的《师傅越来越幽默》"在素材选取、情节构筑等方面仍存在很大缺陷，有主观臆造、杯弓蛇影之嫌。另外，牵强而粗糙的叙事、平庸而幼稚的比喻也令人感到浅白浮泛，直接损害了小说的艺术表现力，影响了小说的思想性"。

23日 俞小石的《林白的一次文本实验》发表于《文学报》。文章写道："将真实的人物、真实的事件镶嵌进虚构的小说之中，使它们浑然一体；在这种图文交织、真假莫辨的文本嬉戏中，林白希望和读者一起感受文学的欢乐。"

30日 雷达的《现实主义长篇的一个突出特点——由〈大腕〉引发的思考》发表于《文学报》。文章写道："最近一段时期的现实主义长篇小说创作，包括《大腕》在内的一个突出特点，是善于写出市场环境和商品化氛围中的人与人竞争的某种无情性，所谓'现代化人际矛盾'的空前复杂性。这种竞争正在改变着原先的社会关系和伦理关系，使得父子，夫妻，同行，恋人等等传统关系的内质发生了微妙而深刻的变化，有时到了令人痛心疾首的程度。如果说'竞争'是当代都市生活的主旋律，那么这些作品似可视为一个缩影或象征。"

本年

苏童的《短篇小说，一些元素》发表于《读书》第7期"短篇小说四人谈"专题。苏童谈道："张爱玲是这个选集里惟一的一位汉语作家，需要澄清的是我并不认为她是在国产短篇小说创作中惟一青史留名者，我选《鸿鸾禧》，是因为这篇作品极具中国文学的腔调，是我们广大的中国读者熟悉的传统文学的样板，简约的白话，处处精妙挑剔，一个比喻，都像李白吟诗一般煞费苦心，所以说传统中国小说是要从小功夫中见大功夫的，其实也要经过苦吟才得一部精品。"

2000年

一月

1日 陈晓明的《新时期小说文体：文化视点中的嬗变》发表于《长江文艺》第1期。陈晓明谈道："小说文体的从全知叙事到限制叙事，这一转化反映了集权主义文化向相对主义、个人主义文化的转变，同时也反映了乐观的、理性主义的可知论向悲观的、非理性主义的不可知的转化。""中国传统小说那种'集中营式'的结构方式反映了一种封闭的小农经济基础上形成的文化，在故事背后隐藏着一种形而上的'天不变、道亦不变'的观念摹本，体现着阴回阳转、因果报应等一系列原始的、自我封闭的人生观和整齐划一的价值观。而变革后的小说结构、空间的匀称性被打破，时间的连续性被拆除、因果效应被割断，这些都暗合了这一价值观的不确定性和行为无意义性。"

同日，张炜的《小说：区别和判断》发表于《山东文学》第1期。张炜谈道："临时想出几条好小说的特征，可能也不得要领。一，有比较明显的、强烈的诗性。这样的小说更纯粹，直接进入了文学的本质。这极有可能是当代所有好小说所必备的、最为重要的品格……二，有比较明显的本土性、原生性。这样的小说才会真正含有自己的东西，才会是一个人独自完成的。它如果也受到其它作品的影响，那么这种影响并没有严重到了伤害作者独自感悟和认识的地步……三，有较强的内向性、稍稍矜持的品格。这样的小说在品质上更为贴近文学。作为意绪和心灵以及思悟的特殊表达方式，它要与日益覆盖过来的声象艺术拉开距离，独守品位，遵循传统……四，有较强的当代性。这样的小说自然而然地源于生命的激动和创造。当代性的强弱常常是决定作品价值的重要因素。当代性往往与道德感结合一起。强烈的道德感可以成为批判意识和时代审美追求的动力……五，有朴素自然的形式。这样的小说可以囊括各种风格、各种探索。这种朴素当然由作者的心灵质地所决定，他的真实诚恳表现了一种自信和勇气，所以也最大程度地走向其他心灵，走向交流。"

同日，张志忠的《90年代：市场时代的文学选择》发表于《文艺报》。张志忠谈道："对于这匆促行进，即将告终的10年，我们感慨多端。最大的缺憾，在我们看来，就是缺少反映当代生活的力作，缺少反映百年中国社会生活的雄伟壮观的大作品。……遗憾的是，尽管当下的长篇小说创作在数量上是日新月异，在吐纳时代风云、描绘历史巨变上，却显得苍白乏力。在我们的文学地图上，还缺少世界屋脊式的青藏高原，缺少拔地冲天的喜玛拉雅群山。这对于恰逢其时的作家来说，不能不感到尴尬。这里，有几个问题是需要提及的。它们未必是90年代所独有的，但是，却是当今应当引起更多注意的。其一，作家们的历史眼光和思想深度，在今天是非常需要讨论的。许多作品的思想肤浅，历史观照发生歧误，导致了将历史和现实都浅薄化、单面化了。……其二，艺术感受力和想象力的欠缺，是文坛的致命伤。文学必须充当的社会动员的角色，和融铸民族灵魂，焕发精神活力，推进时代变革的义务所决定的。但是，毋庸讳言的是，许多人走上文坛，未必都是因为笃爱文学，许多作品受到好评，其根源是在文学之外。……但是，在当前的创作趋势中，对于复杂社会现象和人物个性进行概括、升华的缺乏，对于表现人物的灵魂深层次的漠视，屡屡出现的表面化、平庸化的倾向，对于本来不能令人满意的某种社会现实的无可奈何的认同，这些弊端的存在，使得文学丧失了强大的感召力，丧失了对事物的深刻的洞察力，缺少了文学本应带给人们的浪漫和诗意，缺少了文学本应启迪人们超越现实、创造未来的一种精神，更不能够用自由奔放的想象和创造力去激发和陶冶人们的想象力和创造力。"

3日 《人民文学》第1期发表"编者的话"《新世纪和我们》。编者谈道："在这一期刊物中，我们向读者推荐这个新的世纪到来之际读到的第一篇小说《或许你看到过日出》，具有一种巧合的象征的意味。或许，日出的意象和新世纪联系在一起，会给我们以联想和憧憬。"

5日 贺仲明的《回归故事：策略还是退却》发表于《钟山》第1期。贺仲明说道:"虽然故事的回归体现着一种必然性和合理性,但具体的回归方式却值得我们认真地审视。正如我们在前面所述,我们所认可的小说创作的故事性表现,首先应该是建立在作家主体对故事进行了充分的超越的基础之上的,它是在作家对生活进行现实超越并予以深层文化意义挖掘之后择取故事作为生活表现的一种手段,他的创作主旨是表现出深刻的人生思想、展示出生活的深层本质而不是仅仅满足于展示故事。故事只能是手段而不应是目的,更不能是作家的一种对于读者趣味的屈服与迎应。其次,在故事的表现技巧上,也应该强调不断的创新和大胆的探索,敢于突破以往传统小说故事叙述的相对单调与陈旧的表现手段,因为只有丰富的多样的故事方法和语言技巧,才可能表现出复杂多样的现实生活,揭示出其真实的深层本质,也才可能促进文学创作的成熟与发展。"

7日 雷达的《小说进入21世纪》发表于《小说选刊》第1期。雷达认为:"就小说审美形态的发展来说,小说诗意的失落也许是一个严重的问题。我理解的小说诗意,是小说整体艺术结构的一种品格,它可以包含在人物、思想、语言、细节、文体的一切方面……诗意不是莫名其妙的多愁善感,不是强装的欢容,光明的尾巴,诗意来自超越的渴望,坚实的自信,高贵的理性对存在的无畏的谛视。它不躲避血与污秽,却能从血与污秽中升华。"他还说:"现在一些人在提倡回归传统,回归古典,另一些人则强调要颠覆和解构某些传统的神圣的东西,大力展开现代阐释。……我认为,在新的世纪里,这两大思路都会延展下去,且不断变异,开放出更加缤纷的艺术花朵。"

10日 莫怀威的《纯小说的写作之美》(《透支时代》创作谈——编者注)发表于《中篇小说选刊》第1期。莫怀威谈道:"终于决定搭起旧家什:纯小说。要耐人寻味。但消除纯小说的毛病:晦涩与玄虚。就是说,晓畅化。既要明白晓畅,又要耐人寻味,这很难。"

15日 何镇邦的《90年代长篇小说创作的几个问题》发表于《南方文坛》第1期。何镇邦认为:"远不是所有的从事长篇小说创作的作家都认识到小说是一种叙述的艺术,从而在叙述艺术上下功夫。我们读到的大量90年代的长篇小说,可以说大都是不怎么讲究叙述艺术,或者说,不懂得或不屑于在叙述艺术上下功夫的。"

林为进的《长篇小说：80年代到90年代的变化和发展》发表于同期《南方文坛》。林为进谈道："而随着市场经济的进一步发展，90年代后整个社会的价值观念、审美趋向都有了比较明显的变化，对于文学的理解，认识和要求自然而然发生嬗变。这一切必然会影响长篇小说的创作，其中，'泛政治化'的创作固然还在继续，但比较多的创作已经表现出向世俗化、故事化转变的明确追求……由于世俗化的创作多以平凡人生为表现对象，不着重历史的'再现'，因而，虚拟性、故事化的色彩要远远强于'泛政治化'的创作。而正是由于世俗化的创作不着重'再现'历史，故此，历史在世俗化的创作中往往只是一种背景，重要的是故事本身而不是历史应该是一种什么模样。此外，由于世俗化的创作更多地关注世俗人生，所以人的好坏善恶，也就更多地从伦理的角度去评价而不是从政治的角度去评价。"

朱晖的《说新论旧话长篇》发表于同期《南方文坛》。朱晖认为："论及近年长篇创作在小说形态与叙事风范等方面的变异，不能不提到的一点，便是对于中国传统小说的复归或曰再造。所谓复归，所谓再造，并非简单地表现为承袭章回体小说的体例，或是借鉴话本小说的语言模式等等，而是作家对于各种叙事因素的总体调度，以及最终赋予作品的审美属性。"

16日 段崇轩的《乡村小说：一个世界性的文学母题》发表于《文艺争鸣》第1期。段崇轩认为："乡村小说在80年代末期经过了短暂的沉寂，在90年代实现了它的艰难突围与转型，以执著的开拓和稳健的步履，走向了自由、多元、成熟。……描绘某一地域的风土人情、文化传统，揭示在两种文明的冲突中人类所面临的生存命运和心灵图景，已成为乡村小说的一个世界性'母题'。不要说世界上（包括中国在内）还存在广大的农村和农民，即便世界各国已高度城市化、现代化了，乡村小说也依然会存在下去。……乡村小说顺应潮流，洗心革面，逐渐摆脱了政治意识形态的束缚，走上了一条多元化的创作坦途。我把这种多元态势划分成四种类型，即现实乡村小说、生存乡村小说、文化乡村小说、家园乡村小说，它们相互依存、比照、竞争，共同构成了乡村小说的多元动态格局。在这多元化的乡村小说格局中，有一个波澜激荡的主潮，那就是目前十分活跃的现实乡村小说,这些作品以现实主义的魅力和勇气,直面已进入市场经济的广大农村,强烈地表现了农村变革中农业文明同工业科技文明的对峙与冲突,展示了各种各样的农民在商品化潮流中的焦虑、痛苦和蜕变。"

吴义勤的《告别"虚伪的形式"——〈许三观卖血记〉之于余华的意义》发表于同期《文艺争鸣》。吴义勤认为:"经由《活着》到《许三观卖血记》,余华完成了对于自我的艺术'否定'。令人高兴的是,余华在《许三观卖血记》中所体现的这种'否定'姿态与其80年代所张扬的'革命'已有了本质的区别。此次的否定体现为一个'否定之否定'的过程,不是极端的推翻,而是致力于艺术的重建。如果说,80年代的'革命'是一个排除或剔除的过程的话,那么90年代的'否定'则是一个艺术的'增殖'或丰富的过程。我觉得,从主题学层面上考察,《许三观卖血记》所代表的艺术转型至少为余华的小说创作增加了如下崭新的内涵:其一,'人'与'生活'的复活。……其二,'民间'的发现与重塑。"

吴义勤还说道:"对比余华80年代的作品,《许三观卖血记》无疑是一部繁华灿烂之后趋于平淡的作品,是一部艺术上被高度简化了的作品。余华在这部小说中完成了叙述上的拨乱反正,这表现为三个方面,即从暴露叙事向隐藏叙事的转变;从冷漠叙事向温情叙事的转变;从叙述人主体性向人物主体性的转变。作家剔除了一切装饰性的、技术性的形式因素,不再苦心经营小说的形式,但这部小说却并不是一部没有形式感的小说,相反作家'无为而为',成功地构成了一种全新的形式感。""在我看来,《许三观卖血记》标志着先锋作家在文学观念和审美趣味上已经完成了由浓向淡的转型,这种转型可以视作先锋作家自80年代以降所掀起的文学观念革命的终结。它提供了先锋作家告别极端和炫技式写作的成功范例,它以对简单和朴素的追求显示了作家们艺术自信心的增强、艺术能力的提高和艺术心态的逐渐成熟。余华通过《许三观卖血记》这样的文本回击了文学界对于先锋作家所谓现实失语和玩弄形式的指责,确证了自己的能力和价值。"

17日 冯宪光的《偶像的黄昏(评论)》发表于《作品与争鸣》第1期。冯宪光认为:"小说的深刻性就在于,作者并没有一般地展示人文精神价值在日常生活中的危机和困境，而是在触目惊心地描写金钱与肉欲肆意横行的同时，给人们展示出危在旦夕的人文精神价值的亮色和光彩。"

18日 张立国的《关于"个人化"写作的讨论：非常识写作》发表于《文艺报》。张立国谈道："晚生代的写作是一种'非常识的写作'，一种对固有的传统的常规文化观念与叙事观念的超越。在这样的写作中写作者对语言的要求，只不过是常识所无法度量的。在非常识的写作中语言将朝向未形成的未来展开，它与现实的语言的关系更为密切，与写作者的内心独白更紧密相关。它要求活力、流动，描写生活的有效性。非常识的写作，并不否定价值意义的存在，而是价值意义的悬置。"

20日 闻立的《平淡的与戏剧化的——1999年小说印象》发表于《当代》第1期。闻立谈道："1999年中，被共识为'最好的小说'，一个相当醒目的特征是，'故事'的成分大幅度增强，'好看的故事'再度成为这些'好小说'最着力的支撑点。""在长久地疏离之后，1999年，小说和故事彼此回归的势头遒劲，也再次证明了找到一个好故事，讲好一个值得一讲的故事，对于小说和小说家，不像拒绝故事那么容易。其间最纠缠不清的是平淡（我不想使用'平庸'）和戏剧化之间一种奇妙的关系，愈是在故事平淡无趣的地方，加工制作也就愈是精细和夸张，结果愈显出戏剧化的趋向。可知小说的文学品格从来不会因讲故事而降低和失落，麻烦只在怎样发掘故事的现代样式和讲述法则，赢得读者也赢得文学。"

同日，雷达的《小说进入新世纪》发表于《文学报》。雷达认为："现在需要我们思索的是，当代中国的小说创作在21世纪存在和发展的理由，也即，要抗拒被蚕食的命运，要把自己的有限的优势尽情发挥，将会面临哪些问题？首要的还是如何亲近读者和亲近时代的问题。单从市场法则来说，谁不亲近谁就活不下去，这是明摆的事实。若从文学史的规律来看，不管保持距离的一派，还是与现实同步的写作，都无法脱离时代。没有哪一个伟大的作家和作品，不是反映了他的时代的某些重大的精神性问题，不是书写着他的时代的心灵史。然而，经历了漫长的历史的小说，已经层层淤积了数不清的模式，至今尤盛，它们无时不在捆绑我们的手脚，要想冲破它，惟有一途，就是靠新鲜的时代生活之流。……我还常看到，在一篇叙述手法很华彩的小说里，往往找不到一个富于生活血肉的、新鲜多义的细节，而在另一篇据说是大胆揭露现实矛盾的小说里，除了陈旧模式残余的那点儿意义，实在提供不出哪怕稍稍新颖的思想。写作姿态和叙述技巧的刷新，必须建筑在生活体验乃至生命体验的基地上。我认为在今天，突出的问题主要不是进行叙述革命，尽管这种革命任何时候都是需要的，而是创作明显地滞后于生活，我说的滞后主要是精神性的。不客气地说，创作出现了'贫血症'——精神资源的贫血，思想穿透力的贫血，生活占有上的贫血。……思想涵量的稀薄和缺乏新鲜动人的思想刺激力，是今天许多小说的又一个普遍弱点。我指的当然是溶解在作品中的思想元素，而不是什么外加的高妙的'思想'。与八十年代中期左右小说走在思想界前沿的情景恰恰相反，现在的小说数量上虽很繁荣，但作家自我的重复现象，某些社会主题的重复现象，一窝蜂地追逐热点问题的现象，以及受功名利益和商业利益驱使而浅尝辄止的现象，比较流行。事实上，由于小说表现欠佳，读者的阅读热点已经在悄悄转移，转向了思想随笔、文化散文和人文学著作之类，以至有人认为，一个新的文论时代即将来临。这是很有可能的。因为我们今天是个对思想充满渴望的时代，可是许多小说却提供不出什么新东西，而在小说卡壳的地方，又正是思想随笔之类起步的地方，后者怎能不备受青睐呢。这一情势，不能不加重小说的危机感。"

施战军的《跨文体和后先锋小议》发表于同期《文学报》。施战军认为："跨文体写作的积极意义在于将作家向'文人'的转化，在客观上努力打碎多年形成的写作分工原则，不再一提起写作者便明确指称为'小说家'或'散文家'或'诗人'或'评论家'，使文本的桎梏得到解脱，便于对世界、人生、自然、心灵的本真言说。从这种'文体革命'的方向和文化综合的前瞻视野上分析，我们可以认同倡导者态度的严肃和理想的可贵。但是从已有的文本的具体实践上看，它离设定的审美期许有着相当大的距离。首先，在这些作品中，有为'跨文体'而刻意为之的明显迹象，它与内心真正的表达需要相去较远，单纯的形式技法并非拯救文学颓势的根本，这已被80年代新潮小说的经验和教训证明过；其次，它们的参照物和信心资源大多是西方文本，其榜样作家大致是罗兰·巴特、玛格丽特·杜拉、博尔赫斯、福克纳等等，而中国古已有之的文人写作的'跨体'

传统,并没有得到接续激活,从内涵上也找不到多少中国含量……"

同日,陈思和的《关于中国现代短篇小说》发表于《小说评论》第 1 期。陈思和认为:"要恢复短篇小说的诗性因素,首先应该把小说从过于技巧化的叙事中解脱出来,重新界定它的审美特征……在文学史的漫长过程中,因为短篇小说密切应和了社会思潮和时代精神的信息,所以,任何时代都无法孤立地界定它在审美功能上的定义。除了短篇小说必须在篇幅上有所节制以外,似乎没有什么一成不变的定义来约束它……中国现代短篇小说起步之际同时面对了三种传统:古代话本体白话小说、古代笔记体文言小说、西方短篇小说的传统。"

丁增武的《"批判"的恢复——析〈羊的门〉的主题意向》发表于同期《小说评论》。丁增武谈道:"《羊的门》的出现无疑是世纪末文坛的一件大事,是九十年代中期以来文学创作重返社会中心之努力的硕果,其冷峻的现实主义品格来自作品理性的、多向度的批判锋芒,重新接续了八十年代文学创作的批判主题,从而恢复了先锋文学等创作思潮对它的疏离和解构。《羊的门》批判主题的深刻性和多向度性体现在世俗政治批判、人性批判和文化批判三个层面上。"

郝雨的《铁凝近期小说的新开掘与新创造》发表于同期《小说评论》。郝雨谈道:"长久以来形成的短篇小说观念,总是自然直观地因其篇幅的'短'和体式的'小'而特别强调其故事的完整、结构的严紧、语言的洗练以及形象的鲜明等等。这样的观念往往只能简单化地把短篇小说机械地等同于短篇故事。有头有尾,不枝不蔓,主题突出,便是传统故事化小说的基本构造。而铁凝的短篇小说新作《第十二夜》,则打破了这样的传统格局,可说是一次极有意义的对短篇小说'样式'的一种革命性创造。"

22 日 张学昕的《一九九九,小说留给新世纪的思考》发表于《人民日报》。张学昕谈道:"到九十年代末,'个人化写作'、'私人化写作'成为小说写作范式嬗变中一个重要问题。小说叙事开始不再采取俯视的叙述角度,不再居高临下地俯瞰大千世界和芸芸众生,指点社会人生,每一个'叙事者'都是一个'个体言说者',是一个'个人',与其他无数'个人'一样,是一个独立的表达自己感受和体验的'言说者'。这使小说叙述表达出某种独特性,他们认为个性是文学表达的生长点。这种富于'个人性'的写作在1999年仍是以女作家的写作为代表。小说采取的叙述方式带有明显的自传色彩，所表现的内容大多是女性个体成长的心理历程，生命个体在社会、家庭、婚姻中的种种体验和感受，而且，小说在主题意象、结构、语言上具有片断性、'零散化'特征。个人化写作是逼近个人经验的写作，是呈现个人生活真实的有别于宏大叙事的写作，但同时也应是与社会、历史、时代协调得比较好的写作。"

同日，罗青卿的《用自己体温写作的陈应松》发表于《文艺报》。罗青卿谈道："陈应松被一致公认的，是他的小说语言。他的语言极富灵气，有力，丰满，充满了弹性。他的语言在当今文坛上，也许是一个特别的例子。他被评论界誉为'当代楚风小说'的代表作家，因为过去写诗的缘故，他的小说具有浓烈的诗意和象征意味，且有动人的力量。他自己说，他喜欢风云激荡的语言，'作品的感染力和穿透力就是它的语言的射程。''一部作品的语言策略就是一次精神起义。'他的这些观点是他的作品的有力注释。"

24日 郑春的《试论当代历史小说的创新努力》发表于《文史哲》第1期。郑春谈道："当代历史小说之所以取得重大成功，关键之处在于，颇具创新意识的当代作家们以开放的现代观念、崭新的知识结构和博采众长的艺术之笔，塑造出了一批不同以往的、新颖别致的历史人物……对历史材料研究、考据的结果如何直接影响和决定着历史小说创作的品味高低和成功与否，许多'戏说'之类的文学作品之所以让人反感，一些历史小说甚至革命历史题材的小说影视之所以让人感到虚假失实、难以接受，一个重要的原因就是这一点的欠缺或者说根本忽视这一点。考据是学者小说特别是学者历史小说创作的一个重要特点……当代历史小说的这种创新努力的确是一个颇具意味的文化现象，它体现出强烈的专业特征，弥漫着浓郁的个性色彩，表达出永无止境的探索精神和开拓趋向，这些都是十分可贵并且极有意义的。从更深的层次上说，它还是一种时代风貌的集中体现：注重探索，注重研究，注重思想，注重精神世界，这是一个开放时代最让人赏心悦目的文化景观。"

二月

1日 阎晶明的《欲把小说比寓言——从〈日光流年〉和〈许三观卖血记〉说起》发表于《文艺报》。阎晶明认为："我的阅读感受是,《许三观卖血记》同样是一部寓言小说,是一部不以写作技巧甚至写作机智取得寓言效果的寓言小说,是一部可以多层面读解的写实主义和现代主义的小说,不过这两种创作方法不是一种简单的'结合'和交叉,这是一部充满了现代主义意蕴的写实主义小说,是现代主义小说的成熟之作,又是写实主义的现代升华。以此来看阎连科的《日光流年》,寓言的框架确立太早,用意太明显,为了这种寓言的效果,情节故事的设制和人物形象的塑造直奔'主题'。两相比较,《日光流年》里较少看到人间温情,较少体现人物的灵魂的复杂,尤其是他们的美的一面……《许三观卖血记》却在不温不火中讲述了一个动人心魄的故事,在卑贱的人生内容后面,让人感触到一颗善良而又复杂的心。它是对许三观人生经历的写实,同时更让人感到是对中国人生存困境的高度抽象。不错,它是写实主义的成功之作,同时又是充满中国风味的现代主义的成熟文本。"

3日 《人民文学》第2期发表"编者的话"《祝福和黄金》。编者写道："本期特别向读者推荐的作品,是熊正良的中篇小说《谁在为我们祝福》和陈祖芬的报告文学《黄金城》。""熊正良的小说写得情感深沉,关注的是当下社会变革现实中普通人的命运。小说中的母亲徐梅,会让我们想起许多熟悉人的影子,越往后看,越让我们心动,给我们以强烈的震撼。这样好看、耐看又能看后给我们精神上思索和艺术上回味的小说,实在是不多见的。小说的力量在哪里?就在情感的真实与深刻。我们的小说应该这样沉甸甸落在实处,如树扎根在土里,而不能只是因风飘摇的氢气球。"

7日 崔道怡的《都只为风月情浓——标题的艺术》发表于《小说选刊》第2期。崔道怡谈道："如果把小说内容的素质,分为写人、抒情、叙事、喻理四类;把小说外观的构成,分为景色、物品、时间、地点四种;那么给小说取名字,也就不外要以这些界定为经纬与坐标去开通思路了。反过来说,标题便不仅标示作品内容的艺术情味,而且也标志着作者对人情事理的领会是否深刻、把握是否有力、显示是否精美。"

29日 亦清的《落地的麦子》发表于《文艺报》。亦清谈道:"读严歌苓的小说,你会有一个强烈的感受,这就是她的小说已经穿过了人物与语言相制约的瓶颈,而到达了一种顺畅滑润的自由王国。这在许多作家那里都是很难达到的境界。严歌苓达到了。于是,我们也可以说,你一定要读严歌苓。你可以不爱她,但你无法不喜欢她文字的俏皮和老道。你可以对严歌苓小说的题材不感兴趣,但你无法不对她小说里的艺术内涵不惊讶。你甚至可以在歌苓的小说里看到多种艺术的熏陶和养育,领略文字艺术的代代相传并庆幸它有了合适的传人。做到这些并不容易。我们的眼前晃着不少称之为文学的作品,但有多少作品能使我们读之诵之品之喜之而不馁,好的文学作品的艺术魅力当然应是传世的,是落地的麦子不死,是隔世仍与日月同辉。我们希望这样的作品越多越好。"

本月

北村的《关于小说》发表于《山花》第2期。北村认为:"故事仍然是小说的核心甚至全部,但不是传奇。故事是小说家用他的那一双眼睛看到的,传奇是不严肃的人闭上眼睛虚构的。前者的理想深藏于他的视线之中,后者却用虚构的方法破坏了理想,使它变得滑稽。从严格的角度而言,我们不需要传奇。现在的许多作品不是小说,而是传奇。"

三月

3日 《人民文学》第3期发表"编者的话"《另一种声音》。编者认为:"文学是语言的艺术。语言的可感性首先是声音。读《会说话的石头》……凝聚着自然与人、人与人之间复杂的关系,而命运的悲剧,则形成于无法目睹又无法挣脱的'地质圈闭构造'之中。"

4日 李治邦的《网络文学对21世纪小说的冲击》发表于《文艺报》。李治邦谈道:"这种不讲理的创作手法有可能会写出具有生命力的作品,也会改变固有的创作规律……试想,如果网络文学照此发展,一部作品被这么多人而集体创作,参与了这么多人的智慧和风格,那么对下世纪的文学会有什么影响呢。

我觉得文学原本个体创作的根基有可能动摇，个人的风格也会逐步演变成多种风格。……下个世纪，文学受网络文学的影响会更重视市场，因为网络文学的传播功能增大，网上的作品会更多更丰富。文学与网络文学竞争，会随之改变清高的形象，拆开作家与读者这面墙，更注重阅读者的心态，鼓励阅读者参与作品的创作，促使作品更加流行。"

7日　王山的《'99中篇小说扫描：丰富、平和、世俗、平面》发表于《文艺报》。王山谈道："文学的回归，甚至是源于某种矫枉过正式地对于政治、理想、道德的有意无意的疏离，导致了一种带有普遍意味的偏差，即文学的庸常化平面化。缺乏激情、缺乏灵性、缺乏想象力、缺乏提升与深度似乎是1999年中篇小说创作的通病。在创作上使人感觉到了在平实当中流于平庸，在摹写当中甘于平面的倾向。"

同日，雷达的《诗性：没有结果的问询》发表于《小说选刊》第3期。雷达认为："小说创作的最终鹄的应是诗性，惟有通向了诗性，一个作者才算是完成了它对生活的审美判断。……在我看来，富于诗性的小说，总是那种既让我们看清了脚下的泥泞，又领我们张望闪烁不定的星斗，且能唤起无尽的遐想和追问者。它是善于发现的，也是勇于怀疑的，只是这发现与怀疑完全是从人出发的，是由形象的血肉和命运的莫测中升起的。我始终认为，对人生之谜没有一点怀疑精神的小说不会是好小说，全知全能好为人师，且惯于给人指路的小说也不是好小说。"

10日　许春樵的《谜底在哪里？》(《谜语》创作谈——编者注)发表于《中篇小说选刊》第2期。许春樵提到："问题在于小说中的人物和读者以及我本人都对'根据工作需要'缺少足够的信任并且将怀疑的态度保持到小说结束时还没转变，这就有了小说中的'戏剧化'冲突，这就使得小说的走向和结局变得似是而非起来，在明确的谜面下面，我们找不到谜底，而且寻找的过程充满了滑稽和荒谬的性质。"

张贤亮的《关于〈青春期〉》(《青春期》创作谈——编者注)发表于同期《中篇小说选刊》。张贤亮谈道："写《青春期》，我首先考虑到现在正处于社会转型期，人们心态浮躁，生活节奏紧张，没耐心用大块时间读长小说，用零星时刻来阅读长篇思想上难以连贯。因此我尽量把小说压在十万字以内，采取场景化，每一章节是一个场景，像话剧一样。我采取边缘文体来写这部小说，只有这样一种文体——不仅能容纳我的叙述，还容纳我的感受，更重要的是容纳我的思考，而且还表达出一种精神。"

15日 东西的《叙述的走神——关于一部小说的产生》发表于《南方文坛》第2期。东西认为："构思是我叙述的开始。从这一刻起，我的脑子漫无目的地搜索，经常一坐就是几个小时。这期间，有大部分时间我在发呆，或者说走神……如果说我的小说还有一点新意的话，那么它主要得益于我叙述的一次次走神，它促使我不断地改变初衷，让我的小说和叙述的开端大相径庭。我认为写作的快乐正在于此。"

鬼子的《关于98、99年的几个小说》发表于同期《南方文坛》。鬼子指出："每一个作家有每一个作家的活法。一个真正的作家我觉得应该像一个真正的赌徒，什么时候可以亮出底牌，什么时候不能亮出底牌，其结果（或者收获）是完全不同的，重要的是他必须真正的了解他自己……'元小说'在圈内时常被叫好，但对普通的读者来说，却时常挨骂，觉得不好读，因为大部分的读者都不是吃闲饭的，为了这一点，我把故事的进入方式调到了一个很好读的角度里，也就是悬念，给读者提供了一个进入的台阶。"

李冯的《新方向》发表于同期《南方文坛》。李冯指出他"刚开始写作时，有两个方向：第一是把小说写成形；第二，是尽量向国外好的小说靠拢……写作变成了某种技术化的工作，当在写作中能够轻松熟练地大致完成所有纯技术指标，如主题、结构、情感、对话、隐含的博取首先是编辑然后是读者青睐的小花招后，写作本身便被解构了，而达到的也仅是不逾规矩而非创造的快感"。

李冯还说道："所谓纯小说，指的是在文学这个行当有独创性或作家不得不写的小说。我现在喜欢的中国小说，是粗糙、原生、表达真实情感、无顾忌、表达方式按生活逻辑而非文学因果或工巧之心的小说。"

20日 李建军的《为什么会这样——论现代主义小说作家—读者异化关系形态形成的原因》发表于《小说评论》第2期。李建军认为："现代主义小说及后现代主义小说却因为背叛传统小说的精神，背弃经典小说的基本经验和修辞原则，而造成了作者与读者之间的疏远、隔膜的关系形态……造成二十世纪现代主义小说作者与读者关系普遍异化的原因，主要存在于现代主义小说家身上。混乱的心灵只能造成混乱的艺术。封闭的内心也只能导致小说作者与它的读者的隔绝，乃至对立。……造成现代主义小说作者与读者异化关系形态的另一个重要的原因，是二十世纪小说作者的反传统倾向和对技巧革新的过分追求和迷信。……小说家如果想让自己的作品强烈而持久地影响读者，就必须通过积极的努力，克服种种障碍和阻滞，使自己的作品具有'一种特殊的重心，一种有份量的思想内容'，而不能被动地屈服于外部的异化性力量。"

邵建的《"我"还是"们"？——90年代文学话语中的一个问题》发表于同期《小说评论》。邵建认为："现下本土知识分子在谈及全球化时，往往是从民族化的角度去采取对应的文化策略，从而构成了'全球化'与'民族性'的对立。……在全球化浪潮的席卷下，知识分子的文化建构不必要贯穿那种极为强烈的民族情绪，它不妨在淡化民族性的同时，把更多的注意放在个人性的努力上。"

徐宇春、姚明今的《在依恋和欲望之间——张欣小说的审美结构特征》发表于同期《小说评论》。徐宇春、姚明今谈道："大众俗望的庸俗化倾向和个体精神的乌托邦倾向成为张欣小说的文本能指和潜在的结构喻义。二者构成了我们后面将会论述到的男女二元对立冲突的语义方阵。与现时期公众心理趋向的变迁相联系，张欣小说在一种若隐若无的自我戕害意识推动下，逐渐走向一种大俗大艳的民间化美学形态，在这种流行的美学选择指引下，张欣小说化作了一个个精巧的通俗化制作。"

张柠、葛红兵、宗仁发的《金仁顺小说三人谈》发表于同期《小说评论》。文章谈道："金仁顺恰恰表现出了她对暴力故事的'叙事抑制'能力。与同龄人相比，金仁顺在语言上表现了出人意料的冷静和节制。我想，这大概跟北方的'冷气流'有关，或者说跟她'cool'的语言风格有关。在寒冷包裹之下的欲望和暴力，给人一种隐约而阴沉的威胁。金仁顺没有将暴力故事转换成暴力语言（包括对'激情'的宣泄），可是她冷静的叙述语调却给人一种后怕的感觉。她在语言上的节制，实际上就是对欲望和暴力这种既让人惧怕，又让人无法拒绝的东西的'冷处理'。由此,显示出作者成熟的批判立场。……金仁顺在小说写作上似乎有多种可能性,任何一种概括,对于年轻的金仁顺都可能是偏颇的,一方面金仁顺长于构造生活表象的故事,而另一方面金仁顺又有把握生活本色、有在平淡中见真功夫的能力(如《好日子》),一方面金仁顺长于叙述,笔调相较而言倾向于'客观'一路,另一方面,她又不乏主观抒情的气质(如《月光啊月光》)。这些都使金仁顺表现出良好的写作素质,具有突出的写作潜力。"

23日 黄毓璜的《走向"前沿"的小说》发表于《文学报》。黄毓璜谈道:"悲观当然不必,'前沿'固非全盘,而且,一如'攻占'首先在前沿发生,'失陷'首先发生于前沿也是十分自然的事,只是小说若总得走向前去,这'前沿状况'究竟更关紧要、更关乎挺进和新生。走向前沿的小说家无论怎样遗世孤傲,无论怎样随俗嬉皮,大概总不能不介意读众,不能不介意门前车马,造出小说来并不愿锁进私人箱笼而要发表向公众便是明证。如果我们无由责怪读者,无由在抱怨大众媒介、顺应物欲社会中恨恨不已或认命隐遁,自该反求诸己于小说自身的'门庭'。而且,这反省怕得从一些'元问题'开始,亦即回到常识——回到文学的精神性、终极性以及现实性、情感性上做些究底:艺术作为人类情感需要的传达,是仅仅表现为系结本能冲动的生理性,还是更加表现为关涉现实经验和认知系统的心理性?文学作为人类精神的或一寓所,是为抗拒沉沦而保留的一块净土,还是为接纳排泄而提供的一方登坑?小说与生俱来的世俗性,是体现为终极关怀的世俗追问,还是体现为永远认同的世俗栖身?小说创作是以沉博的爱心去叩击人类共通的情愫,还是以迷狂的自恋去索讨世人对于一己的怜悯?如果小说无法拆解其世界关涉,无法规避面对理性阅读,这类问题在小说'走向'上就绕不过去,不只因为它们关乎着小说'出发点',约定着小说的'怎样走'和'走得怎样';也因了它们关乎着小说的'归宿'和自身的实现,亦即关乎其走向读众的可能性。小说前沿80年代的'夭折'和90年代的'豁边'留下的经验至为丰富;读众关注前沿、希冀于前沿所包涵的内心趋向和精神需求至为感人;我们实在该为'走'得好一点做出些自我调整和自我建设。"

27日 李骏虎的《"用皮肤说话"的不是小说家》发表于《中国青年报》。李骏虎说道:"我觉得,首先这不是对小说应有的评论效果。其次,《糖》、《上海宝贝》根本不是严格意义上的小说。再次,棉棉、卫慧这样的勉强可以叫做作家,但绝对不是小说家。……她们小说的价值并不在文学本身,而在写作者的个人姿态和它所代表的都市时尚。因此我认为,她们根本就不懂什么叫小说,什么是小说的艺术。"

四月

3日 《人民文学》第4期刊登"编者的话"《意味深长的作品》。编者认为:"本期的两个短篇都是精粹之作。《响器》的声音紧系人心,生发深微的感动,又仿佛整个世界都随着声音的感应而动;人物的性格也有如响器的声音,坚执且明亮。《绯闻》则是一种互文性写作,是对《红楼梦》的部分解构;小说颇重情境的营造,'白的,白得空虚的雪'和鲜艳的大红围巾,给人留下了深刻印象。"

7日 崔道怡的《庄严的谎话——小说就是弄假成真》发表于《小说选刊》第4期。崔道怡认为:"归根到底,丰富的想象力,才是小说家区别于一般人,也区别于其他从事创造性脑力劳动的人,最为明显的标志。想象力——小说创作的根本前提。"

11日 韩少功的《体裁的遗产——读小说选集〈末路狂花〉》发表于《文艺报》。韩少功谈道:"小说不大能追得上世俗化的更新换代,小说即便可以浓妆艳抹,也渐多相对沉静和相对端庄的面容,这是小说的不幸?还是小说的有幸?时运交移,质文代变。小说当然不会消失,盛期已过的诗词和戏曲也依然有用武之地,足以使我们宽心。各种文学体裁也没有表现内容和价值取向的僵硬定位,这使小说既可以与诗词和戏曲抢题材,也完全可以与电子视听产品争趣味,还任由人们折腾。但大体而言,小说的功能弹性,并不能取消体裁特点对创作者的无形制约。……小说可以多变却无法万能。每一种体裁都有自身的所长也有所短,都有审美能量的特定蕴积,因此便有这种能量的喷发或衰竭之时,非人力所能强制。这也意味着,随着社会生活和人性状态的流变,随着一些新兴媒介和新兴手段不可阻挡地出现,每一种体裁都可能出现悄悄的角色位移,比如从青春移为成熟,从叛逆移为守护,或者从中心移向边缘。……老体裁总是要遇到新世俗,炫目的商业化现代化正在使一切道德规则步步退守,正在使一切文化成果迅速过时和出局,正在使人们被自己的欲望驱赶得气喘吁吁而不知所终。这是一个小说曾经为之前驱和呼唤的时代,也是一个小说正在因之而滑入寞落和困顿的时代。在'猛片'纷至以及更'猛'的一切即将到来之际,今天的小说能否避免昨天宋词和元曲的命运?或者问题应该是这样:面对这种可能的命运,小说还能够做什么?还应该做什么?"

25日 马振方的《小说·虚构·纪实文学——"纪实小说"质疑之二》发表于《文艺报》。马振方认为:"其一、无视作品的虚实、样态,兼收并蓄。在'纪实小说'名下,将多种纪实文学与多种小说纳入一类,混为一谈,且愈演愈烈。……其二、无视常识、共识,随意阐释。在现代文学观念中,纪实文学与小说的一大分别就在于前者不能虚构而后者容许且普遍存在不同程度与形式的虚构。这本是文学常识和社会共识。'纪实小说'、'非虚构小说'之类的名目正因违反这种常识和共识,难被认同。于是鼓吹者就置常识、共识于不顾,甚至否定这种常识、共识的存在。……其三,无视文体的特点、功用,妄加褒贬。"

27日 黄毓璜的《"前沿"小说一面观》发表于《光明日报》。黄毓璜谈道:"或许不是不可以在八十年代跟九十年代之间,找出小说走向上的某些隐蔽联系:比如从'内转'的心灵表现走向'自转'的欲望表演,从目标的恍惚走向目标的取消,从意义的困惑走向意义的背弃,从主体的精神失据走向主体的精神游走等等。但是并不能由此结论说,后者只是在前者的误区里走得更远。九十年代跟八十年代的小说前沿更及底里的层面上是一种背道而驰、一种由超越精神向着挥霍意识、由出世向着玩世、由抗俗向着低俗的坠落,人文激情在这里丧失殆尽,自性迷乱在这里臻于极至。加之'个人化'操作在隔阻了世界的同时也窒息了艺术,'个人话语'在封杀了'意味'的同时也失落了'形式',在逼仄而狼藉的空间、杂碎而纷乱的无序中,剩下的只能是游荡'世俗'而亵渎'世俗',沦落'边缘'而作践'边缘'。"

本月

南翔的《当下小说的艺术张力》发表于《南昌大学学报(人文社会科学版)》

第 2 期。南翔指出，"叙事性是小说身分的重要证明。不仅故事其实也在叙事的部分，而且叙事还包含作家的语言表述、思维方式与写作方式"，"具有情节推动力的小说，有三个前提条件，一是事件的相对完整，二是因果条件比较充分，三是人物关系相互依赖"，"人物关系的弹性原则体现在小说中的人物尤其是担负较重意义阐扬的人物，不仅具有性格的圆型特征，更在于他与诸人物及其情境的关系演进中，能够不乏深刻、生动又令人信服地表征出生活的无限可能性"，"小说的艺术张力如盐入水，感受其味而难见其形。一般地说来，它主要通过以下三个方面来体现：叙事的饱满、情节的推动力以及人物关系的弹性原则"。

五月

7日 崔道怡的《水下的冰山——小说也是读者"写"的》发表于《小说选刊》第 5 期。崔道怡认为："小说的素质与功能之一，也在于能满足人们的创造欲。写小说是化实为虚，看小说是化虚为实，因而小说所展示的世界，既有其规定性、稳定性，又有其模糊性、可塑性，这就给读者的再创造提供了相应的自由性、随意性。事实上，作者的创美活动，需要借助并能启动读者的再创造；读者的审美过程，大都是发挥其再造功能，对艺术成果进行自己的认证与加工。"

10日 红柯的《偏远地区的美》(《跃马天山》创作谈——编者注)发表于《中篇小说选刊》第 3 期。红柯指出："文学从来都是宁静的。有些人涌向都市，有些人走向荒野。"

肖达的《款式与质地——我对小说的看法》(《吾谁与归》创作谈——编者注)发表于同期《中篇小说选刊》。肖达提到："很久以来，我一直为自己的小说创作而感到有话可说，很想为自己的小说正名，从而说明小说就是小说，按创作的理念去思考那便是源于生活而高于生活的思想结晶。我恰恰是遵循这个原则去写小说的。"

郑颂今、郑松生的《缩写附言》发表于同期《中篇小说选刊》。郑颂今、郑松生指出："《钢铁是怎样炼成的》之所以具有震撼人心的思想艺术力量，是因为作者能够站在革命激流的前头，通过典型化的手段，对他极不平凡的生活经历，作了高度的艺术概括，成功地塑造了保尔·柯察金的典型形象，热情地歌颂了青年革命者保卫苏维埃政权和建设社会主义的钢铁意志、英雄业绩和献身精神。"

13日 金宏宇的《经济历史小说的文学价值》发表于《人民日报》。金宏宇谈道："二十世纪中国文学的这种叙事缺失不仅是内容性缺失，也是现实主义叙事方法的缺失。所谓现实主义叙事其实就是取消浪漫叙事的纯朴、天真和臆想而还原生存和存在的本相。现实主义叙事往往将关注点放在经济关系这种基本的现实关系上……在中国，虽然没有全面进入过资本主义时代，但很长时间中国作为西方的半殖民地并未逃离资本主义世界的经济秩序。而社会主义计划经济向市场经济转型过程中历史之曲折、冲突之尖锐、世风之激变、人心之震荡也不亚于西方。这些都呼唤真正的现实主义手笔去表现。长期以来，我们虽然制订过许多现实主义叙事法规，但创作实践中更多的还是浪漫叙事倾向。现实主义始终成为理论论争的焦点。而这批经济历史小说的出现不仅补充了人们对现实主义的理解，其本身也是一种较成功的现实主义写作……总之，在这些经济历史小说的现实主义叙事中处处闪耀着金钱或货币的光彩。"

石义彬的《受众意识的强化与雅俗互动的文学态势（金台文论）》发表于同期《人民日报》。石义彬谈道："在九十年代似乎是没有旗帜、各行其是的文学创作中，我们欣喜地发现这样一个迹象，一些原本有着截然不同的创作旨趣和风格的作家在创作上竟然显露出同一归趋：注重小说的叙事功能，讲究故事性，追求'好读'。这个现象十分有说服力地证明，文学创作中的受众意识正在得到重视和强化……这种由雅俗对峙走向雅俗融合的文学态势，与其说是当代文学在市场经济条件下的理性选择，不如说是对文学本质及特性认识的进一步深化。它不仅仅显现了九十年代文学的新一轮的创作调整及文学观念的巨大变化，而且预示了新世纪文学的发展道路和方向，即：贴近读者，贴近大众，创造一种雅俗共赏的新文学。"

15日 毛克强的《"中国话语"的解构与重建——跨世纪小说叙述话语的构建》发表于《当代文坛》第3期。毛克强指出："小说的虚拟话语的构建，并不是简单回到小说的原话语——神话。不管是莫言童话世界的构建还是朱文对现实的虚无化处理以及张旻的对现实的幻想式叙述,都高于神话的蒙昧式想象,不是对不可知的世界的夸张描叙,而是青年作家们在对现实的深刻感受和理解的基础上所做的对现实客观表象的抛弃,对现实抽象化认识后的具象处理……阅读当前一些青年作家的小说,他们给你一种强烈的21世纪小说话语的表述趋势:新世纪的小说话语更注重人物的内心表述,在解构表象话语的前提下,构建心灵叙述话语。不同的表述方式是:过去的心理和意识的描述是表象话语加上抽象话语,人们心理的叙述反而变得抽象;而未来心灵的表述则以幻想画面的方式来展现。"

20日 古耜的《红色生涯的另一种探照——读张俊彪长篇三部曲〈幻化〉》发表于《小说评论》第3期。古耜谈道:"文学作品的出新有时不在于作家写什么,而于他怎么写,高明的作家常常能在司空见惯的题材中,写出自己特有的东西,从而获得陌生化效果。一部《幻化》恰恰是在这一层面,开始了从思想到艺术的积极探索和大胆尝试。作家立足于独异的视角,放出全新的目光,对老一代革命者展开了迥异于他人,也迥异于传统的打量与思索,同时伴之以相当个性化的、别开生面的篇章结构、艺术手法和叙述语言。这时,通部作品构成了对红色生涯的另种探照;而此种创意盎然的艺术探照又反过来为作品的立足文坛,提供了极充足的理由和依据。"

洪治纲的《在历史的选择中选择》发表于同期《小说评论》《洪治纲专栏:先锋文学聚焦之三》。洪治纲认为:"真正的先锋作家……是在面对历史和未来的双重承诺中,依助自己深厚的传统文学素养和深邃的精神前瞻性,在逃避各种传统制约的过程中,'从一个不同的角度看待世界,用一种不同的逻辑,用一种面目一新的认知和检验方式'来对人类命运的发展、生命内在的本性以及话语表达方式进行全面的发掘和突围,他的艺术范式也许是极为个人化的,但他的创作却能够有效地击中那个时代的本质,击中人们内心深处的焦虑和灼痛,甚至为人们摆脱精神的困顿提供某种心灵上的救赎方式。正是这种有效性、深刻性和独创性,使他的创作呈现出某种顽强的生命力,并足以潜示出文学发展的某种动向。"

马春花的《刀刃上的舞蹈——评卫慧〈上海宝贝〉兼及晚生代女作家创作》

发表于同期《小说评论》。马春花认为："七十年代女作家已构成一个不小的群落，她们以一种集体性的狂欢和扮酷式的颓废姿态，在文坛上形成一道奇特的风景线。""叛逆的、狂野的、粘稠的硬性语言暗合着她（卫慧——编者注）笔下的城市新人类的精神表征。""叙述层面上……'七十年代'女作家的小说有着几乎相同的情节构架。都是讲述自己的青春故事，描绘自己的精神履历，几乎清一色的第一人称叙事，生活背景及方式、性格逻辑及精神状态有着惊人的连续性和一致性。"

张志忠的《历史、现实与心灵的探险——读项小米长篇新作〈英雄无语〉》发表于同期《小说评论》。张志忠谈道："项小米的长篇新作《英雄无语》，是一部精心之作，也是让我感觉到有话要说的作品。当下的长篇小说，那种凭才气凭感觉一挥而就式的作品多，苦心经营反复打磨的少；感情饱满意气纵横的多，令人沉思回味的少；随高就低任意铺排的多，构思巧妙曲折回环的少。《英雄无语》就属于后者……她舍弃了这种特殊题材本身的优势，放弃了那种顺顺溜溜一挥而就的方式，而是将题材原有的奇特和惊险，将本来可以像洪流决堤一样地洋洋洒洒尽情倾诉的语言渲泄，融解到作家自己的沉思之中，融解到对于革命历史的沉思之中。"

25 日 贺绍俊的《伦理现实主义的魅力——细读赵德发的一种方式》发表于《当代作家评论》第 3 期。贺绍俊认为："我以为所谓伦理现实主义，是中国文学传统中关注现实的一种普遍态度和立场在现代小说中的自然延伸。这种关注现实的普遍态度和立场就是一种重视社会正常发展的人伦秩序并进行鲜明的扬善惩恶的宣谕。人们一般认为，中国古代文学是注重教化的，这正是来源于这种普遍态度和立场。……伦理现实主义在描述现实生活时，往往先界定好了现实生活的意义。作者一般来说都是要从思想意图的层面来选择或来重新结构现实图景，希望通过现实图景的展现来揭示世界的本质。……伦理现实主义的作品不是直接说明现实的意义，而是通过'天人合一'的方式即通过'天道'运行来呈现人的现实的本质意义。""其二，知行合一——道德化的现实。""其三，情景合一——寓意化的现实。""'比兴'手法体现在伦理现实主义中就是将现实寓意化，通过寓意的方式表达作者的善恶情感和思想寄托。这种寓意化的现实可以说在赵德发的两部作品中俯拾即是，有些寓意很直接，很浅显；有些寓意很含蓄，很深沉。"

季进的《作家们的作家——博尔赫斯及其在中国的影响》发表于同期《当代作家评论》。季进认为："由借鉴模仿到淡化深化，这才是中国当代文学借鉴吸收外来影响的正确之路。无论是政治经济，还是文化文学，向西方顶礼膜拜的时代已经过去，现在是一个走向更高综合的时代。如何从世界文学的语境中，重回自己的文化母体中去，重回自身的文学立场，让本土文化和'自我经验'来滋育出中国当代文学的现代性与世界性，这是二十世纪中国当代作家面临的紧迫问题。"

刘思谦的《卡里斯马型人物与女性——〈羊的门〉及其他》发表于同期《当代作家评论》。刘思谦认为："阐释'卡里斯马'人物在我国当代文学中的涵盖性以及这类人物在小说人物结构中的功能时，两性关系是一个不应回避的视点。如果在我们的'视域'中出现了这类小说人物结构和两性关系模式，就会发现其人物结构是一种不平等的等级制的人物关系，而女人和男人的关系，则更是一种无平等可言的实质上的人身占有人身隶属关系。这里蕴含着丰富的历史的社会的文化的和心理的信息，等待着我们去发现和阐释。马克思曾精辟地指出过社会的进步可以用女性的社会地位来精确地衡量。同理，从一般的男人和女人的关系中也可以大体上衡量出一个社会一般的人和人的关系。《羊的门》等小说中'卡里斯马'人物与女性的关系，最为彻底地和赤裸裸地折射出人与人的关系是统治与被统治、占有和被占有、奴役和被奴役的关系。尤其是《羊的门》，它的'卡里斯马'人物呼天成作为一个成功的'四十年不倒'的统治者，其根本的业绩也就是对人的统治对人心的征服，尤其是在对女人的统治上，最为娴熟也最为残酷地暴露出他那以神的面目出现的伪神伪善的本质。本文将从分析《羊的门》人物结构及两性模式入手，对《疼痛与抚摸》等相关文本，只是在相似的层面上附带论及。《羊的门》全书在结构上由呼天成与呼国庆这两大版块组成。呼天成这一块时间跨度四十年，是历史与现实的交叉组合；呼国庆这一块是现实关系组合，在现实的同一时间平面上与呼天成版块的现实部分搭界和勾连，实际上是呼天成版块现实部分的延伸，在小说叙述上起到了相互映衬和相互说明的功能。……在这样两个相互胶结的严密的人物结构中,任何一种反抗的行动或任何一种别样的声音几乎是不可能的,更没有丝毫平等可言。……《羊的门》的深刻之处,其思想的力度,是在这样的人物结构中,触及到各色人等的思维方式、行为方式和话语方式。由于作者的人性关怀和人道悲悯,又使这一切无不指向人的物化和奴化,指向对人的全面剥夺和占有,指向人的物质与精神的双重匮乏,指向人的非人。"

曲春景的《权力文化的叙述结构》发表于同期《当代作家评论》。曲春景谈道:"斯特劳斯认为,不是人们编织了神话,而是人们在神话的深层结构中学会了思维;神话教会了人们如何思维,并且传播和组织了人们的思维活动。《羊的门》这个故事的深层结构或者说叙事原则是作家凝练了几十年对人生的体悟和观察而来的。并且在讲叙这个故事的时候,作家运用的是呈现性的话语方式。在叙事过程中,人物随事件而出场的,人物活动是按照事件本身的运行逻辑进行的,叙事者对人物几乎没有明显的主观评介和价值判断。叙述基本上采取的是故事外视角。叙事原则也是按照从生存活动中抽取而来的生活成规自身的逻辑链条展开的。所以,这个故事以及它的深层结构所具有的解释空间和认识价值是多方面的。一方面,它具有很强的认识和警醒作用,我们不得不在这样一个故事面前去反思我们这个社会所存在的问题,去思考这些问题产生的根源,对渗透在这块土地上的文化做进一步的剖析和清理。另一方面,它也确实具有组织和传播人们思维活动的功能。人们对呼天成这个人物在价值判断上的截然对立和犹豫不决,便说明这个人物身上包涵着截然不同的价值内涵,持有不同价值信念的人,会对他作出各种不同的解释和获得各种不同的启发,或批判和反思,或接受和认可。"

孙惠芬的《在迷失中诞生》发表于同期《当代作家评论》。孙惠芬认为:"长篇的写作,其实是为无依无靠的灵魂找寻一个强大的精神家园,它是一个虚拟的世界,它展示的是现实生活,可是促使这种展示的动力却来自于对精神家园的寻找。""不知道是在语言中感到了畅游的舒畅,还是跟我笔下的乡村人物有了切肤的沟通,还是这种沉入生命底部的写作让我真正找到了看到了一时迷失的自我,写到二十四万字的时候,我有一种站起来的感觉。"

张宇的《打开〈羊的门〉》发表于同期《当代作家评论》。张宇谈道:"如果我们不太急发表高论,读过《羊的门》以后忍住激动平静下来,先回味回味,甚至玩味玩味,把《羊的门》拆开看看,再合住想想,我要说李佩甫写《羊的门》其实着重写的是一块土地,而不仅仅是在写生长在表皮上的那些高高低低的花花绿绿的庄稼。作品当然也可以只写庄稼。同样也可以写得很好。别的不说,李佩甫自己也这样写过。但是,这一次李佩甫写《羊的门》,确实是在写土地。""那么就可以说《羊的门》可贵之处在于从具体到抽象,对现实生活的一种全面的虚构。当然,我说的这个虚构并不是我们通常说的那种面对写实的那种虚构。还不仅仅是'本故事情节和人物是虚构的,切莫要对号入座',这还不仅仅是那一类浅层次的虚构。这是对当代生活的一种整体的全面的抽象的虚构。……如果我们认为《羊的门》是一部佳作,那么就可以说李佩甫是踩在虚构的天梯上,通过《羊的门》迈出了走向当代文学高峰的大作家的步伐啊……因为长时间以来,文学界由来已久的创作习惯是回忆过去的。真正的好作品,真正的大作家,我不敢说全部,我只说大部分都是凭回忆过去写出来的。如果你不相信呀,就请你回头看。回头看看我们的文学历史,许多的伟大作品都是描写过去的。作家通过对过去生活的回忆和联想,从而虚构出一个独特的艺术世界。于是,长时间以来,都喜欢描写过去,怎么样描写当代生活,一直困惑着我们的作家。……回过头来怎么样进入艺术世界?一直困惑着我们。好像只要我们一贴近就不会走开就不会虚构了。现在好了,《羊的门》的问世给我们了启发,原来现实生活也是可以虚构的。"

30 日 洪治纲的《〈淌水的东西〉:用极致化叙事手段讲一个凄美故事》发表于《文艺报》。洪治纲认为,《淌水的东西》"是一篇非常凄美的短篇。作者北村用一种极致化的叙事手段,塑造了一位近乎绝色的女性青果。……从叙事节奏上看,这篇小说进入太慢,尤其是开篇对'我'叙述过多,但青果出场之后,节奏就变得舒缓有致。在'我'的面前,青果一步步地展示出内心深处的圣洁,一步步地打开了生命中的原真状态。而在青果面前,'我'这个离了婚的作家(意味着对世俗情感有着深层的审度能力和自控能力),却显示出初恋般的激动和神圣,这无疑有效地反衬了青果的圣洁力量。一个简单的故事、一段若即若离的情感，在作者的笔下演绎成一种完美精神理想的伤逝过程，这不能不让人对作者的叙事才能心生敬意"。

本月

李锐的《现代汉语的'现代化'困境——从〈马桥词典〉的词条谈起》发表于《上海文学》第5期。李锐认为："《马桥词典》作为一部充满创意的杰出的小说，在字里行间时刻流露出对现代汉语的怀疑、审视、追问；精彩地表达出在历史的压力下语言的扭曲、变形、患病、死亡和再生。在这部近三十万字的小说中，没有统一的故事、情节，没有中心人物，没有任何主导性的表达。只有对一百一十一个独立词条的描述、解答。正是在这个意义上韩少功使小说回到了语言本身。他让语言做了这部小说的主角。也正是在这个意义上，韩少功又使语言回到历史，回到对生命体验的深刻表达。在这种近乎反小说的立场中，我们除了可以看到韩少功对语言、词汇的怀疑、追问而外，更可以看到他对传统叙述方式的拒绝，他对那些不言自明的真理前提的否定，和他对现代汉语叙述本身的怀疑。"

六月

1日 江曾培的《微型小说的"独立"》发表于《文学报》。江曾培谈道："一种新文体的诞生，既是时代的产物，又是文学自身运动发展的必然。微型小说虽是'古已有之'，但一直从属于短篇小说，缺乏独立身份，到了20世纪80年代才勃然兴起，渐次成为一个独立的文学品种，也正是顺乎世情与顺乎文情的结果。不过，'世情'也好，'文情'也好，尽管都是由各种因素形成的一种客观存在，但其中也少不了人的主观努力与推动。……如前所述，这首先是历史的孕育。没有改革开放，没有社会的快速发展，没有生活节奏的加快，没有审美观上对'速效刺激'的要求，微型小说这一适应现代生活节奏的新文体，可能还会推迟若干年始能'独立'。它所以能紧随改革开放的洪流，在新时期涌现的文学大潮中，不失时机地浮出水面，成为一朵引人瞩目的鲜艳文学花朵，则又是有赖于一批有识人士的推动。"

同日，张钧的《刁斗访谈录：面对心灵的小说游戏者》发表于《作家》第6期。刁斗谈道："我对于小说的形式非常看重，我始终认为形式即内容，对于小说形式处理我是非常认真的，包括字号、标题、字词间的空格、某一页我要空白、怎么分段——这些东西在写作的时候我都想。我实在是没有能力做到写作、编辑、出版一线穿，如果能做到我可能把整本书是什么样子都亲自搞出来，人们在还没有看到故事的时候拿到书就已经有了感觉，然后再看故事，又正好与这书的形式设计相吻合。"

3日 《人民文学》第6期发表"编者的话"《文学的未来》。编者认为："同样是描述情感生活，金瓯的《铁皮》、巴桥的《艳歌》和张者的《传呼》，读者肯定会读出不同的韵味。而赵彦的《高士特城堡》、麦家的《天外之音》，读者更会读出从内容叙述到样式构制的迥异味道。"

6日 李静宜的《"跨文体写作"再议》发表于《文艺报》。李静宜谈道："一般而言，传统意义的小说，非专指古典小说，包括现当代具有典型小说特征的小说，多属封闭性结构。它因为讲究叙事的因果链，追求铺埋伏笔，暗设玄机，因而在结构上强调前后彼此的呼应。这种封闭性的结构，因为技术上的需要，难免会削足适履，以牺牲自然和真实的表现为代价，凸现出小说的虚妄性。当小说仍然遵循着现实主义的表达，小说的虚妄性则被真实的内容遮掩。而近年一些多有先锋意味的小说，当小说的内容只是作者某一想法的演绎和玩味，小说的虚妄性则被十分突出地凸显出来。小说的内容即已便为真实的细节填充，整部作品却如仿真的塑料制品，看似意味无穷，却因为没有真实的血肉和叩在生活三寸上的触动，对阅读者实仍为隔靴搔痒。'跨文体写作'在当年所以为读者所接受，其主要原因之一，就在于它对传统意义小说的某种改变。比如'跨文体写作'多属开放性结构，具有结构的张力和叙事的随机性。"

7日 《小说选刊》第6期发表《编后记》。编者认为："自20世纪八十年代以来，文学创作方法多元化和创作题材、手法、风格多样化的趋势，既使作家们在创作上有更多的选择，更能发挥自己的才能，也使读者获得更加丰富多采的审美享受。当然，多数读者在经过自己的观察和思考后，仍然把扎实地描写与国计民生息息相关的作品，放在阅读的首选。不少作家也不负众望地坚持在现实主义的园地里耕耘,接连奉献出有着自己艺术个性的新作。"

冯敏的《叙事的觉醒》发表于同期《小说选刊》。冯敏谈道:"写小说,开始阶段是陈述经验,作家的热情多在小说的外部,题材和主题是创作的兴奋点。写到一定份上,作家开始注意小说的形式,兴奋点转向文本的内在规律。这时候作家对自己以往的作品开始挑剔了,不满意了。他想寻找一种更能表现内心情绪的载体,这个阶段是作家叙事意识觉醒的阶段,小说之于作家成了'有意味的形式',它既是一种诱惑也是一种苦恼。"

15日 刘维佳的《科幻小说之我见》发表于《文学报》。刘维佳谈道:"我认为,科幻小说是以一种前所未有的重视程度关注人类及其文明命运的文种,它像哲学一样,在为人类而思考,科幻小说的作者,是站在整个人类的高度来看待人类的思想与行为的,所以在科幻小说中,人物仅作为人类的代表,不一定必须具备独特的癖性。在科幻小说中,人物最好具有全社会或全人类的意义,他应该是全人类的缩影。……在科幻小说中,想像和思想,也就是构思与立意,就是最重要的要素。二者不一定缺一不可,但两者必须居其一,不然这篇科幻小说将是很平庸的。一个标新立异的构思即使不足以使一篇科幻小说成为时代的经典,也足以赢得科幻读者的赞誉。……科幻小说不应将主要精力放在形式上,它的语言,可以不怎么华丽,可以没什么风格,不必非口语化,亦不必有地方特色,足以表达就行了。当然,我不是说科幻小说就不能注重文风,实际上构思立意有新意而语言又好的科幻小说,无疑是一流的作品,但前题是构思立意为本,不可本末倒置。语言不好的科幻小说不一定就不是好的科幻小说,这是科幻小说的特点决定了的。科幻小说不怕形式上落后,但最怕内涵空洞。……科幻小说是最不可能成为文人的案头作品的文种,因为它是最为关注现实的文种。科幻小说不要求作者深入生活体验生活,但并不是不关注生活,科幻小说,形式上接近神话,骨子里却神似批判现实主义,它所思考的问题,每每涉及人类社会正在或可能遭遇的危机,非常大气。……科幻小说批判现在以展望将来,它从不回避任何有争议的敏感话题,它的出现,使想像力找到了一条途径去面对文化或意识领域里所发生的惊人变化。科幻小说极为关注现实,但它又不能太靠近现实,因为它本质上是一种幻想小说,文学幻想这一审美存在才是它存在的意义之所在,即使作者想如狄更斯一样干预社会,也必须以离奇的幻想来表现,哪怕立意再好,没有幻想也不行。"

20日 鲁文忠的《世纪末的误区:片面民族性的追逐与后殖民化的焦虑》发表于《文艺报》。鲁文忠指出:"文学不仅要表现民族性更要表现世界共同的精神,文学的民族性里面如果没有包含着世界性,就是地域性的点缀,文学只有表现了这种世界性的东西,它的民族性才能获得世界性的认可,才有意义,民族性的文学才能真正获得走向世界的通行证。"

27日 于文秀的《仿制的贫困——对"文学新人类"的写作批评》发表于《文艺报》。于文秀指出:"从'文学新人类'的文学处境看,已有的先锋派文本构成一种先在,对此新人类没有创新的跨越,只是在先锋艺术迷宫并不幽深处匆匆观望一下风景,作了些许表象化的仿效,即他(她)们并没有对先锋派最具有本质性特征的文本的内部叙事结构、叙事策略等方面予以承袭,而是在叙事句式、语句范式等进行了单纯的移入和表面化的包装,成为了先锋派文本的流风余韵式的存在。具体来说即承袭了先锋文本所具有的强调'我'的叙事观点、发达的描写性语言成分及补充性的奇特的比喻结构。"

七月

4日 王一川的《面向文化文学理论的新转变》发表于《文艺报》。王一川指出:"从文学产品的存在方式看,文学已从单纯的文字和纸质书本,变成了包括文字、声音、图像等多种媒体形式及'网络文学'在内的视听觉形式。……但目前的文学作品往往与绘画、插图、书法、摄影、音响等多种视觉艺术结合起来。你不仅'读'文字型小说,而且也'看'图像型小说,还'听'音乐型小说,正是这种文学的视听化现象,要求把文学同大众传播媒介及国际互联网结合起来研究。"

5日 林舟的《反抗现实的叙事——1999年〈花城〉小说综述》发表于《花城》第4期。林舟认为:"'带着叙述人特有的记号,一如陶罐带着陶工的手的记号'正是小说的魅力所在,它给我们的最重要的审美特质,无疑在于'说'——在有限的语言中变幻出无以穷尽的叙述手段,在僵硬的现实世界中嵌入无限可能的神奇和魔力,如此创造出来的每一种境界都体现了叙述者努力将外在的经验内化为心灵的现实,从而建立起关于外在经验的心灵的尺度。这个尺度并非与叙述者一己之身无关,而是携带着他全部的气息甚至体温,是他在作为物质性的居身之所进行的反抗现实的演练。正是在这里形成了小说家们作为'陶工的手的记号'。"

8日 木弓的《我读〈大浴女〉》发表于《文艺报》。木弓指出:"这部小说的造作感不是来自小说的主题,也不是因为选择了比较过时的方式,更多来自生活内容的贫弱。小说写的是知识女性的生活,但提供的生活内涵却不丰富;看上去是一种过于闲适的日子所产生的痛苦,或者说,书中描写的女性生活场景与格局,不会也不必要产生如此重大的拷问自我的主题。把两种东西放到了一起,比例失调,轻重失调,就让人觉得不自然,不舒服,就觉得小题大作,无题强作。我有时想,是社会变化太快,还是作家不长进?也许,启蒙永远是需要的,就像总有一个年龄层的读者需要琼瑶的言情小说一样。我只是想小说出自女作家之手,能不能更加女性化,更明确的女性角度。"

10日 从维熙的《世纪回眸》(《伴听》创作谈——编者注)发表于《中篇小说选刊》第4期。从维熙认为:"一部中篇小说,如果要想包容一个世纪的纷繁杂色,是不可能的;但要梳理出一个特定的感情通道,并将其真实、艺术地加以表达,却不是不可能的。造物主造就我们这一代作家、似乎已然在生命基因中,注入了感悟社会、关注人生的因子,使其笔锋,一生无可逃避。"

11日 丁帆的《谛听玄思的天籁——陈染〈不可言说〉〈声声断断〉读札》发表于《文艺报》。丁帆指出:"从美学的意义上来说,陈染的文本使小说更像小说、更是小说。如果说80年代的小说就开始'向内转'的话,那么,那种心理空间仍然是一种公共的社会心理空间,而陈染90年代的小说文本则是无限拓展了作为社会单细胞的个体的心理空间:'缺乏个性化的文化是贫穷的文化'。(《声声断断》)作为一种反抗,90年代真正能够从话语霸权中突围出来的小说作家并不多,也就是说,小说真正回到自我本体的觉悟者还不是很多,即便有,也还没有进入'无意后注意'的理性层面,只是一些皮相的性别介入姿态而已。但是,陈染在进入90年代的创作中,却以'私人生活'的姿态拆解了话语霸权的笼罩，这要比王朔们更为彻底而淋漓。"

15日 徐妍的《坚守记忆并承担责任——读曹文轩小说》发表于《文学评论》第4期。徐妍谈道："曹文轩以90年代的小说《草房子》、《红瓦》和《根鸟》实践着他'永远的古典'的创作观念。他借鉴从契诃夫、屠格涅夫到废名、沈从文等中外作家作品中的古典形态，在充斥着欲望的文坛追求一种'净洁'的美感，试图开拓现代意识的诗性空间。他在对人生悲剧意义的探索中形成了小说特有的时间框架，其中也包含他对时间的形而上理解：让梦幻和追忆超越具象化的时间，让瞬间化为永恒。"

16日 郭春林的《手底乾坤——70年代以后作家及作品论》发表于《文艺争鸣》第4期。郭春林谈道："在70年代出生的作家中，他们大部分的作品所叙述的故事，基本上都发生在90年代的城市中。女性作家尤其明显。……她们喜欢城市和城市的夜晚。她们愿意将自己的身体和灵魂浸透在城市的夜晚中，在闪烁的霓虹灯影里他们一次次地迷失了自己，又一次次地在迷失中发现自己的迷乱，然后重新开始寻找。她们渴望在城市的夜晚时遭遇激情，与葵花盛开般的艳遇相逢（卫慧《葵花盛开》，《小说界》1998.6），凡高的生命之花——葵花最终蜕化为隐喻的激情。城市的黑夜温柔地将她们拥抱（卫慧《黑夜温柔》，《小说界》1997.6），又将他/她摧毁在无形的暗夜中。""对70年代出生的他/她们而言，所谓的虚弱感也就来自于他/她们已经和正在遭遇的生活，以及他/她们内心的渴望。问题少年的经历或许可以看作她们成长期共同的经验。"

18日 孙春旻的《走出自囚——关于纪实小说的再发言》发表于《文艺报》。孙春旻谈道，"小说必须虚构不是常识、共识"，"纪实文学可以有限制地虚构"，"跟纪实文学相对立的概念不是小说，而是虚构文学。虚构文学和纪实文学是文学的两大类型，小说则是一种具体的文学体裁，它既可以栖于虚构文学之下，也可以栖于纪实文学之下。不仅可以'双栖'，甚至可以三栖、四栖。……文学观念要展拓，对作家进行的各种文体试验要宽容"。

20日 李继凯的《风景这边独异——〈歇马山庄〉中的性际世界》发表于《小说评论》第4期。李继凯谈道："小说相当充分地写出了经济、政治、文化甚至科技等等在山庄人生活中的作用……但给人印象最深刻的却是作家更为充分也更为深入地写出了性爱、性文化的重要作用,小说的寓言性也由此得到了相当充分的发挥。作家以她饱含激情的深幽细腻的笔触,浓墨重彩地写出了山庄人于性际关系中展现的生活景观:人生的重大的喜怒哀乐,乃至山庄重要的政治事件和山庄人的生死存亡都与性欲望、性体验、性心理特别是性挫折密切相关,而且最深层次的多方面的相关,或者就原本导源于此,生发于此。"

张卫中的《诗性的叙事:漫论凌力的创作个性》发表于同期《小说评论》。张卫中认为:"凌力迄今所有作品都显示这个作家的心理结构应当是偏于单一、紧张而非开放与多元的。在心理构成上,作家的自我拥有明显的优势,主体不是采取那种低姿态敞开心扉接受客体;对生活作很细的观察,让记忆成为储存纯客观生活材料的仓库。在认识生活时,主体总是倾向于对材料的改造,认识包含着更多的对生活的评价,客体被作者的情感所包含与浸润。在创作中即使作家所面对的是历史材料,主体也不愿甘当配角,让生活按照自己的逻辑,作一个自由的展示;主体常常是强有力地介入叙事,将自己对生活的认识,特别是一种情感评价置入其中,作家自己的情感运动不仅是叙事的重要根据,而且也是作品中重要的审美对象。"

张学昕的《多重叙事话语下的历史因缘——九十年代的"新家族历史小说"》发表于同期《小说评论》。张学昕对"90年代的'新家族历史小说'是怎样表现历史、家族史中的种种因缘关系的?当代长篇小说的艺术表现形式、话语形式获得了怎样的突破和发展?"等问题进行了三方面的分析:一,"作家文体意识的强化、对元叙事结构的选择,使小说以一种前所未有的方式整合了历史的原有秩序和结构而走进家族史和历史深处";二,"叙述话语寓言化使小说生发为人的生存本相的形而上概括";三,"家族欲望的诗学主题拓展了小说表现历史的话语范畴,突现这个诗学主题的话语表达使小说表层结构背后隐含着一个诗学意义上的欲望亚文本、文化亚文本"。

赵思运的《以短篇手法写长篇的成功尝试——读余华〈许三观卖血记〉》发表于同期《小说评论》。赵思运认为:"我们确实应有体裁意识……对于体裁意识应有两种理解,一是指作家自觉地意识到审美规范的重要意义,能够明确划分不同类型的界限,进而尊重它,自觉地运用它;二是指作家们能根据所写内容的需要，大胆地突破体裁的审美规范，进而丰富、改造、扩大原有的审美规范。小说作为最自由的文体，更是作家创作个性充分的流露。余华的《许三观卖血记》以短篇小说笔法写长篇的成功尝试，表现出他鲜明的体裁意识。……很多鸿篇巨制，高屋建瓴地把握时代动脉，在沸腾的大场面中所获得的历史感，余华以短篇笔法展示的'无事的悲剧'中同样也获得到了，同样具有较大的生活容量和艺术涵盖面，这也是余华匠心独运之处。"

21日 李运抟的《天空中飞翔或囚笼中扑翅——中国当代小说虚构意识得失论》发表于《文艺研究》第4期。李运抟谈道："当代小说的'文以载道'——即经由小说表现诸如时代精神、社会风尚、政治观念、道德倾向和群体规范等，直接成为了支配小说虚构的强有力也常常是主导性的意识。……从整体上来说，中国当代小说虚构意识的个性化发展，走了一条从束缚到张扬的发展道路。束缚，在十七年时期和新时期初始阶段较为明显；张扬，则是在80年代以后的小说创作中较为自觉。……凡是虚构意识个性突出的，其作品的特色也往往鲜明醒目。有个性的虚构不能保证作品就会成功，但成功的创作则肯定个性突出。小说虚构，包括形式创作和内涵开掘，实际上都有赖于创作主体的独立思考和独特感受。"

杨经建的《90年代"城市小说"：中国小说创作的新视角》发表于同期《文艺研究》。杨经建谈道："90年代'城市小说'在创作类型和表现形态上可分为'世情生态'、'市情商态'、'问题写实'三脉。'世情生态'小说关注城镇民间社会三教九流的众生相和纷纭杂陈的世俗景观，讲究圆满融合的美学情致与中和从容的叙事风范；'市情商态'小说使中国当代小说具备了真正的'城市化'品位，它拓开了新的叙事表达空间和别样的创作情调；'问题写实'小说以'平民立场'来书写社会'公共生活'中人们关注的现象或'问题'，平实性的艺术表达、写实化的叙事操作、现实主义责任感都表现得比较充分。"

22日 《"三驾马车"长篇新作研讨》发表于《人民日报》。文章谈道："被文坛誉为'三驾马车'的中青年作家何申、谈歌、关仁山，几年来以贴近老百姓、关注新时代、揭示新矛盾、展现新生活为其创作主旨，将笔触根植于广大的乡村和工厂的丰厚沃土中，真实形象地再现了由计划经济向市场经济转变的特殊背景下，我国广大乡村和国有企业干部职工拼搏进取的生存状态和悲欢离合的人生命运。近几年,他们又分别创作了长篇小说《多彩的乡村》、《家园笔记》和《风暴潮》。""与会者认为,三位作家的作品之所以受到欢迎,是因为他们一贯地贴近时代和人民,敢于面对生活中的矛盾,在创作手法上不断进步和创新,格调昂扬向上,给人以鼓舞和力量。"

同日,高有鹏的《长篇小说的问题不在长》发表于《文艺报》。高有鹏谈道:"近来有人认为当前长篇小说存在'过于长'的'误区'。我以为,长篇小说的'误区'不在长,而在于'浅显'。我觉得,文学作品的繁荣需要多样化,长篇小说的繁荣同样需要多样化;真正的'史诗'式的长篇小说,我们看到的还太少。应该说,在诸多的文学作品中,长篇小说的创作最为艰难;而一个时代缺乏大气磅礴的长篇小说,这终究是一种遗憾。我们需要'史诗',需要那些高扬民族精神的优秀长篇,热切地呼唤那些能震撼人心的大手笔,映现我们的时代,丰富我们的时代。……当然,作品中的人物形象丰满与否,同作品的思想性是息息相关的,后者必须借助前者来描述、表现。目前的长篇小说,像鲁迅那样深刻挖掘国民性的作品还是太少。进入新时期以来,张炜等作家已经注意到这种现象,《古船》等作品力图进行突破,尤其是一批寻根的长篇小说做出了更显著的努力,但总体效果是不能令人乐观的。"

25日 刘旭的《吃饱之后怎样——评余华的小说创作》发表于《当代作家评论》第4期。刘旭谈道:"余华的长篇小说与中短篇小说的不同还在于对苦难的不同态度,这一点尤其引人注目。在中短篇中,苦难是无边的丑恶和黑暗,人只能咬牙切齿地诅咒和揭露;在长篇中,苦难是人必须生存的环境,人活着必须忍受苦难。……余华的客观在于,他笔下的小人物此时可以无比善良,另一时刻也可以卑鄙无耻,这些小人物们代表着每一时代最下层的普通百姓。他们卑微地忍受苦难、卑微地挤出一点生物性的生存空间。"

倪伟的《鲜血梅花:余华小说中的暴力叙述》发表于同期《当代作家评论》。倪伟谈道:"他所关心的并不是日常生活中的表面上的真实,而是这些表象后面的关系和结构。余华对暴力的叙述尽管表面看来是难以置信的,但又绝非荒诞无稽的幻想,它以一种极端的方式凸现或是放大了在日常生活中随处可见的暴力以及暴力构成的动力学,其现实的真实性是不容否认的。简而言之,对暴力的叙述实际上证明了一个事实，即暴力是最重要的一种现实。对暴力的叙述也因而成为一种寓言，其寓意指涉的不只是暴力本身，而更是指向了人的精神结构和社会历史结构。……在余华那些充满暴力和血腥的故事里，依然徘徊着其早期创作中的一个基本主题的影子，即孩童世界与成人世界之间的对抗与冲突。在这些故事里，孩童总是最容易也最先成为暴力的牺牲品，他们的死亡成为引发一连串暴力事件的导火线。这又一次暴露了余华内心一个非常顽固的看法，即认为相对于孩童世界而言，成人世界是更为混乱、邪恶的，它所奉行的一套道理和准则更是不足为信。"

汪跃华的《记忆中的"历史"就是此时此刻——对余华九十年代小说创作的一次观察》发表于同期《当代作家评论》。汪跃华认为："余华试图通过记忆恢复历史的真实，这是为了同样有效地介入到与现实的紧张关系中去（令人感兴趣的是为什么余华要采取这种迂回的方式）。通过回忆唤醒对历史事实（苦难）的记忆，通过发现历史与现实的同一，暴露出现实中那被忽视、被遗忘的苦难的一面；通过对历史的揭露与批判，带出对严酷的当下现实的警醒。""上面这些认识，可以说是余华九十年代在创作上贴近现实，寻找与现实的紧张而更可靠的真实性关系的成果，那就是，让活在历史中的事实说话，让活在传统中，活在日常生活中，也即活在当下生活中的苦难说话。"

吴义勤的《无望的告别——刁斗长篇小说〈证词〉读札》发表于同期《当代作家评论》。吴义勤谈道："刁斗有他完全个人化的观察与表达世界的角度与方式。他的小说没有'先验'的理念，也没有刻意的哲学或形而上。他最擅长的就是对那种日常的世俗性人生境遇的切入，他总是以感性的方式自然而然地表达着对日常处境中人的精神与人性问题的思索。他的小说没有答案，似乎也不追求深度，有的就是弥漫的困惑与无奈。但恰恰在这种困惑与无奈中，刁斗触摸到了现代人生存的创痛和精神的困顿，描绘出了现代人真正的'生存版图'。这一点，我们可以从他的长篇小说新作《证词》中得到有效的验证。……在《证词》中，历史/现实、个人/现实的冲突作为重要的外在情节线索，确实构成了小说的基本故事与主题景观，并在对主人公悲剧性形象的塑造中发挥了重要的艺术作用，但对刁斗来说，这只不过是小说叙事的一个表层目标，作家叙事的真正核心和艺术聚焦基点其实只是主人公的心灵和精神世界，这也是小说中历史／现实以及内心／现实／历史的冲突最终都演变为内心的冲突和旧我／新我冲突的主要原因。可以说，正是在对主人公内心'一个人的战争'的解剖上，小说具有了惊心动魄的艺术效果和前所未有的精神深度与艺术力量。"吴义勤认为："就《证词》而言，小说叙述虽然自始至终保持高度张力，但在艺术视点的自由切换和文本结构的实验探索方面所取得的成功仍令人称道。小说从一开始就布下了悬念，但所有的悬念在文本展开过程中却隐而不露，而是时隐时现，以隐喻的方式巧妙地推动着故事的情节进程，作家对叙述节奏的控制可谓相当精彩。"

张闳的《现实生存的"证词"——刁斗的长篇小说〈证词〉》发表于同期《当代作家评论》。张闳谈道："好奇源自悬念。对'悬念'技巧的熟练而又巧妙的运用，是《证词》在艺术上的又一明显的特征。这一特征是惊险小说最基本的情节模式。而《证词》确实也有惊险小说的外观。……由此，我们可以看出《证词》的不同一般的意义。它借用了一般惊险故事或侦破故事的情节性，使小说在叙事上富于魅力，但它又克服了这类故事在表现空间上的狭隘性，改变了那种封闭式的叙事结构对世界观察的单维方式，而使视野朝着更为广阔的生活空间敞开了。在我看来，惟有这种开放式的结构，才能更好地容纳我们这个时代的现实生活的纷繁状态和复杂性。"

本月

王安忆的《知识的批评——从蒋韵说起》发表于《上海文学》第7期。王安忆认为："越过纷来攘往的九十年代，再回头看八十年代，那时候，我们有着许多结实的小说。……那时候，小说这一形式很严格，没有那么多蹊径旁路，出路只有一条，就是使劲地思想。思想这劳动，实在艰苦得很，略一松劲，便不进则退。读蒋韵的小说，使我重新看到八十年代小说的图景。我很奇怪我怎么会错过《找事儿》这样完美的小说，写实的外形中充斥着诗的浪漫性。通常的情形下，后者的存在总是以放弃前者为代价的，可这里两全其美，因这是从堆积如山的日常生活中搜索来的诗性，它经严格的挑选、过滤、组织和结构，这是感受、思想和想象力的果实。读蒋韵的小说，还使我反省与检讨了九十年代——这个令人困顿的时代。"

八月

1日 杨鹏的《九十年代的中国科幻文学扫描：复苏与起飞》发表于《文艺报》。杨鹏指出："90年代以来，中国的科幻小说最重要的变化是摆脱了科普论、社会现实论，企图寻求科幻文学本身的独立存在价值，向科幻本体回归，呈现了一个比较开放的状态：中国90年代以前的科幻作品，西方化的倾向比较严重，故事发生的背景大都在国外，甚至连主人公也都是外国人。90年代的科幻作品虽然还保留着这一倾向，但已经有了很大改观，不少作家开始探索具有中国民族特色的作品。而80年代经常使用的'M'国、'S'国间谍潜入、以美苏超级大国为假想敌的那种创作模式，在90年代的中国科幻小说中已基本消失。在写作理念上，70年代末、80年代初那种将'科幻'与'科普'相等同的写作观受到了新一代作者的摒弃。作者们的写作摆脱了旧有的模式，呈现出一种多元的开放状态。……另外，作品高科技成分大大增加。一些作家的作品，出现了过去的作家所没有的品质，如有的作品将哲理性、思辨性与科幻故事有机地结合在一起，呈现出一种独特的深邃……"

3日 陶东风的《论王蒙的"狂欢体"写作》发表于《文学报》。陶东风谈道："不管《狂欢的季节》（人民文学出版社2000年版）的出版是否标志了王蒙'季节'系列小说的宏大工程已告竣工（连同《恋爱的季节》、《失恋的季节》、《踟蹰的季节》），但这四部小说足以说明王蒙小说风格的重大变化，他的小说写得真的是越来越汪洋恣肆。天马行空、无所顾忌、随心所欲——当然也越来越不像'小说'了。这种新的小说文体我以为可以用'狂欢体'来概括。依据巴赫金的研究，狂欢式的感受与写作的最大特点是打破既有的等级秩序，挑战各种现成的艺术规范及其严肃性、确定性、神圣性，任何教条主义、专横性、假正经都不可能与狂欢体写作共存。它与一切现成的、完成性的、妄想具有不可动摇性和永恒性的东西相敌对，它是开放的、多元的，也是宽容的。各种关于小说文体的惯例、规则、语言禁忌在狂欢体写作中统统被取消。《狂欢的季节》

正是这样的一部小说。它不拘泥于塑造传统意义上的'人物性格',有时甚至让人物成为作者的'传声筒'(没有题义),痛快淋漓地发表作者自己的政治见解或人生感悟(有些段落可作随笔或政论读)。人物的语言与心理活动常常是为了作者的议论、抒情甚至语言上的快感(能指狂欢)服务,而不怎么顾及是否符合'人物性格'。它也并不大讲究语言的含蓄,为的是把某种情绪、某种感情或见解推到极致,为了达到痛快淋漓、汪洋恣肆的效果。为此小说中经常出现词语、句子的堆砌与罗列(同样没有贬义)。无法之法、怎么痛快怎么来——这就是狂欢体小说的美学原则,否则达不到狂欢的目的。作者无所顾忌地调用一切能调用的语言资源、文化资源、生活资源(在这些方面他具有别人很难比拟的优势)为自己的狂欢化写作服务。语言与文体的随心所欲的杂交,不承认各种文体语言风格之间的任何界限。诸如逆向、反向、颠倒、上下错位(比如面部与臀部/精神与物质)、高低易位、各种形式的戏仿、滑稽改编、降格、亵渎、打诨式的加冕和脱冕是其常用的策略。……各种文体、语言、风格的肆意的、随心所欲的拼贴、杂交、戏仿,导致一种具有强烈游戏成分的诙谐文体的产生。这是王蒙与80年代的初中期的批判现实主义小说的一个重要区别。……王蒙狂欢体小说的另一个特点是大量运用躯体性、物质性的意象(如饮食的、排泄的、性的),并把它们与具有崇高神圣色彩的意象并置、组合在一起(如'英雄气短,猫狗情长'之类)。"

29日 杨晓敏的《小小说文体和刊物定位》发表于《文艺报》。杨晓敏谈道:"小小说是一种新兴的文体。她的萌生、发韧到今天所争取到的生存环境,仅仅只用了20年的时间。20年时间,在已有数千年的中国文学史上,弹指一挥间,何其短矣。所以,小小说的字数限定、审美态势和结构特征,无不打上稚嫩的痕迹。而倡导和规范小小说文体的使命,自然在很大程度上要落到发表、选载小小说的主流刊物上来。……倡导文体的意义在于,不仅使更多的作者参与小小说创作,还通过作者的创作性劳动,让文体最大自由度地拓展。而所谓规范,则是在编者的遴选检索过程中,对小小说大致有个文体界定。每一种文体,都会有着巨大的文化含量。从这个意义上讲,小小说要特立独行,自立门户,绝不能把别的文体样式拿来充塞其间,她要有明显的标志才行。"

31日　张志忠的《女性文学的新境界》发表于《光明日报》。张志忠谈道:"无论是写出《英雄无语》的项小米,写出《走出硝烟的女神》的姜安,和我手边正在读的新书《我在天堂等你》的作者裘山山,她们在寻找和描述一种女性视野、女性体验中的生活的时候,她们和时尚的女性写作有所差异,她们都没有把自己的关注点放在个人的情爱与私生活的率真袒露上,没有无遮无拦的'身体叙事',没有惊世骇俗的欲望和内心的抒发,而是不约而同地把目光投向历史,投向'母亲'、'奶奶'等历史的过来人,力图从女性的立场切入深层的、社会的历史。就此而言,她们是为女性写作开辟了新的领域,拓展了女性写作的视野和情感的蕴涵,为女性写作注入了新的活力,标志着女性文学的新境界的出现。"

九月

1日　段海蓉、王正良的《试论王朔小说的出新与俗性的"落套"》发表于《新疆大学学报(社会科学版)》第3期。段海蓉、王正良谈道:"我们认为王朔通俗小说之新,主要表现在以下两点:其一,他的作品运用了'反讽'的叙事模式,具有强烈的反讽特征。……其二,王朔在作品中攻击并消解着传统的人道主义思想,体现着后人道主义的思想意蕴。……王朔通俗小说的真正价值在于,他以自己对传统及主流社会思潮的反叛,延续了变革通俗小说创作的传统,因此,他的作品也同他的先辈们诸如冯梦龙、张恨水等人的作品一样不仅具有了强烈的现在'现存性',而且将在获得未来'现存性'的同时成为'不朽',当然宏观意义的'落套'和微观意义的出新,才是奠定王朔在当代文坛地位的根基所在。"

3日　《人民文学》第9期发表"编者的话"《文学的血液》。编者认为:"流淌在小说之中的血液,说到底还应该是对生活与生命尤其是普通百姓生活与生命的真诚投入,文字乃至整个文学才不会呈现空泛与苍白。相信读者会和我们一样为白连春这样的小说而感动。"

7日　赵长天的《小说总要有别于新闻》发表于《文学报·大众论坛》。赵长天谈道:"当然作为小说,今天的要求和二十多年前,应该不一样了。小说毕竟不是新闻，不应该仅仅满足于展览黑幕暴露腐败满足读者的窥视欲；老实说，老百姓从现实生活中了解到的贪官污吏的劣迹决不比作家了解的少。这类小说需要表现特殊年代的社会的复杂性，要用文学的方式，述说出暂时还无法作出理论概括的那种复杂，那种说不明道不白的东西。要把人的欲望、欲望与理智的冲突、人与人之间微妙的千丝万缕的联系、个人面对环境的无奈、价值取向的两难等等表达出来。要有大悲大喜的感情宣泄，要有触及灵魂的震撼，要有人性善与恶的褒贬。文学史上的许多经典作品，都取材于一些案件。但这些被小报记者热衷渲染的事情到了大师的笔下，立刻就闪现出别样的光芒。"

12日 邱华栋的《"都市风情"的困惑与希望》发表于《文艺报》。邱华栋认为："在检视以'都市风情'为主题的作家作品时，我在惊讶当代文学发展之迅速的同时，也为90年代中国文学的思想资源和精神资源的不确定和匮乏而感到忧虑。由于中国社会正处于一个巨大的变革时期，旧有的一切观念正在被摧毁、抛弃，新的一切尚未建立，在这种青黄不接的状态下，写作，或者说文学作品作为上层建筑的一部分，其表现出的游移、分裂、瓦解、多元是正常的，但也令人担忧。因而，我确信会有这样一类作家，他本人是独自承担当代和历史的精神重负的思考者，一个人向荒野中走去，写出真正的大陆之书、命运之书与日出之书。在没有确定思想资源的情况下，怀疑是我们惟一的武器，因而，在这种意义上讲，处在今天的现实下写作，本身就是一种建设，就表现出一种文化上生长的可能性。"

阎晶明的《〈谁家有女初养成〉："养女""养文"都不易》发表于同期《文艺报》。阎晶明认为："严歌苓这样的作家选择这样的题材，实在是胆大得很。总体上看，无论是故事的发生地、故事中的人物，都有一点抽象和理念化的色彩。她成功的地方在于，毕竟她对女性行为、心理的把握，以及她本来的故事叙述能力都比较强，能够把先天的不足弥补到最小。她写的并不是'问题'小说，也不是'社会谴责小说'，她是想通过极端的故事来探讨人性和命运这些老问题……作为一位成熟的小说家，严歌苓的题材选择也在告诉人们，今天的小说家其实并不担心所写生活和题材是否是自己所热衷和擅长，与物质世界的贴合程度不必特别考虑，一切都可以为我所用，就像60年代的人非要写1937年的故事一样，创作的自由疆域越扩越大。"

17日 鲍风的《传统价值观何以如此脆弱？》发表于《作品与争鸣》第9期。鲍风认为："《带一笼活鸡来特区》是一部极有现实价值又有较强的文化价值的小说，它提供给人的可解释性本身就有相当的文化张力。它甚至引领读者思索小说文本之外的文化话题，甚至引领读者去追寻适应当下经济发展的文化生态环境，它引领读者在更深层次上思索传统价值观念如此脆弱的文化远因。"

区明的《对拜金主义的温柔击打》发表于同期《作品与争鸣》。区明认为："形式上的中性化之于中性化立场的传达功不可没，其大要如下：一是就事释事的叙事策略。小说采用的虽然是全知视角，但其夹叙夹议严格地讲只是边叙述边说明，叙事人回避直接的价值判断。……在话本小说中，说书人除了必须遵守的封建主义价值观外，论说性的非叙事话语一般并不新锐。这种谁也不得罪的叙事策略主要是说书人怕吓跑方方面面的听书人从而影响银角的收入。"

20日 本刊编辑部的《竞赛纪实》发表于《当代》第5期。编者提出："当今的文学，是自恋的文学，作家对自己的关心远胜于对劳苦大众的关心。"

同日，洪治纲的《先锋文学的怪异原理》发表于《小说评论》第5期《洪治纲专栏：先锋文学聚焦之五》。洪治纲认为，先锋文学的"怪异"特征主要体现在三个方面："一是对生命体验的超常性表达；二是对生存哲学的超常性思考；三是对艺术形式的超常性探索。""在二十世纪的整个文学发展历程中，先锋文学一直对文本自身的审美价值保持着高度的关注。无论是话语的语调、语感、语境，还是作品的内在结构、时间和空间的布局，先锋文学都对以往的传统形式进行了充分的反叛和超越……先锋作家在文本形式的探索和创新，就是在不断地促使文本变得越来越复杂、越来越陌生化的同时，将形式真正地还原为审美内蕴的部分。"

王春林的《荡涤那复杂而幽深的灵魂——评铁凝长篇小说〈大浴女〉》发表于同期《小说评论》。王春林认为："在某种意义上，可以说《大浴女》与《玫瑰门》是一脉相承的，这一脉相承之处就在于对女性生存体验的描摹、观照与透析表达。就笔者的一种阅读直感而言，铁凝之《玫瑰门》与《大浴女》是要整合性地通过对外婆、母亲与女儿三代人的形象塑造，立体而全面地传达铁凝对女性生存经验的领悟与认识。……铁凝之'大浴女'的意思就是要对如上所述的尹小跳唐菲等类似女性复杂而幽深的人性与精神世界作一番透辟彻底的'荡涤''剖析'与'澄清'了。应该说,就文本的分析论述来看,铁凝的写作意图实现得是较为完美圆满的。其间尤为值得注意的一点即是铁凝对人性之复杂幽深与人们那无以摆脱的'过去'之间的内在紧密关联的发现与揭示。……虽然小说题名为'大浴女',虽然作品中塑造最成功且文本所主要分析的都是一些女性形象,但我想,铁凝之创作本意应该绝不仅仅只是要停留或终结于对女性之生存经验的揭露与剖示上,我更愿意把《大浴女》中铁凝对女性生命所进行的那么一番透辟彻底的'荡涤''剖析'与'澄清'理解为是针对整个人类的。"

张学仁的《直书实录野史真相足可传世——谈〈盛世幽明〉的思想价值和艺术特色》发表于同期《小说评论》。张学仁谈道:"我觉得这部小说的真正价值,在于它的社会真实和历史真实,最可贵之处,在于作者不是'为圣贤立言',而是为老百姓说话。即:作者不是立于殿堂之上,秉承某些人的旨意,用某种思想理论去教化群众;而是植根于芸芸众生之中,倾诉他们的悲欢,来讽喻庙堂之上的衮衮诸公和亿万同胞,去反思明辨昨天的正误得失,弃旧图新,开创瑰丽的明天。因此,它具有强烈的社会性和民主性。有人说它'承续了"五四"现实主义的活力和魅力',应当说这一评价是确当的。"

24日 张华的《论通俗小说及其主要特征》发表于《文史哲》第5期。张华说道:"尽管通俗小说概念的所指是复杂的,历史变迁又赋予这一概念相当的不稳定性,但从通俗小说的实际存在和具体流变中,我们还是可以概括出三个主要特征:大众化品格、世俗化表达、娱乐性功能。通俗小说的大众化品格强调的是创作精神和价值取向。……通俗小说的世俗化表达强调的是审美品位。……娱乐性功能是通俗小说必须具备的基本功能,其他功能无不由此派生或为此服务。"

25日 孙宜学的《刘以鬯:中国意识流小说的先驱》发表于《当代作家评论》第5期。孙宜学认为:"在中国二十世纪文学史上,刘以鬯是第一个自觉地站在中西文化交汇的中心,以自身继承的五四新文化传统和中国传统的审美习惯,对西方意识流小说进行全方位借鉴并进而创造出具有中国特色的成熟的意识流小说的中国作家，可以说他是中国意识流小说的真正先驱。刘以鬯小说的创新特点则在于：因为西方意识流小说的新技巧和艺术方法正与他的文学见解吻合，从而他自觉地、主动地、有选择地将西方意识流作为一种文学精神和美学原则来学习，并根据自己的审美趣味，运用规范的现代汉语创作出具有独特的审美形态的意识流小说。从这个角度讲，把他看作中国意识流小说的先驱应该是不会引起争议的。"

孙郁的《〈歇马山庄〉略谈》发表于同期《当代作家评论》。孙郁认为："我以为《歇马山庄》的重要点在于，写出了农家生活的一种前定的宿命，以及对这个宿命的诗意读解。作者驾驭宏阔的场景，显然不及对人性的微观雕刻，后者才是她小说的生命所在。《歇马山庄》的故事固然惊奇，但作者笔下的生命之流似乎更为动人。"

王光东的《民间的现代之子——重读莫言的〈红高粱家族〉》发表于同期《当代作家评论》。王光东认为："当莫言在《红高粱家族》中以血缘为纽带确立了自己民间叙述人的身份后，又以现代性的思想认同民间社会中所蕴含的那种自由、个性、生命的风骨，他也就有了承担民间文化复杂性的能力。有了前者他就有了坚实的民间之根，沿着祖辈的足迹去叙述他们所经历的历史；有了后者他就获得了理性的支撑和自信。……《红高粱家族》中的这种民间文化意识使其文化想像与民间集体无意识联系在一起，构成了富有本土特点的文本内涵。概括本文所说：莫言作为一个民间的现代之子，他在乡土民间藏污纳垢的现实文化空间中，把生命精神充分地张扬起来，而这种生命精神又具有民间文化精神的精华，它与中国的民间现实和民间文化心理密不可分，从而创造了一个独特的、本土的又是现代的审美艺术世界。这个艺术世界证明，在当下的文学创作中强调'民间'是有意义的，中国的民间社会并不是一个虚幻的空间，而是有其相对独立的运转系统，它不仅包含了丰富的精神内容而且对于当代人的精神的生成和真正中国化的现代性作品的出现都有着重要的意义。"

尤凤伟的《真诚能够走多远——〈中国一九五七〉题内题外谈》发表于同期《当代作家评论》。尤凤伟认为："任何事物都有其两重性，如果单纯囿于个人的经验而忽略小说艺术本身的要素，写作便会受到局限，天地便会狭窄，写出来的作品也就缺乏思想和艺术的光彩。""既然小说被称为虚构的艺术,就应该尽情施展作家的想像才华,为艺术装上翅膀。……写作一部作品首先将真诚真实的问题提出,这本身便是件很荒诞的事,与文学创作的本质相悖,情理不通。然而也正是这种'情理不通'困扰着当代文学及其写作者。真诚真实成了一件令人大伤脑筋的事。无奈只好将商业促销的'打折'手法用在创作上。"

张闳的《感官的王国——莫言笔下的经验形态及功能》发表于同期《当代作家评论》。张闳谈道:"狂欢化的原则是对既定的生活秩序的破坏和颠倒。莫言小说的狂欢化倾向即表现为这种破坏和颠倒。……莫言小说的狂欢化倾向并不仅仅是一个主题学上的问题,而同时,甚至更重要的,还是一个风格学(或文体学)上的问题。狂欢化的文体才真正是莫言的小说艺术上最突出的贡献。"

28日 张达的《改革题材小说二十年》发表于《光明日报》。张达谈道:"进入90年代之后,当我们的文学重新涉足改革题材的时候,它的面貌已经发生了非常显著的变化。这就是被概括为'分享艰难'式的小说。从平视生活的写作态度和叙事方式来看,这类创作显然是从'新写实'脱胎而来,但却已不再局限于'新写实'情有独钟的那种'过日子'的烦琐细碎,而是将目光移向了关乎国计民生的大事,尤其是经济现状的困窘,写出了城乡改革、社会转型的种种艰难。评论界普遍认为,这类作品对于改革生活的描写,其真实性是不容置疑的,但却缺乏理想的亮色,因而缺乏鼓舞人心的力量。诚哉斯论。这样的批评其实恰恰说中了'分享艰难'式文学的思路特征,这就是:严格地从生活实际出发,严格地从感受到的生活出发;而感受不到的东西,属于理性范畴的东西,则决不外加进作品之中。这样的文学思路也许并不是完全可取,但它至少要比理性化、理想化更具真实性品格。而在事实上,经济转型的初期也的确是困顿竭蹶非常之大、非常之多,人们从中看到转机必然需要一个痛苦的过程。文学当然也是这样,甚或更是这样。"

本月

汪政、晓华的《毕飞宇的短篇精神》发表于《上海文学》第9期。汪政、晓华认为:"如果说'短篇精神'这个提法还有些道理,那么它起码应该包含两个层面，一个是作家融铸在短篇中的一以贯之的精神指向，它的人文关注和价值理念，不妨借用现在流行的说法叫作短篇的'意义形态'。另一个就是与之密切相关的美学处理，它的叙述理念，它的'叙事形态'。其实，这两者是不可分割的，它们互为皮毛，一个不存，另一个也就无法附丽。"

本季

黄佳能、邵明的《现代性精神和后现代叙事——对世纪之交现实主义小说的一种解读》发表于《文艺评论》第4期。黄佳能、邵明认为："80年代中期以后，小说似乎又发生一次整体位移：从热衷于怎么写又回到了写什么。新写实小说的出现正是契合现实与文学的双重呼应（严格地讲，先锋小说、王朔小说与新写实小说在时间上并不构成递进关系）。不管是方方、池莉、刘恒还是刘震云的小说都在言述一个个普通人的日益商品化的社会中的物质世界的不如人意的精神世界的压抑、苦闷，绘声绘色、淋漓尽致写出了普通人为生活奔波劳累的平凡经历与真实心态。这些人物和王朔笔下的'顽主'在精神上还是有着质的暗合：那就是面对强大的物欲世界而无暇自顾、身心疲惫。"

王素霞的《夹缝中的狂欢——关于1988—1998年中国小说的"游戏"修辞》发表于同期《文艺评论》。王素霞认为："一是'趣味型'。它以奇特的想像、率真的人性、多变的故事和穿越历史时的神游为游戏的外壳，以此构筑语言游戏与人世沧桑的多彩迷宫，其间弥漫着无穷无尽的趣味与才智，由此化为游戏修辞的内蕴。王小波小说就为我们提供了如此有趣的小说文本……二是'调侃型'。游戏是智者的存在，它可以选择讽刺、戏谑、幽默与反讽的手法，对荒诞、可笑、正统、专制与无道并存的现实世界给予强有力的戏弄与嘲笑，这便构成了另一种游戏类型，它让你在笑声中消解了传统，也瓦解了意识形态。王朔选择了这一种方式……三是'言说型'。小说从各种各样'语言'的大量倾泻开始，并在情节的演变中构筑诙谐生动的游戏形象，人物和作家均被湮没在不断增殖又不断消解的语言游戏中。"

十月

17日 海之舟的《聂虹：融合了传统与现代之美的天使》发表于《作品与争鸣》第10期。海之舟说道："正像文学作品中成功的人物塑造常常不是单颜色的一样，《爱情世纪末》里的聂虹也并非仅仅属于'现代'——尽管作家为她做了现代女性的定位——事实上，只要我们仔细审视和体味文本，即可发现：聂虹那一系列非常'现代'的爱情观念和行为，竟然是同某些由来已久的传统文化因子缠绕在一起的，是一种现代与传统的交汇与整合。"

25日 刘忠的《论转型期历史小说的文体特征》发表于《上海大学学报（社会科学版）》第5期。刘忠谈道："中国当代历史题材小说在文体意识成为一种自觉的审美追求之后，正面临着寻找和建立意义的问题。唯有妥善处之，强化文体形式的审美规范和意义生成功能，让其不断地向历史和现实开放，方能走出新历史小说'反文类'的误区，以其特有的姿态焕发出旺盛的生机。"

十一月

1日 《对"个人写作"的思考与讨论——北京大学"批评家周末"文学建设系列对话之一》发表于《作品》第11期。文中写道："在先锋小说中'个人'更多地指涉了世俗的个人身体经验，以此与以往实验小说中浓重的技巧至上气息相区别。女性小说的'个人'则侧重于文化性别政治的个体实践，矫正前代女作家个人性别反思的淡漠。""先锋小说也好，女性写作也好……后者把前者扩展为性别，就是说从男性和象征着男性的权力话语中摆脱，但并没有完全发展为无秩序的阶段，使人感到好像仍然有某种规范控制它们。"

2日 张韧的《追寻失落的小说精神》发表于《小说选刊》第11期。张韧认为："当下失落的也是亟待重振的小说精神，第一是以人为本，以'人的文学'、'人学'为文学基石，小说直面人之生存状态与存在的价值，不断发出质疑与追询的那种锲而不舍的精神。……今日社会物欲膨胀的形形色色现象，文学自应描述，但不可忘记'人'的母题。小说即使写物欲的沉沦者，仍然是为了审视人的生存特征及其价值。商品社会泛起的种种时尚、时髦和时风，文学不应顺风崇尚，盲目接纳，而是环绕人的中心逆风质疑，峻烈批判。……小说须臾不可淡化关注人和对人的质询精神。"

7日 黄思天的《纪实文学和"小说化"问题》发表于《文艺报》。黄思天谈道："纪实文学作为叙事文学的一个品种，要实现对现实生活的艺术转化，'小说化'是不可避免的，也是无可厚非的。如果放弃和拒绝'小说化'这一可行的艺术途径和手段，纪实文学在文学世界中的生存前景同样是暗淡无光的。"

10日 梁晴的《精神的失土能否收复》（《罗扇》创作谈——编者注）发表于《中篇小说选刊》第6期。梁晴指出："我对小说功能的认识已经很透彻——它既是无力的，又是苍白的：在金钱和权势的巨大阴影下面。"

孙春平的《拾得荆条为筐篓》（《白了少年头》创作谈——编者注）发表于同期《中篇小说选刊》。孙春平认为："作家的'荆条'则来自生活，你收集得多，笔下便多了鲜活生动的细节，你缺了素材的积累，则笔下难免枯燥。所不同的是，作家的'荆条'不仅仅生于山野，也不仅仅收于夏秋，而是无时不有，无处不在，收割这些'荆条'，也不能仅仅靠手勤刀快，而须心细眼锐，独有品悟，甚至需有文物鉴赏家的'毒眼'，往往你看无甚新奇的生活小事，到了别人的笔下，竟成了令人惊叹的绝活。收集'荆条'的本事，可谓编匠和作家都不可或缺的基本功。"

11日 吴秉杰的《长篇的收获》发表于《人民日报》。吴秉杰认为，"阅读近几年的长篇作品，有几点思绪不断地涌现：第一，是长篇的当代性问题。新的时代生活赋予了我们的作家什么样的胸怀襟抱，使他去完成具有当代意义的叙事呢？第二，与此相应的是历史意识以及从描绘历史和当代生活的长篇作品中感受到的时代性。第三，单纯形式的冲击力，并不足以构成长篇审美的艺术动力。人物、尤其是典型人物的创造，仍然居于长篇的中心的位置。第四，内容如何寻找着适合于它的表现形式？艺术风格、叙述手段的多样化，又有着什么新的精神的涵义？只有思想与艺术的统一的追求，才构成了艺术创新的问题"，"打破这几年创作的'平静'的，首先是一批反映当前社会变革生活的小说"，"这些作品充满了阳刚之气，力图在宏大的时代背景下，捕捉时代的热点，亦即那些人心所系、人民群众情感所系、国家与民族前途攸关的问题,予以艺术的表现","新世纪的钟声尚未敲响,敏感的文学在九十年代后期便已经开始对百年历史频频回眸检视","这构成了当前长篇创作中一个突出景观","'文学是人学'这一命题在长篇小说中表现得尤为直接和鲜明","叙事风格的多样化,在近几年的长篇创作中有突出的表现"。

严家炎的《〈尘埃落定〉:丰厚的文化底蕴》发表于同期《人民日报》。严家炎谈道:"《尘埃落定》借麦其土司家'傻瓜'儿子的独特视角,兼用写实与象征表意的手法,轻巧而富有魅力地写出了藏族的一支——康巴人在土司制度下延续了多代的沉重生活。作者以对人性的深入开掘,揭示出各土司集团间、土司家族内部、土司与受他统治的人民以及土司与国民党军阀间错综的矛盾和争斗。并从对各类人物命运的关注中,呈显了土司制度走向衰亡的必然性,肯定了人的尊严。小说有丰厚的藏族文化意蕴。轻淡的一层魔幻色彩,增强了艺术表现开合的力度。语言颇多通感成分,充满灵动的诗意,显示了作者出色的艺术才华。"

14日 江晓天的《横空出世:历史小说上品》(评熊召政的长篇历史小说《张居正·木兰歌》——编者注)发表于《文艺报》。江晓天指出:"召政的这部小说,在当代历史小说创作上,有这么几点可以说是独到的创新:一、打破以时间推进为主线的叙事方法,选择各种矛盾最为尖锐、交织一起的聚集点切入,纵横展开。……二、对丰富多样的历史知识典故,不用静止的回叙或穿插解说的手法,而是有机地化入表现人物性格的情节、细节描写之中,从而避免枯燥、单调、乏味,写得鲜活、流畅;三、不把下部的伏笔或悬念留在结尾,而是放到中间各章节中,这样更耐人寻味,又使全书的结构更加独立完整。"

刘锡诚的《古道悲风》(评熊召政的长篇历史小说《张居正·木兰歌》——编者注)发表于同期《文艺报》。刘锡诚指出:"《木兰歌》的结构,是值得称道的,尽管也许并非完美到无可挑剔(如对宫廷之外的民间场景的描绘显得似乎有些薄弱)。短暂而典型的时间和空间的截取,张高及两党之间矛盾冲突的精心选择,若干相对独立的情节'板块'的交叉与衔接,事件与矛盾的跌宕起伏与波浪式推进,正笔与闲笔的交叉运用,有开有合,有张有弛,有舒有缓,使主要人物张居正的出场及其在政治舞台上的亮相，使宫廷和内阁众多的人物，特别是首辅高拱和大太监冯保的形象的塑造从垒积、深化、渐臻丰满……"

15日 王一川的《探访人的隐秘心灵——读铁凝的长篇小说〈大浴女〉》发表于《文学评论》第6期。王一川认为："《大浴女》的热销不能掩盖其大众文化包装下的高雅文化内核。小说致力于探访人的隐秘心灵，其独创的反思对话体有助于穿透一般心理表层，揭示个体隐秘的心理活动，而一系列器物形象则蕴涵了丰富的象征意味。这两方面都服从于对人的怨羡情结的双重分析，披露出作家对于怨羡情结的反思。小说关于优秀人格的养成来源于对自我心底卑琐欲望的自我反思和对话的表述，称得上一种独特发现。这表明铁凝是在运用小说手段探索怨羡情结和现代人格上作出特殊努力和卓越成就的中国当代小说家。""挑剔点讲，小说还有可以挖掘的余地：写男性人物就不如女性更丰满，陈在和俞大声显得单薄，反思对话体可以在节奏安排上再求完善，第六章以'尹小帆'为题似与整体不大协调，有些地方对怨羡心理的剖析还可更深入。"

20日 闻立的《现实主义——道路依然开阔》发表于《当代》第6期。闻立提出："王大进的长篇新作《欲望之路》（《当代》2000·5），我不知道它是否算近期最受读者欢迎或者最'好看'的小说，但说它是最有'现实主义'力度的一部，大概错不到哪里去。读着《欲望之路》，最由衷的感叹首先是：在2000年度花样百出无所不为的'小说'中，王大进这一部很有点久违了，一笔一画都'现实主义'得真是'老实'，也真是扎实啊。"

同日，牛志强、潘军的《关于潘军小说叙事艺术的对话》发表于《小说评论》第6期。潘军谈道："传统的小说主题思想都无一例外的鲜明和单一，我反对这个。我认为小说的主题应该是发散式的，是多元的，甚至是不确定的。至于超现实的色彩，这个是我一直喜欢的。"

王树村的《历史的呼唤——评林深长篇小说〈天经〉》发表于同期《小说评论》。王树村谈道："作家的良苦用心在于：通过百年回溯，提出一个既有重大现实意义又有深远历史意义的问题，此即：'人们究竟应当怎样生存？'作为一名作家，能够艺术地成功地反映生活的同时，又提出一个或于历史或于社会或于人生极有警醒意义的问题，已属难能可贵，而林深却不止于此，他在提出问题之后，且又做出了极好的回答：人们应当改变生存意识，更新生存观念，从而使人际关系和生存环境得以改善，那么，便会形成新的个体生存状态，以及新的整体生存局面。只有这样，才能促进社会发展，推动历史前进。这便是该作的'道'，亦即主题思想。……该作集中体现他的语言特色：不堆砌、不卖弄、不虚张声势、不哗众取宠，相反，生动、形象、准确、有味，一言以蔽之，扎实。因而，极好地完成了情节演进、人物塑造并进而实现主题的任务。"

吴义勤的《"生病"的小说》发表于同期《小说评论》。吴义勤认为，当今小说的病症体现在三个方面。"首先，技术病。……小说的叙述实验和文本游戏已经被推进到了一个极端的层次，元虚构、跨体写作、解构叙事……各种各样的小说可能性都被挖掘和呈现出来了，这使中国小说至少在形式和技术领域已毫不逊色于西方文学。""其次，语言病。……中国的青年作家甚至还追求语言的'不及物性'，所谓能指与所指的分离，所谓语言的自律运动，所谓语言的游戏性，等等，都追求的是语言的'词不达意'、'不知所云'的效果。而正因为有了这种对汉语的不尊重，因此，中国小说对汉语美学功能、表意功能的挖掘就显得很不充分。""再次，精神病。……新潮小说、新生代小说已经越来越失去精神的追求，不但越来越无法对现实'发言'，而且甚至连起码的那点'反抗'的姿态也没有了。……在八、九十年代中国小说中'声音'同样不弱的所谓张扬'道德理想主义'的文字。这些小说打着'精神'的幌子，以叫喊的方式在小说中宣扬所谓理想、高尚、仁慈、善良……表面上虽然很'思想'、很'精神'，实际上只不过是把一些常识、公理当作'思想'、'精神'贩卖……"

赵稀方的《博尔赫斯·马原·先锋小说》发表于同期《小说评论》。赵稀方认为："马原从博尔赫斯那儿学来的最具有'爆炸性'的一招，是打破小说的假定性，明确告诉读者小说的虚构性，并在小说中说明作者构思过程。""马原学习博尔赫斯的另外一招，是其迷宫式的故事叙述方法。……马原将此简单地称为'故事里面套故事'的'套盒'方法，并力图运用到自己的小说创作中。""先锋小说本是在博尔赫斯等后现代小说影响下产生的，与后者必然有相似之处，但这种相似往往只是表面的，用先锋小说证明中国的后现代性、进而断言后现代的到来不能不说十分可疑。实事求是地分析马原小说，我们会发现它们身上的'后现代光环'只是人为强加的。马原完全是从现实性的角度理解博尔赫斯的，与博尔赫斯的后现代立场可以说南辕北辙。"

21日 龙钢华的《"冰山型人物"——谈微篇小说的人物形象特点》发表于《文艺报》。龙钢华认为："微篇小说中的人物形象只是做为一种手段、一个符号来为实现立意目的服务的，不像短篇小说中的人物形象那样是手段和目的的合二为一。因此，微篇小说在塑造人物时，不求文本形象的丰满圆润，而求立意的通达到位。这种形象，其内涵正和海明威的'冰山原理'吻合，我们不妨称之为'冰山型人物'。'冰山型人物'的本质特征是，作家为了实现写作意图而截取人物性格的某一侧面，以表现一定历史时期社会生活的某些本质和作者的审美取向。从而创造出能给人以认知作用和美感作用的艺术形象。""具体说来，这种'冰山型人物'有如下特征：其一，不求大而全，但求精而尖……其二，以小见大，由微知著……其三，意蕴大于形象，单纯而不单薄……"

23日 洪治纲的《如歌的行板——论毕飞宇短篇小说艺术》发表于《文学报》。洪治纲认为："毕飞宇的短篇小说有一种极为灵动的审美特质。他对故事内核中轻与重的从容处理，对人物潜在生命状态的冷静逼视，对叙述节奏的有效控制，对叙事细节的精致化临摹，以及对话语语调的准确运作，都使他成为当下不可多得的一位写短篇的高手。所以，读完他新近出版的短篇小说集《款款而行》（百花文艺出版社 2000 年 9 月），我的内心充满了某种惊喜和愉悦，犹如罗兰·巴特所言，是一种纯粹的审美上的快感享受。这种感受首先来自于作家对叙事技术的精到把握。……毕飞宇的短篇常常致力于某种不露痕迹地精雕细刻，执迷于举重若轻的审美境界。他带着南方作家特有的细腻和机敏，以一种优雅从容的叙事方式，将很多凝重而尖锐的人性主题伪装起来，用一种轻逸的文本拥裹着深远的思索，使话语形式与审美内蕴之间保持着强劲的内在张力。……毕飞宇的短篇之所以显得十分精致，还在于他对叙事节奏的有效控制。他总是选择一种避重就轻的叙事方式，缓缓地推动故事前行。无论冲突何等剧烈，无论主题何等尖锐，他的话语都像如歌的行板，自始至终保持着自身优雅的步履。……这种叙事节奏，还使他的短篇中许多灵动的细节得以生动地拓展，创作主体的艺术智性得以全面地激活，审美感觉获得了自由的传达。毕飞宇的短篇常常在一些无法言说的地方跳荡出很多绝妙的话语，在一些冲突集结的地带盘旋出大量灵动的感受。……这种语言不仅大大强化了作品自身的诗性魅力，同时又有效地缓解了叙事的紧张，确保整个叙事节奏的从容与舒缓。"

25日　刁斗的《消失的小说》发表于《当代作家评论》第6期。刁斗认为："故事，结构，语言，这的确是我长期以来在阅读和写作小说中最为关注的三个基本要素，我认为，正是它们的彼此勾连，才搭建出了小说世界的三维空间。一般来讲，我喜欢那种比较感性的平凡故事，它具有模糊而又脆弱的质地，能更直接地指向性灵而不是世相；我喜欢那种富含形式意味的包装结构，宁可形迹彰显，也不毫无自觉，它应该理直气壮地成为内容的组成部分；我喜欢那种出之于口语而归之于书面语的智性语言，在流畅中有断裂，在朴素中有奢华，含而不露却又处处机锋……故事和结构还有语言，它们的关系如同水乳，是一个自洽的严密体系，作为一个和谐统一的有机整体，它们在共同支撑着一篇小说。在一篇小说里，只有这三样东西彼此呼应着发挥了作用，文学的发言才能够实现，对于生命的存在和世界的规律，小说也才能以它独有的方式，做出有力量的揭橥与展览，有预见的宣喻与指认。""小说提供的象征隐喻暗示，是整体的和全部的，应该通过作品的自洽系统呈现出来，而不能刻意攀附，仅仅用某个人来象征什么以某件事来隐喻什么拿某种经验来暗示什么。如此一来，依我的理解，写作小说就又不光是个技能技巧问题了，它还成了小说写作者的宇宙观问题。"

郭剑卿的《蒋韵近作中的女性意识及其文化意义》发表于同期《当代作家评论》。郭剑卿谈道："蒋韵在《栎树》里首先体现出来的是她那十分强烈鲜明的'性别立场'。她自由驱遣着三个女性的想像，借助一种集叙述、描绘、评点为一体，融生命的直感与灵感为一炉的'女性话语'，铺陈连缀、喷涌而成一部以女性为主角的家族历史，渗透着彻头彻尾的女性中心意识。……在我看来，'性别立场'之外，蒋韵还有其更为重要的'文化立场'。这正是本文所关注的重心所在。它表现在四个方面：第一，男性人物书写模式和男女关系书写模式……第二，女性地位和女性关系的改写……第三，女性生命的阳刚书写与男性生命中的阴柔书写现象……第四，一种新型人格的想像或完成……"

林斤澜的《说忌讳》发表于同期《当代作家评论》。林斤澜认为："感到眼下小说时行两种写法：减法和加法。减法又可别称传神法、省略法。一目传神，连眼睛都可以略去一只。""美学方面追求简约。写法上偏爱白描。先哲对白描传下十二字真言：去粉饰，少做作，有真意，勿卖弄。""不过简约亦有忌有病。忌即前边说的明白，也就是不明白。病曰'雅'，换个时髦词儿曰'骨感'。""加法也有外号：充实法、填空法。如寺院墙上连环壁画，教堂中彩绘玻璃。顺序分格，格格填之充之。""美学上推崇饱满。……加也罢，减也罢，加无度则'肉感'，需要减肥。减无度则'骨感'，需加营养。因此加减都非有标尺不可。何谓标尺，刻得有度数也。度，正是选择的具体表现。"

王春林的《政治与王蒙小说》发表于同期《当代作家评论》。王春林谈道："作为一位写实主义小说家，当他执笔写作时，首先必得真实地再现自己的表现对象。对于王蒙而言，他的小说写作则首先必得真实地重现近半个世纪以来中国所走过的客观的社会现实情形。而要想真实地重现还原近半个世纪以来中国的社会现实，一个无以回避的问题即是五十年代以来中国社会的日益政治化倾向，一系列政治运动与系统化了的政治词语乃是日益政治化了之后的中国社会现实最为明显的现象表征所在。窃以为，这种社会现实事实上就内在地规定了王蒙小说明显的'政治化'倾向。而这，也就是政治之所以会在王蒙小说中处于如此突出地位的根本原因之一。……在笔者看来，政治经验的异常丰富与一种超越性的理性目光的具备，正是政治之所以在王蒙小说中处于如此突出地位的另一个根本原因所在。"

吴义勤的《感性的形而上主义者——毕飞宇论》发表于同期《当代作家评论》。吴义勤认为："'错位情境'既是毕飞宇呈现他审美理想的艺术载体，又是他能够把感性经验融入抽象叙事的艺术桥梁，对它的有效阐释，将是我们理解毕飞宇及其小说的前提。""我们所熟知的'历史'与那种隐藏在'历史'帷幕背后的'本真历史'常常是'错位'的。而恰恰是这种'错位'构成了'历史'存在的本源与真相，构成了人类生存的最大悲剧与荒诞。毕飞宇在他的小说中所致力的就是对这种'本源'与'真相'的叩问和揭露，他无意于单纯的'解构'或'建构'某种'具体的历史'，而试图在对'历史'的抽象化追问中实现对于世界和'历史'的双重阐释。""其次,人性的错位与心理的错位。这一类小说对应于毕飞宇自称的"世俗语态",它以现实的破碎状态为表现对象,以现代人生存困境的剖示为基本艺术目标,尤其在对现代人生存心理和人性异化状态的刻画上毕飞宇表现出了他不俗的才能。""作为一个具有自觉的'形而上'追求的作家,毕飞宇小说的'深度感'几乎是不言自明的,这一方面源于上文我们所说的他对世界、人生、历史的'哲学'理解,另一方面又源于他对人性的深入解剖。毕飞宇的小说用笔往往不露痕迹,但其切入人性、人心、人情之深、之狠绝非一般作家可比。然而对我们来说,毕飞宇小说的艺术力量却并不仅仅根源于他的'深度',相反,毕飞宇小说最打动我们的还是其"哲学"背后的那些令人怦然心动的美与情感。"

同日,王蒙的《小说创作与我们》发表于《上海师范大学学报(哲学·社会科学版)》第4期。王蒙认为:"第一点我想谈一下小说创作的定义,模糊性和创造性。我说的模糊性指的是没有一个小说作者能够清楚地用概括的语言把自己的作品说清楚,除非那个作品太低劣了。……第二个意思,小说可以极大地发挥作者和读者的想象力。小说和报告最大的区别就是它的想象是合法的……第三,我想谈一下小说创作的整体性和逻辑性。哪怕是最简单的小说,它有头有尾有一个过程。因此从事小说创作的人有自己的逻辑,他要不停地分析这个人,这件事走到这一步,下一步会是什么。在这一点上来说,也许我的比喻很不恰当,也许我的同行会不喜欢这个比喻,即作小说和下棋是一样的,你要一边走,一边想到第二步、第三步、第四步,对方这一步这样来,你的下一步会怎么走,再一步这么来的话,你底下的一步会怎么走。所以小说创作对一个人的思维能力是一个极大的训练……"

27日　《90年代中国先锋文学再思考》发表于《光明日报》。其中陈晓明指出:"事实上,先锋派在当代中国只是一个短暂的存在。90年代初期,先锋派作家大都遁入历史而回避现实生活,这使他们实际上丧失了持续解难题的能力。他们甚至无力对人们迫切需要了解的当代生活的复杂性、尖锐性和深刻性方面提供任何具有意义的想象。"

蒋原伦指出:"先锋文学既然是相对于传统和规范而言的,'断裂'就是其中应有之义。90年代，特别是在90年代后半期，先锋文学的面貌变得越来越模糊和可疑。反时尚或追逐时尚的，搞文体实验的或是搞'身体写作'的，都可以顶着先锋的名头。这般的含含糊糊模棱两可，毛病出在它的对立面——传统的身上。如果说80年代中期，文学界有一个比较坚固的传统的话，那么90年代则缺少这样一个对立面。"

洪治纲指出："确实有不少曾经热衷于先锋实验的作家们如今已逐渐回归传统，曾经喧嚣一时的大规模的先锋浪潮在近几年来也渐趋平静，但这并不意味着先锋文学已经寿终正寝。事实上，这正是中国先锋文学走向成熟的一个重要征兆。"

28日　舒也的《作家：如何面对现实？》发表于《文艺报》。舒也认为："首先，文学需要贴近并反映社会现实，并在历史的高度上，对现实作出必要的理性反思。一方面，文学不能远离社会现实，而应该贴近现实人生，对现实保持必要的关注，另一方面，文学在反映现实的同时，还必须站在历史的高度，超越自我的局限，对现实作出必要的理性评判和价值反思。现实主义作为对现实的关注，除了反映现实之外，还应该有自己的价值判断，还应有对社会不良现象的批判，对现实的理性思考，如此才能保有真正的现实主义品格。其次，文学不同于其他意识形态，它在反映现实、反思现实的同时，还必须尊重艺术规律，文学存在的特殊价值，就在于它是一种艺术形态。"

十二月

1日　张英的《潘军访谈录：写作，是我永远的追求》发表于《作家》第12期。潘军谈道："我很厌倦了那种写得很长的小说，不能因为它是长篇小说，每个人就要把它写成一部史诗那么长。我小说里描写的就是一种精神苦难，就是一个男人一生几十年的精神磨难，情感与生命的体验从个体的生命的体验中间，来反映出这个时代的历史和沧桑，这就是一种追求。……我跟阿城的情况不一样，因为我是在叙事上作了一些研究，比如说你读了我的那么多作品，有一点很明确，把它们放到一起你能感觉到它不是一个人写的，又像是一个人写的，它的不变中也有变化，比如说我写的《对门对面》见到徐坤，徐坤就讲，你那东西感觉真是太好了,那纯粹很客观不动声色的冷静,真好,得到了赛林格的真传。我说,这不是真传假传的问题,我只是感觉到这个东西只能这样而不能那样写。……我的小说为什么即兴的直觉比较多呢?这在后面都有一种理性的设计在跟随着,这构成了我写小说的一种方式,我的小说中间极少有一种原始素材作为铺垫的,比如说《秋色赋》开宗明义我就讲这个小说是有素材的,在故事没有写的时候我就看到它的结尾了,但我为什么要写,我首先就声明出去,但是更多的东西应该靠自己在写作过程中间,从迷茫中慢慢走出来,走到自己觉得应该是出来的时候,我就写出来了。"

3日 叶延滨的《艺术笔记》发表于《人民文学》第12期。叶延滨认为:"性别意识在作家行业的强调,不知是祸是福。当这个世界的女权主义大叫着出现时,各国掌权的绅士们都客气地让她入座发言。女士优先,这是男人们表现出来的优越和体面。然而,当文学更多地女性化,对于文学来说,意味着什么?当然一是进步,更多的女性作家和作品的出现,是封建传统深厚的国家摆脱封建意识的一个标志。同时也是一个下滑,当女性文学长期地在大众眼中成为文学热点时,说明文学正在下滑出社会的中心位置,从政治代言者、经济体现者和时尚引领者这样的位置滑向边缘。"

5日 於可训的《走向"大失败"的结局——读熊召政长篇新作〈张居正〉第一卷》发表于《文艺报》。於可训谈道:"本卷所写,不过是张居正走向这个'大失败'的结局的一个命运的起点。其中心情节和矛盾斗争的主线,是首辅高拱和次辅张居正之间的权力斗争,和围绕这一中心情节和矛盾斗争的主线在宫廷内外展开的各种形式的矛盾冲突。……所有这一切,都是这部恪守现实主义创作方法的历史小说在艺术上的成功之处。这些艺术上的成功,同时也使得这部小说有别于近十余年来,各种'新'历史小说对历史的想象、臆测、拆解、重构、乃至随意的改写和戏说,而承接了自50年代姚雪垠创作《李自成》之后逐步形成的一个当代历史小说的艺术传统。"

9日 王一川的《金庸的现代性》发表于《文艺报》。王一川认为:"要理解金庸的现代性意义,首先需要追问:金庸小说是在什么样的具体语境下产生的?因为,它所产生的具体语境也正与它所发生作用的语境相通。金庸的影响之所以远远超出香港语境而伸展到包括中国内地在内的全球各个华人区域，仍与这种普遍性文化虚根状况相关。文化虚根，不仅特地针对香港状况，而且也是对整个中国文化的现代遭遇的普遍性危机境遇的一个简便概括。"

严家炎的《似与不似之间》发表于同期《文艺报》。严家炎认为："金庸小说令人废寝忘食，靠的是什么呢？我认为，靠的也是艺术想象的大胆、丰富而又合理，情节组织的紧凑、曲折而又严密。金庸小说情节的最大好处，是让神奇的想象和尽可能完满的情理结合起来。他的情节既是出人意料的，仔细一想，却又在人意中。……加上在叙事艺术方面，金庸将大仲马式西方小说开门见山地切入情节以及倒叙、插叙、闪回、推理的手法，戏剧中'三一律'式的严整结构，电影中镜头推移、组接的方法，与中国传统小说讲究伏笔、悬念、转折、一张一驰的节奏起伏等技巧融合在一起，中西合璧而又浑然一体，兼有多方面的妙处，这就使他的情节艺术具有极大的魅力。"

16日 周政保的《沉重的或富有"现实感"的——关于迟子建的长篇小说〈伪满洲国〉》发表于《文艺报》。周政保认为："《伪满洲国》是一部让人感到沉重，也让人感到欣慰的历史题材长篇小说——作品描写了那截中国人受欺凌受奴役的历史，但也没忽略中国人的各式各样的抵抗，特别是作为一截屈辱史或抵抗史，'伪满'的充满血腥的过程总算由作家以小说的方式来展现及传达，而且是那么完整、那么富有震撼力与'现实感'——迟子建是一位青年女作家，由她来完成这一'工程'，怎能不让人感到欣慰。……在我看来，《伪满洲国》确实合目的性地以顺应表达的方式抵达了小说叙述的彼岸。这，就是我说的历史题材小说的'现实感'。当然，'现实感'也只能和《伪满洲国》那样（或作为一种传达形态），以开阔而又冷静的描写，特别是经由人的命运的揭示，在潜移默化的感染过程中获得实现。"

19日 阎晶明的《将长篇进行到底》发表于《文艺报》。阎晶明指出："90年代以来的中国文坛，长篇小说一直扮演着主角作用，无论是在文坛上的名分还是在市场中的地位和利益，长篇小说都占据着最抢眼的位置。这十年来的文坛论争，除了一些事件性争吵的话题纠纷外，主要的焦点也常常集中在长篇小说上面。……不少著名作家的长篇小说，手法陈旧，构思平庸，主题单调，令人惊诧。不少历史题材的小说,在资料挖掘和历史观念上,或者在对主要历史人物的性格塑造与情感把握上,都显示出缺少现代观念的症结,过分偏爱笔下人物的毛病让人颇感'业余'。某些先锋小说,过分注重形式追求和艺术求新,内容往往流于苍白,描写趋于极端。一些反映当下社会问题的小说,又往往在主题处理甚至题材选择上呈现重复、简单的弱点。长篇小说创作的水平及其前景并不令人乐观。无论优劣,优秀作家的代表作品总是能显示出带有本质性的特征和问题。当我读到贾平凹的长篇新作《怀念狼》时,我好像看到了当代长篇小说创作中的一个致命症结,这就是,中国作家常常缺少把长篇小说进行到底的耐力和信心。"

30日 刘磊的《提升长篇小说的艺术》发表于《文艺报》。刘磊谈道:"目前文艺批评界、广大读者和出版管理部门对长篇小说创作出版中存在的问题的意见,可归纳为以下几点,首先是艺术创作储备不足,观察和思考尚嫌肤浅。作家不仅应该是生活最深层的参与者,而且还应当是思想者。……其次,一部分作家作品进入象牙之塔。他们热衷于个人的琐碎生活和一己情感,摒弃社会生活和社会意义,人为地割断作品与读者的联系,或者对西方现代、后现代主义生吞活剥,追求无意识和形式、技巧、文字上的花样翻新,从而把作品局限在'沙龙'之中。此外,作家缺乏献身艺术的勇气和艰苦的艺术创作劳动的精神,也是创作长篇小说精品的大敌。"

本季

黄发有的《90年代小说的反讽修辞》发表于《文艺评论》第6期。黄发有认为:"总体而言,90年代小说的反讽并不是索求意义的精神光照,它恰恰是无根时代逃避反省与追问的文化策略,是对无意义的生存境况的隐瞒和粉饰,是一种貌似真理的谎言。这就使反讽向荒诞挪移。……90年代小说的反讽解构一切、怀疑一切的姿态把自己贬低成了遮蔽存在的过剩的精神现象,在对意义的悬搁中获得了一种狂欢的浅薄。"

2001年

一月

2日 阎晶明的《文学的俗法》发表于《文艺报》。阎晶明指出："池莉是一个写俗生活得心应手的作家，看看她发表在《十月》2000年第五期上的中篇小说《生活秀》，尽管题材没变，但小说的写法却有明显变化。《生活秀》里的'秀'意在表演，所以这篇小说的标题应当是'生活实相表演'。池莉的这篇小说带有明显的电视脚本的痕迹，非常方便于改编成影视作品。女作家这两年'触电'频繁，小说里留下如此明显的影视痕迹却出人意料。……尤其是这篇小说特别注意场景的安排、交待和转换，特别注重故事的动作性和场景的固定，人物语言和人物性格之间的吻合程度相当高，而作家没有在意或故意不突出的，是人物内心悲喜的表现和精神世界的挖掘。即使和作家出名之初的小说《烦恼人生》相比，小说的意味、精神的向度都有明显不足。"

同期《文艺报》第4版还发表了简讯文章。文章写道："'白先勇创作国际研讨会'于一月23—24日在汕头举行，来自海内外的50余位专家学者出席了会议。""日本一桥大学博士黄宇晓从白先勇作品中普遍主题与历史主题的消长中，精妙地觉察其'自我认同的危机'与'再生的可能性'主题。刘登翰教授则更多地认为白氏作品中的悲剧意义归根结底是与历史一脉相关的命运悲剧。山口守、王宗汉、许翼心等把研究的目光投于中华传统文化之上，在文化乡愁、诗歌词令、戏剧曲赋中发掘白先勇创作的文化价值。……白先勇创作艺术的研究，是本次大会谈得最多的议题。於贤德运用巴赫金的对话理论，论证了白先勇作品中陀斯妥耶夫斯基式的对话模式，又通过对悲叹悲剧与悲悯悲剧的区别，进一步论述了其作品的美学价值。周文彬将白先勇置于传统文化与欧美现代主义这一纵横坐标系中,概括出其以思想心理表现艺术境界,以历史沧桑与人生无常反映失落感,以白描的隐与藏、隔与显达到形神俱备等艺术特征。吴爱萍以女性主义为理论依据,评述了白先勇笔下的女性形象,一曰天使型(母亲型)、二曰魔鬼型(妓女型)、三为介乎两者之间的类型,在叙说她们的'他者'境况时,似乎找到了白先勇笔下的某种动机与深层因素。"

同日,曹文轩的《永在:故事——小说的艺术之一》发表于《小说选刊》第1期。曹文轩认为:"故事的永在决定了小说这种形式的不可避免。……小说离不开故事,而只要有故事,就一定会有小说。小说是那些杰出的叙事家在对故事有了深刻领悟之后的大胆而奇特的改写。故事随时都可能被一个强有力的叙事家演变成小说。故事与小说的这种关系是无法解除的,是一种生死之恋。小说虽然在后来的演变中逐步有了自己的一套做法,甚至有了较完善的理论,但由于它本就是故事的演进,因此,故事总要包含于其中。"

胡学文的《我喜欢这种景致》发表于同期《小说选刊》《小说家说》栏目。胡学文指出:"人的命运也是一种景致。一个人来到世上,最直接的目的是往中心里钻,权力的中心,物欲的中心……人的命运因而显现不同的景致。但许许多多的人,无论怎么努力,总是生活在边缘,可以说这是我们大多数人的命运。中心是由边缘构成的,没有边缘也就没有中心,重要的是边缘显现什么色彩。这其实是一种精神。生活在边缘,但不停留在边缘,不屈服于边缘。这是一种尤为独特的景致。我喜欢这种景致。"

3日 《人民文学》第1期发表"编者的话"。编者谈道:"在这一期,我们特别推荐史铁生的新作《往事》,我们还推出了《2001年的爱情》专辑,在这个专辑中,小说家们以丰富的、富于想象力的笔触探讨了中国人在新世纪的门槛上多姿多彩的情感生活,这些小说无论快乐、沉郁、喧闹还是冷峻,都有力地彰显了将被我们持久珍视的基本价值:真诚、忠诚、勇气,对生活的热爱和生命深处的隐秘激情。"

5日 林舟的《建构心灵的形式——潘军访谈录》发表于《花城》第1期。潘军谈道:"写《流动的沙滩》的时候,至少我非常向往自己能写出一部具有那种博尔赫斯式的语言意味的小说,就是既完全改变传统小说的那种结构模式,又即兴地随手拈来的东西很多。但是把它放在这么一个统一的语言系统里面,又有它内部的一种和谐,当时这一点下笔的时候就非常明确。""我一直认为,无论以什么样的方式去写小说,都不可放弃小说内部的东西。尽管我也承认小说的发展某种意义上说就是一种形式的发展,是一种叙事的发展,但我觉得,一个作家是无法回避他所要表达的东西和表现的对象的。因此,无论是我早期的《南方的情绪》还是最近的《重瞳》,我自觉每篇作品都包藏着或隐匿着我个人的某种想法。区别在于什么呢?这种想法或者这种意味存在于小说中它应是不确定的,我称之为'不确的意味'。我认为小说里面如果出现这种'不确定的意味'或者'多元的意味',这种小说就是最饱满的小说。"

赵毅衡的《神性的证明:面对史铁生》发表于同期《花城》。赵毅衡认为:"细读史铁生的历年作品,追寻神性虽然是他毕生努力,但是可以明显地看到两个阶段:推理地追寻,悖论地追寻。这两种虽然都是知识分子的思考,而不是信仰或神秘体验。但是推理用的是知性语言,而悖论却依靠语言表述的盲区。"

6日 封秋昌的《康志刚和他的小说创作》发表于《文艺报》。封秋昌写道:"康志刚的小说的特点何在呢?在这样一篇短文里,只能择其要而言之。在我看来,其突出的特点,便是小说情境的意象化。……在他的小说中,没有重大的事件,没有曲折的故事情节,也很少进行直接的心理描写。作为小说,他自然也要写人,但又不以写性格为主,他要着力突现的,是一种耐人寻味的、特定的'情境',是处于'特定情境'中的人物的言行举止和精神状态,即使在那些时间跨度较长的作品中,也总是略去事件的诸多过程,而把经过精选,画面感、空间感很强的若干特定情境组合起来,让读者从中去感受、体味人物此时此刻的情态与心绪。"

9日 张立国的《21世纪小说真的会走向消亡吗》发表于《文艺报》。张立国谈道:"目前就小说的文本看,电视剧、综艺节目、网上生活等还取代不了小说的文本意义、文本特征。首先,构成小说的材料是文学语言,小说是一种文字语言艺术,语言有无穷的张力,这就给读者提供了无限的想象力,读者阅读的过程就是一种再创造的过程……这种超时空的语言张力,是其它艺术形式所无法取代的。……在背景的铺垫渲染上小说比其它艺术形式有其独到的优势,时代大背景的叙述、典型环境的描写、人际关系的交待、情节发展的铺垫均可娓娓道来,就连淡化时代背景的小说,读者也能明白故事发生的自然环境、人文环境。而在戏剧、电影、电视剧等视觉艺术中,只能画龙点睛,点到为止。"

11日 陆梅的《揭示人性的弱点——访山东作家毕四海》发表于《文学报》。陆梅谈道:"仿佛思想的一道闪电,照亮黑暗的心房,毕四海脑海中一下有了要写的人物、故事。于是放下第一部小说的修改工作,着手《财富与人性》的创作。其时,社会上一批反贪题材的小说相继出笼,其中不乏《抉择》这样的佳作力作。有了那么多反腐题材的小说,毕四海为什么还要凑这个热闹?他还能有新的突破吗?这些问题毕四海当然想过,但他自己有对腐败的理解,他认为腐败的根源之一是人性的脆弱与贪婪。以人性的视角来观照中国的反腐败现实,把腐败分子人性的悲剧与反腐人士的人性正剧交织在一起,用人性的利剑挑开权力与金钱的幕后交易,正是他想要探寻的有别于其他同类题材小说的主题。……毕四海的努力得到了评论界的认同,于是有人认为,毕四海从写《东方商人》《皮狐子路》这一类表现商业文化和地域文化的小说,开始转向了政治小说创作的路子,是'一个突破'。可毕四海自己认为,无论他涉足什么领域,人性是他所有小说的一条线,他始终关注人类的灵魂和民族的灵魂,即便在以后的写作中,他还是会在人性的开掘上深挖下去。"

同日,王蒙的《泡沫与文学》发表于《中华文学选刊》第1期。王蒙指出:"至少有一点是明白的,泡沫不是文学,起哄不是文学,咋咋唬唬、流言蜚语、轻薄为文、拉拉扯扯、吵吵闹闹也都不是文学。离了作品的小道消息、趣闻轶事、行情涨落、怪论诡辩、名词堆砌和各种小联盟小伎俩都不是文学。文学作品是一个字一个字写出来的,字里行间,有没有真情实感,有没有真知卓见,有没有艺术的创意与艺术的感觉,文学作品的有没有一颗真诚的与伟大的心,那不是连蒙带唬能骗过去的。"

15日 郭艳的《守望中的自我确认——张炜小说论》发表于《当代文坛》第1期。郭艳谈道:"张炜执着的理性思考,使他在反叛传统伦理的同时,挣脱了主流意识形态的桎梏。首先,狂热信仰的虚妄性和蹈空理想主义的苍白,显然不足以使人真正向善,成为历史发展的推动者。其次,启蒙理性的物化过程无疑是以牺牲个体的人为代价的,这一历史远非人道,更非理性。于是,张炜将自己的理性运思放置到理性主义所忽略的个体的人和历史的关系之中,在历史建立新秩序的'进步'历程中,通过个体对历史苦难的悲悯和体认,发现历史的暴虐本性,并且认识到历史制造者自身的深重罪孽,从而进行'赎罪'的内省。……在他的本文世界中,道德是守望的核心。道德既是张炜守望传统的目的,又是反思当下的依据。……张炜的道德理想并非是狂热盲目的理想主义崇拜,而是现代个体生命意识对历史与现实本真体验与感悟的突显。"

同日,吴义勤的《一个人·一出戏·一部小说——评毕飞宇的中篇新作〈青衣〉》发表于《南方文坛》第1期。吴义勤认为这部《青衣》作品的魅力首先"来自于它的主人公筱燕秋",其次,"还来自于小说艺术上的成熟",这是一部"'简单'、'朴素'得到家了的小说,是一部艺术形态上多少有点'土气'的小说……另一方面,《青衣》是一部充满内在力量的小说,这种力量包括情感的、人性的、审美的、思想的等多个层面,但是小说的这种艺术力量又不是通过'煽情性'的语言来实现的,相反,小说的叙述是隐藏的,作家没有主观的视角,而是把视点完全归附在主人公身上,整体上营构的倒是一种朴素、客观的语言效果"。

同日,郜元宝的《论阎连科的"世界"》发表于《文学评论》第1期。郜元宝认为:"阎连科的小说营造了一个自己的'世界',他追求对乡野生活无距离的贴近,揭示潜藏于乡野的权力角逐和世代恩怨,特别注重渲染乡民在绝境中激发出来的强韧的生命力,勾画出中原深处独特的人性风物,显示了作家的创作实力。阎连科站在传统背景中,拒绝外来的'思想'有资格解释这片亘古不变的土地,从而拒绝'农村题材小说'的传统。但他的坚守由于缺乏新思想和新话语,而不得不退缩到表达纯粹的身体,成为一种无历史和历史的抽象、绝缘而不断重复的独舞。""阎连科反复渲染的泥天泥地的世界里的坚守,往往不得不退缩到纯粹的身体,这是他的小说一再出现的值得注意的现象。拒绝扩张的世界观无可遏止地收敛,最后只能退缩到身体。农民在自己的世界中最后可做的事情,竟是'自由'地支配剩给他们的仅有的资本——身体,动辄从身体中汲取反抗灭顶之灾的力量。这是上述特定世界观和生存哲学必然的结果。看得出,阎连科相当偏爱这种描写,也是他写得最顺手的。问题在于,他描写的这种'自由'和外界一直处于隔绝状态，只能导向对绝对孤立的身体的处置。"

徐德明的《王安忆：历史与个人之间的"众生话语"》发表于同期《文学评论》。徐德明认为："《长恨歌》开始的'众生话语'叙事，更为突出了王安忆的独特性。'众生话语'是信仰探求、经验反思和吸纳传统叙事资源的结果，'智慧型全知'视角的叙述实践对建构现代中国叙事理论具有意义；'漂流'是构成它的实生活和精神主题。这一话语已经生成了自身的典律。""因为慈悲，对众生的'浮萍'般动荡的生命流动最为关切；因为冷静，所以能从容地细腻表现外在生活，建构起属于王安忆的独特的众生话语。这种话语重全知而不显全能，让叙述从意识形态的实用控制与纠缠中解脱出来，赢得真正的民间性。它与从俗讲而衍生的小说源头有相当的一致性，却又不为义法所拘禁。王安忆的智慧态度、众生话语及由此派生的全知视角仍然产生自中国的叙事文化语境，和基督教语境中产生的全知全能有较大的差别。这是中国传统小说异质性的根源，也是王安忆独立于小说坛上的根基。……'众生话语'是以全知视角对世俗众生的漂流命运作智慧穿透，以慈悲同情的态度呈现其物质生活与精神状态，以说话般的平白语言的叙述传达生活形式的趣味，创造一个非意识形态的民间世界。"

16日 刘锡诚的《贵在知人论世》发表于《文艺报》。刘锡诚认为："'进化论'并不适合于衡量文学的发展，90年代'私人化写作'以至'身体写作'这一怪胎的出现，以及'女权主义'文学理论的传播，并不是一种进步；但毕竟应该承认，80年代以来的中国女性文学，确实出现了令人欣悦的成就。"

20日 闻立的《2000年小说——一个人的排行榜》发表于《当代》第1期。闻立提出："在'长篇'那个部分，最深厚广博的一部，我得说是王蒙《狂欢的季节》（《当代》2000.2）……最精美婉约的长篇小说，我想说是王安忆的《富萍》（《收获》2000.4）……最另类的长篇小说，当推迟子建的《伪满洲国》（《钟山》2000.3—4）……我说的'另类'是指一种真正不循常规的原创能力和写作思路，它还应该具有前瞻意味……我们都知道，在文学这个领域，'史诗'永远是令人生敬同时不可缺少的，事实上我们又厌倦了'宏大历史'——也许厌倦的主要是'宏大表述'，因为不管我们的文化和文学对'后现代'进行了多少似是而非的生吞活剥生搬硬套,'后现代'它确实不仅是什么营造出来的'语境',更是一种不须操练也无可拒绝的精神处境,我们不用专门学习本土化的'后现代解析'也已经太明白,一切的历史,只要你着落于它的正面与'宏大',总少不了透着主观,也透着你理性认识的偏颇与局限(谁能说自己比历史本身更全面更准确?),众生真实的生命史心灵史也就被不当一回事地遮蔽掉牺牲掉⋯⋯最有唯美气息的一部中篇小说,可说是毕飞宇的《青衣》(《花城》2000.2)。"

同日,丁帆的《"新汉语文学"的尝试——〈怀念狼〉阅读断想》发表于《小说评论》第1期。丁帆认为:"'以实写虚,体无证有'成为贾平凹这次创作冒险的原动力。⋯⋯《怀念狼》在'以实写虚'的道路上应该说是大大前进了一步,这一点或许有赖于作者对自己的写作宗旨明确地把握:'物象作为客观事物而存在着,存在的本质意义是以它们的有用性显现的,而它们的有用性正是由它们的空无的空间来决定的,存在成为无的形象,无成为存在的根据。但是,当写作以整体来作为意象而处理时,则需要用具体的物事,也就是生活的流程来完成。'"

洪治纲的《互文性的写作》发表于同期《小说评论》《洪治纲专栏:先锋文学聚焦之七》。洪治纲认为:"将非文学的话语形式融铸在小说的叙事过程中,使之成为小说叙事的某种有效成份,这种互文性的尝试看似有些极端,其实是对小说既定审美规范的一种明确突围。但是,在这种突围过程中,更多的作家还是通过对各种艺术门类之间的互文性补充来寻找新的审美空间和话语形态。""我之所以将互文性写作视为先锋作家一种重要的、带有开创性意义的艺术尝试,主要是在于它明确地体现了先锋文学的创新形态和超越方向。""而互文性写作至少将从两个方面动摇一切传统小说的审美体系:一是它的结构形态,一是它的话语形态。"

牛玉秋的《对传统审美观念的冲击——读〈幻化〉》发表于同期《小说评论》。牛玉秋指出:"《幻化》在审美态度上的上述变化虽然在某种程度上造成一些混乱,但主要还是增加了作品的厚重感,是值得肯定的艺术探索。作者在尝试新的艺术手段时,并没有清除干净旧的、传统的艺术手法的影响。所以,传统现实主义手法在这部作品中还时有所见。这就使得读者不能顺利地进入一种全新艺术境界，也就不能不使读者时时要用现实主义的审美标准来要求这部作品——这就是产生阅读障碍的根本原因，也是这部小说最深刻的内在矛盾。"

谢小霞的《面向大众的叙述与建构——张欣小说论》发表于同期《小说评论》。谢小霞谈道："张欣是要决心做一个传媒时代的明星。她的作品抛弃了创作中惯常使用的心理描写。对人物内心世界的刻画让位给匆匆的都市人讲故事的需要。她和都市中的许多红尘男女一样，留意于那些五花八门的摆设和名牌之间，向往着汽车、花园、别墅式的生活，并在其中添加上一两笔琼瑶式的温馨和浪漫。这不能不说有一种放弃了对自己的道德审视而迎合大众的某种阅读心理的倾向。在今天这个大众传媒时代，张欣对自己作品的价值定位可以说与传媒有着异曲同工之处，她试图在给心灵疲惫的人们营造一个休息的港湾的同时，让人们感觉到，自己生活在一个合理的、健康的、秩序的生活中，从而平息自己的任何一点烦燥和不安。面对大众，也为了大众，可以说是张欣为自己的写作选择的位置。"

23日 周晓波的《90年代少年长篇小说创作热现象思考》发表于《文艺报》。周晓波指出："在90年代的少年长篇创作中，我们还能够关注到另外两种颇为引人注目的创作倾向：一种是崇尚自然，崇尚'自然教育'与'逆境教育'，在广阔险恶的大自然背景中去抒写不平凡的人生；另一种则是以新的历史观和表现手法来重写历史，意欲再现历史的本色。……90年代少年长篇历史小说的创作呈现出异常多彩的面貌，与传统历史小说的写法大相径庭。《北斗当空》（张品成）、《裸雪》（从维熙）、《凤凰城》（北董）、《十四岁的森林》（董宏献）、《竹凤凰》（朱效文）等等作品分别以各自独特的视角和不同的表现手法来关注不同时期的历史面貌，使少年长篇历史小说更好看也更耐人寻味了。"

25日 郜元宝的《在"断裂"作家"没意思的故事"背后》发表于《当代作家评论》第1期。郜元宝认为："在'意义'（或'意思'）消失（隐退）的时代承认并且玩味存在的偶然性（'无意义'或'小意思'），这正是'断裂'作者的共相。""读'断裂'作家的作品，常常想到契诃夫，这位二十世纪怀疑主义先觉晚年创作的中篇小说《没意思的故事》，反复诉说一位俄罗斯老者在失去'中心思想'之后精神上极度紧张、痛苦忍受和最后崩溃的过程，至今还像一块'老石头'，重重压着我们的心。'断裂'作家笔下也都是一些'没意思的故事'，但他们显然并无契诃夫式的焦灼，倒是玩味的心态居多。这有两种解释：要么他们别具一副肝肠，可以抛开契诃夫式的焦灼与慌乱，从容愉快地吞食没意思时代的真实面包；要么他们过于麻木和浅薄，把'不可承受之轻'当作真的轻松自在来享受了。"

本月

丁增武的《先锋叙事：漫游与回归——潘军中篇小说论》发表于《安徽大学学报（哲学社会科学版）》第1期。丁增武谈道："可贵的是，在先锋叙事日薄西山，即将举行'最后的仪式'之际，潘军能从纯粹的形式叙事中解脱出来，其后现代叙事于观念的漫游中开始回归，为自己的创作于形式探索和精神向度之间找到了一条坦途，一条通径，真正体现了潘军'随机应变'的文风与智性。……本文认为要继续在创作文本中保持先锋品格，以下方面难以回避：（一）重回先锋的精神维度。回到对现实生存的质疑和拷问与对人类整体精神命运的关怀之中，重新自省自己的精神力量，开掘自己洞察现实存在的潜在能力，用高度的精神自由去逼视庸常的生命形态。（二）开放先锋的精神内涵。先锋精神表现为对于现实存在境域的永无休止的质疑和开拓，不仅仅只针对某种现代或后现代的精神姿态，更无法用某种固定的艺术模式和法则加以拘囿。其行为的本质是反抗和某种程度的冒险。"

二月

2日　曹文轩的《小说：书写经验的优越文体》发表于《小说选刊》第2期。曹文轩提出："小说是最能满足人们将生活与艺术紧密结合之愿望的书写文体。或许是人类社会开始重视个人经验并渐渐有了书写个人经验的风气，或许是人们终于找到了一种能够呈现个人经验的形式——小说，从此小说不可抑制地发达了起来。人们发现它在书写个人经验方面，是无可取代的文体。小说弥补了历史学家的必然性的失误。历史的真实书写依赖于集体经验的书写，而集体经验的书写依赖于个人经验的书写——没有个人的经验，也就无所谓集体的经验——集体经验是个人经验的综合。从这个意义上讲，小说的兴起，才使得我们有可能真正地去书写历史。"

11日 阎晶明的《"糖"里包着"蒙汗药"》发表于《中华文学选刊》第2期。阎晶明指出："这一年没有多少好作品值得特别提出，这是令人沮丧的，最不值得提出的是《怀念狼》，如果说狼的灭绝是野性的消失这个主题没有多少新意的话，把它扯到'人和自然'上面就显得层次更低。从作家写作过程而言，是他心中的狼如何变成一只羊的过程。这部小说开始还是有一点大气的，后半截则气势大泄，这种现象也是中国作家长篇创作普遍症结的暴露。"

钟鲲的《2000年目睹文坛之怪现状》发表于同期《中华文学选刊》。钟鲲指出："《小妖的网》在文本上彻底宣告了新新人类新兴小说文本另类神话的衰亡与终结。在这部文字流畅、叙述老到的长篇小说中，我们看到了'七十年代后'致命的弱点：苍白的符号化叙述和空洞的文本灵魂。"

朱小如的《长篇小说创作一瞥》发表于同期《中华文学选刊》。朱小如认为："出乎我意料之外的是迟子建的《伪满洲国》和徐贵祥的《历史的天空》这两部长篇小说。迟子建的《伪满洲国》虽未提供给读者多少厚重的指点江山、纵横历史之感，但其笔下鲜活、生动的历史场景却历历在目，难以忘怀。《历史的天空》初看之时，让我联想到的是《烈火金刚》、《平原游击队》那类革命英雄主义的传奇性书写，然而，读到小说的结尾，我才多少明白了作者何以要沿用这样一种几乎早已被废弃了的缺乏真实感的叙事的真正含义。或许可以倒过来讲，不用这样的叙事观点，就难以将革命历史进程中的必然性和偶然性纠缠不清的关系，人物命运的叵测难料，以及故事结局的荒诞性和小说主题的调侃意味，如此充分地表达出来。"

13日 牛宝凤整理的《间歇期的沉稳——世纪交会中的一次关于长篇小说的讨论》发表于《文艺报》。张景超谈道："应该补充一点，强调经验、实感不是要文学全部回到现实主义。经验和感觉不排斥现代主义的思想透视。批评对现代主义技巧的滥用也不是否定对现代主义技巧的使用，只是让它和经验、实感实行更好的联姻。"

绍俊的《问作者要独特的细节——读胡兆龙的〈沉浮年代〉有感》发表于同期《文艺报》。绍俊谈道："90年代以降，小说越来越往大了做。这种创作时尚自然使当代小说具有更深沉的历史感和思想性，但也因此付出了牺牲细节的代价。今天，我们该认真地检讨这种'大说'的时尚，倡导一种有意将小说往'小'里去做的创作思想。这样，我们的小说就有可能在已有的深沉的历史感和思想性的基础之上，再上一个台阶。以此来看《沉浮年代》，我以为它已有了一个大的关于人的命运的历史框架。"

22日 周政保的《怎样才算好小说》发表于《文学报》。周政保谈道："但在这里，我不是为了对《秦相李斯》作细致的评论。我只是觉得这部小说作为历史题材小说，其叙述很能激发读者的联想，或让人联想到现实中的诸多现象——我觉得，所谓小说的艺术创造性及生命力，这就颇能说明问题了，更不用说要求不高的'值得重视'之类。或者说，其中已经涉及到了判断好小说的某些基本及前提性的准则，譬如说，作者的社会接受程度如何、即是否满足了正常的社会阅读期待；又如作为文学创造，是不是提供了新的因素，艺术的或生存体验的，乃至历史生活的新发现——'提供'在这里是一个举足轻重或决定作品生命及前景的概念。当然，无论何种题材，历史的或当前生活的，小说是否包孕或透露出（让读者感觉到）相应的'现实感'也是一种很重要的判断作品可能性的文学因素，因为'现实感'是一种小说通向社会阅读的标志：它最可能打动读者的心弦。"

24日 孙荪的《文学的选择》发表于《文艺报》。孙荪指出："小说在人物的塑造上，有了一些带有这个时代特征的色调复杂不容易一眼看穿的人物，比如县委组织部长卫济民、县财政局长胡菲菲等。但是，基于上述立意，故事的情节结构方式的设置，基本上还是两相对立的二元模式。一方面是崇高、庄严、廉洁，一方面是卑鄙、腐败；一方面正确，一方面错误，一为正，一为邪。两方形成激烈的较量，故事波澜起伏，人物对比鲜明。""这样的故事和人物，在九十年代已经很少见了。重要的是，作家把九十年代仍然有这样的当代英雄，提到了读者和文坛面前。也把这个时代理想重新提了出来。"

本月

东西、张燕玲的《小说还能做些什么？》发表于《山花》第2期。东西谈道："除了给人精神上的满足，我不知道小说还能做些什么？小说其实很无力，就像加西亚·马尔克斯说的：'没有文学，地球照样转动。但是，我相信倘若没有警察，世界就完全是另一个样子。'有人想用小说解决我们现实生活中遇到的难题，这恐怕不太可能。有些人专门搜集现实生活中的事件，再以小说的名义发表；有的人是因为生活的事件对他构成了冲击，他以此为出发点，想象出一个故事。刚开始写作的时候，只要编辑一否定我的小说，我就会跟他说：'这是生活中真实发生的。'后来写多了，才发觉'生活中真实发生的'并不能挽救一篇小说。小说是想象的产物，它是我们的幻想、梦境，是我们内心的折射，或者说是我们内心对现实的态度。"

三月

2日 曹文轩的《小说意义上的个人经验——小说的艺术之三》发表于《小说选刊》第3期。曹文轩认为："一个小说家只有依赖于他个人的经验，才能在写作过程中找到一种确切的感觉。当他沉浸于个人的经验之中时，一切都会变得真切起来，并且使他感到实在，毫不心虚。这些经验将保证他在进行构思时，免于陷入虚妄与空洞，免于陷入生疏与毫无把握。"

6日 王琳的《阿成的小说魔术》发表于《文艺报》。王琳指出："读阿成的近作，觉得作者像一个技艺娴熟老到的语言魔术师，变戏法似地在大跨度的时代变幻中穿插往复，将不同的题材相互交融，虚实相生，'写实'与'浪漫'完美结合，古典情怀与时代现实溶于一体，从而创造出一个个多趣而意味深长的作品。"

10日 池莉的《关于〈怀念声名狼藉的日子〉》（《怀念声名狼藉的日子》创作谈——编者注）发表于《中篇小说选刊》第2期。池莉谈道："因为这部小说是写70年代的少男少女，与我别的小说不一样，所以我使用的文本结构和语言节奏与别的小说完全不同，带着一股强烈的青春气息，有一点娇憨，有一点艳丽，有一点明快，有所有年轻人的那种为赋新词强说愁的可爱模样。总之，我力求这部小说写得更好看，力求文字有一种抓人的力量。我力求吸引读者参与小说的审美。我期望在这个阅读的审美过程中，作者能够向读者密传对于生命的感悟——那种属于我们中国人自己的生命感悟。"

阎欣宁的《谁能从小说中驱逐出"道德判断"》（《粮站纪事》创作谈——编者注）发表于同期《中篇小说选刊》。阎欣宁谈道："如果我们的小说中不缺智慧，那么，缺的是什么呢？窃以为，我们时下不少小说，缺的正是当前人类行为所缺乏的道德判断。"

15日 谭红、杨毅的《从描摹纯朴的"美丽"到展示复杂的"丑陋"——贾平凹艺术追求轨迹探寻之一》发表于《当代文坛》第2期。谭红、杨毅谈道："追踪贾平凹的创作之路，综观他的艺术之果，我们发现，他的作品经历了从描摹纯朴的'美丽'到展示复杂的'丑陋'这一特殊过程。这个过程是他美学观演进的艰难历程，也展示了他美学意识的觉醒与深刻。……展示'丑陋'是环境使然，现实使然，人性使然，是深刻的必然，是作家灵魂与情感的审美自然。其次，贾平凹从'美丽'的描摹转到'丑陋'的展示还源于一种艺术追求的顿悟，以及审美视角的重新切入。……我们可以进一步破译他为什么放弃纯朴的'美丽'而追求复杂的'丑陋'。他的创作需要突破，他必须解除'拘束'，挣脱羁绊，打破规则，他必须逆行于传统的审美河流，向着自由追求的艺术审美观的彼岸划去。"

吴智斌的《无根的写作：卫慧、棉棉作品对"父亲"的解构》发表于同期《当代文坛》。吴智斌谈道："'70年代人'、'70年代出生作家'倒并不一定是一种纯粹的出生年月的界限，更是一种文化上的界定，也许正包括了命名者对70年代以来的社会文化生活背景对这些作家写作影响的潜在认同；而'另类作家'、'文学新人类'却似乎正是对这类作家写作的'无根状态'的最直观表述，传达出她们对'父亲'所代表的传统生活方式、生存意义和写作使命的解构与颠覆。""相对于'身上有着强烈的过渡性'的晚生代，以卫慧、棉棉为代表的70年代出生的作家在更大程度上脱离了'父亲'的阴影，具有着'更轻灵的美学'。无论是她们本身还是她们作品的实质内容,都独立、游离于主流之外,有着仅属于她们的生活信念、存在方式和写作态度,呈现出一种'另类'的特征。""我将这种解构归纳成五个方面:1.父亲先验地缺席或远走他乡。…… 2.对婚姻、家庭的回避。……3.对父亲生活方式的颠覆。…… 4.对父亲存在意义的消解。…… 5.对传统的写作意义的背离。"

同日,郭锐的《谈世纪之交我国大陆科幻小说创作的几个主要问题》发表于《齐鲁学刊》第2期。郭锐指出:"我国大陆科幻小说创作主要存在以下几个方面的问题:一、'科'而无'文'或'文'而不'科';二、商业化写作意识差;三、缺少中国作风和民族特色;四、缺少一支成熟的专业创作队伍。归结这几方面的问题,我国大陆科幻小说创作的发展出路在于转变观念和加强创作队伍的建设。"

同日,傅元峰的《诗性栖居地的沦陷——解读90年代小说中的景物叙写》发表于《文学评论》第2期。傅元峰谈道:"基于小说的文体特征和90年代的物化境遇,90年代小说的自然景物叙写获得了作为一种考察对象的特殊性,它映射出物质精神双向侵袭中作家们的几种叙写姿态:抗争中的守望与戏谑,受难中的偏执与迷误,隐匿中的拯救。它们宣告了小说叙事中自然景物这方诗性栖居地的沦陷。这也是精神领地的沦陷,文学所应担负的自我救赎与救赎他人的双重使命考验着叙写者们的意志。"

张志忠的《追忆逝水年华——王蒙"季节"系列长篇小说论》发表于同期《文学评论》。张志忠谈道:"本文以王蒙的'季节'系列四部长篇小说为研究对象,勾勒出作品中纷纭万状的世相和嘈杂喷涌的语言所蕴含的历史走向和情感轨迹,揭示作家及其在'季节'中的代言人钱文的情感特征:集革命、青春、文学和爱情四位一体的浪漫梦幻,描述他带着这种心态经历共和国三十年的风雨历程,其间的命运坎坷、心灵迷惘和理性思索,并且指出作家的主观抒情特征与客观展现时代风云的宏大意图二者的矛盾,以及给作品造成的缺憾。"

20日 杨义的《一部充满命运传奇的文化小说——读罗萌的〈梨园风流〉》发表于《当代》第2期。杨义指出:"我们读罗萌先生的《梨园风流》,就深切地感觉到他无比珍惜地紧紧地把握着文化这张'身份证',有一股'我以我血荐轩辕'的激情,以及把这种激情转换为时代浪潮簸荡中的人生百态的理解。这确实是一部充满感慨、又非常好看的文化小说,一部为近半个世纪京剧命运举行祭奠的、又出手不俗的奇书,它引导读者走入文化,走入一个波诡云谲的大时代,并通过京剧的命运走入中国的命运。任何一个关心中国文化的人,不能不为之动心。"

同日,贺绍俊的《想象中的"国粹"小说》发表于《文艺报》。贺绍俊指出:"小说是一种形式,一种载体,一种手段,一种工具;而内容和实质则是'国粹'。这种想法的妙处就在于,小说是一种可读性很强的文体,读者以一种消遣的心理阅读小说,这是一种轻松的阅读,而通过这种轻松的阅读,读者却接受到'国粹'的教育,获得了有关'国粹'的知识,进而得到'国粹'精神的熏陶。这是一种多么有实际效果的'弘扬传统文化精神'的方式呀!但读到罗萌'国粹'系列的前三部小说时,我才发现这不是我想象中的'国粹'小说,从我的内心期待来说,多少感到有些失望。当然,在阅读之中,我也不断反问自己,你的那种想象恐怕只是一种空中楼阁的想象,在创作实践中是无法实现的。不过,当我逐渐读下来,更觉得如果罗萌不是写'小说'而是写'国粹',也许会写出更加独特的文本来,也许会更加具有冲击力。"

同日,段崇轩的《官场与人性的纠缠——评王跃文的小说创作》发表于《小说评论》第2期。段崇轩说道:"我以为王跃文的小说,展示了当前转型时期一幅多侧面的、世俗化的官场图景,在司空见惯、和风细雨的官场生活中,却蕴含了许多触目惊心、发人深思的东西。王跃文无意于从理性的角度去把握和表现官场,他更痴迷的是各种大大小小的官员的生存状态和心理流变。从上述两点看,王跃文的小说是对刘震云小说的承袭和发展,但他比刘震云的小说表现得更开阔、深入、细微。王跃文崇尚批判现实主义创作方法,但他的写作已绝不是传统意义上的批判现实主义了,已融入较多的自然主义、荒诞象征手法,还有一些浪漫主义。他特别擅长'反讽'手法的运用,不仅使一些大的故事情节具有'反讽'式的象征意味,而且在不动声色的叙述中常常产生出强烈的'反讽'效果,形成了一种庄严中含着荒诞、严肃间透着调侃、平静中饱含忧患的审美效果。"

何镇邦的《"长篇热"带来的丰收——1998、1999长篇小说创作漫谈》发表于同期《小说评论》。何镇邦认为:"统观98、99两年的长篇小说创作,我们将会发现:现实主义仍然是这两年长篇小说创作的主潮。具有高度社会责任感的作家们还是把目光投向当下正在进行的社会改革和社会生活,面向人们所关注的种种社会问题,写出一批反映现实生活和关注社会问题的现实主义的佳构,其中少数还可以称之为力作。""作家们再也不满足于对生活表层现象的描摹和种种社会问题的揭示,而是深入到生活的较深层次,对生活中的文化积淀进行较为深入的开掘。""不少作家在创作中努力进行新的艺术探索和艺术创造,使其作品具有新的艺术风貌。因此,在现实主义主潮奔涌的同时,各种艺术流派异彩纷呈,形成一种相当令人兴奋的艺术景观。"

余岱宗的《反浪漫的怀旧恋语——长篇小说〈长恨歌〉的一种解读》发表于同期《小说评论》。余岱宗说:"张爱玲的叙事是对鸳鸯蝴蝶派以及革命+恋爱的叙事的反叛,《长恨歌》则以轻微嘲讽对抗传奇性'历史人物'的诗意化。王安忆不遗余力地在叙述中瓦解王琦瑶性爱事件的浪漫成分,让王琦瑶在系列性爱事件中的被动、无奈、压抑、麻木、琐碎和潦草处于叙述中最正面的位置。《长恨歌》是以反浪漫的基调叙述王琦瑶的故事,但这并不排斥小说中出现带有强烈诗意色彩的叙述段落。在《长恨歌》中,最强烈的诗意化叙述通常是以'怀旧'作为情绪的核心,王安忆对时光流逝的玩味在文本中比比皆是。……可以说,从题目开始,王安忆对浪漫爱情、浪漫恋语的反讽视角就已经定好了。而从整个文本来看,《长恨歌》之所以超越于一般的传奇人物的爱情叙事,便在于叙述者叙事基调自始至终的反讽的、反浪漫的特性,在于叙述者对恋爱者复杂特性的深刻理解和别致的表述。"

25日 孙郁的《旁观者的叙述》发表于《当代作家评论》第2期。孙郁提出:"什么样的长篇是好的?《子夜》的宏大曾给我们以惊喜,但因为过于时尚和理念化,便失去了自己的丰富性;《白鹿原》呢,那气韵的豪放曾风靡一时,但现在想来,强加给读者的理念过于驳杂,其雕饰的痕迹朗然在目;史铁生写《务虚笔记》,我们当惊叹于他的玄思过人,开辟了小说新的天地,可是过于陷在苦思里,便显得枯涩,逼仄,反不及其随笔《我与地坛》那么经读了。当代的长篇，常常是在某一点上颇有建树，而整体上无懈可击则尚难做到。残雪、余华、迟子建等，均未逃出此运，长篇的成熟之路，还有长长的距离。"

王雪瑛的《生长的状态——论王安忆九十年代的小说创作》发表于同期《当代作家评论》。王雪瑛谈道："对于小说形式的敏感和思考，使王安忆从理念上不断地拓展小说的空间，而在对于'都市'与'乡村'的书写中，她不但发现了新的审美形式，而且还磨砺了思想的锋刃，切入人性的深处，探究人的境遇与状态。"

吴义勤的《小说的起点与小说的终点——〈2000年中国最佳中短篇小说〉序》发表于同期《当代作家评论》。吴义勤认为："小说这种文体发展到现在似乎已陷入了某种困境，一方面，小说在二十世纪里几乎被穷尽了一切可能性，这使得小说本身的秘密变得越来越少，读者对小说的期待值也变得越来越低；另一方面，由于受现代影像传媒的影响，语言文字的局限性进一步彰显，小说的魅力自然也开始大打折扣，小说已不可能再获得轰动性的社会反响和激动人心的力量。""也许，也只有在经过一个世纪的革新之后，在穷尽了几乎一切的小说可能性之后，我们才有可能反思一个终极性的问题：小说的终点在哪里？也只有在这样的时刻，我们才有可能意识到小说的'起点'和'终点'也许本就是重叠的，所有的小说'革命'其实也都是相对性的。从这个意义上说，小说在经过一个世纪的'浮华'的旅程后，回到它的起点，去寻找某种艺术之本的努力，其实正是小说本身的一种'否定之否定'，是小说走向成熟和进步的一种表现。""小说对于朴素和简单美学的'回归'，其实正是作家获得自由和解放的标志。与此相联系，我们看到的是中国作家艺术心态的日渐成熟、艺术自信心的日益增强和艺术能力的日益提高。而这就是我们对于未来中国小说的信心所在。"

叶兆言的《张生的小说》发表于同期《当代作家评论》。叶兆言认为："读张生的小说，有时候感到他似乎比老作家们更传统。传统是一个很世故很广泛的东西，以书法论，它不是一两本碑帖，而是包含书法史上的一切优秀作品。传统不是一两个作家，一两种主义和潮流，年轻一代作家的幸运在于，他们可以浏览了一大堆作品以后，挑一两本自己喜欢的碑帖进行临摹。"

27日　马儿的《小说所能呈现的》发表于《文艺报》。马儿说："小说所能呈现的，不仅是场景、人物、事件、心理、对话、矛盾；也不仅是结构、模式、意识形态、表现形式；还有作家的心智、才华、表达能力、对世界的综合认知水平；甚至还有作家们面对现实生活产生的疑惑与措手无策，他们眼里看到的与众不同的世界、别别扭扭的人间凡尘、纠缠不清杂乱无章的生存心态、莫明其妙的悲喜剧和因果关系……"

杨品的《做公众的代言人——从赵树理到张平》发表于同期《文艺报》。杨品说："赵树理和张平选择做公众代言人的文学道路，虽然走得比较艰难，但他们都不后悔，也不退却，这是非常可贵的。在转型时期的当今中国社会，仍然需要赵树理和张平式的作家。"

本月

李陀、李静的《漫说"纯文学"——李陀访谈录》发表于《上海文学》第3期。李陀认为："西方18、19世纪的古典小说写作所积累的很多技巧现在都沉淀在通俗小说里了，这种资源应该重新加以开掘和利用。20世纪现代派创造的另外一套小说修辞学系统，其中包括乔伊斯、普鲁斯特、卡夫卡等人的种种尝试和贡献，但毕竟都是小说技巧的一个分支，没准还是一种极端的特例。如果这种修辞传统成为今天中国纯文学的普遍倾向，那么无疑会是文学的灾难。""严肃小说可以吸取通俗小说的一些有活力的因素，创造出更有趣的写作方式。一般来说，有三个或四个（也许更多）小说修辞学的传统可以给我们提供营养：一个是西方18、19世纪形成的包括写实主义或批判写实主义以及浪漫主义在内的修辞学传统；一个是20世纪现代主义的小说修辞学传统；还有就是中国自己的章回小说和笔记小说传统；最后是我们都很熟悉的发展于拉丁美洲的以魔幻现实主义著称的非常独特的小说修辞学传统……还有，在这几个传统之外，像拉什迪、托妮·莫瑞森等一大批作家的写作也影响越来越大，这些人写作的独特性使人很难把他们一下子归于哪个传统，也许他们正在创造一个新的传统？不管怎么样，我以为我们今天应该眼界更开阔一些，不是眼睛只盯住现代主义，而是有选择地从多种传统中吸取营养。"

本季

李咏吟的《小说解释向作家的挑战——21世纪中国小说作家面临的四大艺术难题》发表于《文艺评论》第1期。李咏吟认为："小说解释者给小说家提出了新的要求，即小说家应该深刻地去表现中国文化精神，创造出既具时代性，又具有民族个性的文化形象。在文化沉醉与文化解释中，小说解释者肯定有所肯定、有所否定，这正是小说解释学的功能价值所在。小说解释学说到底就是要独立地解释文化，认同文化，批判文化，改造文化，由文化达成对人性自由的深刻认识。小说解释有多种言路，多种语境，多种途径，无论是形象阐释，还是精神阐释，无论是生命阐释，还是文化阐释，归根结底，它总是要向小说家提出强有力的挑战，只有独创性的作家才能在这种挑战中找到真正的位置。21世纪自然有许多新问题，无论社会与历史如何变化，小说解释者向作家提出的挑战理应得到作家的响应。"

四月

1日 傅广典的《长篇小说将进入转型期——〈人间城郭〉后记》发表于《长江文艺》第4期。傅广典说道："在本部长篇小说（指《人间城郭》——编者注）构思和创作的整个过程中，作者始终有一个每时每刻都萦绕于脑际的判断：中国的长篇小说将进入转型期，由故事型欣赏型转向认知审美型。……认知审美型的长篇小说与故事欣赏型的长篇小说不同，它是以对人与现实的认知为主旨，表现出对人物生存状态的关注。""在这种美学原理指导下，小说的表叙范畴得到扩展与重构，是一个以内涵创建为主调的新的艺术空间，在形象思维的框架里，建立广泛的抽象思维和逻辑思维领域，故事的表叙服务于理性信息的传达，小说的语言更趋向文学化、理性化、更富有张力。就是小说的悬念也是以认知欲求为基础设置，它的价值集中体现在认知审美导向上，引导受众对理念的拓展、开掘和提升。"

同日，董大中的《送小说到乡下去》发表于《人民日报》。董大中指出：

"送小说下乡,不应该在题材上予以限定。不在于小说写什么,而在于如何写,在于小说的审美形态是否跟农民的审美需要相适合。农民的审美需要,是随着物质生活的提高和文化生活的丰富而不断变化的,不能用一成不变的眼光去看。要使小说受到欢迎,恐怕最重要的一条,还是加强小说的文学性,使小说具有跟电影、电视剧甚至戏剧很不相同的特点。文学中应该充满智慧和幽默。当年赵树理小说受农民喜爱的一个原因,是生动幽默,富有风趣,使人听之不厌。""送小说下乡,是实现文学和普通读者相结合的一条重要途径,也是把小说送到读者中进行检验的一条有效途径。"

5日 张韧的《"反贪小说"如何深化》发表于《文学报》。张韧认为:"而就我所见,近年反贪小说多从一个大案要案的侦破过程中,层层撕开贪官的面纱,步步暴露了他们的丑恶面目,然而,似乎有一种倾向显露出来,那就是反贪小说揭露对象的级别越来越高,中饱私囊的钱数越来越猛涨,反贪情节也越写越离奇了,似乎如此这般,才是文学的深化。由此,我们不能不看到当下的反贪小说创作面临一个迫切需要解决的问题,那就是如何突破模式,怎样创新和深化。我以为这类作品的深化并不在于揭露对象的级别越来越高,中饱私囊的钱数越来越猛涨,反贪情节越来越离奇。它取决于在反贪与贪官相冲突的双方之间,切入与塑造好最憎恶官员腐败、反贪最坚决的人民大众。……反贪小说当然应该是一部有话要说、有感而发的小说,但同时也不能没有深刻的想像力和辉煌的艺术色彩;它当然应该是没有虚幻的'泡沫',质地坚实,画面真切,人物有血有肉,甚为感人的艺术作品。虽然,有些论者认为反贪小说应注重体制和机制问题,强化批判力度。的确,许多腐败问题与不完善的体制、机制有关,但一朝体制、机制完善了,严密了,腐败现象就会消踪匿迹吗?强化批判其实也不仅仅只是对腐败罪恶行径的批判,既然是文学艺术作品,就更应该顽强追寻的是,从历史到现实,从西方到东方的俯拾可见的腐败现象,其人性之因究竟在哪里?揭示人性的弱点,揭示人性之邪恶,应该成为刻划腐败人物形象的关键所在。尽管,我们不应要求作家'先知'似的开药方,道出如何制止腐败。但文学作品应该警世骇俗,惊醒世人。反贪小说不能就官论官,就反贪论反贪,重要的深化还要回归到'人学',所以,我以为文学批判不能不把形形色色的贪官押送到人和人性的审判台前，不是浅表的而是深邃的严厉拷问其人物的灵魂。"

7日 木弓的《〈檀香刑〉：惊心动魄的故事 底蕴深厚的人物》发表于《文艺报》。木弓指出："在莫言笔下，历史只有一句话就讲完了；这句话是否讲了历史也令人怀疑。剩下的全部是虚构的小说故事。没有了讲史的负担，故事就越来越纯粹，越来越无拘无束地展现小说作为一种有可能超越现实功利的叙事性艺术形式的特殊魅力。"

10日 王一川的《高雅的也是大众的》发表于《文艺报》。王一川指出："罗萌的'国粹系列长篇小说'《丹青风骨》讲述了一个国画世家及其传世名作《雪血江山图》的故事……小说不仅注意了这种全球性的叙述，而且致力于故事的奇异性的构造。……但叙述者并没有刻意打造这种奇异性或一味追求'猎奇'效果，而是注意使得这种奇异性成为人物现实生活的一种必然命运，从而使奇异具有可理解性，这有助于读者由此认识生活的常态。人物之间情感关系的复杂性，显然是小说的突出特色之一。"

许廷顺的《〈倒立〉：失重的飘行》发表于同期《文艺报》。许廷顺指出："就文本而言，小说最突出之处在于作者对显在的自我的放弃：既放弃了对丰实充盈的精神人格的热情关注，又放弃了对故事情节精粹性与统一性的追求。其结果是在使人物'扁平化'的同时，有效地稀释了人物自身及人物间的紧张冲突，加以作者无限膨胀了的言述欲望，使沉重的现实淹没在空洞的话语海洋里面，仅仅留下了羸弱苍白的影子。这种叙事姿态，与其说让读者对故事的隐含意义感到兴趣，毋宁说这种姿态本身能透露给我们更多的东西。"

11日 史铁生的《宿命的写作》发表于《中华文学选刊》第4期。史铁生指出："人是天地间难得的一种会梦想的动物。这就是写作的原因吧。""我自己呢，为什么写作？先是为谋生，其次为价值实现（倒不一定求表扬，但求不被忽略和删除，当然受表扬的味道总是诱人的），然后才有了更多的为什么。现在我想，一是为了不要僵死在现实里，因此二要维护和壮大人的梦想，尤其是梦想的能力。"

12日 陈歆耕的《小说不再是"盟主"的时代》发表于《文学报》。陈歆耕谈道:"小说,尤其是长篇小说,在文学大家族中,将不再充当'领衔主演'的角色。曾被视为最具艺术感染力和影响力的长篇小说,正无可避免地从艺术'盟主'的宝座上衰落下去。如果今天还有人企图重温像五、六十年代那样,一部小说影响一代人的历史,不啻是要揪着自己的头发离开地球。属于小说艺术发展的黄金时代已经过去了。……我们的许多文评家们,心中仍有一种解不开的'小说情结'。他们仍把小说视为文学的'正宗',视为真正的纯文学,而对其它则不屑一顾。这样的文学观念,显然滞后于我们所处的时代。"

本月

王光明、南帆、孙绍振等的《市场时代的小说——关于九十年代中国小说的对话》发表于《山花》第4期。南帆谈道:"女性文学所表露的个人的、身体的等等这一系列东西,尽管我认为还没有超出现代性话语,但包含着很多跟现行的市场社会、白领阶层、成功人士等等展开冲突的地方,她们的文本里面存在冲突,这是值得重视的一头。另外一头也是现在非常值得考虑的,比如谈歌的《大厂》跟早期蒋子龙的《乔厂长上任记》比较,后者里面那种乐观的精神,对改革人物的歌颂,在《大厂》这批作品中变得复杂了,乐观情绪没有了,里面反映出一种无奈的精神,关注的是失败者的群体。""我想说以前的史传文学是回溯历史,后来把它改造为政治想象,强调的是政治功能。我之所以提到这个问题,是说九十年代以后,在很多小说里面,既不像古代史传小说那样阐述一段历史,包括阐述历史的愿望,像《红旗谱》、《创业史》,九十年代小说像我们刚才提到的那批人是没有这个愿望的,他们的小说阐述的是一些零零星星的事情。刚才荒林所说的两种倾向我认为是存在的,第一是人与物质的关系,尽管被孙老师挑剔了一下,但它确是90年代小说所处理的问题。另一个是人跟性话语的关系,包括性关系与性话语,也是90年代小说的新倾向。这些都与历史、政治的宏大叙事无关。"

余岱宗谈道:"整个80年代的小说给人一种正在创新,正在走向先锋的感觉,到了90年代,这种感觉就没有了,特别是90年代中后期,我只记得几个作家的名字,对作品,更多的是记得某部作品的开头,另外一部作品的结尾,或者一篇作品某个人物的片断感觉。在这样的阅读体验当中，我们会发现90年代的写作，如果用陈思和的'无名的状态'，我觉得不如用'碎片般的状态'来形容。"

荒林谈道："'民间'这个词本身就是对它的美学品味的评定。我想我们不能回避的一个话语就是，我们在谈论90年代小说的时候，不谈物质关系，就无法进入90年代小说的本质。这一点非常重要。王安忆、陈染也好，苏童、朱文、韩东也好，包括王蒙、王朔、金庸都是一样的，他们所塑造的主人公都是在一种物质关系中出场的，而且这种物质关系的出场跟张爱玲时代是很不一样的。当今物质关系中出场的人物显得更为复杂……"

王光明谈道："在九十年代，随着市场社会的来临，'物质'的确更广泛地进入了文学的话语场地，更有力地支配着作家的艺术想象。但这里所说的对物质的垂注，并不意味着甘愿让小说作为物质的镜像，更没有物质崇拜的意思，小说写作，毕竟是与符码相涉的语言实践，因此，即使把身体也当作物进行交换的小说，比如，《长恨歌》的主人公以此交换到了爱丽丝公寓和金条，《致命的飞翔》的主人公愿意以此交换一张调动的表格，但这些小说所表现的，恐怕很难归结为对物质的热情，而是物质所牵涉的复杂关系。"

五月

2日 牛玉秋的《为建设精神家园默默耕耘——近年来中篇小说印象》发表于《人民日报》。牛玉秋谈道："中篇小说自九十年代中期以后逐渐失去了文坛中心的位置，就其正面意义而言，这反倒使得中篇小说的作家们有可能以一种更为平和的心态去对待自己的创作。他们从各种各样不同的人入手，从人的命运变迁、精神处境和心理感受入手，去表现社会变革的各个层面，把小说写得'越来越像小说'；同时，他们的注意力始终凝聚在人的精神世界，探寻着诸如生命意义、人生价值等一系列重大精神命题，为建设人的精神家园默默耕耘。批判与重建就成为近年来中篇小说的明显特点。"

同日，曹文轩的《小说家：准造物者》发表于《小说选刊》第5期。曹文轩认为："对小说虚构性的论证，随之逐渐展开。通过长期经营，它使人们忽然发现原来虚构竟有如此巨大的价值。随着小说理论的健全与丰满，它的价值越来越被人们深刻地认识和认可——弥补现实……暗助逃避……操练想象。""在浩如烟海的小说文本中,我们看到了两种虚构:对现实的虚构和对虚空的虚构。"

5日 耿占春的《故事的没落》发表于《花城》第3期。耿占春认为:"在经典现实主义文学之后,现代作家对于从苍白的经验之流本身敷衍出的故事越来越缺乏信任感。在现代作家所处的历史境遇中,情节剧已经不是揭示现实而是掩盖人的真实处境的一种套路。……人的主体性、个性和富有个性的行动仍然是左右历史事件的力量。事实上这是历史境况所否定了的叙述要素。这些既有的叙事要素,已经不能够在直接的和真实的意义上成为现代小说的叙述模式,坚持文本社会学或叙事形式的社会学的真实性的叙事,正在试图从它的'基本弱点'中创造出叙事的可能性。"

10日 迟子建的《裁剪和染色》(《鸭如花》创作谈——编者注)发表于《中篇小说选刊》第3期。迟子建认为:"一个作家,在某种意义上来说,就是一个裁缝和染匠。这个裁缝喜欢到生活的缝隙中去拾捡一些在常人眼里可能被视为无用的边角废料,把它们一一地积攒起来,期待有朝一日忽然能抽出几块布角,把它们连缀在一起,做出一件按自己的意愿设计的服饰来。"

刘心武的《我写〈京漂女〉》(《京漂女》创作谈——编者注)发表于同期《中篇小说选刊》。刘心武认为:"我以为,把自己写来写去,很可能会山穷水尽,或者不断重复,乐趣有限;而写社会,写他人,写芸芸众生,则资源无限,可以不断地别开生面,也可以更深入更全面地体味人生、探究人性,自己乐趣无穷,对自己的固有读者群,也得以维系较为持久的吸引力。"

11日 《中华文学选刊》第5期"本刊编者按"写道:"在新一代小说家中,魏微的写作难能可贵的保持着一种古典的精神,但她宁静的写作并不被关注,这里选载的《校长、汗毛和蚂蚁》便是一篇不可遗忘的佳作。"

同期《中华文学选刊》《本期留言板》写道:"这一期从篇幅上看有点'阴盛阳衰',赵玫、魏微、茜茜(xixi)、水晶珠链占据大半的篇幅,但她们的小说才情逼人,可读性强。王蒙和赵本夫的小说更以老辣见长……"

12日 刘戈的《文本的价值与意义》发表于《文艺报》。刘戈指出:"今年《中国作家》第三期所刊载的作家杨双奇的《陈本虚离婚》是一部富于文本的创造意义的作品,不由得不令人刮目相看。……它是融日记、回忆、法律文本、信函、报道、书摘、评点、民歌民谣于一体,汇意识流、客观叙述与描写于一炉。"

15日 高宏伟的《感性的宣泄——70年代出生作家的创作略论》发表于《当代文坛》第3期。高宏伟谈道:"70年代出生作家的创作大都把笔触限制在具体的、为自己所熟悉的个体范围以内,'只写自己感受和个人视野的东西'(卫慧)。他们虽有个别人还在进行观念化的或灵魂性的写作,但从根本上讲,他们是身体写作的自觉实践者。在他们的作品里,一切都可以成为展示的对象,一切都可以赤裸裸地暴露在光天化日之下,并且那么坦然。……70年代出生作家在坦然地把个体经验作为主要写作资源的同时,在创作上寻找与自己的生活经验相匹配的表现形式,发展了一种畅快淋漓、无所顾忌的表达方式。……无论是他们笔下的成长故事、个人奋斗经历,还是以欲望为中心的生存状态,这一切都可以归纳为对物化时代里空虚而又充满欲望的时代情绪的感性展现,并且他们往往把这种感性的展现搞到了一个极端,使他们的创作成为缺少理性深度的感性宣泄,到最后反而又在某种程度上陷入了对'当下'和现实媚俗的陷阱……"

马琳、尹慧慧的《中国当代女性小说的诗性品格》发表于同期《当代文坛》。马琳、尹慧慧谈道:"在女性小说中,'女性视点'作为叙事的基本要素影响了女性的叙事方式,从而形成女性独特的书写方式。……首先,在当代女性小说中,作家们创造了许多情绪化的场景,这种情绪化的场景所构成的气氛与情调洋溢着诗情,充满韵味。……在当代女性小说中,女性作家们还刻意创造了许多具有象征意识的意象,以此来诠释不可解的人生世界。……中国的女性主义先锋文学是反元话语、反主流,主张碎片与拼贴的。这种先锋性的叙事策略、多元化的叙事技巧同样体现了当代女性小说的诗学特征。……90年代是女性文学辉煌的时代,这一时代的女性小说以个人话语风格展现了崭新的美学品格,表现了对人性世界的观照。……作为一种重要而亮丽的存在,当代女性小说以诗意而冷静的叙事同男性创作同时为我们揭示了生命存在的真实,表达了对包括男性在内的人的价值全面实现的美好理想的追求,尤其可贵的是,在她们的小说中体现出了为女性自救寻找出路的自觉性。她们的小说艺术不断纯粹,并显示出丰富的审美风貌,体现了女作家对女性写作诗性品格的追寻。"

同日，代绪宇的《战争让女性思考——伍尔芙〈空袭中的沉思〉文本意味和文体独创》发表于《南方文坛》第 3 期。代绪宇指出，"《空袭中的沉思》真是一个绝妙的女权主义文本，一个将小说的意识流手法和精致描述手法、诗的隐喻象征手法和随笔的'不加拘束的自由言说'融为一体的文体独创性文本，一个将思想与艺术水乳交融的'文质彬彬'的文本"，并认为其是"充盈着女权主义思想的文本"，"富有文体改革精神的文本"。

16 日 费振钟的《一切从怀念开始》发表于《文艺争鸣》第 3 期。费振钟谈道："读完这部小说，追问作者隐含的写作动机，恰恰可以感到深刻的遗忘之忧。历史总是在它的重大环节上遗忘像豆芽菜这样微小的人物和她们的生活，而作家却不能因历史的遗忘而遗忘，小说不是历史，小说是对历史遗忘的抵抗。因此对《怀念声名狼藉的日子》这部作品以及它的作者来说，'怀念'正是为拒绝历史遗忘而产生的写作冲动。"

张屏瑾的《七十年代以后："她们"的书写情景与表达方阵》发表于同期《文艺争鸣》。张屏瑾谈道："如果多读一点她们的小说，便会知道并非所有的人都只在开掘不为人所知的私人经验，即使拥有面目相似的叙事场景，她们各自的小说最终的指向还是很不一样的，这是她们个人风格化的一面。而她们更为重要的可供通约之处，也就是使她们的小说无论语言风格怎样殊异却始终给人以气味相投的感觉的地方，在于她们比较雷同和粗浅的叙事手段及创作理念。她们中不乏讲故事、营造戏剧冲突的好手，但就'虚构'这种具有丰富层次的艺术手法而言，她们的小说能够达到表层虚构背后深层的美感的却不多，因为所谓'身体的写作'除了引发一些作品中对欲望和感官体验的大肆渲染之外，还会使整个叙事行为的内在动因发生潜在的改变。小说文体特有的形式感与叙事者个体经验的呈现，这两者的完美结合是先锋派以来许多优秀作家孜孜以求的，但却不再为 70 年代后的写作者所强调。"

20 日 易洋的《文学期刊评点》发表于《当代》第 3 期。易洋指出："《收获》本期中篇小说比上期池莉、唐颖的小说更本色，更艺术。但是这些'艺术小说'，均有形式大于内容的问题，显得比较做作，用北京话表达就是有些装孙子。必须指出的是，追求形式也有两种境界：一种是艺术观念使然，另一种是投机取巧。……《花城》苦苦追求了多年，被作家视为新潮阵地，大概由于地势原因，常常使我迷失方向。新潮在新，一旦不能出新，勉强支撑，难免会有漂摇之感。"

同日，雷达的《第三次高潮——90年代长篇小说述要》发表于《小说评论》第3期。雷达认为："纵观90年代的长篇创作，除了数量浩繁这一外在特点，它在题材的撷取上较前确实更广泛了，80年代爱讲题材无禁区，现在才是真正走向了无边界，从历史到现实，从家族到市场，从社会化到个人化，从政治到性，从官场到女权，无所不涉猎。更为重要的是，与80年代长篇最大的区别在于，那时作家的价值立场具有整一性，思潮性，即使手法缭乱，底牌大致如一，而进入90年代作家们的叙述立场和人文态度发生了深刻而微妙的变化，他们观察生活的眼光和审美意识，特别是价值系统和精神追求，出现了明显的分化。理想主义的，激进主义的，还有文化保守主义的，女性主义的，甚至准宗教的价值观，都并存着。……应该看到，一些非审美化倾向正在严重地困扰长篇创作——其实是整个文学的发展，却并未引起我们足够的注重。首先是，为了追求某些虚悬的目标，以文学性的大量流失为代价的现象。……接近世纪末，许多作家都在经营百年体小说，时空跨度大，人物众多，作家为这种观念付出了沉重代价……"

李萍、方涛的《科幻小说的幻想性》发表于同期《小说评论》。李萍、方涛认为："科幻小说是一种独特的小说类型，它的产生与发展都需要普遍存在于社会生活的每一处空间的科学意识与氛围。遗憾的是中国的文化传统与这种科学意识与氛围不兼容。……科学意识的薄弱必然会影响到人们对科学发展的关注程度，同时也会使人们漠视科学发展对社会与人的精神世界的巨大影响，进而阻碍科学题材进入文学艺术家创作的审美视野。""我国的科幻小说就是在这样的乐观主义情绪支配下走过了漫长的'童话'时期，其典型的类型特征就是在有限的篇幅里展示作家对科学的某一方面的技术幻想———以科学奇迹为主要表现对象，并充满具有明确的教诲意义的文字……"

吴义勤等的《道德理想与艺术建构》发表于同期《小说评论》《新长篇小说讨论之三〈外省书〉》栏目。吴义勤指出："读《外省书》，首先打动我们的仍然是张炜从《柏慧》、《家族》等小说延续下来的那种坚守的道德立场、忧愤眼光和对现实的批判态度。某种意义上,我觉得正是这些'思想性'的存在构成了张炜九十年代写作的价值基点,它同时也使他的小说超越了一般的艺术层面而具有了思想史的意义。……我们仍然应该充分肯定这部小说对于我们时代的意义以及对于张炜本人的意义。在这部小说中,张炜表现了对于警惕和超越既往小说创作局限的艺术努力,尽管这种努力可能如同学们所说的仍然是表面的或局部性的,但作为一种艺术蜕变阵痛期的过渡性作品,它的价值仍值得我们充分重视。对于《外省书》来说,即使它没有能真正超越《九月寓言》,但我们应承认,它至少仍保持了张炜小说一贯的艺术标高,也是一部能达到我们时代艺术标高的作品。"

22日 贺绍俊的《现实题材小说的社会学批评》发表于《文艺报》。贺绍俊指出:"以反腐为题材的写实性小说,其社会学的内涵特别体现在人物形象的塑造上。作家对社会的体认,更多地也更形象地通过小说中的人物表达出来。这也正是小说在社会认知功能上区别于一般的思想理论著作的特殊之处。在最近的小说中,我们就可以发现一些具有新的社会意义的人物形象。如《至高利益》中的善于玩弄政治手腕、被称为'政治人'的省委副书记赵启功,《走私档案》(作者刘平,上海文艺出版社出版)中的具有政治野心的民营企业家丁吾法。"

24日 莫言的《写作就是回故乡——兼谈张翎小说〈交错的彼岸〉》发表于《文学报》。莫言说《交错的彼岸》"是一部地道的情爱小说。这里有散发着江南梅雨气息的古典爱情,有澎湃着革命时期浪漫激情的政治爱情,有在当时显得大逆不道的涉外爱情,有姊妹易嫁的三角爱情……令人扼腕叹息的是,作者在书中描写了这么多爱情故事,但几乎都是悲剧,从老一代到新一代,从国内到国外,有情人总是难成眷属。说这是一部寻根的小说也没有错。首先是作家用写作在寻找自己的根,或者说她把写作当作了回归故乡和进入故乡历史之旅。不敢说书中的女主人公身上有作者的影子,但作者起码是调动了许多的亲身经验塑造了自己的主人公。……毫无疑问这也是一部留学生小说。凡是在海外的人写的小说,都算留学生小说,这种划分的方式其实并不科学。因为事实上许多在海外写小说的人并不是什么留学生,即便是确凿的留学生身份,写出来的小说内容还是他们在国内时所经历过的或是听说的那点事。像张翎这样能够把中国的故事和外国的故事天衣无缝地缀连在一起的作家并不是很多。我想这也是张翎作为一个作家的价值和她的小说的价值"。

25日 陈思和的《读阎连科的小说札记之一》发表于《当代作家评论》第3期。陈思和认为："在阎连科的创作里，对'天命'的违抗与搏斗构成其悲剧艺术的主要审美特点，而循环论恰恰是回避了面对历史的残酷与绝望，结果往往使悲壮与滑稽置于同一艺术效应里互相犯冲，艺术的力度就被消解了。我也不是一般地反对悲喜剧的艺术效果，更不是要用西方的命运悲剧的审美标准来要求阎连科的创作，问题是，阎连科在其艺术世界里提供的艺术细节实在太惊心动魄了，也可以说是太难以想象了，如果没有相应配套的艺术架构来嵌镶它们，就不能不影响和减低了那些艺术细节的充分表现。所以，读阎连科的小说有一种比较共同的看法，觉得其小说中精彩片段的价值高于全篇，短制结构的价值高于长篇，可能正是由这样的矛盾所造成。"

葛红兵的《骨子里的先锋与不必要的先锋包装——论阎连科的〈日光流年〉》发表于同期《当代作家评论》。葛红兵认为："尽管我否定阎连科在形式上的先锋性探索，我依然得说，这是一部真正的先锋小说，我的意思是，仅仅是这部小说所把握的三姓村人的故事本身就已经是先锋性的了，而且这种先锋性是骨子里的，它根本就不需要在外形式上做一层先锋包装。""这是一部非常成功的小说，它是一部真正意义上的当代中国史，它让我们看到了，那种不为时间的表层因素所左右，而深深地埋在气候、地理、人种特征的深处，秘密地隐藏着的民族生活的地核，难道这不是最先锋的吗？对于这样的题材，我们需要的是敬畏，我们的作者当怀着仰望之心做它的忠诚的奴仆，将它用最始源的语言，最朴素的结构，最纯净的笔调传达出来，让我们的写作本真地回到汉语言的民间源头去，让我们的写作本真地回到民族生活的真实中去。什么是先锋，这就是真正的先锋。"

纳张元的《冲突与消解——世纪末的少数民族小说创作》发表于同期《当代作家评论》。纳张元谈道："一、现代价值取向与传统道德规范的冲突……回族作家马知遥的《南下广州》、苗族作家向本贵的《花落水流》、维吾尔族作家麦买提明·吾守尔的《手鼓》、维吾尔族作家胡勇的《聚会良宵》、回族作家查舜的《客居故乡》、纳西族作家沙蠡的《炸米花》、壮族作家黎国璞的《人在初春》、蒙古族作家庞友的《天显通宝》、苗壮作家雪宇的《学堂屋》、蒙古族作家阿云嘎的《野马滩》、布依族作家卢有斌的《七月流火》等作品，都从不同的侧面不同的角度，动态地透视了面对新的经济秩序的反复冲击，各少数民族中不同身份地位的人们的心理素质和伦理观念的嬗变过程。""二、现代文明与古老民间文化的冲突……侗族作家隆振彪的《白牛》、满族作家晓洲的《草民》、满族作家那守第的《丁三老史和驴文化》、达斡尔族作家阿凤的《普通人家》、纳西族作家杨正文的《跛脚阿狗的婚事》、壮族作家黄佩华的《百年老人》、土家族作家龚爱民的《凭吊一盏灯》、瑶族作家唐克雷的《夜色温柔》、侗族作家余达忠的《自由落体》、壮族作家潘荣才的《守望家园》、彝族作家纳张元的《走出寓言》、藏族作家三木才的《漂泊的部落》等，以不同的题材，从各个不同的独特角度，形象地描述了种种不同的文化碰撞过程，以及作家对文化碰撞与冲突的隐喻性消解。""三、人性自身善与恶的冲突……在当下的部分少数民族小说篇什中，我再次欣喜地看到作家们对人性的善恶问题仍在作执著而深入的思考。满族作家庞天舒的《控弦之士》、蒙古族作家察森敖拉的《山民之子》、回族作家马知遥的《开斋节》、瑶族作家裴志勇的《消逝的小姨》等都在这个领域分别作了不同程度的探索和表达。""四、挣脱'自我'的冲突……要克制或摆脱'自我'是困难的，需要具备坚韧不拔的毅力和健全完善的人格。于是，审视并摆脱'自我'的囚禁，成了作家们共同关注和表现的又一个文学热点。"

南帆的《文体的震撼》发表于同期《当代作家评论》。南帆认为："首先，长篇小说的文体实验并不意味着传统现实主义的枯竭。人物、环境、历史氛围、完整的行动和命运，这些现实主义的原则仍然造就了一批杰作——例如《日瓦戈医生》。""其次，形式的实验不是提供另一种洗牌和发牌的方式。打开传统文体的目的在于，解除传统文体对于某一部分现实的遮蔽。文体实验意味的是另一种视角的设立，另一种可能的想象，另一种意义的发现，另一种线索的展开，如此等等。"

汪政、晓华的《惯例及其对惯例的偏离——试论当前长篇小说文体的观念与实践》发表于同期《当代作家评论》。汪政、晓华认为："长篇小说应该是一种独立的文类，准确地说，我们现在写作这种文体的应该从时间的角度明确一下，它们属于现代长篇。""文体的本质不过是一个表达方式的问题，也就是说是一个人如何言说的问题，不同的文体对应着人类不同的文化（包括审美）表达的欲求，按照这种文化表达的欲求，人们对语言的表达进行组织，构成一定在言说双方都共同遵守的秩序，这就是文体。"

谢有顺的《通往小说的途中——我所理解的五个关键词》发表于同期《当代作家评论》。谢有顺认为："小说在形式上经过了一个从简单到复杂的过程。形式革命所带来的一个直接后果是，作家开始不再信任故事。""除了故事，还有一个结构问题需要讨论。一般来说，小说如果在结构上失败了，那就是一种彻底的失败。""在当代小说中，我们却难以读到当代人真实的现实图景与精神境遇，无疑是一件令人困惑的事。""要在小说中进行当代性的现实关怀，我以为要在作品中完成以下三步：一、找到作家这个主体（从某种程度上说，他代表当下的人类）与当下现实之间的冲突点，由此形成写作的中心母题。……二、使这种冲突内在化，从而实现现实与存在的对话。……三、为当代现实的冲突找到和解的根据。""有两种完全不同的写作，一种是轻松的，一种是紧张的，相比之下，我更喜欢后者，因为紧张的写作里面往往蕴含着一个作家与现实之间的冲突，而冲突，就是一部作品灵魂的着迷点，在小说中起着核心作用。"

28日 路文彬的《游戏历史的恶作剧——从反讽与戏仿看"新历史主义"小说的后现代性写作》发表于《中国文化研究》第2期。路文彬认为："'新历史主义'小说写作中存在着明显的反讽与戏仿现象，而这正是后现代主义文学思潮的本质特征之一。""'新历史主义'小说所运用的悬搁式反讽是经不起理性推敲的；但同样亦不可否认，悬搁式反讽的荒诞性内核本身也是拒绝理性推敲的。而且，事实也已经证明：'新历史主义'小说经由反讽及戏仿的后现代主义式运作，成功地击毁抑或说至少搁浅了现代主义的理性航船。"

六月

1日 张朝霞的《借光影绘人生 以图像写世情——试论摄影小说的艺术

特征》发表于《文艺报》。张朝霞谈道:"我认为,所谓'摄影小说',就其本质而言,首先应该是'文学'。因为,对于一部摄影文学作品而言,扎扎实实的文学性应该是其成功的根基。实际上,文学性就是摄影文学中最能透彻地阐释情节、塑造人物/意境的基本质素。它既蕴涵于光影编织的画面中,又寄寓在画龙点睛的文字中。尤其是在人物塑造上,它可以借助对人物的思想、性格、情感等外部行为方式和深层心理机制的刻画,完整地体现创作者的审美追求和生活理想。另一方面,'摄影小说'又不是传统意义上的文学,其中内涵的文学性必须诉诸于直观可见的视觉形象。换言之,摄影文学的另一个基本特质就是具有典型意义的视觉可见性,或称严格的摄影特征。这种摄影特性,在电影理论中通常称之为电影语言的'动作性':简洁而富有表现力的画面,再衬以几句含有潜台词的对白,就可以把文学文本中以大段抒情或叙事表现的情感内容准确而生动地表现出来。摄影小说也是如此——借助立体的画面语言,作品的精神内涵以更为直观的方式传达给观众,从而加深了接受者的心理感受和形象记忆。'借光影绘人生、以图像写世情',这就是摄影小说的基本特征。在叙事类的摄影文学(摄影小说、摄影报告文学)中,融合着文学、摄影、美术、表演/戏剧等多种艺术元素,但这些元素却都被同一种'指令因素'所整合了。这种'指令因素'就是作品内蕴的基本情感:它可以是一种抽象的情绪或思索(如摄影小说《无家可归》),也可是一种关于人性的深沉反思(如摄影小说《将军泪》《坐在窗后的女人》),甚至还可以是一种对凡俗人生的真诚关照(如摄影小说《生活秀》)。不论以何种形态出现,这种基本情感必须是完整的有机的,它要求作品中的光影与故事必须向这一中心聚拢。""在摄影文学作品中,两种最基本的构成要素就是:(1)通过光影的艺术处理而制成的图像;(2)简练的抒情和叙事文字。"

同日,吴俊、朱文颖的《朱文颖访谈录:古典的叛逆》发表于《作家》第6期。朱文颖谈道:"小说里面总会有那么一点不怎么能讲清楚的东西。那是小说真正吸引我的东西。以前我认为是情绪,现在不这样认为了,现在我认为是到达你真正想要说的东西之间的一种阻碍。小说正是由于这种阻碍才产生的,但小说的结果并非是要越过这种阻碍,我觉得真正的好小说表达的恰是种种不可逾越的阻碍、种种生存中的困境。如果人家读着读着，越来越感知到那种阻碍了、它变得庞大、无形而且沉重，小说便是成功的。""在通常情况下，长篇小说首先考验的是一个作家编故事的能力，也就是虚构的能力。其次是叙述的毅力和有效的控制能力。长篇小说的节奏感、语感乃至自始至终贯通流动的气脉等，都必须在小说自身逻辑的表象下得到作家不露痕迹却又是人为的、自觉的控制。作家的耐心、毅力和控制力，就是要为长篇小说建立起它的一个完整统一、自我满足的文字叙述逻辑。相对于中短篇，长篇显然更需要体现出一种连贯的完整性——而主要是叙述的完整性。否则，故事尽管讲完了，其中的叙述过程却发生了变形，读起来会觉得松散、勉强。"

2日 贺绍俊的《以人民的名义》发表于《文艺报》。贺绍俊指出："我总会想起巴尔扎克所说的'社会的书记官'，周梅森正是这样一位作家，他以自己的一支写小说的笔，忠实记录了二十世纪九十年代以来中国社会的改革发展进程，从《人间正道》到《天下财富》再到《中国制造》，一直到今年刚刚出版的《至高利益》，几乎是一种年鉴性的写作……反映出社会发展进程最新的动态和思想脉络。"

同日，毕飞宇的《我们身上的鬼》发表于《小说选刊》第6期《小说家说》栏目。毕飞宇认为："我们的身上一直有一个鬼，这个鬼就叫做'人在人上'，它成了我们最基本、最日常的梦。这个鬼不仅仅依附于权势，同样依附在平民、大众、下层、大多数、民间、弱势群体乃至'被侮辱与被损害的'身上。……'人在人上'，构成了特殊的鬼文化。"

同期《小说选刊》刊有《编后记》。编者谈道："《玉米》好在哪里？……它在艺术表现上不浮躁浅露，作者把笔沉稳，善于将一些深刻的思想内涵隐蔽起来，巧妙地通过丰富、生动的细节和突变的情节……这种不靠言传，却能达意的笔法，堪称深得小说技巧之精妙。从这篇作品可见毕飞宇小说艺术功力之增进。"

曹文轩的《对"虚构"的现代性解读》发表于同期《小说选刊》。曹文轩认为："现在小说家认为，对于这样一种我们不应抱有科学现实主义态度的实存，我们必须放弃一些从前死抓不放的东西。首先要从'小说是历史的印记'、

'小说是社会档案'、'小说是社会疾病的诊所'之类的思维圈套中走出，而只将它看成是虚构之物，它给我们的仅仅是精神上的快感、智慧上的磨砺、美感上的熏染，而并不能去帮助我们解决任何一个实际问题。小说不能成为研究所、勘察队与移民事务局。其次，我们要把已经因为穷追猛盯真实而早已疲倦的目光挪移开去，回到心的世界。小说的世界不在眼前，而在每一个小说家的内心。真实是一个子虚乌有的猎物——我们永远也不可能击中这一来无影去无踪的猎物。"

冯敏的《从写意到写实》发表于同期《小说选刊》。冯敏谈道："以往飞宇的小说多重写意，带着诗情和哲理，意欲揭示梦想与神秘，想用一两句话就把世界摆平。随着阅历的增长，他渐渐地走近笔下人物，并按生活自身的逻辑来理解和塑造成他们，现实感替代了形式感。"

5日 周冰心的《90年代的文化风俗图——20世纪90年代消费文学的现实命名》发表于《文艺报》。周冰心指出："90年代出产的文学（小说及诗歌）受西方文化的影响，其成型后面向读者的不是伪生活就是夸张、放大、延宕、收遽了现实社会、历史，使之从另一种意义上成了作家个人的自恋、臆想、想象中的自我感动，并在这种伪冲动的情感波涌下达到人为高潮。"

7日 周政保的《〈檀香刑〉：一部成功的"中国小说"》发表于《文学报·大众论坛》。周政保谈道："但就我的印象而言，在莫言的小说历程中，《檀香刑》的创作不仅用心而且是下了大力气的，其中渗透了他的生存经验及对于故土的挚爱，同时也携带着属于他自己的眼光与新的文化观念，以及那种在回忆历史生活时所包孕的或无可避免的不乏'现实意味'的沉重与忧虑。假如我们仅仅把《檀香刑》视为'历史题材小说'，那多少有点儿诉诸语言暴力的嫌疑。我的意思是，《檀香刑》的全部叙述兑现，绝不止于所谓历史生活的'再现'，而且或更重要的是对于同样作为'人的过程'的现代中国人的一种曲折传达，一种复杂的精神世界的透视。……但在读罢小说之后，却能让人生长出一种奇异的联想，即觉得悲凉的猫腔至今还在以别样的方式唱着，小说中的那种生活也没有因历史的流逝而结束——某种本相的东西还活跃着，而且不甘心退出历史舞台，甚至会感到小说中的主要人物还活在我们中间，只是生存形态变得'现代'了一点,而作为主体文化构成的思维方式,还被不堪回首的浑沌岁月笼罩着……我想,这便是《檀香刑》的魅力。魅力是怎样实现的?说到底,还得靠那些在浓厚的猫腔气息中登台表演的人物;是人物命运才使小说的'故事'得以完成,是'人的过程'及其精神景况的可能性,才使小说充满'现实感'地抵达了题旨的彼岸。"

9日 雷达的《怀旧与审问》发表于《文艺报》。雷达指出:"但我更感兴趣的是故事之外的东西,它的价值可能比故事更高,那就是作品中关于知青生活的大量原生化描写,那无隐的怀旧、还原,那无情的拷问、感悟,给人一种逼真、丰沛、充满文化性和文献性的感觉。写法虽然有点笨拙,但贯注着罕见的真诚、执著。而这种纪实的、散文化的写法,与全书言情的,通俗的,靠悬念推动的手法又是矛盾的,有头重脚轻之感。"

11日 《中华文学选刊》第6期刊有《本期留言板》。文章谈道:"唐颖的小说介于传统与网文之间,中篇《告诉劳拉我爱她》虽在行文上仍依照经典的叙述笔法,但观念上却大大的"新人类",生活不是快节奏的拼搏,而是慢节奏的享受。阿来的《尘埃落定》之后,少数民族的生活和少数民族的作家让人刮目相看,布依族的潘灵描写彝族生活的小说,另具一番风情。"

19日 杨矗的《永远的抉择——张平访谈录》发表于《文艺报》。杨矗谈道:"山西作家的创作主流还是现实主义。我们在大学里接触较多的还是现实主义的作品和理论,所以我写的东西,也主要以现实题材为主。这也算是对山西文学传统的一种继承吧。"

25日 张炯的《黄春明创作的意义和历史地位》发表于《世界华文文学论坛》第2期。张炯认为:"黄春明的许多作品,都是贴近现实和人民、洋溢着民族忧患意识、充满现实主义精神和人文主义关怀的优秀之作。正因为如此,他的作品也就必然富于民族的地方的特色。其所具的闽台地方风格和民族韵味,丰富了我国文学万紫千红,彩色斑斓的百花园。""人们从黄春明先生的作品中,正可以看到他对现实问题和人们生存状况的敏锐感受,他既善于从现实生活里吸取创作的题材和主题,又对于劳动人民的不幸和困苦,怀有那么动人的深厚的同情与悲悯。他为我们画出不同于鲁迅时代的社会生活的生动的图画及其鲜明的特色。"

本月

马原的《〈上海文学〉经典回顾——〈冈底斯的诱惑〉》发表于《上海文学》第6期。马原谈道:"去到西藏之前,我已经写了差不多十年小说。先前的写作状况与多数同行应该没有很多不同。比如有感而发;比如基本上从直接经历进入(带有明显的自传性质);比如师承现实主义传统。当然也有不同,比如我的参照系主要是外国小说,特别是英国美国小说。我知道当时俄苏文学和法国文学对前辈同行有更大影响。"

七月

2日 曹文轩的《"渗延"困境》发表于《小说选刊》第7期。曹文轩提到:"小说就面临着一个困境:作为渗延状态的情感是难以被语言表达的。因为语言是分析性的,它难以使它所表达的情感仍处在渗延状态。""把不占空间的东西变为占空间的,把质量变成数量,这在柏格森看来是'非法'的。然而,小说要做的恰恰就是这种非法之事。"

雷达的《思潮与文体——对近年小说创作流向的一种考察》发表于同期《小说选刊》。雷达认为:"在最近的20年间,我国小说创作的审美意识形态发生了剧烈变化,在审美的功能上,在把握生活的方式上,在叙述策略和语言运用上,在风格样式上,都出现了多种可能性和实践性。"

5日 毕飞宇、姜广平的《"我们是一条船上的"——毕飞宇访谈录》发表于《花城》第4期。毕飞宇谈道:"我不回避我的写作是从先锋小说起步的,我写小说起步晚,最早从先锋作家们的身上学到了叙事、小说修辞,我感谢他们,他们使我有了一个高起点。当然了,他们也是从翻译小说学来的,但是他们的努力对中国的小说有根本性的意义。不过我现在更想做一个现实主义作家。""我同样希望我的想象力具备推导的能力。说到语言,我希望它尽可能地表现出事物的质地,有纹路,有肌理感。""小说不是思辨,这个我不可能不懂。但是我坚持认为,作家还是要有思考力度的。小说应当体现人的全部功能。"

汪政、晓华的《飞翔的小说——〈花城〉2000年小说读记》发表于同期《花城》。汪政、晓华认为："小说应该一方面守望着大地，希冀能有土地般实在、富饶、厚重的作品，能让人们在世纪的躁动不宁中有一种脚踏实地的感觉，能清晰地看到我们的自身，我们的过去，我们的生活与理想，现实与历史……然而，作为精神性的存在，小说注定要挣脱大地的束缚……小说总在幻想自己变成一只鸟在语言的天空中自由地翱翔……"

8日 何小竹的《从北方的小说看中国小说的传统》发表于《芙蓉》第4期。何小竹谈道："中国的文学界自鲁迅以来就把小说的社会功用看得很重（鲁迅明确的有'文学治病'的意识），这样的小说'传统'，培养和制约了现代小说读者的阅读习惯和批评方法。后来的'先锋小说'，虽然没有了这种意识形态的沉重负担，但创作方法上却也还是西方的。即，中国的现代小说走了一条从'批判现实主义'到'现代主义'的西方小说的传统之路。在这样一个'传统'背景下，北方发表于大型文学杂志《芙蓉》的《四如意》以及《一天一日》引起一些读者的不习惯乃至非议都是不奇怪的。也就是说，当一种接续了真正的中国小说传统的作品出现时，已经被另一种'传统'培养过的读者，自然是要感到陌生甚至拒绝的。"

10日 梁鸿鹰的《我们需要这样的艺术创造》发表于《文艺报》。梁鸿鹰指出："生活和激情代替不了艺术创造，作家们在创作时严格遵循现实主义的创作原则，对生活进行升华，努力实现艺术的新飞跃。这种创新首先来自坚持忠于历史、忠于现实的精神。黄亚洲坚持历史唯物主义观点，拒绝胡编乱造，不粉饰打扮历史，并融入个人的思考，将当代价值介入其中（历史）。"

同日，韩少功的《违拗与申辩》发表于《中篇小说选刊》第4期。韩少功认为："一次对合理化世界秩序的违拗，一次对这种违拗的自我申辩，不可能不从叙事中展开。我不认为这是一篇成功的小说。我只是从这次叙事过程中再一次体会到，现代人的叙事冲动仍然是可能的：当合理化的意义体系压迫和吞没个人体验的时候，当这种个人化体验令人心动因而无法自弃的时候，叙事就是我们手中无法舍离也不可替代的手段。沿用评论家耿占春先生的概念来说：故事就是事故，故事就是追问事故的意义。如果这些所谓事故无法进入现代意义体系,那么这个众所周知和众口一辞的意义体系本身就可能成为最大的事故。叙事无非就是要说明这一点。"

李肇正的《小姐售楼为哪般?》(《售楼小姐》创作谈——编者注)发表于同期《中篇小说选刊》。李肇正提到:"生活总是世俗的,小说总要揭示出生活的世俗的一面。从世俗中脱颖而出的美丽,才是真实的,鲜活的。在我看来,世俗不是一个贬义词。"

11日 唐浩明的《时代酝酿的悲剧角色——〈张之洞〉创作思考》发表于《中华文学选刊》第7期。唐浩明指出:"写出时代酿造人生的悲剧命运,最富于文学价值。而这,又正是本书的写作意图。"

同期《中华文学选刊》刊有《本期留言板》。文章指出:"唐浩明是写作历史小说的高手,他的新作《张之洞》近日由人民文学出版社出版,这里选载其中的一个章节,以飨读者。"

15日 刘志一、耿艳娥的《新世纪小说发展的两种态势》发表于《当代文坛》第4期。刘志一、耿艳娥说:"到了90年代,随着市场经济的发展和社会生活节奏的加快,中国小说又发生了新的变化,这主要表现为私人化叙事的增多,欲望化叙事的增多,反腐小说的大量出现。……在90年代,中国小说的另一特征是作家对个人生存空间的关注。作家对宏大叙事失去兴趣,更注重人们的日常生活,而这种个人化的叙事方式使文学更接近本体。……我们在反思20世纪的中国历史时,一要避免图解历史,用小说为政治作注;二要避免过分虚构历史,使小说成为作家任意想象的工具。"

同日,夏中义、富华的《苦难中的温情与温情地受难——论余华小说的母题演化》发表于《南方文坛》第4期。夏中义、富华谈道:"不妨用两个词来指称余华母题:'苦难'与'温情'。纵观新时期小说,委实没有比余华更敏感于'苦难中的温情',也没有比余华更神往乃至赞美'温情地受难'的了。只须耐心地对余华作循序渐进的'编年史'阅读,不难发现这棵文学树所以花果锦簇的密码,最初竟会蕴含在其处女作《十八岁出门远行》中。……'苦难'与'温情'作为余华母题的两大基因,确实有点'二元对立统一'。所谓对立,是说在人生价值系统,'苦难'、'温情'形同南辕北辙,冰炭不容;所谓统一,则是着眼于个体生命需求,愈是陷于'苦难'深渊不能自拔者,愈渴望'温情'的拯救,这便又让南辕与北辙交叉,冰与炭相融了。"

同日,李运抟的《九十年代长篇小说:个人言说与历史浮现》发表于《文学评论》第4期。李运抟谈道:"受20世纪西方现代主义文学思潮影响,90年代长篇小说表现出寓言式的,以个人经历和命运为主线,以及虚幻与现实相交织的审美类型。这些所谓'个人言说'的作品,仍然使我们感觉到作家审美个性与历史的结合,并感受到当代长篇小说创作所发生的变化。……出色的'个人言说'是不会忽视群体命运和历史存在的。它们在突出个体命运和个人感觉时,往往能浮现出历史、时代、社会和群体的真相。"

16日 路文彬的《90年代长篇小说写作现象分析》发表于《文艺争鸣》第4期。路文彬说:"在我看来,90年代是一个'精神事故'频发的年代。这里我之所以用'事故'而不是'事件'来指称精神现象的凸现,原因就在于它们的发生,在某种意义上构成了对于既有精神健康的安全'隐患'。在一定程度上,它们是作为一种精神障碍出现的。""90年代长篇小说相对于传统长篇小说而言,它不是一种能量的积累,而是一种能量的释放。"对此,路文彬指出,"现象之一:城市误读——欲望的表征","到了90年代,整个小说写作的空间对象已大面积向城市发生转移,乡村开始受到冷落";"现象之二:空间叙事——时间的淡出","空间对于时间的遮蔽,致使90年代长篇小说中的人物形象丧失了历史感,他们不再带有时代或者阶级的重大特征,亦不再暗藏预示某种人物共性本质的企图;因而他们都失却了典型形象所必备的那种品格。或者说,是作家们有意无意地回避了典型形象所承当的历史重任。总之,90年代长篇小说中人物形象的登台,宣告了典型形象的历史终结";"现象之三:偶然关注——命运的肯认";"现象之四:理念自觉——权力的分享","90年代长篇小说的又一个突出现象,是作家们投入写作时,所操持的鲜明理性自觉精神。此点主要表现于女性作家女权意识的强烈张扬行为上";"现象之五:重归古典——形式的穷途","90年代长篇小说作家对于形式的绝望感,也表现在他们都将全部精力投放在故事的讲述上。而这种故事又几乎都是围绕着事件和行动展开的,叙述的焦点始终停留在人物的外部世界,绝少深入其心灵内部"。

20日 萧成的《翱翔于另类叙事中的摄影小说》发表于《文艺报》。萧成谈道："事实上摄影小说可以被定义为一种有关一组重复出现的人物的开放式结尾的戏剧叙事，这种叙事通过由照片提供的一系列图画来进行，通常包括圈在一个圆环中的对话和一个叙事文本在报刊上连载。如果这个定义可以成立，那么我们可以进一步讨论摄影小说的三个主要方面：叙事结构、照片内容、对话、有规律地出现在同样的人物，以及其他语言元素的应用。就摄影小说的叙事结构而言，通常情况下它都是以连续的形式出现的。……报刊上的摄影小说通常有两种叙事结构：一种是'连续性'摄影小说，其情节跨度很大，有很多不同的章节；另一种可被称做是'间断性'摄影小说，即每一组的照片都是一个完整的章节。"

同日，昌切的《一个情字　如何了得——评〈张居正·木兰歌〉》发表于《小说评论》第4期。昌切谈道："这部小说运笔谨慎考究，用情收敛，思路清晰，文风平实凝重。……我不知道熊召政在写作的时候是否有意把情放在一个显赫的位置，但《木兰歌》明确地告诉我们：'情重如山'。我以为，抓住情，就可抓住这部作品的文眼，把住中国集权政治的命脉。"

贺仲明的《反抗的意义与局限——"新生代"作家精神批评》发表于同期《小说评论》。贺仲明认为："'新生代'作家们对传统文学观念的反抗，对于中国文学从以往对政治文化的依附关系下解放出来，回归文学的自我主体，对于针砭当前文学与现实间过分亲和缺乏必要批判的现状，都有着积极的意义。""但是，遗憾的是，他们的反抗在很多情况下仅仅停留为一种姿态：他们没有表现出充分的反抗力量，没有奉献出实在的成果，而显示出一种为反抗而反抗、无所目的也无所收获的口号式局限。"

李建军的《论小说中的反讽修辞》发表于同期《小说评论》。李建军认为："反讽的性质的形成和功能的体现，决定于构成反讽的三个要素。首先，作者在小说中的非直陈式修辞性介入，乃是构成反讽不可或缺的首要因素。作者在反讽性小说中的介入，是为了对构成反讽的对立性因素，尤其是对清晰与含混的对比，进行协调和控制，以保证读者准确把握反讽的意蕴。……反讽修辞的另一个构成要素，是两极对立因素的相互对比，没有这种对比，就只不过是单一视境，就不能产生多重视境条件下才会形成的反讽意味。……反讽的第三个要素是轻松自信的超脱感和距离感,它显示着反讽者的优越感和自信心,是反讽者认为自己高于对象,有能力控制对象的心理状态的表现。"

吴秀明的《历史题材小说的转型》发表于同期《小说评论》。吴秀明认为:"以开阔开放的思维观念和变革创新精神,不断地打破自己心造的和手造的创作模式,进行由传统向现代的艰难转型,这种转型具体又可分以下三个阶段:第一阶段(1977~1982年)。历史题材小说在短期内迅速崛起……第二阶段(1982~1990年)。历史题材小说逐渐失去了前一阶段的轰动性,声势开始减弱。但另一方面,由于受'文化热'的影响和'观念创新'的驱动,在整体上则又明显表现了由一般政治历史反思向文化历史反思转换的趋向。……第三阶段(1990~2000年)。这是中国社会转型的加速期,也是当代中国历史题材小说走向更加多元、更加开放、也更加繁荣的时期。……上述种种不同的创作走向,其实反映了作家对政治／文化／商品的不同选择。它们的共时并存,甚至在一个文本中既矛盾又统一地同时并存两种或两种以上不同的创作倾向、两套或两套以上不同的价值体系,从一个侧面反映了当下中国社会转型之际文学文化现代性的'众声喧哗'的复杂景观。"

吴义勤等的《历史·人史·心史——新长篇讨论之四:尤凤伟的〈中国:一九五七〉》发表于同期《小说评论》。吴义勤认为:"在我看来,《中国:1957》对历史真实性的追求是以对于传统历史理念的颠覆为前提的,在这个过程中作家完成了由历史的'判断性'向历史的'体验性'、历史的'事件性'向历史的'过程性'以及历史的'抽象性'向历史的'丰富性'的转变。作家没有采取整体性的宏大'历史'视角,而是从微观的个人化的'视点'切入,以点写面,把历史改写成了零碎的、具体可感的人生片断与人生经验。这样,宏大的政治历史场景被处理成了具体的生命境遇与生存境遇,这既赋予了'历史'以生命性,又感性地还原了历史的原生态。""小说确立了两条精神线索,一条线索是自我反抗遗忘的战争;一条是道德伦理与政治伦理的战争。正是通过这两条线索,作家把你死我活的政治斗争与历史灾难置换成了个人自我灵魂的博斗以及道德神话与政治铁律的较量。""尤凤伟对于小说的叙述、语言、结构有着超常的敏感,这种敏感往往带给他的小说独特而成熟的艺术形态。""这部小说的文体还有着以实写虚、以虚写实、虚实相生的特征。表面上具有鲜明的现实主义的特征,但是又溶入了大量的表现主义与象征主义的因素。小说实写具体的苦难同时,又大量使用了变形、夸张、梦境、幻觉、潜意识等等虚化的手法,呈现出鲜明的杂糅风格。"

25日 格非的《记忆与对话——李洱小说解读》发表于《当代作家评论》第4期。格非认为:"我们可以试着就李洱写作的总体诗学特征作出如下归结。在我看来,李洱的潜在意图是,在他笔下的不同人物,不同时期的文本,各种典籍、出版物、文化史上的各种言论之间建立一种全面的对话关系。这种关系的确立,不仅避免了'作者的声音'所可能产生的观念上的偏狭和局限,同时也增加了叙事的历史纵深感,让'现实场景'与'历史话语'互通声气。由此我们不难看出,李洱在叙事文体方面所作出的谨慎探索,其意义却不同寻常。"

王鸿生的《被卷入日常存在——李洱小说论》发表于同期《当代作家评论》。王鸿生谈道:"从风格和效果上来看,李洱小说的叙事特征大多一脉相承:不营造故事,不塑造典型,不强调寓意,也不追究是非;场景、细节无比明晰、准确,动机、意图却十分驳杂、暧昧;其题材之'琐屑',语调之'冷漠',洞悉力之'狡黠',判断力之'无能',仿佛都暗示着一个纯粹观察者的现场。……由此我认为,作为汉语叙事话语的一个新的生长点,九十年代出现的李洱小说及其同类作品,已构成拓展现代汉语小说视域并加速其形态转换的一个重要环节。它们把一种实事求是的叙述精神引入了文学,并提示着某种专业性的评价标准,那就是语言上的责任感和理智方面的严肃性。"

31日 王山的《做人民的代言人——访陆天明》发表于《文艺报》。陆天明认为:"小说是个文学性的东西。从《苍天在上》到《大雪无痕》有个变化,这个变化就是更文学,我总想尽量让人们从我的作品中感受到生活中原生的东西、生活的质感。我觉得我们的创作一定要死死地扣住人物这一环。要有非常鲜活的人物,一定不能概念化;还有一个就是要有思想的深度。近些年搞文学也罢,搞艺术也罢,有两个倾向值得警惕,一是有人认为文学只表现个人就行了,我认为这条路肯定走不通。如果只表现个人的感受,不表现历史的感受、人类的感受，那你自己在家里写日记给三五个相好看看就行，就不必发表了。还有一个问题就是游戏人生。读者阅读你的作品，不仅仅是让他感到舒服就行的事。这些人疏忽的是一个精神供应的问题，这对于今天的中国尤其重要。"

八月

2日 曹文轩的《走出非法之路》发表于《小说选刊》第8期。曹文轩说道："将处于'一堆'状态、整个一个混沌的情感，用语言的形式，抽丝一般一一道出，从而使它变成为有次序的、数学性的排列——变为空间性的，在法国大哲柏格森看来是'非法的'。然而，我们现在却要说：就认识论意义上的哲学而言，它在面对情感这一对象并企图加以研究时，此举也许是非法的——因为它将永远不能切近情感，它所进行的描述甚至还会歪曲情感的实际状态；但对小说而言，情况并非绝对如此，因为小说有它的对策，而且正是这些只有小说具有的对策，才体现了小说这一人类的精神形式所具有的令人赞叹的能耐与魅力。"

陈雅谦的《21世纪中国文学之魂——民族精神》发表于同期《小说选刊》。陈雅谦提到："中国文学在步入21世纪之时，历史与民族在异常清醒的状态下要求它承担起一项伟大的使命，这就是：张扬民族精神，使中国文学既是'世界'的，又是'民族'的。"

8日 牛玉秋的《现实主义的新景观》发表于《光明日报》。牛玉秋认为："90年代全球化趋向和中国现代化进程影响下的写作背景，对现实主义的文学写作产生了深刻的影响。其中最突出的表现就是当下所有优秀的现实主义小说创作都或多或少地吸取了现代观念或现代手法。这种吸取使得现实主义的小说创作别具意味和韵致。我因之将其称为别致现实主义。"

14日 葛红兵的《建构都市精神与发展城市文学》发表于《文艺报》。葛红兵谈道："纵观当今的城市小说，我感到城市小说在建构中国特色的新市民精神方面尚大有可为。中国是一个缺乏市民精神传统的国家，目前中国城市精神生活的情况是旧的计划经济时代的道德构架已经崩溃，但是，新的市场经济时代的都市精神构架尚未建立，建构一种真正符合当代历史进程的个体主义的新市民意识我们还有很长的路要走，这可能是当今中国城市小说亟待加强的方面。"

25日 陈美兰的《这个时代会写出什么样的长篇小说》发表于《文艺报》。陈美兰说:"我想重点谈谈最突出的两个方面:一是长篇小说艺术空间形式的营建,一是长篇小说象征化的创造性运用。我认为这两个方面是90年代长篇小说家们的一种带有探索性和开拓性的艺术创造,它给长篇小说带来一种全新的艺术风貌。"

28日 于新超的《文体的觉醒——长篇小说走向成熟》发表于《文艺报》。于新超谈道:"20世纪90年代以来,长篇小说创作发展迅速。目前全国每年约有近千部长篇小说出版,作家们的长篇小说意识也逐渐走向成熟,其重要标志便是对文体的重视,一些作家在文体上有一种自觉的追求,与此相适应,不少批评家也强调从文体的角度研究长篇小说。"

30日 程树榛的《小说应该与什么接轨》发表于《文学报》。程树榛谈道:"谈歌是按照他的'为大众'的艺术观来写小说的。他的许多作品(包括《大厂》和它的续篇),表明了作者紧密关注时代、关心人民大众的情怀;一些文学刊物作为重头作品把它们隆重推出,也是出于对广大读者热切呼唤贴近时代、贴近生活的艺术精品的回应。……深入反映改革开放和现代化建设的现实生活,从现实和历史的交汇点上去揭示社会矛盾,展现时代变迁,讴歌人民群众创造历史的奋发精神,塑造血肉丰满的人物形象,是广大读者一直寄予作家的厚望;作家在自己的作品中反映现代人的生活,读者关心自己所生活的时代,希望通过文学作品获得生活营养、艺术启迪、人生思考和审美享受,这应该是作家、编辑和读者共同的目标和追求。代表一个时代、标志一个时代的文学,总是反映那个时代的生活面貌、体现那个时代的时代精神的文学。这样的文学,大多是那个时代中最有创作活力、最有历史使命感的作家所创造出来的——它们理所当然地代表着先进文化的前进方向;这正是广大读者所热烈期待着的。"

九月

1日 鄢烈山的《侠客梦的缘起》发表于《作品》第9期。鄢烈山认为:"虽然打心眼里对所谓新武侠小说不以为然,但时至今日我不能不折服其文化渗透力之强大,不得不正视它们及其变种武侠影视剧对人们的语言习惯及思维方式的改塑。"

2日 曹文轩的《切入与回旋》发表于《小说选刊》第9期。曹文轩谈道:"小说的时间是一种特殊的'地方时间'。在这里,时间的运行以及计算方式,都有它自己的一套。在小说这里,时间有两个既关联又独立的系统,一个是故事时间,一个是叙述时间。前者是以年、月、日来计算的,后者则是以行数、页数来计算的。然而构成时间框架的却是后者,前者只有落入这一框架的命运。"

3日 《人民文学》第9期刊登"编者的话"。编者写道:"也许小说或者文学的意义就在于能够让我们超越自己有限的经验,感受、理解另外的生活。"

4日 李利君的《谈"小小说是平民艺术"》发表于《文艺报》。李利君谈道:"杨晓敏把小小说定位于'平民艺术',我已经把它理解为一个倡导者文学市场化行为中的一个合理举措之一了。"

任晓燕的《论小小说文体的兴盛》发表于同期《文艺报》。任晓燕谈道:"小小说最能够、也最便于在读者心灵上打下烙印,原因就在于它的精练和集中上,常常呈现给读者引人入胜或发人深思的典型事件,性格鲜明的典型人物。小小说还是'留白的艺术',以最大的想像空间留给读者,去回味、去创造和补充。小小说对语言的要求很高,诗歌创作中的炼字炼意,对于小小说同样适用。"

5日 林舟的《以梦境颠覆现实——墨白书面访谈录》发表于《花城》第5期。墨白谈道:"我的写作是从我所熟悉的那些人中间逃离出来,然后再来对他们进行关注和审视,而且这关注和审视是在我小说里的主人翁的内部来进行的。如果我不依靠他们,那我将一事无成。我的写作始终都贯穿着这样一个视角:那就是对我所熟悉的那些个体生命进行关注和审视。""我的小说有一部分是以第一人称的叙事角度来完成的,如果是第一人称叙事,那么我就会严格地要求自己按照小说里的主人翁的心理、性格来观察和对待他所看到的一切,我从来不去干预他的职责。就是在运用第三人称或者别的叙事形式的时候,我采用的也是内视角的叙事策略,也是和用第一人称的叙事方法相同的,只是换了一种叙事角度而已。如果在叙述的过程中插入了分析性的文字,那也应该是小说里的人物对事物进行分析,这好像和我的关系不大。""口语化在小说写作中的运用是一种出力不讨好的写作行为,但在小说写作中是否能运用好口语,对于一个有追求有个性的小说写作者来说是极其重要的。我所选择的方法就是让自己从小说的叙事当中退出来,让小说里的人物放到他们的身份、修养、个性、生存的环境中去自我表现自己,这是我解决口语化写作的一个根本的原则。"

邵建、韦晓英的《意义形态与意象形态》发表于同期《花城》。邵建、韦晓英指出:"相对于意义形态的'个体性'而言,意象形态和意识形态在这里似乎有更多的共同点。比如它的'群体性'就可以和意识形态的'集体性'构成对应,这两种话语形态都需要文化受众的数量。当然,集体性带有鲜明的强制意味,它是集权体制从上到下的思想灌输,是从意识上把所有的人都'集'为一体,从而形成'舆论一律'。比较之下,群体性是松散的,并具有一定的选择自由,就像你可以自由地拒绝一则广告,这是因为意象形态毕竟缺乏意识形态那样的文化强权。但群体性同时也就意味着盲动性(否则'群'不起来),就文化受众而言,硬性的'一律'不存在了,存在着的却是选择上的'他律'。……意义形态对意象形态的批判决不是一种'取代性'的批判,后者无疑有它自身的合理性,而它的不合理则在于,它以自身的合理性构成了对意义形态合理性的侵略,因此,意义形态的批判乃是以自身的合理性批判对方的不合理性。这就是批判的边界。由于意象形态本来就属于'俗'的文化范畴,俗也正是它的文化创造力所在,因此,它有它自己的运作方式和价值尺度。"

10日 迟子建的《自由在天边外》(《疯人院的小磨盘》创作谈——编者注)发表于《中篇小说选刊》第5期。迟子建提到:"一篇小说不能表达一个作家对世界的全面认识,如果它抓住了一个侧面,能够以此为契机,从司空见惯的生活中去挖掘一点点我们最真切的愿望,追寻一丝丝我们人类天性中不应该丧失的东西,比如那渐渐远离我们的恍如在天边外的自由,也就足够了。"

杜光辉的《从"和为贵"到"以人为本"》(《公司》创作谈——编者注)发表于同期《中篇小说选刊》。杜光辉提到:"我认为,要使小说获得更多的读者,应该反映老百姓最为关注的社会现象和问题。"

贾平凹的《我熟悉阿吉》(《阿吉》创作谈——编者注)发表于同期《中篇小说选刊》。贾平凹谈道:"应该说,中国的城乡差距从来没有现在这么大,城乡的交织也从来没有现在这么杂而乱,一切人为了生存各尽其能,抗争,落寞,自卑,愤怒,巨大的失衡和强劲的嫉恨,人的心态在扭曲着,性格在变异着,使这个社会美善着美善,丑恶着丑恶,人性的激活也激活着社会的发展。于是,就有了阿吉。"

14日 陈健娜的《在图像与文字之间阅读——读摄影小说〈颤栗的夏〉》发表于《文艺报》。陈健娜谈道:"从这个角度来说,摄影小说一般都有这样一个特点,文字完成相对简单的故事情节,而照片在落实文字的同时又与现实发生另一种千丝万缕的联系。这个特点使摄影小说在满足更大的阅读群的时候,仍然保留了文学所应有的联想、思考和对现实的关注。照片不但没有遮蔽文字的想象空间,反而使简单的文字有了更值得回味的东西,有更多的隐含意义。……从另外一个角度来讲,摄影作品作为视觉艺术,可以让人长时间的凝视和咀嚼,这种特性使摄影作品暗藏了一个让人从容思考的空间。"

15日 从友干的《飘落无着的灵魂之旅——论刘醒龙小说中主观浪漫与客观现实的悖离》发表于《当代文坛》第5期。从友干谈道:"刘醒龙却始终以一种使命感和忧患意识的人道主义立场关注着乡间的社会。他的《凤凰琴》犹如一曲被岁月尘封的琴音,在闭塞的大山深处悠扬着对现实的感慨及未来的希望。……'血脉在乡村这一侧'的刘醒龙以一种民间视角对农村现实做了纤毫毕见的描绘。《凤凰琴》逼真再现了大山深处界岭小学的艰难处境……刘醒龙似乎不能或是不想正视他的这种内心渴求与日益荒谬的现实形成的错位。而是在作品反映现实中,着力寻求能够栖息漂泊灵魂的精神家园。……主观浪漫与客观现实之间的悖离,是形成灵魂飘泊茫然无路的一个重要原因。"

同日,东西的《小说中的魔力》发表于《南方文坛》第5期。东西把"小说中非常规的东西统统称为魔力,它是一种鬼魅之气,是小说的气质、作家的智慧。愈是有想象力的小说就愈具有魔力,所以我坚信小说肯定不是照搬生活,它必须有过人之处"。

西飏的《撤退或者放弃——关于"60年代生"作家的创作》发表于同期《南方文坛》。西飏谈道:"对于大多数人来说,要作出随波逐流的选择并不容易。显然这是和'60年代生'的一代人的精神气质相关的,表面上,这一代人和时尚的现代生活有着融洽的共处,而内心中他们却始终与现实保持着距离。在写作时也如此,他们坚持着对文学传统的尊重,以及对已有标准的信守。他们已经认同了这样一种本来就是追溯过去、滞后的方式,并且认为对新鲜、时髦最恰当的态度就是怀疑、审慎和疏远。"

同日,陈晓明的《无根的苦难:超越非历史化的困境》发表于《文学评论》第5期。陈晓明认为:"正当中国经济高速发展,全球化与城市化愈演愈烈的时期,中国一部分年轻作家热衷于书写苦难主题。这些作品或冷峻犀利,或生动尖锐,显示当代小说少有的力度。但这些作品在叙事上却隐含着内在矛盾。在对苦难主题进行描写时,大量的欲望化场景浮现于小说叙事的各个环节。在小说叙事的展开过程中,苦难主题逐渐迷失,苦难的本质难以被确认。那些由情爱变形而呈现的欲望化场景,更多的体现为当今消费社会的审美趣味。在某种意义上,它也表明当代小说在综合性和多元化的结构中建立新的美学平衡,由此预示了当代小说在多重美学压力之下所拓展的新的可能性。"

徐志伟的《简论九十年代小说创作倾向》发表于同期《文学评论》。徐志伟发现,"进入90年代的中国小说写作,在'众声喧哗'这一表征的遮掩下,已经发生了诸多深刻的暗中转变。这主要表现在对本土气质的重新指认,'个人化写作'观念进一步演进与深化和都市化语境中时尚化写作大面积兴起这三个层面上。虽然这些转变还不足以使90年代成为一个完全独立的文学阶段,但我们却可以从中看出,经过80年代狂热的形式实验和酝酿,作家们已经听到了某种对于蜕变的呼唤:进入一个更加开阔、成熟的境界"。"我们只能说90年代已经显示出了许多新的文化活力和特点,这些新特点仅仅是一个开始,许多重要的成果尚有待于来日。但对于未来新世纪的小说发展来说,这些特点又是具有前瞻性的,预示了未来小说更大程度发展的可能性。"

同日,李敬泽的《五篇小说及一个标准——关于鲁迅文学奖短篇小说奖》发表于《文艺报》。李敬泽认为:"继《雾月牛栏》之后,迟子建以《清水洗尘》蝉联鲁迅文学奖的短篇小说奖。我认为,这是对小说、对短篇小说的某些基本艺术价值的有力强调,这尤其是指丰富、准确、具有本质力量的细节。细节是小说中最微小的成分,但小说、尤其是短篇小说如同'纳米'世界,是由小到大地构造起来的。世界的秘密隐于细节，从细节出发去判断作品虽不中亦不远。本次获奖的作品，从《鞋》到《清水洗尘》，细节的力量贯彻始终。如果一定要谈论'标准'，那么我相信，一个最基本的、可以通约的艺术标准就是'细节'。"

16日　郝岚的《危机年代的中国小说》发表于《文艺争鸣》第5期。郝岚认为："今天，中国当下的小说在荆棘中跋涉，艰难而迷茫。文学置身于全球化、一体化的经济与传媒膨胀的时代，越来越多的新生力量步入文坛，构筑着新的空间；小说进入市场，成为一种'消费品'，艺术价值被交换价值所代替，小说不得不寻找迎合市场的'卖点'，成为一种'文化工业'，变成巨大经济机器中的一个零件，一个标本。这就是所谓的'文化经济化'，但市场的美学意识是讨人高兴，引得更多人的注意，以获得更多的经济效益，这正与小说的理想与精神背道而驰，于是卡夫卡的预言成为了现实，艺术无可挽回地成为了商品而失去自律性。越来越多的因素在诱惑着文学，小说从未象今天这样被更多的外界力量分解和利用，它随时都在离开自己的世界，向当下利益投降，成为它的俘虏。当然，市场的存在是文学无可选择的宿命，它不仅提供了挑战，也提供了机遇。但重要的是作家要以何种方式在市场的背景下做文学式的发言，而不是穿着文学的戏装做一场'市场秀'。我们不可能要求小说蜕变成整场严肃的革命样板戏，但它也不应该是像今天这样的小丑和杂耍的拙劣表演。"

20日　洪治纲的《隐喻的思维》发表于《小说评论》第5期《洪治纲专栏：先锋文学聚焦之十一》。洪治纲认为："对于先锋作家来说，形式永远是一种有意味的形式，它同样包含着无限丰富的审美意蕴，寄寓是创作主体繁富的艺术理想。而这种形式，在很大程度上正是借助于隐喻式的思维来实现的。……这种隐喻式的艺术思维，在促动先锋作品的文本走向多义的同时，也使文本的内在结构呈现出不稳定性和开放性特征。……从文本的多义性到结构的开放性，隐喻几乎以其无所不在的方式影响着先锋作家的创作。……总之，将隐喻作为一种艺术思维的方式，而不再是一种修辞手法，这是先锋作家对隐喻进行的一种有效的翻建与扩容。"

龙云的《过去的故事：叶广芩家族系列小说》发表于同期《小说评论》。龙云谈道："检索叶广芩的家族系列小说，几乎篇篇都会出现戏剧、古玩、中药这些意象,这成了叶广芩结构家族小说的枢纽了,这些枢纽连接着事件、人物,是叶广芩串接故事的引线。这也是贵族家族最熟悉的生活内容。……叶广芩笔下的家族小说的文化背景实际上是一种满汉杂糅、上层下层混装的文化类型。"

汪云霞的《永远在路上——苏童小说〈米〉的象征意蕴》发表于同期《小说评论》。汪云霞说:"在某种意义上,《米》是苏童"枫杨树"系列创作的延续……不仅叙事风格迥然相异,由温婉柔美到沉静朴实,由轻灵飘忽到凝实厚重;叙事视角也有所转变,从具有强烈历史追忆情绪的'我'参与叙事,变为客观冷静、古典味十足的第三人称叙事;还有一个显著变化则是,《米》整合了以往枫杨树小说中摇曳不定、零散飘落的意象碎片,而以中心意象来结穴故事。"

25日 格非的《文体与意识形态》发表于《当代作家评论》第5期。格非认为:"在作家的创造过程中,意图是怎样与表述方式建立联系,这种联系通常又会受到哪些因素的制约和影响?我觉得仍是一个值得探讨的问题。在我看来,一个作家所用的文体与形式,通常是作家与他所面对的现实之间关系的一个隐喻或象征。首先,文体当然会受到时代的总体特征的影响。一般来说,社会形态的巨变往往是作家创造新的叙事文体的重要契机,文学史的发展与演变实际上已经证明了这一点。……我觉得三人之中,沈从文最不讲究文法。说他是浑然天成也不为过,像《湘行散记》这样的作品堪称五四以来叙事文学不可多得的经典;相反汪曾祺最讲究文法,外表上语言的行云流水和漫不经心掩藏着极深的机巧;倒是废名介乎他们二人之间——早期不讲究,中期讲究的过了头,晚期还是不讲究。造成这种差异的根本原因,与其说是一个'叙事'问题,还不如说是一个意识形态问题。"

红柯的《有关长篇小说的一些想法》发表于同期《当代作家评论》。红柯认为:"在我的意识里,文章没有文体之分,诗歌、小说、戏剧以及学术在本质上是一回事。……回想一下,我从诗歌转入小说时也是一团混沌,没有长中短的意识,一个念头冒出来,写多高是多高,有意识写短篇是1996年以后的事。……这种剽悍和野性的力量正是小说的一种精神,尤其是长篇小说。街谈巷议,道听途说,或者如略萨所言小说就是一种谎言里的真实。从1996年我的天山小说开始,我执迷于这种西部的野性的力量。"

黄善明的《一种孤独远行的尝试——〈酒国〉之于莫言小说的创新意义》发表于同期《当代作家评论》。黄善明说道："《酒国》在莫言小说中有着不可忽视的'非常'意义，它表现在：试图摆脱'合谋'的创作心态、多重文本叠加的叙事模式、荒诞变形的形象设置和涵容深藏的主题话语。据此，迄今为止读者层和评论界对这部长篇的冷漠和疏远，正是对于作家莫言的无谓'误读'。"

马原的《语言的虚构》发表于同期《当代作家评论》。马原认为："虚构语言有一个很特别的情况，小说叙述需要进入某种状态，在进入状态的过程中，它经常会使用'当时'、'那时'等诸如此类的表述。而我们在其他的非虚构的语言中会比较少使用这一类表述；在非虚构的语言中，我们经常不需要有导入某种状态的准备。……在小说中，在虚构写作中，它的人称方式和非虚构写作中使用的人称方式在表达上并不一样。即便都是以第一人称'我'，虚构写作就可以提供一个具有特别强烈主观色彩的角度。"

孙郁的《文体的隐秘》发表于同期《当代作家评论》。孙郁认为："近九十年间的长篇写作，在文体上出现了问题。除了钱钟书、贾平凹等少数作家注意到了此点外，大家都被一种虚幻的写作理想蒙骗了。用西方的模式展示东方人的生活，有一个转化的问题。这一点，曹禺的话剧、焦菊隐的导演实践，可以说明些什么。长篇小说在西方的宏大叙事理念里，陷得太深，未能与我们民族固有的语言艺术，深切地沟通起来。只有一种阅读翻译小说的经历是完全不够的，从西方回到东方，由东方再走向西方，这是个双重环节，我以为均不可忽略。我们的许多有才华的作家，所以留下了遗憾的文本，是不是应由此寻找原因？""近年读的许多作品，在结构上和人物特质上，大多模仿着洋人，本土文化的内功，普遍减弱。即便出现过一些像《长恨歌》、《穆斯林的葬礼》、《尘埃落定》那样的佳作，然而文本上仍有缺憾，远不及近现代以来一些经典作品那么耐读。看着翻译成长的作家，其弊端仍在于缺乏母语的底气，对外文的妙处也知之甚少。他们只学来了小说的结构，艺术里的玄学之道，却不幸将文字的传神功夫抛弃了。"

王宏图的《对真实幻觉模式的突破》发表于同期《当代作家评论》。王宏图认为："长期以来，巴尔扎克式的现实主义模式统治了中国的长篇小说写作。

它对生活幻觉的刻意营造与追求达到了一个前所未有的精确程度。人物、情节和背景方面细部的逼真成了小说写作中的基本要求,作家只有藉此才能创造出给人以强烈真实感的生活,而真实感在很大程度上又依赖于幻觉的酿造。这仿佛已经成了小说艺术中不容置疑的金科玉律。即便在对西方传统小说造成巨大的震撼的意识流小说那儿,这一情形也没有发生多么巨大的变化。乔伊斯的《尤利西斯》、弗吉尼亚·伍尔夫的《达罗卫夫人》等作品与传统现实主义、自然主义小说的差异主要在于叙述角度的变化,即由对外部世界的精雕细刻转向对人纷乱芜杂的内心世界的展现,但在追求幻觉的逼真性这一点上,它们之间并无太大的歧异。到了九十年代,这一情形开始被打破。作家试图开拓和寻求长篇小说新的艺术领地,以打破幻觉美学一统天下的局面。王安忆的《纪实和虚构》、史铁生的《务虚笔记》等作品便以不同的方式作了尝试。它们所依傍的是迥异于现实主义的另一种小说美学。"

王一川的《我看九十年代长篇小说文体新趋势》发表于同期《当代作家评论》。王一川认为:"九十年代长篇小说的一个显著成绩,不仅表现在数量上,而且尤其表现在文体的变革上。作家们不再简单地满足于叙述故事,而是着力于如何叙述故事,即从过去的讲什么转向怎么讲。这怎么讲就直接导致文体的变革冲动。于是,我们看到了许多新文体。正是在新文体中,故事显示了新意义。新故事在新文体中生长,长出了新意义。""文体不应被简单地视为意义的外在修饰,而是使意义组织起来的语言形态。换言之,文体是意义在语言中的组织形态。文体不等于语言,而是语言的具体组织状况。就长篇小说而言,文体显得尤其重要。长篇小说总是要用语言去建构一个想象的生活世界时空,在这里表现一种独特的生存体验。如此,文体在长篇小说中具有了想象的时空体式的意义。这是与现实的实在时空相联系但毕竟不同的幻想的时空模式。可以说,文体是长篇小说中的以语言建构的想象的时空模式。文体的状况实际上正代表长篇小说的意义状况。文体是长篇小说的意义的生长地。离开这个土地,意义就无从生存了。""何以在九十年代出现长篇小说文体创新高潮?原因有若干,现指出三点:第一,现代汉语小说文体有一个发展与成熟过程。短篇小说由于容量缘故成熟较早,而长篇小说则需要更长时间,所以到九十年代才走向成熟和繁荣。第二，社会文化问题需要长篇小说的想象性解决。……第三，古今中外各种长篇小说文体的影响。可以接受古今中外各种文体的轮番熏陶，这固然是九十年代作家的优势和幸运；但另一面在于：当长篇小说文体的种种可能性都已经被以往作家几乎尝试遍以后，世纪末的作家们如何确立自己的独特身份？显然，只能被迫走'创新'的不归路。这是继承中的创新。这样，文体成为竞相突破的堡垒。但凡希望在长篇小说中做出新建树的小说家，无一不把文体作为首要突破口。""九十年代长篇小说的新型奇体出现了多种类型，有待于专门的深入研究，这里只能简要列举一些。（1）拟骚体小说。……（2）双体小说。……（3）跨体小说。……（4）索源体小说。……（5）反思对话体小说。……（6）拟说唱体小说。……"

谢有顺的《文体的边界》发表于同期《当代作家评论》。谢有顺认为："文体不是寄生在作品上的附生物，不是为了造成一种外在的装饰效果，不是对现存秩序的外在反抗，它应该是与作品内在的气质同构在一起，从作家的心态中派生出来的，是自然而然出现的，它的推动力是作家为了更好地到达他眼中真实的世界图景。"

严锋的《诗意的回归》发表于同期《当代作家评论》。严锋说道："我总觉得诗化就是音乐化。晚近十年中国小说中的一些新质，是必需用诗心和音乐的耳朵去捕捉的。我们最好的一些小说，正在走向大气，走向成熟，走向音乐。王安忆有一篇《姊妹们》，三万来字的篇幅，零零散散地写了好多个村里的姐妹，花插着谈谈方言，写点村俗轶事，好像是杂乱纷陈，想怎么写就怎么写，想写到哪里就写到哪里。其实这里头是有章法的，这个章法就是一种音乐性的节奏……""我愿意坚守一种保守的观点：文学是一种声音艺术，是一种时间的艺术，也是抵抗当代文化空间化的重大堡垒。要捍卫文学，我们必须重新审视语言的本原：声音和节奏，时间的绵延。对小说来说，这首先也就是要回到历史，回到叙事，在叙述中展现诗性。"

张伯存的《挑战阅读》发表于同期《当代作家评论》。张伯存认为："追溯莫言创作此作的诱因，也许因为他中鲁迅先生的'毒'太深。""《檀香刑》何止写了五年，其创作历史已有二十余年矣。美国学者王德威对鲁迅的"砍头"

文字曾有精彩的论述,指出他的《铸剑》、《阿Q正传》等小说流露出狂欢节气息,流露出创作者自己对死亡和人心灵的幽暗面不由自主的迷恋,和非理性的奇诡曲折的恣肆快感。在这一点上,莫言是鲁迅的传人。""音乐上的复调是指同时展开两个或若干个声部(旋律),他们尽管完全合在一起,但仍保持其相对的独立性。它的基本原则是各声部平等。任何一个声部都不能超越其他,任何声部都不能充当简单的伴奏。米兰·昆德拉认为,运用音乐复调理论进行小说创作是奥地利作家布洛赫的革命性创举,而精通音乐的米兰·昆德拉无疑进一步把这种小说结构法发扬光大。这种小说结构模式中国传统小说中不曾有过,它是西方小说的独擅专长。《檀香刑》成功地借鉴了这种结构法。"

张炜的《作家的出场方式》发表于同期《当代作家评论》。张炜认为:"作家应该有自己的出场方式。我们回头看看就可以明白,任何时代都大致有两个群体——两种主流(叫'大流'也许更准确)。对于其中的一种'大流'是容易疏远的,我们也不乏自觉的批判。可是由于历史和现实的种种复杂原因形成的综合时尚趣味,我们却很乐于服从,所谓的'随大流'。这更可怕。这是一种专横与粗暴的大流。它淹没了多少?正是它毁掉了可能存在的个人方式。……如果从文体的表层出发,从批判一种大流货到拥赞另一种大流货,那不仅没什么意义,而且还会造成更大的误解。文学创作与批评的艰难,它的挑剔性,它的意义,就在于鉴别和寻找两种大流之间的狭窄空间——这其中的那些'个人'。"

张新颖的《说"长"》发表于同期《当代作家评论》。张新颖认为:"在长篇小说这个文体类型中,语言创造能够创造出意义独立完整的世界;反过来也可以说,长篇小说这个文体类型,要求语言创造出意义独立完整的世界。""短篇和诗的世界不一定非得是独立完整的。我在这里说的'独立完整',指的是这个语言的世界不依赖于它之外的世界而存在。长篇小说的世界本身就是一个自足的世界,自成一体,无需外物;而短篇和诗,很多情况下依赖于语言的暗示、隐喻、象征等等多种功能关联和指涉文本之外的世界,并从中获得意义。读一个短篇,想到这是某种生活的断面或一部分,它本能地(这是文体类型的本能)推动读者去想象文本所关联和指涉的文本之外的更大的世界,这是常见的和正常的;但是如果一个长篇也去这样要求阅读,试图依靠它之外的世界来成就自己,恐怕多半要失败。这也就是说，语言的功能和意义关乎文体，长篇中的语言和其他文体类型中的语言是不一样的。这种因文体而产生的区别当然不是绝对的，但这种区别确有它自身的历史和意义。'长'与'短'，文字数量和作品规模上的区别，带来了更为内在的意义区别。"

十月

2日　曹文轩的《时间之马》发表于《小说选刊》第10期。曹文轩谈道："对于小说而言，均匀的时间速度，是一种不可取的速度。小说的速度是双重性的：故事的时间速度与叙述的时间速度。无论是前者或是后者，这两种速度都不宜是均匀的。因为均匀意味着节奏的丧失。"

9日　李建军的《〈日子〉：朴实而简约的讽喻之作》发表于《文艺报》。李建军认为："凝练的语言和用心的结构，给读者营造出较大的想象空间；简约的景物描写，则展现了在当前的幽闭型小说中较少见到的自然景观。这种不苟且不敷衍的老老实实的创作姿态，在这个普遍为商业订货而写作的时代里，实属可贵。《日子》是陈忠实在《白鹿原》出版八九年之后创作的第一篇小说作品。它的标志性意义是显而易见的。"

16日　江湖的《好一个俊雅的"野葫芦"》发表于《文艺报》。江湖指出："宗璞既作为冯友兰先生之女，承中国传统文化的深厚渊源，又多年从事外国文学编辑工作，得异域文化长期耳濡目染，使《南渡记》《东藏记》二书蕴含东方传统哲学文化和西方人文主义思想相结合的精神内含，具有独特的艺术气质和高雅格调。王蒙说宗璞为'大家风范'，这两部小说写得很节省，那么多人物，那么多事件，大多写得精当有致。夹一点独白，再加一点散曲，中西合璧，兼美并收。"

17日　梅新林的《"红楼遗产"与二十一世纪的中国小说》发表于《光明日报》。梅新林认为："《红楼梦》自清中叶问世以后，200多年来，它一方面以其无穷的魔力吸引着代代学人形成绵延不绝、自成体系的红学研究传统；另一方面，它又以杰出的艺术创作为历代作家所借鉴，也同样形成了一部延绵不绝、别具一格的红学精神承传史。彼此都以《红楼梦》的诞生为起点，但却一显一隐，各自分流了 200 多年，造成了精神资源的严重流失与浪费。在新的 21 世纪中，红学家与小说家完全有理由也有必要将此二者相互贯通，共同把红楼遗产转化为文学创造的精神基因和血液。而这一转化的过程与结果反过来也可以为红学研究拓展新的视野与路径，为红学研究带来新的生机与活力。""概而言之，《红楼梦》自它问世之后影响于中国小说创作的主要表现在以下三个方面：续作、仿作与借鉴。"

20 日 刘中顼的《新历史小说创作的严重迷误》发表于《文艺报》。刘中顼谈道："而所谓的'新历史小说'中所写的事件完全是子虚乌有之事，是百分之百的虚构。'新历史小说'打着'历史小说'的招牌，虽然前面加了一个'新'字，但人们注目的重点当然还是'历史小说'那几个具有定性意义的字眼，这样它们就只能在社会上造成误导。人们凭着欣赏习惯将这种历史小说所叙之事、所写之人也当作一种虽有虚构变形，却在原则上并不违背历史真实的事件来看，这就必然造成人们认识历史的严重迷误。"

本月

莫言、石一龙的《写作时我是一个皇帝——著名作家莫言访谈录》发表于《山花》第 10 期。莫言认为："对于我的小说语言，季红真在 80 年代中期曾有一次比较准确的分析：第一，大量的民间口语进入语言；第二，通过在传统的经典典籍《三国演义》和文言文以及翻译小说中找来的东西。现在补充一点，就是从民间戏曲学来的东西，民间戏曲与元曲有那么多密切的联系，我的小说经常出现元曲的味道，尤其在《檀香刑》这部小说里这种民间戏曲的影响更加深重。我想一个作家的语言肯定是一种混成的东西，不可能非常纯。"

十一月

1 日 杨剑龙的《重视小说语言的个性化》发表于《文学报·大众论坛》。杨剑龙认为："小说是以语言为载体的叙事文学，它以塑造人物形象、反映社会生活为基本特征。小说家必须有语言意识，语言构成了小说家创作风格的重要部分。重视小说语言的审美性，将小说创作视为语言的艺术，这是小说家是否成功的重要标志之一。……进入九十年代以来,由于强调创作对于当下现实生活的关注而忽略了艺术形式的追求,作家们的语言意识又出现了一定程度的弱化倾向,在追求小说的平民化、世俗化中,常常忽视了小说语言的个性化。刘醒龙提出了创作'宁要内容玉碎,不为形式瓦全',重视小说内容的厚实而忽视形式的独特,以至于新现实主义作家谈歌、何申、关仁山、刘醒龙小说的语言常常呈现出更多的共性,而缺乏鲜明的个性。朱文、韩东、李冯等新生代作家的小说,以贴近自身生活的取材方式,以靠拢生活现实的叙事语言进行写作,注重语言的自然与直接,语言也呈现出更多的共性,相对而言自然本色的追求中缺乏含蓄与生动,朴实琐碎中鲜有诗意与深刻。在网络文学日益受到人们的关注中,在语言的运用中又出现了诸多不规范的用语、词汇的新造与生造,构成了网络小说的一大弊端,虽然网络小说也使现代汉语出现了诸多新的语汇,但是从某种程度上说或许也是对于语言的一种污染。小说是语言的叙事艺术,小说家与小说批评家都必须具有清醒的语言意识。"

同日,张学昕的《90年代小说文体的新变》发表于《作家》第11期。张学昕谈道:"在经历了对'现实'的'想象'和倾心叙述之后,先锋作家从对现实和对象主体的消解,从高高在上的贵族化的叙事立场和写作姿态摆脱出来,在'民间叙事'的艺术空间里寻找、建立新的文本形式,从而,形成了90年代初的'先锋后'文体。……'个人化写作'、'私人化写作'、'女性写作'在90年代风起云涌,形成强大势头,似乎已成了90年代文化的一种重要标志。虽然这些概念的提出是针对90年代以前文化和文学创作批评中的主流话语、'宏大叙事'而言,但是,这种写作实践还是充分表现出了文学创作中强烈的作家个性、人物倾向和独特的创作诉求。其中'女性写作'更是凸现出极强的个人写作气质。同时,从'叙事视角'看,男性作家的'女性视角'和女性作家的'男性视角'、'女性视角'等文体变化表现出颇具'性别意识'的文体策略和文化意识并形成鲜明的个体文体。这些变化不仅标志着90年代审美意识的剧烈变化,而且在生活日益呈现世俗化、日常化、个人化的时代,以'性别语言'为代表的文体趋向作为一种叙述姿态,它打破了大一统的主流话语方式,进一步拓展了个人、个性化的精神空间,在对包括'性别'在内的个人化、人性的充分重视的前提下，为叙述、文体风格乃至写作方式带来了新的自由度、新的文化、人文内涵。……90年代的长篇小说创作，在艺术上的创新具有一种革命意义。小说创作中文体的探索由局部的形式技巧走向了整体的文学形式体系，小说的审美文体形式被作为一种'有意味的形式'和文化的审美内容直接生成的，甚至超越了所表现的生活内容本身的价值和表现手法的后面，标志着作家的思维方式及小说观念的根本变化。"

同日，张念的《当故事引退之后》发表于《作品》第11期。张念认为："小说是要讲故事的，人物的命运，以事件为核心，这个人以及和他相关的人们，做了些什么，说了些什么，故事的元素，按时间的线性结构来组合，力图达到真实性的效果。……小说正是依赖时间的线性结构，使虚构的人物命运有了一个仿真的外壳，人物从理论上被总结成典型，成了集体经验的符号，或社会生活的表征……直到20世纪初，新文化运动先驱人物梁启超还说，欲新一国之民，不可不先新一国之小说。小说是可以传播新观念，开启民智的。""故事从小说中渐渐引退了……所以小说必须在故事引退的地方重新诞生……故事虽然引退了，小说依然有它继续存在下去的理由。"

5日 林舟的《"靠小说来呈现"——对吕新的书面访谈》发表于《花城》第6期。吕新认为："赵树理早已是一面旗帜，无须我一个晚辈再作累赘。每当看到任何一个晋东南地区的人，我首先就会想起赵树理的小说，在他们的脸上和身上，仍然有很多赵树理曾经描写过的那个时代的东西，这种现象使我一直对赵树理的小说保持着一种惊讶。说到位置，不管这个词包含着怎样的内容和意蕴，也不管它最终要指向哪里，我想我从来没有考虑过这个问题，李锐可能也没有考虑过这个问题。我们能力有限，光琢磨小说，已经够我们忙活的了。我认为一个人处于什么样的位置，并不由自己的意志来决定，你活着的时候无法决定那一切，死后当然就更不可能了。每个人都愿意青史留名，对于写作的人来说，这样的一种情结会更浓一些，每个人都愿意自己的作品能够经得起时间的考验和淘汰，而最终流传下来。但是，光有这些就够了么？"

10日 李治邦的《创作是真实的》(《新闻眼》创作谈——编者注)发表于《中篇小说选刊》第6期。李治邦谈道："仔细想想，说到底，其实创作是真的,小说也是真的。因为你只有是真的感觉,你才能进入到一种真实的状态。只要你觉得是在编什么,在做秀什么,出来的就肯定不是好小说了。"

梁晴的《关于〈暧昧〉》(《暧昧》创作谈——编者注)发表于同期《中篇小说选刊》。梁晴提到:"有时候我想,对现实社会生活的批判,用匕首和投枪固然淋漓酣畅,但试着用用庖丁的解牛刀,或许更能体现文学作为人学的社会特质。因为即使同是道德感和价值观的失节,功利场上的趋避进退也是各人有各样的。"

肖达的《关注眼睛后面的灵魂》(《身在苍烟落照间》创作谈——编者注)发表于同期《中篇小说选刊》。肖达提到:"我从来不否认文学具有娱情功能,只是,我喜欢写一点自己认为有益的东西。"

11日 匡文立的《精致·纯粹——关于第二届鲁迅文学短篇小说奖的闲话》发表于《中华文学选刊》第11期。匡文立指出:"此届鲁迅文学奖获奖的五部短篇小说,集中到一起看,便会发现,其中除了徐坤的《厨房》,其余四篇的美学品质极其接近,它们都算不上'前卫'又不特别'传统',不过作为短篇小说,篇篇都足够精致和纯粹,同时,共同的特征是诗意浓厚,散发出清丽的浪漫气息。"

王蒙的《只能说一部分作家是社会的良知》发表于同期《中华文学选刊》。王蒙指出:"小说托载了人们的理想、表达对未来的憧憬和期待,文学对人的精神作用太大了。……小说处处体现着个人的独创性,因此是不能相互代替的。写小说的人最可贵的是生活中的任何感觉都可以成为他作品的一部分。正因为小说是一种个人的'独创性'产物,所以它既可能是超前的,也可能是个骗局,比如某些现代派或后现代艺术作品。小说尤其是长篇小说的创作,给读者的不是一个结论、命题、口号或呼吁。它是把一个群体和社会、时代相互矛盾的种种现象展示出来。……小说是虚拟的现实,起着宣泄和补偿作用。小说会使在现实中很难操作的东西在纸上实现,而且更有魅力、更动人。……好的小说是不拘一格的,你读后有收获,会在情感上、思想上受到启发,而且还能引发不断的思索,这样的作品起码不坏。……至于我个人,我是一个积极投入社会生活、入世很深的人,但创作时是个虚无缥缈、精神遨游的人,我觉得我是真的作家。"

15日 丛新强、郭笃凌的《压抑与反叛——简论余华笔下的"父子冲突"》发表于《当代文坛》第6期。丛新强、郭笃凌谈道:"余华的文本中具有一种'父子冲突'的对立性存在。父辈对子辈实施了无情戕害乃至残酷杀戮,岌岌可危的儿子无时无地不在被暴戾的父亲推入一个阴谋的中心,'父亲'以其强大的不容置疑的无理性的理性力量将'儿子'置于一轮又一轮的死亡的漩涡……""面对'父亲'的卑劣、无情与屠戮,'儿子'们无法再从父辈身上看到哪怕是一丝的生命辉煌与精神曙光,于是从对父亲的不满转向了对父亲的反抗。在余华的文本系列中,'父亲'形象并非呈现为一种永恒的、不可撼动的结构性存在,而是同时呈现为一种势所必然的结构性崩塌。……余华笔下的'父子冲突'构成了一种压抑与反叛的呈现形式。在某种意义上,我们是不是可以说,它并不仅仅是表层的父子对立与矛盾,而是具有了一种更加深广的历史寓言性与文化象征意味。"

尹凡的《新古典主义之勃兴——兼论曹文轩的小说创作》发表于同期《当代文坛》。尹凡谈道:"曹文轩的创作,就是对此两者融合的一种尝试。试将这样的写作特征命名为'新古典主义',可以概括为:'以古典主义的美学精神来关照、阐释世纪末的现代意识。'第一要旨,曹文轩以古典主义文本为契机,但倾心关怀的是一个现代性精神世界。……曹文轩的小说诞生于中国传统的艺术土壤之中,朱自清的散文化笔法,废名诗学的意境,沈从文恬淡的风格,以及汪曾祺轻灵的叙事,这些曾经给予人类无数感动的古典美是孕育曹文轩作品的摇篮。极力追求一种洁净的美感,是曹文轩小说的精魂。……其次,注重故事性、注重人物命运发掘和人物形象塑造,也是其文本的一大特色。"

同日,冯敏的《血性描述中的悲悯情怀——我看鬼子的小说》发表于《南方文坛》第6期。冯敏谈道:"解读鬼子的小说,并不需要那么高深的理论。'朴素'的形式一如道德坦克,碾压着我们仅存的那一点点社会良知。血性,是小说人物对命运的抗争;悲悯,是创作主体应有的道德情怀。苦难是鬼子小说叙述的底色,但他的小说决不止于苦难,苦难下的抗争才是他关心的主题,鬼子在对来自生活底层种种血性抗争的描述中展现了生命的本质,也寄托着作者巨大的悲悯。……由此我们不难理解鬼子的小说为什么总是涉及死亡,他为什么在对死亡的描述中充满了巨大的悲悯。对这些终级问题的思考支撑着小说对生活层面的描述使鬼子的小说不同凡响，我以为这是他作品的价值所在。"

洪治纲的《刑场背后的历史——论〈檀香刑〉》发表于同期《南方文坛》。洪治纲认为："莫言的长篇小说《檀香刑》既是一部汪洋恣肆、激情进射的新历史小说典范之作，又是一部借刑场为舞台、以施刑为高潮的现代寓言体戏剧。它以极度民间化的传奇故事为底色，借助那种看似非常传统的文本结构，充分展示了作者内心深处非凡的艺术想像力和高超的叙事独创性，张扬了作者长期所崇尚的那种生命内在的强悍美、悲壮美。同时，在这种强悍和悲壮的背后，莫言又以其故事自身的隐喻特质，将小说的审美内涵延伸到中国传统文化的内部，并直指极权话语的深层结构，使古老文明掩饰下的国家权力体系和伦理道德体系再一次受到尖锐的审视。……《檀香刑》的巨大成功，也正是建立在这种对人性内在的丰富性与复杂性的有效表达中。它以人性撕裂的尖锐方式，将叙事不断地挺入深远而广袤的历史文化中，在鞑伐与诘难的同时，表达了莫言内心深处的那种疼痛与悲悯的人文情怀。因此，莫言的《檀香刑》看似残酷，但在这种残酷的背后，却有着强烈的体恤之情——那是对生命中血性之美的关爱，对人类永不朽灭的伟岸精神的膜拜。"

张柠的《文学与民间性——莫言小说里的中国经验》发表于同期《南方文坛》。张柠认为："莫言的创作中具备了许多浪漫主义的要素，比如夸张、幻想、超现实的离奇故事，等等。莫言的一些具有浪漫主义色彩的故事，偏离了简单的现实，偏离了对静止日常生活的写实，将生活的另一面（神奇性）展现出来，拓展了（创造了）故乡'现实'这个概念。……但是，莫言的创作抛弃了浪漫主义艺术的一个最重要的东西：'抒情性'，或者说他有意抑制了这种'抒情性'。""从总体上看，莫言的文体，就是一种生长在真正的'民间性'土壤上的'欢乐文体'。他对民间悲苦的生活的表达和讲述，既不是哭诉，也不是记帐式的恐吓，而是一种'欢乐'的力量。""莫言用自己独特的文体超越了故乡这个狭义的乡土概念，超越了故乡日常生活的简单的自然主义，超越了转瞬即逝的、空洞的、无意义的琐屑形象，超越了'怪诞现实'的物质形态，也超越了历史时间的盲目乐观（进化）和悲观（末世论），并赋予了这些被超越的东西以真正的民间气质、信念和意义。"

16日 浩岭的《不仅偏颇,而且肤浅——关于〈白鹿原〉与孙绍振先生商榷》发表于《文艺争鸣》第6期。浩岭谈道:"作为'一号人物',白嘉轩是作者着意刻画的艺术典型,也是《白鹿原》这部小说成为'扛鼎之作'的中心支柱,'作品最成功、最深沉丰富的形象是白嘉轩,他是在历史长河坎坷中幸存的民族之魂、民族精神'。……孙绍振先生断言白嘉轩只不过'是一种儒家仁义概念的图解',将其全盘否定,实在谬之太远。……《白鹿原》之所以被称为'史诗',就在于它不仅是中国现代文学中屈指可数的登上了过去生活的'宝贵高度'并完成了自己的作品个案,而且是对中国当代文学(包括评论)水准的一次整体提升,它的迷人的艺术魅力和巨大的史诗价值已经得到时间的验证,那么它成为传世不朽之作也就不是一种预测了。"

17日 於可训的《晓苏和他的故事体小说》发表于《文艺报》。於可训认为,晓苏的小说"从一开始就具有一种在今天的小说中并不多见、甚至为今天的一般小说家所轻视的故事性。对故事性的重视,不但使晓苏的所有作品,包括长、中、短篇小说,都具有很强的可读性,而且也使得他的小说在创造性地转换中国小说的叙事传统方面,也作出了有益的尝试,取得了重要的经验,作出了宝贵的贡献。晓苏的小说的故事性,有如下几个方面的特点:第一个方面的特点是,他的小说的故事不是凭空杜撰的,而是来源于生活现实,是对生活现实的一种集中反映。……第二个方面的特点是,他的小说的故事不纯粹是源于他的个人才能,而是集中体现了民间智慧、民间情绪和民间思想,是民间精神在小说创作中的一个突出表现。……第三个方面的特点是,他的小说的故事不是纯粹为了追求通俗化的阅读效果,而是同时还担负着重要的叙事功能"。

同日,贺绍俊的《要么新闻,要么小说》发表于《作品与争鸣》第11期。贺绍俊认为:"作为小说,并不会因为你的素材全都是真实的就会得到读者的礼遇。这与20世纪以后兴起的新闻小说并不一样,新闻小说往往是处理一些重大的新闻事件,正因为这类新闻事件的广泛被关注,才有可能成为一种审美要素而进入到小说领域中。而我以为,红孩这篇小说中的几个故事,还大有提炼和加工、进一步虚构的余地,使之更加典型化。要么新闻,要么小说,不要以为将二者拼接在一起便是找到了一个讨巧的方式。"

20日 丁帆的《一个痛失道德与良知的新的艺术雕像——刘醒龙长篇小说〈痛失〉读札》发表于《小说评论》第6期。丁帆认为："《痛失》是在《分享艰难》的基础上，延续和完善了作品的情节和内容，以及人物的性格，从而也就突转了作品的文化批判内涵——将《分享艰难》中的那种社会矛盾的和解性上升到尖锐犀利的文化批判的层面。就此而言，我以为，刘醒龙在《痛失》中不仅弥补了人物性格的缺憾和故事情节的不完整性，同时也重重地弥补了在《分享艰难》中创作主体的迷失与彷徨。"

李建军的《没有装进银盘的金橘——评阎真的长篇小说〈沧浪之水〉》发表于同期《小说评论》。李建军认为："《沧浪之水》的刺世嫉邪的反讽倾向是显而易见的，但是，由于作者的主观态度过于显豁，情感过于外露，因而，属于不成熟的、缺乏力量的讽刺，在这一点上，它与晚清的谴责小说非常相似……在《沧浪之水》中，作者的形象就过分膨胀，挤压了人物的生态空间。这绝不是第一人称叙事方式给人造成的错觉，事实上，从这部小说具有写实性质的单一的叙事视境看，作者将自己的气质、性格及价值观注入到池大为身上，而且还被部分地注入到其他一些人物的内心世界。"

李遇春的《世纪末的忏悔——从王蒙和张贤亮的二部长篇近作说起》发表于同期《小说评论》。李遇春谈道："在逼近世纪末的历史时刻，王蒙和张贤亮不约而同地通过这两部新颖别致的小说作品，在这个充斥着极端的'私人化'声浪的文坛中执拗地传达出了自己独特的声音，再一次向人们展示了他们那一代人所负载的、沉重的民族集体化记忆。……两部长篇共同的精神旨趣主要在于，都指向了世纪末中国有良知的知识分子作家对那个远去的红色革命文化时代的深度反思和勇敢忏悔。……王蒙的《狂欢的季节》以其特有的'狂欢'式的语言流和意识流文体，在巨大的心理时空中游刃有余地书写了一群失意落魄的知识文化人在那个泛政治化的历史情境中的心理困境，即在严酷的政治困境中所经受的灵魂的压抑和挣扎，以及人格的扭曲和变形。而热衷于求异出新的张贤亮则再一次独辟蹊径。他的《青春期》以崭新的'知识考古学'的视角发掘并考察了在那个红色革命时代中整整一代人的'青春'的历史形态。……我们可以把这两部作品所传达出的忏悔情怀当作一种世纪末的精神文化现象来看待，它代表了所有亲历过那个红色革命文化时代的中国人，尤其是'五七族'作家群多年以后面对沉重的民族历史的极大精神勇气。"

22日 郑允钦的《微型小说，方兴未艾》发表于《文学报》。郑允钦谈道："微型小说是快节奏的社会生活的产物，是伴随着我国改革、开放的进程而繁荣发展的，它理应成为时代的宠儿。一般而言，小文章因为容量小，发表后不容易引人注意。但如果能做到小而精、小而深、小而新、小而奇，情况恐怕就不一样了。我们认为，微型小说这种文体，具有其它文体所无法企及的优点，它既能像杂文、散文、随笔那样迅速地反映社会生活，又具有小说的巧妙构思，有悬念，有故事情节，远比一般的杂文、散文好读、耐读。加上我们采取'贴近时代，贴近读者'的办刊方针，并奖励读者荐稿，鼓动激发读者的参与意识，刊物走俏市场就是必然的了。选什么样的稿是办刊的关键。我们充分注意发挥微型小说的本质特征，发挥它的先天优势。匕首要战胜大刀、长矛，必须依靠它的锋利和灵活，微型小说要以小胜大，以短胜长，必须依靠它的思想内涵，用最小的面积集中最大的思想，并将独到的见解巧妙地融合到故事的情节中，让人读后拍案叫绝。这样才不至于混同一般的故事。"

25日 李锐的《长篇小说文体笔谈——文体沧桑》发表于《当代作家评论》第6期。李锐认为："新时期文学自先锋小说以来的文体试验，在打破文化专制和毛文体束缚的同时，也带来对现有文学观念的冲击和变化，先锋小说在叙述技巧层面的转变也更为多样、彻底。但是，随着先锋小说迅速的落潮，我们也看到了某种显然的盲目和被动。这种盲目和被动导致了许多文体试验迅速走向技术化，导致了反抗迅速蜕化成为时髦，成为当下主流语境的一部分。其中的复杂原因不是这篇短文可以谈清的。……文体的沧桑之变所折射出来的常常是自己的局限和困境。我们眼看着从别国里窃得的理想火种，在自己的土地上烧出一片废墟，与此同时，我们又遭遇了两次世界大战之后，后现代主义思潮对于西方知识体系的解构和颠覆，遭遇了所谓全球化的挑战和淹没。我们是从里到外遭遇了否定。我把这叫做双向的煎熬。本来，在这样艰难的历史处境中，需要的是更为清醒的历史理性，更为敏锐的语言自觉，是对于创作个体更为严峻苛刻的考验。这个双向煎熬的独特处境所给予我们的万千体验,本应成为新时期文学一切言说的源泉。可惜,在我们的'先锋'和'后现代'文本中,你经常看到的是获得"时髦"的满足,掌握真理的自诩,在那些一律向外的眼睛里,永远只有别人的风景。对历史的盲目和误会竟然成为一些人先锋的资本,这真叫人哭笑不得。"

王一川的《生死游戏仪式的复原——〈日光流年〉的索源体特征》发表于同期《当代作家评论》。王一川认为:"九十年代以来的长篇小说文体,正处在这种正衰奇兴语境中。以往的以'现实主义'为支撑的正体走向衰微,这为奇体的兴盛带来了契机。人们既从外来的'现代主义'和'后现代主义'这类奇体中找到灵感,也从中国古典文学的奇体传统中寻求启示,制作了一个个新的奇体小说。在这种奇体竞相喧哗的语境中,阎连科的索源体也是以'奇'的姿态亮相的,显示了独一无二的独特的奇体风貌。在逆向叙述中叩探生死循环和生死悖论及其与原初生死游戏仪式的关联,由此为探索中国人的现代生存境遇的深层奥秘提供一个充满想象力的奇异而又深刻的象征性模型,似乎正是这种索源体的独特贡献之所在。我个人以为,由于如此,这部索源体小说完全可以列入中国现代长篇小说杰作的行列。"

吴义勤、任现品的《另一种"南方写作"——赵本夫论》发表于同期《当代作家评论》。吴义勤、任现品认为:"考察赵本夫的小说创作历程,我们会看到,他的小说就是一个不断变化、深入、自我否定和更新过程的体现。他的小说主题从表现农民的现实生活到农民的道德文化心理再到农民的生命意识、生存状态,他的认识逐渐抛开具体的表象而进入到了农民的内心存在。对待人物的情感也从情不自禁的喜爱到理性的隐忍克制,以至最后超越了古典人道主义的伦理层次和一般的道德、价值评价,直入农民的自我意识与人性深层。小说艺术模式也经历了从传统叙事向传统与现代叙事的融合过程。小说人物则从讲究性格的逻辑,转向表达人的不可知性、神秘性与人性的无穷可能性。"

阎连科的《寻找支持——我所想到的文体》发表于同期《当代作家评论》。阎连科认为:"想象和文体成为了最为接近你的两股支持故事的力量。或者说,想象有可能成为故事的翅膀,使它重新获得优美的飞翔,重新展现它固有的魔力与魅力，而文体，则有可能成为它飞翔的力源，成为它展翅高飞的起落架、瞭望塔、航向标和加油站。……文体对于我，好像就是故事以外的任何东西，是一种有形无形的朦胧，是变幻莫测的一片云，是有可能抓住又有可能稍纵即逝的一股风。结构、叙述、语言、情节、细节等等，这些文学（小说）中林林总总的东西，它们有可能都是文体。有时是文体的一部分，有时会独立的成为文体的骨干和构架。甚至，故事的进展过程中，文体貌似消失，当某一章、某一段，或全篇读完之后，掩卷所思，才发现文体的异妙都在细节之中。能够把文体隐藏起来，那是多么了不起的一件事情，可惜我自己没有这样的能力。""然而，我个人，还是更愿意从他们的故事中去体会文体，而不愿意从文体中去体会故事。不可否认，很多作家，他们的一生或他们一生中的几部、某部作品，其全部的意义，都集中在了文体之上，阅读他的那些作品，想要获得故事的益处，必然是种徒劳。换一句话说，他的故事就是文体。不是说文体掩盖了故事的存在，而是说文体消灭了故事的存在，替代了故事的存在。这样的作品的意义与经典，会被后人和研究者长久的记住它们。然而于我的阅读，却总是隔着一层窗纱。之所以我乐意接受那种在故事中体会文体的作品，我想还是因为我对故事的偏执，是因为我总是渴望获得文体对故事的支持。甚至，想从伟大的作品中，看出来作家是如何地去借助文体，文体是如何地去支持故事，而故事又如何地接受、消化了文体给它的力量。在写作之前，就把它们分开、剥离，排出层次、先后，这一定是我这样的笨人实施的方法。然而，文体却有它的品格，有它的孤傲，有它的新奇与玄妙，当你准备获取它对故事的支持时，它也许就先获取了你。"

本月

郝雨的《墨白的艺术迷宫与"神秘的房间"——论墨白的小说》发表于《山花》第11期。郝雨说："墨白小说的艺术的独特，最重要的还是在于其形式与技巧上的新颖和特别。……首先，墨白小说在整体的叙事结构上的突出特点是，完全打破了那种最传统的闭锁式的与向心式的小说结构方式，而开创了一种发散性与开放性的非闭合结构的小说样式。……其次，墨白小说在艺术形式上的更为重要的特点是他对艺术情境的神秘化。……第三，多重叙述人的设置。"

十二月

2日 曹文轩的《重组与虚幻：新空间》发表于《小说选刊》第12期。曹文轩谈道："小说往往喜欢异境——特别的空间。……这种空间充满了怪异性——它的封闭性本身，就产生了怪异性。这一空间下的一切，似乎都是令人难以捉摸的。"

4日 周冰心的《蒋韵的城市心灵史——评蒋韵长篇小说〈我的内陆〉》发表于《文艺报》。周冰心谈道："长篇小说《我的内陆》在小说形式上属于跨文体写作模式，在这里，女作家采用自叙、夹议、回忆等手法，自由地穿插在各个时空里，通过俯视、平视、仰视诸视角为我们勾勒了全景式的人物存在，将时间序列一次次打碎、组合、揉搓，通过我以'全知'的口吻描摹逼现出'他（她）'们的生活图景，小说以断章式、自成系统的6个章节反映作家内心城市舞台上各个时间段里发生的故事，情节链之间毫无联系，而各自的命运却都直指女作家'废墟之美追索'的叙述追求，以'在场'的'存在'将各个章节里的'历史人物'命运各自引向'消亡'，这是与女作家"废墟之美追索"写作思维相对应的。"

11日 孟繁华的《承认的政治与尊严的危机》发表于《文艺报》。孟繁华认为："阎真的长篇小说《沧浪之水》，可以从许多角度进行解读，比如知识分子与文化传统的关系，特权阶层对社会生活和精神生活以及心理结构的支配性影响、在商品社会人的欲望与价值的关系、他者的影响或平民的心理恐慌等等。这足以证实了《沧浪之水》的丰富性和它所具有的极大的文学价值。但在我看来，这部小说最值得重视或谈论的，是它对市场经济条件下世道人心的透视和关注，是它对人在外力挤压下潜在欲望被调动后的恶性喷涌，是人与人在对话中的被左右与强迫认同，并因此反映出的当下社会承认的政治与尊严的危机。""小说提出的问题就不仅仅限于作为符号的池大为的心路历程和生存观念的改变，事实上，它的尖锐性和严峻性，在于概括了已经被我们感知却无从体验的社会普遍存在的生活政治，也就是'承认的政治'。"

同日，《中华文学选刊》第12期刊有《本期留言板》。编者认为："这一期宗璞的《她是谁》让人想起 20 多年前的《他是谁》,《他是谁》由于较早地涉及到艺术变形等荒诞主义的手法在当时的文坛引起巨大的反响,围绕'看不懂'的问题展开了旷日持久的争论。如今,宗璞在完成长篇巨著之后,又重涉短篇,好在没有人为看不懂的问题苦恼了。本刊选载这篇小说是对《他是谁》的一种怀旧,也是对小说形态变化的一种记载。"

29 日　陈墨的《无人信高洁　谁为表予心》发表于《文艺报》。陈墨谈道:"说这部小说(指南翔的长篇小说《大学轶事》——编者注)独特是因为它是由《博士点》《硕士点》《本科生》《专科生》《成人班》《校长们》这 6 个中篇组合而成,前篇的主要人物可能成了后篇的次要人物。没有全篇统一的主人公——这里真正的主人公显然不是某一个人,而是大学本身,即书中的 G 师大。这种可分可合的中长篇组合形成,可以说是小说形式多重意义上的探索和创新。……而这也正是这部小说最后也是最重要的一个特点,那就是它叙事的不动声色和语言的弹性张力。看起来,作者似乎只是讲述一些大学里的轶事,娓娓道来,语言轻松俏皮且机智幽默,对小说的'意义'或'看法'决不做硬性的规定或导向,一切悉听尊便。假如你细加玩味,却又不难发现其轻松背后的沉重、俏皮背后的苦涩、幽默背后的忧郁,和机智之中话里有话。作者思想的'关键词'、作品的隐喻和象征,全都在叙事过程的字里行间。诸如说这个大学是'农民运动讲习所',校长办公楼由'绿房子'变成'白宫'等等,无疑都耐人寻味、发人深思且意味深长。当真是点到为止,深浅由人观赏,是非任人评说。"

2002年

一月

2日 曹文轩的《悬置》发表于《小说选刊》第1期。曹文轩认为："小说是一种用来叙事的形式。换一种说法：人们为了叙事，而创造了小说这一形式。……小说家们在进行他们的文字工作时，被要求必须放弃说明与判断的念头和欲望。他们的最佳的文字被看成是：说事，但不论事。"

3日 《人民文学》第1期发表"编者的话"。编者指出："《歇马山庄的两个女人》表现着现实，这是多重的、层层叠叠的'现实'：古老乡土的自然法度、时代变迁对农村家庭结构和生活节奏的冲击、城市和乡村之间的深刻差异，这种差异构成了一片想象区域，它诱惑着乡村中的男人和女人……'表现现实'，这始终是《人民文学》的主要艺术宗旨，我们认为现在和后世的读者之所以阅读此时写出的作品，很重要的一个理由是他们想知道这个时代的人们怎样生活、思想和感受，想知道这个时代人们眼中的世界图景。为此，作家们需要耐心、需要不浮躁，需要专注深远的眼光，关注人的性格和命运……这也是我们推荐《歇马山庄的两个女人》的理由。"

5日 张东焱的《为近期小说诊脉》发表于《文艺报》。张东焱谈道："中国近期的长篇小说我读了不少，在内容和形式上的收获和进步是显见的。但与《长恨歌》（王安忆）、《尘埃落定》（阿来）、《中国：一九九七》（尤凤伟）等优秀长篇相比，又总觉得缺少点儿东西。缺少什么呢？我以为缺少的是思想。过去，我们的小说理论过分地强调了性格和心灵，而有意无意地忽视了思想。特别是长篇小说，如果没有思想的支撑是根本不行的。……中国的长篇小说还要走出在余温中写作的误区。在余温中写作，实际上是缺少思想的模拟写作。

文而无质，行而不远。缺少思想的小说，就像一个人缺钙那样站不起来，长篇小说尤其如此。"

10日 麦家的《经验和恐惧的产物》（《好兵马三》创作谈——编者注）发表于《中篇小说选刊》第1期。麦家谈道："写《好兵马三》，从某种意义上说，是因为我心里这样的故事太多，多得乱挤，挤得心里慌慌的，心想放掉一些也许会好受一点，就这样开始有了最初的念头。"

15日 洪治纲的《欲望时代的都市冒险——杨映川小说论》发表于《南方文坛》第1期。洪治纲认为："在我看来，杨映川的小说所要凸现的正是这种现代都市生活中的精神现状。在她有限的几部小说中，无论恋人、母女、夫妻还是朋友、同事，都处在一种难以言说的不信任关系中，真情被不断掩饰，欲望时刻在迸发，人与人之间充满了怀疑、伪装、欺骗以及相互利用，彼此应有的信任系数几乎降到零度状态。这是一种欲望时代的必然产物。它抽空了人类原本殷实的内心生活，使我们觉得万般无奈，却又有着虚汗淋淋的真实。……在杨映川的笔下，人物的处理虽然还常常过于单一，尤其是善与恶、美与丑的对立有时显得非常明显，但是，在这种对立的过程中，我们又常常被她笔下人物的某些精神操守所震慑，也常常被她叙述中的一些诗性话语所感动。"

王干的《重新回到当代——2001年中短篇小说叙述》发表于同期《南方文坛》。王干指出："摆脱'世纪末'的阴影，在新世纪文学的浪潮中重新树立文学的理想精神、重新确立文学的当代意识、重新建立文学的审美价值，已成为2001年一种新的小说意识。……2001年的中短篇小说创作有意识地拉近了与当代生活的距离，当代生活的丰富多姿与变化多端在作家们的笔下得到真实的迅捷的抒写……描写当代生活，正视当代生活，并不是从2001年开始，也不会在2001年结束。文学表现当代生活，什么时候都会是一个挑战，什么时候都会有优劣高下之分，我欣喜地看到，当代作家认清这个文学的基本原理，并勇敢地接受这种来自生活的挑战，也是对文学的单一、文学的冷落的挑战……"

徐岱的《游戏二种：论徐坤与皮皮的小说创作》发表于同期《南方文坛》。徐岱指出："徐坤的小说主要表现当代中国文化人与知识分子的生活，在俏皮生动的语言与通达放肆的叙述里潜伏着一股思想的力量。如果按照当代批评的习惯为之命名归类,似乎可以称之为'文人小说'。……徐坤的成功之道首先也在于叙述语言上十分老到,让经过一种女性的现代文明所中和过了的粗鄙,终止于男人式的原始主义的粗俗的边缘,成了徐坤文本很突出的一大特色,给人以既酣畅淋漓又不失分寸的美感。……将徐坤的小说名为'文化小说'除了文本有大量的文化背景作依照外,还在于在作品里聚焦当代中国文化人精神生活是其中一大景观。""与其他热衷于'玩形式'的小说顽主不同,让掌握了讲故事窍门的皮皮乐此不疲的,是'玩内容'。她懂得作为虚构艺术的小说要具有游戏的乐趣,既不能总耍空手套白狼的语言把戏,也不能为诸如'真实性'之类的名词自缚手脚。而得有点关于人生与命运等的干货。所以皮皮的小说实践从不布置叙述形式的玄虚,而是注重将故事讲好。"

张柱林的《当代小说的双重性》发表于同期《南方文坛》。张柱林认为:"由于无法完全摆脱传统的叙述成规、尤其是叙述语言的影响,小说作家们出现了深深的焦虑:一方面,传统的小说理念、结构、语言已不能满足新的小说的写作要求;另一方面,小说家们仍然不得不采用一些传统的架构和符合一般语法规范的语言,否则读者将无法理解作品所要表达的意义(一般的读者仍然在小说中寻求意义),这两个方面结合起来,就造成了当代小说中普遍的双重性。"

同日,韩少功的《进步的回退》发表于《天涯》第1期。韩少功认为:"我一直是文学'现代主义'的拥护者,包括对法国尤奈斯库、普鲁斯特、加缪、罗伯·葛里叶等等诸多现代作家的激进探索充满崇敬和感谢——感谢他们拓展了文学领域里想象、技巧、文体风格的广阔空间,并且率先开始了对现代性的清理和批评。但他们被戴上一顶'现代主义'的小帽子,同样是出于一种程度不同的误解。我相信,一个真正成熟的现代主义者,同时也必定是一个古典主义者,因为他或者她知道:生活是不断变化的,而从另一个角度来看,又是没有什么变化的。生活不过是一个永恒的谜底在不断更新着它的谜面,文学也不过是一个永恒的谜底在不断更新着它的谜面,如此而已。因此当一个现代主义者还是当一个古典主义者,完全取决于我们从哪一个角度来看生活……"

余华的《小说的世界》(此文为余华2001年9月13日在北京大学"子民论坛"演讲稿——编者注)发表于同期《天涯》。余华谈道:"我想小说的世界,是在我们的现实世界之外的一个平行的世界,这是一个虚构的世界,这个世界里没有生老病死,没有富贵贫贱,只有智慧和情感,只有感受和理解,这是一个真正的乌托邦,在那里眼泪和欢笑是平等的,仇恨和热爱也是平等的。它能够让我们读到一些比我们要苍老几百年甚至上千年的作家的作品,也让我们读到比我们更年轻的作家的作品。而当我们读完这些作品,并且喜欢这些作品以后,我们就会发现,无论是蒙田或者莎士比亚,还是自己认识的莫言苏童,都仿佛成为了自己亲密的朋友。有时候小说的世界时常伸展到我们现实的世界中来,而我们的现实世界是无法伸进小说的世界的。"

同日,倪文尖的《上海/香港:女作家眼中的"双城记"——从王安忆到张爱玲》发表于《文学评论》第1期。内容提要指出:"结合二位作家与香港的关系史,本文推断,在王安忆形成'城市认同'的过程中,张爱玲的启示性是相当关键的环节;在具体比较王安忆《香港的情与爱》和张爱玲《沉香屑——第一炉香》、《倾城之恋》'同与不同'的基础上,本文认为,创作于1993年的《香港的情与爱》借助对'良心'、'情与爱'的无限信赖与倚靠,合理化了当时的上海对'香港'的无限憧憬,以'香港梦'的形式表达了内在的'上海梦',显得轻灵有余而厚重不足。"

汤哲声的《论九十年代中国通俗小说》发表于同期《文学评论》。汤哲声认为:"20世纪90年代中国的通俗小说有三大特色:一是作家加大对描写对象的主观介入;二是确立了传统文化观念之中写人的创作模式;三是外国流行小说和影视艺术对表现方式产生了重要影响。""不断地更新美学内涵和变换创作模式,使通俗小说创作始终保持活力,这是通俗小说并不提什么概念和称号,却能长盛不衰的重要原因。又由于中国是一个具有悠久文化传统的国家,有着很深厚的文化积淀,中国的文化市场是最能体现文化传统的地方,因此它使得中国的通俗小说能始终保持自我的个性,使得中国通俗小说的文化观念在变换和更新之中始终保持着它的延续性。"

姚晓雷的《故乡寓言中的权力质询——刘震云故乡系列小说的主题解读》发表于同期《文学评论》。内容提要介绍:"刘震云的中、长篇小说《头人》、《故乡天下黄花》、《故乡相处流传》、《故乡面和花朵》等是在同一题材和主题基础上反复摹写、反复延伸的一组故乡故事系列。作者凭借民间浑然原始的苦难生存状态,提炼出了一种可伸可缩的民间姿态,采取民间和权力互动的结构视角,以寓言的方式构筑起一种解构笼罩在民间真实生存利益之上的权力话语的宏大叙事。"姚晓雷谈道:"由《头人》将矛头指向乡村权力,到《故乡天下黄花》将乡村权力放在和社会权力机制的位置一起审视,再到《故乡相处流传》把对权力的批判向权力话语系统推进,最后到《故乡面和花朵》对那些压制着民间利益的、本质上与权力有极其暧昧关系的其他文化形态的考察,作者运用不断调整民间姿态的方式,终于完成了在民间和权力机制的互动视角上对那些笼罩在民间生存之上,并作为民间生存苦难主要根源的权力形态的全面质疑。"

同日,刘颋的《常态的王安忆 非常态的写作——访王安忆》发表于《文艺报》。王安忆谈道:"我的写作更多的是从审美的角度去考虑问题的。我觉得女性更为情感化、更为人性化,比男性更有审美价值。我写小说很少考虑社会意义,而是从审美的角度考虑,看它们有没有审美价值,能够不能够进入小说,并非所有的东西都能够进入小说。"

20日 洪治纲的《时间:自由的迷津》发表于《小说评论》第1期《洪治纲专栏:先锋文学聚焦之十三》。洪治纲认为,真正的复调小说是"以时间作为结构,通过一个固定的时间之点多方位、多视点地展示叙事过程"。他还提出"心理时间观的确立和发展,在先锋作家的创作中不仅发挥着各种叙事的结构作用,还控制着叙事自身的内在节奏"。

李建军的《趣味的理念及其它》发表于同期《小说评论》《李建军专栏:小说病象观察》。李建军认为:"相对客观的趣味评价标准是什么呢?在我看来,它应该是这样一种尺度:它体现着道德上的庄严感;它要求人们对暴力、色欲、权力、金钱抱一种理性的批判态度;它意味着敏锐而准确的辨别能力,能在温柔与软弱、深刻与肤浅、虚假与真实、矫揉与自然、活泼与轻佻、宁静与冷漠、自由与任性、文雅与粗俗、高贵与卑贱、有趣与无聊、美好与丑恶、粗犷与野蛮、颓废与忧伤、自尊与自大、含蓄与矜持、残忍与坚毅、豪壮与恣睢之间,看到清晰可见的界线;它鼓励人们养成一种雅正、良好的审美趣味,使人们倾向于以审慎的态度选择审美对象,以反思的态度评价它⋯⋯什么都可以写,但是要以洁白的东西作底子,要以健康、雅正的趣味,作取舍依违的标准……只有这样,他的写作才能成为真正意义上的写作,才能帮助读者'行美德之事,握真理这物,享至乐之时'。"

闻树国的《感性批评——美女作家与妓女作家》发表于同期《小说评论》。闻树国认为:"语言固然很有机锋,但是却透着自恋、卖俏、撒娇、挑逗和与阅读的调情……她们的写作显然已经突破了小说的审美定式。""这样一分析就足以明白概念的区别与奥妙了:女性文学如果是概念的,那么,美女文学就可能是行为;女作家如果是性别的,那么,美女作家则可能是性的。所以,我们在美女作家的作品中,只能读出身体和宣泄来,就是不足为怪的事情了。"

於可训的《主持人的话》发表于同期《小说评论》。於可训认为中国现代小说作家创作的新鲜经验,"不但有中国古代小说传统的积淀,也有东西方各国现代小说的艺术投影,中国现代小说作家正是在融铸中西方小说艺术经验的过程中,通过自己的艺术实践的创造性转化,不断地创造和积聚着现代小说艺术独特的'中国经验'的"。

于展绥的《从铁凝、陈染到卫慧:女人在路上——80年代后期当代小说女性意识流变》发表于同期《小说评论》。于展绥说:"尽管铁凝在其创作中有意凸现女性意识,并以'门'、'垛'这些极富性隐喻的语汇来渲染女性性别意识,但铁凝笔下的女性更多的体现为一种善良'母性',其女性意识更多的是承载着某种道德、文化和社会内容,而其中的性本能、独立意识尚处于边缘位置。可以说,铁凝笔下的女人尽管'丰乳肥臀',但包裹严整,尚有传统的'忸怩'。女性意识只有到了陈染那里才真正具有了一种从容不迫的性别认同感和自豪感。正如同陈染笔下的女人审视男人与世界时那种不卑不亢、从容平静的目光一样,陈染的女性意识显得自然、丰厚。陈染的创作大大拓展了当代小说中女性意识的疆域与内涵,其女性意识的触角超越了传统的社会道德层面而深入到女性心灵最为隐秘也最为真实的地方,她们的性欲、潜意识以及梦想。更为重要的是,陈染的思考从女性的性别出发却最终超越了性别而抵达了对人类共同命运的形而上关注,从而使她的女性意识具有了一种人类作为整体的类的普遍性。陈染是当代中国女性作家中现代主义色彩最为浓厚的一位。到卫慧那里,女性再一次被置换为'单面人'而成为欲望的代名词。女性意识在卫慧那里被抽去了一切社会和道德的内容而只剩下本能、欲望和感官满足。从卫慧和'美女作家'的创作中，我们隐隐感觉到后现代的狂欢正在悄悄降临。从铁凝到陈染再到卫慧，其文本的表现形式也经历了一个从简单到丰富再到简单的类似否定之否定的转变过程。这种转变既体现了创作本身的某种规律，也在某种程度上折射出商业化、媚俗化对创作的深刻影响。""当文学叙事抛弃了理性的导引而变成一种'跟着感觉走'的'能指的平面滑动'，文学所独具的那种由情与智、欲与理的矛盾对立所产生的巨大艺术张力也就荡然无存了。"

22日 杨经建的《浮光掠影话长篇——2001年度长篇小说述略》发表于《文艺报》。杨经建认为："本年度长篇创作份额最重、佳作纷出的是以个人化经验为创作资源和叙事动机的'世情生态'型作品。在我的意向中，'世情生态'小说看重的是城镇民间社会普通市民阶层的世俗生活情状，表现的是三教九流的众生相和民间尘世的人情、世态、事理，其作品中人物的公共活动领域和私人生活空间往往与政治权力话语有着若即若离的关系……本年度值得关注的这类作品有阎真的《沧浪之水》、柳建伟的《英雄时代》、王跃文的《梅次故事》、刘醒龙的《痛失》、张欣的《浮华背后》、梁晓声的《红晕》、刘春来的《水灾》、谭仲池的《打捞光明》等。其中尤以《沧浪之水》《英雄时代》《梅次故事》为其首选，因为我从中分明感触到其人其作品已颇现'批判现实主义'之真味。"

25日 郭小东的《西部人生的精神资源——论刘亮程的小说》发表于《当代作家评论》第1期。郭小东认为，刘亮程的文学价值所阐释的，"是中国现实人生中最为缺失的那一部分，但却是中国西部环境中，未受现代文明和时尚污染的那一部分人生实践，对现代中国的精神贡献。重续中华民族最初始也最洁净的那种精神源泉，对于现代文坛而言，刘亮程的小说也就同时具有文化建设的意义"。

莫言、王尧的《从〈红高粱〉到〈檀香刑〉》发表于同期《当代作家评论》。莫言认为："我觉得《苦菜花》写革命战争年代里的爱情已经高出了当时小说很多。我后来写'红高粱家族'时，恰好写的是抗日战争时期的事情，小说中关于战争描写的技术性的问题，譬如日本人用的是什么样的枪、炮和子弹，八路军穿的什么样子的服装等等，我从《苦菜花》中得益很多。如果我没有读过《苦菜花》，不知道自己写出来的《红高粱》是什么样子。所以说'红色经典'对我的影响不仅仅是很具体的。""有人认为从八十年代开始我们的文学创作中实际上存在着一个'新历史主义'思潮。有大批的作品可以纳入这个思潮。我的《红高粱家族》，张炜的《古船》，陈忠实的《白鹿原》，刘震云的《故乡天下黄花》，包括叶兆言、苏童的历史小说等，都有一种对主流历史反思、质问的自觉。为什么大家不约而同地都有这种想法，都用这种方式来写作？我觉得这就是对占据了主流话语地位的'红色经典'的一种反拨。大家意识到，'红色经典'固然不是一无可取，但的确存在着很多问题。我们心目中的历史，我们所了解的历史、或者说历史的民间状态是与'红色经典'中所描写的历史差别非常大的。我们不是站在'红色经典'的基础上粉饰历史，而是力图恢复历史的真实。也就是说，我们比他们能够干得更文学一点，我们能够使历史更加个性一点。八十年代的创作环境允许我们站在一个相对更超脱一点角度上来看人、写人，把敌人也当人看待，当人来写。""那时候我也意识到一味地学习西方是不行的，一个作家要想成功，还是要从民间、从民族文化里吸取营养，创作出有中国气派的作品。""我认为学习我们的古典小说主要的就是学习写对话，扩大点说就是学习白描的功夫。这有点像初习书法者练习正楷。我在《檀香刑》后记里讲的所谓'大踏步的倒退'，实际上是说我试图用自己的声音说话，而不再跟着别人的腔调瞎哼哼。当然这也不可能一下子就能与西方的东西决裂，里面大段的内心独白，时空的颠倒在中国古典小说里也是没有的。在现今，信息的交流是如此地便捷，你要搞一种纯粹的民族文学是不可能的。所谓纯粹的民族语言也是不存在的。""还有一个部分就是所谓的外国作家的影响，其实是翻译家的语言的影响。第四部分应该是古典文学对我的影响，在很长一段时间内，我对元曲十分入迷，迷恋那种一韵到底的语言气势。""《丰乳肥臀》是我的最为沉重的作品，还是那句老话，你可以不看我所有的作品，但你如果要了解我，应该看我的《丰乳肥臀》。"

莫言的《文学创作的民间资源——在苏州大学"小说家讲坛"上的讲演》发表于同期《当代作家评论》。莫言认为："《红高粱》我最得意的是'发明'

了'我爷爷'、'我奶奶'这个独特的视角，打通了历史与现代之间的障碍。也可以说是开启了一扇通往过去的方便之门。……《红高粱》歌颂了一种个性张扬的精神，也为战争小说提供了另类的写法。但《红高粱》作为一部长篇，最大的遗憾是没有结构，因为写的时候就是当中篇来写的，写了五个中篇，然后组合起来。《檀香刑》在结构上下了很大的功夫。在语言方面也做了一些努力，具体地说就是借助了我故乡那种猫腔的小戏，试图锻炼出一种比较民间、比较陌生的语言。……因为《檀香刑》的写作受到了家乡戏剧的影响，小说的主人公又是一个戏班的班主，所以我在写的时候，感觉到自己是在写戏，甚至是在看戏。戏里的酷刑，只是一种虚拟，因此我也就没有因为这样的描写而感到恐惧。……我之所以能够如此精细地描写酷刑，其原因就是我把这个当成了戏来写。"

二月

1日 林舟的《本色莫言》发表于《作品》第2期。林舟认为，"莫言这些小说中呈现的本土的、民间的资源是与身俱来、物我同在、血肉相连的东西，而不是作家以猎奇者的身份在一个异己的空间里寻觅的珍奇"。

2日 曹文轩的《升格与降格》发表于《小说选刊》第2期。曹文轩认为："米兰·昆德拉在作了'小说=反抒情的诗'这一论断之后，也没有向我们说出任何理由。由此我们可以说，现代派小说家在情感问题上所采取的'零度'立场，只是一种姿态而已。"

冯敏的《语言中的现实》发表于同期《小说选刊》。冯敏认为："小说不是用来宣讲某种观念的，它只能反映特定的'关系'。这样的艺术虚构，便与报告、纪实文学和目击记划清了界限，小说不可能那样地反映现实。更何况，即便如照像般精确地反映现实，也不过是纸作的现场，是语言中的现实，不是真正的现实。"

3日 《人民文学》第2期发表"编者的话"。编者谈道："本期发出的张者的中篇《跳舞》、叶弥的短篇《司马的绳子》以及《急转弯》、《让世界充满爱》等都从不同的角度展现了我们此时生活的复杂质地。那些小说中的人好像就行走在你窗外的大街上,也许你不认识、不了解他们,但他们正和你一样一张一张撕去 2002 年的日历,通过小说,你与他们对话,注视他们的表情,倾听他们的言语,了解这个世界是多么丰富、广阔、深奥并且有趣。"

6 日 陈晓明的《"绝对"的美学力量——评张炜的〈能不忆蜀葵〉》发表于《光明日报》。陈晓明认为:"这部小说从头至尾都流宕着一股浓郁的诗情,这来自于叙述人不顾一切地把描写对象观念化和虚拟化,使人物的行为、关系、语言和情感心理,始终处于一种仿真的状态。浪漫主义和写实主义的诗意显然不能令当代人满足,只有这种荒诞的诗性才能创造陌生化的效果,才能开启反常规的无边存在领地。""这种荒诞感再加上时空的自由穿插,使这部小说的叙事产生一种空灵通透的感觉。叙事时间由于空间的开启和弯曲而获得久远的效果。"

9 日 陈仲庚的《什么东西在"逼"韩少功?》发表于《文艺报》。陈仲庚指出:"韩少功关心文学的精神尺度,这只是他关心现实的一部分,他更为关注的则是'大面积人群的生命存在'问题,尤其是'弱者的生存'问题……"

23 日 熊元义的《直面现实 精神寻根》发表于《文艺报》。熊元义谈道:"我们提出中国作家直面现实,精神寻根问题,不是形式上的,而是精神上的。……我们要求中国作家直面现实,精神寻根,就是要求这些中国作家不能在精神上背叛他们的社会出身,而是要为基层民众说话,维护和捍卫他们的根本利益,而不是掠夺和损害;要致力于社会平等,并以这种基本价值取向权衡其文学理想。"

26 日 王干的《伪之最》发表于《文艺报》。王干认为:"最花哨的长篇——《花腔》。李洱在新生代作家中最讲究文体,他秉承了先锋派的叙述激情,在叙述形态的转换上用了大量的力气,《花腔》讲述的故事并没有特别玄妙之处,但讲述的方式却颇具匠心,不同的叙述视点产生了不同的叙述结果,洋溢着博尔赫斯式的智慧。"

吴义勤的《2001:长篇小说之最》发表于同期《文艺报》。吴义勤指出:"如果从总体的艺术成就来看,2001 年最令人兴奋的长篇小说当然应数莫言的《檀香刑》和阎连科的《坚硬如水》。这两部作品都以非凡的想像力和'狂欢体'

的语言呈现出了中国长篇小说崭新的艺术可能性，作家对历史、人性和文化开掘的深度与力度都令人叹为观止。它们的地位无人能撼。但是我觉得，2001年最令人关注的还是新生代作家的长篇小说，经过近十年的文学实践，新生代作家的长篇小说开始了其艺术上走向成熟的历程。2001年最让人欣慰的新生代长篇小说是李洱的《花腔》与红柯的《西去的骑手》。我觉得，正是有了这两部长篇小说的出现，我们才对90年代以来的新生代长篇小说有了新的艺术期待，它们真正改变了新生代长篇小说'轻飘飘'的质地，使他们的长篇小说拥有了厚实、凝重的'沉甸甸'的品格。《花腔》对'历史'的严厉叩问，《西去的骑手》对'血性'生命的质朴呈现，都带给我们思想与精神上的持久震撼。某种意义上，它们正是新生代作家艺术超越过程完成的标志，是新生代作家长篇小说在艺术上走向成熟的一个界标。"

本月

周政保的《从文学的存在理由说起——兼论小说怎样才能赢得更多的读者》发表于《北京文学》第2期。周政保认为："实际上，'关注现实'与'好看耐读'是一部好小说的相辅相成的两个方面——不难理解，因为传达方式是小说而不是其他文体的缘故，所以仅作'关注'是远远不够的；小说就是小说，其创作必须极尽小说伎俩之能事，无论是传统的或现成的方式，还是由自己创造的传达手段，目的只有一个，那就是使作品'好看耐读'。"

三月

2日 曹文轩的《"介入"与"隐退"》发表于《小说选刊》第3期。曹文轩认为："现代小说理论认为，由讲述（非戏剧化）到显示（戏剧化），是小说进化的表现。"

3日 《人民文学》第3期发表"编者的话"。编者谈道："文学是语言的艺术。语言的可感性首先是声音。读《会说话的石头》，让人感知的是急促动荡的节奏和生命的喘息，声音中脉动着激越、执著与狂喜，也蕴藏着沉沦与哀伤。""《神鹭过境》带给我们的，是被捻薄舌头哥乖巧的声音，神鹭被熬成诱鸟的清长哕叫的声音。它牵扯到境遇对生命的摧折与灾变，在残忍与哀鸣的背后，是人的愚昧与贪婪。"

同日，陈晓明的《深入关注久远的历史》发表于《人民日报》。陈晓明认为："《花腔》最显著的特征在于不断变换的叙述视点。通过每个人物的叙述，使历史产生丰富的涵义，作者贴切地抓住人物的身份和性格展开叙述，使每个人的叙述都别有特色。但又保持了小说总体上的叙述风格。"

9日 陈冲的《现实主义的"迷失"或"现实主义"的迷失》发表于《文艺报》。陈冲谈道："与80年代中前期相比，现在的时代大背景和整体社会心理有了很大变化，维护稳定，鼓舞人心，保持尊严，其实也是作家社会责任心的体现，而现实主义文学是强调作家社会责任心的。但是，这一切必须是在保证现实主义的真实性品格的前提下完成的，其基础就是作家对生活的真知灼见。这就对作家的基本修养提出了很高的要求，也是对作家的理性批判精神的检验。"

杨立元的《现实主义不会迷失在理想》发表于同期《文艺报》。杨立元谈道："创新是典型形象的生命所在。作家创造典型形象的目的，就是向读者展现社会发展的必然规律和美好趋向，让读者去悟解和领略人生哲理和未来生活的乐趣，给人们以生活的信心和希望。"

14日 余华的《文学与记忆》发表于《文学报》。余华认为："文学的记忆带给我们的是一种什么样的力量呢？比如莎士比亚这样的作家，生活的物质条件和精神空间和我们今天这个时代截然不同，可是我们为什么在阅读他们的作品时，依然会如此的着迷？我想重要的一点就是它们唤醒了我们的记忆：已经被我们慢慢地忘记了的美好的事物和动人的情境。这也是文学之所以能够进行下来的一个重要理由和原因。……我觉得这样的一种记忆虽然很轻，但又非常的漫长，非常的持久，穿越了一个世纪。""当我们在阅读文学作品时，记忆往往能够唤起很多我们对世界的一种新的发现，它能够把两种完全不同的事物联系起来。……所以当我们在写小说的时候，在考虑某些问题的时候，甚至在阅读文学作品的时候，如果发现有很多东西就给你带来这种模糊的感觉，你就不要试图去究根问底地弄清楚，因为弄清楚以后，你会发现记忆反而会变得狭窄了。""作家的记忆力里面都包含了一个作家非常出色的想象力和洞察力。

任何的想象力后面都必须跟着一种洞察力,没有洞察力,想象力就是瞎想、瞎编。我非常钦佩马尔克斯作为一个伟大作家所具有的想象力和洞察力的完美结合所表达出来的那种力量。"

15日 洪治纲的《历史际遇与个人命运——论〈花腔〉》发表于《南方文坛》第2期。洪治纲认为:"在这部作品中,李洱不仅摒弃了对知识分子生存现实的关注,而且抛却了他所惯常使用的知识分子话语方式,以一种彻底的民间化的叙事手法,对历史中的个人命运进行了多方位的还原式探求。……尽管这种思考的深刻性与有效性在《花腔》中还没有得到更为丰饶的体现,但是,就李洱自身的创作而言,这无疑是一个巨大的超越。这种超越,在我看来是非常重要的。因为它不仅显示了一个作家寻找新的叙事激情和审美挑战的热切愿望,而且还表明了李洱开始对个人的存在命运以及历史境域进行着更为广阔的思索。""《花腔》的核心意义也正在这里。它不仅为我们撕开了历史与权力、个人命运与历史命运之间的背谬性状态,还将笔触延伸到我们的历史文化中,对我们长期恪守的伦理价值体系与个人生命的真实意义提出了尖锐的质疑。""《花腔》的超越还体现在它的叙事方式上。他试图通过诉说与呈现的双向互补,为小说建立起一种完整而严密的文本结构,同时又利用诉说与呈现的不同安排,将故事自然分离为两个相对独立的单元。……一切历史的真相,都永远地站在人们看不到的地方。遗憾的是,李洱的《花腔》虽然触及到了这种人类历史的荒谬性本质,但是,它并没有对这种根本性的荒谬做出更为清晰的审美表达。"

李建军的《在谁的引领下节日般归来——巴赫金的作者与人物关系理论批判》发表于同期《南方文坛》。李建军认为:"对巴赫金的小说修辞理论来讲,只有当它克服了任意相对主义和片面的形式主义倾向的时候,尤其是只有当它在处理作者与主人公的关系时,能合乎实际地给作者以充分的注意,并赋予他以起决定作用的主导地位的时候,才有可能在指导小说的创作实践上,具有更大的理论价值和实践意义。"

同日,朱崇科的《空间形式与香港虚构——试论刘以鬯实验小说的叙事创新》发表于《人文杂志》第2期。朱崇科认为:"刘以鬯的实验小说在香港文学史上的地位举足轻重,其锐意创新精神及其相关文本亦令人耳目一新。从空间形式角度(主要从外在空间和心理空间)探析此类小说,我们不难发现刘氏在实验小说理论及实践方面的独特性和超越性。也恰是从此角度我们隐然可见其叙事策略与香港性的契合。"

同日,黄书泉的《论〈尘埃落定〉的诗性特质》发表于《文学评论》第2期。黄书泉认为:"《尘埃落定》是当代一部充满'灵动的诗意'的优秀长篇小说。小说主人公兼叙述人与自我的对话、与他者的对话,使主人公的自我意识成为艺术描写的对象,产生了叙事中的双声话语式和复调风格,由此构成了作品对话的诗意。而这一切并非技术性的横移,而是作者建立在独特的汉藏混合文化背景基础上的原始/宗教艺术思维与现代诗学的自然契合。""从诗学角度来看,《尘埃落定》这种主人公兼叙述人与他人话语的对话性,赋予了作品双声语的叙述语式和复调小说的艺术风格。"

王思焱的《当代小说的张力叙事》发表于同期《文学评论》。王思焱谈道:"所谓'张力'或'张力诗学',首先是指存在一个二项式,然后对立、冲突的两极在撕扯、抵牾、拉伸中造成诗歌文本内部的某种紧张,并通过悖论式的逻辑达成某种出人意料的语义或意境。……仅就中国新时期以来的小说来看,张力叙事就被自发或自觉地大量采用,不仅造就了摇曳多姿的文本景观,还造就了杰出的艺术范本。一、成规的张力:现实主义与新写实、先锋派……二、道德张力:性与爱情乌托邦……三、宏大叙事与个人叙事……'宏大叙事/个人叙事'的互崎理所当然地被晚近技术纯熟的中国小说引为叙事策略。典型的例子是尤凤伟的长篇小说《中国一九五七》。"

20日 迟子建、闫秋红的《我只想写自己的东西》发表于《小说评论》第2期。迟子建说道:"我觉得写悲痛和屈辱用看似平淡的日常途径作为切入点更有深度,因为一个小说家不可能对一段历史作价值判断。我不喜欢英雄传记式的历史小说。仅仅因为描写波澜壮阔的历史事件和生活场景就被冠之以'史诗性'的作品,这是对'史诗'的曲解,是荒谬的。能够不动声色地把时代悲痛溶入老百姓的喜怒哀乐之中,通过整个人物的描述而令人感动,这才叫真正的史诗。""我从来没有认真考虑过自己的定位,但有一点敢肯定,我从来不入任何潮流，谈女性私小说没有我，谈新写实新状态也没有我。没有被某种潮流认可，我觉得是一种幸运。"

方英文、杜晓英的《方英文〈落红〉答问录》发表于同期《小说评论》。方英文认为："文学是写人生的，而有深度的人生，多半都是悲剧的。伟大的小说，也多半都是悲剧的。"

洪治纲的《丰饶的碎片》发表于同期《小说评论》《洪治纲专栏：先锋文学聚焦之十四》。洪治纲认为："很多先锋作品虽然在总体上给人以无限荒诞的感受，而在每一个具体的细节之中却又有着极度的真实。这种真实，与其说是源自作家对现实经难的复苏和再现，还不如说是他们艺术想象的现场复活，因为它们常常超越了一般意义上的生存经验，使话语变得更为鲜活，更为细腻，也更为富有形而下的艺术质感。与此同时，这种细节上的真实化处理，又以张力平衡的方式消解了叙事在整体上形而上的荒诞特征，使作品在现场性、现实性的层面上成功地与存在本质的荒诞性形成了同构。"

李建军的《作者的态度》发表于同期《小说评论》《李建军专栏：小说病象观察之二》。李建军认为："一部真正的小说不仅描写现实，而且解释现实，即以恰当的方式显示作者的理性认识、情感态度和道德立场；它从不把客观的情节事象与作者的主观心象分离开来或对立起来。""那些伟大的小说之所以伟大，之所以能持久地影响我们的心灵生活，是因为包含在作品中的作者的精神是伟大的，态度是热诚的，是符合道德原则的。"

马玉琛的《河边的台阶——谁来出任叙述人》发表于同期《小说评论》。马玉琛认为："让小说中某一人物出任叙述人，并以第一人称来叙述固然好处多多，但任何事情都有其两面性。此种叙述的最大障碍是叙述必须近接受叙述人思想、性格以及在场与不在场的限制。""高明的作家在小说中选择叙述人时，对叙述人的身份要求极为严格，目的是为了人物的叙述绝不超越自己的思想、自己的性格、自己的行动、自己的在场及所见所闻。否则，人物一旦说出脱离自己的话，小说的真实性就会遭到破坏。"

闫秋红的《论迟子建小说的"死亡"艺术》发表于同期《小说评论》。闫秋红谈道："纵观她近二十年的创作生涯，空灵、浪漫、温婉的风格的情调贯穿始终，构建了'迟子建式'的特有美学品质。在另一方面，我们领悟到了迟子建笔下更神秘更内在的精神生活，即那个散发着死亡气息的另一世界。自'北极村童话'始，她就不断地倾心于对死亡的描述。在她的小说世界里有一种浓得化不开的'死亡情结'。……迟子建不仅是'童话'的出色编织者，也是女性立场的坚守者，她的作品始终张扬了一种鲜明的女性意识。在这方面她与萧红有着惊人相似。一方面她们热情似火难以抑制，另一方面又是那样的冷峻清醒和理智。……她的小说很好地做到了日常生活性与神话的统一，以写小人物的看似庸常的经历，却又不流于琐屑和俗气，总是充溢着别样的灵性和光辉。……死亡并不是她刻意设计和表现的艺术，绝不是为文造情，死亡只是她观照现实生活的一种方式而已，是她折射人生的一面反光镜，写'死'只是透视现实生活的切入点而已，写'生'才是思考和体验人生的最终目的。"

於可训的《主持人的话》发表于同期《小说评论》。於可训认为："迟子建在她的长篇《伪满洲国》里，正在有意识地试验一种她称之为'用民间立场书写历史'的叙事方式……如果用我们常说的折射历史的概念的话，这也是一种折射历史的方式，而且是一种难度更大更具艺术穿透性的折射方式。……在当代历史小说的创作方面是有开创性的意义的。"

25日 陈美兰的《行走的斜线——论九十年代长篇小说精神探索与艺术探索的不平衡现象》发表于《当代作家评论》第2期。陈美兰认为："尽管十九、二十世纪之交中国小说在艺术上的主观性逐步加强，包括叙事时间的处理，叙事者身份的变化和情感的投入以及叙事结构心理线索的突现等方面，都显示了西方小说艺术经验的影响和参照，但其基本的艺术方式仍然是中国自生形态的延续。""小说的空间形式是通过内容的涵盖和形式的营造从而诉诸于读者的知觉与想象来得以实现的。长篇小说历来有追求广度与深度的本能，而九十年代小说家则在这种追求中作出了自己的新探索。在小说中建立起多重力的支架，从而营建起具有复杂层次的、多矢向力的盘绕的历史空间。""从结构的功能上寻找扩展小说空间的可能性，这也是小说家们的一种探索。"

李锐的《被克隆的眼睛》发表于同期《当代作家评论》。李锐认为："对于写作者来说，如果有什么'普世的真理'，那就是永远不要用相同的眼睛看待世界，永远抗拒被'克隆'的眼睛。"

李锐的《本来该有的自信》发表于同期《当代作家评论》。李锐认为："古往今来，文学的存在从来就没有减少过哪怕一丝一毫的人间苦难。可文学的存在却一直在证明着剥夺、压迫的残忍，一直在证明着被苦难所煎熬的生命的可贵，一直在证明着人所带给自己的种种桎梏的可悲，一直在证明着生命本该享有的幸福和自由。"

李锐的《春色何必看邻家——从长篇小说的文体变化浅议当代汉语的主体性》发表于同期《当代作家评论》。李锐认为："如果从反抗传统束缚，颠覆正统叙事，追求人性解放和生命自由的意义来定义现代小说，那么《红楼梦》就是中国一切新小说的开山鼻祖。《红楼梦》才是真正意义上的先锋文学。""依我看，汉语文学各类文体生死沉浮的历史，尤其是长篇小说文体的中断、继承和创新，是不可回避的大问题。在传统和现代的历史境遇中，都落入民间而又能历久不衰的章回体小说，尤其值得反省。""世界文学需要的是汉语叙述的独特声音，而不是跟在别人身后的合唱。即便这个世界上真的有所谓超越特殊性的'普世的真理'，那这真理也将因为汉语的叙述被丰富、被深化，而绝不是汉语对于'真理'的鹦鹉学舌。""如今，在这个所谓'全球化'的时代，我们这些后来者，要用自己杰出的作品建立起现代汉语的主体性，要用自己充满独创性的创作建立起现代汉语的自信心。这是每一个汉语写作者无法推脱的历史责任。"

李锐、王尧的《本土中国与当代汉语写作》发表于同期《当代作家评论》。李锐说："我认为中国文化是有一些良性的东西的，这些东西我们以前忽视得太多，放弃得太多，如果我们把这一切都放弃，我们无从谈起作为一个中国人的相对独立的文化立场。""我从写小说到反思自己所使用的语言，结果发现了这里有一个很复杂的牵扯，文化自信心的问题，语言主体性的建立的问题。如果说我们认为汉语没有必要去建立它的主体性，那我们何必再用汉语写小说呢？""很多所谓的先锋小说家他只不过是看了一些外国作家的作品以后，再用汉字把它模仿一遍，至于说，对自己的精神处境、对自己的历史处境、对自己的那种最真实的感受，他没有多少感悟。""所以说语言的主体性的建立非常重要，迄今为止，许多中国作家讲起自己来，讲起自己的文学，讲起自己的小说来，没有这样一个清醒的强烈的语言主体意识，用我的话说，没有这样一种语言的自觉。""在这种时代，在这种共存的全球时代，从事文学创作更需要一种语言的自觉，这个自觉，第一要坚持语言的主体性，第二这个主体性不是一个封闭的主体性，它应当是开放的，它才可能保持活力。没有了主体性，没有了开放性，或者变成历史的渣滓，或者变成别人的翻版。"

王宏图的《幽咽的絮语与反讽——西飏小说论》发表于同期《当代作家评论》。王宏图认为："幽婉的歌吟与犀利的反讽这两种截然相反的艺术风格在他身上杂然并存再清楚不过地表明了这一点。也正因为这样，对他作品进行读解的难度也随之大大增强。然而，透过纷繁歧乱的表象，西飏十年来的创作还是有着相对清晰的轨迹可寻。它有着稳定的主基调，同时又出人意外地闪现出有些不太协调的变奏曲式。"

谢有顺的《现实主义是作家的根本处境——〈2001年中国最佳中短篇小说〉序》发表于同期《当代作家评论》。谢有顺认为："如果我们把现实主义看作是作家精神在场的根本处境的话，你就会发现，它决不像过去那样仅仅是模仿现实的形象，而是为了写出现实更多的可能性；它也决不是简单地复制世界的外在面貌，而是有力地参与到对一个精神世界的建筑之中，并发现它的内在秘密。"

26日 孙谦的《〈松鸦为什么鸣叫〉：关于生命的另一种阐释》发表于《文艺报》。孙谦谈道："文本反抹去了某些历史记忆的强制性色彩，而将小说置于一种独特而富于浓郁地域性的时空背景之中。……这部小说不仅是纬伯的生活的写照，更是一部超越了地域经验的寓言小说，作者正是以人道主义的情怀注视着这个寓言的生成与衍化。"

27日 张学昕的《长篇小说的文体变化》发表于《光明日报》。张学昕认为："'文体'作为小说创作的最高美学范畴之一，在具体的文学审美实践中，正不断被拓展出更宽阔的艺术空间和丰富内涵。""小说文体的变化和日趋走向成熟，与作家的叙述能力和耐性的提高密切相关，更主要的是作家对小说文体自觉的'现代性'追求，使小说呈现出新的表现形态。""'陌生化'的文体追求带来审美表现方式和阅读的革命性变化。可以看出，这并不是对'文类'的任意而简单的改造，老的故事或永不陈旧的'叙述事实'在创造性思维生成的'新文体'中生成了新的内蕴。文体'帮助'作家对现实世界、生活的体验'溢涨'出新的精神内质。""作家创作中哲学意识的强化使小说文体产生出寓言性、象征性表现结构，它不仅冲破了以往'纪实性宏大叙事规范'长期造成的平面叙述的浮泛，而其中蕴含的文化观念、生活观念则是作家对现代中国社会生活与文学本体的又一次成功的艺术'整合'。寓言性、象征性叙述结构这种具有艺术新质的审美文体形式也就具有了深厚的文化诗性特征。"

本月

赵凝的《为小说迷狂的理由》发表于《山花》第3期。赵凝谈道："我试图找到一种小说的新写法，试图让语言具有某种魔力，我每部小说都具有很强的实验性，对我来说'写什么'并不重要，'怎么写'比较重要……小说是呼吸，是冥想，是放纵，是收敛，是情人，是敌人，是疯狂，是恬静。是玩弄和被玩弄，是游戏和被游戏。小说是阴天，是雨天，是玻璃，是水，是男人，是女人，是情人的手在我身体上游走，是我做为一个女人向最爱的人全面打开那一刻。我写作，我盛开。"

四月

1日 刘思谦等的《以个人名义进入历史书写——关于李洱长篇小说〈花腔〉及相关问题的对话》发表于《作家》第4期。其中李仰智谈道："以《花腔》为例，最近出现的新历史小说与80年代中后期的新历史小说相比，一个显著的特征是把个人的存在作为历史的凝聚点，这对新历史小说来说是思想上的深化，无论在理论上，还是在实践上，都给新历史小说带来一个新的生长点。是不是可以说，《花腔》等的出现给新历史小说走向一次'螺旋式的上升'提供了一个良好的开端和契机？""就像刘老师刚才说的，《花腔》在叙事策略上是一个'集大成者'。叙事手法的繁复变化是《花腔》的一个重要特点。其中，最显在，也是最引人注目的是它的叙事结构。我把它的这种结构概括为'3+1'的叙事框架。

所谓'3',是指文本中以第一人称出现的三人讲述者,即白圣韬、阿庆、范继槐;所谓'1',即以葛任还活在世上的惟一亲人'我'的身份出现的整个故事的叙事人和资料的收集者。"

李少咏谈道:"如果说《檀香刑》的意义在于写出了由一个个具体的个人所发出的声音汇成的历史的回声的话,那么《花腔》则是以一种反叛的姿态,以一种事实上控制着人们的具体生存处境的意识形态话语作为外在形态,切入了某种权力话语对于'个人'的压抑与绞杀,以话语的共时态特征展示了在一个无个性的时代中'个人'的无处栖身。这一深刻的叙述聚集点,既为新历史小说的别开生面提供了最有力的佐证,也为整个中国小说在21世纪的新的发展提供了一种全新的启示和契机。"

李楠谈道:"《花腔》的叙事避开宏大革命历史叙事,在日常生活这个人性、权力、历史相交错的最真实的地带,把握历史的真实。……在普通人的日常生活中探讨历史的真实性、人的生存真实性等问题,反映出人文精神在新历史小说中的另一向度。……李洱在普通人日常生活中揭示深层历史结构,把握历史总体和人的总体的创作思想与上述理论观点正相契合。"

同日,程贤章的《小说就是小说》发表于《作品》第4期。程贤章认为:"小说就是小说,它虽然具有一定的教育功能,但绝无兴国亡党的灾祸。所谓'小说亡党兴国'论,乃是一种无稽之谈。"

4日 俞小石的《当下小说有否"三无"现象?》发表于《文学报》。俞小石谈道:"在莫言看来,把写作说成是悲壮的抵抗,至少也还有三点原因在。首先是全球经济一体化所带来的文化趋同化的危险、乃至母语被同化的危险,作为一个无限热爱母语、在母语中伸展出自己的创作空间的写作者,难免希望对这样一种相当强大的一体化的潮流做一些反拨和抵抗,悲壮的意味也便产生了。其次是因为小说本身的情景并不令人乐观。小说早已不像19世纪时那么尊贵,很多新兴的艺术门类正在兴起,小说的读者远不像以前那么多,有时候明知没多少人看,却还是要写,实在是有些悲壮。另外每一个作家的写作都是一种不断的自我斗争的过程,总是力求要和前面的作品不一样,力求创新,但这个创新的过程又受到了自身诸多条件的限制,这情形就像堂吉诃德和风车作战,悲壮得很。'如何来挽救小说这种艺术形式的生命，或者说，如何使小说更多地被广大的读者接受？'在这个问题面前感到悲壮的莫言还是开出了一剂药方：向外国学习；向民间、向老百姓学习。后者在莫言看来或许更为重要，它包括两个方面：语言和生活。莫言认为，作家要保持一种很强烈的很自觉的民间底层意识，真正生动活泼的、有创造力的、有生命力的语言肯定是在老百姓中产生的，而在他们的生活中也有许多比小说还要小说的事情，一个作家在家里闭门造车是绝对想不出来的。……王安忆则从另一个层面来理解'写作是一种悲壮的抵抗'这句话。在她看来，这种抵抗主要是针对当下生活方式的'格式化'，物质似乎越来越丰富了，但生活却似乎越来越单调、标准化，越来越不感性。作家无疑需要去营造一个精神的世界，来抵抗这样的生活，来承载某种超越的想象和可能，但另一方面，当下作家的写作资源又都是来自于这样'格式化'的生活，这样的抵抗就显得艰难而悲壮了。"

11日 雷雅敏整理的《先锋的正果——李洱长篇小说〈花腔〉研讨纪要》发表于《中华文学选刊》第4期。其中郜元宝（复旦大学教授）指出："李洱可能想打破中国文学以西方小说为蓝本的体式，以建立自己民族小说的体式。西方纯粹虚构的路子与中国文学发展的现状不那么统一，这条道路会越走越窄。虽然李洱仍然把小说这东西看得很重，但还是提供了这个线索，提供了一种新的可能性。"

20日 於可训的《中部崛起长篇潮——近20年湖北长篇创作述评》发表于《文艺报》。於可训谈道："这种历史题材的长篇创作单兵突进的态势，不但培育了湖北作家长篇创作厚重的历史感，而且也影响了湖北作家从事长篇创作的严谨的写实主义态度。进入90年代以后，湖北长篇创作由历史题材的长篇创作单兵突进到各种题材的长篇创作全面展开，正是以这种厚重的历史感和严谨的写实主义态度为其艺术的支点的。"

张学昕的《民族化与当代作家写作》发表于同期《文艺报》。张学昕认为："民族化的写作立场，使中国当代作家致力于在汉语写作中追求中国文学的自觉与成熟。他们捕捉自己独特的表述方式和语感，借鉴古代文学的创造性并对其进行极富当代感的'创造'和'激活'，重视汉语作为母语的'尊严感'，以充满自信的汉语写作与世界文学平等对话。有的作家认为，在对本民族生活的表现中，文学语言一旦深入到它所表达着的民族的心境、情绪、特定意识、独有的生活，基于民族传统和民族文化的深层心理时，作家的写作就会在汉语文学无尽的艺术表现力和包容力中，获得对祖国语言的净化、自信和自豪。归结起来说，充满民族自信、民族自尊的写作才是真正的写作，丧失民族品性、品位的文学将是没有生命力的文学。"

23日 吴义勤的《"谋杀"的合法性——评李洱的长篇小说〈花腔〉》发表于《文艺报》。吴义勤认为："而李洱的《花腔》则给我们一种完全不同的艺术感受，它以厚实、凝重的内涵和新颖的艺术探索给我们强烈的震撼与冲击，这种震撼与冲击既是艺术上的，又是思想上的。某种意义上，它标志着一个艺术超越过程的完成，代表了新生代作家长篇小说创作的一个新高度。"

25日 郜元宝、葛红兵的对话《语言、声音、方块字与小说——从莫言、贾平凹、阎连科、李锐等说开去》发表于《大家》第4期。

文章分为几个部分来讨论问题。

在文章开头，葛红兵说道："他（指莫言——编者注）采用的是一种'前启蒙'的语言，没有受到'五四'启蒙话语的熏染，来自民间的、狂放的、暴烈的、血腥的、笑谑的、欢腾的语言。他模仿的对象是'猫戏'，是民间戏曲。莫言的这种'前启蒙'语言把经过'五四'文学革命改造后受到遮蔽的声音再次发掘出来了……"

"一、语言与语言的传统：前启蒙语言是否可能复归？"

郜元宝："对莫言来说，我觉得重要的不是讨论他所选择的语言传统本身如何如何，而是应该仔细分析民间语言资源的引入对作家个人生存体验带来的实际影响。""我总以为，所谓回到传统，必须警惕传统对作家的消化和诱惑。传统有两面性，一方面使人有力量，一方面又会把人淹没。""'五四'时期，在西方语言和西方文化的强大冲击下，中国文学几乎一夜间挣脱了与母语的天然联系，落入瞿秋白所批评的'不古不今、不中不西、不人不鬼的'尴尬境地，造成新文学语言大面积的粗糙。这是我们必须面对的苦涩的遗产。然而，也必须看到，正是在这种语言的破碎局面中，在中国知识分子对语言传统的普遍反抗中，我们产生了鲁迅这样的作家。对于他和语言传统的关系，我们不能像对其他作家那样进行简单的理解。比如，他对文言文有铭心刻骨的仇恨，而实际创作中与文言文的关系又非常紧密，他很好的吸收了口语，但决不像胡适之那样过分推崇讲话风格对写作的绝对统治，他也不满于青年作家的生造字句，但一直更加坚定地为'欧化语体'辩护：他是要在多元的似乎无路可走的语言困境中走出一条语言的道路。其中既包含对传统的批判，又包含了对传统的新的认同，同时包含了对当时所有的各种语言资源巧妙的改造。"

"二、无声与有声。"

葛红兵："20世纪中国小说存在着一种悖论，这个悖论在'五四'时期就露出苗头了。一方面它要用白话，另一方面它又向着西方式启蒙文学的案头化方向发展：它要向白话前进，而实际走向却离口语越来越远，成了一种无声的语言，'案头的'文学。简单地说20世纪中国文学的语言大多是一种'书面白话语'或'白话书面语'，鲁迅的语言就是代表，实际上鲁迅的语言是读不出来的，只能看的语言。而《檀香刑》是充满了声音的，如媚娘的浪语、钱丁的酸语、赵甲的狂言等等，它基于中国说唱艺术语言、戏曲艺术语言，颠覆了'五四'对民间话本小说、戏曲语言的拒绝乃至仇恨，这种声音不同于西方式的阳春白雪的描述的、叙述的（具有逻格斯效应的）声音，它是猫戏式的、顺口溜的、犀利的、高亢的、昂扬的、悲凉的、唱腔式的声音。这种韵律来自汉语自身，它不是莫言本人的，它是我们民族在数千年的生存历史中逐渐找到的，它在民间戏曲艺术中隐现着，莫言发现了它。"

郜元宝："莫言很得意的是，《檀香刑》主要以'声音'为主。然而，究竟什么是文学上的声音？它是否等于口语的声音即人们说话的声音？我认为未必这样。中国几千年文学所表现的中国，在鲁迅看来是'无声的中国'。他所说的'无声'之'声'是有特指的，在他看来，文学上的声音首先是生命的表达，由于中国传统文学简单粗暴地把自然说话的声音改造成与文字的一定结构相符的人为的声音，用文人的吟咏遮蔽了百姓说话的声音，这就是鲁迅所说的'无声的中国'。""如果说文人的声音对人们自然的发声构成了一种遮蔽，那么我怀疑莫言们所推崇的'声音'，也会造成对中国人生存表达的新的遮蔽？

如此用一种声音遮蔽另一种声音，恰恰是德里达分析的一个有趣的问题。德里达认为，在没有明显的逻格斯中心主义的非欧洲世界，比如在东方世界，也很有可能存在着'声音中心主义'，即通过东方思维的理解赋予声音以特权。"

"三、方块字与小说。"

葛红兵："我提倡在汉语本身、方块字本身的规定上使汉语文学发声也完全没有要中国文学回到民间戏曲或者什么有形的东西上去，相反我对汉语言发声机制的欠缺很敏感……汉语发声机制中缺乏一元论哲学重本体、整体、大全的思维基础，因此缺乏'全球化'关怀。另外，我比较了中国现当代文学作品和妥思托耶夫斯基、托尔斯泰作品之后，感觉汉语言中缺少超越者的声音，缺少更大的更神圣的启示性的声音，这使汉语言发声缺乏'信'的基础。无论是中国现代启蒙作家还是莫言等，他们只是部分地找到了自己的发声方式，还没有从更高处把握文学声音效果，因此在他们的作品中只能听见'人'的声音（人的对话、诅咒、誓言、梦呓等等），'物'的声音，而没有超越'人'和'物'的超越者的声音。"

本月

鲁羊的《"写小说"是干什么》发表于《北京文学》第4期。鲁羊谈道："所有形式的写作、所有形式的艺术创造，当它具有某种价值时，这种价值必定来自创造者对世界的感受和洞察，也许还应该加上'情意'。""如果你愿意并且能够以小说方式来写作，你就必须在世界上以此种方式去观察、理解并且爱。"

五月

1日 蓝蓝的《李洱——绝望的"花腔"》发表于《作品》第5期。蓝蓝谈道："《花腔》出版后，引来评论界高度的评价。许多评论家认为，这是60年代作家真正意义上的第一部长篇小说，在先锋文学的发展史上具有里程碑式的意义。说实在的，这部小说出乎我意料的好，它的复杂、大气，个人消失在历史中的真实描绘、作者消失在文本后的形式，令人激动不已。"

2日 曹文轩的《对话的基本方式：颠覆》发表于《小说选刊》第5期。

曹文轩认为："小说中的对话，其功能主要不在于叙事，而在于辩论。……巴赫金分析小说的来源时，认为小说的来源有三：一为史诗，二为雄辩术，三为狂欢节。而'苏格拉底对话'是与其中的一支密切相关的——'苏格拉底对话'在长时间的演变后，成为小说很重要的一部分，也就是说，'苏格拉底对话'成了小说的隐形模式。"

5日 耿占春的《仿史学的小说叙事》发表于《花城》第3期。耿占春认为："韩少功的《马桥词典》、阿来的《尘埃落定》和新近出版的李洱的《花腔》等标志着一种新的小说形态，这些小说有着百科全书的印记，姑且称之为百科全书式的小说。这一类型的小说，既是小说叙事传统的一种更新，也标志着个人主体性之后的另一种叙事知识类型的出现。这些小说赋予现代小说以活力，在变化了的历史语境中更新小说的叙事动机。然而，叙事的重新历史化及其与社会生活空间的联系，不是现实主义或历史主义的'大说'，而是历史主义之后的'小说'。""百科全书式的小说具有一些引人注目的特征，首先是它的'仿史学'、'仿学术'或'仿学究'的叙述方式，它把搜集、考据、编撰、整理、辨伪和补遗拾缺以及广泛地征引'文献资料'作为小说叙述的主要方式。……小说形式的搜集与考据，小说形式的仿史学或仿学究的叙述，只是学究方式的戏仿，它所表达的恰恰是一种历史怀疑主义与历史批判态度。……现代小说中的这一百科全书式的叙事类型，可以视为历史与小说联系的恢复。"

同日，翟泰丰的《用心血凝成长篇力作》发表于《人民日报》。翟泰丰谈道："周梅森的长篇小说《绝对权力》，是一部直面现实并具独特审美艺术风格，读来动人心魄的文学力作。""小说以宏大的气势，豪放的笔触，悲壮的情节，感人的故事，深沉的哲理，深邃的审美视角，展示了执政的共产党人如何对待权力这样一个历史性的主题。"

10日 曹征路的《越活越小》（《战友田大嘴的好官生涯》创作谈——编者注）发表于《中篇小说选刊》第3期。曹征路谈道："从什么时候起，我们变得如此怯懦，如此委琐，如此不堪？公平、正义、诚信和良知，这些人类共通的价值观念为什么今天说出来如此吃力？其实仔细想想就明白了，流行时尚之所以能流行，一定是反映着某种文化心理。在今天，上帝死了，我们只剩下物质现实。我们被物质压扁了。我们怕是非，怕争论，怕领导，怕下岗，怕失去，怕不测，怕邪恶，怕真相，甚至怕和别人说得不一样！我们越活越'小'。所以我特别怀念我的战友田大嘴。我向往那种真诚的慷慨激昂的人生。"

侯贺林的《说说陈年旧事》（《旧事重提八题》创作谈——编者注）发表于同期《中篇小说选刊》。侯贺林说："忽然想到写妖写怪的蒲松龄老先生，不禁心里一动：新事咱不会写，旧事怎么样？活人咱写不了，写写死人如何？不是有话说'画鬼容易画人难'么？画鬼画不好不会跑来提意见，告你个任意捏造、侵犯名誉权什么的。开笔一试，果然顺畅，由着性子，乱写起来。"

谈歌的《关于〈城市传说〉》（《城市传说》创作谈——编者注）发表于同期《中篇小说选刊》。谈歌谈道："小说的生命和灵魂在于，首先要有一个好看的故事，或者看好的故事。从这个意义上说，小说不会死亡，做为一个小说家，我们也许说不出比前辈经典作家们更聪明的话来，但是，我们有着前辈作家不知道的故事资源。"

11日　张学昕的《女性写作与文体的创造》发表于《中华文学选刊》第5期。张学昕指出："女性作家的审美态度发生了新的变化，呈现出新的气象。这不仅在于作家们既注重对女性生存环境和命运的关注，包括伦理思考，以及关注女性形而上的精神格局，凸现女性生命力的张扬，而是表现为对文体创新的普遍重视，可以说，当代女性作家在某种意义上较之男性作家有着更自觉的文体意识。她们现在的写作更关心自己的说话方式，以超越以往的叙述边界，寻找表达、穷尽内心图景的最佳方式。"

14日　季红真的《营造精巧的心灵世界形式》发表于《文艺报》。季红真认为："小说以一整套结构，来容纳作者对于世界的思考。但是这个心灵并不是原始的心灵，而是被文化驯化了的心灵。小小说则在进一步简约了的形式中，将作家对于世界的心灵感受表达出来。这就需要更精致的构思，才能创作出巧妙的结构。这一点决定了它比其它的小说更为主观化，因而小小说的结构更多地表达了作家的世界观，更鲜明地体现着作家观察世界和把握世界的方式。……小小说的文体和结构，正是为我们提供了这样一种心灵的范式，这样一个可以逃遁的精神通道。在世纪之交的多事之秋，大批的小小说以越来越精巧的结构涌现，实在是一个重要的美学潮流。既然现实变得越来越无法把握，不如干脆放弃征服现实的假象，以更为主观的心灵，去结构出智慧的形式。"

15日 陈晓明的《专业化小说的可能性——关于虹影〈K〉的断想》发表于《南方文坛》第3期。陈晓明认为："现代小说这种形式，说穿了就是典型的资产阶级文化，不管是浪漫派小说还是现实主义小说，都是资产阶级个人主义文化自我建构的一种手段。但在中国现代，由于启蒙与救亡的民族－国家事业需要，小说成为民族寓言叙事，它成为现代性宏大叙事的主要表现形式。另一方面，专业化小说标志现代性的职业行为，虽然艺术这种东西是个人独创性的，但它总是有一套现代性的标准和形式。"

葛红兵的《李修文小说论》发表于同期《南方文坛》。葛红兵谈道："这是一位分裂的作家，他的身上，暴力和柔情一样多，嚎叫与细语一样多，憎恨和热爱一样多，他就如一面轰隆作响的大鼓，为这些分裂的事物而颤栗、发狂。然而，他的力量也正在这里，他能把这些统一起来，让它们各得其所，纷纷的走到那个深藏于内心的疼痛中去，读他的小说，女人将流泪，而男人则无疑会心碎。……近期的李修文，更多地发挥了他'抒情圣手'的特质，以他深刻的富于质感的情感天赋，展示了当代中国文坛青年作家把握人心、人情的能力。他已经渐渐的能够从对人性的分析和拆解中挣脱出来，进入了对人心、人情在人性的层面上加以综合表现的领域——对纯粹爱的探讨：这是李修文为自己找到的特殊途径。"

海力洪的《充盈之美——读李修文长篇小说〈滴泪痣〉》发表于同期《南方文坛》。海力洪谈道："'充盈之美'正是《滴泪痣》寻找到的一个不同凡响的起点，它使整部小说变成了一次朝既定的文学目标撒足飞奔的美妙行程。……《滴泪痣》由'纯粹'走向'充盈'而不是'单一'，是从真实的生命体验和理想化审美心态出发的结果。李修文明智地绕开了'想象力写作'设置的陷阱，重新确立和反思自己的体验。我们没有必要探究作家在异国他乡生活经历并揣测在作品中的对照物，《滴泪痣》已足以使人感觉出'经验的体温'。也只有在这种真实的体验背后，一度在当下小说写作中消散的情感才有可能重新凝聚，进而确立对人类纯美情怀的尊重和崇高价值观的认同，以此为基础生成一代写作者独特的文学品质和思想向度。从这个意义上说，《滴泪痣》的出现，提供了一个不容忽视的范本。"

李建军的《一锅热气腾腾的烂粥——评〈看麦娘〉》发表于同期《南方文坛》。李建军指出："从结构和叙述策略上看，池莉硬是要把一个短篇小说的素材，拉成一个中篇小说，于是，她只有通过改变结构和叙述方式，来把一个简单的情节变成繁复而杂乱的话语拼凑。……导致池莉这篇小说混乱、芜杂的一个重要原因，是作者根本就没有剪裁、提炼的内在自觉。"

同日，王晓明的《从"淮海路"到"梅家桥"——从王安忆小说创作的转变谈起》发表于《文学评论》第3期。王晓明认为："在《长恨歌》以后，王安忆的小说创作发生了明显的改变，她似乎有意要和那些渲染风花雪月、美人迟暮的老上海故事拉开距离，创造另一个截然不同的上海故事。本文首先描述和分析王安忆的这个转变，接着提出如下问题：是谁编撰出了那个流行的老上海故事？王安忆为什么要和它拉开距离？如果将她的这个转变放到最近二十年来的文学变迁的大背景下来看，它有什么意义？在她这个转变当中，是否也有某种潜在的危险？""王安忆这创作的转变当中，是否含有某种潜在的危险呢？我觉得也是有的。从《长恨歌》到《上种红菱下种藕》，作家一步一步地竭力远离那新意识形态的老上海，在她和那个老上海故事之间，明显有一种对峙，一种精神的紧张。越是感觉到对立物的强大，就越不自觉地往相反的方向倾斜——正是这样的情形，一面不断激发新的艺术灵感，一面也会悄悄地删削这灵感：倘若作家过分关注自己和对立物的对峙，一意要与它拉开距离，就很容易丧失对自己的新姿态的反省，减弱文学写作本来可能孕育的更大的丰富性。……王安忆近来的小说创作的转变是一个非常重要的事情。它所显示的'浪漫主义'的想象、批判和创造力量，包括它所暗含的潜在的创作障碍，都明显拓宽了人们对于当代文学、社会和精神生活的感受。"

16日 邢小利的《当代知识分子的现实境遇与精神状况——读长篇小说〈沧浪之水〉》发表于《文艺争鸣》第3期。邢小利谈道："阎真的长篇小说《沧浪之水》是一部当代知识分子的投降史，也是一部20世纪90年代知识分子的精神蜕变史，具有知识分子心路历程或者说是精神病史研究的价值。《沧浪之水》

是近年来难得的一部现实主义的力作,它从当代知识分子的命运和遭遇入手,真实、细致地写出了新一代知识分子即在20世纪七、八十年代成长起来的知识分子在90年代也是当下现实境遇里的遭际与蜕变,深入地写出了这一代知识分子在理想与现实尖锐冲突中的内心矛盾与精神变迁,具有发人深省的警世与醒世作用。……《沧浪之水》反映当今知识分子的现实遭遇及其心态,揭示出的不是个别知识分子向世俗权力的投降和精神蜕变,而是90年代知识分子在理想幻灭之后的全线溃退。"

20日 洪治纲的《人物:符号与代码》发表于《小说评论》第3期《洪治纲专栏:先锋文学聚焦之十五》。洪治纲认为:"有人认为:'先锋小说中人物的符号化,是对人的本质、人性及欲望的抽象,并努力把这种抽象的人置放于他的舞台上,构成一种有力的象征,既揭示着存在又象征着世界。先锋小说在努力追求着一种具有抽象性的象征,一种人为的、主观的世界,即用非常主观的方式看世界,对一种形式的追求。'这种追求所透示出来的,是先锋作家精神深处的一种独特的艺术观和生存观,是创作主体对客观世界和生命本体进行高度综合的审美传达。"

李凤亮的《小说死了!?……——关于小说未来的几种观点》发表于同期《小说评论》。李凤亮谈道:"在悲观主义者看来,小说同诗歌、戏剧一样,已用尽了其各种文学可能性,因而不可避免地要走向终结。这一论调在20世纪初现代小说诞生之时就已出现……对小说乃至艺术的前景,另一些人则持较为乐观的态度。马尔库塞从艺术总体角度指出了艺术消亡必须具备的价值论前提……作为现实之映像的小说也只有具备这种对话立场,才能谋求更为广阔的发展空间。小说,在对话性的众声喧哗之中发展着自己的智慧,探索着无尽的存在之谜。"

李建军的《必要的客观性》发表于同期《小说评论》《李建军专栏:小说病象观察之三》。李建军认为:"一部伟大的小说作品之所以伟大,不是因为它是纯客观的(布斯就令人信服地否定了福楼拜式的追求纯客观效果的创作理想),也不是因为它是纯'想象'的、纯'主观'的,而是因为它能在二者之间创造性地维持一种和谐的关系状态。对一位伟大的小说家来讲,他的小说既是镜,又是灯,既是对人生理想的真实描写,又包蕴着他的情感态度和价值观念。""对小说艺术来讲,客观性是必要的,因为它不仅意味着形象的精确和真实,而且意味着精神的积极和健康。"

李晶的《王蒙语体:理性的诉求与颠覆——系列长篇小说〈季节〉论略》发表于同期《小说评论》。李晶认为:"这种疲惫和如释重负,来自于那种波澜起伏的'宏大'叙事状态——呈示性的叙事结构和'自由化'的叙述语式;来自于主导着这一叙述语境的写作主体的某种理性多于感性的人文情怀;也来自于由此构成的我愿意称之为'王蒙语体'的小说'形式'所隐含的某些'意味':在中国近一个世纪以来的现代化进程中,传统的或现代的、保守的或激进的、本土的或外来的各种相关于'群己权界'、相关于经验与超验之沟通等等人类理性的诉求,在作品对那些社会记忆档案的钩沉和刻写过程中,是怎样地实施着颠覆和反颠覆的。……在《季节》系列中,这种'话语定式'及其交互作用的诸种模式对于文本在表层结构上——关于价值理性、生命意义的诉求或颠覆——的呈示和表达,是至关重要的。这些话语模式所指涉的乃是相关某种社会历史记忆档案的钩沉与刻写,因而也就有了它的历史性意义和戏剧化效果。""它以叙述和议论的自由交合、转切为主导,又显示为各种话语模式的交错和叠加,从而联合作品的叙事结构,共同构成了'王蒙语体'不可割离的'双飞翼'。显然,除了小说的叙事结构所组成的'语言'形式,一种特殊的、属于作者个人的小说叙述式的确立,又是作品在由语境的营建而主题的凸现这一过程中所不可或缺的要素。"

刘震云的《在写作中认识世界》发表于同期《小说评论》。刘震云认为:"小说应该去表现那些在影视、报刊上不能表达的东西,比如人们日常生活当中占据90%以上的,脑子里胡思乱想的东西。……20世纪文学之中有两个亮点,就是文学回归文学本身和对汉语想象力的重新发现和重视。"

於可训在"刘震云专辑"中的《主持人的话》发表于同期《小说评论》。於可训认为:"我当然无意说刘震云骨子里就是一位现代派作家,他的其他许多作品事实上依旧在致力于反抗环境(包括历史和现实)加诸于人的各种内外压力,例如他的'故乡'系列长篇作品就是如此。只不过这种反抗已经改换了一种方式,即……'戏谑'的方式。这种'戏谑'的方式,实际上也是另一种意义上的或另一种形式的反讽，因为当'故乡'连同它的历史已经内化为主体的生命和生活的一部分时，对'故乡'的'戏谑'也无异于一种反身自讽。当然严格地来说，这已经是刘震云所运用的反讽手法的一种深化和扩大了的表现形式。"

张景超的《解说：叙事一种》发表于同期《小说评论》。张景超认为："解说是小说艺术中常见的叙事方式。只要我们将它们和一般意义上的叙述、描写、议论加以比较，就可以透视到它的特点、它的存在形态。"张景超提出解说在小说的叙事结构中有两个作用："其一便是对日常叙述的补充和深化。……其二能够极大地扩展作品的艺术张力，增加作品的内含。"

张渭涛的《好小说都是好神话——当代小说叙事学线型建构思考》发表于同期《小说评论》。张渭涛认为："当代中国小说叙事学在西方叙事学日益精致化的参照下，并不需要一再强调'对行'思路。……好小说都是好神话，文学阅读的深层效果就是以好的叙述技巧来反映一个民族文化原型，契合民族最高审美理想，使读者在阅读经验中返回集体无意识的神话世界，且因阅读而破译文化密码，从而达到审美活动中的'高峰体验'。"

周罡、刘震云的《在虚拟与真实间沉思——刘震云访谈录》发表于同期《小说评论》。刘震云谈道："《故乡天下黄花》我觉得直到现在评论家看懂的不多。他们认为是另一种真实的历史，我写的时候强调的是文化。""我觉得从叙述方式上看，《故乡面和花朵》同《故乡相处流传》不一样，《故乡相处流传》太理性了，所以有些单调。而，《故乡面和花朵》对叙述的复杂性有了进一步的认识——一个人对虚拟世界的创造，一个人在地里劳动其头脑中的想象是很丰富的，过去的作品写这个人在劳动，至少劳动时想些什么并不重要，而我认为这是很重要的。""中国作家应该对民族语言和民族想象力负责，应该提高语言的创生能力。"

25日 罗岗的《小说·秘史·启示——〈白银谷〉与"现代化"叙事》发表于《当代作家评论》第3期。罗岗认为："'小说'作为一种区别于'历史'的叙事方式，它对个人命运的关怀、它对具体细节的关注以及它对复杂性天然的敏感，都有可能突破'现代化叙事'的制约，进而提供不一样的历史图景。"

其次，他的观点是："如果说'小说是一个民族的秘史'（巴尔扎克语），那么'秘史'的意义不在于'补正史之阙'，复现一段湮灭的历史，叙述一个遗忘的故事，而是要在历史的缝隙间寻找发声的可能，讲述一个只有小说家才能够讲述的故事，这个故事带给我们的是另一种记忆，另一种历史和另一种想象自我和世界的方式。"

王光东、李雪林的《张炜的精神立场及其呈现方式——以九十年代长篇小说为例》发表于同期《当代作家评论》。王光东、李雪林认为："九十年代的长篇创作中，张炜极力想建构一个自己的小说体式，他想做到把他要表达的东西用多侧面的方法表现。""不管张炜如何在每部作品中提供新鲜的文体因子，我们都可以从中感受到他的小说结构具有一方面外扩，一方面内敛的双重特点。他激情四射的抒情性叙事本身比单纯的讲故事更会带来作品内部一种不可遏止的力量，这种力量使得整个结构张扬。而张炜的小说又异常地具有凝聚力，这是因为张炜内心情感主线是异常清晰的。这种外散内聚的结构正是靠张炜内心涌动的情感才不致走向外散内散。这种双重特点是他精心打造的结果，显示了张炜在驾驭结构上的顺畅自如。"

张炜、王尧的《伦理内容和形式意味》发表于同期《当代作家评论》。张炜认为："什么是中国文学传统中最重要的？我在两年前的一篇文章中说过：'中国先秦文学的《诗经》，诸子散文，《楚辞》，至为绚丽，是后来难以超越的高峰。一般而言，它们执拗地入世，追求理想，倔犟，具有底层性，对物质主义保持距离，并时常呈现出警觉和进攻姿态。'""中国文学的传统是高贵的。《红楼梦》以前'小说'这种体裁，基本上还算不得文学。那时的文学主要是诗和散文——多么绚烂多么高贵。我们今天真正的文学恰恰是继承这个传统的。""说到长篇小说的文体，我觉得是无法表述的。文体如何，它的优与劣，总的看还是一个作者生命力是否强盛决定的。……但是真正的文体意识，并不一定要在表面上显得太强——那往往是深含不露的东西，要透着内力。"

张炜的《世界与你的角落——在苏州大学"小说家讲坛"上的讲演》发表于同期《当代作家评论》。张炜认为："相对来说，我们忽略了一些老书。老书其实也是当家的书，比如中国古典和外国古典、一些名著。我们还记得以前读它们时曾被怎样打动。那时我们把大量的时间花在读老书上。这些书，不夸张地说，是时间留下来的金块。""文学是一个民族生命力的表征。它们从来属于整个民族，而不会作为一种职业专属于某一类人。"

张懿的《行走便是迷路——读李洱〈花腔〉》发表于同期《当代作家评论》。张懿谈道："李洱的小说《花腔》是一座以破解历史疑案为诱饵，用言之凿凿的各种文本为背景精心构筑的迷宫。在这里，对历史的摹仿和解构同时并存，真相和谎言相濡以沫，侦破和迷惑彼此勾连，而行走的宿命正是迷途。……如果允许借用博尔赫斯的说法，那么李洱这部《花腔》在隐秘的层面上确实具有侦探小说的某种特质：恰恰是最挑剔的读者才正是作者想要的最合作的读者。与博尔赫斯的例子相映成趣的是，从白圣韬叙述最初的出发开始，《花腔》也已经处处启人疑窦。"

28日 孙谦的《〈上种红菱下种藕〉：纯真的穿越》发表于《文艺报》。孙谦谈道："在艺术上，小说取材的边缘化，使作者的题材空间有了新的延伸，从而达到了城市与乡村之间的互文性与双向性。同时王安忆小说中那绵长而富于韵味的散文化风格也达到一种极至。……在王安忆的小说中，我们可以看到光芒与理性的闪耀，而它们又是以一种婉约的态度显现出来，在边缘与细密中使人有一种生命的体认。因而《上种红菱下种藕》不仅是文本的穿越，更是作家创作的穿越。"

本月

叶兆言的《小说的通俗》发表于《北京文学》第5期。叶兆言认为："小说不是什么了不得的东西，只是小道，看轻固然不对，看得太重，也难免自欺欺人。小说不管怎么写，能'委曲详尽，血脉贯通'，能'明白晓畅，语语家常'，就是好事。小说家大可不必为通俗感到害羞。"

六月

1日 关仁山的《喧嚣的世界，沉默的土地——答友人问》发表于《文艺报》。关仁山认为："对于现实主义，我们往往强调它的批判功能，这是需要的，而且现今的文学和社会都非常需要。但是批判功能不能简化生活的复杂性。""随着时代的发展,农民和土地上所发生的事情必然是新的,我想把每一篇小说的故事,都放在时代的大背景下展开。新时期农村生活的变化是异常迅速的,复杂的,多变的,这就要求每一个作家从客观上、全局上把握农村发展的总动向和总趋势,同时还要求作家从微观上分析农民和土地上的具体事情,特别是人与土地、人与人的微妙变化,以及心灵上的冲击和命运上的起落。"

2日 曹文轩的《小说与押韵》发表于《小说选刊》第6期。曹文轩谈道:"就情节运行的形态而言,小说艺术的研究者们通过分析,总结出小说可分为三种形态:层递式、环式、环扣式。而无论是层递式、环式或环扣式,都意味着小说在情节运行方面对直线的否定。它们实际上都是摇摆——不同形式的摇摆。"

3日 《人民文学》第6期发表"编者的话"。编者认为:"关仁山的中篇小说《伤心粮食》写的是农村。现代以来,我们的乡土、乡土之上的社会历史变迁一直被中国小说家倾力表现。这不仅因为乡土生活构成了绝大多数中国人的基本经验,也不仅因为我们有悠久深厚的乡土美学传统,更因为农村问题是中国现代化进程中最紧要、最艰巨的症结。而《伤心粮食》表明,乡土正在面临新的考验,农村、农业和农民问题尖锐紧迫地摆在全社会面前,也进入我们的文学视野。关仁山是敏捷的,《伤心粮食》提醒我们,在我们熟悉的乡土上,新的现实有待认识,生活正在展开惊心动魄的疑难,而这一切与我们息息相关,就像我们离不开'粮食'。"

4日 吴秀明的《权力叙事的现状与隐忧——以近年来的历史小说创作为例》发表于《文艺报》。吴秀明谈道:"传统文化是一个集精华与糟粕于一体的复合物。因此,这就要求我们作家在对它进行现代转换时,不能不引入价值批判机制予以认真细致的辨识和清理。'转换'是带有时间顺序意味的概念,既然是'现代转换',就不仅要考虑历史的内在逻辑,而且更要考虑现实的文化需求,尤其是先进文化的需求。封建时代的政治权谋毕竟是一种落后的文化,它只是'术'而不是'道'。……如此,历史小说的权力叙事才能剔抉祛弊,在现有基础上更上一个层次和境界。"

11日 刘起林的《历史小说生存本相的文化透视》发表于《文艺报》。刘起林谈道："作者热衷于创作历史题材类的文学作品，当然是对我们民族传统的美学风范和艺术韵味有着强烈的好感与共鸣，所以，历史小说从创作方法到审美趣味都必然会带有大同小异的传统色彩。所有这些，构成了历史小说在新的历史条件下独特的文化品质和不可违背的创作限定性。"

18日 李冯、李洱的《〈花腔〉问答》发表于《文艺报》。李洱谈道："我一直在写知识分子，主要是九十年代的知识分子，写他们的日常生活。这跟我的生活有关。但是有一个问题似乎不能回避：我们所有人的生活，都不是孤悬于历史之外的。在中国的语境中，这一点更为明显。所有的人，包括儿童，他们的生活都与历史有关，甚至与神话有关。神话和历史的内在结构，深刻地影响了我们民族的思维结构和行为方式……"

25日 张抗抗的《我为什么写〈作女〉》发表于《文艺报》。张抗抗认为："《作女》这部长篇小说表现了我对当下女性生活的关注，同时也表达了我多年来对女性问题的部分思考。——'作'的千姿百态的形象特征中所蕴藏的活力和创造力，极其强烈地唤起了我的写作欲望，以至于我无法找到比《作女》更为恰当的书名。我希望'作女'们能够成为未来社会结构中的健康力量。"

27日 雷达的《简论"小小说"》发表于《文学报》。雷达谈道："我个人认为，人们之需要小小说，从根本上说，是人类精神需求多样化的必然反映。……我在这里不叫'简短'，而叫'精短'，即是强调不从篇幅出发，而从思维的'元'出发。也即'麻雀虽小五脏俱全'之意。从艺术地把握世界的角度来看，小小说自有存在的理由，大有大的好处，小有小的好处。所谓尺有所短，寸有所长。长篇提供给人东西与小小说提供给人的东西，是不一样的。比如，瞬息万变的情感，微妙难言的情思，希奇古怪的人物，回味不尽的对话，一个小镜头，一个突转，一个契机，也许只适宜用小小说来表现，别的样式再好，代替不了，也表现不出来。……小小说的素质中肯定有一些其它形态的文学不可替代的因素。有人说，这不可替代的东西就是平民品质，民间情怀，大众趣味，就因为它抒发了为老百姓喜闻乐见的、普通人的善恶爱惜和传统的道德情像。……从艺术上讲，小小说是以小见大，缩龙成寸的艺术，在创作上的要求其实是很高的。近年来，在读者中早有一种共识，那就是认为，比较精致的。

文学性强的。意蕴较深的东西,主要不在长篇小说方面,而在中短篇小说这一块,也包括小小说。……第三,人为的宣传、培植,推动因素也不可忽视。在小小说领域,有一大批热心的事业家,倡导者,编辑家,作家及其后备军、爱好者。他们办刊物,办选刊,办函授,办笔会,大力提倡,成效显著。""我认为,近些年来,对小小说而言,最大的成绩,乃在于它的文体悄然间发生了深刻的变化,这变化也许是小小说历史上不曾有过的,只是我们还没有很好总结。这是一种文体意识的自觉和拓展、深化。首先表现在小小说主题和题材选择上的解放——走向了自由和多样。……凡此种种使我想到,小小说可以写社会问题,写好人好事,可重于批判,可侧重幽默,可抒情,可咏叹。它与现实的关系可以同步,也可以不同步。然而,时间似在证明,最耐人回味与咀嚼的,还是写人性,写人的尊严,人的悲悯,人的无奈,人的尴尬,写缠绵的性爱,苦难的抗争等等,这有可能是小小说通向成熟和绚丽的道路。目前,对小小说而言,最迫切的仍然是呼唤精品。看多了即发现,小小说也存在危机,那就是作者如何提高艺术修养,加大思想深度,解决深入开掘的问题。为什么许多作品深不下去,升不上去?为什么不少作品的面貌似曾相识?雷同,重复,模仿,模式化的现象并非个别。我以为,小小说创作理论中最大的问题在于:民间化的眼光,平面化的意味,道德善恶的评价尺度——这一切给小小说带来大众性的成功的东西,但与深刻化,精英化,超越化的文学性要求的矛盾。说白了,仍然有个下里巴人和阳春白雪,平民化与精英化,普及与提高的两难问题。任何事物都只能在二律背反中前行,小小说也不例外。在不失大众文化品性的前提下,多多创造出独异深刻甚至永恒的艺术珍品,正是读者寄予小小说的期望。"

本月

毛志成的《小说的"生命周期"问题》发表于《北京文学》第6期。毛志成谈道:"小说之名以'小'冠之,且又强调其为'说',本意中既包括对各种'大'学说、'大'理论、'大'玄言、'大'腔调的游离,又包括用'小'故事、'小'情节、'小'细节、'小'语汇去切入最直观的社会解析。""古典小说中的巨星曹雪芹,当代新文化(新文学)的魁首(包括新式白话文学的旗手)鲁迅,都具有文学（尤其是小说）的'立体形象'，达到了'三通'：通于世，通于时，通于民。其中的通于世主要指对历史、对社会、对人生进行了当时最高水平的透视；通于时主要指对所处时代进行了当时最为直近的触摸；通于民既包括通于民情民意，也包括通于民俗民言。几十年前的极左文学，打着'人民性'的招牌，貌似专重宏观的'民生'而又有意回避微观的'人生'。失去了对'人生'的意义追问，'民生'也必然流于或陷于虚泛。近些年来的小说，尤其是刻意写个体人生、抽象人性的'纯文学'小说，又往往淡漠了对普遍'民生'的关注。两者不能合为一体，就很难写出社会和人的立体形象。"

雁宁的《好小说是有生命的》发表于同期《北京文学》。雁宁谈道："我一直赞同好小说源于'好'生活的说法，并认为无论作家怎么有勇气才华也写不过真实、复杂、多变的生活的，就连作家引以为骄傲的想象力虚构力，也比不过生活中那些活生生的故事、细节。"

白烨的《透析女性写作热——在中国现代文学馆的演讲》发表于《山花》第6期。白烨认为："'社会生活化——生活个人化——个人感觉化。'这是我对女性写作的这种特点的一种看法。男作家经常习惯的是以大见大，宏大叙事，女作家则是以小见大。"

《上海文学》第6期发表"编者的话"《斑竹一枝千滴泪》。编者谈道："小说（曹征路的《请好人举手》——编者注）延续了作者的以往风格，对现实继续予以强烈的关注，但是叙述方式却有了较大的变化。小说通过一个孩童的视觉来观照我们生活其中的这个世界，从而使善与恶、美与丑形成了更为强烈的反差。而小说名《请好人举手》更是在这种反差中，形成一种反讽的效果，足以使阅读者自省。"

七月

2日　曹文轩的《人物的游移》发表于《小说选刊》第7期。曹文轩认为："托尔斯泰、陀斯妥耶夫斯基都以他们成功的经验告诉我们：一味的思想游移，并不能够使那些人物成为活生生的形象；人物倘若仅仅是思想的玩偶与符号，将会使人物永远也不能站立起来。思想的游移必须与性格的游移、心理的游移结合起来，才有可能使这些人物形象成为真实的、富有生命的人。"

朱向前的《一江春水向东流》发表于同期《小说选刊》。朱向前谈道："以我观之，衣向东军旅小说世界的支撑主要有三个点：一、浓重的军人情结；二、深沉的士兵情怀；三、轻快的军歌情调。"

15日 何镇邦的《方寸之内　大千世界——简论小小说的文体特征》发表于《南方文坛》第4期。何镇邦认为："小小说最本质的特征在于以小见大的这一点上，它通常虽然只有一两千字的篇幅，但它的艺术空间并不狭小，往往是以小见大，微言大义。"小小说具体的文体特征包括"提纯的情节和简单的人物关系。小小说由于篇幅有限，因此必须极度提纯其故事情节和简化其人物关系。……奇特的艺术视角和巧妙的结构艺术。小小说由于篇幅短小而容量大，因此特别讲究对生活切入口的选择和讲究结构艺术。……精炼简洁而富于诗意，哲理的语言和多样的叙述方法。小小说由于篇幅较小，因此要求语言要特别的精炼简洁，而且富于诗意和哲理"。

宋子平的《气象万千小小说》发表于同期《南方文坛》。宋子平谈道："小小说既然作为小说的一种形式，它就具备小说的基本特征，它也和其他小说作品一样，第一具备复杂紧凑的情节——小说的骨架；第二葆有深厚精微的情感——小说的血液；第三不乏深刻独到的见解——小说的灵魂。只不过由于篇幅短小，比其他小说更简练更精当罢了。……小小说是最讲结构的，因其短小，它对题材的选择、质料的剪取甚至语言的运用都必须恰切。……就作品的思想而言，小小说和长、中、短篇小说一样，都可以是重大历史题材，也都可以反映社会生活的方方面面，而且同样可以发掘人生、人性和社会世界历史的缺陷与本真，也同样能够达到细致入微；就其刻画人物形象而言，长中短篇可以是时续式的，而小小说只截取人物历史或社会生活的一个断面，聚焦式地描摹出一个人物的性格或性格发展史；就其细节而言，小小说拒绝闲笔，它抓住一个点，通过这个点透视并发散开来。"

王干的《人文的呼喊与悲鸣——评张者的长篇小说〈桃李〉》发表于同期《南方文坛》。王干指出："读完《桃李》之后，我只有用'扛鼎之作'来形容，因为它厚实、沉重。《桃李》的风格乍一看，是轻戏剧般的轻松、活泼、生动，令人笑出声来，但读完以后，你笑不出来，你会被小说之中内含的那种人文精神的呼喊和悲鸣所震撼而陷入深深的沉思。……《桃李》重点反映的是人文知识分子在市场经济的影响下人性的扭曲和变异，呼唤健康的理性的人文精神和知识分子品格。……《桃李》的美学意义在于贴近生活、还原生活时，始终采取一种零距离的态度，零距离与零度写作的区别在于他对叙述对象的包容而非冷面审视。张者不可能像钱钟书那样调动古今中外的知识来消解笔下的知识分子，也没有必要去重复《围城》的套路。《桃李》以介入其中、享受快乐的知情者的身份极大限度地表现了生活的可能性、人物情感的可能性，消除了叙述与人物之间的那种人为的屏障，因而小说最圆满地还原了生活的丰富性。"

王晓峰的《小说精神与小小说文体现实》发表于同期《南方文坛》。王晓峰认为："小小说也是以新的话语方式体现小说传统即小说精神的一种小说文体。从形式上看，小小说区别于长篇小说、中短篇小说的主要是在篇幅上，即它是以极短的篇幅，以虚构的非抒情非议论的叙事，来达到自己的文体上的自主。但是，这种区别实际上引发了小小说的一系列最主要的文体特征。它必须进行一种极有限度的叙事，在精神指向、意蕴结构、行文策略上。……作为精短文体的小小说，是以精短的话语方式——精短的意蕴结构，精短的情节结构和精短的句群结构而独立于其它小说文体的。""它应该具备大众化的平民化智慧与精神，适应于大多数人的生存发展能力、水平和接受能力，应该直接切入普通人最为关心经常思考的生活层面的现实，以它的平民化的立场、视角和行文策略、叙事方式，在一般读者——大多数读者的可接受的阅读时间和阅读能力上，满足他们的阅读需要，调剂和充实他们的精神需求。这就是小小说的智慧和精神。"

张光芒的《天堂的尘落——对张炜小说道德精神的总批判》发表于同期《南方文坛》。张光芒认为："20世纪80年代中期，张炜历经初创期的摸索之后，以反思者的目光对人们无限向往的科技理性和世俗化倾向提出了质疑，其创作一方面从简单明晰的社会学模式中解脱出来，追梦中国乡村广大深邃的历史文化力量；一方面又从'农村经济改革'的主潮中溢出了苍茫浩大的时空感、命运感与深切的生命意识。……《古船》之后，随着所谓'世风日下'的古典式慨叹,传统与启蒙之辨渐渐淡出,精神求索在物质年代遭遇冰冻。……内因与外因的合力掣肘着张炜爱力追索的翅膀,支撑着张炜艺术张力的主体性矛盾越来越瘪窄,越来越偏于一隅,而其主体性立场则越来越趋于清晰、简单、明了。……细读《外省书》,我不得不承认,在舒缓的叙事表象背后却隐藏着张炜对现代语境更深的焦虑,更坚定甚至绝望的反抗。可以说,作家在传统文化道德一元化的小径上走得更远,陷得更深了。试图通过超越道德以超越自我不过是张炜晚近作品给人造成的假象。……张炜在反抗现代文明的征途上一退再退,从形上道德的追索者坠落为传统文化道德实用主义直至成为封建性道德的牺牲品,实在令人惋惜。张炜文本的道德精神本系其审美天空中最亮丽的一道风景,其衰落过程——一条看似美丽的弧线——无论对作家本人还是对读者来说都充满了太多的唏嘘与无奈。"

张清华的《文学的减法——论余华》发表于同期《南方文坛》。张清华认为:"余华的叙述的辩证法表现在很多方面。他的成功在于他能够将痛苦与欢乐、真实和虚构完美地结合在一起。'减法'在某些时候会变成各种形式的'节制'甚至'反讽'……刻意单调的'重复'是另一种形式的'简化',这大约是一种最能掩人耳目的辩证法了——它戏剧性地将重复和简化混于一谈。这其中有两个方面,一是小说中的人物的行为与说话;二是叙述者自己的语言方式。……作为一个作家,余华的问题在于他已经'熟透'了,这当然也是'减法'的结果,'过早'地返朴归真使他没有给自己留下太多回旋的余地,这或许是他目前的困境所在。"

同日,王光东的《民间文化形态与八十年代小说》发表于《文学评论》第4期。王光东谈道:"在80年代,民间文化形态与作家之间的关系基本上有这样几种类型:一、承继了由李大钊、瞿秋白到毛泽东所形成的以政治理想改造乡村民间的传统,着重表现的是新的政治意识是怎样进入乡村民间日常生活中,带来了'自在状态'的民间文化形态的变化,这一点突出表现在描写'农村改革'的作品中。……二、从'五四'以来的启蒙主义立场出发,对乡村民间文化形态取二元态度,一方面看到了农民的纯朴以及民间文化形态中所包含的进步性力量,同时又对他们的'劣根性'进行无情的批判。……三、与上述直接面对现实变化和从启蒙精神立场对民间文化的批判不同，另外一些作家则对乡村民间文化取一种比较温和、亲切的态度，他们似乎是从传统所圈定的所谓知识分子的使命感和责任感中游离出去，在民间的土地上另外寻找一个理想的栖息地。……四、在激烈变动着的80年代社会文化语境中，社会改革所带给乡村民间文化形态的激烈动荡，价值观念的变化与冲突，同样带给了作家与民间文化形态的多样性联系，与贾平凹的《小月前本》不同，王润滋的《鲁班的子孙》不是从'社会进步'的价值趋向上对农民自在形态中的道德观念进行贬斥，而是从民间文化的立场上，从农民朴素的伦理、道德观念出发，执著于追寻民间道德在现实变化中的合理性。……五、与王润滋等人不同，韩少功、郑万隆等人，在'寻根文学'的实践和倡导过程中，把民族文化之根放置于民间文化形态中，不是在'民间道德'的意义上，而是在文化的整体定义上突出了民间的价值。这些作家大都从一个特殊地域或领域入手，溯源而上找寻民族文化赖以存在的土壤……"

徐德明的《〈花腔〉：现代知识氛围中的小说体裁》发表于同期《文学评论》。徐德明认为："小说《花腔》巧取现代史上一点事件因由，变单声宏观历史话语为多声部对话及'学术'考证，化简为繁地进行话语操作，其新'编'故事的叙事话语类型显示着新一代作家的知识主体与技术手段的超越，而在'对话主义'提供的视界中，人们可以获得新的社会历史和人我关系的哲学把握。上述诸般，都依赖于小说体裁的诗学建构。""《花腔》主要采用提纯局部叙述言语、加强整体对话的行为。究竟是受什么影响，让它的话语类型这样独特？可能有这样几个答案：其一、'以实写虚'的纪实样式的戏拟；其二、他种艺术门类的旁通；其三、'无边的对话主义'。"

20日 洪治纲的《隐蔽的张力》发表于《小说评论》第4期《洪治纲专栏：先锋文学聚焦之十六》。洪治纲认为，在应用隐蔽化张力的小说中，"被无限夸大的往往是人性或者生存的某一方面，它们看似缺少对立的另一方，很难确立它的张力形态，但是透过话语本身，我们就会发现，作家们所极力呈现的都是一种人类非理性生存状态，是理性被彻底放逐之后所出现的可能性状态，它实际上直接针对着人的理性逻辑，并与它构成了一种潜在的张力关系。无论是表现人性之恶，还是展示命运的失重情形，其最终的审美目的，都是为了拷问人类在理性逻辑中所建立起来的价值规范、伦理体系和道德体系，是对人类理性的能力范围及其限度的再度质疑"。

李伯勇的《从先锋到传统——再读福克纳》发表于同期《小说评论》。李伯勇说道："好的、有格调、有品位的文学作品应该是展现人类精神探索的作品，它首先考虑的不是市场，是否能被读者接受，而是用最为恰当的文体表现作者在作品中力图表达的内涵，于是，这种严肃文学从语言故事到意义可能存在一定的阅读障碍。所谓先锋味（意义）往往在这些障碍中洇漫开来。在福克纳那里，最初始传统的乡土题材恰恰被处理为一种先锋性。"

李建军的《小说的纪律》发表于同期《小说评论》《李建军专栏：小说病象观察之四》。李建军认为："塑造不出生动而经得起谈说的人物形象，恰是现代小说的一大危机，尤其是中国近十多年小说创作最严重的病象。我们的小说家笔下的人物，要么面目模糊，要么虚假苍白，是只活在纸上的那种，而不是活在读者心中的那种——他们在从纸上走向读者心灵的半路上，就死掉了。"

李晶的《王蒙语体：理性的诉求与颠覆——系列长篇小说〈季节〉论略（二）》发表于同期《小说评论》。李晶谈道："这种主题的对比落实在小说的'自由化'语式中，落实在相互转换、交互作用的诸种叙述模式中。首先是它作为'话语定式'之主要成分的重复模式——人物（时常也是叙述者）从内部的思维方式到外部的表达方式完全被限制在某一话语逻辑的定式之中，并且在作品中不断地被重复，形成了'由重复套重复或重复连重复组成的复合体'，'某个人物或情节的主题也许会在另一个人物或情节中重新出现'，形成一种历史性语境。……《季节》系列之'话语定式'的另一种情形是它的独白模式——不断转换着叙述的人称机制，从而体现为主要由叙述者承担进来'独白'话语形式。……《季节》系列之'话语定式'的第三种情形是它的议论模式——与上述独白模式相联系的、叙述者围绕事件和人物所发生的即时性议论和作者围绕叙事而生发的即兴式的议论。在王蒙的小说中，从人物到叙述者，乃至作者的议论，始终是它的重要特征之一。"

叶立文、余华的《叙述的力量——余华访谈录》发表于同期《小说评论》。

余华说道:"重读鲁迅完全是一个偶然,几年前,我的一位朋友想拍鲁迅作品的电视剧,他请我策划,我心想改编鲁迅还不容易,然后我才发现我的书架上竟然没有一本鲁迅的书,我就去买了人民文学出版社的《鲁迅小说集》,我首先读的就是《狂人日记》,我吓了一跳,读完《孔乙己》后我就给那位朋友打电话,我说你不能改编,鲁迅是伟大的作家,伟大的作家不应该被改编成电视剧。我认为我读鲁迅读得太晚了,因为那时候我的创作已经很难回头了,但是他仍然会对我今后的生活、阅读和写作产生影响,我觉得他时刻都会在情感上和思想上支持我。他可以说是我读到过的作家中叙述最简洁的一位,可是他的作品却是异常的丰厚,我觉得可能来自两方面,一方面鲁迅在叙述的时候从来不会放过那些关键之处,也就是说对细部的敏感,要知道,细部不是靠堆积来显示自己的,而是在一些关键的时候,又在一些关键的位置上恰如其分地发现,这个时候你会感到某一个细部突然从整个叙述里明亮了起来,然后是照亮了全部的叙述。鲁迅就是这么奇妙,他所有精彩的细部都像是信手拈来,他就是在给《呐喊》写自序时,写到他的朋友金心异来看望他,在如此简洁的笔调里,鲁迅也没忘了写金心异进屋后脱下长衫。看上去是闲笔,其实是闲笔不闲。用闲笔不闲来说鲁迅的作品实在是太合适了。"

於可训在《余华专辑》栏目的《主持人语》发表于同期《小说评论》。於可训对余华小说的评论如下:"在现代中国文学语境中,先锋文学几乎是西方现代派文学的同义语,这当然主要是因为这种前卫性的文学实验的思想和艺术资源,主要地不是来自本土的文化和文学传统,而是来自西方现代派文学的影响。当然,也还有一个重要的原因,就是现代中国文学在接受西方现代派文学影响的时候,自身却置身于一个与西方现代派文学完全不同的社会和文化语境。……进入 90 年代以后,当年从事先锋文学实验的作家几乎都发生了创作的转向。有人说这种转向是由学习西方转向重新审视本土传统,诚哉斯言。但我认为,这种转向的一个更具实质性的表现,是由对西方现代派文学观念和艺术的被动模仿,到以西方现代派文学看取世界的方式对生存现实的独特感悟和经验。"

余华的《自述》发表于同期《小说评论》。余华主要讲述了他写作的原因和音乐对他写作的影响。他认为,"文学的力量就是在于软化人的心灵,写作的过程直接助长了这样的力量",也使"自己已经具有了与众不同的准则,或者说是完全属于他自己的理解和判断,他感到自己的灵魂具有了无孔不入的本领,他的内心已经变得异常的丰富"。其次,他认为"音乐是内心创造的,不是心脏创造的,内心的宽广是无法解释的,它由来已久的使命就是创造,不断地创造,让一个事物拥有无数的品质,只要一种品质流失,所有的品质都会消亡,因为所有的品质其实只有一种"。

宗元的《无望的挣扎 人性的扭曲——论毕飞宇近作中的女性世界》发表于同期《小说评论》。宗元认为,毕飞宇的作品"表现出一些女性面对生活的诱惑,在无助的挣扎中身不由己地跌入人生欲望的陷阱,最终导致人性的扭曲与自我价值的失落。并从人性的角度上透视出酿成女性悲剧的内在基因,暗示出既定命运对女性文化心理、生存境遇的先天塑造及严酷制约"。

25日 陈思和的《试论阎连科的〈坚硬如水〉中的恶魔性因素》发表于《当代作家评论》第4期。陈思和认为:"如果仅仅从文革题材的角度上来评价《坚硬如水》,我觉得是不适当的,因为从描写文革的现实历史的角度来衡量,这部小说有很多违背真实的地方。但正因为它不是一部一般地描写文革时期生活细节的作品,它才在精神现象上凸现了时代的怪异和真实。它是一部重现恶魔性因素的书,而文革给这种怪诞的人性欲望提供了一个表演场景。……以往描写文革的作品过于重视历史的真实性和思想的批判性,人性的堕落是服从于整体上的政治批判和思想反思。而在这部小说里一切都颠倒过来,恶魔性成为主要描写对象。……从鬼故事到恶魔性,阎连科的小说灵感获得一次根本上的飞跃,他不再是小打小闹地对现实进行温和讽刺,却能大气磅礴地从人性深处展示出文革时代的致命的精神要害。"

李洋的《小说是什么》发表于同期《当代作家评论》。李洋写道:"当小说家从如何讲故事过渡到如何思考存在时才真正成熟,可历数中国现当代文学史,真正有持久穿透力的小说人物只有一个阿Q,其余都是风格,是题材,是技巧,是阶级典型的复制品。"

吴义勤的《难度・长度・速度・限度——关于长篇小说文体问题的思考》发表于同期《当代作家评论》。吴义勤认为:"对于长篇小说来说,也只有文体才最能显现作家的个性。""文体绝不是一个平面的'语言'问题,而是一个深邃、复杂、立体、多维的系统结构,它牵涉到小说的故事、情节、人物、结构、修辞、叙述、描写等几乎所有的方面。""这里,我们不妨具体讨论一下长篇小说文体中的"长度"内涵。""首先,'长度'指涉的是长篇小说内故事、事件、情节、人生等覆盖的'时间跨度'。""其次,'长度'还指涉的是小说故事空间和生活空间的'广阔度'。""此外,在'长度'问题上,我们还应重视的就是对长篇小说的物理空间和它的精神空间、思想空间的区分。"

"小说的空间是被琐碎的、具象的、实在的物象占据,还是被精神、灵魂、诗意、情感占据,将决定一部小说的艺术质地,决定小说的'浓度与密度',决定小说艺术的纯粹性。""我们检视一个长篇小说时,我们应该验证一下其长度的'必要性',验证一下小说的语言、描写、人物等等在小说中是否都是必要的。我们在强调小说的生活的容量时,还应考虑到其思想容量、情感容量与精神容量,也就是说我们在评估长篇小说的物理长度时,同时还应确立一个精神长度和意义长度的标尺,我们要把长篇小说中那些挤占了艺术空间的水分、渣滓、调料驱逐出去。"

"长篇小说的'速度'究竟由什么决定的呢?""1、情节。""2、态度。""3、叙述。""4、语言。""在大致梳理了影响小说速度的诸种因素后,我们需要指出的是,对于长篇小说而言,速度其实也只是一个相对性的概念。速度既不是可有可无的,也不是惟一性的。没有速度的文本有时恰恰让我们看到了作家的耐心,语言的耐力,看到了艺术的丰富与复杂,看到了长篇文体的多重可能性。"

"长篇小说的文体'限度'主要有两个标尺:一是文体应该产生意义,它不应该成为小说逃避意义的借口;二是文体不应该掩盖那些关乎人类历史、现实与精神的'真问题'。""我们没有理由,也没有能力证明某一种文体是'正',某一种文体是'奇',某一种文体是'新',某一种文体是'旧'。我们所惟一能确定的其实只是这一种文体与作家的才华、个性,与他的表达需要和时代的审美需要,以及与小说的思想内涵的契合和谐程度。我们最需要寻找和证明的应该是这种文体的意义。""在综合的时代里,打破文体的绝对性,提倡文体的相对性,把'文体'变成'文本'可以说是势所必然,它本质上是对于文学艺术的一种解放。"

"我们不敢说'跨文体'写作就代表了长篇小说文体的方向,但它所标示的长篇由单一走向融合的趋势大概是不可避免的。这使我们将不得不面临一个巨大的悖论:我们怎样既保持艺术的纯粹性,又'兼容'、综合其他文体呢?'长篇小说'这样的文类划分会不会成为一个过时的概念呢?我们需要为长篇小说的文体确立怎样的可能性'限度'呢?这都是有待进一步研究的新课题。"

吴义勤的《无限性的文本——〈城与市〉的文体意义》发表于同期《当代作家评论》。吴义勤认为:"在《城与市》中,刘恪就较完美地向我们展示了这种开放性文本所具有的'无限性'的意义形态。与这种'无限性'的意义形态相适应,小说在叙述操作上的难度之大也可谓是前所未有,空白、省略、遮蔽、互文……的大量出现,无论是对作家还是对读者来说,都是一个不小的挑战。""首先,多元叙述者的设立和多重叙述视角的'交叉'带给小说朦胧、暧昧而又紧张的艺术效果。""其次,故事的零散、断裂与人物的隐藏性、潜在性使小说处于一种不停的发散与增殖状态。""再次,'元虚构'与'跨文体'写作使小说呈现出鲜明的'新文体'色彩。……在《城与市》中散文、随笔、日记、诗、戏剧、哲学、艺术、理论全都整合成一体,刘恪向我们充分展示了'跨文体写作'的魅力与可能。在这种'跨文体写作'的过程中,传统小说所建构起来的关于小说的规范几乎顷刻间就被颠覆了。小说由此成了无所不能、无所不包的一种'综合文体',而'综合性'带给文本的则是它的'无限性',是文本的无限开放与无限自由的境界。"

严锋的《张炜的诗、音乐和神话》发表于同期《当代作家评论》。严锋发现:"张炜全部小说的核心可以用一个字来概括,那就是诗。在这个对诗极其不利的年代,他走向了诗,而且走向了诗的最原初、最纯洁的状态,那就是歌唱。这种歌唱中透露的生命之弦的震颤必须用非常音乐的耳朵才能充分地捕捉和深切地理解,可以说,声音和节奏在张炜的作品中有着非常特殊的意义。"

余华的《我的文学道路——在苏州大学"小说家讲坛"上的讲演》发表于同期《当代作家评论》。余华认为:"句子和故事,还有最重要的细部描写,这是我写作的第一个过程。我写出了《十八岁出门远行》、《河边的错误》、

《一九八六年》、《现实一种》，这些作品不断涌现以后，我解决了一个非常困难的问题，就是心理描写，后来我专门给《读书》杂志写过一篇关于心理描写的文章，叫《内心之死》，再后来我出了一本书的书名也叫《内心之死》。我刚开始写小说的时候，就是解决了引号和段落的分配，然后知道了什么是叙述和细部的重要，再以后我最害怕的就是心理描写。……我当时就明白了，我心想真正优秀的心理描写都是不写心理的。……心理描写其实是被知识分子虚构出来的，实际上是不存在的。……当我写的人物突然有自己的声音时，我有点奇怪。当时我不习惯这样的叙述，因为我不想过早地失去我手中的权利，这是作家对权力的迷恋，他只能控制笔下的人物，其他的他什么都控制不了，所以我也就没有当回事。当写《活着》的时候，我发现我控制不住了，而写《许三观卖血记》的时候我完全放开了，完全放开让人物去发出自己的声音，可以这么说，前三分之一是我在为人物设计台词，我在凭我的感觉，凭我写作的感觉，凭我阅读的感觉，知道他说的这句话对不对，是不是他说的，是不是他的语气。到了中间的三分之一的时候，基本上已经在两者之间了，就是我的写作和人物说话之间已经达成了一种默契了，到了后来的三分之一都是人物自己说话了。那种写作，那种境界，进入到那种感觉，那种愉快的感觉，这是对写作最好的酬谢。我知道后面还会遇上一些什么麻烦，我还要想办法去解决。"

余华、王尧的《一个人的记忆决定了他的写作方向》发表于同期《当代作家评论》。余华认为："我感觉到使用方言最好的是汪曾祺。汪曾祺的作品里几乎读不到方言，我记得当初读《大淖记事》时汪曾祺用的惟一的一个方言词是倒贴，比如有些女的养男人，在那个地方叫倒贴，可是倒贴这个词你发现没有，北方人全懂。我发现汪老有一个了不起的地方，他用一点方言，他不是不用，他用的方言都是全中国人都能懂的那种方言，特别土的方言谁看得懂？文学它毕竟是一个阅读的作品，它不是一个资料，不是说你要去搜集民间资料。所以我觉得当时汪老给了我一种如何处理方言的启示。汪老他语言的句子、他的节奏是典型的南方式的，他绝对不是北方式的，他是非常南方的。他语言里面的那种灵秀，北方作家根本就写不出这样的东西，根本就没有这种感觉，他思维非常缜密，北方人粗犷，语言也粗犷。"

同日，丁临一的《小说中的画家与画家的小说——评长篇小说〈红灼墨染〉》发表于《文学报》。丁临一谈道："我们在阅读时依然感觉作品线索清晰，故事流畅，人物突出，立意独特。究其原因，我感觉，似乎作品中有一股自然之气，缓缓流淌，犹如大江大河以涓涓细流发源于高原，奔腾向海洋，其间何处九曲回环，何处一泻千里，并无一定之规，顺其自然而已。应该说，作品反映的社会生活画面是开阔的，社会百态跃然纸上，人物众生像亦惟妙惟肖，时代气息十分鲜明。"

31日　秦晋的《命运沉重的吹拂——评张洁的长篇小说〈无字〉》发表于《光明日报》。秦晋谈道："解读《无字》，应该从分析写法入手。它的叙事不按时间顺序、不受空间分割，但却又是在一个预设的时空里运行；它的故事不以人物情节为线索，但总体发展和彼此的联系却进行得自然而得体。这部长篇巨制仿佛是一座没有梁柱的建筑，它是一种既非线性又非板块的后现代多面体穹顶结构。时间与空间、人物和事件，都分切成小块，打乱次序，被精心安排在各个场景中。在这一宏大的艺术建筑中，连接各个多面体、起支撑作用的，是心理线索。作者通过心理线索把历史碎片缀合成为一个文学整体。"

本月

耿占春的《小说的话语》发表于《山花》第7期。耿占春谈道："小说的语言意识与神话的语言意识、以及和意识形态神话的语言意识的一个重大区分是：小说语言充分意识到它的非文学语境所具有的内在的丰富的杂语性，意识到它处在各种各样的社会方言和杂语的海洋中，它们显示出各自不同的意向性，和思维的内部形式，显示出自己在神话方面、宗教方面、和社会政治的各不相同的语言世界观或社会方言世界观。小说的语言意识使它成为人类所有的话语方式中最不具有自我中心观的一种话语形式，成为一种最易于接纳和吸收社会杂语事实的文体形式。小说话语就像是一个最为敏感的媒介，通过它自身的语言，深化普通话内部或标准语本身的内在杂语性，削弱社会神话和意识形态的唯一性的语言意识。……小说的话语是彼此不同的叙述语言组合的体系，而不是单一叙述主体的话语。在以往对一部作品的研究中，通常总是把它的风格当作某种独特的个人语言或者个人话语的整体,风格成了个人的声音或个人修辞学的统一体。人们所关注的是一般语言的个性化。"

八月

2日 曹文轩的《布局(一)》发表于《小说选刊》第8期。曹文轩认为:"小说的形式在演变,但,以讲故事为主的小说,仍然生生不息地延传了下来。"

8日 龚静的《大漠里的诗情小说》发表于《文学报》。龚静谈道:"这样的叙事于是处处洋溢着诗情,如树木的汁液,滋滋地将文字流成河;仿佛土地的歌声,将文字翻卷成洪风。红柯的叙事与其说在叙述,不如说更在抒情,一种杂糅着叙述的抒情,如同他在作品中引用的史诗《玛纳斯》。看得出来红柯试图以史诗式的叙事方式,将自己的小说变得更加纯粹更加具有原始朴素的抒情力量。就像采用团长、女人这样单纯的角色称呼,将一个现实的故事,转变成一个想象的、诗情的,仿佛在史诗中流传下去的永久传说。所以,作者不注重故事性,而专注于一种精气神的充沛,创造出缭绕在整个作品之中的气,这气,是来自大地的诗情,来自人内心的诗情,来自人和自然之间充分交融之后的诗情。这种诗情对于描绘酒吧和网络的作品和读者都是久违了的。也所以,相对故事,红柯更着心于语言,叙述、抒情、哲理糅合在一起的语言,不仅焙酿了作品气韵,本身也成为一种审美对象。于是,或许你可以说《复活的玛纳斯》缺乏写实的细致和丰满,事实上这并不是《复活的玛纳斯》所要提供的审美,它的独特,或许就是这种抒情式的叙事实践而形成的诗情风格。"

14日 周政保的《"卷入现实"的胆识》发表于《光明日报》。周政保认为:"《省委书记》确无新鲜的或创造性的文学提供,但我们又不能不承认,这是一部相当可读的、又不乏思考及让人很自然地联想到'现实'的小说。就整体而言,小说的传达方式及洞察现时中国人生存处境的思路虽则旧了一点,但隐含其中的精神呼唤却是实在的、强劲的、或富有相应的冲击力的。……我说的传统旧痕,主要是指小说的某些模式化倾向:从人物关系、特别是正反面角色的设置到以家庭群落为主轴线索的营构方式,直至那种从理性推断上认定为必然的'光线比例'的刻意安排。"

17日 陈映实的《寻求新时代故事的"生长点"》(评论《板寸头理发馆》——编者注)发表于《作品与争鸣》第8期。陈映实谈道:"对于小说家来讲,善于感悟和寻求不断发展变化着的时代生活新的故事情节的'生长点',也应该是最基本的职业素养。……市场竞争就是为真正的人才提供展示优秀潜质的平台的。曹大年便成为各式各样下岗职工的'这一个'。此为故事情节何以会如此发展的第一个'生长点'。……故事的'生长点'之二,在于小说提供了与人物活动相适应的新的典型环境。任何人物都活动在特定的环境中。……故事情节的'生长点'之三,还在于作家充分体察到人物心态的复杂性与变动性。"

27日 徐坤的《盛世饮宴图——读张者〈桃李〉》发表于《文艺报》。徐坤谈道:"特别值得一提的是,作者的叙事和文字工夫,行云流水,轻歌曼舞,有着诗一般的韵致。故事本身并不新奇,要说成功,是文字以及语言叙事上的成功。近些年,看到的长篇,能够用唱歌吟诗一般的声音通篇而达的,一个是阿来,再一个,就是张者。"

31日 张东焱的《灰暗:小说的流行病》发表于《文艺报》。张东焱谈道:"正不压邪,格调灰暗,这是我在阅读一些当代小说时产生的强烈印象,它成为当前小说创作的一个普遍的问题,这个问题甚至在一些影响很大、艺术成就颇高的文学作品中也程度不同的存在。""那些格调灰暗的小说,仅仅停留于生活表象或形而下层面上,叙述缺乏超拔的气度与升华的能力。对人的心态和生态及文明进步拙于形而上的思考,更不具穿透力。"

九月

5日 洪治纲的《先锋:自由的迷津——论九十年代以来中国先锋小说所面临的六大障碍》发表于《花城》第5期。针对前四种障碍,洪治纲谈道,"障碍一:虚浮的思想根基","在九十年代以来中国先锋小说所面临的多重障碍之中,最为突出也是最为关键的,我以为就是先锋作家普遍缺乏应有的精神深度和思想力度,显露出相当虚浮的思想根基,并导致很多作品在审美意蕴的开拓上始终徘徊不前,无法获得常人所难以企及的种种精神深度";"障碍二:孱弱的独立意识","逃离迎合与依附,是为了获取自身的独立与自由。我们的先锋作家在逃离权力话语、逃离公众聚焦的同时，却又迷失于世俗的泥沼，并最终失去了自我完整的独立性，这说明他们本身独立意志的孱弱。这种孱弱，同样还表现在有些从民间走出的先锋作家身上。他们曾在民间的立场取得了颇为可观的成绩，可是功成名就之后便很快地进入所谓上流社会的风雅圈中，被一些显在的社会潮流自觉或不自觉地左右着，最终变为传统作家的一分子，至多也只是在自己原有的起点上不断地进行自我重复"；"障碍三：匮乏的想象能力"，"先锋作家的自由秉性和创造欲望则决定了他们必须挣脱这种现实生活的常识性逻辑，他们的独创性、不可重复性也要求他们必须对一切常识性生活逻辑进行义无返顾的超越和反叛。先锋文学之所以呈现出许多怪异的审美特征，正是因为种种常识性生存状态被无情颠覆后的结果。而我们的先锋作家之所以无力挣脱这种生活常识的制约，本质上也在于创作主体想象能力的孱弱。这种想象能力的孱弱，还表现在许多先锋作家对一切经验性成分失去了有力的抗拒，甚至不得不经常依靠生活经验来获取叙事想象的延伸"；"障碍四：形式功能的退化"，"九十年代以来的先锋小说在形式功能上的退化，首先表现为在叙事话语中隐喻功能的不断减弱。先锋文学自诞生的那一刻起，它就一直在不断地突破叙事话语在所指上的单向度的表意策略，并通过对语言能指的多重组合，重新营构叙事话语的隐喻化空间，使叙事获得某种强大的解读空间，构成对人性和存在的多重隐喻"。

10日 汤哲声的《科幻小说：期待突破》发表于《文艺报》。汤哲声认为："为了达到科普的目的，20多年来中国的科幻小说几乎一律是少儿科普作品。至今为止，科幻小说的创作观念有了很大的改变，但是，'科普论'还有着巨大的影响。不是说科幻小说不能普及科学知识，科幻小说普及科学知识的确是其长项；也不是说科幻小说不能创作少儿科普作品，科幻小说创作少儿科普作品的确有其独到之处。但是，当科幻小说完全与科普等同起来，而这类科普又完全以向少儿传授科学知识为主要目的，实在是对科幻小说创作有着极大的伤害。这种伤害首先就在理论提倡者自己的小说中表现出来。"

11日 吴义勤的《通向"终极"的精神图像——评张海迪长篇新作〈绝顶〉》发表于《中华文学选刊》第9期。吴义勤认为："《绝顶》不仅代表了张海迪个人在小说艺术方面的新突破和新超越,而且也可以说完成了对其与文学神圣关系的一次最成功的演绎。毫无疑问,这是一部通向'终极'的小说,是一部有着强烈宗教体验的小说,是一部'灵魂的舞蹈'和'精神的绝叫'感人至深的小说。"

15日 施战军的《爱与痛惜:呢喃中的清朗——感受魏微的〈流年〉》发表于《南方文坛》第5期。施战军指出:"《流年》是魏微已经出版了两部小说集、发表了许多有独特影响的中短篇小说作品后的第一部长篇小说。里面的一些人物对读者来说并不陌生,但是这部作品以表面上的散淡构筑了内部质实的纹理,内在的情感节奏灌注着作为长篇小说之所以成立的文体意识。……魏微的《流年》,情感主义的追忆和自然主义的呈现就像万物生长衰颓一样浑然参差。小说虽以人物及其行踪作为骨架,但构成血肉的却是情境,人与物、时间与空间,均是微湖闸的表征。特色人物的行为方式虽然表现出独异的生命爱欲,但是,氛围感,始终是这部小说的基调和性情收放的参照系。无论是内心伤逝还是肉体欢腾,都带着微湖闸的况味——微湖闸,才是作品真正的主人公。"

王宏图的《都市叙事与意识形态》发表于同期《南方文坛》。王宏图认为:"意识形态不仅不是我们在考察探究都市叙事文本时要加以剔除的异类,相反它本身构成了理解叙事逻辑的坚实背景和基石。正因为有了它,欲望化的都市叙事才不至于沦为一大堆飘忽不定、茫然滑行、无所归依的能指符号,才有可能为理解人类精神深处晦暗的冲突提供了一个新的维度。"

徐岱的《另类叙事:论"新生代"小说三家》发表于同期《南方文坛》。徐岱认为:"卫慧的直白值得肯定,她的小说是其上述观念的体现,同其小说实践比她的理论话语显然要出色得多。这就是症结之所在:她的小说并未能如其所宣称的那样,听从于真实的内在生命的召唤,而是让现实生活的表象服从于其观念意图的调制。……虽然她出版过几本小说集,但由于她所表现的生活体验的单一,使得她的叙事的重复性显得异常突出。"

阳国亮的《中国传统历史小说及其理论批评》发表于同期《南方文坛》。阳国亮认为:"传统历史小说在现代文学发展中还应当有一席之地,还应当倡导和发展。"原因有三:"首先,中国传统历史小说,有着重要的认识价值,是广大人民群众增长历史知识,汲取历史智慧的重要媒介";"其次,中国传统历史小说,有着重要的教化功能,是发扬中华民族的优秀文化传统、进行优秀民族文化传统教育的重要形式";"最后,中国传统历史小说有着重要的文化推进作用,是与中国现代历史小说相辅相成的文学样式"。

16日 郑波光的《"国家大事"与"日常生活"——20世纪中国小说两大叙事法则》发表于《文艺争鸣》第5期。郑波光谈道:"国家叙事是小说中的大叙事。梁启超和鲁迅不谋而合,都强调在这种大叙事中,要给'议论'给'自由说话'留下大空间,这是作家要用于借小说形式来抒发时局观感,或宣传政见。……国家叙事演化出许多更具体的模式,其中较突出而常见的模式是,在一部长篇或几部连续性长篇小说中,借助笔下主人公的人生道路,来演绎、证明一个先验的政治主题:这样走不行,那样走才有光明前途;这条路走不通,那条路才走得通,主人公纯粹成了政治选择人生道路的符号……这是'国家大事'叙事法则、叙事模式,这是鲁迅模式,也是20世纪相当长时间内小说的主流模式。""把'日常生活'作为张爱玲小说总特点,这种概括相当准确,我借用(当然首先是认同)这个概念,作为张爱玲小说叙事法则的表征,同时作为20世纪中国小说与'国家大事'主流模式并立的第二大类叙事法则的名称。"

17日 吴秉杰的《小小说的文体意义》发表于《文艺报》。吴秉杰认为:"'容量的规范'和'闪光的艺术'中,已经多次涉及了小小说的文体限制,如小小说难以塑造复杂的个性及典型,在全面地反映社会生活、深刻揭示矛盾乃至发挥文学的批判功能方面,有天然的差距等;但小小说的兴旺发展,更重要的是它所具有的优势。"

19日 李凌俊的《更需要情感的真实——作家万方谈新作〈香气迷人〉》发表于《文学报》。李凌俊谈道:"《空镜子》之后,万方接连推出的长篇小说《幸福派》和《明明白白》都是贴近生活、写实风格的作品。而《香气迷人》却没有延续这种写实的风格,万方认为,这是自己在文字语言上的一次新的探索。她说,自己原先创作的一些中篇小说比较严肃、沉重,有些读者未必能够接受。然而写了《空镜子》之后,也许是与自己的年龄和阅历有关,许多东西看得淡了,不再那么使劲,开始试着把故事写得生动好看,所以就有了《幸福派》和

《明明白白》。而现在,她又想有一些新的变化,于是在《香气迷人》中她超越了那种平实、贴近生活的风格,努力使文字显出神秘和鲜艳,希望能表达出一些更深层次的东西。……《空镜子》的成功,也给了她另一种启示,她发现自己可以把文字上的感受灌输进作品。她说,原来我们都以为,观众喜欢看那些传奇性比较强,情节幅度也比较大的故事,可是现在发现,观众需要的不仅仅是刺激和热闹,他们更需要的是一种生活状态和情感的真实。《空镜子》的成功使万方的小说成了电视剧投资商关注的焦点,尽管这样,万方说自己在写作小说时从来不考虑它是否可以被改编成电视剧,她觉得一旦有了这样的念头,小说必定会受到损害。"

20日 崔道怡的《〈绝顶〉上有无限风光——赏读〈绝顶〉致张海迪》发表于《当代》第5期。崔道怡认为:"你的这部小说,在当前特别要强调的文学净化灵魂方面,起着醒目提神的警示作用。……你这座'雪山',正是有感于物质磁场的强大引力,着意并着力于精神的张扬。你把精神世界的崇高理想,定位于'梅里雪山'。你用这座冰清玉洁的雪山高峰,检测、考验和判断人们,在生命的里程中,对爱情、友谊和事业的立场与选择。你把人性人生的至善至美,归结为欲望攀登。"

同日,李凤亮的《小说:概念·形态·品性》发表于《小说评论》第5期。李凤亮认为:"今日定型的小说文体,其流变过程受到文学自身因素与外部因素的双重影响。在此进程中,我们可以发现小说(novel)与其早期形态——虚构作品(fiction)和传奇(romance)之间既融合又分立的复杂关系。""虚构作品(fiction)、传奇(romance)与小说(novel)的关系是复杂的、变动的;它们之间既在历时性上有包含与被包含的种属关系,又共时性地存在着性质、特征上的叠合之处。小说起源早而成型晚这一现实,以及文体上的弥散性特征,使得任何对'小说'定义企图都面临着外延覆盖与内涵区分的双重危机。因此,晚近的小说研究更多地采取了这样一种小说史的区分策略——把小说按其发展历史分为传统形态与现代形态,进而对小说进行定性。这一区分涉及了小说取材原则、虚构程度、内在精神、社会环境等诸多标准。"

李建军的《崇高的境遇及其他》发表于同期《小说评论》《李建军专栏:

小说病象观察之五》。李建军认为:"我们必须改变崇高在中国当代文学的境遇,必须抢救掩埋在'痞子'文学和'消极写作'的废墟下面的价值和信仰,因为,没有这些宝贵的价值和信仰,就不会有真正伟大的崇高的文学,我们的心灵就永远感受不到雄强的力量,也永远体验不到诗意的激情。"

王均江、叶立文的《"她们"的命运——林白小说的女性人物》发表于同期《小说评论》。王均江、叶立文谈道:"林白小说塑造的主要人物形象,基本上都是一些在生命的成长过程中寻求自我的女性。这些人物有着类似的性格特征:她们敏感孤僻、封闭自守,从小就表现得与别人格格不入。用《瓶中之水》中意萍的话说就是'问题儿童'。这'问题'的出现固然与残缺破碎的家庭环境有关,但更重要的原因恐怕是她们对性的意识与经验。……由此想到当代女性写作的一个共同问题。尽管女作家的叙述早已深入到了女性的生命意识层面,但中国宗法制度编织的生命形式,却仍旧规划着中国女性的存在方式。即便她们竭尽全力,却仍然难逃被男性书写的命运。时至今日,'女人是谁'的问题,依然缠绕着那些关注女性人格独立和自我生命意识的作家的良知。也许冲破男权文化伦理霸权的叙事努力,不仅仅存在于对男性权力的颠覆之中,它还与女性如何认识自我密切相关。毕竟在没有真正了解女性独立的意义之前,女性写作始终无法真正地'让女人成为女人'。"

吴义勤等的《新长篇小说讨论之十:女性私语与精神还乡——丁丽英〈时钟里的女人〉、魏微〈一个人的微湖闸〉》发表于同期《小说评论》。吴义勤指出:"我们对于新生代女作家的概括其实是武断而有暴力色彩的,这种概括既牺牲了女作家们彼此之间个性的差异,从而把她们改写成了一种'类'性的'符号化'的文化消费对象,又导致了对女性文本的'误读'甚至'不读'的合法性,许多时候我们常常会以对女作家本人的思想替代对于小说文本自身的解读,这样的结果就使我们越来越远离了女性写作的真相。"

杨经建的《"新闻化":当前反腐小说的审美偏误》发表于同期《小说评论》。杨经建认为,"反腐"小说存在三个审美偏误:第一,"步于'新闻化'之途";第二,"审美距离感的缺失";第三,"大多数作品存在着新闻化般的那种不讲究叙事艺术,不注意叙述技术的倾向"。

叶立文、林白的《虚构的记忆》发表于同期《小说评论》。林白说道:"写作就是用自己的语词来寻找现实。语言有时是现实的回音,有时不是。语言在生活与生活之外穿行,穿越生活又悬挂在生活的表面,它被语言的操作者赋予各种各样的形体,在这里,上帝不是读者,而是作者。作者创造一个艺术品,一个另外的世界,在这个世界里,语言获得了独立的生命,它有自己的灵魂和自己的体态,它们之间不同的组合和置放造成了完全不同的生命,其中那些优秀的生命睁着它们美丽的眼睛向我们凝望,与它们相遇是我们在人世的福份。"

於可训在《林白专辑》栏目的《主持人语》发表于同期《小说评论》。於可训认为,林白的作品"在审美上的意义要远远大于在女性性别解放和争取女性权力(包括反抗男性权力)方面的意义"。林白作品的"这种不加掩饰的真实,不但使林白的作品对她的描写对象获得了前所未有的艺术穿透力,而且也显示了这种穿透性的叙事所特有的一种纤毫毕现精细入微的美学风格。这是自现代中国文学在疏离了自然主义之后荒废已久的一种叙事风格的历史再现,也是林白以她特有的灵性和敏感对这一注重感性经验的叙事风格创造性地扬弃的结果"。

24日 王蒙的《历史、国情与文学》发表于《文艺报》。王蒙谈道:"我对历史对文学只是一个一知半解的爱好者,从我个人来说,我们从小都是在一个既历史又文学的气氛当中成长起来的。我始终认为中国自古以来历史与文学的界限就是不太分明的。比如《史记》上的很多情节太像小说,那种情节化、戏剧化、故事化,我绝对不相信它百分之百的是实录。""历史小说本身是不拘一格的,但真正有认识价值的,能够吸引住广大读者认真阅读的,还是那些认真的想从历史事件中总结我们这个民族,了解我们的文化,了解我们的传统的这样的好的作品。"

熊召政的《生于忧患 死于忧患》发表于同期《文艺报》。熊召政认为:"与现实小说相比,历史小说更能体现作家创作上的自觉。因为,历史小说要兼顾历史与小说两个方面。其作者首先应该是史学家,然后才是小说家。这要求也许苛刻,但我认为这是写好历史小说的关键。时下一些流行的历史小说,普遍存在的问题是忽略了历史的真实,这是作家没有认真研究历史的后果。所谓历史的真实,简单地说,有三个方面:一,典章制度的真实;二,风俗民情的真实;三,文化的真实。前两个真实是形而下的,比较容易做到,第三个真实是形而上的,最难做到。前两个形似,第三个是神似。形神兼备,才可算是历史小说的上乘之作。"

25日 陈思和、王晓明等的《〈泥鳅〉:当代人道精神的体现》发表于《当代作家评论》第5期。文前写道:"2002年5月8日和22日,复旦大学中文系和上海大学当代文化研究中心共同组织召开了两次关于作家尤凤伟最新长篇小说《泥鳅》的作品讨论会,会上发言异常热烈。参加讨论的有作家尤凤伟,评论家陈思和、王晓明、林建法、王鸿生、郜元宝、王光东、曲春景、葛红兵、严锋等教授,复旦大学、上海大学两校的现当代文学博士、硕士研究生等九十余人。"

王光东谈道:"新近出版的长篇小说《泥鳅》则呈现出对当代急剧变化的现实的敏锐把握能力和介入生活的勇气。这部作品的现实意义我以为主要体现在如下两个方面:一,揭示了在'资本压迫'下农民的真实生活境遇。在以前的农村题材小说中,农民的生存困境主要来自于与那些依托权力而存在的'地痞'、'贪官'之间的冲突,而近年来的社会发展,给农村带来了新的问题——经济贫穷所带来的农民生活方式的变化。《泥鳅》是以长篇小说的方式揭示这一问题的重要作品。二,《泥鳅》把当代农民为了摆脱资本压迫进城打工所遭遇的一系列问题作了深度表现,写出了权、色、钱、欲交织在一起的现实对于人的深刻影响。"

王鸿生谈道:"《泥鳅》关注的依然是长期以来中国社会的一个重要问题即农民问题。但与此前农民——农村——国家的写作模式不同,作者敏感地意识到进城农民工当下的尴尬处境,当这些农民脱离了他们世代繁衍的生存场景,涌向城市,就在很大程度上丧失了农村的生活背景和文化背景支撑。他们背离农村,却依然甩不掉农民身份;他们走向城市,同样为户籍身份制度所限制、困扰。这样导致的后果就是,不管在现实中,还是在作品中,这些人物形象身上都笼罩着人物与背景严重分离的加缪式的强烈的荒诞感。"

吴俊的《瓶颈中的王安忆——关于〈长恨歌〉及其后的几部长篇小说》发

表于同期《当代作家评论》。吴俊认为:"小说表现技巧的匠气和结构形态的封闭性以及价值观念、意识形态的偏执,构成了王安忆在近期创作中的瓶颈特征。匠气和封闭性,是文学艺术方面的瓶颈;而偏执则是由生活感性即对当代生活丰富性的隔膜与拒绝所导致的价值判断取向的片面和逼仄,是思想方式、思想基础和观念上的瓶颈。这种瓶颈状态影响并制约了王安忆小说的整体性力量与尖锐性思想的展开和深入。"

尤凤伟的《我心目中的小说——在苏州大学"小说家讲坛"上的讲演》发表于同期《当代作家评论》。尤凤伟认为:"在历史学家失语的情况下,作家不能漠然置之。而文学对于历史的呈现与诘问,小说应当担负更大的责任。这也正是文学'寻根'之所在。"

尤凤伟、王尧的《一部作品应该有知识分子立场》发表于同期《当代作家评论》。尤凤伟认为:"对某一历史事件的再现与反思,小说与纪实是一种殊途同归的关系。""就说文体,从根本上说没有高级与低级之分。只看是否运用得当。好的小说形式与内容一定和谐统一。"

周立民、赵淑平的《世界何以如此寂寥无声——〈泥鳅〉中的底层世界及其描述方式》发表于同期《当代作家评论》。周立民、赵淑平认为:"它(指长篇小说——编者注)与短篇小说的艺术差异甚至要比散文与短篇小说的差异还要大,长篇小说才是小说挣脱诗歌和散文的束缚,实现小说理想的最有力体式。它在技艺之外还需要强大的精神支持,而值得注意的是目前对诗化小说的评价,更多从小说技术层面着眼,却很少估衡小说的内在精神,真让人担心让小说在追求诗的技艺的同时丢弃了自己的自由和博大。"

本月

行者的《小说的边界》发表于《山花》第9期。行者认为:"小说意识还不是小说的本质属性。小说意识还不是小说性。小说性是什么?小说性是小说的灵魂。小说性并不是强烈的小说意识。情节和人物可以表现出来这种小说性,但情节和人物本身却不是小说性。小说性是更为内在的东西。""小说的灵魂是什么?一种自由的创造精神。有创造力的小说总是突破着原有的小说。它有很强的侵略性,肆意侵占着别人的地盘。或者说它的边界是开放的,甚至是没有边界的。"

本季

李朝煜的《谈陈染的小说艺术》发表于《百花洲》第4期。李朝煜谈道:"作为小说家的陈染,以其特立独行的写作姿态出现于众声喧哗的20世纪90年代文坛,以其不可替代的言说方式丰富了女性主义的文学话题。她所构筑的'像头发般纷乱'的文学世界无疑给我们的阅读带来不少的遮蔽,同时也给我们留下了多种阐释的可能。……作为'个人化写作'的指认,陈染的小说是个体的肉体和心灵成长的私语。综观陈染的小说创作,从最早的'校园系列'、'小镇系列'到'幽居系列'(以黛二为主角的)再到长篇《私人生活》,异文互证式地展示了一个个具有私密性质的女性肉体的成长遭遇和一次次的精神突围,成了一个个女性在当下生存境遇中的'真实性存在'。……背对社会,面向自我,是陈染一贯的叙述立场,也是她最具个人化、女性化的话语表达方式。与传统的现实主义文学偏重于对宏大客观的社会历史叙述,对史诗的追求,对现实生活的直面不同,她更专注于个人的边缘化写作。"

十月

2日 曹文轩的《环形与交错》发表于《小说选刊》第10期。曹文轩认为:"小说在结构方面的创新,似乎有无穷的空间。从古典形态的小说到现代形态的小说,小说的结构一直在发生着变化。现代形态的小说,甚至就是以'结构革命'来作为自己的一个标识的。但,相对于语言、主题、对存在的选择等方面的变化,小说在结构方面的变化并不如人们印象中的那些变幻万端。结构的变化似乎非常困难。当以'革命'二字来面对结构欲开新的风气时,这本身就已经说明了结构创新的难度。'环形'与'交错',也许是现代小说在结构方面的重复遗产……"

3日 《人民文学》第10期发表"编者的话"。编者谈道:"我们还推出了'短篇小说特辑',包括贾平凹、陆离、李洱、何玉茹的作品。短篇小说是一种重要的叙事艺术形式,它的根本原则是质量而不是数量,是密度而不是体积,它一直是对作家艺术才能的艰巨考验。在最简省的规模上表现人的一种命运，表现世界的一种面目，表现最单纯的和最复杂的、最锐利的和最悠远的……""我们始终认为，在新的时代条件、新的文化环境中，短篇小说依然具有巨大的生存空间。我们看到了太多的注过水一样苍白、浮肿的鸿篇巨制，看到数量的原则、体积的原则在某种程度上支配着小说的写作和阅读，看到小说家的放纵、粗疏，但这一切恰恰使我们相信，短篇小说所包含的艺术价值——它的精密考究和它的节制认真，会被越来越多的读者记起，并喜爱。"

11日 林苑中的《写作，是一种需要》发表于《中华文学选刊》第10期。林苑中指出："写作不单单是一个表达，而是一种迫切的需要。……从某种程度上讲，写作时的我是另一个自己。但是我愿意承担这种分裂的快乐。它使我将写作的自己和生活中的我区分开来……"

周冰心的《迟到的游戏和现世的寓言——关于晓航的小说〈当兄弟已成往事〉及其他》发表于同期《中华文学选刊》。周冰心谈道："晓航发表的最新中篇小说《当兄弟已成往事》（《青年文学》第9期）在顺延长篇小说《穿过无尽的流水》游戏性叙述模式的同时又怀抱起某种现世的'人文'关怀，即对世俗社会誓言的追问、价值诺认和遵循、嬗变过程立体呈现，直面后现代社会纷繁光灿的背后蕴含着巨大的信任危机。"

19日 张志忠的《我们需要"充分的现实主义"》发表于《文艺报》。张志忠谈道："'新写实'的作品……难逃感情稀薄之咎，对并不合理并不完美的现实作无奈的认同。'现实主义冲击波'的作品……缺少着强烈的主体意识和进取精神，透露出'现实的就是合理的'的无奈态度。因此，可以说这两种文学现象还不是充分的现实主义。"

20日 姚朝文的《世界华文微篇小说在21世纪初的发展指向》发表于《学术研究》第10期。姚朝文谈道："微篇小说是华文文学的一种代表性文体。各国华文微篇小说在彼此不平衡的发展格局中汇入了振兴华文文学的大潮。本文对世界华文微篇小说在21世纪初的发展提出六个发展的指向。1.拓展创作题材的范围。2.探索自觉、成熟而'正宗'化的微篇小说文体。3.创作思潮、创作方法上兼融并蓄。4.中西合璧的表现手法。5.语言表现注重言外之旨、象外之神。

6.作家的艺术素质与知识构成,生活派与学院派相融合。"

十一月

2日 曹文轩的《危机与阻迟》发表于《小说选刊》第11期。曹文轩提到:"'危机'与'阻迟'是两大基本动力,自有小说史以来,它们就一直被小说所广泛使用。"

5日 曾镇南的《营造时代精神所居的大宫阙——二十世纪九十年代以来中国长篇小说一瞥》发表于《文艺报》。曾镇南认为:"迅速地感应时代精神的节拍、反映现实生活进程的长篇小说大量出现,这是我们所处的剧变的大时代对长篇小说艺术功能的一种展延,一种改造。这样的作品虽然能够满足当代人从长篇小说中照见现实、照见自身的需要,也能尽文学参与改革进程的战斗使命,但由于它创作周期短,来不及与瞬息万变的现实拉开一个便于艺术观照的距离,作者也不容易获得一个使滚烫的生活素材冷却、沉淀并进行溶裁的从容的时间,因此这些作品大都存在着思想锋芒的新锐与艺术容量的深广的不太平衡,生活内容的新鲜与艺术形象的圆融不很配称的情况。……我们的长篇小说,需要的也是这种掣鲸于碧海之才。意识到的历史深度,巨大的、浩瀚的生活容量,就是'碧海';而具有高度典型性的能获得古今中外共识、共鸣的典型人物,就是我们的作家要竞相擒掣的'鲸鱼'。也可以说,'碧海'是'典型环境';'鲸鱼'是典型人物。掣鲸鱼于碧海,就是创造典型环境中的典型人物。这条艺术道路,这个艺术目标,乃是长篇小说创作最根本的美学特征和艺术规律的集中表现。"

9日 孙绍振的《历史小说的当代性》发表于《文艺报》。孙绍振谈道:"'三十六计'系列历史小说中的许多作品,都可显示作者在这一维度上的追求。他们既有走入历史,从大量历史资料的考研中获得对于传主的深刻认知,又能将这种历史认知充分感性化和文学化,编织出富有戏剧性的跌宕起伏的情节,使人物性格既反常合道,又丰富多维。这些小说中,无论作者写的是军事计谋还是政治方略,都力求逼真地勾勒历史情势,但其笔下人物——不论是处于权力中心的男性,还是隐藏在帷幕之后的女性——却又显出了以往的历史小说难以混同的丰富性与新鲜感,同时,一些小说还能将某种即使在当代审美公众的经验视野中也显得繁复多维的心灵奇观卓然突显于读者眼前,从而使自己与影射和'戏说'横空划出了天河。"

11日 《韩少功说:我必须重新找到写作的自由》发表于《中华文学选刊》第11期。韩少功指出:"文无定法,小说会有很多方式,各有发展空间,各有巅峰性作品。……一个文学写作者描述这些事可能是不重要的,而描述这些事如何被感受和如何被思考可能是更重要的。这就是我在有时会放弃传统叙事模式的原因。我想尝试一下将笔墨聚焦于感受方式和思考方式的办法,于是就想到了前人的笔记体或者片断体。我不能说这是最好的方法,也不能说我以后就会停留在这种方法。""我们日常说话就是夹叙夹议的,就是跨文体的,不可能成天都是一种理论家或者小说家的口吻。当然回到这个状态对于我来说并不容易,我曾经数易其稿,写到一半又从头来。因为自身有一种写作恶习,一动笔就有'理论腔'或者'小说腔',不是人写文章而是文章写人了。我必须重新找到写作的自由。"

12日 张立国的《迟子建的小说气味》发表于《文艺报》。张立国指出:"在当今颇具实力的作家中,迟子建的小说别具一格。创作题材的新颖朴素、主题表现的深刻博大,每每激活现代人那颗日渐疲惫和麻木的心灵,而在叙事上的着意经营,更使得她的小说亲切而耐读……小说的语言很有特色……在民族风味之外,作者更注重人物内心的刻画……"

15日 李洁非的《为何去印度——对虹影〈阿难〉的感思》发表于《南方文坛》第6期。李洁非指出:"在这本对侦案小说具有戏仿意味的长篇小说中,虹影尝试提出罪及救赎的主题:阿难之罪及社会历史之罪。'罪'在这里,并不简单地与'恶'划等号,它更多表示一种偏斜、罅裂、不自足以及失去支点的状态。……有着游记般美丽和罪案小说般悬念的《阿难》,实际上是对中国和中华民族精神危机的一次长镜头式铺览,是对精神上'家'的概念的追问。"

孙苏的《历史的民间叙述》发表于同期《南方文坛》。孙苏指出:"历史的存在向来表现为三种形式:政治家的历史、研究者的历史和老百姓的历史。……迟子建的《伪满洲国》描绘的就是历史幻化而成的具象人生,是对中国历史上一段畸形时期的民间叙述。……她延续了司马迁开创的历史叙述方式,从各个层面上表现历史中的人物……历史是由一个个活生生的生命构成的，是由人组成的，说到底，历史就是人的生命纪录。……教科书中的历史让我对历史产生了误读，因为它把三种历史形式中不可忽略的一种——老百姓的历史忽略不计了。我们非常感谢迟子建对历史叙述的空白的填补，她将教科书上的历史和老一辈口口相传的历史有机地融合起来，在一个时空交会之处相契合，为我们展示了一幅宏大的却又栩栩如生、有血、有肉、有呼吸、有生命的历史的真实画卷。"

王静怡的《室内与禁闭——一个小说问题》发表于同期《南方文坛》。王静怡指出："无论在中国还是在西方，小说都有一个由室外进入室内的过程。……遮蔽室内生活，这深深地植根于我们文明的基本法理和伦理，小说在这方面遭遇的困难也就特别艰险。""就以'室内'而言，小说家侵入'室内'是一种冒犯，但这又是被暗自接纳的'冒犯'……而小说家呢，他不得不寻求一种更高的支持，那就是"真实"。……小说可以在"真实"的名义下无所不及地探索和展示人类的一切经验和体验。"

谢有顺的《发现人类生活中残存的善——关于铁凝小说的话语伦理》发表于同期《南方文坛》。谢有顺谈道："铁凝在小说中成功地塑造了一大批坚韧而善良的心灵，这在当代作家（尤其是女性作家）中是罕见的。而且，铁凝不仅在小说中描绘了人类中还残存的根本的善，更重要的是，她还将这种善在现实中证实为是可能的，它不是一种幻想，也不是对人类的有意美化——我认为，这种善，为20世纪以来衰败的人类提供了新的人性参照，为文学在现代主义的阴影和噩梦下赢得了一个喘息的机会。……比起那些喜欢写凄惨的死的作家，铁凝似乎更喜欢写一种坚韧的生。……铁凝的作品并没有因为引进了善的维度而变得简单，我认为，她是充分写出了人的复杂性的，尤其是写出了善在我们这个时代的两难境遇——这点，的确大大地拓宽了当代文学的精神边界。"

20日 洪治纲的《永远的先锋》发表于《小说评论》第6期《洪治纲专栏：先锋文学聚焦之十八》。洪治纲认为："这应该只是中国的先锋文学所进行的第一步反抗和实验，是先锋作家让话语剥离传统语言的固定化符号关系、重新回到艺术文本上的努力，而恰恰是他们接下来的任务便是要对人的存在本质以及我们所处时代的内在真相进行更为尖锐和更为独到的发现与传达，而恰恰是在这一点，中国的先锋文学显得颇为苍白。尤其是随着九十年代后期社会转型的到来，中国的先锋文学不仅出现大面积的滑坡，而且被各种显在的或隐蔽的障碍所围困，致使世纪之交的中国文坛异常平庸。"

李建军的《小说的德性》发表于同期《小说评论》《李建军专栏：小说病象观察之六》。李建军认为："小说家在写作中面对道德问题的时候，很容易滑向两个极端，导致两种病象：一种是道德冷淡症，一种是道德狂热症；前一种是不足，后一种是太过。""小说家必须具备更为成熟的道德意识和更为稳定的道德立场，必须以负责任的态度来处理自己作品中的道德主题。他不仅应该从观念上认识到道德价值是整个文学价值结构中具有核心意义的部分，而且，还必须有这样的理性自觉，那就是，他的写作应该为他的时代提供一种积极的道德力量，以促进时代生活的伦理升华和道德进步。""没有稳定的道德基础和正确的道德观念，既不会有深刻的理性认知能力，也不会写出有价值的文学作品。……为了更好地增强人类的'德性'，我们必须增强小说的'德性'，而要达此目的，我们的小说家就要治愈自己身上的'道德冷淡症'，更要警惕可怕的'道德狂热症'。"

李晶的《王蒙语体：理性的诉求与颠覆——系列长篇小说〈季节〉论略（三）》发表于同期《小说评论》。李晶谈道："在20世纪将要过去了的时候，王蒙以他独有的方式，清醒然而不再孤寂地把那些超验的、非人化乃至反人性的生命状态（被扭曲了的'革命'情结）——呈示出来，并且以对人物吃、穿、住之世俗生活的描述去一一解构之。与鲁迅理性诉求的着眼点由启蒙转向救亡所不同的是，《季节》系列理性诉求的着眼点则在于另一种启蒙。……如果说鲁迅的启蒙在世纪初文化理性的多重夹击下选择了革命化，王蒙的启蒙则在世纪末同样是文化理性的多重夹击下选择了世俗化。如果说鲁迅的革命化是其立足于愚弱而又开始觉醒的文化环境的结果，王蒙的世俗化则是其立足于悲怆而又开始奋起的文化环境的结果。……正如鲁迅从上述多重文化理性的包围圈中杀将出来，走向了生命哲学的革命化；回归本真的世俗生活，在生活现实的悖论中寻求'安身立命'的支点，则恐怕是王蒙用以摆脱20世纪末各种文化理性的又一次'大会战'、又一场'大革命'的睿智所在，也是《季节》系列之于《青春万岁》的根本转折。"

莫言的《自述》发表于同期《小说评论》。莫言认为："只有当我意识到文学必须摆脱为政治服务的魔影时，我才写出了比较完全意义上的文学作品。""每一个作家都必然地生活在一定的社会政治环境中，要想写出完全与政治无关的作品也是不可能的。但好的作家，总是千方百计地使自己具有更加广泛和普遍的意义，总是使自己的作品能被更多的人接受和理解。"

吴义勤的《新长篇讨论之十一：小说的"轻"与"重"——荆歌〈民间故事〉、贺奕〈身体上的国境线〉》发表于同期《小说评论》。讨论会主要指出以下问题："新生代作家的长篇小说却不足以与80年代成名的那批先锋作家的长篇小说相提并论。……新生代作家的长篇小说创作则不但不能标示新生代作家的成长'历史'，相反倒成了新生代作家没有'历史'的证明。……大部分作品还大多处于自我重复和复制阶段，几乎乏善可陈。在新生代作家这里，艺术思维、艺术观念的偏执，以及艺术水平、艺术修养的不足，暴露了他们长篇小说创作的许多深层矛盾，比如小说的轻与重的问题、艺术与生活的关系问题，等等。"

於可训在《莫言专辑》栏目中的《主持人语》发表于同期《小说评论》。於可训认为："他（莫言——编者注）把'寻根文学'对原始野性的张扬发挥到极致，同时又赋予这种原始野性以一定的社会历史（如抗日）意义，避免了'寻根文学'在其后期普遍存在的原始主义倾向。在这个过程中，同时也转换了这种原始野性的文化语义，使之由表现一种动物性的低级的本能的冲动，转换为张扬一个民族的历史积淀的生存强力。""他（莫言——编者注）把对原始主义的这种艺术的改造，与先锋作家对西方现代主义文学的表现方法和技巧的学习结合起来，使之呈现出一种被我们称之为类似于'魔幻现实主义'的现代派色彩，从而使传统的现实主义表现方法和技巧，在经历了80年代初期的'意识流'小说和'诗化'小说之类的艺术革新之后，又得到了一次更带本质性的艺术改造。在立足于现实主义小说的艺术革新和艺术改造的过程中，莫言这期间的创作……倾向于利用西方现代主义文学的一些表现方法和技巧，深入探究人性的复杂和微妙，在钻取人性的燧火的同时，也用这种人性的微光去烛照那个浑浑噩噩的年代……"

周罡、莫言的《发现故乡与表现自我——莫言访谈录》发表于同期《小说评论》。莫言认为："民间文化在我的理解也不是这么狭隘，也就是说有如民歌、民谣被整理成文字的民间文化；再者，像汪洋大海般的老百姓日常口语，口口相传的关于历史、人、鬼神的，这也是一种民间文化；民间戏曲也是民间的文化。它的奇特之处在于它是一种文字和声音的结合，也是一种文字、声音和表演的结合，更集中表现了地方老百姓心理的一种深层的结构。""小说家、诗人的故乡是一个虚幻的东西，我小说中的故乡同真实的故乡相去甚远。我早期的小说，比如八十年代的小说，人物、小河都是存在的，故事也可能是作家亲身经历过的，小说中是有这种痕迹的。但随着创作数量的增加，你过去的生活资源很快就会被穷尽掉，作家就需要超越故乡，这也是考验作家想象力的事。"

周罡的《犹疑的返乡之路——论莫言民间文化立场的回归与游离》发表于同期《小说评论》。周罡谈道："莫言的小说也一向以汪洋恣肆的感觉、高昂奔放的激情、神奇诡异的想象、泥沙俱下的语言引起人们的震惊和关注。小说中一以贯之的是骚动、痛苦、忧郁而又欢乐、愤激、抗争的灵魂在跃动。……在我看来，莫言的创作充满了对常规、秩序、主流的'反叛'精神，在反叛的意义上他趋向民间寻求精神资源，认同民间文化立场，然而童年乡村生活的苦难记忆和现代文明合目的性的精神启示使他在对民间文化的开掘中不由自主的流露出审视批判倾向。因此莫言的文化立场总是在'返乡'和'离乡'两端徘徊，游移不定，这种矛盾的心理是形成莫言文本张力的原因，也决定了莫言小说的风格。……他试图从民间寻找自由精神、寻找母性的庇护、寻找正义，以此来召唤在物质神话中迷失的灵魂，但每一次忘情的拥抱换来的是更深的伤痛。民间是他精神上的永恒牵挂，但他永远也无法真正融入进去，他只能在返乡和离乡之间徘徊。也许，正是莫言这种承担分裂的勇气，使他的作品获得了非凡的穿透力和难以尽释的空灵意韵。"

25日 洪治纲的《陷阱中的写作——论近年来的长篇小说创作》发表于《当代作家评论》第6期。洪治纲认为："用史诗般的宏大话语来反映广阔的历史画卷，展现时代的风云变化，演绎历史的沧桑本质，这是很多作家的写作梦想。大约从五六十年代开始，我国的长篇小说就一直沉迷于对史诗品格的审美追求中。似乎只有写出史诗性的作品，才算写出了真正的长篇；只有展示了具有某种史诗意味的社会历史风貌，才有可能使自己的作品获得艺术上的成功。这种对史诗品性的过度迷恋，逐渐在作家心目中形成了一种难以释怀的'史诗情结'，以至于很多人动辄就以'史诗'作为自己的叙事目标，试图通过对那些重大历史事件和复杂社会现实进行'全景式'的叙述，来体现创作主体对历史与现实的审度能力和驾驭能力，展示作家自身对人类历史进程的整体把握与艺术承诺。而评论家们也是动辄就以'史诗'来评价某些作品，只要它们拥有某种宏大的历史结构，拥有较长的时间跨度，拥有较为复杂的社会历史信息，评论家们就常常冠之以'史诗式的作品'。长此以往，长篇创作便陷入一种'史诗'的怪圈，呈现恶性循环的发展势态，既曲解了史诗的本质内涵，又使作家背上了沉重的历史包袱。"

洪治纲说道："就长篇小说而言，庞大的叙事时空、丰繁的文本结构、深邃的艺术思想以及繁富的人物形象，无疑都是作品成为史诗所不可或缺的前提条件。正因如此，我个人以为，史诗虽不是长篇小说必不可少的一种特质，但也是长篇走向经典的一种重要途径。所以，我们对长篇小说史诗品性的强调，这并没有错，从雨果、巴尔扎克到托尔斯泰、马尔克斯等等许多世界一流的作家，都是以史诗性的长篇巨著而享誉文坛。但是，问题在于，并不是每一个作家都能写出史诗性的作品，也不是每一个历史事件都具有史诗的意义。尽管从叙事表层上看，一切重大的、影响人类生活和历史走向的事件都有可能成为长篇小说走向史诗的有力依托，但作家必须有洞穿这种历史深度的感知能力，要能够真正地沉入到这种历史的本质之中，击穿它的种种表象，抓住它的主脉，找到作家自身独有的审美发现，并以高超的心智在叙事上驾驭它，使它在凝重的话语流程中展示出来，形成'史'与'诗'的和谐结合，它才有可能成为真正意义的史诗。"

洪治纲的《知识分子的另一种书写姿态——尤凤伟小说论》发表于同期《当代作家评论》。洪治纲认为："他（尤凤伟——编者注）的所有叙事，都是自觉地建立在彻头彻尾的民间化精神形态之中——以一种绝对鲜明的民间意识和民间视点，叙写完全来自民间的悲剧性生存状态，展示历史和现实的种种生存之痛。"

本月

梁鸿的《小说是一种想象的状态——著名作家阎连科访谈录》发表于《北京文学》第11期。阎连科谈道:"这可能是我的小说观的问题。至少在目前我认为,小说是在写一种奇迹,而不是传奇。换句话说,小说就是把最不可能的事情写成可能的事情。……反过来说,像沈从文的《边城》、汪曾祺的《大淖记事》,这么散淡,这么诗意,实际上也是一种奇迹。""这种奇迹被他们淡化了:是淡化的奇迹。而另外一种,是日常被浓墨重彩表达出来变成了奇迹。""一个作家反映人的存在,人类的存在或某一人群的存在,肯定不能写存在的表面,我觉得最接近人存在本质的就是'毁灭',只有毁灭中最不可战胜的,才是人类最为本质的。再一个,当你把想象做为创作的第一属性,而把生活和日常经验作为第二属性或次要属性时,想象成为最重要的,必然在一般读者眼里,离我们日常看到的就远了,'远'——必然就是一种寓言。它已经不再是纯现实的东西了。"

十二月

2日 曹文轩的《风景的意义》发表于《小说选刊》第12期。曹文轩认为:"风景在参予小说的精神建构的过程中,始终举足轻重。""契诃夫、蒲宁、屠格涅夫、黑塞、川端康成、沈从文、废名,他们都是风景画的大师。他们的作品表达着小说、小说家对自然的一种态度。自然在他们眼中有至高无上的位置,风景永远是他们小说中的最基本的元素。"

4日 王蒙的《长篇小说的历史感》发表于《光明日报》。王蒙认为:"文学个性充分发展,反过来更证明了写好一部长篇是多么不容易,一切好条件给了你,让你由着劲儿写,你就能够与中外文学史上的长篇小说大师们比肩了吗?未见得也!那些大师们又是在怎样的条件下写作的呢?恪守某种价值与自以为是的作家,时而表现出小家子气的偏狭;游戏笔墨的作超拔状的作者,则掩盖不住价值的虚无与内心的苍白;玩弄形式的遮不住自己思想与艺术上的寒伧,动不动脱掉内衣的卖弄，与其说是流露着放肆，不如说是透露了贫乏可怜——只剩下了脐下的那点东西好写了……还是正视自己的不足吧，还是少来一点叫卖和炒作，多来一点高尚与正直的惭愧吧。"

11日 刘恪的《小说没完》发表于《中华文学选刊》第12期。刘恪认为："小说就这样开始了，故事延伸两个世纪，从时间的维度上理解没完，哪是永恒的含义，如理解，单纯，是一个对必然性的解说。""《婚床》的首节我打算从现代都市进入一个古典民俗的乡镇，等到燕儿一出场，她张口说话，小说便自动地拐弯了。索性我便探索现代都市的婚姻与文化现象吧。我注意城市地理学的展示，城市无疑是现代性的产物，但任何现代性都包着古典的东西因素，这便构成了现代性的矛盾因素，雅和俗的文化也同时矛盾地贯穿其中。"

本月

郝雨的《回归平民视角与平民体验的"平民世纪"——评吴恩泽长篇小说〈平民世纪〉》发表于《山花》第12期。郝雨认为："小说绝不只是为人们提供认识历史和认识社会的简单范本的。小说的艺术创造，最高的境界还在于艺术情境和审美氛围的创造。小说中的理性的意义，小说中的认识价值，都只能是小说全部内涵中的一部分构成要素。而要最终成就一部大的艺术作品，更重要的还是需要达到一定的美学高度。这一方面，《平民世纪》也能够称得上是近年来少有的一部佳作。"